U0458924

人民文学出版社

图书在版编目(CIP)数据

蛟龙出天山/王运华著. —北京:人民文学出版社,2020
ISBN 978-7-02-016121-8

Ⅰ. ①蛟… Ⅱ. ①王… Ⅲ. ①长篇小说—中国—当代 Ⅳ. ①I247.5

中国版本图书馆 CIP 数据核字(2020)第 031936 号

责任编辑　王永洪
装帧设计　黄云香
责任印制　徐　冉

出版发行　人民文学出版社
社　　址　北京市朝内大街 166 号
邮政编码　100705
网　　址　http://www.rw-cn.com

印　　刷　三河市博文印刷有限公司
经　　销　全国新华书店等

字　　数　385 千字
开　　本　710 毫米×1000 毫米　1/16
印　　张　24.5　插页 3
印　　数　1—3000
版　　次　2020 年 8 月北京第 1 版
印　　次　2020 年 8 月第 1 次印刷

书　　号　978-7-02-016121-8
定　　价　59.00 元

目　录

代序：

让兵团成为常识

李秀芩

我出生在新疆生产建设兵团伊犁垦区的一个边境农场。在那里，度过了我的童年和少年时光，直到考上大学离开。那年我十九岁。而就是这十九个年头，艰辛也罢，快乐也罢，将注定成为我人生的底色和最重要的背景，牵引和主导着我的一生，无论我走到哪里，也无论我做什么，都无法，也不可能忘怀。

坦率地说，对兵团对团场最初的情感应该是一种"儿不嫌母丑、狗不嫌家贫"式的人类与生俱来的朴素情感。一个农场多子女家庭生活的艰辛在我幼小心灵留下的兵团团场印记，应该是超不出"苦"和"穷"这两个字，这也使我和许许多多的农场孩子一样本能地产生了对农场以外的世界的憧憬。应该是命运，大学毕业后，我回到了兵团，特别是几年后我成了一名兵团党委机关报的记者，又两年后，成了一名国家通讯社的记者。职业记者生涯的开始，才真正开启了埋在我心灵深处、一直以来并不自觉的对故乡兵团的爱恋和追随。

记得最初到兵团团场采访时，情感常常处于失控的状态。还是要提那次令我终生难忘的采访，那是一九九七年的初春，我前往北疆垦区采访，因为那次去的团场比较多，加上时间太久，具体哪个团场已经记不准确了，但可以肯定的是农十师的一个团场。一天，团里介绍我们去一位老军垦家采访，我们踏着依然冰雪覆盖的崎岖道路，走进一处低矮阴冷潮湿的房屋，满屋弥漫的苞米发霉的味道几乎令人喘不过气来。因为住得时间久了，墙皮已经是又黑又脏。但就在这又黑又脏的墙面上，赫然张贴着一大片各种各样大大小小的奖状。房间的主人是一位二十世纪六十年代从湖北仙桃支边来的老军垦，妻子已经离世，子女也不在身边，只有已经退休的他孤单地住在这里。然而这位被病痛、孤寂缠绕又不能按时领到养老金的老军垦，居然没有一句怨言。他如数家珍地向我们介绍贴在墙上的一张张奖状的由来,有团里、师里发的,有兵团级的,还有国家级的,比实际年龄要苍老得多的面庞洋溢着一种神采。

我们问老人后悔来兵团吗,老人反问:"为什么要后悔?"我们又问老人为什么退休了不回老家,老人平静地回答:"我离不开这里,我要和儿子、孙子留在这里保卫边疆、建设边疆。"我实在无法控制自己,跑到门外哭了起来。依然寒冷的天气很快将我的泪水凝结在脸上,透过模糊的泪眼,望着白茫茫无边无际的原野和眼前一片片低矮破败的房屋,我第一次开始想一个神圣的问题:这是一群什么样的人?到底是一种什么力量让他们对这块土地如此情深?!

在以后的兵团采访中,这样的人、这样的情景见得越来越多,我似乎麻木了,因为我越来越少地流下那夹杂着感动和难过的泪水,可我分明能听到我心中有一股汹涌的泪河在奔涌,它化作一种无声而坚定的力量,注入了我的身体、我的血液。我太想我也应该为这个充满理想和奉献的群体、为这个光荣而伟大的事业做点什么。

我能够做点什么呢?

在兵团流行着太多像段子似的真事儿,比如,外地人经常问兵团的团长是谁呀,兵团的司令员政委是什么官衔啊,兵团人是穿着军装佩带着枪骑着马或骆驼上班吗,等等。更有不少外地人压根就不知道还有个新疆生产建设兵团!每当兵团人笑谈这些事时,我从他们的笑里读到的是无奈,是苦涩,是痛楚,是深深的痛楚。

采访兵团久了,特别是做新华社记者后,有机会站在兵团以外来看待兵团、兵团人乃至兵团的事业时,我在感受到了什么是崇高什么是奉献的同时,也强烈地感受到了兵团、兵团人、兵团的事业是多么需要来自兵团以外的人们的了解、理解和支持。

如果一个好人不被理解,这是他所在的群体的悲哀;可倘若一个可敬可爱的群体不被外界知晓和理解,一种可歌可泣的精神不被世人所传颂和推崇,那是我们这个社会、这个时代的悲哀!半个多世纪啊!几代人默默无闻的奉献!而且这种奉献依然在延续,也必将延续下去!

也不知从哪一天起,我的头脑里突然蹦出了一句话,那就是"让兵团成为常识"!对,让兵团成为常识!我有一种豁然开朗的感觉:原来我过去做的和今后要做的都是奔着这句话啊!激动、兴奋和凝重、深沉的情感同时萦绕着我。

让兵团成为常识。什么是常识？常识就是不知者为耻。我曾在许多场合说过，美国著名的黑人运动领袖马丁·路德·金有一篇脍炙人口的演讲，题目叫《我有一个梦想》。没有梦的人生是残缺的没有光彩的人生，马丁·路德·金的梦想是总有那么一天，在美国这片土地上，不同种族不同肤色的孩子们能平等幸福和睦地生活在一起。那么我呢，作为一个根在兵团又从事兵团报道的新华社记者的职业梦想应该是什么呢？是让兵团成为常识。我相信，这既是我的梦想，也是所有关心兵团事业的人们、所有兵团人的梦想。如果这个梦想实现的那一天，也是兵团事业、祖国的屯垦戍边事业大发展、兵团精神广为传扬的那一天。

因为有了梦想，我的内心变得更加温暖而有力。在从事兵团报道的几千个日日夜夜里，我以笨鸟先飞的姿态苦心经营每一篇作品，大到数千字的长篇通讯、调研文章，小到数百字的消息、信息。多少个冬日的夜晚，赶完了稿子，身体已经僵直得伸展不开，只好手握着自己冰凉的脚蜷在被窝里，却因大脑长时间的兴奋而久久无法入睡。

因为报道兵团，我也经常会像兵团和兵团人一样，遭受到误解甚至曲解，“不能跳出兵团看兵团”大概是给我扣的最大的一顶帽子。我委屈过、申辩过，但更多的还是用我的报道说话。当一篇篇报道得到中央领导的批示，促进了一些久拖未决的重大问题的根本解决，兵团百姓也因此得到了实惠，生活得到了改善；当一篇篇宣传兵团的稿件被媒体广泛采用，让更多的人了解了兵团，也鼓舞了兵团人的信心。每每这时，我的幸福，我的知足，我心中的狂喜，只有我自己知道。这大概也是我在有了十年八次住院的经历，经受过生死边缘挣扎的体验之后，最终总能一次次走向健康和阳光的原因。这是追梦人的生命秘诀。

也是在长期从事兵团报道的过程中，我从兵团人身上学到了最重要的一种品质——感恩。在许多外人看来，兵团人太容易知足，特别是对物质的追求表现得尤其迟钝，可我在近距离地接触了那么多的兵团人之后，得出了一个近乎悖论的结论，那就是付出和奉献得越多的人反而越懂得感恩，也许，因为他们得到的太少，所以格外珍惜来自外界给予他们的关爱。哪怕是一个理解的表情，一个善意的微笑，或者就只是一句空洞的赞扬，一个随意做出来的姿态，都能使他们倍感温暖，力量倍增。感受到这一点时，我的心是酸痛，是震颤的。然而，我还是学会了感恩，我用他们教给我的去回馈他们，我的心也因此变得更加安宁。

我的脑海中时常浮现的是父亲看着农场成立四十周年纪念碑上的文字老泪纵横的情景，是那片从父亲来了就再也没有离开最终和他当年一起支边的军垦战士们长眠的他们亲手开垦过的土地。

过去已然过去，但“让兵团成为常识”的实践永远也不会止步！

（该文选自李秀芩《兵团告诉世界》一书，有删节。）

引　子

九月，骄阳似火。碧蓝的天空中，几片薄薄的白云避暑般地飘向远方。

阳光照射在窗台上，几盆怒放正艳的五彩蝴蝶兰在微风中轻轻摇动，如田野间蝴蝶飞舞一般。

办公室里一片安静，对于李书记来讲是难得的清静时刻。

李书记姓李名国建，是师党委书记、政治委员，又是兴屯市市委书记。此刻，他正专注地看一份由师（市）发改委呈送的情况反映。这实际上是一份调研报告，说的是359团近年来快速做大做强界河酒厂、西红柿酱厂，使该团生产总值翻两番、利润翻两番，职场收入也有大幅度增长。

调研报告篇幅较长，李国建看得很仔细。联想到全师（市）“三化”建设中，农业现代化已成规模，见到成效。不仅在兵团，在新疆，就是在全国也是硬碰硬的头牌。前不久，国家农业部一位领导来考察，连连称赞：“中国农业现代化就在这里，是一个很好的示范区。”这句话很让人自豪。可讲到现代化工业，真是全师（市）产业中的短板。二产上不去，三产自然也上不去，势必影响到城镇化的发展进程。如何破解难题，一直是李国建思考的问题。

看到材料后半部分，李国建对359团主管工业的副团长王闻道产生了兴趣。年龄不大，有思路，有干劲。说起话来也蛮有劲的：“兵团人能办好现代化农业，也一定能办好现代化工业。当年，这里是亘古荒原，没有城市，可军垦前辈奋力拼搏，建起了兴屯市，成为戈壁明珠；今天我们也一定能抢抓机遇，奋力拼搏，让工业化的短板长起来，显示兵团人的时代风采。”

看完材料，李国建有了想去359团看一看的想法。于是找出办公室排列的近期活动行程表一看，全部安排得满满的。只有明天下午，国家科委与兵团科委领导来师(市)调研,有一个会见与座谈。细细推算时间,客人来到师(市)也是半下午的光景,上班后还有些时间。若跑一趟团场时间肯定不够,倒不如让王闻道来一趟,谈一谈。于是打电话叫来党办室主任秦光明说:“你通知359团,让王闻道同志明天下午三点半到我办公室来。”夏令时,下午是四点钟上班,李国建有意提前了半小时。

秦光明回答:“好的,我这就去通知。”

第一章

界河岸边

一

王闻道，一米八一的大高个，浓眉大眼，相貌堂堂，是典型的军垦后代。每当出差，开会进了城，漫步在大街上总能引起路旁的少男少女的窃窃私语。“这哥们好亮眼噢，像周杰伦。”“眼睛啊，明明像濮存昕嘛！”“哇！好帅气的哥哥哟。要是嫁一个这样的人才叫爽。”这些背后的小声称赞王闻道全然不知。此刻，他正率领一个小组在359团十五连的田间地头检查三秋工作。

拖拉机带着铁犁在大条田里欢快地奔驰，密密匝匝的小油葵已长高到膝盖关节处，被铁犁翻埋到地里。站在地边树荫下的宋连长解释说：“是做绿肥用的，土地一固定，承包地的职工都舍得投入。”王闻道表示满意，说：“这是第八块秋翻的条田吧，咱们走，看下一块。”

宋连长有些急：“时间挺紧的，还真要一块地一块地地看吗？”

王闻道说：“既然来检查工作，就要细细地看上一遍，这样心中有数。”

检查组成员杜峰打趣地说：“这好比你宋连长去银行取票子，一万元一沓，你数到八十张就不数了，以为前面都没有错，后面的也肯定没错，其实，要错就错在最后两张上。嘻嘻。”杜峰是宣传科的老干事，资格老，人缘好，见谁都插科打诨地逗乐。

宋连长被说笑了，又好笑又好气，说了声“乌鸦嘴”，便随大家一起走出树林带，上了公路。

众人正欲上车，只听见传来沉闷的碰撞声，紧跟着又是刺耳的刮擦声，拖拉机刹车熄火。众人一怔,反身又往条田走去。

远远地听见拖拉机手与承包户争吵。

“我说别翻那么深,你还不信。弄坏了我的犁你得赔钱。”

承包户不愿意:“说好了这块地今天翻完,窝了工,我可不给你工钱。”

拖拉机手满脸疑惑:“地里怎么会有这么大的石头,不会是你埋下故意坑我的吧?”

承包户说:“放你的狗臭屁! 我哪有那闲工夫逗你玩!”

“不管怎么说,你得赔我的犁钱。”

“我就不陪,你能怎样!”

两人高一声低一声地争吵,面红耳赤。宋连长赶上前大声喝道:“都住嘴,吵什么? 丢人现眼!”两人停住了争吵,一时不知怎么办好。

王闻道看了现场,摸着露出地面的石头说:“先把石头搬到地头,否则还会出事。”

承包户弯腰去搬石头,用力晃了两下竟然没有晃动。众人用铁锹顺着石头边上铲土,坑越挖越大,最后挖出半米多宽、两米多长的扁形石条。承包户乐了,说:“我家门前有条小渠,拿回去刚好搭个石桥。”

“慢!”王闻道俯身用力抹去石条上的泥土,隐约可见人工凿石的痕迹。他起身对宋连长说:“找人提几桶水来清洗一下。”

石条清洗干净,众人惊奇地发现是一尊石像,是位古代的军人,左手握住挂在腰间的宝剑,右手却端着一只高脚杯,像是庆贺胜利,又像是饮酒赋诗。

王闻道仔细看罢,对众人说:“从战袍的特点上看,应该是位唐代戍边的将军。”

杜峰脱口吟道:“葡萄美酒夜光杯,欲饮琵琶马上催。醉卧沙场君莫笑,古来征战几人回?”

众人拍手称赞,宋连长说:“不愧是咱们团的大秀才,出口成诗。你别说,还真有些味道。”

杜峰说:“见笑。这是唐代边塞诗人王翰的诗,今日见石像,触景生情,背诵古人的诗罢了。”

王闻道像个考古专家,贴近石像仔细地看了许久,才对众人说:“这石像很特别,真的很特别。”

众人不解。杜峰问："特别在什么地方？"

王闻道说："古时候，历朝历代的戍边将士都有一个很突出的心态，或叫文化现象，就是悲凉，忧愁和盼望回乡返家。'浊酒一杯家万里，燕然未勒归无计。羌管悠悠霜满地，人不寐，将军白发征夫泪。'说的就是这样一种心态。可你们看看这尊石像，他的脸上的表情是一种平和，舒适，还有几分快意。说明什么？"

"说明什么？"

众人不知如何回答，都眼睁睁地看着王闻道。希望他能继续说下去。

王闻道继续说："在大学时，我查过一些资料，戍边将士到了边关，把内地的耕牛、铁犁带到了边疆，很快形成大的生产规模和效益，还带动了冶铁、酿酒、皮革等手工业，丰衣足食，加之边防强大，少战事。所以，才有了石像上这位将军的神态。可见，古诗也可以改一改：劝君少进一杯酒，西出阳关多故人。"

众人一片叫好，随检查组来的工业科科长张来顺赞道："王副团长是西部大学的高才生，说起话来引经论典，有理有据，让人叹服。"

王闻道说："宋连长，你安排人把石像送到团场陈列馆去，摆放在显眼的位置展出。"

宋连长说："马上就安排。"

王闻道又对拖拉机手说："你犁地犁出个大宝贝，记你一功。快去买副新犁，费用由团里出。"

拖拉机手高兴地说："这可好！我保证加班加点，按时把地犁完。"

王闻道又对承包户说："这块地住了一位将军，说明古时候就有人在这里屯田，是块风水宝地啊，你好好干，包你发财致富。"

承包户嘿嘿一笑说："借领导的吉言，明年种地挣大钱。"

处理完事，众人返回公路，乘车继续检查，一路上人人兴奋，有说有笑。只是到了要检查的38号地边时，众人的神色变得严肃起来。

这是一块玉米地，玉米已收完，而玉米秆儿密密匝匝，高高大大地立在地中。

站在地边，王闻道生气地说："材料中不是说秋耕过了吗？给一个合理的解释。"

宋连长有些难为情，欲说又止，半晌才说："这 38 号地靠近地方上的村子。今年开春，开展兵地团结、民族团结活动，为帮助哈萨克牧民冬季放牧草料困难的问题。连村公约里专门留了三片地不秋翻，留给地方老乡放牧用。"

王闻道说："抓民族团结，建连村公约是好事啊，干吗要遮遮掩掩，躲躲藏藏，像做贼一样。"

宋连长说："团里下的文件，要求不讲理由，不讲条件，必须按时完成秋耕任务，我们也是没有办法。再说，往年检查都听听汇报，看上几片地就行了，谁知道碰上领导你……"

一阵沉默。

经过思考决断，王闻道说："你们继续按连村公约办，三块条田不秋耕，等到明年开春再耕，要说话算话。团里那边我来协调。"接着又对张来顺、杜峰说："这件事作为一个问题在汇报材料中单独提出。"

两人忙点头答应，记在了本子上。

二

银灰色的越野车驶出十五连连部，沿着界河岸边的团场公路急速向前飞奔。

界河依山势、地势而成，弯弯曲曲，有人说它像耳环，有人说它像项链，也有人说它像蛇。界河似乎听多了，见怪不怪，自顾自地依然向西北流淌，直到遇到西北角另一条大河，汇聚在一起成了一条更大的河流，然后出了中国流入邻国，再注入北冰洋，十分壮观。

界河弯弯，依河而建的公路也跟着弯弯。这是团场为守护界河，也为打通守卫国界的连队与连队之间交往而修建的简易公路。路面较窄，如果两车相遇错车时，有一辆车会驰下公路，好在戈壁滩多为平坦之地，车子跑出路面颠簸几下，再回到路面也不算什么。

一上公路，司机小钟打开录音机，播放歌曲《送你一束沙枣花》《草原之夜》《边疆处处赛江南》，歌声纯净，空灵真诚，既有高入云端的雅气，又有人间烟火的地气，给人以气象万千、独特迷人的享受。歌碟《边塞新歌》收录了多首兵团早期创业时的优秀歌曲，因歌手歌声甜美，融民族、通俗、美声唱法于一体,形成了独特唱法,很受人们喜欢。每当出差,王闻道总要带上这盘歌碟,工作之余,细细品味。

歌声飞向天空,车上的人静静地听着。只有河岸边高大笔直的白桦树随秋风起舞,发出柔和的哗哗声与之相和。

杜峰终于忍不住发出感叹:“这歌声太美了,这景色也太美了,要是开发旅游一定是4A级。”

杜峰说罢无人回应,一阵沉默让杜峰多少有些尴尬,于是鼓起劲又说道:“咱们这个三秋检查组成员结构,可以说是少帅老将胡子兵。”

张来顺果然上当,忍不住问:“什么意思?”

杜峰说:“你看王副团长官最大年龄37岁,你张科长今年45岁,官职、年岁都不大不小居中,而我今年56岁,还是宣传科的普通一兵。不正是少帅老将胡子兵吗?”说罢有几分得意,嘻嘻笑了起来。

坐在前排的王闻道知道杜峰是满嘴段子,极爱说笑的热闹人,仗着有才气,一副天老大他老二模样,脾气傲且倔。便调侃说:“你这是对组织有意见啊。说组织上有眼无珠,湮没了你这个人才。张科长回去赶紧向上级反映反映,看能不能尽快把‘胡子兵’变成一名‘胡子官’。”

张来顺心领神会,积极配合说:“好的。杜峰现在是宣传科负责人。主持工作,心里有一些急,一旦任命下来,也就名正言顺了。”

杜峰一听急忙辩解:“哪里哪里,我哪是这个意思。”王闻道笑道:“那里是哪里呀?若还是嫌官小,咱俩换换,你来当这个副团长。”

车上一阵大笑。

杜峰更急了:“不带吓唬人的,你闻道团长这些年抓酒厂、酱厂,抓一个成一个,359团也多亏这两个厂子挣钱,扭亏为盈,脱贫致富,要不职工都快跑光了……”

手机响了,王闻道取出手机一看号码,知道是团场党委办公室主任刘杰打来,于是嘘了一声,止住杜峰的讲话,这才接通手机。

刘杰以特有的职业习惯,不慌不忙地说:“刚接师(市)党办秦主任的电话,通知你明天下午三点半准时赶到师部去见李书记、李政委。”

一阵莫名的紧张袭来,王闻道脱口问道:“什么事情?为什么?为什么要让我去?”

刘杰仍然不紧不慢地说:“不知道,秦主任就说这么多。”

王闻道似乎察觉到自己的失态,尤其在下级面前更是不应该。顿了一顿,才用平静的口气说:“好的,我知道了。”

关上手机,王闻道轻舒了一口气,让心情平静下来,张来顺想说什么,嘴唇动了动,却又停住了。杜峰高兴地说:“李书记召见您,好事情呀!咱们团吴政委因脑溢血住院半个多月,一时半会儿也难以出院工作。杜团长退休也半年多了,位置一直空着。这么大个摊子不能没有主管掌舵。说不定哪天就把王副团长你提起来。”

王闻道早先在师(市)机关工作,时常见到师(市)领导。当团领导后,跑项目也见过几次师(市)领导,却都是主管业务的副师长,没有单独见过政委和师长。开工作会议,政委、师长出席讲话,自己只是上百人的代表中的一员,在代表席听领导讲话。

此次,李书记单独召见究竟为何?自己心里没有底。杜峰没边没际的话似乎不大可能,因为目前在家主持工作的是副政委苟有勇同志。从工作角度或以提拔角度来看,都应该是他去才对,可为什么偏偏让自己去呢?想到这里,王闻道觉得有必要和苟有勇通个电话单独沟通沟通。这才张口说:“老杜啊,嘴巴上缺个站岗的,以后说话前过过脑子。”又对司机说:“停车,我打个电话。”

下车走到路旁,拨通了苟有勇的手机。王闻道先是沟通了十四、十五连三秋工作的检查情况,这才说道:“刚才,刘杰主任说师里有一个通知——”

苟有勇噢了一声打断了王闻道的话,说:“刘杰已经向我汇报了,这事儿我知道了,让你去你就去呗。”

王闻道说:“你在主持团党委的工作,师主要领导要是听汇报,也应该是你去才合适,师里是不是弄错了?”

苟有勇显然不高兴,冷冷地说:“你怎么知道是汇报工作?你怎么知道师里弄错啦?还是那句话,让你去你就去。”

平静而低沉的话语,像一把利剑斩断了王闻道的热情,一时竟不知道说什么好。

相处多年,王闻道还是第一次感受到苟有勇的冷漠。

三

车行驶过一处急转弯，见到河边不远处的一幢白墙红瓦砖房。这是十五连职工马建军夫妻守护界河的哨所，又是界河的水文站。

车刚停稳，马建军的妻子张美兰从屋里迎了出来，快人快语说："得到连里的通知，我没敢出门，专门等候领导来，老马巡河还没回来，快进屋喝杯茶。"

众人往屋里走，杜峰打趣地说："今年开春老马下河洗澡，洗了三公里，还没有洗够啊。"

张美兰笑道："多久把你杜干事也丢到河里冲洗一回，你就知道啥滋味了。"

众人笑了。今年初春，山洪暴发，从上游冲下几棵大白桦树混搭着堵在龙口处，河水被堵不畅，为排除险情，马建军手拿钢斧，乘皮筏子下河清理堵塞的杂物，一个急浪打来，马建军连人带筏翻冲到下游，河水流速极快，转眼间马建军变成了一个时起时伏的小黑点。岸边的张美兰先是一惊，随后哭喊着顺着河岸追去，追了三四公里，才看到马建军浮在岸边，手中紧紧抓住毛柳枝不敢松手。

闻知此事。杜峰急忙赶来采访，在《兴屯日报》上刊发了《护河勇士》的通讯，让马建军、张美兰名声大震，彼此成了好朋友。进屋后，王闻道细细询问了夫妻两人的工作生活情况，又问道："还有什么样的困难不好解决的？"

张美兰支吾一阵，才大着胆子说："有件事，老马不让给领导说，怕添麻烦，既然领导问了，我就说一说。"

王闻道鼓励地说："你说吧。"

张美兰说："我们的孩子在石河子大学学信息科学与计算机专业，今年毕业，老马说团场长大的孩子要回团场来工作，团场发展需要人才，要知恩图报。孩子回来后，组织科说不是外地大学生，不享受优惠政策，不管分配。孩子一听，又返回了学校与几个同学到珠海去谋职业。听说珠海市有政策，凡是211大学毕业的兵团孩子都给落户口、找工作，可老马听了不愿意，不让走，你说这事儿难不难为人？"

王闻道问："孩子在学校表现怎样？"

张美兰回答："学习没问题，他是班长，还是系学生会副主席。"

王闻道说："好苗子啊，别急，我帮你问一问。"说着拨通了组织科科长朱来顺的电话，询问其具体情况。朱来顺解释说："为吸引内地的人才到新疆和兵团来工作，有一个'双五千'工程。每年招聘五千名内地大学生到团场当'连官'。"

王闻道问："新疆各大院校的毕业生就不能享受这个政策吗？"

朱来顺说："是的。"

王闻道说："为什么不能一视同仁，不都是大学生吗？"

朱来顺停顿片刻说："王副团长，文件是上面发下来的，我们只能按文件执行，没有别的办法。"

王闻道不再说什么了，多说无益。但他办事的执着劲又上来了。拨通了团场西红柿酱厂钱小山厂长的电话："你们产品开发部不是缺少人手吗，这里有一位优秀的大学生，就到你们那儿上班吧。"

钱小山电话里说："太好啦，我正想安排到大学去招人才，有现成的省事儿。"

王闻道说："严格管理，好好培养。"说完，关上手机，又对张美兰说："老马的话是对的，我赞同。你和老马商量一下，尽快让孩子到酱厂去上班。"

张美兰乐了，说："我咋说的，早上听到喜鹊在树枝上叫个不停，原来碰上这好事，我去杀只鸡做饭，好好谢谢领导。"

众人急忙劝阻，说是吃过午饭了，只坐一会儿，还得赶路。正说着，门开了，进来一位穿西装打领带的年轻人，三十开外，脸上挂着卑微的笑容，自我介绍说："我是旺发建筑公司的曾小奇经理，为贵团承担了修河堤筑坝工程，见到团领导莅临现场，希望能去检查指导。"

王闻道心想，苟有勇主管团场的建筑业，这个项目一直盯得很紧，自己不宜过问太多，再说，也不在三秋检查范围之内，只是曾小奇经理来请，也不好推辞："既然曾经理盛情相邀，我们去看看也好。"

众人出门，告别了张美兰，径直向五百米开外的帐篷走去。走进超大型的帐篷，曾小奇忙用一次性纸杯倒水泡茶，王闻道忙劝阻："刚喝过，不用客气。"曾小奇坚持要泡茶，忙乱中，暖水瓶的水洒到了桌子上，忙用另一只手抹了一把，随后下意识地把湿手在西装衣服上擦了擦。

杜峰见了好笑，开口说："小奇经理，我看你是小气经理，床底下有好几个大西瓜，不舍得拿出来杀一个吃，还倒什么茶啊？"

曾小奇忙放下暖瓶，从简易折叠床下抱出一个西瓜，用手拍了拍，说："好瓜！"

西瓜杀开后，空气中弥漫沙甜的香味。杜峰咬了一口，赞道："好吃！味道还不错。"

曾小奇有些得意，说："正宗下野地的西瓜，是我亲自到兴城市买的，个个都甜。"

杜峰说："跑二百多公里买西瓜，还真会过呀。"

曾小奇听出话外之意，急忙解释说："前两天去市里拉水泥、钢筋，顺道买的，也算给工人们搞点福利，解解暑。"

吃罢西瓜，曾小奇从办公桌里拿出一摞厚厚的材料，说："领导来视察工作，我把公司的情况和工程实施的情况做一个汇报，恳请领导多多指导，多多支持。"

王闻道说："这个不用急，咱们还是到施工现场看看吧。"

众人来到河岸大坝上。正值枯水期，水浅而清，二十多米宽的河床，清亮透底的河水缓缓流淌，一群群小鱼欢快地游动。大坝内侧约四十余人正在铺设水泥板。

这条大河以河道中间为界，成为中国与邻国的分界线。蜿蜒的河构成了蜿蜒的边境线。

王闻道站在大坝上，向河对岸望去，高高的树，矮矮的草似乎更茂密些。远处建有瞭望铁塔，尖尖圆圆房屋的村子，还有牧人放牧的羊群、牛群。这些都是异国他乡的景气了。若是回溯一百多年前，这条河还是中国的内河，那一望无垠的土地还是中国的疆土，只是清政府腐败无能，这大好的祖国河山硬是被沙皇帝国鲸吞而去。想到这里，王闻道觉得心跳加快，热血直往头上涌，深感责任和使命重大、神圣，祖国已经强大起来了，决不能再丢失半寸土地！

"曾经理！"王闻道喊道，"这个项目是团党委向国家申请的国防建设工程，拨的是专项经费，你可要铆足了劲，把它建成牢不可破、固若金汤的精品工程。"

曾小奇连连点头,说:“好的好的。”

王闻道接着说:“这个地方为什么叫龙口?你仔细看看这个界河的地势,它从山坡上急转而下,对岸是地势高,我方地势低,山洪暴发冲下来,直接冲撞的就是咱们脚下这块大坝。按国际惯例,河道走到哪里,国界就划在哪里。若是发生塌坝改了河道,受损害的可不只是359团,而是整个的国家利益!我们就成了千古罪人!”

曾小奇见王闻道话说的分量很重,不由得紧张起来,急忙表态说:“请领导放心,我一定按领导的指示抓好工程建设,我亲自安排施工,亲自督查把关,亲自抓施工进度和质量,亲自……”

突然,爆出一阵哈哈大笑,是杜峰。他的笑声在界河岸上急剧上升,显得格外响亮。王闻道明白杜峰为何而笑,只是不喜欢这般不尊重人的放肆大笑,转过身去冷冷盯了一眼,杜峰立刻止住了笑。曾小奇不知错在哪里,被笑得不好意思,茫然地跟着嘿嘿一笑,正想解释什么,只见王闻道一摆手做了一个制止的动作,然后又指了指河对岸的右前方。

透过树林,只见一股巨龙般的沙尘滚滚翻卷,冲上天空。沙龙快速逼近,装甲车的轰鸣声越来越响。曾小奇吃了一惊:“老外的军车,不会出事吧,叫咱们的工人赶紧躲一躲。”

王闻道说:“他们是正常巡逻,不用怕,继续干你们的活。”

装甲车由远而近,戛然而止。顿时被自己掀起的沙尘包围住,一时什么也看不清。少顷,沙尘散去,从车上跳下一位军官,紧接着又跳下五名荷枪实弹的士兵,一同向河岸走来。王闻道眼尖,隔岸认出军官是年初在边境会晤结识并成为朋友的居马罕。高声喊道:“居马罕少校,你好啊。”

居马罕爬上堤坝,人高马大,笑容可掬。由于多年生活和工作在边境地区,对中国的情况很熟,汉语也讲得很顺。见到对岸的王闻道很高兴,喊道:“王副团长你好,可惜隔着条河,没办法和你拥抱。”说着两臂交叉抱在胸前,并在自己的肩上拍了拍。

王闻道发现居马罕肩章上多了一颗星,哈哈一笑说:“提职了,恭喜恭喜。怎么没进城去?”

居马罕说:“去了,城里办公室坐不惯,闷得发慌,生病要死了。又赶紧回来了,还是这里的土腥味儿好闻,这里的水好喝。”

王闻道笑道："雪豹怎能离开崇山峻岭，骏马怎能离开辽阔草原，还是回来的好。"突然想起年初交谈时居马罕讲今年会升职，还说老婆又怀孕了，已经有一个女儿了，希望这次能生一个儿子。于是问道："太太生了没？男孩儿还是女孩儿？"

居马罕一脸得意："按你们中国的话说，是个带把的，胖小子。"

王闻道说："好啊你，想什么来什么。天下的好事让你一个人全都得了，真该找机会再与你痛痛快快喝上一杯。"随后又说，"伏特加！"

居马罕回应："伏特加！"

两人会意地大笑起来。原来两人曾把杯论盏，不分高低，王闻道对身旁的张来顺说："把车上的'界河特'搬两箱。""界河特"是359团烧制的粮食白酒，度数分72度、62度、52度三种，广受农牧民欢迎。随后又对河对岸的居马罕说："你看按年初说好的我们开始动工了，把大坝加牢固。"

居马罕说："这个地方你们说是龙口，我看更像饿狼一样的口，搞不好会吃人的。"

王闻道说："大坝牢固了，我们的麻达(问题)没有了、你们的麻达也没有了，相安无事。"

张来顺把酒搬上河岸后，挽起裤腿要下河，杜峰见状说："让我来送，活了这么多年还没有和老外握过手，这一次一定要握一握！"

河对岸的居马罕听得真切，打趣地说："朋友，站在我这个地方看，你才是真正的老外，哈哈哈。"

杜峰一愣："耳朵真尖啊。"立刻反应过来，笑道："界河两岸，你看我是老外，我看你是老外，咱们都成了老外。"

居马罕哈哈一笑回应道："界河两岸，你看我是朋友，我看你是朋友，咱们结成好朋友。"

王闻道拍手叫好，说："界河两岸，我守护界河，你巡逻边境，我们都效忠自己的祖国。"

三人对吟，引起一片掌声和笑声。河对岸，居马罕见士兵抱着两条大列巴过来，似乎有些不满意，嘀嘀咕咕说了些什么，士兵又返回车上拎出两大瓶子紫红色的东西来。居马罕对王闻道喊道："纯天然，马林果酱，攒劲得很。"

双方在河道中间做了互换。相互道谢，告别。

四

上车后，张来顺忍不住问杜峰："老杜，刚才你笑什么啊，一定有高兴事儿。"

杜峰不屑地说："一个蛋籽籽大的公司经理开口闭口地说，自己亲自抓，亲自干，不好笑吗？吃饭、穿衣、睡觉亲自不亲自？分内的事儿嘛。"

张来顺接过话头说："有些基层干部越是职务低的却越是看得重，喜欢摆个谱。联防队的赵建成队长早先刚当副连长时，总爱在办公室待着，不肯回家吃饭，他老婆就到办公室找他，'建成回家吃饭了。'赵建成却说：不要这样叫，组织上给的名字为啥不叫？他老婆吃了一惊，忙问组织上起的什么名字，赵建成回答说，赵连长嘛！"说得一车人都笑了起来。

王闻道想这恐怕是有意编派赵建成是官迷的民间笑话，民间笑话不一定是真的，却往往反映出这个人的主要特征。而曾小奇为人处事谦卑低调，却不是个等闲之辈。否则，这么重要的工程项目是怎么拿到手的？自己曾见过实力强大的治理河流的公司，大型机械，流水作业，整体铺设，坚固的水泥河床、大坝无任何缝隙。相比之下。旺发公司的作业就显得太传统，太陈旧了。正思忖着，就听杜峰开口说："我弄不明白，咱们团明明有建筑公司上百号人，修渠固坝这活儿又不复杂，怎么让曾小奇给拿走啦，外来的和尚会念经啊！"张来顺说："你没听苟副政委说市场经济自由竞争嘛，再说领导定下来的事情，你怀疑什么？牢骚话多，说明你政治上还不够成熟。"受到责备，杜峰不太高兴："我实话实说，怎么就不成熟了？"

王闻道不想让两人为团领导的事情争来吵去的，大声对司机说："钟师傅打开收音机，听听节目。"钟师傅打开收音机，是一档娱乐节目，主持人口齿伶俐地说脱口秀：

春天来了，一对年轻的恋人在公园约会。小伙儿对姑娘说："你来了，带来了哈密瓜的清香。"姑娘开心地说："好闻吧，我涂的唇膏是哈密瓜味儿的。"小伙深情地望着姑娘说："我虽然没有去过新疆，却特别喜欢吃哈密瓜，那个甜得跟蜜似的，让人一辈子都忘不了。"姑娘说："我也喜欢。"小伙说："咱俩的爱好都那么一致，真是缘分啊，现在你愿意让我吃上香甜的哈密瓜吗？"姑娘先是一愣，接着脸红起来，紧紧咬住嘴唇，害羞地低下头。小伙见状大喜，把脸凑了上去，要吻姑娘，说："就吃一点点，一点点。"这时，姑娘突然举起一管唇膏说："可要少吃一点哦，我新买的，挺贵的。"

故事讲到这就结束了。主持人接着说："下面请大家听一首非常好听的内蒙古民歌《草原之夜》。"

熟悉的音乐一响起，杜峰夸张地喊道："麦江（哎呀），不麦到（不好），一点都不麦到。"

张来顺说："明明是我们军垦战士早期创业的歌曲，怎么说成内蒙古民歌了，哪怕说是新疆民歌也行。"

杜峰有些激动："我要写信给电台领导，让主持人检讨，让他下岗。"

王闻道转身对杜峰说："我看你就直接写给主持人吧，让他知道这首歌产生于新疆的边境团场就行，宽容大度一些，得饶人处且饶人。"

杜峰显然没有转过弯来，说："咱们兵团人辛辛苦苦，默默奉献了几十年，守卫边疆，稳定边疆，建设边疆，谁记得啊！好不容易才有这么一首好歌，还被说成外地的，我心里不舒服。"

王闻道说："老一代军垦人，献了青春献终生，献了终生献子孙，期盼屯垦戍边大业一代代传承，继往开来，他们曾想过扬名立万吗？有一首歌唱得好：面对蜿蜒的界河，背靠亲爱的祖国，我们种地就是站岗，我们放牧就是巡逻。要问军垦战士想什么？祖国富强就是我们的欢乐。屯垦戍边，维护新疆社会稳定就是一座高大的历史丰碑，任何名和利与之相比都显得微不足道。你说是吗？"

杜峰不好意思地笑笑说："我这个人好激动，还有一个坏毛病，平时老爱讲团场这不好、那不对，可要是听到别人讲兵团、讲团场的不好，就不愿意，和他吵，掀他的饭桌。"

张来顺说："你呀，吃亏就吃在这张嘴上，仗着有才气，什么都敢讲，要不宣传科长早是你的了，也不至于现在还是个负责人。"

杜峰冷冷地回击："我不稀罕，就这德行，怎么了！"

王闻道笑道："要讲稀罕，我觉得杜峰对团场执着的爱、真诚的爱倒是真值得珍惜，也算一种特有的稀罕。搞文化的，不知你想过没有，屯垦戍边几十年间，建设农牧团场，工商企业成百上千，人口由几十万，发展到几百万，而能传唱的歌曲仍超不过早期的《草原之夜》《边疆处处赛江南》，现在还有什么文艺作品能够引起人们广泛的喜欢，脍炙人口，红遍大江南北？从而让人们记住你，喜欢你，赞美你？”

杜峰说：“经你这么一说，还真是个问题，以前还都没有觉得这是个问题。”

王闻道说：“周恩来总理曾说过，国家建设中，经济和文化好比鸟儿的双翅，车的双轮，相辅相成。团场要创造新的辉煌，文化必须要有大发展。”

杜峰找到了兴奋点，高兴地说：“闻道团长，不是我夸你，要拍你的马屁，说真的，这些年359团经济上去了，多亏你弄的两个厂子，只是没想到你对文化还有这么深刻的研究和见解，今儿有个问题向您请教请教。”

王闻道笑道：“请出题。不会有意刁难我吧？”

杜峰也笑了起来：“就算是吧，否则我就太没水平了，有首歌谣你怎么看：

生在井冈山，长在南泥湾。

转战千万里，屯垦在天山。”

王闻道反问：“《王震传》你看过吧？”

杜峰说：“听说过，没看过。”

王闻道说：“抽空找来看一看，这首诗是王震将军对兵团光荣历史的概括和总结，豪情壮志，直冲云霄。只是最后一句，还有一种表述，叫扎根在天山，我的看法是后者更准确些。自汉武帝派张骞出使西域，后又设立西域都护府，两千多年的时间里，历朝历代封建王朝都在新疆搞屯垦，却往往一代而终。因此，屯垦人只有扎下根，安下家，一代传一代，与新疆各民族融合发展，屯垦戍边，方为千秋大业。”

杜峰说：“我再说一个，你听听如何：

是军队，没军费；是政府，要纳税；

是企业，办社会；是农民，入工会。”

王闻道轻轻叹口气，说：“其实最不看好的就是这首了。咱们是军队吗？是单纯的企业吗？是市政府吗？是农民吗？都不是。给一个事物下定义的时候，不能用比喻的方法。这反映出对兵团认识的复杂性，还带一点窘迫。当然，从民谣的角度看，还算生动有趣。”

张来顺忍不住说道：“我这里也有一首：

割不断的国土情，

难不倒的兵团人。

攻不破的边防线，

摧不垮的军垦魂。”

王闻道夸赞道：“有气魄。”杜峰一拍张来顺的肩膀说：“行啊，你竟然也能文能武。真是近朱者赤，跟着王副团长学了不少。”张来顺有些不好意思地说：“团里开‘三干会’，吴政委在讲话中说的，觉得攒劲就记了下来。”杜峰正在兴头上，说：“还有一首你们给评一评：

半个百姓半个兵，

半碗黄沙半碗风。

多少将士思乡梦，

都在万古荒原中。”

张来顺抢先表态，喊了一声“好！”王闻道说：“‘半碗风’倒是有些诗意。只是后两句意境差了些。来顺和我都是军垦二代，生于团场，长于团场，工作在团场，这就是我们的家乡呀，何来思乡梦呢？”

杜峰争强好胜，又出一首：

“我家住在路尽头，

界碑就在屋后头。

界河边上种庄稼，

边境线上牧牛羊。”

王闻道说：“这像一部纪实作品，咱们团不就是这样吗，谁写的？”

杜峰脸上露出得意之色：“鄙人，我现想现编的。”

王闻道说：“果然是359团的大才子，给你点赞表扬。”

杜峰说：“光表扬算什么，来点实在的。”

张来顺半开玩笑说：“胆子不小，敢敲诈团领导。”

王闻道说：“不算问题，应该奖励，奖你两瓶酒。”远处已可见密集的白桦树和一排排平房，那是十六连部的所在地。他把手向左边的半山坡上一指，说：“不急，咱们先去烈士碑前祭拜。”

五

车在山脚下停稳，四人下车往小山坡上走去。满山坡茂盛的草丛，开放着红的、黄的、白的小花朵。众人边走边采，很快结成一个大花束。

烈士墓前，众人献上鲜花，又排列整齐向英烈三鞠躬。

烈士墓里埋着一对年轻的夫妻，男的叫张兵，女的叫周英。碑的后面铭刻着他们的生平简历和牺牲的事迹。虽不足千字，可王闻道每次都会一字一字地认真看，觉得字字如山。这次也同样，他立在碑文前细细默读。

那是二十世纪七十年代中后期，已是深秋，雨夹雪，一场接一场地下，往年枯水季的界河已是满满一河水，缓缓地流淌。过了一天又一天，直到一股超强的西伯利亚冷空气席卷而来，河水再也不动了，成了一条长长的冰河。

整个冬天漫长而寒冷，学校教室的四面高墙，如同一张薄纸，挡不住刺骨的寒风入侵，学生们穿毡筒护住了双脚，可脸和手却被冻得生疮生疼，一下课，大家都拥挤到火炉旁烤火取暖。

好容易盼到开春，连谷雨都过了，而寒冷还赖着不肯走。界河里的冰还坚硬地躺在河床上。季节不等人，河上游已是春暖花开，冰雪融化，慢慢地夹着大冰块向下游涌来，若不及时采取措施，势必造成河坝崩裂，河水改道。团党委紧急动员，调动各连队的基干民兵，下河破冰，疏通河道。

那个年代，正值边境地区的多事之秋。中国的东北部，珍宝岛战役打过之后，苏军吃了亏，随之又把重心移到西北部，实施报复。铁列克提一役，中国边防巡逻队遭遇伏击，全部壮烈牺牲。巴尔鲁克山区，一队苏军突然闯进我边境团场，抢夺牛羊，兵团战士奋起反击入侵者，苏军竟然开枪扫射，一名身怀六甲的女职工孙龙珍中弹牺牲。忍无可忍的情况下，我边防军奉命还击，击毙两名入侵者，打死三匹马，入侵者落荒而逃。

现在要去破除界河的坚冰，恐怕比坚冰更可怕的事情会发生。

经过慎重研究，团党委决定组织一支突击队去破冰。另组织三百人的民兵武装埋伏在岸边，一旦有事全力开火，掩护破冰人员撤返。

张兵和周英是十六连职工，也是基干民兵，两人从小在三连长大，小学是同桌。课桌中间有一道“三八线”，周英大大咧咧让胳膊越过界线很多，张兵忍气吞声地让着。有时写作业无意间越过了线，周英则用铅笔盒狠狠地敲打张兵的胳膊，以示警告。张兵疼得直咧嘴，想反击，可一看到周英捉弄人后快意的笑脸也跟着笑了。

连队晚上放电影，张兵早早跑到连部篮球场，选好满意的位置，摆上几个小板凳，形成一个长方形，其中一半是自家的，另一半是给周英家占的。周英帮助妈妈洗好碗筷后，又忙着用微火翻炒葵花子。然后装满两个小布袋，一袋是自家看电影时吃，另一袋是给张兵家吃。

夏日里，天黑得晚，大人小孩儿像过节一般，早早拥向篮球场，嗑着瓜子，说着闲话，等待着天黑放电影。张兵的妈妈夸周英葵花子炒得好，又香又脆，还夸周英长得漂亮，两个大眼睛会说话，有灵气。这让周英很高兴，觉得自己的劳动是值得的。张兵的父亲是连队的副连长，是个干部。周英的父亲是菜班的职工，两家有距离，坐在一起时，周英的父亲有些紧张，巴望着天早些黑下来，好看电影。可偏偏有人喜欢打趣，马车班的班长凑上前嘿嘿一笑："老周好福气呀，这么早就享上小女婿的福了。"周英的父亲急了，扯下头上的军帽就去打，低声喝道："明儿给你戴上个箍，看你还胡咧咧。"引得看热闹的人们哄笑起来。

后来，两人去团直中学上初中，不同班，可仍然约着一起上学，一起放学。从连队到团部七八公里路，早出晚归的，一起走大人也放心。

初中毕业，团场又办起了高中，两人继续读高中，直到高中毕业，两人又分配到十六连青年排参加生产劳动。

五月，艳阳高照。张兵拿着小铲子弯腰弓背地给玉米定苗、除草，浑身的力量却使不出来。大条田，一行苗有两千多米长，望不到边，心里怯怯的。好在周英手巧干得快，自己的一行活忙完后，反过头来帮助张兵。张兵远远看见周英苗条轻巧的身影，心里有无限的快意。

收工后，两人漫步在乡间小路。周英一脸灿烂，问："定了一天的苗，累不？"张兵满脸的实诚说："开始腰酸酸的，腿沉沉的，浑身都快散架了，可一见到你，听到你的笑声，那些毛病全跑了，现在我浑身是劲。"周英更开心了："嘴还挺甜，我一直笑，还真能治你的劳累啊！"张兵早就知道，周英开心一笑时，脸上有一对浅浅的小酒窝，一旦收住笑，酒窝就不见了。他特喜欢看却不敢细看，此刻听到周英的问话，顺着心思说："是呀，是呀。"周英重重地"嗯"了一声，似在追究什么，张兵又忙改口说："不是的，不是的。"周英银铃般的笑声像云雀高飞一般，飞向晚霞四射的天空。

春去秋来，一天，指导员把张兵叫到连部办公室说："小学一名老师调走了，要赶快补上，看了你的学习成绩，语文数学都还不赖，决定让你到学校当老师。"张兵连脑子都没有过一下，脱口而出："周英学习比我还要好，她去当老师最合适。"指导员说："连队的孩子调皮，偷瓜搞桃的啥都敢干，要能降得住才行。"张兵说："别看周英长得秀气，可凶起来也很厉害，每次打架我都打不过她。"指导员一听笑了："你们在搞对象吧。"就这样，周英成了一名小学老师。由此，指导员喜欢上了张兵，经过一番考察，提拔为浇水排副排长。

两人不在一起劳动了，整天见不着面，白天一个在大田的庄稼地里，一个在学校的课堂。晚上则是全连大会，连长讲评今天的工作，安排明天的任务，指导员讲国际国内形势，做思想政治工作。等到散会已是很晚了。张兵躺在集体宿舍睡不着，黑暗中浮现出周英那可以融化冰雪钢铁、无比灿烂的笑容，还有劳动时轻盈美妙的体态，一切都是那么美好，终于忍不住起身，穿好衣服，拿起手电筒，跑到学校，敲响了单身宿舍周英的门。

周英已经睡下，听到是张兵的声音忙起身穿衣，点亮防风式马灯，然后开门让进张兵。问："这么晚了，有什么事儿？"

张兵只想见到人，满肚子的话竟不知如何说，坐在床边的椅子上想了一会儿才说："全国要恢复高考，不再搞工农兵推荐上大学的事儿，没有什么背景的青年学生都可以报考，咱们也准备准备参加高考吧。"

周英笑了："嗨，想到一起去了。听到广播后，我就托人找复习资料。你看，这一堆书是两份，还说找时间给你送过去呢，你倒来了。"张兵顺着周英的手势看到窗前桌子上堆了不少书和资料，心中一热。这才回到正题说："还有一件事，现在白天黑夜里都想你，又见不到你，要不咱们结婚吧。"

"结婚？"坐在床边的周英先是一愣，接着捂住脸嘤嘤地哭了起来。

张兵人老实，没见过这阵势，一时不知怎么办才好。过了一阵子，周英停住了哭，低声说道："连我的手都没碰过，一下就提结婚了。"张兵像是受到启发，兴奋地站了起来，可犹豫了一下，又坐了下来。

周英起身到脸盆架边取下毛巾慢慢擦去脸上的泪水，然后扭身对张兵嫣然一笑，说："咱们结婚，还可以一起复习，准备高考。"张兵大喜，顿时觉得马灯的光焰增加了千万倍，整个房子红光四射。

几天后，两人骑着自行车到团机关民政部门做了登记，领到了结婚证。

界河破冰疏通河道的战斗打响了。

天还没亮，全副武装的民兵已进入界河岸边的树林、草丛中沿线埋伏起来。破冰的队伍直到太阳高高升起，才扛着十字镐、钢钎三三两两地来到河岸，两人一组，分段包干，力求速战速决。

经验丰富的团领导要求男女民兵搭配，女民兵腰间拴着绳子，下河破冰，男民兵握紧绳子的另一头，一旦冰破落水，男民兵有力气赶紧往岸上拉，确保生命安全。

岸边的白桦树下，周英往腰间系绳子，笑着对张兵说："待会儿砸冰，若是我落水了，有危险就赶紧松开绳子，别把两人都搭进去。"

张兵望着周英白里透红的脸，真觉得看也看不够，见周英口无遮拦，不由得怒火升起，斥责道："再胡说八道，就揍死你。"

周英笑道："嗨，嗨，长脾气了，来打呀。"说着，扛着十字镐轻盈地滑着冰到了河道中间开始刨冰。

张兵在岸边又是气，又是爱。看着媳妇干活，像是舞蹈演员的艺术表演，觉得每一个动作都有韵味，十分可爱。他抬起手腕看看，已过了二十分钟了，周英的脸上溢出汗珠，忙说道："咱俩换换，我来干！"

周英不肯："不行，有纪律。"仍挥动十字镐，用力砸下冰块，但胳膊已不如开始那么有力气了。

张兵不由分说，用力往上扯绳子："什么纪律，完成好任务才是好纪律。"

周英站在冰河上，脚滑很快被拉扯上岸，喘着粗气说："好吧，我歇会儿，再下去替你。"

张兵身大力不亏，又是干活好手。下河后细细地寻找河冰的纹路，顺势敲打，左一下右一下，再轻轻一磕，只听河冰吱吱的几声响，便是一大块冰落入水中。这方子又轻巧又出活，只见一块又一块冰落入水中，看得周英直乐："真棒，简直是魔术。"

太阳升到正中，阳光直直地照射在冰河上，河道上的冰受到热力正在变得松软，不时响起冰裂的声音。张兵干得更欢了。

突然，上游不远处传来急促的求救声："有人落水了，快来救人啊！"张兵一听赶紧上岸，解开腰间的绳子奔了过去。周英也紧随其后。

原来，妇女排的黄子燕因脚下的冰松软再加上人的受力塌裂了，人落入水中，又被漂移下来的一大块冰卡住，岸边的男民兵用力拉不上来，这才急忙呼救。

张兵飞速赶到，跳到河冰上拉住黄子燕用力往上提，却没有提起来。张兵清楚地看到水中的冰块上下浮动着，随着河水流动往前用力，似乎想把黄子燕带入河水之中。张兵来不及细想，跳入水中，用全身的力气将大冰块向旁边推移。好在河床很宽，能移得动。刚把冰块移开，众人连拉带扯把黄子燕拉上了岸。张兵抹了一把脸上的水，正准备跃上冰层，不料又一块更大的冰块压了过来，顶在了张兵的腰部，河水很深，张兵脚够不着地，用不上劲，试图推开大冰块，却没有推动。

岸上许多人焦急地喊："快上来，快上来！"可张兵在冰块间无法动弹。这时，周英一个箭步跃到冰块上，用力抓住张兵的手往上拉，却没有拉动。

这块冰实在太大了，无声无息，却十分有力地抵住张兵渐渐地往冰层下的河流移动。张兵卡在冰层和冰块之间，受到的压力越来越大，呼吸紧张，血液也直往头上涌，满脸通红。他似乎意识到了什么，对周英说："松手，快松手。"

岸上的人见情况不好，也跟着喊："快松手！危险！"

周英哭了，撕心裂肺地喊道："给我上来！给我上来！"

就在这时，周英也落入了水中，两人同时被冰块推入了冰层下的河流中。

霎时，岸上的人惊呆了，一片寂静，只听到河水中的冰块碰撞的喳喳声。

团政委很快清醒过来，大声吼道："下河砸冰，救人！"人们一拥而上，发疯般地砸开厚厚的冰层。等到把冰层砸开，一切都太晚了。

当人们把张兵、周英捞起时，只见周英的手仍紧紧握住张兵的手，掰都掰不开。

若干年后，每当人们回忆起这件事，许多人都说在几十公里的团部都听到了那撼人心魄、撕心裂肺的喊声。

天边飞来了一团厚厚的云，遮住了阳光，雨水洒落下来。张来顺走到王闻道身边轻声说："下雨了，闻道团长，咱们走吧。"

回到车上，王闻道心中暗暗叹息："一对年轻人能欢快生活，追求美好，又能舍生取义，视死如归。可敬可叹。而自己竟被上级的一个电话弄得心神不宁，患得患失，真是没有比较，就没有境界。"

第二章

设计布局

一

王闻道在十六连忙完工作，赶回团部的家中已是晚上 11 点钟。

客厅黑着灯，电视机没开。儿子王国庆的书房兼卧室灯光大亮，传来儿子诵读《论语》的声音：“子曰：君子怀德，小人怀土，君子怀刑，小人怀惠。”

“子曰：……”

看来作业已经完成，正在自学国学。王闻道探身进去，见妻子安贞正专注地检查孩子作业，而儿子则捧书诵读。正想悄悄关门离去，关门的“吱呀”声转移了两人的注意力。安贞温柔一笑，而儿子则欢快地大叫：“爸爸，我知道你的名字是怎么得来的了。”

王闻道问：“怎么来的？”

儿子说：“你看，子曰：朝闻道，夕死可矣。‘闻道’就是这两个字。可为什么早上才闻道，晚上死了也满足呢？”

王闻道说：“这里讲的是人生探索道理、追求真理的过程。孔夫子一生都在追求真理，一生都在求道传道，曾有过‘韦编三绝’的故事。他弟子三千，七十二贤，一直活到七十三岁。在那个年代是长寿之人，同时也使孔夫子成为中华民族的圣贤之人。”

儿子满心佩服却调侃说：“懂得挺多的嘛，一套一套的。”

王闻道已习惯这样的交流方式，说：“多读书，道理自然在其中。”

在一旁的安贞责怪说：“你一回来就搅得孩子读不成书。”看着儿子说：

“好了，今天就学到这里。”

王国庆一脸笑容说：“我可以上一会儿网吗？玩一会儿游戏。”

安贞收住笑容，厉声说：“想都别想，洗脸，刷牙，睡觉。”

王国庆顷刻晴转多云，满脸的不高兴，用力收拾桌前的课本、作业本，发出重重的响声，“早就知道会这样，你要同意了才怪。”

两人回到客厅，打开顶灯，顿时一片明亮。安贞倒一杯茶水递给王闻道，问：“不是后天才回，怎么提前了？”王闻道把上午接到的电话通知的事说了一遍。安贞若有所思地“唉”了一声，便不说话。室内一片沉静。

片刻，王闻道问：“你怎么看？”

安贞是团直学校的校长，为人处世外柔内刚，张弛有度。很是平淡地说：“你与李书记没有沾亲带故的亲戚关系，没有党校干校的同学关系，也够不上情趣相投的朋友关系，只剩下领导与被领导的上下级关系，踏踏实实汇报好工作是正事。再说你对团场产业化发展有许多自己的想法，借机可以好好说一说。”

王闻道说：“是这个理。机会难得，汇报好了，一些好的发展思路或许就可以变成现实。”

王国庆洗漱完毕，路过客厅回自己卧室，以大人般的口吻说：“又秀恩爱，撒狗粮。”

安贞随手拿起沙发上方形靠垫摔了过去，儿子顺手接了，做了一个顽皮的笑脸，跑回自己的房间。

次日凌晨，安贞和国庆早早吃过饭，去学校了。王闻道收拾妥当，准备出门，从窗外望去，深蓝色的天空，万里无云，阳光无拘无束地照射在大地。院外，高高的白桦树上绿叶翻动，折射出亮亮的光。王闻道心情舒畅起来。

刚迈出家门，只听到客厅里的电话铃声急促地响个不停，只好反回身去接听电话。

话筒里，刘杰主任的声音有些急乱：“不好啦，出大事了，有好多人要去师部上访。”

王闻道感到事发突然，却不想跟着刘杰急乱的情绪走，顿了一下说：“刘主任别急，慢慢说，你知道是哪个单位的群众去上访吗？”

刘杰回答：“是酒厂。”

"多少人?"

"好像有十多人。"

"为什么事去上访?"

"不知道。"

"人现在在哪里?"

"已经乘班车往师(市)走了。"说完刘杰又补充了一句,"班车一般发车都比较早。"

王闻道继续问:"有勇政委知道吗,他有什么意见?"

"刚才已通过电话,政委还在东线连队检查工作,赶不回来,他请你出面处理此事。"

问明了情况,王闻道心里已清楚该怎么办了,说道:"你在办公楼门前等我,我马上到,咱们一起去追赶,做群众的说服工作,一定要把问题解决在团场内部。"

刘杰忙说:"好。"

王闻道又说:"你通知徐世清厂长,带上酒厂的大客车赶过去,好把上访群众拉回来。"刘杰又说了声:"好,这就办。"

越野车驰出团场机关,很快上了国道。路面不是很宽,可司机钟师傅不断地提速超车,飞奔追赶客运班车。

车上,王闻道通过手机不断向厂长徐世清询问具体情况。结果,徐厂长也知之甚少,埋怨道:"不应该呀,昨天两车货从口岸出了国门,现在产销两旺,供不应求,库存都没有存货了,效益这么好,没有亏欠职工什么呀。"

王闻道心想:"出了这么大的事还不忘表功,想推脱责任吗?"便冷冷地说:"这么说还要给你请功喽。"

徐世清听出话里有话忙说:"哪敢,不是在分析原因吗?"

王闻道严肃地说:"徐胖子,这事处理不好,我先摘掉酒厂兵团级'文明单位'的牌子。"

刚合上手机,又有电话打进来,是联防队长赵建成打来的。他大声向王闻道报告:"根据苟政委的指示,让我带几名联防队员全力协助您的工作,无论采取什么样的方法、手段都要把上访人员全部带回团里。"

王闻道心里一热,有勇同志很支持自己的工作。酒厂是自己主抓的单位,出了问题自己应该是首要责任人,责无旁贷。又想:尽管是突发事件,里面肯定有许多原因,这原因究竟是什么呢?

追出一百多公里路,已远远可见班车平稳地奔驰着,钟师傅加大油门直直地追赶过去。

截住班车后,刘杰半是请示半是询问地说:"我先上车,问明情况,劝阻大家回团,若不行,你再出面,这样回旋余地大些。"

王闻道说:"已经出团场的地界了,需要当机立断,快刀斩乱麻。再说,关键时刻,当领导的不敢冲锋在前,能力何在,情何以堪?"说完带头上了客车。

放眼望去,车上乘客皆为359团的职工或家属,王闻道多数都能叫出名字,即便有几个叫不出名字的见过面也都记得。他迅速把目光锁定在浇酒车间主任杨志强身上,因为这里面就数他职务高。杨志强见自己被盯住,有些慌张,想躲藏起来,可又无处躲藏,只好把头低低地伏在前排椅子的靠垫上。

王闻道走过去,平静地说:"志强是你挑的头,为何事去上访?"

杨志强讷讷地想说什么,却又没有说出来,又低下了头。

王闻道又问:"总共多少人?"

杨志强回答:"十六人,多是酒厂退休工人。"

王闻道说:"不对呀,一个车间三十多人没有一起来,车间主任把自己混成作业班长了?"

杨志强满脸通红,不知所措。

王闻道仍然平静地说:"招呼大家下车,回酒厂。有什么问题回去解决。"

杨志强站起身来,环视左右,刚想开口,后排座位上站起一位头发花白的老汉,喝道:"软蛋货,我们不能下车,事还没办成,怎么能下车,不行,坚决不行。"看来在火头上,声音越说越大。

王闻道知道这人是酒厂退休工人,叫武继胜,是几口大锅制烧酒的创业者之一,说话硬邦邦,有些威望,许多人都肯听他的话。照情景看来,老爷子今天是真正挑头的,若说服了他,其他的上访人员也会跟着走的。可满车三四十位乘客不能耽误行程,同时,也不宜让众人成为围观者或者是起哄者。心里正焦急,透过窗户玻璃看到酒厂的大轿车正急速驶过来。于是上前两步,走到武继胜座前,心平气和地说:"武师傅,你看这样好不好,大家到师(市)反映的问题,先给团里讲,我若办不成,解决不好,我用酒厂的车专门送大家去师(市)

反映情况，然后保证把大家再接回来。”说着向车后一指说：“大家看酒厂的车子已经到了。”

武继胜站起身子，回头一望，果然看到厂里的车子已经靠近。再想想王闻道的话也在理，便招呼众人说：“下车，说不通道理，咱们继续上访。”

刚下车，徐世清喘着粗气快步上前，见到杨志强破口大骂：“兔崽子，不好好干活，搞什么幺蛾子，看我回去剥了你的皮。”

杨志强低声辩解：“是我爹硬让我来的，我说这样不好，他说代表他来。”

徐世清不依不饶：“你爹都瘫在床上多年了，不感谢厂里的照顾不说，这不是恩将仇报吗？”

这时，赵建成带着两名联防队员，手持警棍赶到，望着陆续上车的老人，恶言恶语地说：“真是一群老不死的，活得不耐烦啦，每天好吃好喝的，却越活越抽了。”

已经上车的武继胜听闻，拨开众人下车质问：“赵建成，骂谁是老不死的？是吃大粪长大的，满嘴臭气？”

“就骂你怎么样！”赵建成舞动着手中的警棍说，“再胡闹，老子就揍死你。”

武继胜倔劲上来，两手一叉腰喊道：“你打一个试试啊，要不敢打就不是你爹娘养的。”

赵建成挨了骂，恼羞成怒，真的抡起警棍就要打：“老子打的就是你。”

“住手！”王闻道看得真切，大吼一声，如天空响雷，众人为之一震，王闻道借机上前插在两人之间，怒目而视赵建成：“你是谁的老子？武师傅比你父亲的年龄还要大，怎么能如此蛮横无理、出口狂言，像个国家干部吗？立刻向武师傅道歉。”

赵建成放下警棍说：“他们就是一群捣乱分子，团场安定团结的大好局势都被破坏了，我看揍一顿完事，还有什么道歉的。”

王闻道怒不可遏：“道歉，马上道歉，否则带着你的人滚回去。”

赵建成见多识广，能屈能伸，一脸的不服气，转眼变成了笑容满面，对武继胜说：“武大伯、武大爷，对不起你老人家！来！你老人家就像对待自己的不争气的儿子一样，打我几下，解解恨，消消气。”说着把头伸向武继胜的胸前。

武继胜打也不是，骂也不是，推开赵建成的脑袋，破怒为笑：“混账小子。”

上车后，王闻道让刘杰、赵建成把矿泉水箱子打开，每人送上一瓶，自己也拿瓶喝了一口才说："现在敞开说吧，为什么去上访，要反映什么问题。"

一时无语，众人相互观望。

王闻道心想："现在要紧的是把情况弄明白，杨志强是在职干部，讲起来不会走极端。"于是开口说："杨志强，你先讲讲。"

杨志强站了起来："说就说，明人不做暗事。"可脸一红，又把话噎了回去，坐到座位上。

徐世清很不满意："三棍子打不出个屁来，就这点出息。"

杨志强被一激又站了起来，说："咱们厂这些年红火起来，瞎子都看得明白，酒厂、酱厂好兴旺。单说酒厂吧，早先武师傅他们三口铁锅制酒，虽说带一股苦味，可那年代家家请客都离不开。后来规模大了些，却半死不活。直到这些年，人才、技术、设备都来了，酒厂旺了起来，团里人喜欢喝，地方乡村的老乡也喜欢喝，就连西边邻国的老外也喜欢喝，成了团里经济发展的支柱。徐厂长你在这，不用我多说，人心就是一杆秤，都夸赞王副团长搞得好，有办法，有章程，所以大家听说王副团长要升官调走了，这才急了，去师里找领导讲一讲，不能让王副团长走。要提拔就提拔在团里当官，又不是没有位置。"

一语惊人。王闻道怎么也不会料到是这种理由去上访，又想："会不会虚晃一枪，掩饰真正上访的理由？可看到杨志强涨红而实诚的面孔，又不像在说谎。"

徐世清胖胖的脸上露出笑容："你小子是在帮忙还是添乱，反映问题也不能用这种怪里怪气的法子。"

武继胜站起来说："我说两句，这小伙子在你们手底下干活，没把问题说透。"说着两眼直盯住王闻道说："你要当官，我们不拦你，也拦不住。可千不该万不该把酒厂当成自己当官的礼物送给师里，把酒厂治好了，刚才还护着我，我都很感谢你，但这事不能依你！"

气氛一下子紧张起来，人们把目光都聚在王闻道的身上。王闻道感受到这个强大的压强，于是镇定地说："继续讲。"

武继胜硬碰硬地说："就这。"

王闻道说："我是第一次听说这件事，您能说得再具体、再详细些吗？"

武继胜带有怨气，说："还有什么好说的，师里要搬走酒厂，你答应了，就提拔你了。”

杨志强不赞同，不满意，说：“武大叔这话可没说到项上。界河酒靠的就是界河水，离开了界河水还能酿出界河酒吗？就像哈密瓜拿到广州去种，还没有黄瓜好吃，这酒厂是搬不走的，怪不得我爹非让我来。”

显然，上访者来之前就存在意见不一、说法不一的问题。王闻道凭着多年的工作经验本能地感到有人在设局、下套。无凭无据的事却被说得有鼻子有眼，显然不是一张按常规出的牌。如果顺势追问下去，查到摆弄是非的制造者，会有怎样的效果？如果放任他们去上访，让师领导师机关知道自己在群众中的威望，不见得是件坏事，可于情于理都不符，也绝不允许。既然是一张非常规牌，也就不能按常规打。于是，清了清嗓子说：“武师傅，不知道您是夸我还是骂我？这么大个厂子说搬走就搬走，我有这么大的能耐吗？团党委能答应吗？职工群众能答应吗？再说我王闻道绝不会做损害359团利益、损害职工群众利益的事情，重要的事情说三遍：决不会！决不会！决不会！”

说得义正词严，干脆利索。众人一片叫好，鼓起掌来。只有武继胜仍不放心说：“空口无凭，你拿什么来证明？”

王闻道一愣：“您老人家还需要什么证明？”

武继胜从肩上的旧军用挎包中取出一个深颜色的大瓶子，是上世纪六七十年代装农药敌敌畏的瓶子。王闻道吓了一跳，可武继胜说：“酒厂的人就用酒来起誓，这是早年的老陈酒，喝三碗。”

王闻道哪里想到还有这种陈年老货。团场早年间生产出的散酒都是散卖，连队职工各家各户用瓶子、塑料桶装酒，可谓五花八门，农药瓶大而结实，被人们喜欢上了，打完农药后，用肥皂水洗它十回八回，晾干后就用来装酒。每逢过年过节，许多农户家的饭桌上都可见到这样一瓶瓶的“敌敌畏酒”，人们开怀畅饮。

见王闻道深思不语，武继胜从挎包中取出一只豁着口的老粗碗，倒入多半碗说：“别怕！闹不死人，我先干为敬。”

王闻道见武继胜一饮而尽，很是豪气，来了精神，说：“喝就喝，难道还怕了不成。”从武继胜手中接过碗，连喝三碗，喝罢，想做一个豪情万丈的动作，用力把碗摔在地上，可又想着碗是老人家念旧的物件，摔了可惜，于是轻轻递了过去，说：“满意不？咱们回团？”

武继胜开口笑道："满意。有种，好样的，咱们都回去。"

车刚发动起来，小车司机钟师傅跑上来，一脸着急的模样，对王闻道说："不是去师里办事吗？恐怕要晚了。"

二

苟有勇带队在东线连队检查三秋工作。车在五连连部刚停稳，连长、指导员急忙迎了出来。指导员林晓霞双手握着苟有勇的手说："苟政委好，早就盼望政委到我们连来，为什么才来。"她把"副"字省去了，说话中带有几分撒娇和任性，这让苟有勇听了很舒服，笑着对众人说："你们看，紧赶慢赶还是让基层同志批评了。哈哈。"众人随着开心地笑起来。

连长孙国文请示道："政委是先听汇报还是先到田间现场检查指导？"

苟有勇长条子脸，戴副眼镜，显得清瘦，只是腰间的"将军肚"明显隆起。他回头看看跟在后面的团电视台记者，大声说道："到了连队，就应该到田间地头去，一竿子插到底，与职工群众在一起。"话音中充满自信和底气。

众人来到棉田，只见上千亩的大条田，棉花已经盛开，一眼望去，白花花的一片银海。苟有勇有几分得意，说："看到这丰收的景象，真是太舒心了，就是再辛苦操劳，再加班加点也都值得。"

林晓霞一边给大家分发拾棉花专用的小白帽和拾花兜，一边说："政委，这是你境界高，我们连队干部望着看不到边的棉花地直发愁，只想多久把棉花摘完了，美美睡上几天几夜就心满意足了。"

众人被逗乐，检查组成员、团政研室主任白新建表示同情说："连队干部是最辛苦的，上面千条线下面一根针，各项任务都落在基层干部身上。"

林晓霞帮助苟有勇戴帽子和拾花兜，贴得很近，软软的小手不时地在苟有勇头上、脸上碰来碰去，苟有勇感到麻酥酥的，有一种被抓挠的感觉。不一会儿，心里也痒痒起来："这小娘儿们有点儿意思。"

孙国文把承包土地的户主带到苟有勇面前，苟有勇热情地握手，询问起具体情况，承包多少亩地，去年挣了多少钱，今年可以挣到多少，招了多少拾花工，老家是哪里，家中有几口人，等等，最后问："你生产和生活上还有什么困难？对团场的发展期盼些什么？"

承包职工是位山东大汉，黑红的脸上布满皱纹。眯着被阳光照射的眼睛，想了一会儿说："农业现代化带来的好处数都数不过来，播种实施精准技术，一窝只下一粒种子，节省成本，还不用定苗。田管浇水，施肥都用滴灌技术，很轻松。就是这拾棉花还是人工，拾花工不好招，要价还高，要是能用机器采摘棉花就好了，听说别的师有用采棉机的，咱们多久也能用上就好啦。"

苟有勇夸赞道："有想法，很好！反映的情况也很重要。对于这个问题，团党委已经研究过了，明年筹备一笔资金，买上几台采棉机，破解拾棉花难的问题，把职工群众从繁重的劳动中解放出来。这好日子就像芝麻开花——节节高。"

承包户乐了："还是领导想得长远，我们可有盼头了。"

苟有勇知道自己讲的话都会在团场电视新闻中播出，全团的职工都会看到。当然，作为一名领导，既要会说又要会干，于是对众人说："咱们下地拾花，与职工群众一同劳动。"

苟有勇蹚着棉花枝叶，走到一名拾花女工旁边摘棉花边交谈起来："老乡从哪里来的？"

拾花女工回答："陕西！"

"好啊，咱们可是近老乡。"

拾花女工有些惊奇："领导也是陕西人？"

苟有勇似笑非笑回答："我是甘肃的。"

拾花女工咻咻地笑了起来："领导真会逗人乐，这可是两个省啊。"

苟有勇说："咱们都是西北人，怎么不能说是近老乡呢。"

拾花女工说："领导就是有水平，咋说咋有理。听起来还蛮舒坦的。"

苟有勇知道电视播出时不会播出这样交谈的声音和内容，只要人们看到他与拾花女工亲切愉快的交谈画面已经足够了。于是又问："一场花拾下来能挣多少钱？"

拾花女工边摘棉花边说："往年扣除吃饭、来回车票钱，净落在手上的有七八千，今年花好，加上手上的技术也熟了，估计能挣个万把块钱。"

苟有勇说："好啊，一年比一年挣得多才对劲！"说着站起来。招呼跟随左右的孙国文、林晓霞说："外来拾花工，虽说是打工挣钱的，但是客观上帮助和支持了团场的发展，你们要像对待自己的兄弟姐妹一样，关心他们的劳动和生活。”

孙国文、林晓霞连忙称是。

这时，白新建拿着手机走上前说：“刘主任打你手机没人接，打到我这里来了，说有重要事情找您。”说着递过手机。

苟有勇接过电话一听，笑容凝固了，低沉地问：“怎么会这样，没讲什么事儿吗？”听到刘杰说：“没有，秦主任就讲这两句。”思考片刻才说：“你通知王副团长，让他准时到达。”

从棉花田出来，回到连部会议室听取汇报，苟有勇一脸阴沉，心绪纷乱，孙国文汇报的三秋工作情况，一句也没有听进去。

三

苟有勇清楚地记得，八月二十日上午，吴政委主持召开团党委常委会议，讨论的第一项是找差距，补短板，进一步开展好解放思想、加快发展的大学习大讨论活动。第二项是当前的生产经营工作，其中到内地省区招收拾花工问题难度比较大，讨论的时间比较长，会议还提出了，明年购买采棉机推广机采棉的有关事宜。第三项是加固界河大坝工程的招投标问题。因自己主管基建项目，当然先发言。为能达到预设的目标，他用很长的时间阐述了面向社会招投标的意义，如：坚持深化改革，扩大开放；坚持公开，公平，公正；坚持优胜劣汰、好中选优；坚持市场导向，自由竞争；当然，最关键的一条是郭家仁副师长的爱人曾玉珍打来电话，希望自己的亲戚曾小奇的公司能承包上这个工程。这一条绝不能说，只能记在心上。

短暂的沉默后，王闻道发表自己的意见：赞同公开竞争，为此需要更加慎重，需要详细了解曾小奇旺发公司的资质，拥有的资本实力、生产规模、技术力量，还有承办过什么重大项目，有过什么品牌工程。有比较才有鉴别。

常委、人武部长武大军表示反对：“团里有自己的建筑公司，上百号人完全能拿下来，再说这个国防建设工程，非同一般，叫自己的队伍干更放心。”

苟有勇心里暗暗着急，曾小奇的旺发公司不过是兴屯市的一家装修公司，十多号人，去年为争取这个项目才易名为旺发建筑公司。若按这样讨论下去肯定会泡汤。不行，必须阻止这样的讨论势头！可又能说什么呢？他狠劲地用手抓住自己的头发,想尽快想出一条妙计来。正在这时,坐在正中间的吴政委重重地伏在了桌面上,发出很大的声音。人们都愣住了,只见王闻道起身扶起吴政委,已是鼻㖞口斜,涎水直流,喊道:“快,送医院。休会。”

团场医院万分紧张地会诊,初步判断是脑溢血,做了简单的处理后,火速送往师(市)医院。散会后,苟有勇暗暗松口气,又是一喜:“这不是老天爷送来的良机吗!”于是火速叫车赶往兴屯市。

夕阳西下,余晖慢慢散尽,明亮的天空渐渐转为灰白、灰暗。夜幕降临了。苟有勇坐在车里,望着慢慢变黑的天空,心里盘算着时间,并不着急。他喜欢黑夜,觉得这个时候做事情更安全,更让人放心。天已黑了下来,他让车开到师领导住宅区的院门前,下车后让司机把车开到远处等待,自己独自向院门口的值班室走去。

郭家仁的家,曾玉珍是师(市)防疫站的主任,颇有领导者的气势,边看电视边听着苟有勇的诉说。当听到王闻道坚决反对招标,肥水不流外人田时,不由得恨恨地说:“庙穷恶鬼凶池小王八多。”

苟有勇急忙补充说:“曾主任,现在问题的关键是常委会还没做出决定,吴政委这病估计需要很长时间,您也知道王闻道任职比我早,常委排名在我前面,他若主持团党委工作再讨论这事肯定就吹了。”

曾玉珍说:“都是干部‘四化’给闹的,什么专业化年轻化,没有文化怎么啦?当年戈壁荒滩,不毛之地,还不是一群没有文化的‘大老粗’干出来的。”她突然发现这扯得有点远,急忙收住:“好了,不扯这些。你打算怎么办?”

苟有勇心里焦急,口干舌燥,却没有喝水的欲望。急忙回到主题上说:“我如果能主持团党委工作,就可以不上常委会,把项目直接给曾小奇公司,因为,按惯例一个议题不需要上两次会的。”说完眼巴巴地望着曾玉珍。

曾玉珍想了片刻说:“你喝口茶,我去卧室给老郭打个电话。”

苟有勇知道这事有门儿了,心中暗喜,这才拿起茶几上的茶杯一口接一口地喝了起来。茶几旁有一部电话机,真想拿起来听听他们会讲些什么,可又不敢,只好心慌慌地干坐着。

似乎过了很久,曾玉珍笑眯眯地回到客厅,说:“你的好事情来了,老郭正陪着李书记接待客人,当场交流了情况,李书记说你是359团的老人,情况熟,安排你主持工作,做好安排。”

苟有勇心中大喜不由得开口笑了,感激地说:“这些年359团发展得快,多亏您和郭师长的关心和支持。团场的干部群众都一直念叨郭团长带领大伙儿脱贫致富奔小康的日子。这不‘七一’‘八一’团里发奖金,还有郭师长的一份。这次我带来了。”说着从公文包里取出三摞厚厚的人民币,计三万元。放在了茶几上。

曾玉珍笑着责备道:“你们呀,老郭为党,为群众做些工作不是应该的嘛,也难为你一直想着我们。”

苟有勇说:“咱们两家的友情非同一般,不是亲人胜似亲人。”此时,他感到又饥又渴。

四

孙国文汇报工作,会议是一片沉寂,人们都看着苟有勇等候指示。远处农家小院内的小母鸡产蛋后,高一声低一声的欢叫声传了过来。

苟有勇惊觉过来,噢了一声,然后不动声色地说:“小霞同志,接着汇报吧。”

林晓霞忙把桌前的材料理了理,用清脆的嗓音说:“尊敬的苟政委……”而苟有勇的思绪又飞走了,当接到刘杰的电话,先是一惊,要提拔重用王闻道了吗?不对,组织部门还没考查啊。转而又想,该不会出了什么问题,领导找诫勉谈话?也不对,这类事纪检委出马就行,犯不上李书记出面。突然,心里一沉,似有大石头压在心头。肯定是郭副师长打破常规,安排自己主持团党委工作,心虚了,没给李书记汇报,师里还以为是王闻道主持工作呢!如果是这样,自己辛辛苦苦做出的工作业绩不都算到王闻道的头上了吗?这怎么行呢?得设个局,挫一挫王闻道的势头。

想到这里,苟有勇让自己的心情平静下来。他抬眼看看正在汇报工作的林晓霞,薄薄的红唇,衬得脸蛋有些黑,虽说念着材料,眼睫毛却扑闪扑闪地动,好像在说话。扭头看看陪同他检查工作的一行人员:计财科长欧阳平,政研室主任白新建,联防队队长赵建成。

“赵建成。”苟有勇心中想起一件事,不由得眼前一亮,于是起身拍了一下赵建成的肩膀说:“出来一下。”

两人走出连办公室大门，来到篮球场旁边的树荫下，苟有勇问："前几天你说酒厂的许多老职工要到师(市)去上访，是怎么回事？"

赵建成说："都已处理好了，压下去了。"

苟有勇说："说具体点，什么原因？"

赵建成想了一会儿说："其实也没有什么大不了的，几位退休老工人听说师里想把酒厂收走，升为师直属企业，觉得不公平，亏了359团。还有，听说王副团长抓工业有功，要提拔调走了，那些人更不愿意了，要向师里反映把他留下。"

苟有勇对这样的议论十分厌恶，也曾隐隐约约听说吴政委正在推荐王闻道提职上位，看来群众的议论也不是空穴来风，现在是该出手了。苟有勇平时不抽烟，此刻却从口袋掏出大中华，抽出一根，叼在嘴上。赵建成忙拿出打火机，打着火，双手捧着去点烟。苟有勇轻轻吸了一口烟，说："群众的合理诉求，应当有适当的方式和渠道表达出来，这是职工群众当家做主的权利嘛，你再想想，若是两种情况，是一个问题的话，又说明了什么？"

赵建成恍然大悟："是呀，王副团长为了自己升官发财，把咱们团的酒厂给卖了，用我们职工的血汗，当他向上爬的垫脚石，平日里看他斯斯文文，却想不到暗地里干这种卑鄙的事情。"

苟有勇不满意地瞪了一眼："嚷嚷什么，怕全世界都不知道吗？你呀，就是不够稳重。"

赵建成不好意思地笑了："政委批评得对，一定改，我就是看不惯他这种人。"

苟有勇抽了两口烟，把半截烟头丢在地上，用脚踩了踩才说："你知道该怎么办吧，这种事儿说大不大，说小不小，只要踩到点子上，把握住火候，就会有意想不到的效果。"

赵建成忙说："我这就返回团里，让压下去的火苗再蹿上来。"

"记住，掌握好时间节点。"苟有勇叮嘱后又关心地说，"我让朱师傅送你回去，然后车再返回。今晚我就住在五连。"

送走赵建成，苟有勇反身回到会议室，见大家静悄悄地喝茶，问："汇报完了吗？这么快。"

白新建说："没有，我让停下来了，这事我们听了不管用。"

林晓霞似气似娇地说："准备好多天，专等着给领导汇报，可领导却不愿听，看不起我们五连的职工群众。"

苟有勇一副内疚的样子："不当家不知道柴米贵，现在夜里听到个风声雨声，就想到哪家职工还住在危房中，会不会有生命财产安全问题，担忧得睡不着觉。团里这么多的事情，哪一件都不敢懈怠。白天想事情，夜里醒来还是想事情。犹如怀中有二十五只老鼠——百爪挠心啊，只怕辜负了师（市）党委的嘱托和信任。好，扯远了，继续汇报吧。"

林晓霞接着汇报，清脆的声音充满会议室，苟有勇长长舒了一口气，心情大好。此刻，可以专心地打量正在汇报的林晓霞。只觉得她的嘴唇更红了，脸也不像刚才那般黑，细细看着还有几分娇媚，宽大的民兵迷彩服穿在身上，显得娇小动人。从农田回到办公室，上装最上面的两个衣扣已解开，粉红色的衬衣，开口也挺大，露出细长的脖子和前胸，细细的奶沟亦能看得清清楚楚。"她会戴什么胸罩呢？红色？米黄色？黑色？若是黑色，会让她的胸前肌肤变得白一些。"苟有勇边听汇报边琢磨，他一直认为自己是个善于思考的领导干部。

林晓霞汇报完毕，孙国文忙抢过话头说："大家都忙了一上午，早已过了吃午饭的时间，是不是先吃饭，然后再听领导作指示？"连队推行联产承包责任制后，早已没有了食堂，吃饭多安排在连队干部家里。今天是孙国文家支桌子，所以，有必要提醒大家。

苟有勇抬手看了看手表，已是下午两点半，并不觉得饿，反而精神大振，说："饭早吃晚吃都有的吃，可工作不能等，不能耽误，既然来到基层就得有一种废寝忘食的样子，今晚就住你们连。为节省时间，我简单说两句。"

苟有勇开讲后来了情绪，刹不住话头。从美国大选的虚假性到东欧剧变，从戈尔巴乔夫下台后的窘迫生活，讲到拾花女工的幸福生活，一口气讲了三个小时。连队干部个个埋头做笔记，手都写酸了。欧阳平、白新建因在前面的连队已听到过，只是平静地细听。欧阳平患有糖尿病，误了饭点，心里有点慌，忙从口袋里取出巧克力，塞进嘴里。

苟有勇刚讲完，会场立刻响起热烈的掌声。

散会后，大家来到孙国文家，虽说是平房，可按着城里人样式建的，六七间大房子铺着带花纹的地板砖，很是干净气派。餐厅宽大而敞亮。待大家落座，菜开始一道接一道地往上摆。农家自种自食的黄瓜、西红柿，老远就能闻到清香味儿，野鸡、野兔、野鸽子、野生鱼的野味系列让人胃口大开。

孙国文问："喝什么酒，白的还是红的？"

苟有勇饿了，拿起半截黄瓜就吃："不喝了。职工群众都在地里忙秋收，干部在家喝酒影响不好。"

孙国文心有不甘："咱们连就少一位像三连黄翠平连长似的'阿庆嫂'，酒桌上踢得开。"

林晓霞一点也不示弱，说："黄翠平怎么啦，就会讲黄段子，把干部作风都带坏了。让我说政委上任第一次到五连怎么能不喝酒，该不会是看不起五连吧，把白酒倒上，都这个点了，咱们午饭晚饭一起吃，不慌不忙，到了晚上职工收了工，咱们再陪着政委去几家职工看看坐坐，这才是走百家门问百家事解百家难。"

说苟有勇新官上任，虽是虚词，却让苟有勇听得满心欢喜，连连称赞，说："小霞同志有思路，有见解，是个好同志，我先敬一杯。"

一听松了口，孙国文忙拿出"界河特"来，给众人倒酒。

按往常习惯，酒一开喝，桌上的气氛立刻会热烈起来。可今天，团、科、连三级干部坐在一桌，话就不好说了。因而，三杯酒过后倒冷了场子，孙国文暗暗着急，正想着法子劝酒，林晓霞抢先站起身说："刚才会上苟政委表扬了五连，可咱们不能骄傲，为表达感激之情，我先给政委敬杯酒，就像那顺口溜说的一样，激动的心，颤抖的手，我给领导敬杯酒，政委在上，我在下，想搞几下，搞几下。"话到嘴边时，把"喝"字变成了"搞"字，这样的含义会更多些。

果然产生了预想的效果，众人哄笑起来，林晓霞端着酒杯，一脸无辜，不解地问："你们笑什么，我说的是对的呀。"

众人笑得更厉害了，苟有勇先是绷着脸没笑，见众人大笑不止，也跟着笑了起来。欧阳平多年干财务，为人严谨，他有两个绰号，一是财神爷，二是老抠。算起账来一分一毫都要说得清清楚楚，为人少有笑脸，此刻也跟着笑了。白新建，原本就是直爽之人，笑声最大。

林晓霞一脸的委屈和娇羞，很认真地说："到底笑什么？说清楚，一定要说清楚。"

白新建笑道："小霞同志，现在社会上的许多事很复杂，越是想搞清楚的反而越搞不清楚，我看啊，就不搞了吧。”

这般冷幽默更是让大家捧腹大笑，一时间“搞”字成了笑点，林晓霞娇滴滴地看了苟有勇一眼说：“政委，你可要为小女子做主啊，他们一群大男人合起伙来欺负我，得罚酒，每人三杯。”

苟有勇做严肃状，说：“你们几个各罚三杯，都倒满。”

欧阳平忙说自己有病在身，只能喝一杯。白新建止住笑，说：“有美女伴美酒，多搞几下也无妨。”又引得众人一阵大笑。林晓霞不愿意，用手连连拍打白新建的肩膀，谁知白新建是个爱逗乐的人，夸张地“哇”了一声：“好舒服，再搞几下。”

欢声笑语，充满了整个房间。

五

当夕阳像一只熟透的柿子，渐渐落下地平线，拾花工们扛着花包纷纷走出棉田，在地头的临时棉场上过秤算账。劳累了一天，腰酸腿疼的浑身没有了力气，只期盼赶快回到家吃饭，然后再把这僵硬的身躯放在床上好好睡一觉。这筐里、花兜里的棉花都属于承包户主的，可只要一过秤，就会有四五十元钱落到自己口袋，想一想，忙一天也还挺值得的。

真正的欢歌笑语还在连长家。大家找机会向苟有勇敬酒，愿他早一天去掉“副”字，升为正职。苟有勇竟然来者不拒，一仰脖子就喝下一杯，表现出少有的痛快。这一阵子，连自己也感到酒量大增，喝了许多，毫无醉意。

眼见天黑下来，苟有勇开口说：“就喝到这儿吧，待会儿去农户家都安排好了吗？”

孙国文与林晓霞对视一下，孙国文说：“都安排好了，等会儿分两个组，林指导员陪你，我陪两位科长，各走访好中差三户人家，电视台的记者跟着政委。”

苟有勇点头认可，又说道：“大家多喝些浓茶，去去酒味，酒气熏天的去农工家影响不好。”

连队没有路灯，道路又坑坑洼洼的，不平坦，林晓霞拿着手电筒照着路，苟有勇仍高一脚低一脚地往前走。电视台的记者抓拍夜访农工的镜头，打开机器，一束强光刺破黑暗照射过来，刺得苟有勇睁不开眼，一个踉跄差点摔倒，忙挥手制止。摄影机关灯后，更是黑暗得什么也看不清了。苟有勇有些生气："这不是添乱么，算了，你们回去歇着，不拍摄了。"

望着黑夜里远去的记者，林晓霞咯咯一笑，紧贴到苟有勇的身边说："我来带路。"两人并排走着，手碰在了一起，又被苟有勇一把抓住，紧紧地握住。林晓霞只是低声地咯咯笑。

两人来到一家农户门前，林晓霞介绍说："这是马魁星家，承包有两百亩棉花。去年获利五十多万元，是连队最富的人家，你看。"说着用手电筒照着院门和院墙，"大铁门、瓷砖墙，比过去大财主都富。"说完推开门径直走进去。

马魁星的老婆正忙着为拾花工做晚饭，见领导来了，扯着大嗓门说："屋里坐，那老家伙还在地里忙，没回来，我得赶紧让拾花工吃上饭。"

两人在客厅刚坐下，马魁星老婆急忙倒上热茶，说了声："菜要煳了。"又跑了出去。苟有勇起身在各个房间转了转说："这么多间房屋，比团领导住得还宽敞。走，咱们到厨房与女主人说话。"

两人来到厨房，一片雾气腾腾，苟有勇上前问道："忙得很啊。"

正在炒菜的女主人说："是呀，整天忙得脚后跟打在屁股上，闲不下来。"

苟有勇说："忙好啊，忙才能挣大钱。"

女主人说："挣不下几个钱，拾花工的工钱越来越高，再加上加工厂压价格，都白干了。"

苟有勇问："你家去年净挣多少？"

女主人说："没挣多少！"突然提高嗓门喊道："童童，你个狗日的还不赶快把猪食端过去，没听到猪嗷嗷叫吗？"童童是他们高中毕业待业在家的儿子。没考上大学，自然心烦。

声音太大，震得满屋子都有回音。苟有勇给吓了一跳，失去了问话的兴趣："你忙，不打搅了。"

马魁星老婆放下锅铲送客人出门，仍扯着大嗓门说："你看看，不是失了礼数，这个死鬼在地里瞎忙些啥。"

走出院门，苟有勇有些气愤："这些承包户挣了些钱，还真不知道自己几斤几两，一点感恩的心都没有。"

林晓霞随声附和："这些人有困难了，把你当爷爷奶奶敬着。挣了一些钱后，就把尾巴翘到天上去了，素质太低下。”

两人来到一家贫困户，院墙墙皮脱落，陈旧破败，院门是用几根树棍钉在一起，歪七扭八地立在院门口。林晓霞介绍说：“这是贫困户钱行家，可他既没有钱又干啥啥不行。”

两人进屋。林晓霞吸取了上一家教训，让钱行夫妇俩放下手中的活儿，一起来到小客厅见领导。钱行忙拍打旧沙发上的灰尘让座，灰尘飞扬起来反而呛人，荀有勇赶紧屏住呼吸，林晓霞一脸厌恶，训斥道：“别拍打了，灰尘满屋子飞，真是什么都会让你弄糟！坐下说话吧！”钱行夫妇一脸恐慌，忙坐在对面的小木凳子上，只是屁股坐在凳子的边边上，以表示对领导的敬畏。

林晓霞说：“别闷着呀，说说家里的情况。”

钱行这才慢慢说起来：“我们两人承包了八十亩地，今年是种玉米，上个月玉米闹蝗虫害，旱灾情严重，我俩没白没夜地在地里捉虫子，可虫害多，人手少，今年怕要亏得厉害，我俩少吃一口没事儿，可孩子在外地上大学，一年得一万多花销，手上没钱麻烦就大了。”

荀有勇问：“怎么没找人帮忙？农时可等不得。”

钱行低下头，有些难过：“雇人，一天一结算，要现钱，咱拿不出来。”

荀有勇看了林晓霞一眼说：“连里应组织人力帮助他们呀，对贫困户、困难户要给予更多的帮扶才对。”

林晓霞忙回答：“我们组织团员和青年积极分子、志愿者帮助困难职工，你们家分到几个？”

钱行说：“五个。各家都忙，干了一天就走了。”

荀有勇关切地说：“下一步有什么打算？农田损失了要副业补，开辟多种途径，创收增收致富才行。”

钱行说：“孙连长从自家拿出三千元，让我养一群鹅，说这东西吃草长得快，来钱快。这不刚买回来，还不知行不行。”

荀有勇赞道：“完全可以呀，受灾并不可怕，要相信党，相信组织一定会帮你走出困境的。”说着从林晓霞手里接过一个牛皮纸信封，说：“这里有三百元钱，是我的一点儿心意，有时间再来。”

钱行满脸感激，千恩万谢地送两人走出院门。出了院子，又是一片漆黑，林晓霞低声说：“走，到我家去，看看我这个孤苦伶仃的人。”话语十分热情和坚决。苟有勇心中一喜，他知道林晓霞的丈夫早先在口岸做生意，挣了些钱，心就花了，常年不在家。林晓霞耳闻后，前去捉奸，赶了个空，只从房间里翻出一束束红头发、黄头发、黑头发。林晓霞怒不可遏，跑到厨房去拿菜刀，她丈夫见机不妙闪身跑了。后来两人离婚，孩子归林晓霞抚养。于是问："孩子呢，不在家吗?"林晓霞笑道："在团中学上初中，住校。"

白天，在会议室里，林晓霞汇报时，真切地感受到苟有勇炽热的目光。事后细想："这是一条游到眼前的大鱼，能钓得起。"依据她的经验，要想如鱼得水，就得搞关系。苟有勇能从常委排名老后的人一下子成了主持工作的主要领导，说明他是小寡妇生孩子——上面有人，是搞通了关系的。人们常说的年龄是个宝，文凭做参考，关系最重要，看来一点不假的。没有关系就得去找关系，搞关系。现在关系来了。

两人一路无语，急急忙忙往前赶，一进门还没开灯，苟有勇就抱住了林晓霞，林晓霞则全身软软靠在了苟有勇的怀里。

手机响了，虽说在振动上，仍觉得声音很刺耳。两人松开了，却下意识地摸着手机的口袋。苟有勇拿出手机一看来电显示是赵建成打过来的，正是自己所盼，笑道："这有点像拍电影、写小说，好事到了关键时刻就有电话干扰。"说完接通了电话，听到赵建成报告："一切办妥，明天由一名车间主任和一名退休工人领头，约了十多人乘早班车去师里上访告状。"苟有勇说了声："好。"又说道："这事动起来了，就不怕闹大，只要他身陷其中就行。明天你带人，随后跟上去，协助王副团长做劝阻工作，若有人不服就动硬的。我看骂个架动个手没有什么可怕的，稳定工作才是最重要的，采取一点儿过激手段也是可以理解的。"赵建成点头称："是，一定按您的指示办，上访不出团是死任务。一旦发生流血事件，那人别说提拔，就连副团长的位置能不能坐稳也是问题。"说完得意地笑了两声。苟有勇厉声喝道："别胡说，你这个人就爱胡言乱语。"

关上手机，只见林晓霞已脱去民兵迷彩服，穿上一件薄纱白裙子从卧室走出来，纱太薄，透明，一切都隐约可见，这让苟有勇感到浑身燥热，便迎了上去。林晓霞掩嘴而笑跑进了卧室。

当粗粗的喘气声逐渐平息下来，苟有勇感到了乏力，困意上来。林晓霞却精力旺盛，侧过身子说："五连的工作真是太难干了，好多事情都压在我一个人身上，不干吧不行，多干吧还不把我一个弱女子累死。"

苟有勇赤身躺在床上，双目未开，漫不经心地说："孙连长呢，生产上的事让他多干。"

林晓霞说："别看他人高马大，就喜欢玩牌斗地主。什么时候播种，什么时候浇水，还没我懂得多。前一阵子，找不到拾花工，他只会搓着手，干着急：'咋办呀，咋办呀？'要不是我，现在也招不来一个拾花工，前两天听说你要来检查指导工作，他又是咋办呀，咋办呀，结果，我又写他的汇报材料，又写自己的汇报材料，还要管三秋工作进度，累死人了。"

苟有勇的困意让林晓霞给说跑了，关心地问："写材料的事儿可以交给政工干事嘛，这样会轻松许多。"

林晓霞说："你讲刘媛媛，小姑娘是个大学生，工作也好几年了，写个新闻稿、出个板报还行，写大材料老不上路，刚开个头就去结尾了，根本没法用，也不知道这几年是咋混的。"

苟有勇又问："孟副连长呢，我看他还老实。"

林晓霞说："领导看人太准了，就是太老实，像个算盘珠子，拨一下动一下，让他拿烟，却不知道倒茶，让他拿碗，却不知道取筷子，看他干活恨不得上去踢他两脚，再加上又喜欢和孙连长一起斗地主，工作上的事更是不操心了。"

苟有勇颇有感触地说："经你一说，对五连干部的情况有一个较为深入的了解，看来今天的夜访不虚此行，蛮有收获。五连多亏有你顶着，真不容易。"

林晓霞开心地笑了，娇声挑逗说："是呀，是呀，你这一夜访，许多深深浅浅、长长短短的事情都知道了。"说完，两手一扯，用被子蒙住了头。

话说得暧昧，苟有勇却听得明白，身上又有了感觉，侧过身扯开被子笑道："你不是说什么重担都压在你身上吗，现在再压一个试试。"说完一跃而起。

第三章

深度交谈

一

上车后，王闻道让钟师傅从后备厢里取出两瓶矿泉水，大口喝下去，以冲淡酒力，心里暗暗叫苦："酒气冲天地见李书记，不是拿脑袋往南墙上撞吗？挨上一顿训，那就太惨了。"

钟师傅为了抢时间，逐渐加速，小车箭一般地向前奔驰，车身也开始颠簸跳跃。王闻道感到酒劲正往头上涌，有些头晕。此刻，他希望有电话来，说李书记有重要活动改期了，不用去了。可手机黑着屏，一个电话也没有打进来过。

到了兴屯市，已是下午三点一刻。钟师傅问是否先吃点饭，王闻道一算时间太紧，说："直接到师机关办公楼。"

车进了机关大院，停在办公楼门前。正值午休时间，大楼里静悄悄一片。王闻道曾在这栋大楼里工作多年，环境都熟。他先到一楼卫生间打开水龙头洗了一把脸，让自己显得精神一点。再次拿出手机查看，仍没有任何电话打进来，知道没有退路了，心里给自己鼓劲说："上楼。"

王闻道走到三楼师（市）党委办公室主任的门口，门大开着。秦光明正在整理文件，抬眼看到王闻道，笑道："王副团长很准时嘛，走，我带你去见李书记。"

师（市）领导均无配秘书，所以，秦主任的办公室设在楼梯口处，便于工作协调。而李书记的办公室就在斜对面，相距不过六七米的距离。两人并肩走去，秦光明不由自主地扫了王闻道一眼，说："敢喝酒见领导，胆够肥的。"

王闻道原本心里打鼓，胆怯，见责问，忙停住脚步，压低嗓音说："要不我不去见李书记了，你就说我生病了，来不了了。"

秦光明像是怕王闻道会忽地跑掉似的，一把挽着王闻道的胳膊，用一种不容置疑的口气说道："你觉得可能吗，开玩笑，走吧。"这样，两个一米八的大高个并肩走进李国建的办公室。

李国建不像想象中的埋在堆积如山的文件中奋笔疾书，做批示的模样。相反，办公桌上很清爽，只有两个薄薄的文件夹放在桌右脚。此刻，一副轻松的模样在电脑前浏览什么。见人来了，头也没抬一下，说了一声："坐。"过了一会儿才关上电脑，抬头对秦光明说："这个'兴屯在线'，新闻量太小，内容也更新慢，尤其那个'兴屯论坛'，讲的都是几天前发生的，是旧闻，还不如《兴屯日报》来得快，这样不好，新媒体嘛，要突出及时、快捷、准确、正确引导的特点，落在传统媒体后面像什么话。"

秦光明回答："这事我了解过，宣传部、外宣办都说没有编制，缺乏经费，困难较多。"

李国建说："这不是理由。一讲到工作就伸手要编制，要领导指数，要经费，都快成了一些部门、一些同志的惯性思维。难道忘了，王震将军率人民解放军进驻新疆后，是等中央批编制、拨经费呢，还是自力更生、白手起家、艰苦创业？优良传统不能丢，形势变了，条件好了，这一点却永远不能变。你去给宣传部、外宣办说，让他们改，立即改，我盯着呢！"说完，端起茶杯喝口茶继续说："讲人手少，缺乏经费，你办公室不是也一样？各团场、企事业单位发生的紧要事情，四五个小时就能在你们的《要情快报》上反映出来，我看就挺好，你去给他们上上课，教教他们。"

说完不等秦光明表态，看着王闻道说："你脸像红皮鸡蛋一样，是和职工捡棉花、收玉米晒的，还是喝酒喝的？"明显地流露出不满，显然已经闻到了浓浓的酒气。

王闻道壮着胆子回答："事出有因，迫不得已。"

李国建并不想听解释，似乎更生气了，说："光明，你去把常委会会议室打开，去那里谈，我这屋子太小，别把窗台上的蝴蝶兰熏坏了。"说完起身走出了办公室。

秦光明用手指指王闻道的额头说:“要小心呦!”忙追李书记而去。

王闻道被惊得出了一身冷汗,酒劲顿时消下去许多,跟着走了出去。

二

常委会的会议室中间是一个对称的长方形桌面,李国建习惯性地坐在最上方主持会议的座位上。王闻道环视一周,很快选在与李书记对面的最下方的位置上坐下。秦光明动作麻利地把李国建的水杯端了过来。李国建借题发挥问道:“你是喝茶啊,还是再喝些酒?”

王闻道知道李书记在想着法子收拾、敲打自己,很是无奈。抬头对秦光明说:“不喝茶也不喝酒,你帮我拿两瓶咱们师(市)自产的‘大胡杨’矿泉水就行。”

秦光明很是同情地说:“好,你稍等。”说完出门去了。

王闻道忙从公文包中取出笔记本和笔,准备记录李书记的谈话内容。

李国建仍不依不饶地说:“听说你每个月有一天不吃饭,饿饭一天,是什么原因?该不会靠酒精来支撑吧?你管着酒厂便利得很,在团场有一个段子叫什么‘酒是粮食精,越喝越年轻’。”

王闻道只觉血往头上涌,冲动地站了起来,心想:我全力劝阻上访群众难道有错吗?你李书记不问青红皂白的训人难道就对吗?可又一想:我站起来干什么?要和李书记吵一架吗?那真成了酒壮夙人胆了。于是一声不吭地又坐了下来。

李国建怒气未消:“受不了啦?其实,真正受不了的人,应该是我,作为党委书记选拔培养出来的领导干部,大白天喝得醉醺醺的,还会有多少精力抓生产,抓工作,你说我该有多大的挫败感?在生产连队、生产车间,在职工群众中,领导干部的一言一行都体现着党的形象,而群众也是通过干部的作风、形象来认定党的作风和形象,这个道理你是懂得的。今天你敢喝着酒来见我,明天你就敢在群众中耍酒疯。”说完,把茶杯重重地往桌子上一蹾,整个会议室都发出了沉闷的响声。

王闻道明白,李书记是通过干部的言行来透视和判断党的作风状况,站位的确是高。而自己做工作用喝酒讲义气,解决问题,能力和水平本身就低了许多。于是站起来说:“李书记,我做得不好,今后一定改！若再有此类事情发生,你把我一撸到底,当农工包地去。”说完又坐下。

李国建洞察王闻道脸上的表情,明白他虽然认了错可心里还是没有完全想通,缓了缓口气说道:“当年,班超出使西域,所带人马不过二三十人,能以超凡的胆略和勤勉治理新疆,形成长达数十年的社会平稳、百姓安居乐业的局面,赢得各族人民的拥护和爱戴,可接替班超的那个人叫……叫什么?”

王闻道说:“叫任尚。”

李国建说:“对,叫任尚。这个人仗着自己是皇亲国戚,为非作歹,祸害百姓,引发各族群众的不满和反抗,最后导致东汉王朝在西域屯垦全部废止,割断了中央与西域的联系,给国家和各族群众造成了极为严重的恶果。每看到这段历史我都在想,屯垦戍边百年大计。千秋大业最重要的是人,是领导干部。所以,在工作中,当看到那些赌博干部、贪杯干部、嫖娼干部、贪腐干部,首先想到的是责问自己,这就是我们培养选拔的干部吗？我的眼睛失明了吗？我的耳朵失聪了吗？我的心智衰败了吗？我不会原谅、放过这些人,但我更不会原谅自己,党把我放在这个岗位上,就必须有责任和担当。”

一席话让王闻道羞愧难当,鼻子一酸,落下泪来。

李国建见王闻道低头不语,哭泣流泪,心想:还是个年轻娃娃,能知道知耻而后勇就好,今后多锤炼吧。于是温和地问:“刚才问你的话还没有回答我呢。”

王闻道见是问的自己生活私事,一时不知如何回答:“其实也没有什么,自己弄着玩儿的。”

李国建却很认真:“玩的,好玩吗?”

王闻道这才醒过神来,说:“作为团场干部,要懂得珍惜粮食。现在团场,每天接待五六拨来人,每顿饭二三十道菜。菜盘子叠菜盘子,最多能吃三分之一,剩下的全部倒掉了,太浪费了。而且这种奢侈之风正盛,我管不了别人,却可以管好自己。饿上一天,就能体会到粮食有多金贵。其实,人在饥饿时,是不会浪费粮食的。”

李国建细细思考表示赞同:“有个性,能坚守下来吗?”

王闻道说:“能坚持下来,这取决于自我约束力,对自己承诺的坚守。另外,凡我出面对口接待的领导和客人,我会根据人数确定上菜量,既让客人吃饱饭又差不多吃完盘子里的菜。”

李国建笑道：“怪不得师机关的人说359团有两个‘老抠’，一个是计财科长欧阳平。一个是副团长王闻道。”

这时，秦光明走进会议室，呈送上一个文件夹，夹内只有一两页纸，很薄。李国建阅后提笔作了批示。秦光明借机汇报说：“郭副师长打来电话说，客人快到了，请您早些去宾馆。”王闻道料想谈话该结束，却见李国建不慌不忙点燃一支烟，吸了一口，才说：“知道了。”

秦光明收起文件夹转身走了。李国建继续说道：“你在《兵团日报》和《当代兵团》刊发的谈团场经济发展的文章，涉及农业工业多个方面，思路、观点、优劣、对错暂不评价，但说明你是个爱学习、肯思考的人，这就很好，所以，今天叫你来聊一聊。”

这正应了王闻道事前的判断，对此正有话说：“从今天师（市）社会经济发展的战略和格局上讲，您在前年的党代会报告中，今年年初全委扩大会议的报告中，还有‘解放思想，加快发展大学习，大讨论’的专题动员讲话中都做了系统的阐述，如担当屯垦戍边历史使命，抓好维护社会稳定和长治久安这个最大责任；以现代工业化为先导，抓好全面建设小康社会这个最大任务；以稳定、发展为目标，抓好解放思想、深化改革这个最大动力；以招商引资为突破口，抓好全方位、立体式开放这个最大环境；以加大反腐倡廉为主线，抓好全面从严治党这个最大政绩。现在关键的问题是各团场、各单位、各部门各自从实际出发，拿出硬碰硬的实招来，把战略变成自己的战术，把思想变成自己的行动，取得令人鼓舞，连自己也感到骄傲的业绩来。”

李国建抽着烟，认真地听。他感到满意，说得好，说明思考得好。他见过不少政委、团长在会议讨论时，开头表态多用高瞻远瞩、高屋建瓴、内涵丰富、阐述透彻、指导性强等词语，随后拿出早在会前就打印好的发言材料念起来，好像大会的主旨报告与他们都没关系了一样。他感到今天与王闻道可以做一些深层次的交流，于是说道：“说具体的，一具体就深入。”

王闻道说：“一具体就会是问题导向，说难听的话，可别训斥我。”

李国建一笑：“但说无妨，我还真想听听你有什么难听话。”

王闻道拿起“大胡杨”矿泉水喝了两口，说：“团场上面是师，下面是连，这种体制最大的特点和优势是动员能力、组织能力。这个优势以往体现在政治上、军事上，而却没能转化到经济发展上，这是我们思想不解放，阻碍农业现代化大步提升、工业现代化迟迟不前的症结所在。”

李国建一听果然不同凡响，鼓励道：“说下去。”

王闻道说：“有一个笑话，几位大妈、大爷在肉店里争着买牛骨头，说是孙子长得快，要补钙。牛骨头笑了，说：‘我才长了三个月，自己都缺钙，哪还有钙给你们补。’现在，到359团的上级机关干部或外来客商往往提出最好能吃上小家小户放养的鸡和蛋。临走时，还会到农户菜园子里买一些农工自己食用的蔬菜。还有371团，用天然饲料养天香猪，猪肉的价格是市场上工厂化养猪的价格三四倍，仍供应不求，所以，《兴屯日报》上报道：天香猪肉卖出天价，还获得了好新闻奖。不是常说坚持问题导向、市场导向？关键的问题在于发挥出动员能力强、组织能力强的优势，通过集团化、产业化的模式，把咱们绿色有机蔬菜、蛋、肉等食品提供给广大的城里消费者，走一条屯垦式的现代工业化。”

李国建仔细地听，并不表态。王闻道不知对否，心里没有底，望着李书记没敢再说下去。李国建知道王闻道话没说完，需要再引一引，开口说：“坐那么远干什么，我又不是吃人的老虎，过来坐近一点。”

王闻道起身沿桌边走到距离李国建三四米左右的距离，找把椅子坐下，他怕坐太近，又让李书记闻到酒气。

李国建说：“师（市）党委提出过农户+行业协会+公司的经营模式，是想让职工群众生产的农产品销售出去，而你却想到工业化的问题，有新意，也接地气。国外一些发达国家已进入后工业化时代，运用互联网、高科技拓展产品的新市场。连兴屯市这样的边塞城市四处可见德国的罐装牛奶、法国的香水、澳大利亚的牛肉。”说罢，有些激动地在会议室内踱步，继续说道：“我们靠农业起家，这些都是我们的强项。我们生产的牛肉、牛奶，还有薰衣草精油，应该进入德国、法国、澳大利亚千家万户才对。”

王闻道扭过身望着踱步的李国建说：“所以，我们的现代化工业，应该是现代化农业基础上发展起来的工业化，而现代化工业的发展又能大大提升现代化农业的发展空间和生产价值。”

李国建说：“这个不难理解，就拿359团来说，种的高粱、小麦、玉米酿成酒，生产的西红柿制成酱，产值效益能翻好几番。”

正说着，秦光明又走进来，在李国建身边悄声说："郭副师长已在您的办公室等了，很是着急。"李国建不满意地看了秦光明一眼："等着吧，急什么急。"

秦光明说了声："好的。"退了出去。

李国建接着刚才的话题继续说："新型工业一旦起步，发展潜力会很大。我参观过自治区、兵团制酱企业，他们通过对农产品进行产品深加工，提高农产品的附加值。西红柿制酱后，再提炼出番茄红素，抗衰老，增强身体机能，尤其适合中老年人，产品很畅销，效益也就大大增强了。"

王闻道说："产品生产出来了，就有一个改变生活方式引导消费问题。进入冬季，市场上的西红柿个个又大又红，可切开后，籽籽全是绿的，没有酸味，没有甜味，甚至无味，像是一个塑料制品，所以，359团的职工冬季不吃西红柿而喜欢上西红柿酱了。"

李国建走到王闻道身边，扯过一个椅子坐下说："市场服务要考虑消费者的生活习惯和口感，你还记得吗，早年的时候，家家户户找一些瓶瓶罐罐，夏天的时候把西红柿切成丁、块儿，放瓶中密封，一蒸，然后放到冬天吃。你们开发生产西红柿丁、西红柿块，保准受欢迎。"

王闻道说："这几个项目我们尽快部署落实，争取早出产品，早见成效。"

李国建兴致勃勃地说："一个工业项目一旦上马，往往会形成产业联动。就拿酒厂来讲，产量上去了，就可以建你们自己的纸箱厂、制瓶厂、瓶盖厂，当然，要通过入股合资的办法，而不能自己单打独斗。"

王闻道高兴地两手一拍，说："李书记，您真是神啊，什么事都在您的手掌心握着。我们正与深圳的老板谈建纸箱厂的事儿，与山东的一家客商谈建瓶盖厂的事宜，都已签了意向合同，下一步我们要抓紧落实。"

会议室的门"咣"的一声被推开了，郭家仁火急火燎地闯进来说："哎呀，客人已到宾馆了，赶紧过去吧，不能太失礼呀！"身后紧紧跟着秦光明，一脸的无奈。

李国建知道无法再谈下去，笑了笑，说："咱们走！"起身向门外走去。

王闻道出于礼貌，起身向郭家仁问好："郭副师长，您好！"郭家仁这才看到王闻道说："闻道啊，是你在这儿。"说完跟着李国建往外走。

李国建走到门口又转身走到王闻道跟前说："你晚饭怎么吃，要不让光明在机关食堂给你安排一下。”王闻道忙说：“不用不用，我自己想办法。”

李国建情绪大好，逗趣地说：“干吗不用？能跟上访群众连喝三碗，怎么就不能跟秦主任喝三碗啊。哈哈哈。”

会议室里响起一片笑声，见李国建、郭家仁匆匆走了，秦光明低声说：“上午劝阻上访群众的事，李书记知道了，做了批示表扬了你，这会儿忙，下次单独请你。”说完急忙追了上去。

王闻道刚想表示感谢，却见秦光明快步走出门外。此刻，空荡荡的会议室，只剩下他一人。

三

走出师（市）机关大门，王闻道感到一种轻松和愉悦。今天先后发生的两件事都能化险为夷、转危为安，是值得高兴的。在大门口，他定了定神，然后轻盈快捷地走下台阶，上车后，对钟师傅说：“走，到师医院看看吴政委去。”

师医院干部病房601房间，吴政委半躺在病床上看中央一套的《新闻联播》，老伴在一旁照料着。

见王闻道进门，吴政委笑了，招呼王闻道坐下。王闻道坐在床边的椅子上，仔细地端详了一会儿才说：“恢复得挺好的，我上次来看你嘴角和眼睛还有点儿斜，现在已经看不出来了。”

吴政委笑道：“多亏发现得早，治疗也及时，否则命都保不住了，现在就是这条腿，”说着用手拍了拍自己的右腿，说，“用不上劲，有些问题。走起路来一拐一拐的，医生说要慢慢恢复，一两年也说不定。”接着又问，“你们是一起来的？办什么事儿？”

王闻道一愣，把自己来师机关见李书记的事儿，简要说了一下，问：“还有谁也来了？”

吴政委说：“有勇啊。”

王闻道有些不相信：“他今儿正在连队检查三秋工作，怎么过来了？”

吴政委说：“来了！是看郭师长的爱人曾主任，刚才两人说着话出去了。”

王闻道更是困惑：“怎么可能？不会听错吧，口音相近的人多的是。”

吴政委岔开了话题：“你连午饭都顾不上吃，都饿了吧，等会儿咱们一起吃个饭吧。”

王闻道也不再追问，顺着回答：“好啊。你走动要是方便，咱们出去吃个饭，我请客。”

吴政委笑道：“出去吃，换个口味儿，咱们就去六六顺饭桌吧，那里的汉中凉皮、肉夹馍可是一大特色，牛肉面也很正宗。”

吴政委起身时还比较困难，在老伴的帮扶下，慢慢穿上鞋，下地走路时更显得困难，不敢放开脚步，而是一点一点向前磨着走。

王闻道见状，上前扶住吴政委的胳膊说：“政委，你快些恢复健康吧，团里的干部群众都盼着您回去领着大伙儿干工作呢。”

吴政委说：“我何尝不想早些回去，整天傻傻地躺在床上看电视，闲得发慌。只是脑创伤较大，医生说不宜操劳和激动，若是再犯就无法救治了。再说，跨过年去就满六十了，要退休的人，回去又能干多少事儿？我已向师（市）党委打了退休报告。”说罢叹了一口气，接着说：“说句不该说的话，师里这样安排359团的人是不妥的，在常委中，你排位在最前面，我也向师党委推荐过你，谁知会有这样的安排，不合常理呀。”

走廊里人来人往，王闻道知道不宜再多说什么，泛泛地说：“我的态度是相信组织，积极工作。”

三人慢慢走到电梯口，乘电梯，下楼，然后出了医院大楼。

六六顺饭桌的凉皮是祖传秘制的，味道独特，香味久留，令人回味，所以吃了还想吃，一些去外地出差的人员，回到兴屯市第一件事就是来一碗凉皮、两个肉夹馍，过过瘾、解解馋，久而久之，凉皮、肉夹馍成了品牌，生意越做越红火。店老板是个有心人，顺应顾客口味喜好，又从兰州请来拉面师傅，开发出大碗牛肉面，又专为年轻人打造了汉堡包、薯条、可乐、咖啡，把相邻的铺子也盘了下来，扩大规模。

饭店走平民化路子，需自己排队开票，自己端饭。正值晚饭高峰期，开票和端饭的两支队伍都排得挺长。

王闻道环视整个大厅，找了个空桌扶着吴政委坐下。司机小钟是个机灵人，已去排队开票去了。王闻道取钱给钟师傅，钟师傅不肯要，说：“几次来看吴政委我都是空手，这次就让我表达个心意吧。”王闻道见说得在理，便不再坚持。

四

吴政委见王闻道回到桌前坐下，说："即便现在退休也没有什么遗憾的了，从一个浇水种地的庄稼汉到团政委，组织上没有亏待咱。只是有一件事没办好，老是揪在心里放不下，你将来寻个机会给办一下。"

王闻道问："什么事儿？"

吴政委说："老十连的职工高德友，团里亏欠人家呀。"

王闻道思索地说："这人我有印象，独自一家在边境线上放牧，老两口打井、种菜，日子过得紧巴些。这里有什么故事吗？"

吴政委说："故事多了。十连建在边境线上与邻国只隔一道铁丝网，是戍边的值班连队，守护国土是第一位的。早先生产任务不重，后来形势发生变化，利润、效益成了头等大事，连年亏损就成了十连的大问题。"

王闻道说："刚推行家庭联产承包责任制那会儿，许多宜植棉连队和农户都存在亏损问题，更别说一个边境线上的连队。"

吴政委说："这个时候，苟有勇在团汽车连当排长，向团党委申请承包十连，保证当年扭亏为盈。"

王闻道赞道："主动请缨，挺勇敢的。"

吴政委说："是呀，他开车跑运输，走南闯北的，见过些世面，许多说法做法都挺新潮的。到任以后，提出：交够团场的，留下连队的，剩下全是职工群众的。猛一听很诱人，大家继续承包土地，可苟有勇采用了一种倒算法，让绝大多数农户都严重亏损。"

王闻道不大明白什么是倒算法，问道："怎么个倒算法？"

吴政委说："说出来你可能都不信，倒算法就是承包土地的农工，先交够团场利润五十万，再交够连队节余三十万，剩下是职工自己的。边境线上风沙大，自然条件差，种一茬小麦，再复播一茬大白菜，能有多大利润？秋后一算账，绝大多数承包户都倒欠公家两万多。高德友一家当年亏损两万八。你想想，拿工资时，每月三十八块九毛二，工资不拿了，却突然亏欠这么大，谁能承受得起？"

王闻道听明白了："倒算法是事先假设的利润，是用职工的负债来完成的。”

吴政委接着说:“当年扭亏为盈,苟有勇出了名,师(市)有关部门评选‘十大杰出青年’,团里就出材料报了上去,还真给评上了。就在公示期间,高德友等承包户到团里师里反映情况,引起了上面的重视,派出调查组到十连核实,最后叫停了倒算法,对亏损农户实行减免补的办法进行补救,以稳定人心。这样苟有勇的‘十大杰出青年’也给拿掉了,苟有勇恼羞成怒,给别的农户减免补,就是不给高德友家补,结下了怨气。”

王闻道说:“绝大多数承包户都亏损,说明还有少数承包户是盈利的。”

吴政委笑道:“真会分析!苟有勇的表兄弟叫苟有智,包地盈利一万三,成了团场包地的第一个万元户。恰巧他家的地与高德友家的地紧挨着,小麦白菜的长势还不如高家,没亏反盈,高德友找会计查账,想搞个明白,谁知会计说不用查,这都是苟连长定下的,没账查。于是高德友又去团里反映情况,而且很快传出顺口溜:今天学会陇西话,明天就能把钱拿。第二年承包土地的时候,农户都有余悸,不愿再包地,要么全家回内地老家,要么把关系调到别的连队,苟有勇也是人精,提出土地向种田能手集中,以规模效益提升经济效益。苟有智一人承包了一千多亩地,还从甘肃老家招来了亲戚帮工。”

王闻道说:“讲规模效益挺在理,可问题是没有了亏损户垫底、补贴,还能有高收益吗?”

吴政委说:“开春后,遭到风灾、旱灾,庄稼长势不好,先是帮工亲戚倒卖化肥、农药跑了,苟有智发现不对劲儿也不给人打招呼,把挣到的钱从银行取出来,也悄悄回甘肃老家去了。苟有勇知道后,又气又恨,又提出干部做表率,带头承包撂下的土地。这一年十连又亏损四十多万元。苟有勇干了几年,年年亏损,知道干不下去了,又提出以市场为导向、以效益为中心检验一切工作,而百里边防线,连个冰棍都卖不出去,不具备生产和生活条件,应予以撤销,上了报告,谁知团党委竟然批准苟有勇调到东线植棉连队当指导员去了。”

王闻道迷惑不解:“这么大的事儿,上面就无人过问和阻拦吗?”

吴政委说:“团里也是无奈,老是亏,背负不起。听说其他团也有类似问题。当然,这事惊动中央军委,派人来调查研究,责令边境线上的团场、连队一个也不允撤销和变更,说是国防安全的战略需要。同时,为确保边境线地区职工群众的生存和发展,国家给每个边境团场每年拨专款九十二万,用于边防建设，也算因祸得福。因此，苟有勇反而扬扬得意，说自己勇于蹚路子，为边境团场造福了。”

王闻道说：“我发现苟有勇有一个明显的特点，一件事不论是对是错都会有一些光鲜亮丽的口号和理由，若是不看事情最后结果的话，他还算一个有想法的人。”

吴政委说：“正因为如此，他的每一次提拔都会有议论和反对声，有人说全凭他当团长的老丈人罩着。团场又不是世外桃源，社会是多面的，复杂的，只有亲身经历过的人才会有最真实的感受。”

王闻道点头表示赞同，猛地想起刚才受托之事，追问道：“这些与高德友有什么关系，为什么他家至今独居边境线上？”

吴政委似乎有些累，喝了口茶水说：“当时我在团政治处任副主任兼组干科长，情况多少知道一些。第三年，苟有勇想出新办法，撒手不管了，说承包户就是市场主体，要不找连长找市场，想种什么就种什么。高德友从河南新乡老家听说油菜籽连年遭灾，亏欠得多，连油价都一个劲儿地涨，于是联合几家承包户种了两千亩油菜，也算撞上大运，油菜籽还没收割，收购商家三三两两拿着现钱来收购，一个比一个出价高，一天一个价。高德友的脸上总算有了笑容。可苟有勇急了，说土地是国有资产，农工是团场的主人，要讲觉悟，讲奉献，全部实行‘三统一’，统一收割，统一价格，统一交给团场，结果以很低的价格收上来，再转手高价格卖给收购商，农户还是没赚到钱。那天，收割机开到高德友承包地里时，怕闹腾，苟有勇带着几名联防队员，把高德友架在地边不让动，强行收割。高德友问年初说的话还算不算数，苟有勇回答说，我说话从来不算数，你能把我这牙掰掉？高德友气愤至极，反而大笑，‘我欠公家两万多是穷人，没想到你比我还穷，没有信义、没有良心、没有德行，我看不起你，可怜你！’苟有勇脸涨得通红，憋了半天才说：‘给我打！打残了老子养着，打死了老子抵命。’联防队员一哄而上把高德友按倒在地，一顿拳打脚踢。

“高德友养好伤后又要去团里反映情况，苟有勇早有防备，带着联防队员闯进高德友家说连队仓库的化肥丢了，挨家挨户搜，一搜果然找出几袋化肥来。于是把高德友关押在一个仓库里，高德友倔强得很，死也不承认偷了公家的东西，没办法，关押十多天后放了出来，却被宣布开除党籍和职工队伍。”

王闻道有些吃惊，说：“没有真凭实据，就这样被‘双开’啦。再说，按程序审批，这个工作速度也高了一些。”

吴政委说：“这是个谜，当时我去师（市）党校培训学习，回来后也没看到什么材料和文件。巧得很，十连又撤销了，别人都搬迁走了，独高德友不肯走，也没单位敢接。我当政委后去看望几次，劝老两口搬到条件好的连队或到团部养老，谁知道他不愿意，说自己当年曾向组织上保证过，要在边境线上守一辈子，死也要死在边境线上。唉！就这么一个同志。”

王闻道沉思着，正想再细问些事，见钟师傅端着一个大盘子走过来，忍住没再追问。

五

钟师傅当兵出身，很有力气，端着一个大盘走过来，四人各一份，凉皮、肉夹馍、牛肉面。钟师傅拿出三份，留一份给自己，准备找另外的桌子去吃饭，吴政委见状说：“小钟，坐在一起吃吧。”

钟师傅笑着说：“你们领导说事谈工作，我不打扰。”

王闻道指着四周说：“正值饭点高峰期，桌子上坐满了人，到哪儿找座位呀，一起吃吧。”

钟师傅不再坚持，挨着王闻道坐下。凉皮果然味道鲜美，吴政委吃了两口，说：“我女儿在北京理工大学读书，毕业后又落户北京，这么多年只让带凉皮给她。早先有人出差去北京，带上个七八份，放在冰箱慢慢吃，现在好了，快递起来更方便快捷。”

王闻道说：“美不美，故乡的水，这是一种思念家乡的表达方式。”

正吃着，忽听排队处有人高喊：“老板老板，你们怎么不管一管，连要饭的人也进来了。”

众人循声望去，只见那人对跑过来的餐厅老板说：“餐厅要讲究卫生，怎么能让要饭、捡垃圾的人都混在这里。”说着指指身后一个中年汉子说：“我老远就闻到一股臭味，太恶心了，怎么能吃得下去饭。”

被指责的中年男子一脸胆怯、羞愧，低声辩解：“谁说我是讨饭的，你看。”晃着手中小票据申辩：“我开了票就是端饭来的。”

王闻道看清叫喊者是本团小车司机朱辉，小声对吴政委说：“看来苟副政委果然来了。”起身欲去制止。

吴政委一把拉住说:“这种事让小钟去处理就行。”

钟师傅听闻,起身走了过去。

朱辉仍在大声呵斥:“看你穿得又旧又破,又脏又臭,怎么不是个要饭的?”

中年汉子很是委屈:“这衣服是早上新换的,干净着呢,就是路上赶得急,出了些汗,是汗味儿。”

朱辉有些得意:“看吧,连你自己也承认是臭味儿了,没有冤屈你吧,快滚开!”

中年男子一脸无奈和不甘的样子:“不能这样欺负人。”

朱辉一副蛮横不讲理的样子:“看到你就恶心,滚,离我远一些。”

来的都是客,店老板左右为难地劝解:“和气生财,两位都各让一步。”

钟师傅也走上前喊道:“朱师傅,这么巧,碰上了,我来替你排队、端饭,你赶紧找个座位,待会儿好吃饭。”

朱辉悻悻地把票给了钟师傅,自己找座位去了。钟师傅见朱辉走了,转身对中年汉子说:“你先请,排在我前面吧!”

六

典型的中式快餐,三人很快吃完饭,王闻道扶着吴政委穿过就餐的人群向门外走去。钟师傅为人机灵,快步出门,开车等候。

出大门正往停路边的车上走,王闻道看见刚才被训斥的中年男子与一位中年妇女蹲在门前台阶旁吃饭。那汉子脸色黑红,额头上有几道深深的皱纹,笑意中带几分恓惶,他双手端碗凑近中年妇女面前,中年妇女吃了一口凉皮,细细地嚼,品尝味道,而后绽开笑容,说:“好吃! 和咱家里的味道很像,这一趟跑得值,你也吃些吧!”那汉子舒心了许多,说:“能吃上家乡的饭,心里舒坦,值!”

王闻道于心不忍,对吴政委说:“政委、嫂子,让钟师傅送你们回医院,我再办点事儿。”

吴政委说:“你忙你的,我们自己回医院。”伸手与王闻道挥手道别。

王闻道走到台阶旁，蹲在两人对面说："兄弟，你俩不是本地人吧。"

中年汉子警惕地打量王闻道没吱声，中年妇女满脸笑容说："老家在陕西，今年大旱，从开春到入秋，老天爷没下过雨，庄稼旱死不说，连胳膊粗的树也给旱死了。没收成咋过日子？听乡政府说到新疆兵团捡棉花能挣到钱，我老两口就来了。"

王闻道问："在哪个团捡棉花，挣到钱了吗？"

中年汉子说："358 团三连，有同村的乡亲在这儿拾了两年了，就奔过来了。刚来不久，只挣了些小钱。今天是我婆姨五十五岁生日，我们给自己放一天假，赶过来了。"说完心里有些难过，低下了头。

中年妇女快人快语，说："今天我过生日，老汉说五十五是大数，得好好过一下。听人说这里的凉皮最地道，大清早拾完了棉花，就坐上班车赶过来了。看你也是实诚人，你也尝尝这凉皮味道，美得很。"说着把碗递到王闻道面前。

王闻道一阵心酸，做了谢的手势，起身走到店里，不一会儿店老板跟着王闻道一起出来，忙向中年夫妇道歉："刚才的事，真是对不住，是我照顾不周，请见谅。"

中年汉子一副受宠若惊的样子，谦卑地笑着握手，劝阻道歉。中年妇女吃惊地看着店老板，询问是怎么回事，店老板把刚才的事情说了，连连赔不是。中年妇女听罢脸上的笑容跑得无影无踪，难过地低下头。

王闻道从身上掏出三百元钱递给店老板说："找一个安静些的餐桌，请他们进去吃吧，店里的特色小吃都让两位尝一尝，你再负责买一个蛋糕。"

店老板忙推回王闻道拿钱的手，内疚地说："兄弟，打我脸是不是啊，钱我是挣了不少，现在需要文化品位，讲究个信誉、美誉，得常做些好事、善事回报社会。这事，你给我个面子，我来做，店里有一个雅间，专门给头头脑脑的领导用餐备的，今儿刚好空着，就去那里坐。还有，今晚两口子的住宿我也包了。"

王闻道心受感动，知道给钱无益，用力握了握老板的手，以示谢意。

难过中的中年妇女突然哭了起来，哭声中夹着自责："我不该贪嘴啊，好好的棉花不拾，跑到外面吃什么凉皮，把人丢大了，呜呜呜……"

中年汉子含着泪却坚强地说："不哭，今天是好日子，待会儿还带你去看场电影。"

中年妇女还是不住地哭，伏在丈夫的肩上说："对不住呀，让人糟践你。"

王闻道上前劝道："兄弟、大嫂，这世上还是好人多，咱们进去坐，老板会还一个尊严。"

店老板有些激动，忙说："对！等到吃蛋糕的时候，我让店里全体员工都来唱生日歌，祝您生日快乐！"

七

荀有勇确实回到了市里，这个决定是后来才作出的。

吃早饭时，大家先是夸赞新炸的油饼好吃，又夸赞荀有勇工作深入扎实，忙到半夜才休息。

昨晚直到一点半，荀有勇才回到连部，见欧阳平、白新建和孙国文三人围在桌前斗地主。大伙儿忙放下手中的牌，说："政委回来了，真辛苦。"荀有勇想到林晓霞反映的情况，孙国文果然是喜欢打牌斗地主，便说："晚了，早点休息吧。"

根据孙国文的安排，荀有勇睡在连长办公室，欧阳平、白新建和司机朱辉都睡在连会议室临时安置的床铺。为防止蚊虫叮咬还买了新蚊帐。

荀有勇确实太累了，倒在床上就进入了梦乡，是少有的好觉。天蒙蒙亮那会儿，棉农和拾花工急忙忙地下地赶路声，拖拉机的吼叫声，还有狗吠声，惊醒了他的好梦，可翻了个身又熟睡过去，直到太阳升起。此刻，听到大家的赞扬，并不在意，心里盘算着团部酒厂那事的进展，上访的人估计早已乘班车上路了。

手机响了，一看是刘杰的手机号，荀有勇不慌不忙地按下接通键，刚贴到耳边，只听得刘杰着急地汇报："荀副政委，出事了，酒厂有十多人去师(市)机关上访，人已走了有一阵子了。"

荀有勇心中一喜，却不露声色："具体有多少人？是什么原因？怎么去的？"

刘杰回答："我是刚听赵建成说的，坐早上的班车去的，其它具体情况还没了解清楚。"

"你看看你是怎么做的工作。"荀有勇责备了一句，又问，"团领导谁在家？得赶过去紧急处置妥当才好。"

刘杰想了片刻，说："都下连队了，只有王副团长昨晚回到团部，按计划他要去市里见李书记。"

苟有勇抢过话头，说："很好，你马上通知王副团长先顶上去。凡事都有一个轻重缓急，涉及群众利益的事都是我们当干部的心中最大的事。这两年，师（市）党委三令五申，要求群访事件不能出团，就地解决。班车这会走到哪儿啦，早已出团了吧……"

刘杰见话题扯开了，似乎还有很多的道理要讲，忙趁苟有勇换气停顿之时插话进去："好，我现在就通知王副团长。"

放下手机，苟有勇见大伙已停止了吃饭，望着自己，便说："抓紧吃饭，然后回团部，这工作千头万绪，一步想不周全就给你捅娄子。这个主持真不是人干的。师（市）党委也不赶快派个新领导来。"大伙又开始吃饭，都说："这不明摆着嘛，让你主持工作一阵儿不就成了新领导了吗？"苟有勇喝口玉米粥，说："师（市）党委这样信任，把重任压在我肩上，大家可要好好支持帮助我才行，否则，就辜负了师（市）党委和全团广大职工群众的信任和期望。"众人纷纷表示一定支持，一定帮助。

林晓霞见众人都是一般性的表态，没有特色，便开口说："苟政委到我们五连来指导工作，白天深入田间地头，夜晚走家串户，与职工群众共商发展大计。尤其，人在五连掌控全团大局，遇事不慌，处置果断，运筹帷幄，决胜千里，真是让我大开眼界，这回是拜了真佛，见了真身，取了真经。"

听到"见了真身"，苟有勇一下想到昨晚林晓霞的模样，不由得扑哧一声笑了起来。众人见苟有勇笑了，知道是林晓霞讲得好，讨人喜欢，也跟着笑了起来。

吃过早饭，大家准备启程返回团部，只是苟有勇不急不躁地坐着不动，也只得陪坐。孙国文让众人移步到客厅坐，又忙端上热茶，苟有勇喝了一口，说："好茶。爽！"孙国文笑道："春节过后，吴政委带连队干部去八师天业集团参观滴灌节水技术，在宾馆门前的茶叶店里买的，这普洱好贵，巴掌大的一张饼就要上千块，我买了两张。"

苟有勇观赏着杯中茶色，说："贵怕什么，只要不是勒索职工、承包户的就行。"

孙国文说："还有张饼没开封，既然政委喜欢，拿回去喝好了。"

苟有勇并不接话，若有所思地说：“当年乾隆皇帝吃罢羊肉火锅，浑身燥热，有人呈上这普洱茶，乾隆喝后浑身通透，神清气爽，大喜，重重奖赏了云南总督……”

这时手机又响了，是赵建成打过来的，汇报说：“王副团长带着刘杰追班车去了，他走得快，我带着两名联防队员也跟在后面追呢。”

苟有勇厉声喝道：“你一定要全力协助王副团长做好工作，无论采取什么样的手段方法，都必须把上访人员弄回来，明白吗？”

赵建成回答：“明白，请放心！”

关上手机，苟有勇松了口气，环视众人说：“走，回团部。”

八

回到团机关办公楼，苟有勇拿着钥匙却打不开门，正着急，党办室副主任林晓清跑了上来，说趁领导这两天不在家，已安排人把东西搬到团长办公室了。众人都知，团机关的办公室中只有政委、团长的办公室是里外两间，里间办公，外间会客、谈话，副职领导只有一间。自从主持工作后，苟有勇借故已多次对刘杰发牢骚，埋怨办公室太小，来上三五个人都没地方坐，严重影响工作。刘杰开始不以为意，说多了自然明白苟有勇的用意，趁这两天跑基层，人不在，把苟有勇的办公室调了过去。

苟有勇听后很生气，大声训斥道：“胡闹！乱弹琴，怎么一点儿也不懂得讲规矩，怎么搬过去的，再怎么给我搬回来。”

林晓清并不慌张，大声解释说：“没有胡闹呀，刘主任说这也是为工作着想，过去政委、团长，两位领导还忙不过来，现在担子都在你一人肩上，调个大些的办公室，还不都是为了更好地工作？”

这样的顶撞，让苟有勇心里舒服，不再多说什么，两人一同走到最尽头的团长办公室，果然宽敞明亮了许多。苟有勇坐在老板桌前的椅子上，感到柔软舒服，心中有几分得意。林晓清指着靠墙的铁皮保险柜说：“这些还是你办公室原来的用品，都上着锁，我让人整体搬过来放好。”苟有勇警惕地看了一眼保险柜，称赞道：“你们的刘大主任办事周到，心细。”

林晓清松了口气，说：“这些天，压了好多文件等你批示，我拿过来。”

苟有勇点头同意，接过文件夹。林晓清走了，苟有勇没有心思看文件，心里惦记着群访的事，眼见中午一点钟了，还没见任何动静，不知会有什么状况，忍不住拿起电话听筒，拨通赵建成的手机，“喂”了一声。

赵建成听到手机响，一看来电显示是不熟悉的号码，来不及细想，生硬地问：“谁呀，什么事儿？”

苟有勇笑骂：“妈的，连老子的声音都听不出来了？情况怎么样？”

赵建成听出了声音，口气变软了许多：“啊，是苟政委，这不是你的号码呀？”

苟有勇说：“过去不是，现在是，讲讲吧。”

赵建成一拍自己的脑门，自责地说：“你看我这猪脑子，这原来是团长办公室的号码。”赶紧把经过讲述了一遍，最后说：“王副团长去师部了，上访的群众坐酒厂的车返回了，我也正在回团的路上。”

话筒里传来大小车辆飞奔的呼啸声，清晰可闻，印证着赵建成说话的真实性。苟有勇心里不免有些失望，事情没有按照自己预想的发展，没有流血事件，没有缠住王闻道，责骂道：“你赵建成说大话，放空炮，吹死牛。”

赵建成干笑两声，说：“事先都设计好好的，上去就骂，一旦对骂就开打，我先上两个保安也跟着上，谁知王副团长挡在了双方中间，我又不能去打王副团长。好在最后他连喝三大碗酒，去见李书记也是要出丑的，会挨收拾的——”

苟有勇不愿再听下去，不耐烦地打断，说：“够了！”说完重重地放下话筒。赵建成被手机里传来砰的响声吓了一跳，半晌才回过神来，叹了一口气，心想：“就是一条狗，累了半天也得给根骨头吧。”

放下电话，苟有勇意识到应该立刻去师（市）里，见郭副师长探明李书记叫王闻道去是何用意，也好采取下一步行动。前两天，在师（市）医院外科当副主任的老婆打来电话，说曾主任住进了医院干部病房，这应该是最好的理由。

九

半下午，苟有勇赶到医院，由妻子周小丽带着直奔干部病房618房。曾玉珍正在看韩剧，见到苟有勇夫妇俩进来，笑着责备："丽丽，不是我说你，有勇工作多忙啊，还让他过来看我，快坐。"

周小丽说："检查结果都出来了吧，让我看看单子。"

曾玉珍起身取检查单子，说："常规性检查无大碍，就是时常有些头晕，血压有些偏高。"

周小丽接过单子仔细地看。手机响了，说是院长带来个病人到科里了，请她赶快回科。周小丽放下单子说声等会儿再来，出门走了。

苟有勇从包里取出一个精致的木盒，说："曾主任，我也不虚头巴脑地客气，听说戴这个能辟邪，专门挑了一个。"

曾玉珍接过盒子打开一看，是一只和田玉手镯，开口说："好漂亮，是籽料还是山料？"不等回答，对着窗外的阳光看玉石的成色。

苟有勇说："籽料太难搞了，市面上根本就没有，这镯子虽说是山料，却是九七山料，浑白细腻、圆润，已经到达羊脂玉的标准了。"

曾玉珍笑道："你要不说，还真看不出是山料，我的名字带个'玉'字，我就喜欢玉石。"说着戴到了手腕上，左转右转，看着手镯转动，满心欢喜地说："大小正合适，挺添彩的。"

苟有勇借机夸赞："那是，要看戴在谁手上，这上好品质的玉，只有曾主任您才能配得上。您气质优雅、容貌漂亮年轻，若是和女儿源源一起走在大街上，根本看不出是母女俩，倒像姐妹俩。"

曾玉珍呵呵笑起来："有勇，你会说话，大姐我这病好了一半儿。说到源源啊，现在最操心的就是她的事儿了。"

苟有勇问："不是出国留学吗，定了没有？"

曾玉珍收住笑脸说："定了，去英国。老牌资本主义国家就知道要钱，上个学死贵死贵的，一年就四十万，我正为这事发愁呢。"

苟有勇说："出国深造，读硕士读博士，多么荣耀的事儿，就是砸锅卖铁也得去！我这个当叔叔的凑一份贺礼。"说着从包里取出一张银行卡一晃，说，"刚巧有四十万，不够我再去凑！"

曾玉珍迟迟疑疑接过银行卡，有些不好意思地说："怎么能让你破费，我们自己想办法。"

苟有勇急忙说："这算什么呀，比起你和郭师长对我的帮助和情谊，再多上十倍、二十倍都显得很微薄，只是心意而已。”

曾玉珍这才想到工作上的事，问：“主持工作后都顺吧，凭你的能力应该没问题，师党委也是的，直接让你接团长多好。”

苟有勇心里热乎乎的，觉得这钱没白花，说：“工作上顺风顺水，就是想见见郭师长，多讨教讨教，听听指示，回去工作更有干劲，要不今晚咱两家在一起吃个饭？”

曾玉珍笑道：“你这张嘴快赛过阿庆嫂了，老郭一天忙得不着家，我见他都难，不过你来了，还是见见好。”拿起手机拨打了电话，通了，又断了。再拨，接通了，曾玉珍说：“老郭，今晚我有客人宴请，你参加一下。”

郭家仁那边说：“不行，我还等李书记要会见重要客人，晚上陪同吃饭，去不了。”

曾玉珍一脸怒气，大声说道：“陪吃、陪喝、陪说话都快成‘三陪’了，家不回就算，源源的事你也不操心，反正我在住院，出国手续就交给你办好了。”

郭家仁见老婆生气，知道不好对付，无奈地说：“我晚一点儿去行吧？李书记不喜欢喝酒劝酒，宴会会结束得比较早，别的应酬我推掉过去。”

曾玉珍这才恢复了笑容，关上手机对苟有勇说：“老郭在陪李书记，答应晚些过来，你订桌子吧。”

苟有勇心花怒放，说：“找个五星酒店，我先过去安排点菜。”

曾玉珍说：“行，咱们一起走，我得回去换身衣服，再把源源叫上。”

两人边说边出了病房，苟有勇有心事，放轻了脚步，不料曾玉珍喊道：“有勇，待会儿把你的司机放回去，别再跟着，人多口杂。”这声音在走廊里显得特别亮，苟有勇不由得心里一紧，低声答应了一声。

夜晚，兴屯市街道，马路一片灯火辉煌。

当郭家仁走进包厢，苟有勇惊喜万分地站起来迎了上去握手。郭家仁大大咧咧地坐到主宾的位置上，说：“我吃过了，你们赶紧吃，别饿坏了。”

郭沁源撒娇地说：“你还知道我们饿坏了，怎么不早点儿出来。”

郭家仁不气不恼，笑呵呵地说：“好，爸爸陪你一起吃。”

看见满桌子的鲍鱼捞饭、龙虾、海参汤，郭家仁觉得贵了些，还不合口味，倒是一盘炒肥肠油亮亮的，让他有了食欲，吃了一口说：“味道还蛮地道的，只是冲洗得不太干净，倒不如在团场连队吃的味道好。”

众人一听都笑了，曾玉珍看了丈夫一眼说："那时团场条件差，师傅也不讲究，没洗干净，你倒好上这一口啦。"

郭家仁咽下肥肠，紧接着又吃了一口才说："人，不能忘本。"侧身问苟有勇："近期忙什么呢？"

苟有勇忙说："一直带队在连队检查三秋工作，确保丰收，取得好效益。"

郭家仁说："基层的工作要抓好，上面的工作也要跑，尤其大的场面更要有作为，你看王闻道，上午劝阻上访群众，李书记批了好长一段话表扬，下午又和李书记交谈甚欢，两人都坐到一块儿了。"

苟有勇一副委屈的样子："我有什么办法，昨晚在连队，走家串户忙到一点多才休息，不是说领导干部要进万家门、知万家事、解万家难吗？"郭家仁不喜欢这样的空洞大话，似乎才看到周小丽，说："小丽也在啊，你家老爷子身体还好吧？"

周小丽说："时常有些小毛病，上了年纪，脑子有些糊涂，中午吃的饭，下午问，他都想不起来。"

郭家仁满怀感情地说："老团长对359团的创建和发展功不可没，组织上的关照毕竟有限，你们做儿女的可要好好照看，多尽孝道。"当年，郭家仁在连队任文教，还是个毛头小伙，被周文虎团长看中，直接提拔到团场团委书记岗位，连升几级，奠定了郭家仁为官从政的基础和优势。为此，心中一直感激老团长，这也是他不断帮助周小丽、苟有勇的重要因素。

周小丽说："干休所的同志照料得很周到，细致，也多亏郭师长你常打招呼，常过问。"

苟有勇说："老爷子小事糊涂，大事可不糊涂，今年春节听说郭师长要去看望，一大早起来洗脸刮胡子，还提前时间去解大便，没想到大便干燥，人老了又没劲儿，就是拉不出来，就这样，老爷子不住地问郭师长来了没有，我们安慰他说还没到，别着急。可老人家不放心，非让我们把卫生间的门开一道缝儿，他一边坐在马桶拉，一边看着门外——"

似乎还有很多话要说，却被郭沁源打断了："政委同志，不要说这么恶心的话好不好，这是餐桌，不是厕所，说话文明点。"

苟有勇一愣，尴尬地笑了，下意识地扶扶眼镜框。

曾玉珍忙打圆场："沁源，怎么能这样对叔叔说话，太不懂礼貌。"

郭沁源谁的账也不肯买，恼怒地说："妈，大家都在吃饭，突然给你桌子上放一坨屎，你还吃得下去吗？你们吃吧，我走了。"说完一摔筷子，起身走了。

郭沁源走了，场面冷了下来，一时间谁也不知道说什么好。郭家仁见过大场面，也具有掌控局势的能力，喝了口红酒，轻轻放下酒杯，说："走了也好，有些话不适合孩子听。有勇啊，我发现你有心理障碍。"

苟有勇一脸迷茫，不知如何对答。

郭家仁说："王闻道比你任职早，常委中又排在最前面。早先，主官不在的时候都是他主持团里的工作，现在你主持了，既想绕过他，心里又恐惧他，不知怎么办，是不是？"

苟有勇佩服地连连点头："是这个状况。"

郭家仁说："你现在已经迈出一条腿了，而且这条腿还收不回来，那该怎么办？只有一条路可走，凡是有利于你上位的事儿就不顾一切地去做，凡是不利于你上位的事儿，就不顾一切地去反对。"

苟有勇细细地品味其中之意，说："两个'凡是'两个'不顾一切'，真是太经典了，胜读十年书啊！我诚心诚意敬领导、敬老师一杯。"拿起五粮液酒瓶倒满一大茶杯，与郭家仁一碰杯，仰起脖子一饮而尽。

郭家仁不露声色，轻轻抿了一口红酒，又对身旁的曾玉珍、周小丽说："你们也喝起来。"

喝完酒，有了胆量，苟有勇问："我回去该怎么干？"

郭家仁微微一笑说："有勇啊，可不能有勇无谋，你问的'术'而不是'道'，凡成大事者，上面要蹚平，下面要摆平，摆平人是最要紧的。不是常说，在班子不在圈子等于不在班子，不在班子在圈子等于在班子，最牛烘烘的是既在班子又在圈子，明白吗？"

苟有勇急忙点头："明白，明白。"

郭家仁不相信，笑了笑说："你明白什么啊！你知道怎么样让人死心塌地跟着你干吗？知道怎么样对待心里不服，却又不敢说、不敢拧着干的人吗？知道怎样对付心里不服，又敢对着干的人吗？回去好好琢磨吧。"说着站起身，对大伙说："今天就到这里吧，散了，也不知源源回到家没有。"

第四章

各循其道

一

王闻道回到办公室，打电话把张来顺、杜峰叫过来，一起商讨西线几个连队三秋工作的检查情况，他让杜峰、张来顺先讲，随后自己讲了对几个连队工作的看法，并安排道："来顺，汇报材料你来写，字数不要太长，把问题讲明白就行。估计这两天党委会召开会议，听取各组检查情况。"

张来顺合上笔记本，说："我尽快完成，再交给你修改。"

杜峰一身轻松，反倒有些意外："没我什么事了，这感觉真好，以往大小检查都是我写材料，一下不写反倒不自在。"

王闻道笑道："三秋工作材料要的都是干货，我怕文艺气太重，形容词太多。"

张来顺开心一笑，杜峰有点不好意思，解释说："形容词用得恰到好处，会给文章增色的。那我们走了。"

"等等。"王闻道想起了什么，从办公桌脚下取出一个红色布袋，对杜峰说："伊犁老窖，在兴屯市超市买的，专门奖励你的好诗，以后多写。"

张来顺以职业习惯打量着奖品，说："大瓶装，比小老窖的量要多一倍。杜峰，你等于得了四瓶。"

杜峰笑眯眯上前接过，嘴里却说："真不好意思，这事我都忘了。"

送走两人，王闻道来到总农艺师范志刚的办公室。在团领导职责分工中，范志刚负责农业工作。王闻道把昨天在兴屯市六六顺饭楼遇到的情况简单说了一遍，范志刚对朱辉的行为大为不满："自己的父母都是种地的农工，自己又在团场工作，怎么就会瞧不起庄稼人呢？不是等于瞧不起自己嘛！丢人都丢到外面去了。"

王闻道喝口茶，说："朱辉的事不多说了，他给有勇开车，还得维护有勇的威信。找你主要想说的还有另一层意思，因为拿不准，想和你商讨商讨。"

范志刚说："什么事？说说看。"

王闻道说："每年拾花季节，团里的外来拾花工约有八九千人吧？"

范志刚说："今年的人数为九千六百八十五人。"

王闻道说："小一万，快到咱们团总人口的五分之一。拾花季节有四五个月的时间，平日里早出晚归拾花，可他们的情感生活呢？他们的喜怒哀乐、悲欢离合又有多少人想过呢？要不一对夫妻怎么会跑几十公里去搞一个生日庆贺？人，不是简单的劳动机器，是有情感的，我们得想法子关注和引导外来拾花工的情感生活，这样更能激发外来拾花工的劳动热情和对团场的喜爱。"

范志刚说："这事我想过，只是做起来有些难，缺少一个有力的抓手。目前，外来拾花工都分散在各个棉农家里，怎么吃、怎么住，甚至怎么分配收入，都由承包户说了算，很难有一个统一的管理办法。"

王闻道觉得这都是实情，也在理，思考片刻，说："你还有一个难处，农业建设的项目资金都是专款专用，一分钱都不能挪用。可话又说回来，这些拾花工都是在农业生产上拼力干活的人，总不能撒手不管吧。"怎么管，王闻道一时也没有更好的办法。

范志刚说："拾花工刚来时，我和工会蒋主席联手抓兵团精神、民族团结和遵纪守法教育，效果挺好的，可拾花工来自不同省市，来团的时间也先后不一，活动搞得断断续续，也挺费劲的。"

说者无意，听者有心。王闻道眼睛一亮，拍手说道："对呀，团场的特点是什么，是农民入工会呀，全国农民工进城打工有两亿多，兵团也有八十多万拾花工。报纸上说他们是产业工人的一部分，既然是工人就该入工会，季节工也可以因地制宜当季节性工会会员。入了工会，再与承包土地的棉农联手，借助节假或拾花工生日，办一些暖人心的文化活动，可以持续地进行民族团结、团史教育，可以找保险公司办意外、大病住院险，还可以开展劳动竞赛，奖个毛巾、床单、被套什么的，这些都是拾花工必备的生活用品。"

范志刚听得明白，觉得可行，高兴地说："这个法子好，拾花工入工会，去找蒋主席商讨一起抓。"

王闻道知道范志刚工作严谨、认真，为人处世很低调，可一旦认准的事则会全力去抓。当年还在生产科长的岗位，师（市）组织部来考核选拔干部，有着很好的口碑。当组织上来宣布任命，任其为党委常委、副团长，找他任前谈话时，范志刚死活不答应，说自己不是当官的料。没有办法，师（市）领导和组织部的人打道回府，原定的干部大会也取消了。后来，师（市）党委重新研究，仍保留团党委常委职务，副团长改为总农艺师，范志刚这才同意。这事前前后后折腾了半年多，本来同期一纸任命的还有苟有勇副政委，也晚了许多时间才宣布，所以，苟有勇又气又恨，骂他是狗肉包子上不了席，烂稀泥抹不上墙。范志刚听了一笑，并不在意。

此刻，解开了心中的一个结，范志刚有一种轻松的感觉，打开话匣子说道："管好拾花工这事，我琢磨多年，一直想找个解决问题的突破口。外来拾花工来自山南海北的各省各市，都是山村偏僻落后之地，没见过汽车、拖拉机就算了，还有没见过电灯的，晚上睡觉不会关电灯，用嘴吹，吹不灭，一生气拿起砖头把灯泡打碎了。结果，承包户不愿意，拾花工也不愿意，争吵起来，闹到团里打官司。你说这能不耽误生产吗？可出了事团里得担着，派人去协调、和解。我脑子里一直围绕着农业生产打转转，总觉得使不上劲，还是你脑子灵活，有办法，与工会联手做，钱有了，人手也有了。"

王闻道忙解释说："我只是见这对陕西夫妻俩是外来拾花工，属农业上的事才来找你，见你说到与工会合作的事，才冒出拾花工入工会的事，看来咱俩谁也不是诸葛亮。"

俩人正聊着，门口出现一位身穿民兵迷彩服的女职工，欲进又止。范志刚喊道："梁英，什么事进来说。"

二

梁英是五连职工，中等个头，四川人，早先到深圳打工，后又到新疆拾棉花，挣了钱又承包了地，落了户，成了团场职工，现在已成为发家致富的带头人。迈进门就说："我要请几天假，到南疆去一趟。"

范志刚说："找孙连长请假，找我干什么？"

梁英说："孙连长不批，说要找你批准才行。"

范志刚说："我也不批，团里已明确规定，秋收大忙季节，各承包户尤其像你家这样包地较多的农户不得请假外出，全力以赴抓好生产。"

梁英急了："我真的有很重要的事情，我一定要请假。"态度很坚决。

"去南疆？"范志刚脸上露出一丝笑容，问道，"是不是去讨要借出的三万块钱？能要得回来吗？"话音中透出几分讥讽的意味。

梁英先是一脸惊讶，接着又变得十分委屈，脸涨得通红，说："不是这个样子的，当领导的也跟着别人瞎说，编假话。"

王闻道见两人一句接一句地话赶话，工作上的事插不上嘴，起身对范志刚说："你们说事，我走了。"不料范志刚劝道："别急啊，这里面有好故事呢，不妨听听。"王闻道不好意思马上走，就势到饮水机旁取出纸杯，倒一杯水递给梁英，说："有话慢慢讲，只要说得在理，说不定范常委会同意的。"

梁英用手轻抹一把脸上委屈的泪水，说："我确实给买买提借过三万元，还是去年的这个时候，有一个维吾尔族小伙子在棉花地找到我，要求拾棉花打工。我觉得挺纳闷，细问才知道他家在南疆的村子里，地里的棉花又稀又高，一亩地才产三四十公斤，当来到五连的棉田，看到一片银海，惊呆了，决定留下来拾花学技术。我见他说得诚恳就同意他留下来拾花，还单独安排了吃住。买买提真的勤奋好学，见什么都新鲜好奇，不停地问：只埋下一颗种子万一不出苗怎么办？地里没有渠道怎么浇水？水管子埋到地下不会堵吗？还有更可笑的是老问棉花地里的草哪里去了，没有草，牛呀羊呀吃什么？……"说着，梁英忍不住笑起来。

王闻道、范志刚觉得有意思，也跟着笑起来。

梁英说："买买提干起活来有一股狠劲，常常一整天闷头拾花，中午饭要么一个馕半个西瓜，要么一个馕一个甜瓜，蹲在棉花地里吃完又继续拾花。快过年了，结完账他就回到了夏巴河村。"

梁英说起话来，又急又快，生怕一停下来就接不上话："元旦刚过我接到一个电话，是买买提打过来的，他刚说了一句：'我妈妈快不行了……'就哭着说不出话来，好半天才有一位汉族同志跟我说：'这里是县医院，我是吴院长，买买提母亲患重病需要手术，治疗费要两万多，买买提说没钱，只有你能帮他。'当时我心里一咯噔,心想:当地有那么多熟人朋友不去借干吗向我借?但我很快又下定决心,回复吴院长说,马上汇钱过去,告诉我医院账号,考虑到两万多,还要护理呀,营养呀,于是凑了整数打了三万块钱过去。"

范志刚说:"热心救人,解救危难是好事情,值得表扬。"

梁英说:"钱打过去之后,我家老公想不通,说一面之交,还是打工拾花的时候认识的,还不起怎么办?连里有人跟着起哄,说我上当受骗了,是傻瓜,挣了几个钱把脑子烧坏了,现在你们领导也跟着看热闹。"

范文刚听出话中有话,笑道:"冤枉你了,向你道歉!"又真诚地问:"这次是真正为了讨钱的事吗?"

梁英说:"买买提和我通过几次电话,总是千谢万谢地说这笔钱一定要还。不过这钱啊,我是不想要了。"

"为什么呢?"范文刚疑惑不解,王闻道也感到纳闷说:"你家挣了钱,富裕起来了,可三万元毕竟不是小数字,不要总会有个理由吧。"

梁英犹豫片刻才说:"其实吧,这事在我心里挺闹腾的,后悔当初为什么说是借,而不是像自己父母看病那样,把钱送给买买提。你们可能还不知道,五年前的冬天,趁农闲我和老公开车去阿克苏、喀什去看了看南疆团场的园林经济,想弄一些红富士苹果、红枣什么的。你们领导不是大会小会说光种棉花太单一,鸡蛋不能都放在一个篮子里吗?红枣树、苹果树也是一种'鸡蛋',谁知道南疆那么大,走着走着迷路了,在一条窄窄的山路上越走越心慌,眼见太阳快下山了,急得心里直冒火。结果车翻到了山沟里,我俩都受了伤,躺在地上爬不动,一动就钻心地疼,就扯着嗓子喊人,可荒山野岭哪里有人?太阳落山了,天越来越黑,越来越冷,我想这样不行,今晚会冻死的,于是我俩忍着痛去抬翻了的车,可哪里翻得动。没有办法,两人躺在地上轮着喊'救人啊,救命啊!'

"也不知过了多久,终于听到了马蹄声,于是我俩一起喊救命,这样声音会大些。一会儿马蹄声近了,是一位维吾尔族壮年汉子,他翻身下马,然后又把我俩放到了马背上,自己牵着马走路。也不知走了多久,快半夜了吧,才到他家。他叫醒了家人,让我们躺在床上,又包伤又给我们做揪片子吃。他懂汉话,还懂医术,说:麻达的没有,骨头好好的。车嘛,太阳出来的时候,牛拉回来。

"真是遇到了好心人啦,他家也不富裕,牛奶只给我俩喝,都不让孩子喝,做抓饭,我俩碗里都有肉,孩子们啃骨头,他们吃素抓饭,感动得我几次流下眼泪。"

范志刚忍不住问:"你也没问问救命恩人叫什么名字?"

梁英说:"时间久了自然知道,他叫库尔班。我夸他说:'库尔班大叔,你的汉语讲得真好。'他说汉语是国语要讲的。

"伤好后临走时,我取上五千元钱作为酬谢,可库尔班大叔怎么也不收。"梁英说得有些激动,眼睛里含着泪水,"车子上路以后,我心里好不是滋味,不是讲滴水之恩,当涌泉相报吗,这可是救命之恩啊!车走出了三四十公里后,到了一个镇子的超市,我俩进去买了米、面、油、肉,还给几个孩子买了新衣服,又掉头回去。我把五千元钱藏在孩子的衣服口袋里,再把衣服卷了起来,心想等我们走远了,库尔班大叔发现钱也追不上了,只有收下了吧。谁知库尔班大叔太聪明了,虽然收下了物品,却从衣服口袋里找出了钱又退还给了我,还说'这个法子以前也有呢,不行的。'我当时就忍不住大哭了起来。"

梁英说着擦了把眼泪,沉浸在往日的岁月中。王闻道、范志刚深受感触,心受感动,赞道:"真是个感人的故事。"

梁英说:"库尔班大叔的恩情我是要回报的,回报这个美好的社会,现在买买提家有困难,我帮助他是心甘情愿。前几天买买提打来电话,说他想来拾花,还带一些同村的年轻人来。可后来又说有些困难,来不了了,想让我去看一看,我想我该去一趟。"

范志刚抬头,看王闻道,双目对视,做了一个交流,说:"你去,我支持,同意了。"

梁英见领导批了假,心里高兴,一下轻松了许多,解释说:"你们领导理解就行!团里有人说我是二百五,我不在乎,如果买买提家中再有困难,我还会尽全力帮助的。"说完起身要走。

王闻道叫住了她:"梁英,我想了解一下,买买提讲的有困难,具体是什么困难,你们在电话里有没有讲过?"

梁英想了一会儿说:"这倒没有,我猜想是不是他母亲的病没有好彻底或者秋收太忙,组织不起人来。"

王闻道似乎另有什么想法,说:"你的分析有一定的道理,可仔细推断,买买提母亲做手术已经八九个月了,早该康复了。再说,村上农活忙,若组织不了大家来,但他可以自己过来呀,所以这个理由……”王闻道摇了摇头,算是否定。然后接着说:“近些年,在南疆的乡村中,民族分裂主义、宗教极端势力、暴力恐怖活动有所抬头,破坏民族团结、交流、交往的事情时有发生,会不会与这些有关呢?”

梁英先是“哎呀”了一声,定了定神,坚决地说:“那我也要去,我不怕!”

王闻道说:“你先去,过两天我和徐世清厂长要去南疆参加兵团召开的团场工业企业现场经验交流会,你若有什么困难,可及时与我们联系,看能否帮你一把。”

梁英满脸笑,说:“太好了,王副团长,你真是为我们老百姓办事。”

一阵笑后,范志刚说:“不是老百姓,是兵团职工,是战士!”

三

从兴屯市回来,看到办公桌上堆放的四五个文件夹,里面放着待审批的文件和工作请示。

自从担起主持工作的责任后,359 团的人、财、物调度的最终决策都汇集到了这张桌子上。可他并不着急,走到了明亮的大窗户前,俯视着办公楼前宽敞气魄的大广场,有花坛、喷泉、树林、绿地,还有匆匆忙忙、进进出出忙生计、忙工作的人们,这一切都掌握在了自己的手心中。

苟有勇先后把纪委书记付子明、人武部长武大军、总农艺师范志刚,还有工会的蒋主席等团领导约来谈工作,主要议题只有一个,就是埋怨办公室主任刘杰不懂规矩,不讲规矩,不经允许就把自己的办公室换到了团长办公室,现在是骑虎难下,左右为难,众人好言相劝,说这是为了方便工作,领导让你主持,就是一种态度,提拔是早晚的事。苟有勇心中欢喜叹一口气道:“那就将就着错吧。”

办完这件事,喝了口茶,这才拿起文件夹开始批阅文件。

敲门声,笃、笃、笃,三声响。

苟有勇忙着看文件,头也不抬地喊道:“进来。”

王闻道进来后,见苟有勇眼睛盯着文件,一副专注忙碌的样子,笑道:“忙得很哪。”顺势坐在了办公桌对面的椅子上。

苟有勇心中一紧，不由自主地站立起来，说：“闻道呀，什么事打个电话嘛，我过去就行，来，先喝杯茶，这可是上好的普洱。”

王闻道忙劝阻：“别忙，刚在办公室喝过茶。”

苟有勇说：“我正想找你说一说呢，你看刘杰这同志越来越不会办事了，趁我下连队不在，把办公室搬到这间屋里，这不是用火炉烤我吗，真是墙上挂虎皮——不像画（话）！”

王闻道打量了一下办公室的环境说：“你要是真的很为难，再搬回去也行，只要半天的时间就能搬完；如果从便利工作的角度讲，也说得过去。现在许多名片都印着‘副总经理’，括号‘主持工作’；‘副处长’括号‘暂无处长’，照样横行天下。不过你可以暂时把门口‘团长办公室’的牌子换成‘副政委办公室’，这样更顺一些。所以就不要老骂刘杰同志了，办公室的活不好干啊。”

苟有勇两手一拍，高兴地说：“这一招好，换牌子，马上让刘杰去办。”

王闻道见苟有勇一直站着说话，自己也不好老坐着，起身说：“有两件事要请示，一是兵团团场工业企业现场经验交流会就要报到了，我和徐世清去参会。”

苟有勇马上回答：“你们去，这事师（市）发改委早有通知。”

王闻道说：“另一件事，我与志刚碰了下头，准备与工会的蒋主席联手抓外来拾花工的教育管理问题，让外来打工者加入工会，虽说是临时的，可也有好几个月，况且每年都来，相对比较稳定，入了工会更有利于管理，有个事情也好由组织出面照应。这个问题志刚和蒋主席拿出方案后再做具体汇报。”

苟有勇连连点头，表示赞同：“很好啊，我看可以办。”

王闻道走后苟有勇心中泛起一股恼怒之情，心中暗暗责问自己，坐得好好的，为什么要站起来？第一件事师里有通知也就罢了，第二件事为什么想都不想一下就点头答应，还是有心理障碍呀。一番自责，情绪坏了许多，无心再看文件，又踱步到窗前远望。窗外景色依然，可感觉大不一样。

苟有勇心中细细盘算：王闻道这个人挺怪的，劝阻上访群众没打起来，反而让人心服口服地回来了，去见李书记也没被赶出去，反而交谈甚欢，这个人不能小瞧。老吴头快退了，会有两个正职位子，按惯例师（市）会下派一个，剩下的一个位子就是与王闻道争了，看谁能坐上这把交椅。自己已经主持工作了，还能再退回去不成？

怎么办？

苟有勇想郭家仁的班子、圈子理论，迫切地感到必须快速行动起来，按照“两个凡是”的要求，培养自己的力量，把王闻道打下去，以确保自己在提拔干部时成为“独苗苗”。

四

“吱——”门开了，发出幽幽的声响，一股凉气直冲后背。苟有勇急忙回身一看，是曾小奇无声无息地闪进来，望着自己发笑。

“怎么连门也不敲，像鬼一样。”苟有勇斥责着回到了自己的椅子上坐下来。

曾小奇关上门，又用力地拉了拉门把手，确信已关好，这才赶忙走到办公桌前，满脸堆笑地说：“来看看领导，今非昔比，果然阔气许多。”说着把一个半新不旧的塑料编织袋放在办公桌上，继续说：“多谢领导关心，才捞上这个大工程，已开工多日，请领导百忙之中视察指导，对我们也是一个巨大的鼓舞。”说完，两个食指交叉一摆，很是得意地微笑起来。

苟有勇知道是十万块钱，顺手把编织袋放到了办公桌脚下说：“亏你还是城里的经理，怎么连个包工头都不如，用这么一个破袋子。”

曾小奇振振有词地说：“我才不会像电影中黑社会老大，戴个墨镜，拎一个真皮保险箱，打开的时候‘咔、咔’两声响，傻子也知道里面装的是钞票、白粉。我这样像个穷兮兮的农民工，就是遇到打劫的土匪也不愿多看一眼，反而保险。”

苟有勇一声笑：“你还有些心计的嘛！怪不得曾主任说，你会办事。”说完用手指指脚下的袋子悄声说：“这个，你去送王副团长一份，当然不必这么多，两三万就行。”

曾小奇收住笑，露出为难之色：“钱不是问题，只是我觉得他和咱们不是一路人，说不上话，再说王副团长管工业，又不管工程，巴结他干啥？”

苟有勇说：“不试试怎么知道是好说话还是不好说话？只要收了你的钱，不就是咱们的人了吗？团场两个工厂正处在发展的兴头上，有好多工程项目，保你有挣不完的钱。”

曾小奇兴奋起来，说：“还是领导站得高，看得远。我去办，舍不得婆娘，逮不住和尚，再多拿些钱我也愿意。”可想到下一步的行动，又感到自己是老虎吃天——无从下手，为难地说：“怎么样才能让他收下钱呢？这个人我有些怕。”

苟有勇一副胸有成竹的模样，缓缓地说：“你在商场上混，办法还不多的是？不是有个流行的话是‘办法就像乳沟，只要肯去挤，总会有的，而一旦躺下来不干，什么也没有啦。’”说完大笑起来，曾小奇也跟着笑起来，笑完之后还是没有想出办法，求救般地望着苟有勇。苟有勇见他可怜巴巴的样儿，笑道：“过两天王团长要去南疆出差，连去带回好几天，你可以先去他家嘛，来个迂回行动。比如……”他想举曾玉珍的例子说明，又觉不妥，果断地说：“好啦，你去办吧。”

送走曾小奇，苟有勇又恢复了自信，很为自己满意，心想：“天下没有不沾腥的猫，谁又与人民币过不去呢！只要一收钱，就有把柄握在手上，缺口就算打开了，主动权也就握牢了。”苟有勇感到一阵轻松，俯下身，把脚下的编织袋拿起，打开一看共十摞现钞，看样子才从银行取出来，捆绑得很整齐。起身打开背靠的保险柜，放入之后又重新锁好。此刻他觉得有许多工作需要加速去办，快步回到办公桌前，拿起话筒拨通了组织科：“朱科长吗？我是有勇啊，嗨，哪有什么指示，你到我办公室来一趟好吗？好，我等你。”

组织科是一个权高位重的神秘部门，向来都是一把手亲自掌管，所以组织科科长很是牛气，见人多是哼呀好呀地算是打招呼了，再不会有更多的话。就像杜峰形容的：宣传科的人死后三年还撬不上嘴，组织科的人死后三年还撬不开嘴。虽说有些夸张，却也说出了两个科室的不同特点。不过今天情况不一样了，自己在一把手的位置上坐着，脾气再大，再牛气，也该言听计从了吧。苟有勇正信马由缰地思考着，朱科长敲门进来了。

苟有勇起身，迎上去与朱科长握手，然后扯着手一起走到靠墙的沙发上坐下，诉苦般地说：“自从吴政委生病住院，师党委、师领导把团里的担子压在我肩上，压力太大了，白天刮个风，担心麦子倒伏了，赶紧往地里跑；晚上下个雨，又担心住在危旧房的职工家里会不会漏雨，倒塌了怎么办，真是寝食难安啊……”

朱科长叫朱顺利，四十出头，一副老成的样子。这番话前些日子也听到过，当时人多，有人赞美，自己只是静静地听。可今日是两人对话，不回应，怕是说不过去，开口说道："你是领导嘛。"

苟有勇拍了拍朱顺利的肩膀，亲热地说："领导也是人哪，不是钢浇铁铸的，即便是钢浇铁铸的，也需要有人抹油擦锈不是？所以呀要把工作干好，就得把领导干部用好，依靠大家的力量，发挥大家的才智，众人拾柴火焰高，三个臭皮匠还顶一个诸葛亮呢，你看现在有些科室连一个科级干部也没有，怎么好开展工作呢？"

朱顺利听不得这啰嗦话，心里烦，可又不能表现出来，小心地探问："你的意思是把宣传科杜峰提起来？他主持工作也好些时间了。"

苟有勇没有回答，思考片刻才说："这人的能力、水平都有一些，只是说话随意，不够成熟，看看还有更合适的吗？"

朱顺利明白，苟有勇心里早有人选，根本不用自己说什么，便说："还是听领导的吧。"

苟有勇依然热情地说："再想想看，我刚接管不久，许多情况还没摸清！你是老组织科长了，全团干部长得啥样都在你的脑子里，你可要多帮助我。"

一番诚恳的话，让朱顺利大为感动，忙拿出组织科自己密制的干部名册翻看起来，看完后说："工会办公室主任秦虹燕组织能力强，为人热情，能唱会跳，打球、照相样样在行，虽说平级调动，但到一个部门当主要领导也是重用。"

苟有勇说："文字能力弱，恐怕拿不下来。"

朱顺利又推荐了一个人说："纪检委办公室主任李开来，协调能力强，文字过硬，团纪委好几个总结材料上报后，得到了师领导的表扬。"

苟有勇说："性格孤僻了些，交际能力弱，不适合宣传工作。能不能眼光再放长远一点，连队中有没有合适人选？"

朱顺利说："五连孙国文务实肯干，几年时间，就把亏损大户变成盈利大户。早先当政工干事时写过不少好文章，获过兵团和师报'优秀通讯员'称号，提拔起来应该合适。"

苟有勇大笑说："遇事没有主见，缺乏决断能力，还喜欢打个牌，斗个地主。不是说大力培养妇女干部吗？再想想看。"

朱顺利脱口而出："该不会是林晓霞吧？"

苟有勇笑着说："不愧是老科长，总能把最合适的人选放到最合适的位置上。"朱顺利失去了惯有的冷静沉稳，说："这个恐怕不妥吧，林晓霞同志傲慢且偏见多，目空一切，凡与她一起工作，甚至她认识的同事都被她说得一钱不值，一大堆的不是，这就不是方法问题，而是品行问题。"

苟有勇收住笑容，平静地问："还有其他方面的问题吗？"

"其他？"朱顺利看不出苟有勇是赞同还是反对，继续说，"往往把别人工作成绩说成自己的，然后又说别人什么也没干或者不会干，孙国文夏季探亲时在甘肃老家商定了一百多名拾花工，入秋时，林晓霞说自己没有出过新疆，想去看看，由她去接拾花工，孙国文答应了。结果林晓霞先是到西湖、少林寺转了一圈，然后才把人带回来，还说自己走千山万水，克服千难万险，吃尽千辛万苦才把拾花工动员起来的，这算什么事嘛！"

见朱顺利气呼呼的样子，苟有勇心中暗暗发笑：好激动，有情绪就说明不成熟，本身就是问题。于是更加平静地说："顺利同志，你刚才说林晓霞同志看人净看缺点、不足之处，可你看林晓霞同志不同样也是尽是缺点，一无是处吗？咱们当领导的看人、评价干部不能光看缺点不看优点，这不符合辩证法嘛，否则她当指导员又是怎么当的？"

朱顺利反被扣上一顶帽子，气得说不出话来，心中后悔自己不该如此激动，快言快语："江湖难测，不是知己莫谈心。"醒过神后，呵呵一笑，说："苟副政委批评得对，刚才确实不够冷静，说了不该说的话，还请多多指教。"

苟有勇摆了摆手，温和地说："不要这样讲，工作交流嘛，有不同意见是正常的事情。你回去先拿一个考核方案，咱俩碰一碰再行动。"

朱顺利点点头，起身走出去。苟有勇有些得意，几个回合就制服对手，达到了预期目标，可见自己是有水平的。只是朱顺利仍叫他苟副政委，怎么这么刺耳！近一段时间几乎所有的人都叫政委了，而这个家伙仍一字一顿叫他苟副政委，看来不是一个圈子里的人，以后用干部多着呢，不顺手可不行。调开他？似乎也不好办，组织科长人选还得要师（市）组织部点头认可才行。

一时想不出好计策，苟有勇懒懒地回到办公桌前拿起文件夹批阅文件。两声敲门声，朱顺利又推门进来。苟有勇心中一喜："这么快，不愧是老科长，做起事来干脆利落！"当接过朱顺利递上的那张纸，细看，却是师（市）组织部要调朱顺利的商调函,不由得转喜为怒:“什么意思?刚给你安排工作,就要撂挑子走人!”

朱顺利已恢复原有的沉稳,不紧不慢地解释说:“商调函来了好几天了,一直想给你汇报,可是没有汇报成,师(市)组织部又催问,我赶快去报到。”

苟有勇问:“能不能晚几天走,把事情办完后再走?”

……没有回答。

苟有勇又问:“你是不是对我有意见,有看法?”

……又是一阵沉默。

朱顺利面无表情的沉默,让苟有勇明白留不住了,心想也罢,走了更好,让副科长张文茂去办会更顺手,更听话。于是拿起笔来飞快地写下“同意办”三个字。

当朱顺利身影消失在门外,苟有勇猛然后悔起来:他去的是师(市)组织部,将来考核自己时,他会不会捣鬼说坏话,要是那样可就糟了。后悔刚才不该意气用事,连一句挽留的温馨话都没说,务必补救回来。于是拿起话筒拨通刘杰办公室的电话。

“刘主任吗?今晚安排个桌子,规格一定要高。干什么?欢送朱顺利科长,我亲自参加。噢,对了,明天你再安排辆车送朱科长去师(市)组织部报到,就说我亲自安排的。”

五

两天的现场经验交流会真开眼界,有个团场做炒葵花子生意,叫什么胖蛋蛋,小袋式包装,罐头式包装,国内很畅销,还把产品销到了中亚各国,挣回上千万元的外汇。还有个团场搞酸奶生产,叫什么天然,产品热销供不应求,买家的车子排在厂子门口,一下生产线,直接装车拉走,据说内地超市上的价格比疆内还要贵上几块钱。好在王闻道的典型经验发言也很出彩,尤其发言之后,兵团姚副司令员点评时说:“靠农业起家的一个团场,工业生产总值占到三分之二还要强,短短几年时间突破三个亿,是个了不起的变化,不仅经济结构发生重大变化,而且社会结构也随着发生重大变化,对于人口聚集、三产联动以及城镇化建设都有重大提升。如果兵团有三分之一的团场能够达到或者赶上359团这个水平，兵团的经济结构、人口结构、社会结构都会发生大的变化。”

对359团的高度评价，让王闻道激动，就连管工业的韩副师长也十分高兴，一散会，立刻打电话给李书记和丁师长做了汇报。

回到宾馆的房间，王闻道对徐世清说：“我讲得还好吧？没给359团丢脸？”

徐世清坐在床边一拍大腿说：“真是为咱们团咱们师都增光添彩啦，已经散会了，我看晚上的工作餐也别再吃，咱们请上韩副师长，找家酒馆喝上二两。”

王闻道点头赞同，刚拿起手机打算联系，手机却响了，是梁英打来的，说自己已到宾馆门前，因不是会议代表，保卫人员不让进。王闻道问：“你不是去夏巴河村了吗，怎么会来到这里？”

梁英带着哭腔说：“没法说，真的没法说，连村子都没进去。”

王闻道料想梁英遇到麻烦事，对徐世清说：“走，咱们下去看看究竟是怎么回事。”

三人在宾馆大堂东侧会客处找了个位子坐下，一询问才知道，梁英满心欢喜地买好礼物，赶往夏巴河村，人生地不熟，一路上边走边打听，眼见快到村子了，却在乡间小路上遇见了一个满脸大胡子的人，站在路中间招手，梁英以为有事需要帮忙，忙停车询问，谁知“大胡子”很凶，说：“吃大肉的汉人不能进村，不清真。”梁英解释说自己是买买提的好朋友，是来看亲戚的。谁知“大胡子”更凶了，拿出一把明晃晃的刀子说：“不让进村就是不让进，我肚子胀（生气），没有好果子吃。”梁英吓得脸都白了，赶紧掉头回来。

王闻道问：“事前没有与买买提联系吗？”

梁英回答：“之前联系过，他说在村头等我，遇上那事给吓蒙了，一直开车往回跑，进了市区才想起来，打通电话商定，明天再去。”

王闻道思考片刻，说：“天色已晚，你先到附近找家宾馆住下，明早我和世清坐你的车一起去夏巴河村。”

六

次日，三人驾车早早出发上路，刚出城王闻道对梁英说：“你打个电话给买买提，让他在家里等，别出来，我倒要看看是什么怪事。”

徐世清表示赞同，说：“要是个坏屃，挑事，我三拳两脚将他打翻在地，满地找牙去。”徐世清在特务连当过连长，有一身的好武艺。酒厂有几个年轻好胜的小伙子不服气，想找他比试比试，结果没几分钟，几个牛高马大的小伙子都躺倒在了地上，心服口服。此刻徐世清似乎在期盼着什么，一展身手。

王闻道不满意地看了徐世清一眼，说：“还当是在酒厂，大脑冷静些。”

皮卡车奔跑在乡间小道上，两排高高的白杨树下是一条窄窄的石子路。车轮辗过扬起的灰尘不断地向上翻拱，似一条长龙。梁英紧张地指着前方说：“看，‘大胡子’又来了。”

一条黑影从树下蹿出，站在路中间，从上到下着一身黑袍，连脑袋也被罩住了，像一个被闪电击中烧过的半截树桩子，怪不得梁英害怕，确实有些吓人。

车缓缓地走近“黑树桩子”，停稳。王闻道、徐世清跳下车迎了上去，“黑树桩”抖动起来，一只手伸出来，还有一把锋利的小刀。徐世清厉声喝道：“干什么？你想干什么？”声如洪钟，如炸雷一般，“黑树桩”浑身一抖，又僵住了，片刻工夫转身跑向路边停放的摩托车，骑上发动后飞快向村里奔去。

太出乎意料，王闻道什么情况也没搞明白，只好返回车上说：“进村。”

村头路边，买买提在焦急地等待，见到梁英来了，喜笑颜开，说：“今天早上花喜鹊在院子里杏子树上唱歌，妈妈说有尊贵的客人上门，走，咱们家里去。”

走进买买提家小院，干干净净的地面，洒水过后一片潮湿，给人凉爽的感觉。沿屋墙边的葡萄架垂下，一串串诱人的葡萄，果实累累。绿荫下摆放着一个低矮而厚实的大木桌，木桌上堆放着西瓜、甜瓜、葡萄，还有杏干、无花果、核桃。

买买提的母亲带着三个孙子、孙女从屋里迎出来，一把抱住梁英激动地说：“丫头子，你帮助我们全家，救了我的命，是我们家的恩人，我要好好地谢谢你。”两个从没见面的女性却像久别重逢的亲人相拥而泣。徐世清弄不明白，刚见面哭什么？

在买买提介绍过后，他的母亲夸王闻道、徐世清是个好卡德尔（干部），说王闻道帅呆了，夸徐世清酷毙了，只是有点胖，像自己怀上孩子一样一样，逗得大家哈哈大笑。

王闻道夸道："巧帕汗大妈好幽默又新潮。"

买买提自豪地说："广播听着呢，党的好政策知道呢，还是妈妈让我外出打工，学国语，要不怎么会遇上你们这么多好人。"

"国语！"王闻道脱口而出，不由得有一种震撼感。

巧帕汗说："国语嘛，国家通用语言，各民族都要说的话。"

王闻道没想到这么一个小村子里，会有一位思想深刻的维吾尔族大妈，说得那么亲切，那么自然。这工夫梁英忙从包里取出专门在民族服饰店里给大妈买的衣服，巧帕汗接过后在自己身上试了试，开心地说："你嘛，我的女儿一样，早早地就想添件衣服，你就给我买来了，这衣服嘛，不长不短，不胖不瘦，刚刚好，就像给我做的一样。"

大家乐得一阵笑，梁英似乎找到了一种感觉，说："大妈，我就做你的女儿吧，这样我就在四川有一个汉族妈妈，在新疆有一个维吾尔族妈妈，走到哪里都有人疼爱。"

巧帕汗大笑，连连说好："我有这么大的福气吗？一下子就有这么一个漂亮的女儿，花一样的美丽，你就叫古丽吧，我的另一个女儿叫古丽尼莎，在县上司法办工作。"

梁英高兴地说"我就叫古丽"，随后又对买买提说："我是姐、你是弟，以后生产劳动要听我的话，我可要严严地管了！"

巧帕汗说："小马驹都是鞭子调教出来的，不听话尽管打，你的手嘛，我的手一样，打，没有问题。"

在大家伙的笑声中，买买提不好意思地吐了一下舌头，快乐地笑了。

王闻道赞道："古丽，这个名字好听也好叫，回到团里也可以叫响，你干脆融合为一体，叫梁英古丽岂不更好？"

梁英拍手叫好："这个名字我喜欢，回去后我把户口本、身份证都改成梁英古丽。"

买买提有些着急："我呢？我也要有一个跟姐姐一样的合在一起的名字，我叫买买提梁英好吗？"

梁英笑道："'梁英'可是女孩子的名字，你一个男子汉可不能这么叫。"

买买提挠了挠头，一时不知该如何是好。

王闻道说："我倒有个想法，梁英的先生叫童建疆，买买提可以叫建疆呀，各民族共同建设美丽的新疆，就叫买买提建疆好啦。”

买买提乐了，满脸笑容，连说带唱：“亚克西（好），亚克西，什么亚克西，买买提建疆的名字亚克西。”

巧帕汗说：“大卡德尔（干部）就是有两把刷子，这个名字好，我喜欢。”说完又高声嚷起来：“哎呀呀，客人的肚子都扁扁的啦，我们的抓饭、手抓肉还没有端上来。吃饭，赶紧吃饭吧。”

典型的民族特色、民族风味，烤馕、奶茶、抓饭、手抓肉，还有汤揪片子。买买提三个小孩穿着梁英买的新衣服，满心欢喜地叫嚷着：“吃饭啦，有肉吃喽！”眼睛都直直地盯住了盘子里的手抓肉。买买提的妻子急忙连拉带扯地让孩子们到屋子里去，说，你们的饭都在屋子里。梁英想叫住孩子们说，人多热闹，吃饭更香。可巧帕汗也上来帮忙，把孩子都带进了屋子。

巧帕汗、买买提陪着客人在院子里葡萄架下吃饭。徐世清连连夸赞，饭香肉也好吃！还说同样的羊肉，同样的做法，自己就始终做不出这个味道来。梁英表示赞同，说自己做过几次手抓肉，不但不香，反而有股腥味，连自己都不想吃，等回到团里，抽空让买买提好好教授一下技术，买买提说：“没有问题，一定让姐姐的饭和这个一样香！”

屋里传来孩子们的哭喊声：“我要吃肉，不啃骨头，我要吃院子里的手抓肉。”又传来孩子母亲的呵斥声和拍打声，孩子哭得更厉害了。院子里的人都惊住了！巧帕汗脸色紧张，忙劝大家赶紧吃饭。王闻道给梁英使了个眼色，梁英会意，起身往屋里走去。买买提大声喊叫想劝阻，却没劝阻成。

不一会儿传来梁英的声音：“傻妹子，怎么可以这样对待孩子，这精光的骨头让孩子吃什么？”说完，带着孩子走出屋来到桌前，用碗分别给孩子们盛肉吃，生气地对大伙说：“几根没有肉的骨头，一碗煮恰玛古就成了孩子们的午饭，这简直是虐待孩子嘛。”孩子们见到久违的羊肉，狼吞虎咽，四岁的小巴郎吃得太急，被噎得脖子一伸一伸的，小脸通红，眼泪跟着出来了。

大人已经没有心思吃饭了。巧帕汗、买买提一脸的无奈、尴尬，王闻道、徐世清严肃的面孔透出几分羞愧，梁英眼睛红红地问：“妈，这是怎么回事？”

巧帕汗叹口气说：“我害下的病把你的钱花完，买买提的钱也用完了，好长好长时间我们都没有钱买肉、买米，桌上的东西嘛，都是村上借下的。”

买买提说：“肉嘛，走了五家借下的，米嘛，走了三家借下的，油嘛，支部书记家借下的，恩人来了嘛，再穷也要——”

梁英腾地站起身，哭道：“别说了，别说了，好弟弟，这么困难，怎么不早给姐说，姐帮你呀。姐要带你去打工、拾棉花，还要把技术教给你，让你快快地富起来，成为全村最富的人！”

巧帕汗破涕为笑：“打工挣钱，劳动致富，好事情，学上技术，把土地里的庄稼种得和团场一样一样的，也能挣多多的钱，那个时候先把古丽丫头子的钱还上。”

梁英忙说：“妈，我的钱都是自家的，是我孝敬您的，不用还。”

巧帕汗摇头说：“不可以，那是你当我女儿之前做下的事情，一定要还的。不信？过来看看，”说着拉着梁英走到一根木桩子旁，继续说，“出院后嘛，我就写上了。”

梁英细看，见柱子上刻着：“恩人的钱，一定要还。”忙用手去擦，可用刀子刻下的字是抹不去的。

巧帕汗说：“我们做人嘛，直直地立着呢，一句话是一句话，一定要还！”

梁英坚决地说：“不用还！”

两个人你来我往地争吵起来，王闻道拿出一千元钱对徐世清说：“你开车去买些生活用品。”徐世清说行，自己有钱。王闻道命令他接过钱去办事。随后又转身走到母女俩前劝说道：“先不争还钱的事，要紧的是赶紧去挣钱。”

两人一听有道理，停止了争论。梁英提出当天就出发，回359团。买买提显得犹豫，欲言又止。

王闻道问：“家里有什么困难吗？”

买买提说：“家里没有，可村上有。好多和我一样的年轻人也想去，却有人肚子胀，说和汉族人一起劳动，挣汉族人的钱，不清真，大伙害怕了，不敢去，我找村干部，干部各说各的道理，不好办。”

王闻道想起“黑树桩”，说：“在村口你看到一个大胡子，穿黑袍子骑摩托车的人没有？”

“艾力！”买买提脱口而出。

梁英忙把昨天和今天的事说了，买买提大怒：“狗娘养的，我去揍他。就是这家伙说去团场打工，不清真，回来都要洗肠子，不让大伙去。”

王闻道劝阻说：“别去，打架不解决问题反而会让事情更糟，这样吧，今晚不走了，古丽你陪巧帕汗大妈说说话，母女俩刚见面，哪能说走就走。建疆你随我一同见一见村里的支部书记，摸一摸情况，既然都已经来了，多了解些情况也好。”

村支书吐鲁普十分热情地与王闻道握手，一阵交谈后，就安排在村里的广播上通知，愿意跟着买买提去 359 团打工拾花的人到村委会报名，然后请王闻道去农民的庄稼地里看看。

两人走在田间的小路上，王闻道边走边介绍团场的精准农业、滴灌技术、机械化作业，让吐鲁普大为惊讶：“老天，这样种庄稼没有听说过，也没有见过。”于是提出许多买买提刚到团场打工时提出的问题，王闻道耐心地作了解答，建议吐鲁普到去团场看一看，眼见为实。吐鲁普表示很愿意去，只是眼下秋收忙，到明年一定去看看。

两人回到村里，会议室里已经有许多的男女青年，远远就能听到激烈的争吵声。买买提大声地辩解：“我们去打工是和汉族兄弟一起在地里劳动，可我们有自己的火炉子铁锅，我们自己做饭自己吃，保证是清真的。”

艾力一脸胡子看不清表情，只是听他用很大的声音说：“汉族人吃大肉（猪肉），修的路不清真，不能走，挖的井不清真，不能喝，种的棉花不清真，不能拾。”

到了门口，王闻道问吐鲁普该怎么办，吐鲁普面有难色，说：“这件事争论了很长时间，谁也说服不了谁，我什么办法也没有。”王闻道想走进去，给大家介绍团场民族团结、民族政策的有关情况，但又想彼此陌生，缺少信任，再加上艾力胡搅蛮缠，很难产生理想的效果。这时突然想到了巧帕汗大妈，于是拨通了梁英的手机，让她陪着巧帕汗大妈一起到村委会来。

巧帕汗大妈有些胖，路上又赶得急，有些气喘，见到儿子无助无奈的样子，愤然走上前去对着艾力说：“你，坏巴郎子一个！刚刚出生，你妈妈跟着一个牛贩子跑了，你像路边的小石头块一样没人管，饿得哇哇大哭，我可怜你把我家古丽要吃的奶喂给你吃。”说着拍拍自己的前胸说：“你吃我这个长大的，现在你长得像山一样高了，却东跑西窜地不干活，二流子一样，一会儿说这个不清真，一会儿说那个不清真。乡上刘书记给你家送的扶贫羊，你今天念个经杀一只吃了，明天念个经杀一只吃了。县上周部长每年三次五次地送给你清油、大米、麦子面、羊腿，你香香的抓饭吃上了，香香的馕打上了，你的清真跑哪去了?”

一番痛骂！艾力无言以对，赢得众人开怀大笑，还有人打起了响亮的口哨。艾力理亏，自知不是对手，退了两步转身想溜走。可巧帕汗大妈不依不饶，上前揪住艾力的衣襟，说：“你脸上长长的胡子，想冒充你爷爷吗？你爷爷老实善良，热爱劳动，可不像你好吃懒做。你狼娃娃一个，小老鼠一个。冬天冻得像树叶一样发抖，周部长送来的皮大衣你暖和上了，可春天一来你又把皮大衣换成酒，喝掉了。村上的人结婚，你说不能唱歌，不能跳舞，不能喝酒，你自己酒鬼一个。长长的胡子盖住了你的脸，你就是不要脸的人一个。”

艾力被揭了老底，羞愧难当，奋力挣脱开巧帕汗大妈的手，赶紧地溜出了大门。身后留下众人开心的大笑和起哄的口哨声。

巧帕汗还处在激动的情绪中，对众人大声地说：“去年买买提建疆去团场拾棉花，四个月挣到六千块钱。”人群中发出惊叫：“麦江，挣这么多！我家干一年也没有落下什么钱。”巧帕汗接着说：“所以你们要出去打工挣钱，学技术、学致富的本领，还可以遇到梁英古丽这样的好姐姐。我病得要死了，是梁英古丽拿出的钱救了我。”说着把梁英拉到自己的跟前，很骄傲地给群众介绍：“她现在是我的女儿，叫古丽，梁英古丽。”

人群中发出羡慕的惊呼声。

巧帕汗说：“我想好了，这次我和你们一起去团场拾棉花，你们嘛，好好地拾棉花，我给你们做饭，拉条子、抓饭香香地吃上。”

众人欢腾起来，都嚷嚷着报名去团场打工。

吐鲁普支书笑着对王闻道说：“你的办法高明，巧帕汗在村里厉害得很，没人敢惹。”

王闻道问：“大妈是党员吗?”

吐鲁普说：“是，还是老党员呢。”

王闻道说：“今后村里的工作，多发挥巧帕汗大妈的作用，会顺利许多。”

吐鲁普说：“是的，以前怎么没想到呢。哎，天色已晚，晚上住在我家吧。”

王闻道眼见天色渐渐暗了下来，中午饭没吃饱，现在更加觉得饿得厉害。只是不知吐鲁普家是否也像买买提家窘迫，料想徐世清该把这事办妥了吧，开口谢道：“谢谢书记的好意，若不麻烦的话，就在会议室搭两张床，我和另一个朋友住一晚上。”

吐鲁普说："麻达的没有，乡里、县里下来的干部也是这样住的。"

正说着，徐世清提了大袋子走进来，说："都办好了。"

七

夜晚，满天繁星，村里一片寂静，只有秋风不知倦意，仍一阵接一阵地吹着，隐藏在黑暗中的白杨树发出阵阵"哗啦啦"的响声。

会议室里，王闻道与吐鲁普聊着天，商议明天三十多位男女青年去359团拾花的事情。徐世清从大编织袋中取出煮好的羊头、羊蹄、卤牛肉、卤牛蹄筋、油炸花生和方便面，三人一起吃起来，喝着"界河特"酒。一会儿，买买提带着三位青年小伙子来了，说今天高兴，想见一见远方来的朋友，说说话。

徐世清大为高兴，说："朋友来了有好酒，咱们喝起来。"

众人刚坐好，一位小伙子见筷子不够用，跑到门外折了杨树枝当筷子用。众人边喝边聊，只听一位小伙子说："艾力走南闯北见过世面，他的话嘛有新东西，不听不好。今天听了巧帕汗大妈说的话，才知道艾力的话在骗人，不能听。我们维吾尔族是一个会说话就会唱歌、会走路就会跳舞的民族，哪能不唱歌、不跳舞呢。"

王闻道端起酒杯，笑道："来，喝下这杯酒，给大家唱一首。"

小伙子也不推辞，接过一饮而尽，嘴一抹，唱道："一只小山羊爬山着呢，远方的姑娘招手着呢，有心过去吧，害怕着呢，不想过去吧，心痒着呢，心痒着呢；两只小山羊，吃草着呢，有位姑娘招手着呢，白天过去吧，怕人看见了，晚上过去吧，狗咬着呢，狗咬着呢；三只小山羊……"一直唱到六只小山羊，小伙子还是没敢去见心爱的姑娘，好玩又好笑。众人随之唱起来，很是幽默风趣。

歌声刚停，徐世清借酒兴要求唱一首歌，他有一副好嗓子，在团场迎新春职工卡拉OK大赛中获过三等奖，很骄傲。徐世清站起来，说：没有音乐伴奏，清唱一段，这是我的两个朋友来酒厂采风时创作的词和曲，我很喜欢。说完清清嗓子唱了起来：

> 东方有一块土地，它好大，好大，好大。古来的人叫它西域，叫它西域，西域。大大的戈壁，大大的沙漠，见过的人都这样说它；大大的西瓜，大大的哈密瓜，见过的人都这样说它。

东方有一块土地，它好大，好大，好大。古来的人叫它西域，叫它西域，西域。大大的雪峰，大大的草原，见过的人都这样说它；大大的牧场，大大的葡萄园，见过的人都这样说它。还有高高大大的新疆人，是你，是我，也是他。还有高高大大的新疆人，是你，是我，也是他。

歌声很有穿透力，赢得一片掌声。有人说是汉族歌曲，有人说是维吾尔族歌曲，正讨论着门外进来一个人，众人愣住了，是艾力。有人厌恶地斥道："勾子夹紧悄悄。"艾力站在门口，不知是进还是退。徐世清见过他的小刀，警觉起来，招手让艾力到自己的身边来坐，艾力有些胆怯但还是坐到了徐世清的身边。徐世清端杯酒说："喝起。"艾力不推辞地接过喝了一口，徐世清又说："刀子拿出来我看看。"艾力从身上拿出刀，连刀带鞘一同递过去，徐世清接过拔刀细看，寒光闪闪，又在自己的腿上轻轻一划，许多寒毛纷纷断落，不由得喊道："好刀！"又插入鞘还给艾力。

王闻道很欣赏徐世清打草惊蛇、先发制人的办法，把事情提到明处，众人心中都有数了。艾力接过刀放入衣内，冲着买买提建疆说："明天我和你一起拾棉花去。"

"真的？"几个维吾尔族青年异口同声地喊道，他们有些不相信自己的耳朵。买买提建疆没敢答应，害怕他会带坏头，捣乱，信赖地望着王闻道，一阵沉默。

王闻道说："应该欢迎艾力参加，从反对去到愿意去是一个大变化，欢迎，来，我们共同举杯，欢迎艾力加入拾花队伍中。"众人又欢笑起来。

喝完酒，买买提建疆拿起随身携带的吉他，拨了两下琴弦，唱了起来：

劳道得很，攒劲得很，雄鹰在天上飞着呢，骏马在草原上跑着呢，梁英叫古丽，买买提叫建疆，我们是一家人，汉族的姐姐，维吾尔族的弟弟，我们是一家人，山上的松树根儿相连，树上的石榴籽儿相抱，各族人民是一家人。

买买提建疆唱的是民族曲调，歌词当场编的，唱完后又复唱一遍，很是活泼畅快。众人拍手相和。王闻道看了看时间，劝大家回去休息，可众人兴趣正浓，不肯散去，并嚷嚷着王闻道是大卡德尔，一定要唱一首，连吐鲁普也笑脸相劝。自从当了团领导后，王闻道极少唱歌，前不久乌鲁木齐的朋友赠送了一盘歌碟《兵团情歌》，听过一遍后，格外喜欢，其中一首连听了好几遍，很快学会。于是从买买提手中拿过吉他，弹了音乐过门，放声唱道：

蓝天白云无边的麦浪，
雪山丛林牧歌悠扬，
钻天杨环绕着新建的厂房，
鲜花彩裙涌进了广场。
红军路旁笑语爽朗，
小伙姑娘神采飞扬，
生活的美酒飘洒芳香，
一条长河追赶着太阳。
啊，肖尔布拉克，
我的光荣我的梦想。
啊，肖尔布拉克，
绿色的家园，
我们播种爱情的地方，
我们收获理想的地方。
……

歌声嘹亮，直冲云霄。大伙一片叫好，要求再唱一遍。王闻道笑道："歌中唱的都是团场的景和事，赶明天回到了团场再唱会更有味道，大家带着美好的愿望进入梦乡吧。"

众人这才依依不舍地起身离开。王闻道、徐世清把大家送到门外，望着远去的身影，却听到了飘来的歌声：

生活的美酒飘洒芳香
一条长河追赶着太阳……

第五章

山雨欲来

一

听完张文茂关于林晓霞的考核汇报，苟有勇表示满意，说："挺好，说明朱顺利同志临走时的推荐是慎重的，看人也是准确的。现在团场正值大发展之际，选好人、用好人是重中之重，我们就是把那些有能力、有水平、有魄力的同志及时地放在重要的岗位上，让其发挥更大的作用，这个道理你懂吧？"

张文茂忙着在笔记本上记录什么，听到问，忙点头说："明白。"

苟有勇继续说："机会对每个人来讲，都是平等的，尤其组织科当前情况下，组织上会更加关注和重视你们的工作态度、工作效率，你们可不要辜负了组织上的期望啊。"

张文茂听出话外之音，有一种兴奋的感觉，说："谢谢苟政委的关心和重视，我一定按您的要求把工作做得又快又好。"

张文茂刚走，只见赵建成闪了进来，习惯性地笑了两声，显得谦卑和恭敬。他似乎在门口等了很久，在等这个机会。

没有电话请示，也没有敲门就闯了进来，让苟有勇心里很不高兴，说："是你呀，想来就来，什么事儿？"

见到冷冰冰的脸，赵建成忙把原来想讲的话咽了回去，笑道："没啥大事，好久没听领导指示了，怕跟不上形势掉了队，所以来看看领导，受受教育。"

看似大而空无边无际的话，苟有勇却听出他是有所求的，并不点破，只是呵呵一笑。赵建成见气氛有缓和，忙说："这两天见张副科长带人到五连忙上忙下,是要动干部了吧?"

苟有勇一脸严肃地说:"动不动干部,怎么动干部是组织上的事儿,不是你考虑也不是你该问的事。"

赵建成忙说:"那是,那是。这些年我一直跟着你干工作,虽说能力低,脑子笨,但心是真的,你让我干啥我就干啥,指东绝不向西,指南绝不向北,只是我当连长又当联防队长好多年啦,我当连长那会儿,林晓霞还是连队的政工干事——"

苟有勇脸一沉,不耐烦地打断了赵建成的话,说:"赵建成,这可是跑官要官,我的原则是,越是跑官要官的人越不给官做,否则,风气会很坏的。"

赵建成先是一愣,脸色变得灰白,很快转过弯来,干笑两声,说:"政委工作上严格管理,让人佩服。你批评得对,我不该只想自己的事还惹领导生气。政委你放心,我一定改,不跑官要官,一心只想工作。"

见赵建成垂头丧气地离开办公室,苟有勇心里有一种征服的快感,一看手表是十点半,根据以往的经验判断,王闻道参加的会议这会儿应该是兵团领导讲话,这个时候打过去正是时候,于是拨通了王闻道的手机。

果然王闻道压低嗓音说正在开大会,听领导讲话。苟有勇大声说:"闻道啊,有几件事马上要上常委会研究,我想先听听你的意见。第一件事,听取各检查组三秋工作情况汇报,第二件事是重阳节快到了,该看望一下老同志,第三件事——"

王闻道焦急地打断了:"正在会上,不好说话,散会后再与你联系好吗?"说完挂断了手机,这个效果正是苟有勇所期盼的。

再说赵建成回到自己办公室,心情低落,伏在桌前,像过电影一般,回忆刚才到苟有勇办公室所发生的每个细小情节。一个联防队员来报告说,三连一户农工家的一只大公鸡和一只正产蛋的芦花鸡找不到了。赵建成阴着脸问:"私奔了吗?"联防队听罢哈哈大笑,又听赵建成凶狠地喝道:"滚!"联防队员被吓了一跳,赶紧收住笑,蹿了出去。赵建成独自静心细想:不让跑官要官,可并没讲不让买官卖官。"跑"字就是要拎着一个包才能抬脚,我怎么这么笨呢。林晓霞给了什么不知道,但自己得赶快去银行一趟。

当苟有勇再次见到赵建成时心情已大好,平静地问:"怎么又来了,什么事儿?"

赵建成在连队摸爬滚打久了，立刻感受到苟有勇心绪的信息，快步上前扶在桌边悄声低气地说："听说老团长最近身体不太好，我心里一直惦记着，可路太远，赶不过去。再说去了也不知道买啥好，这里有五万块钱，只当我的一点心意。"说完把一个大牛皮纸袋放在办公桌上。

苟有勇不看纸袋，说："难得你还惦记着老团长，不易呀，现在这个社会，人走茶凉，这也就算了，这不，现在还有人想踩着我上呢，人心难测啊！"

赵建成说："苟政委放心，我赵建成发誓：'绝对忠心，支持你，跟你干！'"

赵建成走后，苟有勇想起曾小奇，不知他把事情办得怎么样，再不抓紧办，王闻道可要开完会回来了，于是拨通电话问："去了吗？"

曾小奇无精打采地说："去了。"

苟有勇追问："怎么样，收了吗？"

曾小奇说："手机里不好细说，见面再说吧。"

苟有勇一想也是，这么大的事，万一泄露出去或被监听麻烦就大了。于是放下电话。

二

曾小奇确实动了一番脑筋，做了精心准备，趁天黑却又没有黑透，晚饭后出来散步的人们走累了乏了回家看电视的时候，去的王闻道家。

安贞的热情好客，让曾小奇有了信心，只是突然发现安贞漂亮而高贵，说话、走路、端茶递水之间都透出一种优雅、尊贵，这让他莫名地紧张了起来，嘴唇和嗓子都有些发干，下意识地舔了舔嘴唇，舔完之后又后悔自己太土气，像个没素质的乡下人。脖颈上的领带像条蛇一般紧紧地缠绕着，令他透不过气来，不由得伸手把领带结往下拉拉。听到安贞说"请喝茶"时，一时慌乱地回答："我不饿，我不饿。"不敢抬头看安贞，只觉得头皮一阵发痒，汗水出来了。耳边听到一声轻柔的笑声，包含着善意和理解，这让他放松许多，忙又改口说："刚吃过饭不渴，真的不渴。"

对家中来客，不管认识与否，安贞都会热情周到地接待，因为王闻道从小在团场长大，现在又是团场领导。见来客紧张、拘谨的模样，安贞尽量说一些宽松的话："真不巧闻道下午去师部报到，说是集体乘车赶往南疆参加会议，若是上午找他还能见到的,有急事的话我给他打个电话?”

曾小奇忙说:“不用,其实也没什么太急的事儿,我在团场搞了一点工程,闻道团长给我很大的支持和帮助,无以为报,只是意思意思。”说罢从黑皮包中取出一个大纸包递了过去,说:“三万块钱,只是一点小意思。”

安贞没有接过纸袋,问:“是工程建设上的钱?”

曾小奇说:“对,是我承包的工程。”

安贞说:“既然是工程建设,资金就该用到工程建设上,为什么要给王闻道,这不对呀?”

曾小奇一听愣住了,碰了一个不软不硬的钉子,只好把钱袋放在茶几上,说:“这事说起来还挺复杂,当初的预算就包含了这部分钱,现在工程建设都是这样做的,只是大家心照不宣,这件事做得很秘密,不会有第三个人知道。”

安贞断然否定:“不可能。”

曾小奇心里一惊,暗想:“她知道是苟有勇安排的,或者苟勇已事先告知我要来?不可能是什么意思?”一时摸不清情况,不知如何应答。

安贞缓和地说:“东汉时期有位大官叫杨震,担任东莱太守,上任途中,路过昌邑时,过去曾举荐过的荆州秀才王密正在做昌邑的县令。晚上,王密拜见恩师杨震,怀中揣了十斤金子,送给杨震,杨震拒绝了,说:‘我了解你,你却不了解我呀。’王密忙解释说:‘这么晚了没人知道这件事。’杨震说:‘天知道地知道,我知道你知道,怎么能说没人知道呢?’王密满面羞愧,退了出去。这件事距今已有两千多年了,知道的何止杨、王二人,而是成千上万。所以,若要人不知,除非已莫为,你若真是闻道的好朋友就不要害他,不要让他去坐牢。”

曾小奇听故事正入迷,没想到话题又绕回来了,纸包像个地雷,随时都会爆炸,还是赶紧溜为上策,于是站起身,往客厅门外走,说:“这钱就留在这,行走江湖嘛,谁还没几个好朋友。”

安贞好言相劝,好给对方一个面子,见他仍执迷不悟,不由得拉下脸来,喝道:“站住,把钱拿走!”

曾小奇一愣,站住了,随后又抬脚往外疾走,心想,只要出了这个大门,事情就算办妥了。

安贞好看的脸上露出了一丝冷笑,说:“这钱硬要留下也行,我还有一个法子。”

曾小奇心中一喜，停下脚步，转过身来，想听一听是什么法子。

安贞笑道："纪委书记傅子明同志是我家邻居，一会儿我请他来拿走如何？"

曾小奇犹如头上响了一个炸雷，惊出一身冷汗，急忙冲到茶几前，拖起纸袋子就往门外跑，嘴里似自言自语地说："好啊，好啊。"

出了王闻道家门，在黑暗中走了很远，曾小奇才松了口气，秋风一吹，浑身冰凉冰凉，原来衬衣都被刚才的冷汗湿透了，浑身一点力气也没有了，心中恨恨地想：一个漂亮的女人怎么会想如此狠毒的办法！

听完曾小奇的讲述，苟有勇感到失望，也觉得不好理解：天下真还有不沾荤腥的猫。不过这只是一计小试而已，真正的好戏还在后头。打发曾小奇走后，苟有勇无心办公，走到窗前俯视广场。瞧见楼下的人们三三两两往外走，显然是下班吃饭去。心中大怒，怎么走这么早，真是机关老爷作风，看我找机会怎么收拾你们！

三

苟有勇决定亲自上阵，主动出击，按照郭家仁所授"秘方"，力求多多收集和掌握对手的错误、问题、薄弱环节、不足之处，以掌握主动权，击败对手。

司机钟师傅没有敲门的习惯，直接推门走了进来，说："我来了，什么事儿？"

苟有勇正伏案批改文件，写完一段话后才抬起头，笑容满面地让座，说："我听说你对王副团长有些意见，是怎么回事呀？"

钟师傅脱口而出："谁说的，不会老朱这个㞞货打小报告吧？"

苟有勇说："谁说的并不重要，重要的是是不是真的。"

坐在沙发上的钟师傅跷着二郎腿，不慌不忙地说："其实也没啥大不了的，就是太死板了，到连队检查工作，吃饭不让喝酒，动不动就说有文件规定。吃个拌面还要自己掏腰包，或者就吃方便面，肚子里没有一点油水，寡寡的。连杜峰都不愿意了，跑到政工干事家喝酒去了。"

苟有勇很有耐心地听，问："还有其他方面的事儿吗？"

钟师傅说："生产上的事情我不懂，我只管开车就行啦。噢，对了，在十五连，宋连长家里饭都做好了，也没有去吃，宋连长的脸色不太好看。”

钟师傅快人快语，不掩不藏的话引起苟有勇的兴趣，便问：“那你对我有什么看法、意见？”

钟师傅给领导开车时间长了，倒也不拘束，笑道：“大家都知道你是周团长的乘龙快婿，自从周团长离休，去了市里的干休所，你的爱人也去了师（市）医院当医生，可你还在团场干，不容易。听老朱显摆，你到连队检查工作，好多连长指导员都跑到地界边迎接，呼呼啦啦一大群人跟着。吃起饭来，七碟子八碗都算少的，说你要得开，有能耐。”

苟有勇乐了：“小车班的师傅们是这样看我的，有能耐，要得开，哈哈，这也算一种民意吧。”

钟师傅走了，杜峰来了。

苟有勇关切地问：“这次大检查，下连队吃了不少苦吧？”

杜峰手指夹着半根红雪莲烟，说：“苦倒没怎么吃，就是没吃饱，田间地头跑了大半天，一碗方便面填不饱肚子。在十五连的小饭馆吃拌面加面还要再掏一块钱，气得我跟他们吵了一架。不过话又说回来，王副团长从头到尾都能撑得住，始终如一，还真叫人佩服。如果领导干部都能像他这样，严于律己，令行禁止，说到做到，干部的作风肯定会大变样。”说完又吸口烟、透过烟雾发现苟有勇收住了笑，阴沉着脸，不知自己哪里说错了，便不再多说。

沉默片刻，苟有勇喝茶，杜峰吸烟，这是摆脱尴尬的有效方式。杜峰突然想起京剧《沙家浜》里的一句台词：“暴风雨就要来了。”

苟有勇说：“宣传科的工作要加把劲，尤其外宣工作，不能老是松松垮垮，散散漫漫的。”

对外宣传指的是对外发新闻稿的事。杜峰心里有底气，说：“这个季度我们团在省一级报刊发稿51篇，在地市级报刊发稿96篇，是今年发稿量最大的时期，比去年同期增长了25%。再说各单位政工员白天下地摘棉花，晚上点灯熬油写稿子，很不容易。”

苟有勇不屑一顾地说：“都是些豆腐块，火柴盒，发在报屁股上，能有多大影响力？”

杜峰据理力争，说：“也有不少大稿子还发在《新疆日报》《兵团日报》等头版上，《兴屯日报》头版头条还刊发了两次，影响力还挺大的。”

苟有勇并不听杜峰的解释，恼怒地说："为什么不能更多一些呢！说你们不求上进，满于现状，混日子，还不服气，我对宣传工作很不满意，很不满意，很不满意！"话语越说越重，显得很有气势。

杜峰一向自喻是界河岸上的老麻雀——见过风浪的，此刻却不知如何应对，只好沉默，吸烟。

苟有勇喝口茶，仍严厉地说："回去拿一个整改材料出来，报给我看看。"

杜峰起身走了，既没有拒绝，也没有答应，这让苟有勇气愤，想叫他回来表明态度，可又想这家伙是天不怕地不怕的主，争吵起来反而折了自己的威信，只好作罢。

至于叫不叫张来顺谈一次话，苟有勇心里没底。这些年张来顺先入党后提干，先副科，又正科，真是顺风顺水。这些都得益于王闻道的信任和重用，按理说是一个铁杆的死党，让他来讲王闻道的问题恐怕本身就是问题。可又一想，近段时间张来顺对自己的态度大不一样，毕恭毕敬，没话找话地靠近自己，说明他畏惧权势，还说明他有欲望。想到这里，苟有勇拨通了工业科的电话。

张来顺进门后，一副小心翼翼、敬敬畏畏的样子，让苟有勇打心里喜欢，他笑道："来顺科长，这些年抓工业是风生水起，突飞猛进，你的功劳是大大的。来，坐。"

张来顺说："这都是团党委和您领导得好，才有了今天的发展局面。"不经意间，把功劳都戴在了苟有勇的头上。

苟有勇问："当科长几年了？"其实他知道三年，明知故问。

张来顺回答："三年。"

苟有勇夸赞道："正当其时，年富力强啊！与你给团场工业做出的贡献比，机关那些死工资，奖金实在太少了。"

张来顺心里高兴，忙说："够多的啦，我也很满足。再说团领导贡献更大，不是拿得也很少。政委你给我们做出了榜样。"

苟有勇又跳到另一个话题上："组织培养，考核干部，要求有多个岗位的任职经历。三年时间，说长不长，说短不短，你老在一个岗位上显得单薄些。若到酒厂、酱厂当个一把手，奖金多，有车坐不说，更重要的是，你有了机关经历，又有企业领导的经历，就成熟了，一有机会便可乘势而上。"

张来顺心花怒放，说："真没想到，政委你这么关心我，真不知该怎样感谢才好。”

苟有勇摆了摆手，说：“要谢就谢组织吧，当领导的嘛，职责所在。”张来顺充满感激地点头称是。

苟有勇确信自己的判断是正确的，似乎漫不经心地问：“听说你们下连检查时出了些状况？”

张来顺想了想，说：“杜峰有些牢骚，说饭菜太简单，汤汤水水吃不饱，自己跑到熟悉的连政工干事家喝酒，他好喝两口。”

苟有勇似乎知道得更多：“我说的不是这个。”

张来顺又快速地思考起来，生怕苟有勇等急了，可越是着急越想不起什么问题，原本想说王副团长作风扎实，检查得很认真仔细，可话到嘴边又咽了回去，半晌才说道：“行车途中杜峰编了首诗，王副团长夸赞说‘好诗’，奖了他两瓶酒。”

苟有勇不置可否地“噢”了一声，见张来顺实在想不出什么，说：“你先回去吧，以后有什么事可直接来找我。”

四

林晓霞得知团党委要开常委会议了，心里充满着期待。当天晚上赶往团部，专程感谢苟有勇的提拔，直到黎明前悄没声地从苟有勇家闪出，赶回连队。

苟有勇累了一夜，赶紧补了个回笼觉，天已大亮，才急急忙忙起床洗漱，连早饭都没有顾上吃，匆匆赶回团党委会议室。常委们已坐好，静静地等待。苟有勇晚了二十多分钟，有些内疚，当着众人的面自言自语说：“一大早，师领导就来电话，说起工作又没完没了，连个囫囵觉都没有睡上。”言语里几分牢骚，几分得意。说完之后犹显不足，又说道：“看来领导就是领导，领导能力强，水平高就不说，这精力也充沛过人。”

众人打起哈哈说苟有勇也是领导，在这里是精力最过人的，在一片笑声中苟有勇宣布开会。

第一个议题，各组分别汇报所检查单位的三秋工作情况，之后，带队的团领导逐一发言，归纳和点评。一下耗用了多半天的时间。最后苟有勇进行总结，充分肯定了各组的工作深入、认真、扎实，特别是对张来顺汇报大加赞赏，说一个管工业的科长把农业生产说得头头是道，明明白白，还有独到的见解和建议，说明高质量的干部才会出高水平的业绩。张来顺坐在圆桌外围，兴奋得满脸通红。最后一个议题是干部人事问题，列席会议的只有孙文茂。他介绍了林晓霞任宣传科副科长、赵建成任综合治理办公室副主任兼联防队长的考核情况后，苟有勇说："各位常委充分发表意见吧。这里有个情况先通报一下，这两位同志是朱顺利科长临走前推荐的，原本想做完这项工作再走，可师(市)组织部催得紧，只好先走了。顺利这个同志大家都熟悉，当组织科长多年，稳重、谨慎，看人很准。我是没什么意见的，现在请大家发表意见吧。"没等大家发表意见，又看着张文茂问："是一个一个讨论，还是两个一起过？"

张文茂回答："按工作程序，是先讨论通过一个，再讨论通过下一个，分别讨论。"

苟有勇有意无意地亮明了态度，大家心知肚明泛泛地说几句话，表示同意，也有干脆只说同意两个字的。一切如预想的那么顺利。苟有勇情绪高涨，顺势又讲了部分常委工作分工调整的问题，重要性、必要性、紧迫性、及时性……娓娓道来。

眼见过饭点了，肚子饿得咕咕叫，又喝了许多茶水，不停地有人上卫生间，还有人在走廊里抽烟、放松。直到最后人们弄明白了，并无多大变化，只是苟有勇负责全局外，再具体抓工业，而王闻道改为抓农业工作。

常委、纪委书记傅子明提出疑问："闻道出差在外，现在调整他的工作分工是不是不太合适，不知事先征求过他的意见没有？"

苟有勇翻开自己的笔记本，扶着眼镜查看一会儿说："我这里有记录，昨天上午十点三十分我与闻道同志通了电话，就常委会议上有关议题进行沟通。许多事比较复杂，咱们领导知道就行，再别扩散。当今社会飞速发展，每个人也在寻求自己的发展机遇，创造一些条件。多个岗位锻炼，使自己的发展更全面，更成熟，好为迈上新台阶打下基础，这是好事啊，是好事。我希望在座的每位同志都能主动请缨，勇挑重担，谋求新的发展，这样我也可以轻快一些。当然有人不想干的，撂挑子的，我也能接着，虱子多了不咬人嘛。"

话里有话，众人都听明白了。常委、总农艺师范志刚说："农业这活不好干，我巴不得早点卸下担子，过几天轻松日子。"

苟有勇抢过话头，说："不，你的担子更重了，今后你协助我主管财务工作，同时协助闻道同志继续管好农业工作。”

两个“协助”，让范志刚没有料到，迟疑片刻，说：“好吧。”

由于当事人都没有意见，其他常委也不再多说什么，会议一致通过。

五

车一进入359团的地界，王闻道产生一种亲切感，路两旁笔直高大的白杨树和白桦树，一眼望不到边的良田沃土，白的是棉花，红的是西红柿，绿的是甜菜。车在快速行进中，眼前的景色也不断地变化着。王闻道脑海里翻腾着如何借现场会的东风，尽快让纸箱厂、瓶盖厂项目落地。还有与星光国际合作的提炼番茄红素和制作西红柿丁的项目也得加快步伐。

车到团场办公楼前停稳，王闻道嘱咐司机把徐世清送回厂里，便下车上了办公楼。

办公桌上非常明显地摆放着常委会会议纪要，当王闻道看到最后一项时不由得“噢”了一声。心想：“调整我的工作分工，怎么也不事先征求一下我的意见？”猛然想起，开会期间苟有勇曾来过一个电话，正值姚副司令员讲话，不能多说。中午散会后，连续回拨四五次电话，结果，苟有勇不是关机，就是办公室没人接，甚至家里的电话也无人接。到了傍晚再继续拨打仍无人接。想到这里，王闻道快速地让自己的心情平静下来：既然是组织决定，就必须服从。主抓农业，刚好可以把在李书记前面讲的思路，先行在359团试点和推行起来，走出一条现代农业与现代工业交相发展的农工商贸路子。这样一想居然有了一种活泼泼地大干一场的兴奋感。

王闻道决定先去见苟有勇。刚推门进去，苟有勇忙起身，上前热情握手，说：“辛苦了，已经听说了，你的发言很精彩，姚副司令都表扬你，也表扬了咱们团，真是为咱们团，不，可以说是为咱们师争了光。”其实也正是这个缘故，苟有勇挨了郭家仁的训斥，希望他也能像王闻道那样干两件漂亮的事儿，这也导致了他下定决心把工业放在自己肩上，把晋升上位的机会握在自己手上。

王闻道说：“会议精神和今后的发展思路、办法，我和徐世清同志都商议过，很快会报上材料。现在你管工业仅供你参考。”

苟有勇放声大笑，忙说：“坐下聊，咱们好好谈一谈，工业上的事，你可要多指点，多帮我哟。”

待王闻道落座，苟有勇忙着泡茶倒水，不知是激动还是慌张，从茶筒抖搂茶叶时，竟然用力过猛，撒落许多在茶几上。他忙用手抓起，重新放入茶叶筒里，自嘲地说：“这活不是咱干的，笨手笨脚。”

王闻道笑道：“古人云，‘大行不顾细谨，大礼不辞小让’，说明你在办大事啊。”

苟有勇哈哈大笑，说：“闻道你调侃我，这把年纪，我只盼着赶快退休，落个清闲自在。”

两人交谈一阵后，王闻道起身告辞，来到了范志刚的办公室。见范志刚背对着门，在文件柜前收拾文件资料，于是大声说：“志刚，我来向你报到，请安排工作吧。”

范志刚先是呵呵一笑，抱怨说：“你急什么呀，谁都知道咱们团的两个厂子走到今天不容易，又赶上爬坡上台阶，正需要出大力的时候，你竟然脚踩西瓜皮——溜了。”

王闻道说：“我正想大干一场，不是组织的决定吗？”

范志刚说：“别拿组织当幌子，你肚子里的小九九以为别人不知道吗？抓工业干得漂亮，再补上管农业，也就全面发展了，可以乘势而上了。”

王闻道吃了一惊，埋怨道：“事前没有征求我的意见，事后又这样指东说西合适吗？”

范志刚见王闻道一脸疑惑、凝重，不像是开玩笑，也严肃起来。用下巴朝苟有勇的办公室方向抬了抬，说：“开始我也不信，可他说与你通过电话，说有人想补课，想提拔，撂挑子了，自己只好迎难而上，担起这副担子。”

王闻道感到愤怒，知道了什么是无中生有，什么叫暗箭伤人。他尽力克制自己不要说话，因为他知道这个时候说出来的话一定是蠢话。

见王闻道默不作声，范志刚把一堆材料递上说：“这些材料是我多年积攒的生产连队的干部和生产情况，还有重大事件处理的情况，或许对你有用。”

王闻道心中掠过一丝温暖：“我抽时间认真看一下。农业高产丰产的格局已经形成，棉花籽产棉达六百公斤，西红柿高产达十吨，还有高粱、玉米、甜菜等我不一一细数，这里面也包含了你的辛勤付出，功不可没。我想问一句的是，现在连队最突出的问题是什么？”

范志刚说："从承包土地的职工角度看，是贫富差距较大。会经营的，通过土地流转，包土地越来越多，一年下来，拿个四五十万不成问题；不会经营的，守着那块儿身份地，一年下来也就两三万，若是孩子上大学，学费一交，连基本的生活费用支出都有些困难。从干部队伍角度看，连长手中的权力太大，若是遇上黑心连长，一年捞个几十万不算什么难事。"

王闻道算不明白，质疑道："这怎么可能？"

范志刚说："怎么不可能，土地承包是大固定小调整，种哪块地，浇多少水，买什么化肥、农药，谁家的机械去耕作，都是连长说了算，再加上这两年讲大开发、大发展，农田水利改造的项目也多，项目资金怎么花都是连长和会计运作，你知道有多少猫腻？"

王闻道说："常说坚持问题导向，既然发现了问题，就得想办法，把连长手中的权力制约住。"

范志刚说："我说了这么多，你是怎么想的，以后就看你的啦，我可是'配合''协助'哟。"

王闻道说："先从调查研究、了解情况开始吧，有事再找你商量。这次纪要里怎么没有拾花工加入工会的事儿，是没有上议题还是没通过？"

范志刚冷笑一声："方案早就准备好了，也发给了各位常委。原计划老蒋先说，我再补充。谁知老蒋讲到一半儿，有勇同志插话进来，问：'工会有多少闲钱没花完，花不完，就用在团场工程项目上，团场大发展各处都缺钱，可你们倒好，净做些不着调的事儿。'这一来，老蒋说不下去了，自然就不了了之。"

范志刚说完心中愤愤不平，补充道："他妈的，在常委会上说如此粗鄙的话，还是头一回，诡异得很。当初我坚持不当这个官，看来是对的。"

王闻道弄不明白，既然苟有勇答应得好好的，为何又突然翻脸否定了？只是觉得范志刚话中还有别的意思，开口问道："'诡异得很'是什么意思？"

范志刚哈哈笑起来，说："散会后，老蒋对我说，'咱俩犯了个错误，应该在闻道在场时上这个议题，你没看出来吗，凡是闻道在时，苟有勇说话比较谨慎文明，闻道提出的议题也都顺利通过。'"说到这，抬头看一下王闻道说："这说明有勇同志还是尊重你的，可是既然尊重你，为什么又明里暗里地与你过不去，这次对你的分工调整，算是出的一个大招，看你有什么招数应对。"

王闻道笑道："我哪有什么招数，只管走自己的道吧。拾花工入工会，人在组织有利于管理和教育。再说拾花工多属于弱势群体，我们更有责任帮扶他们，这事不能等，咱们可以先选两个连队试点，积累经验后再迅速推开。”

范志刚说：“行，我喜欢你这股倔劲，认准了就坚决地干。”

已过下班时间，两人起身走出办公室。整个办公楼已是空荡荡、冷清清。走下楼梯，出了大门，只见广场上退休后的老年职工排成几行长队跳佳木斯健身操，伴随着音乐有节奏地甩手跺脚。

回到家中，儿子亲热地扑入怀中说：“爸爸，我好想你。”随后又问：“给我买什么礼物，快拿出来。”王闻道拿出一个印有航空母舰图案的彩色纸盒，说：“乐高拼图，适合 9 至 16 岁的孩子。听说快的要半个多月才能拼装好，看你用多长时间拼出来。”

国庆满心喜欢，快乐地说：“三天，三天就行。”拿着盒子就要往自己的卧室走，却被从厨房出来的安贞喊住：“放下！洗手，吃饭。”

一家三口围坐在餐桌前共进晚餐。儿子想着航空母舰，急急忙忙地扒了一碗米饭，说吃饱了，跑进自己的卧室。安贞对闷头吃饭的王闻道说：“这几天在外开会，大鱼大肉的，今天换换口味，全是素的。”王闻道细看一眼，果然如此，炝莲白、炒豆角、茄子辣子西红柿，都是家常菜。随口道：“挺好，不错。”

安贞不高兴，说：“什么叫不错呀，端着架子给拾花工说话呢。”

王闻道忙解释：“有些烦心事还没琢磨出道道来。”

安贞调侃道：“什么事？是非洲埃博拉病毒防治还是英国脱欧公投？是中东石油价格下跌还是伊拉克战后重建？满脸愁云惨雾的，没把自己当成联合国秘书长吧。”

王闻道醒过神来，自知不是对手，忙说：“哎呀，这菜特别香，我火急火燎地赶回来，就想吃到媳妇烧的菜。你赶紧吃，要不我一个风卷残云，来个光盘行动，你可别叫嚷吃亏。”

见王闻道故作狼吞虎咽状，安贞开心地笑了，仍然优雅地细嚼慢咽，又说：“等会儿你洗碗筷。明天师（市）教育局组织各团场学校校长来教学观摩，我得把活动方案再推敲推敲。”

王闻道听罢一愣，咽下嘴里的饭菜，用餐巾纸擦过嘴才说：“说了半天，原来在这里等着呢，不是说不把工作带回家吗？”

安贞娇声回应：“情况特殊，情有可原。”说着起身离去，“你多吃些，好有力气干活哟。”身后留下一串欢快的笑声。

洗碗时王闻道发现一个问题:大盘子在面,碗和小食碟依次大小地堆放在上面,若一次洗净却不好摆放。于是从底下抽出大盘子,一用劲,大盘子抽出来了,可是用力太猛,上面的碗和小食碟一下子倾倒了,最上面的小食碟竟然碰在池边的花岗岩上,豁开了口。王闻道一股怒火从心中升起,两眼盯着小食碟看了许久暗暗质问:“就这么想破吗,好,成全你!”愤然举起,重重地摔在地上。只听一声响亮清脆的破碎声,小食碟四分五裂。紧接着从卧室传来儿子的声音:“爸爸小心点,别划破手。”

王闻道心情舒展了许多,紧接着又后悔起来,暗暗责备自己经不住事,拿碟子出气,没出息。忙拿起扫把清扫。

安贞听到碟子猛烈的破碎声,从书房赶到厨房,见王闻道在清扫,等了片刻,轻声问道:“生完了吗?”

王闻道不解地问:“什么生完了?”

安贞笑道:“闷气呀。”

王闻道不自然地笑笑,简要地把这些天发生的事说了一遍。安贞坦然豪气地说:“多大点事儿,相信你会处理好的。我的闻道可是个顶天立地的男子汉。”

王闻道受到鼓励和支持,心中快慰许多,说:“论工作,我浑身都是劲,遇到再大的困难、再大的挑战都没皱过眉头。可这些事却束手无策,竟不知如何应对。”

安贞说:“束手无策,这就对了。”

王闻道不明白:“为什么?”

安贞说:“如果真为这样的事争来争去,只会损伤、降低你的品格和操守,太不值得,有效的方法是大路朝天,各走一边,清者自清,浊者自浊。‘周公恐惧流言日,王莽谦恭下士时,向使当年身便死,一生真伪有谁知?’时间将会是最好的裁判员。”说完上前解下王闻道腰间系的围裙说:“休息去吧,我来洗。”

王闻道退后一步,说:“既然身在其中,就做个渔父吧。‘沧浪之水清兮,可以濯吾缨,沧浪之水浊兮,可以濯吾足。’”说完不肯离去,见安贞匀称曼妙的身材,妩媚入骨,洗碗的动作犹如舞蹈般好看,忍不住从背后搂住了安贞,低声说:“我的好老婆!”

安贞柔柔地一笑，哄孩子般地劝道："别闹，让孩子看到不好。"

六

清晨，王闻道早早出了家门，盘算着去两个厂子看一看，叮嘱工作上别松劲，算是做个交接告别。

还没到酱厂，远远看见送西红柿的车队排成长龙，汽车、拖拉机、小四轮儿，还有马车、牛车、毛驴车交错在长长的交货队伍中。

在厂门口见到厂长钱小山，只听他解释说："县上的酱厂机器出了故障，正停产抢修，还得两三天时间，乡村农民种的西红柿没处交售，跑了十多公里到咱们这里来了，一下子拥过来，咱们也吃不了，又不好拒收，所以，队伍越排越长。"

王闻道望着约莫有三四公里长的队伍，有一种担忧，说："西红柿堆放挤压久了，会破裂受损，直接影响产品质量，农工也好，农民也好，都遭受损失，得赶快采取措施补救。"

钱小山两手一摊说："正愁这事呢，我想好了，计划外的压价收购，凡破裂受损的一律拒收，让他们拉回去。"

王闻道皱着眉头说："这办法不好，受伤害的都是地方的农民，大家会对你钱小山有意见。"

钱小山说："突发的意外事件，我也无能为力，再说，我已尽最大的努力啦。"

王闻道说："你看这样好不好，立即通知各个连队停止三天采收西红柿，劳动力另行安排摘棉花去，咱们全力把地方上农民交送的西红柿先收购、消化掉，收购价不要降……"

话还没说完，钱小山着急地叫喊起来："哎哟，那些连长、指导员还不把我撕着吃了。"

王闻道说："这个不用怕，我马上和志刚通电话，商议一下就行，各连队会服从命令听指挥的。你需要做的还有一件事就是立即派三名最棒的技术员到县上酱厂帮助抢修，尽快修好复工，一旦复工，所有的问题全都解决了。"

钱小山见说得有理，只是心中不很情愿，一边点头答应，一边嘴上嘟囔着：

“这算什么事儿,还搞不搞市场竞争了。”

王闻道拍拍钱小山的肩膀说:“这就是359团的责任,懂吗?”

待一项一项落实完毕,王闻道这才与钱小山话别离开酱厂向酒厂走去。

U字形的酒厂,中间一条林荫大道,长着高大整齐的白桦树、杨树、柳树,居然还有几棵橡树,尽头处是一个花坛,一簇簇鲜花正盛开怒放。王闻道每一次来都会欣赏地观看,有几种花却叫不上名来。

进了烧酒车间,新一锅酒浆刚流水,有工人用搪瓷缸子接了少许,喝了一口细细品味,笑意挂在眉梢。见王闻道走来,递上缸子说:“味挺正,好酒,来一口。”王闻道接过缸子品了一口,连连夸赞。

穿过绿化带是包装车间,工人们个个戴口罩,在生产线上忙碌着。常到车间走走看看是王闻道的一种工作习惯,工人们见多不怪,各自忙各自手中的活儿,最多冲他一个微笑或眨个眼睛,算是打了招呼。

出了车间往办公楼走去。

徐世清早早在楼前等候,一脸凝重地迎了上来说:“咱们开个全厂工人大会,或者全体干部大会也行,你给大伙说说。”

王闻道没有停住脚步,径直往办公楼里走,笑道:“好啊,你给大家唱个‘一歌兮歌已哀,悲风为我从天来。’干吗搞得紧张严肃的样子,走,去你办公室。”

走进办公室,徐世清把门关好,急切地说:“不是我说苟有勇坏话,他分明是偷‘桃子’、抢‘桃子’,窃取功名嘛。”

王闻道说:“消息知道得还挺快,我到小山厂长那,他还不知道,听我一说竟是大吃一惊,而你昨天才回到团里,这么快就知道了。”

徐世清笑道:“昨晚白建新主任到我家,说儿子从广州回来了,还带回一个金发碧眼的法国儿媳妇,乐得这家伙眉开眼笑,要摆桌子请客,让我批给他十公斤原浆酒,这才聊起来。白主任会琢磨事,说苟有勇这一招是‘坐山观虎’之计。”

王闻道“噢”了一声,问:“为什么这样说?”徐世清说:“当时我也是这么问的,白主任分析,团里的工作只有思想政治工作是党政工团群齐抓共管,而组织人事、财务都是一把手一支笔,其他人根本插不上手。范常委协助管财务,只是个幌子,插不上手,只好把精力都放在抓农业上。原本抓农业多年,且有成效，顺手了，突然横插出王副团长，不闹矛盾才怪呢。有了矛盾，影响到工作自然都会找主官申述、表白，这样一来苟有勇不就乐呵呵地协调起来？”

王闻道哑然失笑，心想：“志刚说诡异，应该包含这层意思，看来两人的团结协作就显得格外重要。”于是说道：“我与范常委情趣相投，同心同德抓工作，他人不过一种无端的猜测罢了。”

正说着办公桌上的电话铃响。徐世清从沙发上起身接听电话，刚“喂”了一声，就听到张来顺底气十足的声音：“徐厂长吗，现在苟政委格外重视工业决定亲自抓，近期要去酒厂视察指导，你抓紧汇报工作，可要精心准备、精心安排、精心接待哟。”

徐世清一听，气不打一处来，嘲讽道：“张大科长呀，早上刚打过鸡血吧？声音太洪亮了，把我的耳朵都震聋了，你说啥我都没听清。”

张来顺先是一愣，紧接着哈哈大笑起来，说：“人在江湖，混口饭吃，混口饭吃而已。”

两人打了一阵哈哈，放下话筒。徐世清回首对王闻道说：“张来顺打来的。”

王闻道坐在沙发上，说：“我听出来了，咱们把山东客商联合建瓶盖厂，与深圳客商联合建纸箱厂的事再细说细说，抢在有勇来厂检查工作前弄出个眉目，你也好汇报下一步的工作思想和打算。”

徐世清有些心不在焉：“好吧，照你说的办。我多一嘴，也许不该说，张来顺这个人真不怎么样，千万别看错了人。”

王闻道不想分心，说：“咱们谈工作吧。”

两人头对头地商讨工作，很久，王闻道起身与徐世清握手告别。刚拉开办公室门，只见走廊延至楼梯口列队站满了人，厂领导、车间主任和工人们自发地来相送。

王闻道心头一热，深情地与大家一一握手。握到杨志强时，竟被握住不肯放手，杨志强眼红红地流着泪说：“王副团长，我对不起你，我真的舍不得你离开我们。”说着伏在王闻道肩上哭了起来。王闻道心情激动，好言劝慰和鼓励。

回到办公室，王闻道一看时间快到吃午饭的时间了，但还是拨通了张来顺的电话，让他到自己办公室来一趟。

七

张来顺站到王闻道面前，很是小心谨慎拘束的样子，一脸憔悴，全然没有电话中精神饱满的风采。王闻道关切地说："状态不太好啊，是不是太劳累了。"抬手指指沙发，请他坐下。

张来顺顺从地坐下，回答说："还行吧，昨晚失眠了，困得很。"说完又打了个哈欠。

王闻道把刚才去两个厂子的情况说了一下，要求张来顺尽快搞一个综合性的汇报材料，尤其对今后发展的思路、工作重点提出要求，以利于苟有勇尽快熟悉和掌握情况，推动工作向前发展。张来顺一边记笔记，一边点头称是，连说："好的好的。"

回到自己办公室，张来顺像病了一场，浑身无力，一时间六神无主，不知究竟该干些什么。吃饭的时间已经过了，可没有一点食欲。

昨天下午从窗户望见王闻道的车回来了，按往日惯例会第一时间跑去与王闻道见面，诉说思念之情，汇报近期工作状况。可自从与苟有勇谈话后，心中开始产生变化。凭自己在机关工作多年的经验，话里话外都听出两个人不对付，苟有勇不喜欢王闻道，而此时此刻自己要重新站队。因此当起身准备去见王闻道时，心中有一个更强大的声音命令他坐下：不要动。若是碰上或者让苟有勇看见怎么办？

坐下以后，心中又浮动起许多不安。自己入党，提升副科长、科长都是王副团长一手帮助、提携，才走到今天的。人不能没良心。想到这又欲起身去见王闻道。两种思想斗来斗去，谁也无法战胜谁，直到下班，眼见窗外的天色渐渐黑下来，这才起身关灯走出了办公室。

走过广场，远远看见跳广场舞的退休大妈们，不由心生羡慕，心想："还是退休好，再无江湖争斗烦心事；整日锻炼身体，过上神仙般的日子。"蓦然，十多米的前方，出现王闻道、范志刚的背影，心中一惊，"真是黄鼠狼专咬病鸡病鸭子——怕什么来什么。"急忙停住脚步，转身往回走。直见到两人已走远了，这才反身，穿过广场回家去了。

晚饭后和妻子田翠翠在客厅看电视。张来顺想自己不应该是病鸭子，而是一只顺风顺水的好鸭子。可心情却静不下来，看法制节目《以案说法》，觉得人生凶险，处处是陷阱；调台看电视剧，又觉得剧情太假，人物太傻，于是对妻子说："困了，先去睡了。"

本来困困的、乏乏的，可一躺到床上却又十分清醒，客厅里电视剧中男女主人公对话清晰地传来。过了许久，妻子看完电视剧关上电视，去洗手间洗脸刷牙，洗漱完毕走进卧室，摸黑躺下，不一会儿有了鼾声，而自己仍无一点睡意，脑海中像过电影般想起往事：

老科长退休后，按理该有新科长上任，可团里硬生生把工业科给忘了，再没人过问。张来顺与另一位年龄相当的科员曾强无所事事，隔三岔五到加工厂转一圈，让厂领导请客吃一顿，然后再带些散酒回家。

那天，对，是六月份的一个星期三，两人在办公室里无事可干，看完报纸，喝过茶，聊起昨天喝酒的事儿，都说对方喝酒要赖，互不服气。曾强从桌子下拎出五公斤装的塑料壶要一比高低，两人划起拳来，谁输谁喝一壶盖子。两人越战越勇，"七个巧呀""八匹马呀""五星高照""六六大顺"。谁知越想赢越赢不了，酒倒喝下去不少。中午下班，两人都不肯离去，红着眼，憋着劲，出拳、喝酒。不知过了多久，有人敲门，不，简直是用拳头砸门，两人吓了一跳，忙停了下来，把酒壶移到桌下，这才去开门。

机关党工委副书记唐广智一脸严肃地通知：马上到会议室上党课，全体党员和入党积极分子一律参加。两人都写过入党申请书的，赶紧一抹嘴巴往会议室跑。

迟到了，两人悄悄坐在后排。早已离休的刘副政委一头白发正讲述团场初创时期的光荣历史。天气渐热，加上酒劲涌上来，两人听着竟然睡去。报告结束时，一阵响亮的掌声也没能唤醒他俩。

会议进入讨论发言，唐广智见两人仍歪着脖子沉睡，大怒，高声喝道："张来顺，站起来发言。"

张来顺被猛地惊醒，不知身在何处，糊里糊涂说道："酒不喝了，上汤饭。"

全场一片哄笑。不久，全团上下广为流传这个笑话，还说工业科有两个活宝——"酒不喝"。两人的名字也从入党积极分子名单中删除。

到了月底，应该是六月三十日的晚上，风雨交加，张来顺时不时地被轰隆隆的雷声惊醒。睡得迷迷糊糊，忽然听到拍门的声音，忙起身开门，一看是父亲。父亲浑身泥水冲进屋子，显然是从偏远的十八连赶来的。

张来顺忙递上干毛巾，问："半夜赶来出什么事了？"

张来顺的父亲是一位厚道、淳朴的农工，喘过几声粗气才不肯相信地问："那话真是你说的？"张来顺一听便知，父亲肯定是听到笑话后就赶往团部了，否则也不会半夜三更地赶过来，于是不耐烦地说："这事早过去了，还问它干什么！"父亲却跳起来喊道："没过去，你没认错就等于没过去！快向组织认错，写检讨书！"

张来顺冷笑一声，说："检讨书？这个早过时了，现在谁还信。"张来顺父亲吃了一惊，转而愤怒。从身上取出早已备好的一根树枝条往张来顺身上抽打。张来顺感到身上一阵阵疼痛，却紧咬牙关，不喊叫，不躲闪，直挺挺地站在原地任凭抽打。一连抽打七八下，不见成效。张来顺父亲傻眼了，不知所措，蹲在地上哭泣起来。

哭过几声后，张来顺父亲突然用手拍打自己的脸，一下、两下、三下……嘴角、鼻孔流出血来，边抽打边哭泣："丢人啊，养下的娃娃不姓张，叫什么'酒不喝'，丢死人哪，我这张老脸往哪搁呀？"

田翠翠跑出来劝："爸，别哭了，邻居听见了影响多不好。再说你孙女今年高考，可影响不得，你孙子大学没考上，当兵去了，老张家可不能连一个大学生也不出吧？"

这话是说给老人听的，也是说给张来顺听的。张来顺顺坡下驴，上前对父亲说："我改还不行吗，检讨书这就给您写。"

自此，张来顺改进不少，读书看报，专找其他团场办工业的做法和经验，经常出入加工厂了解生产发展的情况，形成一份调研报告，具体分析面粉车间、榨油车间设备老化、面粉质量不高、出油率不高、职工意见大的问题，大胆提出加大投入、更新设备的建议。

一番犹豫后，张来顺鼓起勇气送给了吴政委。吴政委喝着茶，看完调研报告，放在桌子上说："你知道吗，师（市）筹集几个亿资金，正在开发区兴建油脂化工厂、肉联厂、面粉加工厂，生产出的面粉不仅可以烤面包，还可以做方便面，咱们这些小厂子很快就会关闭停产。"

张来顺听完感到无地自容，自知是井底之蛙，想起人们常说的团场工业，改革是找死，不改革是等死，一时间无精打采，产生了换个工作岗位的念头，哪怕到连队当个副连长、副指导员也好。他把想法告诉了妻子，田翠翠坚决反对。田翠翠原是团百货商店的售货员，改革了，辞了公职，自己开了个小商店，能挣些钱，手头还算宽裕。她说去连队，人头少，每天卖不出几件货，挣不到钱。

失去了奋斗目标，张来顺变得心灰意冷，渐渐又喜欢上喝酒。只是工作时间不敢喝，提早下班，与曾强找个小馆子继续划拳斗输赢，机关的人见了纷纷议论："'酒不喝'变成'天天喝'。"这般浑浑噩噩度日子的时候，王闻道来到359团任副团长，管工业。

一个月后，王闻道指定了张来顺负责工业科的工作，这让张来顺精神为之一振。又过了一个星期，王闻道带着加工厂厂长徐世清、张来顺一起赶往四川宜宾，通过大学同学的关系，高价挖来三名知名大酒厂的退休老师傅，酒厂的配料、烧制、勾兑全由老师傅说了算。时间不长，辣中带苦，一喝就醉的"放倒大曲"，完全脱胎换骨变成新模样，酒品晶莹剔透，浓香扑鼻，喝上一口，醇正、柔滑，回味久远。为造声势，王闻道安排张来顺到师(市)报社、电视台联系宣传，联合开展酒名有奖征集活动，一等奖五千元，二等奖三千元，三等奖一千元。一时间信件像雪花般飞向359团的征集办公室。最后357团宣传科长夏树来信说："359团屯戍边关，守护界河，且又用界河水酿制，叫'界河酒'最为恰当。"获一等奖；本团宣传科杜峰联想到既守边境线又看护界河，起名"界河边"，获二等奖。这项活动持续开展半年多，媒体跟踪报道半年多，酒量销售持续增长，引得人们普遍关注。吴政委到师(市)开会，其他团的政委骂他耍滑头，不花一分钱做广告，还讲是企业文化。吴政委笑而不答，回团后，安排王闻道拿出一笔钱继续在媒体上开展"界河特"杯有奖征文活动。

记得王闻道率队参加广州的食品博览会活动，那可是惊险万分啊！评委们一品"界河特"立刻提出质疑，明明是五粮液啊，怎么敢拿来造假冒充，一致要求取消其评选资格。王闻道得知后，急忙冲上前去解释，讲南泥湾大生产，讲军垦战士屯垦戍边，讲张兵、周英守界河英勇牺牲，讲马建军、张美兰护界河波涛中殊死搏斗。动情之处，自己泪流满面，也感动得评委们眼含热泪。一位作家评委竟伏在桌前像女人一般号啕大哭。最后评委一致同意给"界河特"以金奖。

富有戏剧性的情节，自然是媒体报道的亮点。新疆和兵团的媒体广为传播，让"界河特"供不应求。王闻道看准时机，及时关停了榨油车间和面粉车间，改建为酒厂的二期工程，工人不下岗，转为酒厂工人。

眼睛一眨，老母鸡变鸭。张来顺参与其中，却为这飞速的巨变感到兴奋和眩晕。他觉得王闻道像个魔术师，善出奇招，四两拨千斤。最为惊奇的还是西红柿酱厂的建设，简直是无中生有，两千多万的一个现代化大场子，当年施工，当年完工，当年投产，当年见成效，真如神话一般。团场的生产总值中，工业一跃成为龙头老大，整体实力快速提升。

这段时间张来顺可谓春风得意，最让他感动的是王闻道找唐广智商议，重新将自己作为入党积极分子重点培养，预备党员还没期满，又被提拔为工业科副科长。尤其让人难忘的是，那年五一节前，师（市）评选五一劳动奖章获得者，给359团一个名额，并表明选项是抓工业的团领导，其意不言自明。谁知王闻道坚决不要，并说服吴政委、杜团长把名额转让给自己，也因此，自己副科长两年又升为科长。对于他的进步，人们投来羡慕的眼光，说他遇到一位好领导，是一个“小确幸”。当然，自己也感到确实幸福和幸运。那年春节，父母来团里过春节，说起此事都叮嘱张来顺要知恩图报，不能忘本。田翠翠趁着火热劲说：“开商店挣了二十多万，趁着春节拜年，送给王副团长三五万的？”张来顺认为给上五万也不算多。老父亲在一旁说：“这事儿不能用钱来衡量，关键是心诚。火心要虚，人心要实，诚心实意比钱更金贵。”张来顺认为父亲的话在理，说：“对，咱这辈子一心一意跟着王副团长干，干出人样来。”

不知何时，张来顺开始对王闻道不满意，有怨言了。细细想来，还是缘于妻子田翠翠。过新年，田翠翠的闺蜜从兴屯市回团看她。两人从小学、初中、高中都同班，学在一起，玩儿在一起。闺蜜高中毕业嫁给了城里人，开个小商店，两人更有说不完的生意经。临走时，田翠翠顺手拿两件“界河特”作为礼品相送。不料一星期后，闺蜜打来电话说这酒特好售，翻了一倍的价，一眨眼就卖完了，问田翠翠能不能搞上一卡车，红利五五分成。田翠翠心里高兴，一口答应下来。卡车开到359团，田翠翠和闺蜜一同找张来顺办事。张来顺一口回绝：“不可能，你弄上几件我还可以批个条子，一车，不可能，除非王副团长批才行。”田翠翠说：“那你快去找王副团长，他对你那么好，还能为难死你不成？”

张来顺一脸无奈，硬着头皮去找王闻道，果然碰了钉子。“老张，情况你是清楚的，元旦至春节这段时间，货源最紧张，也最为关键，为此吴政委、杜团长都不批条子，我还能批吗？”张来顺脸红一阵儿白一阵儿，解释说：“我知道，可我老婆不依不饶地骂人，骂得我是狗血喷头，我也毫无办法。”

回到家，田翠翠正和闺蜜嗑瓜子喝茶。听说没办成，又说又笑的脸立刻拉了下来。田翠翠很生气，骂道：“这点事儿都办不成，还会干什么？这个科长是白当的，驴粪蛋子外面光。”越说越难听，连闺蜜都听不下去了，劝阻不要再骂了。正在这时，王闻道打来电话说：“考虑到你是第一次开口，让徐世清想办法挤出一些，也只够小半车，你带人去装车吧。”

张来顺转忧为喜，连说感谢。可田翠翠不买账：“既然能挤出半车，为什么不能挤出一车呢，说明还是没把这个科长当个菜。”张来顺顾不上细想，带人去酒厂装车。

这笔挣钱的好买卖没达到期望值，田翠翠心不甘。春节前，许多连长、指导员提早来拜年，多提着半只羊，再加上一大块儿猪后腿。给得多，吃不完，田翠翠拿到小商店里卖，比市场价低三分之一，自然好销，同时还带动其他商品的销售，两全其美。

卖完后，觉得这钱好挣，无本万利，于是抽空算计起来，哪些连队的干部来过，哪些连队干部没来过，列出清单，让张来顺打电话给没来过的连队干部先“拜年”。张来顺先是不肯，可架不住田翠翠骂一阵、哄一阵地唠叨，只好接过单子，趁上班时间一一拜年，这招真管用，几天时间，家里又多了许多羊肉、牛肉、猪肉。

天下没有不透风的墙，王闻道找来张来顺严肃认真地谈话，令其全部退回。可哪退得回去？田翠翠先是骂张来顺笨蛋无能，后又骂王闻道多管闲事。直到春节过后，纪委书记傅子明拿着群众来信找张来顺谈话，劝其主动悔改，否则追究其责任。张来顺又气又怕又恨，回家打了田翠翠两巴掌，写了检讨，并上缴了所有卖牛羊肉的钱。从此，张来顺再见到王闻道时心里总是不自在，甚至有怨言。心想：假如王闻道批给一车酒，老婆和闺蜜出手挣到钱，也许就不会再去卖牛肉、羊肉、猪肉什么的，自然也就不会有纪委的谈话和退钱的事情发生，根子全在王闻道身上。当然，万事有得有失，现在苟有勇夸赞和重视自己，若是他扶正当了主官，自己也会乘势而上，成为管工业的副团长，形势就会有大的变化。

张来顺躺在床上，睁着眼睛任思绪飞扬，头脑清醒，浑身倦乏，眼见天已大亮，田翠翠已起床做早饭去了。

第六章

儿子娃娃

一

两天后，钱小山打来电话，说自己在县酱厂，机器故障已排除，恢复正常生产。木拉提厂长十分感谢咱们在困难的时候及时出手相助，避免了重大损失。王闻道插话说："一家人不说两家话。"钱小山忙说："是呀，是呀，我也是这么说的。木拉提厂长真够意思，拿出他们秘制的辣椒丝让我品尝，夹在馕里吃，香辣香辣的，嚼到后面还能品出一种甜味来。木拉提厂长讲，这个东西很畅销，市场上供不应求，秘方给你们，两家一起生产，有钱一起挣，你看他这口气真有点广州大老板的样子。"

王闻道笑道："看到了吧，你送去一碗水，收到的却是一桶水，兵地团结，融合发展绝对是一加一大于二的。这些年咱们团的发展，哪一项都少不了县委、县政府的支持和帮助。"

钱小山说："木拉提厂长为表示谢意，想请你过来聚一聚，他把县长也请到。"

王闻道想到了沟通和交往，一口答应，可又马上觉得不合适，说："这事你请有勇政委去吧，他抓全局又重点抓工业。"

钱小山抱怨地说："你还真的撒手不管了，这酱厂可是你凭着性命争回来的，就一点儿也不留恋，不心疼？"

王闻道笑了笑，说："当然管，种好西红柿、红辣椒，管够，要多少供多少。"

放下电话，王闻道回想起招商引资建酱厂的事儿。

那年，春节刚过，王闻道带着张来顺赶到乌鲁木齐市，兴冲冲地去拜见星光国际集团的董事长郑学军，却被门卫挡在了门外，一边登记一边询问：从哪里来的，干什么？当听到要见郑学军时，便停止了登记，问：有预约吗？当听到没有时，严肃的脸庞又升起了疑云，冷冷地说："郑总很忙，没时间。"

王闻道说："我们来就是预约的，可以等。"

门卫拿起电话拨通了公关部。一会儿，一位西装革履的青年小伙子笑容满满地将两人带到二楼的办公室，递上两杯热茶后说："刚才与郑总秘书联系过，郑总确实很忙，这几天的日程都安排得满满当当，要不你们先回去，过两天再来？"

王闻道问："郑学军不是董事长吗，你怎么叫郑总？"

年轻小伙说："郑董事长兼总经理，大家都叫惯了。"

王闻道这才搞明白，又问："郑总在不在办公室？"

年轻小伙迟疑一下，说："严格地说在楼上的会议室，正与法国客商会谈，很重要，任何人都不能进去打搅的。"

王闻道从沙发上站起身，说："人在就行，我们到楼下大厅等候，下班时见上五分钟就行。"

两人来到一楼大厅的右侧沙发上坐下静等。下班时间到了，公司的员工三三两两往外走，只是不见郑学军出来。窗外，夜色笼罩着整个城市，远处的高楼大厦浑身上下的彩灯变换着颜色，给人以华贵而神秘的感觉，而大楼内已是人去楼空，静悄悄的一片。张来顺担心地问："会不会郑总已下班走了，咱们没看见？"王闻道沉稳地说："不会。"早在来之前，曾翻阅过郑学军的各种资料，他的相貌已深刻在脑海之中，王闻道相信即便是万人之中，他也能一眼认出郑学军。

空荡荡的大厅里，两人显得孤独而又显眼，换班后的门卫见状可疑，上前询问情况，张来顺气呼呼地说："问那么多干什么，我们与郑总约好的，让在这里等他。"门卫一听扭头走了，两人会心一笑。

又等了半个小时，电梯处有了响动，门开了，郑学军与一名红头发、蓝眼睛、满脸红胡子外国客商一同走出，边走边商量着什么。随后而出的是他俩的助手。王闻道起身想迎上去，似乎又觉不妥，眼睁睁地望着一行人走出大门乘车而去。王闻道知道今天的事落空了。

第一天没见到人，第二天再去也没见到。第三天再联系时，公关部的小伙难为情地说："郑总上午下午都有会议，明天去天津，然后再去欧洲与客商见面，你们别等了，回去吧。"王闻道一听心里着急："这一趟不是白跑了吗，不行，得想个法子。"

当天晚上，两人在宾馆附近的蒋胖子拌面馆一人要了一个拌面，外加十串烤肉，吃饱喝足，算好时间，出门叫了一辆出租车。

出租车在拥堵的车流中左冲右突，快速地穿过一座座高楼大厦，似乎走了很久，仍没有到达目的地的样子。车突然拐了个弯，向半山坡奔去，窄窄的道路两旁都是高高大大的树林，都市的繁华喧闹顿时变得淳朴和宁静，经过层层密密的山林过滤，越往山上走越显得幽静。张来顺突然冲着窗外喊道："看，快看，大佛！"王闻道向窗外望去，果然看到远处一尊观音菩萨，十分高大壮观，在一束束灯光之中，佛身红光闪闪，金光四射。

车驰进高档别墅区，两人很快找到郑学军的豪宅，张来顺上前按门铃，房内有人通过视屏问话，张来顺忙回答："是郑总家吗，我们找郑总。"房内的人似乎见惯这般场景，冷冷地说："不在，还没有回来。"说完关闭了视屏。张来顺大为不满，说："城里人怎么这样，好歹也让我们进屋坐坐呀。"

二

两人在门外站立一会儿，感到寒气围上来，针一般刺穿大衣、内衣直侵皮肤。两人站久了，引起远处保安的注意，一位保安人员提着警棍走来。王闻道知道一旦问起来，很费周折，于是带着张来顺迎着保安走去，问道："老张，你家的壁挂炉烧得热不热，你说是德国的牌子好，还是法国的牌子好？"张来顺先是一愣，随后说："德国的牌子要好一些。我家厨房做饭的家伙都是'双立人'，很好使。"保安听着两人对话，想来是小区的业主，便低着头擦肩而过。

王闻道看到别墅区沿山边有一条环小区的人行小道，想来是为业主们闲时散步而建，说道："咱们沿树林小道走两圈，增加热量，保持体温。"张来顺边走边说："没想到乌鲁木齐也这么冷，估摸着在零下 23 度左右，我的头都冻得生疼。"

两人快步疾走，身体内逐渐发热起来。过了零点仍不见动静，张来顺不停地看着表，突然惊叫起来："郑总不会从地下车库，直接回家吧，我听说城里高档社区地面是不走车的。"

王闻道被吓一跳，忙仔细查看，发现各家各户都有私家车库，有的门前还停着车，这才放心，说："被冻傻了，你没看到房前的车吗？高档别墅都各有车房，再说开发商也不会傻到去建大众车房。"

林荫小道不宽，可三人并排而行，夜幕下，路灯发出惨白的光。一团团厚雾缓慢地飘移在杨树、榆树枝之间，飘着飘着冻得走不动了，挂在了树枝上，赤灰色的榆树枝，灰白色的杨树枝，渐渐染上白色，如春芽般地长起来。王闻道觉得新奇，说："快看，树枝间正在生成雾凇！在团场、连队的冬日清晨，总能看到树林间的雾凇，十分壮观，许多人赶去拍照。想不到今儿竟能看到它的生成过程，算是意外的收获吧。"

张来顺抬头细看，见树枝、树梢上白霜似的雪花渐渐浓厚起来，只是浑身冻得难受，心中似有小锯子在拉动，便说："闻道团长，你真行，浑身都快冻僵了，还有心思观察风景。"

两人走乏了，脚步渐渐慢下来。虽说穿的都是军用雪地靴，也能感到被冻透了，脚趾、脚后跟都生疼生疼，越发不敢停留，继续缓慢地走动，两眼不住地往小区大门外看，盼望有车灯照射，小车驶入。张来顺忍不住抱怨，："真是夜不归宿的主啊。"接着又朝大佛的方向说："大慈大悲救苦救难的观世音菩萨，快让郑学军这狗东西回家吧，我们冻得快扛不住了。"王闻道忍不住笑道："平时不烧香，急来抱佛脚。况且你粗言粗语，带有怨意，菩萨听到，也不会帮你。"

张来顺忙说："那怎么办，我再说两句好听的话？"

王闻道说："心诚则灵，啥也别说，耐心等待。"

张来顺笑道："今晚我想到一个人，你能猜猜是谁？"

王闻道思考片刻，说："田翠翠，肯定不是，应该是安徒生吧，他也许冻得比我们还厉害，才会写出那样的作品。"

张来顺感到惊奇，说："还真是，那个卖火柴的小女孩儿真够可怜的，我女儿上幼儿园时，给她买了许多小画书，其中就有这一本，我念给她听，孩子哭得好伤心，当时只觉得写得好，有意思。现在我感到自己就是那个小女孩，赤脚在冰地上走，只想划根火柴取暖。"话没说完，牙齿打起战来，上下牙齿止不住地相碰，发出轻微的响声。

王闻道浑身发冷，清鼻涕不住地往下流，用纸巾擦去，又很快流下来。此刻，他见张来顺牙齿不停地抖，知道问题有些严重。忙把自己的大衣脱下往张来顺身上披。张来顺心里一热，却坚决地拒绝："不，不行，你是领导。"

王闻道说："这个时候还讲什么领导不领导的，我比你年轻，身子骨结实，你多加一层，会暖和许多。"

张来顺心中大为感动，心想："跟着这样的领导上刀山下火海都值。"越是这样越是不肯接受大衣，牙齿不停地打寒战，说不成囫囵话，却说道："咱俩这样下去不行，等到郑总回来，谁都说不成囫囵话，办不成事。咱俩得保重点，我的大衣你也穿上，保你，关键时候不能掉链子，把事儿办成。"说着要脱下自己的大衣。

王闻道见状，果断地说："算了，换个法子，咱们穿好大衣，快速活动，让身子热乎起来，有一种踢脚舞，咱们试试。"

张来顺说："小学女孩子的游戏，还是算了吧。"

王闻道坚持说道："我起个头，咱们先慢慢动起来，小皮球落了踢，马莲开花二十一，二五六二五七……"说着两人脚对脚地跳动起来，一遍过后，再来一遍，循环反复。不停地跳动，身体渐渐又有了热力。王闻道一边跳一边关注着小区大门和郑总家的那所别墅。忍不住抬手看表，已是凌晨两点多，不由得心情沉重下来，停住了跳，心想："莫非郑总今晚就不回家了？"正在疑惑，忽见小区大门处有两束光刺破黑夜，一辆小车直接开进小区。王闻道心中大喜，说："应该是回来了，咱们走。"直奔郑学军的豪宅大门。

宝马车驶至家门口，郑学军身披黑色大衣下车，往家门口走。王闻道边跑边大声喊："郑总，郑总。"声音在夜空中显得很响亮。郑学军欲进家门，又停住脚步，扭身想看个仔细。这时，车中快速下来一男一女，挡住快步上前的王闻道、张来顺生气地喊道："干什么，不要影响郑总休息。"

王闻道拨开两人，走近郑学军说："郑总，我俩在此等候多时，有重要的事情。"

郑学军借着灯光仔细打量两人，有些感动，说："大冷天的，难为你们了，明天早上到我办公室谈吧。"

王闻道说："好是好，可我听说你明天要去内地出差。"

郑学军挥动右臂，将下滑的大衣往肩上提了提，说："不碍事，半晌午的飞机，明早九点半准时过来。”

王闻道不再多说：“好，我们回。”

郑学军正欲反身进门，又停住说：“曹主任、刘秘书，你们用车把两位客人送回宾馆，这个地方可打不上车的。”曹主任说：“放心，一定送到。郑总，您早些休息。”

坐上车后，王闻道瞄了一眼司机方向盘前的仪表，车外温度零下28度，只是越往市区走，温度渐渐高起来，回升两度。下车回到宾馆，两人又像筛糠般打寒战。王闻道说：“咱俩今晚也奢侈一把，不挤一个房间了，你再开个房间，各自好好泡个热水澡，驱驱寒气。”张来顺说声：“好。”去总台办手续。

三

第二天一大早，王闻道、张来顺赶到星光国际大厦，郑总的秘书小刘已在大厅等候，笑盈盈地领着上电梯，往郑总办公室走。刘秘书关切地问：“昨晚没冻坏吧，我才站了几分钟，浑身就冻透了，像根冰棍儿似的，回去后赶紧冲两袋板蓝根喝上，要不今天非感冒不可。”王闻道回答：“习惯了，我们团在西北角的边境线上，零下40度，照样放哨巡逻。”刘秘书惊叹道：“哇，真的吗？太厉害了！”说着下电梯，走进郑总办公室。

郑学军正在网上查看股市，见两人进来，略带冷淡地说：“咱们开门见山，我只能给你们十分钟时间。”

王闻道上前双手递上一张名片，郑总接过，漫不经心地扫了一眼，正想放在桌旁，忽然觉得诧异又细看，发现竟是自己的名片，不由得问道：“我的名片，咱们以前见过吗？”王闻道笑笑并不搭话，又递上一张名片，说：“是他给我的。”郑学军一看大笑：“田学军，宁夏枸杞红集团的老总，你们是怎么认识的？”王闻道说：“我俩是大学同班同学。他说去年西洽会上，两个学军展区门对门，两人相见恨晚，你夸他是儿子娃娃，他夸你是西部汉子。”

郑学军赞道：“田总为人豪爽热情，做事又精明周到，我在西安的好些事都是他张罗筹划的。你找我，电话联系啊，干吗冰天雪地地受冻？”

王闻道笑道：“主要是想看看与郑总的缘分究竟有多大。”说着递上自己的名片，解释道：“我在359团工作。”

郑学军认真看过名片，说："费这么大的劲儿，有什么事？"

王闻道说："郑总大举进军欧洲市场，西红柿酱产品一路凯歌，攻城拔寨之后，就不担心产品供给不足吗？就不想快速开发建设新的生产基地，以解决后顾之忧吗？"

郑学军突然从老板椅上站起，两眼直视王闻道，说："从哪得到的消息，田学军吗？"

王闻道信心大增，说："事关集团未来发展的大事，郑总不会告诉田学军的，田学军自然也无法告诉我。我另有渠道，而且是最直接、最机密的渠道。"

郑学军心里暗暗吃惊，仔细地打量王闻道一番，半晌才说："这些属于公司的核心机密，你是如何知道的？"

王闻道心中一直很紧张，生怕自己的分析判断有误，功亏一篑，现在一块石头落了地，笑道："客观地说，是郑总你自己讲的。"说着挥手让张来顺把装订成册的几本厚厚的材料放到郑学军的办公桌上，继续说："这些都是郑总近年来接受新闻媒体采访的报道，从中可以看到郑总率领星光国际由小到大，由弱变强，先成为上市公司，再跃为世界数一数二的西红柿酱生产、销售的大公司。既可以领略到郑总发展创新的胆略和魄力，又能够清楚地看到郑总对未来发展的希望和担忧。具体来讲，当星光国际一举打垮意大利的竞争对手后，遭到当地工人的罢工、游行反对，引发欧盟地方保护主义的抵制，好在郑总能顺势而为，以退为进，与意大利公司进行战略伙伴式的合作，使之为星光国际产业链中的后续开发、销售部分，进行分众化、精准化、专业化产品服务。这样一来，绝大部分产品的生产都源于星光国际，源于咱们中国的新疆，原有的生产基地和产品供应量远远不能满足新开拓的市场需求，增加投资、扩大生产基地建设不仅迫在眉睫，而且还成为重中之重的大问题。"

一番话，分析深刻，表达顺畅，让郑学军如同见到自己肺腑，暗自叹服："这个人顶得上我战略发展部和宣传部的全部人马，真是个少见的人才。"于是夸赞道："闻道，你是个有心人，智慧超群啊。"王闻道说："郑总过奖了。有一点我和郑总有共同之处，都喜欢毛泽东主席的词，'世上无难事，只要肯攀登。'"说着用手指着郑学军背后上方高悬的书法。

郑学军回头仰视，自得地笑道："这么说，咱俩还是知己，这字如何？"

王闻道起身上前细看，见落款处有学军自勉字样，知道是郑学军自己所书。历史课上，老师讲过古代几位书法大家，再加之儿子王国庆练习书法，自己又翻看过古代名家书帖，因而并不怯场，细细琢磨后，说："郑总喜欢欧阳询，字迹如此骨气俊俏，气韵生动，疏密有度，确实非同一般。若仔细品赏，竟然会有一种风旋雷激、龙蛇相斗的动感。欧体最大的特点是于平正中险绝、于规矩中飘逸。联想到郑总率领星光国际团队闯世界，往往出其不意，险中求胜，且能进退有度，从容不迫，真可谓诗言志，字抒怀，字如其人。"

郑学军开怀大笑，说："闻道啊，还是你懂我，许多人到我这里都夸字写得好，可仅仅停留在写得好、写得棒的赞美上，想来皆是碌碌之人无见识罢了。我就是要用这首词、这个字表达我的胸怀，表达我的志向，表达我的特点。人生有你做知己，便不再寂寞，现在说说你的事吧。"

王闻道看了一眼张来顺，张来顺忙从另一皮包中取出一摞红红绿绿的证书，送到郑学军的办公桌前。王闻道介绍说："这些证书极有价值，最上面的奖状是上世纪六十年代，359 团荣获国务院颁发的园林式团场，还是周恩来总理亲笔签发的。另外，都是国家农业部颁发的绿色有机食品的证书，有苹果、西红柿、甜菜、啤酒花、西瓜等十多项。郑总若是在 359 团建西红柿酱厂，将会获得质量最高、品质最好的原料。追根寻源，好西红柿酱是种出来的。"

郑学军像发现金矿一般，盯着证书仔细地看，眼睛放出光来。见王闻道停下不说话，便抬头说："继续往下说，我很有兴趣，这些宝贝欧洲的老外是很认可的。"

王闻道说："359 团最大的优势和特点是它的红色基因，'生在井冈山，长在南泥湾。转战千万里，扎根在天山'是它辉煌历史的浓缩，现在仍具有纪律严明、集中力量办大事的动员能力和组织能力，星光国际若能早决策，早安排，我敢拿性命担保，今年投资建厂，今年开工生产，今年就可获利收益，一定会书写星光国际开疆扩土的新篇章。"

谈兴正浓，刘秘书推门进来告诉郑学军，该启程去机场了。郑学军有些不相信，说："哪有这么快。"刘秘书抬起手腕，露出精致的小金表，说："两个多小时了，不信自己看。"郑学军笑了，说："你先去准备，待会儿就走。"刘秘书点头答应转身出门。

郑学军颇有大将风度，不慌不忙笑道："你知道爱因斯坦的相对论吗？据说相对论发表后轰动世界，爱因斯坦四处演讲，很多人听不明白。一次演讲中，有位年轻人站起来发问，能不能用最通俗易懂的方法让大家都能听明白，爱因斯坦想了一会儿说，当你和心爱的漂亮姑娘谈情说爱时，一天的时间也会觉得只有一小时那么短，而你手握烧红的烙铁时，一秒钟也会觉得像一天那么长。这就是相对论。”哈哈哈……众人一阵笑后，郑学军又说：“咱们可谓是相谈甚欢、相见恨晚啊。”

王闻道说：“很有同感，昨晚在寒风中等候，每分钟都很难熬，今天见郑总每分钟都很紧迫，时间关系，我长话短说。兵团以现代化大农业起家，科技含量高，对整个的经济贡献额达63%。359团是兵团现代农业科技示范基地之一，西红柿种植可实现早熟、中熟、晚熟三种模式，酱厂早开工、晚停机，前后相加能多生产二十天左右，这应该是一笔丰厚的利润。”

郑学军若有所思，点头称是，正欲开口说话，却见王闻道抢着说道：“还有最后一点很重要，星光国际白领员工中85%的人员是兵团子弟，大都是硕士、博士生，是星光国际的骨干和中坚，郑总肯与兵团的团场合作，无疑会引爆星光国际中高层人员回报江东父老的报恩之情，有助于激发大家的积极性和创造力。从企业文化上讲，应是增强、提升星光国际核心竞争力的重要一招。”

郑学军陷入深思中，面无表情，一时无语。恰在这时，刘秘书进屋告知，大家都准备好了，车在楼下等，可以出发了。说完见郑学军毫无反应，又开口轻声叫道：“郑总。”郑学军这才醒过神来，丢下手中的红蓝铅笔，说道：“原定计划取消，航班改到明天，你去通知几位副总，到会议室开会。”

刘秘书迟疑片刻才担忧地说：“恐怕会有大麻烦，国内还好说些，欧洲那边怎么办？特别是德国的冯·里斯特总裁，晚一分钟都会大发雷霆。”

郑学军很是淡定，说：“办好我们自己的事才是最重要的，实力强大起来，他的脾气也会变的。”刘秘书知道自己已尽到责任，更无法劝阻郑学军，便不再多言，转身走出办公室。

郑学军这才对王闻道说：“你的思维方式很特别，像是星光国际的高管在谈星光国际的发展，让我感动。你们把意向书留下，回宾馆等我消息。”

四

走出星光国际大厦，王闻道、张来顺都有一种轻松感和成就感。张来顺压抑不住心中的兴奋，说："咱们找个五星级大饭店好好撮一顿，庆贺一下，这事办成，不仅团场的工业会上一个大台阶，就连工农业产值比例也会发生根本性的变化，想一想都觉得很了不起。"

王闻道如释重负，分别给政委、团长打电话，汇报进展情况。随后对张来顺说："吃饭不如看场电影去，换换脑子，分散注意力，别老惦记这事。"

时间过得飞快，两人看完电影，就近找家小饭店吃份抓饭，又回到宾馆休息，静等佳音。直到下午五点半，刘秘书打来电话让再去见郑总。

临出宾馆，王闻道特意让张来顺装上几瓶72度的"界河特"酒，分析道："如果顺利的话，晚上会有一场大战。"

当两人再度回到郑学军办公室，郑学军笑呵呵地说："你果然厉害，我的高管们一听说与359团合作办厂，一改往日的沉稳和谨慎，没有困难，没有疑问，就好像要回到自己家乡割麦子一般，个个摩拳擦掌的，有一种不可名状的亢奋。我原打算把你挖过来，替星光国际效力，现在不想了，因为你会对这个……"说着用手拍拍自己坐的老板椅说，"构成威胁的。"说罢豪爽地大笑起来。

王闻道、张来顺知道大势已定，自然开心，也为郑学军的幽默笑起来。

郑学军说："我们决定与359团强强联合，共同开发建厂，现在你们去苏副总办公室，再商议一下合作的具体事项，签一个合作意向书，过两天，苏副总带队前往359团实地考察，然后签订合同。"

张来顺喜上眉梢，连声说道："感谢郑总的支持和信任，我们一定全力做好准备工作。"

王闻道心中高兴并努力克制住自己的情绪，说："看到郑总从容淡定，笑容可掬，反让人感受到雷霆万钧的气魄和力量。着实令人敬佩，今晚，我想请郑总小聚一下，不知可否赏光?"

郑学军很是豪气，说："值得一聚，不用跑远，我们33层员工食堂饭菜味道不错，听说359团的'界河特'很厉害，也不妨拿出来试一试。"

显然，在短短的时间里，尤其在开会讨论前，星光国际的团队已从互联网上把359团的相关信息最大化地收集起来，否则，郑学军怎能如此胸有成竹，点名要喝"界河特"呢？王闻道更加钦佩郑学军的果敢和高效。

晚餐出乎意料地多了两位客人，是南疆白水市塔河县县委书记唐复兴和县长卡德尔。王闻道后来才知道是阿不都副市长介绍来的，两人来到乌鲁木齐市正在为招商引资奔忙。

在张来顺看来，这间职工食堂包厢是自己见过的最豪华、最气派的包厢。桌、椅，还有头顶上的吊灯，都是黄金色的装饰，灯光照耀下，给人以金碧辉煌的强烈冲击。而墙边的书架上不规则地摆放着经济管理和文学书籍，给整个房间又增添了书卷气。主人客人先后入席，却不见凉菜上桌。正纳闷，只见训练有素的服务人员快捷有序地将一份份装有小凉菜的小食碟分送至每位用餐者的桌前。张来顺不由得暗暗发笑："这么少的菜，一口就能吃完。"不过，随着服务员源源不断地送上各种菜品，明白是分餐制，觉得很有趣。

郑学军站起身来，端起酒杯做开场致辞："今晚的聚餐很特别，大家身在星光国际的员工食堂，吃的是南疆塔河县的羊肉，喝的是北疆边境团场的'界河特'，它预示着我们的团结、合作、发展会有更为广阔的前景，让我们为新疆更美好的明天干一杯！"

这话虽短，包含的信息量却很大。众人纷纷起身相互碰杯敬酒。到了真正喝起来的时候，众人的表情各不一样。

刘秘书轻轻喝了一点，立刻夸张地叫起来，用手当扇不停地在嘴唇边扇动，说："这酒太辣，太厉害了，我可以清晰感到一股热辣的液体，火焰般地从舌头滑过喉咙进入食道，再进入肠胃，这种感觉还是头一回。"

卡德尔县长先是抿一口细品，接着又一饮而尽，夸赞道："亚克西(好)，这是我们新疆儿子娃娃酒，我的喜欢。"

按照喝酒习惯，主人需讲三次话敬三杯酒之后，其他人方可自由说话和敬酒。可郑学军一改前规，第二杯酒让王闻道来敬。王闻道不肯先讲，坚持请塔河县的领导先讲，唐书记推辞不过，起身简短而热情地讲话，给众人敬了酒之后，王闻道这才起身敬酒。三杯过后，气氛不断升温，大家相互敬酒，表达合作、发展和祝福。刘秘书走到王闻道身旁来敬酒，娇声中带有霸气："见到你，我算对'老到'这个词有了真正的理解，多半天的工夫，仅凭三寸之舌竟能让郑总一掷千金，这是星光国际纵横商海十多年还没有过的豪气。"

王闻道说："来之前我曾一百遍地思考，星光国际郑总凭什么会与我们合作？那就是因为我们这有更丰厚的利润和更广阔的发展空间，多想合作方的利益，自己的利益也就包含其中了。"

刘秘书说："这是我见过的最成功的策划，太漂亮了，给你点赞。"

王闻道说："是吗？要是比起刘秘书的容貌，可就差得太远了。"

冷不丁的一个幽默，让刘秘书开心地大笑起来，声音像银铃般传开，引来众人的目光。

宴会快要结束，服务员给每人送上一小碗汤饭。这时，卡德尔县长站起身大声说："喝儿子娃娃酒，我也当一回儿子娃娃。"把自己的酒杯倒满后，继续说："党和政府关心新疆，尤其是南疆地区的稳定和发展。现在嘛包子、抓饭有哪，抗震的房子有哪，可是嘛巴郎子、丫头子中学毕业后，上大学的只有20%多一点点，剩下的干什么去？有些孩子娃娃跑到地下讲经点学经去了，那些坏心肠的野阿訇没念好经，教唆孩子杀人做坏事，这个样子不行，我们要把这些巴郎夺回来，让他们好好学习，好好工作，跟共产党走。所以嘛扩大就业很重要，要办企业，办厂子，郑总，儿子娃娃一个，一定要帮助我们。"

这话题严肃而重大，一时让郑总无法回答。显然，他们在白天已经交谈过，还没有合作意向，一时间场面冷下来，一片肃静。卡德尔县长话说到一半，猛然刹车，一杯满满的酒也没有端起来，情绪处在激动之中。

郑学军在思考，王闻道一时也不知该说些什么，张来顺心里焦急，暗想："千万别跟我们争项目，让煮熟的鸭子又飞了。"刘秘书见惯场面上的事，便以埋怨的口气说："卡德尔县长，我对你有意见。"

卡德尔问："什么意见？"

刘秘书说："刚才你说喝一个儿子娃娃酒，我们女同胞该怎么办？不平等，说明县长大人瞧不起妇女，得罚你一杯酒才行。"

面对又是娇又是怨和又是嗔又是怜的话，卡德尔不知如何应对，直率地说："罚一个就罚一个，儿子娃娃行侠仗义，敢说敢当。"端起酒杯欲饮，刘秘书喊道："慢点，慢点。"快步上前，很豪气地说："咱们一起喝，我是女儿子娃娃。"满桌子爆发出喝彩声，众人纷纷起身为女儿子娃娃喝一杯。

唐复兴"国"字脸，常年在基层跑，阳光、风雪把他的脸变成紫红色，看不出县委书记的模样，只有那双睿智的眼睛感受到他的不平凡。此刻，他站起身平和地说："我和卡德尔同志来是和大家交朋友的，想请朋友们去塔河县看看千年胡杨林。因为我们正以胡杨精神在南疆的土地上坚守和谋求发展，以报效祖国；我们想请朋友去看看，传承中华文化的周易八卦老街的古建筑，一砖一瓦都在诉说着民族团结，维护祖国统一的动人故事，并能在这个过程中，以你们独特的慧眼捕捉商机，寻求新的合作和发展商机，以推动塔河县的社会稳定和经济发展。这既是我们的希望，更是我们的追求，在此，我和卡德尔同志共同敬各位一杯。”

饮罢酒，王闻道在想，唐书记讲的朋友应该是指郑总和星光国际的同仁，但他和卡德尔县长的话情真意切，深深地印在脑海中，他觉得自己体内有一股冲动，不可遏制地想要做些什么。于是站起身来说：“郑总，我有两句话要说。”众人把目光都投过来，王闻道刚想说话又觉得不够分量，把酒杯里的酒反倒入分酒器中，说：“倒满，我喝一个‘令狐冲’。”

刘秘书开心地笑道：“哇，要喝大酒了。”

众人跟着笑起来，王闻道跟着笑了笑，说：“唐书记、卡县长的话让我感触很深，南疆的稳定事关全疆的社会稳定，更关系到国家利益。近些年，359团抽调基层连、排干部到南疆三地州乡村任职者多达一百人，支援南疆，确保全疆的社会稳定是大局。我想让郑总一下子在南、北疆同时开工建厂肯定会有很大的困难，但为了这个大局，我愿代表359团党委表态，优先在塔河县建厂，先发展起来，至于我们，我们再找新的机会……”

话还没说完，卡德尔急忙打断，说：“王副团长，我不是这个意思，不是这个意思。”

唐复兴也忙解释：“横刀夺爱的事，我们不做。再说建厂要论证、要立项，有许多工作要做，慢不得又急不得。还有对农民的培训、种植结构的调整等等都需要稳步推动。”

王闻道还想说什么，却见郑学军大怒，重重地一拍餐桌，震得水杯、酒杯乱晃，大家立刻收住声音。

郑学军一脸严肃地说：“你们把这当成菜市场啦，喊价的，砍价的，叫得震天响，都忘了，这是星光国际，我郑学军还坐在这儿呢。”

餐厅一片静悄悄，郑学军环视众人，端起茶杯喝口茶，又慢慢地把茶杯放在桌上，人们的目光都随着郑学军的动作移动。

郑学军缓缓地说：“星光国际是国家的企业，自然要为国家、为自治区尽职尽责，敢于担当，经济效益要讲，社会效益也要讲，我想好了，田副总，你明天随闻道他们去359团实地考察，抓好细节落实，确保当年开工建设，当年投工生产，当年取得效益。”

田副总回答：“是。”很有军人气质，简短而有力。

郑学军又说：“刘副总，你带队随唐书记、卡县长去塔河县考察，条件可行的话，先签个意向合同，争取明年破土动工。”

唐复兴、卡德尔激动地表示，将尽全力创造有利条件，确保今年立项，明年开工建厂。

郑学军满意地点头说：“对星光国际而言，虽有较大压力，资金周转有困难，却无大风险，值得一搏。”

刘副总起身表态说：“郑总放心，我会尽全力办好这个项目。”

郑学军一副大将风度，反带微笑，环视众人，轻松地问：“怎么样，满意了吧？满意就喝个‘令狐冲’。”

众人一下沸腾起来，齐声喊道：“冲，冲，冲！向前冲。”一饮而尽。

卡德尔激动地跑过来抱住王闻道说：“咱们一个朋友交上了，你，侠肝义胆，不怕胳膊上插上刀子，真正的新疆儿子娃娃。”

散席时，郑学军有些醉意，与王闻道相扶而行，忍不住埋怨道：“你小子将我一军，可我有化险为夷的本领。”

王闻道笑道：“我还喜欢毛泽东主席的另一首词，‘山，快马加鞭未下鞍，惊回首，离天三尺三。’”

两人心领神会，哈哈大笑，相扶着走出餐厅。

五

回到359团，王闻道、张来顺都感冒发烧，张来顺赶紧住进医院治疗。王闻道强打精神陪田副总一行与吴政委、杜团长商谈有关事项，到实地选厂址，到连队的承包职工家了解西红柿种植情况，经寒风一吹，病情愈加严重。

当见证杜团长与田副总正式签订合同，送走客人后，只觉得四肢乏力，头晕目眩，赶到医院一测体温已烧至40度，昏沉沉地睡死过去，护士连声呼叫，却叫都叫不醒。

安贞忙请假赶到医院，昼夜陪护，不住地用温开水毛巾擦洗四肢以降温。待到十天后才病愈出院，人瘦了一圈。

六

王闻道对酱厂充满感情,却不赞同钱小山说是自己拼着性命挣来的说法,认为过于夸张。眼下应当快速转换角色,熟悉农业生产。他想梳理自己的思绪,明确这样几条:一、与范志刚紧密合作,不断巩固和提升农业现代化建设进程,提高科技含量,提高机械化程度,提高农作物单产创高产;二、抓重点,抓好连队干部队伍建设,抓好贫困职工尽快脱贫;三、走农工贸一条龙的路子,促进农户加协会加公司的体制机制发育成熟,满足为城里人所需有机蛋禽肉和菜类,加快职工多元增收和致富的步伐。这一切都要先从调查研究、了解情况开始。

范志刚多年积累的资料大多记录着连队干部身上发生的事情,有许多故事情节,因而阅读起来十分有趣,王闻道不由得赞叹:"老范真行,可以去写小说。"

王闻道一页一页往下翻,看得飞快:

五连连长孙国文有能力,几年间,把一个贫困落后的连队整治成富裕的先进连队。职工群众夸他又怕他,主要是脾气太坏,爱骂人说粗话,有时还动手打人。

连里有几户军属,很受孙国文的照顾,有人不服气找上门论理。

"连长,一年四季就看你往几家有参军的家里跑,我家也缺劳动力,你怎么就不肯帮一帮?"

"这几家孩子都在边防哨所站岗放哨,守卫边防,多帮一点就能让咱解放军战士无后顾之忧,安心部队工作。"

"我娃娃在上海上大学,将来给国家贡献更大,也应该照顾。"

"有困难给党支部反映,大家自然会帮你,但想偷奸耍滑少干活那可不行。"

"这几家咋就特殊,不光你自己干,还让其他连干部有事没事帮他们除草打药的。"

孙国文不耐烦了:"老子愿意,怎样了?有本事让你孩子念完大学也当兵去。"

"嘻嘻,你不会看上人家没过门的媳妇了吧!"

"狗日的,放你娘的狗臭屁!小心老子一巴掌把你狗嘴扇到耳后根,看你还敢胡扯。"

"开个玩笑嘛,连长还兴骂人。"

孙国文上前将那人打倒在地,顺势又飞起一脚:"骂你,都脏了我的嘴,给老子滚蛋!"

那人真的爬起来跑了。

一连连长成绍木是个好吃好喝的主,血糖高又不忌口。六月初,农工苏河清倒腾一车早熟西瓜叫卖,大田的西瓜得到七月底才成熟,六月份能吃上西瓜,当然稀罕。成绍木想吃又不肯花钱买,让一个联防队员去解决。联防队员冲上去说拉车的毛驴啃连队的树皮,破坏了植树造林,结果罚款一百元,又抱走三个西瓜。苏河清家境困难,要利用农闲搞点小买卖,这下亏了,白干了,伤心地哭了起来,引来许多人围看。

苏河清哭一阵后,又气又恨,折根树枝抽打毛驴,边打边骂:"你当自己是联防队吗,想拿啥就拿啥?你当自己是连长吗,想吃啥就吃啥?"引得众人大笑不止。

这事传开后成了笑话,许多人见了毛驴或牛呀、马呀,都会笑着问:"你是联防队吗?""你是连长吗?"更有甚者问:"你是成连长吗?"每次都会逗得大伙大笑。团里开三天会,连长、指导员们在一起吃饭,不经意间冒出一句"是成连长吗?"也会惹得大家一阵哄笑。

当一个连长,丢人丢到这份上也够可以的了。

十一连靠近山区,夏天的高温时候短,种棉花不挣钱,指导员戴铁军改种经济作物,让职工种红提葡萄,这些年已成规模,效益不错。广州、上海的客商很喜欢,夸葡萄纯天然食品,酸甜适度,可口好吃。每年九月纷纷飞来采购,可货一紧俏,质量关就把得不紧,连干部、承包户趁客商不注意,把小的、差的混装在果箱里,运到内地超市才发现问题,客商不愿意,要降等级,扣住余款不付。客商、承包户都埋怨戴铁军不讲信誉,戴铁军也一肚子气,说自己是风箱里的老鼠,两头受气,还说市场经济了,愿买愿卖，自己也没办法。

王闻道看到这里吃了一惊，一算时间，当下正值采摘期，今年的情况会怎样？产品信誉不好，早晚会砸锅的。深感此事关系重大，有必要去十一连实地查看一番。

王闻道给范志刚办公室打电话，想约着一起去，却无人接。便要车自己一人去十一连。

在连队办公室，戴铁军一肚子怨气，说："都是奸商，每年来采购时说质量好，品相也好，按一等品给价钱，可货一拉走，翻脸不认人，又说品质不好，大小不一，优劣混杂，要按二等、三等品给价，职工怨言大了去了，都说按他们的要求装的货，怎么说变就变了。"

王闻道说："双方都挺有理，问题究竟出在哪个环节？你有没有做过细致的调查？"

戴铁军大大咧咧地说："秃子头上的虱子——明摆着的，各自都想多挣些钱，矛盾就出来了。"

王闻道皱着眉头，不满意戴铁军的回答，只是刚接手工作，不想批评人，说："你带我去见客商代表，听听他怎么说，只有找到问题的症结，才好下手解决矛盾。"

戴铁军说："行，这家伙整天泡在地里，像个监工，咱们去葡萄地吧。"

上千亩的葡萄园一片翠绿，很是壮观。沿着小道走进绿海之中，王闻道看见架下生长着一串串玛瑙珍珠般的葡萄，心情格外畅快和愉悦，有一种动手采摘参加劳动的欲望。心想：人们尽情地歌颂大自然，歌颂秋天，那是大自然给辛勤劳作的人们以公正、丰厚的回报，让人感受到劳动的欢快和生命的价值。再一想戴铁军能把一个连队搞成这么大的规模，还是有魄力的。正因为此，品质和信誉就显得更为重要。隔着绿色屏障，远处传来争吵声。一群妇女的吵闹声中夹杂着一个男子的争辩声。

循着声音走近，只见一位个头矮小、精瘦的男子，留着分头，戴着眼镜，穿着雪白的短袖衬衣，模样挺精干，说起话来慢且拖腔，一句话没说完就被一群妇女七嘴八舌地抢过去，其间还有夹七夹八的讽刺和调笑，引起一阵又一阵的大笑。男子越急越说不清楚，见到戴铁军走近，忙迎了上来。

戴铁军心中暗暗得意，说："看吧，大伙对他有意见。"

客商代表走近，戴铁军介绍说：“他就是客商代表。”随即又转头向客商代表介绍说，“这位是王副团长，特来看你。”

两人握手，不等王闻道开口，客商代表焦急地说：“哎呀呀，王副团长，你可要为我做主啦，否则非出大事不可。”王闻道说：“什么情况，慢慢讲。”客商代表拉住王闻道的手往前走，说：“我也不多说，你们亲眼看一看就清楚啦。”说着把两人拉到摆放成堆的葡萄箱子跟前，随手搬下一箱，放在地上打开箱盖。

王闻道、戴铁军俯身细看，红提葡萄颗粒饱满，色泽鲜亮，觉得不错，便疑惑地看着客商代表。这时，客商代表弯下腰把上面几大串葡萄提出，下面立刻露出大小不一、半生不熟的葡萄来。接着，客商代表又打开几箱，皆是如此，这才开口说：“这个装法，摆个地摊，或蹲在大公路旁，哄一哄过路的司机和乘客还可以，等搬回家发现问题已经来不及啦，最多骂几句。可我们运到广州要上超市的，摆在货架上，供消费者自由选购的，换成你，会选这样半生不熟的果品吗？还有啦，出口东南亚国家，人家会退货的。”客商代表越说越快，说到后面竟然没有拖腔“啦”字了。

王闻道一听就明白，认为范志刚分析讲述的都是实情。再看戴铁军脸上红一阵白一阵的窘迫，不知如何应对。旁边有两个胆子大些的妇女凑上前来，一个说：“咱辛辛苦苦干一年，你来后这个不要，那个不要，还要降咱的等级，不是欺负人吗？”另一个说：“城里人的嘴就是刁，差一点点都不愿意啦。其实，好坏搭配着吃不是挺好吗？”

戴铁军脸色铁青，从箱中抓起一把又小又青的葡萄，说：“狗娘养的，你俩给我吃，看吃不死你们。”两个妇女尖叫一声，慌忙跑走：“这老铁，又抽筋儿了。”

王闻道有些生气，说：“骂职工算什么本事，我看问题出在咱们干部身上。在大商场、超市，许多优质水果，像苹果、梨、大枣都是论个来卖，一枚好几块钱。咱们这里好坏混成一堆，档次上不去，一麻袋不如人家一筐值钱。十一连要尽快树立品牌意识，靠质量取胜。”

戴铁军面有难色，说：“市场这东西不好说，把人都整怕了。前些年，打瓜子紧俏，农工在地里刚把瓜子掏出来，就被老板连汤带水地高价收走了。第二年人人都种打瓜，结果晒好晾干还没人要，都亏了本。有一年油菜籽畅销，老板又是带着车跑到场上，把连秆带壳的油菜料全都用麻袋装走，还给好价钱。谁知翻过年，油菜籽又没人要了，砍下一半的价格也不见人来收。所以承包后都习惯捞一把是一把，谁还能管下一年的事。”

戴铁军讲的都是实情，农产品价格、销售的大起大落的例子还有很多，像小麦、玉米、啤酒花、红枣等等，市场是一只无形的手翻上翻下，把农工的心也搞得忽上忽下的。这样的苦水王闻道没少听范志刚倾诉，问题是应该怎么去应对，像酒厂、酱厂都是走市场、讲信誉才发起来的，农产品生产也该如此才对，于是对戴铁军说：“葡萄是常年生长作物，不像油菜、打瓜一年过去可以换，如果你的葡萄失去市场，那该怎么办？”

戴铁军一时语塞，不知如何对答。

王闻道说：“所以，必须丢弃捞一把是一把的观念，讲求产品质量，讲信誉，牢牢占领市场才是长远之策。”

道理好懂，可具体该怎么办？戴铁军一时没有搞懂，只是不好违背领导的要求，说：“你是领导，让我们怎么干我们就怎么干！”

王闻道转身对客商代表说：“刚才你们争论什么，你有什么想法和要求？我们谈一谈。”

客商代表说：“我对这个地方又爱又恨，别处是张飞卖豆腐，人硬货不硬，可你们职工太狡猾，不，应该是……是……”一时想不起准确的词来表达，一着急说道：“总之这里是货硬人不硬，品质口感这么好的红提让你手下的人给败坏了。”

王闻道不想听他发牢骚，更担心戴铁军性子起来，与其争吵不休，便直截了当地问：“你想怎么做？说些管用的。”

客商代表说：“很简单啦，严格按提出的标准挑选、加工和装箱，我保证按一等品价格给你们付款。同时还可以签订长期的供需合同，在我们那里的工厂都是按订单生产，你们也可以搞订单生产啦。”

“订单生产！”王闻道眼睛一亮说，“铁军，签下这个合同，销售今年的产品同时，也把明年的销路抓到手，以后就走订单农业的路子。”

戴铁军脸上露出笑容：“这样好，农工吃颗定心丸，自然会在产品质量上下功夫。真是如梦初醒啊。”

王闻道说：“事不宜迟，第一步把连队干部全部集中到地头，听客商代表讲授技术和标准；第二步连队干部分片包干，每人负责几户承包户，检查督导，严格按照工作流程采摘装箱；第三步原已装箱的返工重来。红提葡萄是十一连的主打产业，职工增收致富在此一举，一定要集中力量，打好这一仗。”

戴铁军信心满满地说：“我明白了，按你的指示办。”

客商代表眉开眼笑，拉住王闻道的手说：“好啊，好啊，今天遇到活菩萨了，你真的好靓啊。”

七

不到二十分钟，包括统计、政工员、联防队员在内的干部全部到齐，王闻道见只有七八个人，明显太少，对戴铁军说：“把承包户们也叫来吧，大家一起听，一起学，一起干。”

很快，五十余人围坐在地边树林下，客商代表搬来一箱红提，从中拿出优劣不一的葡萄讲解和示范哪些是一级品，哪些是二级品、三级品，最后又提起一大串又大又好的葡萄说：“这一串好是好，可不足之处是太紧密，一颗挤一颗，给人们的感觉太坚硬，像块石头。消费者喜欢但不愿意买，害怕吃的时候揪不下来，所以一定要研究消费者的心理。”说着拿起剪刀熟练地从中间剔除几粒大葡萄下来，一大串红提葡萄立刻变得疏密有度、从容华贵，这才继续说道：“这个样子，既有品质，又有品相，是上好的一等品，就像我这个人一样，人人喜欢。”

或许有团领导相助，客商代表有些得意，敢于自夸自赞。原本认真听讲的承包户们被逗得哈哈大笑，几个中年妇女更是插科打诨，一位说：“你那个熊样，比我儿子差远了。”另一位说：“他好有钱，你招过去做女婿得了。”人们越发笑得更厉害了。

王闻道止住大家的笑，让戴铁军给连队干部具体分工，分片包干，责任到户到人。然后又提出具体工作需求。

散会后已是吃午饭时间，各家承包户主把午饭送到地边，因靠近农工李桂花承包地，她安排采摘工人吃饭的同时大声喊道：“团长、连长不嫌弃的话就一块儿吃，反正也不是什么好饭。”

戴铁军小心询问：“要不咱们就在这里凑合一顿？”王闻道老远闻到猪肉

烧冬瓜的菜香味儿，说：“好！”便一同走过去。

李桂花见客商代表也跟着一同来，有意逗乐，冲着天空大喊：“丽丽，你那白面女婿又到这蹭饭啦，快领回去吧。”说完一阵笑。

透过茂密的葡萄树树叶传来丽丽的声音：“不用了，给你当干儿子吧。”又是一阵嬉笑。

李桂花又喊：“让人送三双碗筷过来。”

丽丽的声音传来：“没有，有槽子要不要？”

李桂花回应：“咦，你这嘴，啥时能长出象牙来。槽子你自己留着用，好好抓抓膘，春节时我可要做夹沙和红烧肉。”说完又笑起来。

很快有人穿过绿荫，送来三双碗筷。戴铁军装一碗菜，拿两个馒头递给王闻道说：“老娘儿们的话，你可别在意，今天你在还算好的，骂得也文明，往日荤的素的一起来，连我都招架不住。”说完自己也拿了一份坐在葡萄架下吃起来。

客商代表似乎跟承包户混得很熟，并不生气，边吃边谈：“丽丽阿姨的女儿真的很漂亮？”

李桂花说：“当然啦，上中学时就是学校里的一枝花，现在去大学念书，在上海什么戏剧学院，听说正学着就去拍电视剧了。”

客商代表有些心动：“怎么才能见上一面呢？我可是广州大学商学院毕业的啦。”

李桂花说：“动心思了？你只管把我们的红提卖个好价钱，我就去给你保这个媒。”说完哈哈大笑，弄得客商代表不知是真是假。

吃饭时间很短，大伙放下碗筷又去干活。王闻道自小在团场长大，对秋天里的收获特别有兴趣，无论掰玉米棒子还是下瓜、摘西红柿，见到这场面心里痒手也痒。他对戴铁军说：“饭不能白吃，咱们算是给李桂花老板打工收葡萄。”

李桂花不谦让，只是夸张地说：“团长手可金贵，葡萄让你这么一摸，立刻值大价钱，别人一箱六十元，我给他要六百元！”

王闻道知是玩笑话，笑道：“好啊，等你挣到钱，富了，我和铁军连长到你家吃夹沙和红烧肉。”

李桂花突然发出一阵大笑。王闻道猛然想起刚才他与丽丽笑骂中所隐含的内容,心想职工常年在承包地里劳作,起早贪黑,风吹日晒,十分辛苦,在这样的岁月中,她们对生活的快乐都有着自己的表达方式,原始的野性的调侃也是生活的一种色彩。

第七章

无字之史

一

张来顺决定到苟有勇办公室去一趟，好把通知两个厂子的情况做个汇报。当他走进苟有勇办公室时，只见林晓霞、赵建成两人坐在沙发上，手里捧着笔记本正埋头记录，苟有勇已开始任前谈话。

见有人来，苟有勇停止了讲话，询问有什么事。张来顺把通知徐世清、钱小山的情况说了一遍，并询问什么时候去检查指导工作。说话间，张来顺看到苟有勇鼻孔处沾着一粒黑黄色的鼻屎，不雅观，想讲出来让苟有勇擦掉，可又怕讲后让苟有勇难为情，丢面子，于是把话咽进肚里。可不讲吧又忍不住，觉得也是为领导好，是维护领导形象，犹犹豫豫拿不定主意时，不由得用手摸了摸自己的鼻子，害怕也有一块鼻屎挂着。

听完报告，苟有勇很高兴，笑着对林、赵两人说："你们看看，到底是老科长，想问题、干工作都是为领导着想，想在先头，做在前头，积极主动。你们两个新上任，可要向张科长学习。"

听到表扬，张来顺心里很高兴，觉得这一招棋走对了。只是望着苟有勇的脸，目光又偏偏聚焦在鼻孔处，心里别扭，且感到好笑，不由得又摸了一下自己的鼻子。

受到点拨，赵建成急忙表态："感谢政委的关爱和提拔，一定努力工作。今后，联防队就是政委您的警卫队，让干什么就干什么，绝不含糊。"

林晓霞紧跟着说："'十一'快到了，政委主持工作也好长时间了，我想趁着国庆节召开一个全团干部大会，政委给大家讲讲话、鼓鼓劲，更重要的是展示出政委的水平、能力、魄力，树立起威严来，团电视台跟上做好宣传。”

苟有勇点头称赞：“好啊，还没上任就有想法，有思路，有干劲。讲话材料就由你们宣传科起草好啦。”

林晓霞抢到彩头，信心满满，说：“没有问题，保证完成任务。”

张来顺站在一旁看到就将上任的两位新人，斗志高涨，春风得意，心生羡慕，暗想自己若能再升一级该有多好。忽又想到两人进来这么久，难道就没有看到领导脸上的问题？看到后又不肯说一声，说明自己不讲是对的，官场上一招一式都关乎前程，需格外小心。想到这里，不由得又在脸上抹了一把，似乎真有什么不好的东西。

接二连三地重复一个动作，引起苟有勇的注意，问道：“你哪儿不舒服吗？怎么见你不停地在鼻子上抹一把抹一把的。”张来顺不知如何回答，难为情地挠了挠头，引起众人的哈哈大笑。

二

采摘葡萄的时候，两手始终高高举起，头还跟着仰起，不多久，王闻道胳膊发酸，浑身出汗，心里却是畅快，认为这才是劳动的感觉。干了一阵子，突然想起吴政委所托，这里距老十连不远，应去看望一下高德友。于是给戴铁军打了个招呼先走一步。

从十一连出来后，王闻道觉得头次上门该买点礼物才好，可连队的小商店都是些日常生活用品，实在没有什么像样的礼物可以拿出手。正为难，司机小钟说高老头那里鸡、鹅成群，还有一群羊，种的蔬菜吃不完，不如买两袋面粉、一壶清油更实用、实惠。王闻道觉得在理，又折回十一连的小商店购物。

通往老十连的路明显地差很多。车子在土路上下颠簸，遇到大坑或石块挡路，小车还得绕过而行。

王闻道没在意道路的颠簸，心中盘算着高德友老两口在戈壁荒滩上是如何生活的，又想到作为一把手的吴政委明明想解决为何又未能解决好，应该是个怎样的问题。

车到门前停下来，王闻道下车一照，有几分纳闷，原来，高德友家的房墙很特别,下半部分是用红砖垒砌而成,而上半部分却是土坯垒的。司机小钟解释说:“这地有盐碱,早先土坯盖的房被盐碱一点一点侵蚀,酥了,只好用红砖一点一点地换去,日子久了,慢慢地就把下半部分的墙换成砖墙了,上面,盐碱爬不上去,自然没事。”王闻道说:“什么事你都知道。”小钟笑道:“跑得多也见得多,我还帮他们送过两次砖呢。”

王闻道环视周围的环境,不远处一排排军营式住房因久无人居,已变成断壁残墙,破烂不堪。作为连部的礼堂因用砖砌而成,还结实,门窗破旧,成为高家的羊圈。只是高德友家的房屋前后,是一排排的杨树、柳树、白桦树,形成一片林,长得枝繁叶茂。不远的地方还有几十棵苹果和枣树,果实累累,处在这茫茫戈壁荒滩之中,犹如一个绿洲小岛,让人想起陶渊明的世外桃源。

王闻道上前敲门,过了一会儿,才见一位满头白发、满脸皱纹的老太太开门,眯着眼望着来人。王闻道说:“大妈你好,我来看看你们。”

老太太一脸迷茫:“看我们!看什么?”

司机小钟忙上前介绍说:“罗大妈,这位是咱们团的王副团长,专门来看望问候你和高大伯的。”

罗大妈眼睛一亮却又很快消失了,疑惑地说:“为啥要看望我们?”片刻迟疑后才说:“进屋吧。”

走进屋子,王闻道感到光线暗下许多,几间老式的住房都不太大,却显得空荡荡的。没有通电,也就没有电视机、洗衣机、电冰箱等家用电器,独独一台小型半导体收音机传来歌声,撒播着现代社会的信息。

小钟师傅把面粉和清油拿到厨房,转身出去到屋后的菜园子里摘了个西瓜回来,然后找刀切瓜,一副半个主人模样。

吃着西瓜,王闻道问:“高大伯呢,怎么不在屋里?”

罗大妈说:“闲不住,每天都要去巡边,边放羊边看边境线有啥情况。去年边防站的领导来家里,聘他做义务边防员,老头子一高兴,干得更起劲,不到太阳落山不回来。”

王闻道夸赞:“这么一大把年龄,还坚持巡边护边,了不起!”

罗大妈似乎并不领情,一副惯看明月秋色的神态,说:“没啥了不起的,干了一辈子,党员搞没有了,职工身份也搞没有了。”

王闻道没料到这么快就碰到了当年不愉快的事,心想既碰上了不妨顺势弄个明白，开口问道："当年是个什么样的情况，就没有找领导反映？"

罗大妈说："当年我急得心里直蹿火，满嘴唇的水泡，找过好些团领导，一次一次地说，团领导都说我是'祥林嫂'，可问题又不给解决，现在黄土都埋到脖子了，啥也不再想了，就这样吧。"

果然，王闻道再问具体情况，罗大妈只说"没啥""没有啥"，或者低头不再搭理。正不知如何是好，却见罗大妈对钟师傅说："小钟，咱俩去菜园子摘些菜，这里要啥没啥，可蔬菜新鲜得很，待会儿让领导带回去尝尝。"

王闻道忙起身说："不用，大妈不用忙，等高大伯巡边回来，我再过来。"

三

车出老十连，钟师傅问："去哪儿，回团部？"

"是呀，去哪儿？"王闻道还没有从沮丧的情绪中走出来，一脸茫然竟不知该往哪走。定定神，想再看看葡萄质量把关的情况，断然说道："返回十一连。"

当小车来到十一连葡萄地边时，戴铁军眼尖，急忙从地里跑出来迎了上去，笑道："领导还是不放心，杀个回马枪。"王闻道说："放心不放心，用事实说话。"两人走进葡萄地叫来客商代表，三人一起逐家逐户地检查已返工装箱的红提葡萄是否达到质量标准。

先抽查李桂花家，随机抽查五六箱都符合标准，客商代表很满意。随后看了三家，随机抽箱检查都符合标准。戴铁军有些得意地说："团长，你走后，我想个法子，让各家各户一律停止采摘，集中力量对已采摘装箱的进行返工，把不合格残次品全挑出来，再重新装箱，这样进度慢些，却保证了质量。"

客商代表高兴地说："是这个样子的，戴指导员的法子很管用，明天就可以来保鲜车直接拉到广州去啦。"

王闻道感到满意，觉得戴铁军肯动脑子，想通了就能把事情办好。三人说着来到沈新丽家的承包地，却发生意外，一连抽中几箱发现仍是优劣混装，显然没有按要求返工。王闻道抬头看到戴铁军脸上像挨过一巴掌，红一块白一块，显然他也没料到会出现这种状况。

沈新丽吓得低着头，两手不知所措地扯着衣角，扯一下又扯一下，小声说：

“这么好的东西丢掉怪可惜的。”

戴铁军怒火万丈,骂道:“可惜你……”

王闻道料想会骂脏话,急忙扯一把戴铁军的胳膊,制止住还没骂出的话,平静地问:“联系这家的连队干部是谁?”

戴铁军猛地醒过来,放眼寻找并高声叫喊:“郭小竹!郭小竹!”连喊几声不见有人回应。

沈新丽解释说:“郭副连长身子骨不舒服,去卫生室瞧病去了。”

王闻道问:“多久走的?”

沈新丽回答:“有一阵子,半下午吧。”

王闻道判断自己前脚走,郭小竹后脚就跟着走了。偌大的葡萄地里,闪个把人是极容易的事。只是这事蹊跷,需要问个明白,于是安排戴铁军打电话询问具体情况。

戴铁军接通手机就吼起来:“你他娘的得了什么病?没啥大病?没啥大病还不给老子滚回来,马上!”

连部距地头并不远,一会儿,见郭小竹骑个摩托车飞驰而来,在路边停下车,慌慌张张跑过来,见到王闻道不由得吃一惊。

王闻道问:“生的什么病,好些了吗?”

郭小竹慌忙回答:“没啥大病,头疼脑热的。”

王闻道知道一些连队干部身上存在不好的习性,偷个懒,赌个钱,还有撒泼撒谎什么的,当看到郭小竹说话间眼中流露出恐惧的眼神,尽管一闪而过,却是让王闻道断定他在说谎,便愈加平静地追问:“卫生员给你开的什么药?服药了没有?”

郭小竹惊恐地看了王闻道一眼,急忙低下头不再说话。戴铁军耐不住性子,上前推了一把喊道:“怎么哑巴了,说话呀!”

郭小竹踉跄两步,站稳后仍低着头,知道这谎撒不圆,卫生员那里给谁看过病、开过什么药都是有记的,一查便知,只得低声低语辩解道:“我看到王副团长、戴指导员都讲得很明白,没什么大事,就回去找退休的老赵下象棋去了。”

王闻道验证了自己的判断后心生怒气,厉声批评说:“这样的工作态度、工作作风,真不配做一个连队干部,不要说认真负责任,哪怕有一点羞耻心也不该如此。”

批评得重，郭小竹又恐惧又不服气，低着头不吭声。戴铁军附到王闻道耳边，悄声说：“他是郭副师长的亲戚，后台硬着，平时大家都让他三分。”

王闻道说：“若如此则更不应该，把领导的名声都给败坏了，郭副师长若知道肯定也不会答应。对工作负责，也是对领导负责，我们应当严格要求、严格管理才对。”

戴铁军说：“那好吧，让郭副连长写个检查，同时马上开始返工，就是今晚挑灯夜战，也要一个一个重新装箱，确保质量。”

王闻道表示反对：“不行，就事论事还不能解决问题，下一回还是令不能行、禁不能止。这三十箱停止出售，用打包机整体打包，拉到连部球场上当个警示，让它时时提醒和警告干部、承包农工做人做事绝不能弄虚作假。至于造成的经济损失，郭小竹严重失职，应承担其主要责任，占70%，沈新丽知错不改，明知故犯，余下30%责任自负。”

戴铁军自觉心中有愧，说：“我监管不到位，工作上有漏洞，也要责罚才好。”

王闻道说：“只有落后的领导，没有落后的群众。铁军，你和郭小竹副连长管理不严，责任心不够，理应追究责任，从年终奖金中各扣罚三千元。”

郭小竹心疼被扣罚的钱，忍不住说：“又扣又罚的，太重了，我今后改还不行吗？”

王闻道说：“心疼了？这叫花钱买教训！”

戴铁军说：“我看行，赞同这个处理意见，你不罚我，我也得自己罚自己。”说完招呼地头的皮卡车过来装箱运货。

见指导员表态，郭小竹自知理亏不敢再说什么。为把事情办好，王闻道跟着皮卡车回到连部门口，眼见戴铁军指挥人手卸货打包整齐，堆放在门前的篮球场上，才放下心来。心里惦记再去高德友家，于是向众人告别。

戴铁军握住王闻道的手说：“管理水平低，让领导见笑了。”王闻道宽慰说：“千亩葡萄园，没有魄力干不出来，有些小失误也是难免的，尤其你能主动承担责任，我很欣赏。”在王闻道与郭小竹握手时，说：“今天批评你有些重，也是为你好，希望你能吸取教训，引以为戒，打起精神，踏踏实实地工作。”郭小竹黑着脸，强挤笑容，说：“一定改，一定改。”

客商代表似乎有些等不及，上前双手握住王闻道的右手，说：“王副团长，您可是我的贵人啊，真不知如何感谢才好哦。”握手间，藏在手心处的一张硬硬的卡递上，见王闻道没反应，便紧握住不肯放手。

王闻道猜想是购物卡一类的东西，虽说不知价值多少，却知是万万不能接受的。于是忙把左手搭上去好帮助右手抽出来，强调说：“合作，诚信，双赢，按你们广东老板说的：有钱大家一起赚喽。当然，对我来讲，廉洁奉公也是极端重要的。”说完用力抽出右手，客商代表听得明白，只好快速把卡攥紧藏好，收回自己的手。

抽出手后，王闻道多了一个心眼，料想这类小把戏是很难瞒住他人的眼睛，得想个法子表示自己的清白，于是又顺手握住戴铁军的手，又一次握手，说：“咱们再见。”

戴铁军自然不知其意，忙双手相握，说：“欢迎领导常来指导工作。”

四

当王闻道再次赶到老十连，太阳已落山，天色变得灰暗，除去高德友家周围一片小绿洲外，放眼望去是无边无际的戈壁荒滩，短小粗壮的梭梭柴根根深埋戈壁，枝条在晚风中摇曳，而房背后不远处一条长长的铁丝网，明确地告知人们，这是祖国与邻国的分界线。

推门进屋，明亮的马灯前，老两口正围在木桌前吃饭。糊涂面条，两人吃得正香，立刻勾起王闻道的食欲，感到了饥饿。可两位老人似乎没有看到有人来，只顾吃自己的饭，令王闻道有些不自在，叫了一声：“来客人啦。”

罗大妈指着墙边堆放的豆角、茄子、西红柿说：“菜，你拿走，不够吃再来。”

王闻道笑道：“老人家，水不让我喝一口，凳子不让我坐一下，有点过分吧？”

高德友抬起头看王闻道一眼，说：“你说来看看，现在你都看过了，我这真没啥好看的。”

王闻道赶紧接过话茬问：“大伯，日子过得怎么样，说说话。”

高德友冷冷地回答：“舒心得很，没啥话讲，忙了一天，该歇着了，你回吧。”

见下逐客令，王闻道知道不好再谈下去，再说也没找到谈话的切入点，生硬问话只会得到生硬拒绝，于是弯腰提起菜篮子说：“行，咱回，改天送还篮子。”

坐在车上，王闻道有些惆怅和委屈。回来后一连几天都有些闷闷不乐，始终没想明白高德友一家冷若冰霜、拒人千里之外的理由是什么！想到吴政委也许同样碰过钉子，开始理解吴政委想办没办成的难处。一团迷雾绕在心头挥之不去，王闻道甚至想到过荀有勇当年处理问题的合理性，否则，不会拖到现在无法解决，成为一个死结。

越是想不通，却偏又使劲地想，王闻道极想放下手中的工作，跟着高德友去放羊巡边，相处久了总会有些感情，总会有话说。

半下午，办公室电话铃声响起来，一接是徐世清打来的，问晚上有没有空，一起喝上两杯。王闻道问一起喝酒的缘由，徐世清说：“上次酒厂集体上访的事情弄明白了，都是赵建成这狗屄使的坏。”

王闻道深思片刻，淡淡一笑，说：“这事到此为止，捂在肚子里不要再想也不要再提。”

徐世清不解地问：“赵建成背后还有人，你就不想知道？”

王闻道说：“不想。”

徐世清说：“知道是谁，指着鼻子骂上一顿，好好教训教训，让那些人不敢再搞鬼。”

王闻道说：“下下策。只要清清白白做人，堂堂正正做事，自然修成金刚不坏之身，那些见不得阳光的小手段又能奈我何？”

“倒也是。”徐世清看说得在理，表示同意，可又有担忧，说，“自古就是明枪易躲暗箭难防，暗箭最易伤人，切不可大意。”

王闻道表示赞同，却转移了话题：“问你件事，听说你父亲和高德友都是河南人，还是一个村的，一起参的军，进的疆，你与高德友熟吗？”

徐世清在电话那头高喊一声：“嗨，我当是谁，他呀，熟得很，你有什么事吗？”

王闻道说：“那好，你备上酒，今晚去老十连他家喝。”

五

黄昏时分，王闻道、徐世清两人赶到老十连。余晖中，高德友已风尘仆仆归来，清点着归圈的羊群，待羊全都入圈闩好门，往家中走，见到两人仍是一副视而不见、不理不睬的样子。

徐世清单刀直入，快人快语："高叔，别跟我摆谱，还记得不，小时候，我拿着一个苹果去上学，碰见你，你说给叔叔吃一口，我只当你会咬一小口，谁知你一口把多半个苹果都咬走了，气得我直哭。"

高德友似乎想起来此事，不好意思地笑笑："这孩子赖，躺在地上打滚，我怕别人瞧见说我欺负小孩，急得我浑身冒汗。"

王闻道觉得有趣，开心大笑。徐世清说："高叔哄我，说到连队苹果园摘个大的给我，可在苹果园边的树林里转一圈转一圈，就是不敢进去摘一个，老远见到浇水的人过来，吓得我俩躲进草子里，扎得浑身是刺也不敢吭气，害得我上学迟到。"

高德友笑道："一着急，编个谎哄你玩。苹果园可进不得，一进就成了小偷，名声都坏了。"

三人放声大笑，说着走到家门口，徐世清把一个装有十公斤酒的塑料壶放在门前，说："今晚在这喝酒，管够。大妈，把这后羊腿剁剁煮上，来个手抓肉。我去菜地摘菜，茄子黄瓜两头鲜，等会拍个黄瓜，炒个茄子，再来个西红柿炒鸡蛋就齐活了。"

高德友刚要进门又停下来，回身说："杀只鸡。"

徐世清并不谦让，一口答应下来。说："好喽，做个大盘鸡。"说完把菜篮子递给王闻道，自己去鸡棚里抓鸡。

不一会儿，拍过的黄瓜经葱、姜、蒜再加香油一拌，清香味弥漫整个屋子。三人围在木桌前喝起来。高德友拿起酒杯说："端一个。"说完自己一饮而尽，王闻道、徐世清无二话，也端起杯子一饮而尽，接着就是三人嚼吃黄瓜的声音。

三杯喝罢，高德友说："吃罢饭，你去园子里摘一筐苹果带走，算是还你的。"

徐世清带有讥笑的口气说："小气了吧，几十年过去，算上利息，拉走一车都不够。”

罗大妈端着一盘西红柿炒鸡蛋走来，插话说：“世清这娃长大后变得能说会道的，小时候可蔫了，放学回家不和其他小朋友玩，自己一个人撒泡尿蹲在地上和尿泥子玩。”

徐世清忙劝道：“大妈，说不得，说出去我这个厂长还咋混，不活人了。”说得众人一阵笑。

王闻道见气氛活跃起来，对徐世清说：“知道不，高大伯当年很神勇，获得过‘甲级战斗英雄’的奖章。”

徐世清说：“知道，小时候还拿出来在胸前挂过，可不知是怎么得上的，高叔，讲一讲？”

几杯酒下肚，高德友苍老的脸上有些红润，放下筷子回忆起往事，说：“我和你爹是四八年初春参的军，那年刚十六岁。世清爹比我大两岁，人却精瘦机灵，当了连长的通信员。我在六连三排九班当战士。部队五月进陕西，六月跟胡宗南干上了，他仗着人多，傲得不行，国民党三十六军想争头功，急急忙忙开到金渠镇要和我们决战。王震将军亲临一线指挥，命令部队包围上去，吃掉它。”

高德友端起酒杯喝一口饮下，如饮水。王闻道忙起身倒杯热茶水放在高德友桌前。

高德友继续说：“战斗从傍晚开始打响，五连先发起进攻，把城墙炸开个大口子，战士往里冲锋。敌人调来好几挺机枪封住缺口，部队冲上去牺牲一批，又冲上去一批牺牲一批，天还没黑，五连打光了。轮到咱六连上，三排担任主攻。

“排长指着城墙后的敌人问：‘怕不怕？’大伙见阵地前倒下的战友都红了眼，说：‘不怕，为牺牲的战友报仇！’接着，排长把一杆红旗交给我，说：‘冲上去，把红旗插到城墙上，敢不敢！’我憋住劲喊道：‘敢！’说完把身上的步枪、子弹袋都取下来递给班里的战士，双手接过红旗，心想：‘就是负伤、牺牲，也要把红旗插上去。’

“这时，连长走过来，看看我，让你爹把身上的冲锋枪给我，说这个火力猛，管事。我想，冲上去肯定‘光荣’了，还要枪干什么，没有要。只对你爹说：‘革命胜利后，替我回村看看我爹我娘。’

“冲锋号响起来，枪炮声震天响，我使出浑身力气举着红旗冲在最前面，三排的战士跟着一起冲。子弹在头上、耳边嗖嗖地飞过，我一口气跑到城墙缺口处，把红旗插上，刚躲到墙脚下，敌人的炮弹把红旗炸倒了。我一看不行，翻身冲上去再次把红旗插在城墙上。当我藏好喘口气的时候，猛然发现跟在后面的战友都牺牲在冲锋的路上，敌人的机枪还在嗒嗒地叫着，不断扫射。心想：‘这不中，要消灭敌人，报仇。’我从牺牲的战友身上找出手榴弹，往城墙内的敌人火力点上扔，我人高力气大，一连扔了二三十颗手榴弹，把敌人的机关枪打哑了。

“这时，冲锋号又响了，一排、二排的战友冲上来，还有兄弟连的战士也冲上来，攻进镇子里。仗打到第二天早上才结束。活捉敌军一个师长，俘虏两千多人，一仗下来，我得了个‘甲级战斗英雄’。”

听完讲述，王闻道、徐世清感到震撼，对英雄的敬意油然而生，倒是高德友显得平淡，说：“我命硬，子弹不敢碰咱。来，端一个。”

三人喝罢，高德友似乎打开话匣子，继续说：“还有一件事最难忘，四九年九月，为防止溃逃的敌人跑到新疆再闹事，部队决定翻越祁连山，抢在敌人的前面堵住他。山上的气候变化像说书中的妖怪一样，刚刚还是大大的太阳，暖洋洋的，转眼变成狂风暴雨，把衣服、背包都湿透，脚下的泥巴沾在鞋底好大一坨，越走越吃力。到晚上，气温猛地下降，薄薄的单军衣都冻硬了，穿在身上像铁甲似的，一走路发出嘎嘣嘣的响声。最难的是翻越山峰的时候，冰雪常年不化，空气中缺氧气，张个大嘴喘不过气来，一会儿飘雪花，一会儿下冰雹。部队进入西北地区，一路上行军打仗，压根没有准备防寒的棉衣棉裤，有布鞋穿还算好的，许多战士穿草鞋或者没鞋穿，赤着脚走路。

“天气寒冷，冻得人扛不住，有人说累了歇口气，一坐下去再没有站起来。还有的站着歇一会儿，谁想也给冻硬了，像个塑像。所以，营长、连长急得直喊：‘不能坐，不能停，往前走，坚持就是胜利。’”

高德友停顿片刻，看徐世清一眼，说：“你爹身子骨单薄，越走越慢，我知道要坏事，把背包甩了，背上你爹往前走，我俩一起下的山。许多同志眼见革命要胜利了，却牺牲在冰山上！”声音有点哽咽，眼睛里流出泪水。王闻道、徐世清也是满眼含泪，深受感动。高德友稳定情绪后，才说：“翻过山到达俄博，果然截住溃逃的敌人两个军，他们还抢掠老百姓的财物、粮食，想再往西逃窜，忽然见到解放军赶到，慌乱一团，举手投降，想想看，这山翻得值啊。”

徐世清擦一把眼泪，双手端起酒杯，恭恭敬敬地说：“高叔，替我爹敬你一杯。”说完一饮而尽。

王闻道怀着敬意说：“大伯，这是一部史诗，英雄的史诗，惊天地，泣鬼神，可歌，可泣。我以前看过这段历史资料，就有一种刻骨铭心的记忆。部队到达张掖后进行总结，王震将军有过高度的评价：‘我们应该永远记住胜利是怎样得来的，我们应该记取人民战士的英勇功绩。这次过雪山中，有很多战士当他迈出左脚时，他脑中还想着毛主席，奋勇前进，追击敌人，消灭敌人。当他迈出右脚时，他就英雄式地倒下了。’刚才听大伯讲故事，再次体会到这段话所包含的意义，我认为这支英雄的部队无论是牺牲者还是幸存者，都是用理想和信念铸造的大写的人！是永远值得后人尊重、敬仰的人。”

高德友脸上露出笑容，说：“你讲得可真好，话说到这，托你帮我办件事。”

王闻道脑海中闪过吴政委讲过的话，说：“行啊，你说得详细些。”

高德友说：“这事不复杂，天亮后安排人在家门口安个旗杆，今后我老两口也要天天升国旗。听收音机里讲，兵团好些边境家庭哨所都升国旗，咱这落后了。”

王闻道心中一热，说：“行，这两天我带人给你安置好。”

徐世清说：“嗨，找我啊，厂里有一杆备用的不锈钢旗杆，明天让人拉过来就是啦。”

王闻道说：“挺好，再拉些红砖、水泥，砌一个结实坚固的底座。这事咱们都参加。”徐世清点头说好。正说着大盘鸡端上来，罗大妈招呼大家趁热吃。还说自己家放养的土鸡，比城里饲养的肉鸡好吃。王闻道、徐世清吃了一口，果然筋道、耐嚼，透出浓浓的香味。

王闻道边吃边说：“大伯，你哪年当的班长？”

高德友说：“五二年春节过后。”端起酒杯说：“光吃不喝，没劲儿，你俩别看年轻，饭量、酒量捆在一起也不抵我一人。”

徐世清不愿意，说：“我一个酒厂厂长喝不过你老人家，岂不让人笑话，咱俩单挑。”

高德友并不应战，喝完一杯后，用手抹一把嘴角继续说：“部队进疆后，开始大生产运动。头一件事是开荒，公家发的砍土曼，又小又轻，用起来不带劲，我用一块银元到乡里老乡铁铺打一把四公斤重的，开荒地谁也比不过我，有人叫我砍土曼大王，有人叫我开荒大王。那时部队搞宣传，兴编歌、编诗，夸奖我说：‘高德友气死牛，一天开荒三亩五。你在前头加油干，我们紧跟不落后。人人争当英雄汉，大家都吃光荣宴。’”

“光荣宴？”徐世清问，“光荣宴是怎么个吃法？”

高德友说：“各个连队自己搞的奖励办法，每星期评比一次，当上第一名可以吃一次白面馍、大肉菜，管饱管够。咱身大力不亏，舍得出力，每次都能吃上，连领导见我能干，让我当班长。”

王闻道说：“一班之长，带着大家干，肯定也是先进班。”

高德友说：“是这个理，我们这个班集体争过好几次第一，吃过几次光荣宴。刚开出的荒地，到处都是老鼠洞、狐狸洞，还有狼洞。浇水的时候，跑水跑得凶，浇水员去堵洞，一不留神就掉到洞里去，水一闷，会死人。浇水时必须两人一组，相互照顾，出事了好营救。可地多人少，太窝工，进度上不去，我干着急没办法。一天中午，炊事班到地头送饭，开玩笑地说把他的扁担绑在腰上，掉进洞时，有扁担护着，保准掉不进去。我一听有门，开窍了。没有那么多扁担，我让人上山砍树枝，胳膊粗细，一米五长短，拴在腰间浇水，再没人掉进洞里。原先两人一组，现在每人各管一块地，工效上去了，全班成了先进。团、连领导见这个法子好，开大会表扬、推广。后来兵团成立后，还是每年开荒，扩大生产规模。兵团首长来检查工作也夸这个法子好，张仲瀚老首长还跟我握了手，夸我爱护战士生命，肯动脑子，工作上有一套，让其他师、团也学会这个法子。张仲瀚走后，团里让我当了排长。”

王闻道有些惊奇，羡慕地说：“你还跟张仲瀚将军握过手，我也跟你握握，沾点仙气。”说完笑呵呵地伸手跟高德友握手，徐世清觉得有趣，也跟着握起来，还打趣说：“高叔，这手打那以后再没洗过吧。”众人都笑起来，高德友笑道：“都当厂长了，还是顽皮。”

王闻道说：“我在许多回忆录中见到腰上拴扁担、树棍的，没想到是大伯你发明出来的，回头我让杜峰过来详细地采访，写篇文章告诉人们，这可是一段珍贵的历史资料。”

高德友不以为然：“这事简单，没啥的。其实当排长后舒心的日子就不多了，我这人能吃能干，可不会说话，更不喜欢管人，就去找连长说不当这个排长。连长眼睛一瞪,问:‘是党员不?’我说是,连长说是党员就得听党的话,服从组织安排,都像你由着性子来,想干就干,不想干就不干,怎么建设共产主义?挨连长一顿骂,没了脾气,回来当排长干活,还好,大家都听话,干活舍得出力气,当过几年先进排。

“一天傍晚,干了一天活正准备收工,连长说来了十几辆汽车运粮,是紧急任务。我带人到粮仓去装车,一看整整二十五辆。有战士不愿意,说连长哄人,要找连长去评理。我一听火了,说谁敢去就打断谁的腿,一下给镇住了,没人再吭气。我组织大家干活,分班包车,谁先干完谁先回家吃饭、睡觉。干到小半夜,差不多都装好车,一班、二班快些,先装好搭车回连队了,只剩三班慢些,人还没来得及走,不料又呼呼开来十多辆车,要装粮,说是战备急需,快装快运。

“我见三班的人都累得快趴下了,躺在麦场上直喘气。班长过来说:‘咱们回去,让连长另派人来,大家没吃晚饭干到现在,原先一人抬一麻袋,变成两人抬,又变成四人抬,都干不动了。’我心想,连长没派人来,说明信任咱,若是一走,就成了逃兵,无论如何不能走。于是给大家鼓劲说:‘这就像打仗,拼刺刀的时候到了,只能豁出生命来干。’这时一个司机跑过来说是师长亲自安排的,还给你们团长打过电话,今晚必须装好车运到加工厂,是军事行动。

“一听师长、团长有命令,躺在地上的人都爬起来干活,四个人抬一麻袋小麦,一步一挪,那个干劲怕是天明也装不了一车,那个司机又跑过来发火,说是磨洋工,要到团里去告状。当时,我又气又急,真想给那司机脸上呼一巴掌,可又不敢。突然想到一招,对司机说招呼你们的人把车上的吃食都拿下来,我们没吃上饭,没劲,干不动了。

“司机一愣,转身去与别的司机商量。我知道跑运输的司机到团部小食堂都会美美地吃一顿,最好吃的是白面饼子里面夹着碎肉,用油一煎,油亮油亮的喷香,大伙儿都称它为肉合子。司机吃完还会再买一些路上吃或给家人吃,一会儿司机纷纷把自己买的肉合子都拿出来,几个人约六七十个饼子,我招呼三班的战士一起吃饭。

“那顿饭,我一人吃了二十多个,惊得司机师傅合不上嘴,半天说不出话来。吃罢饭,浑身都是劲儿,我让司机先开过三辆车,让三班四人一组站到车厢上,我一人用胳膊夹一袋小麦往车上扔,车上的人赶紧往里面拾,摆放整齐。

说我力气大,那可不带吹牛,一百公斤的麻袋夹起来就走,往车上扔就像半大小子扔个枕头玩儿一样。我一人轮流往三辆车上搬,车上的人还整理不过来。那些司机本想抽空打瞌睡,一见我干活都围上来看,一直夸我是力气大,一个抵三个。也有司机说要是上前线与侵略军拼刺刀,三五人近不了身;还有人说我一个顶十个,保准能当战斗英雄。后来才知道,那年印度侵略军侵占中国领土,自卫反击战,在咱新疆打响的。怪不得司机张口闭口说军事行动,不到一个小时,十多辆车全部装完,汽车运输团的司机临走时,争着和我握手。"

听到这里,王闻道发现高德友不仅饭量大,酒量也过人。刚才与徐世清单挑,连喝三个小碗,竟没有多大反应,倒是徐世清喝不得快酒,头晕眼花,伏在木桌上睡着了,时不时响起鼾声。高德友看一眼徐世清,问:"还喝不?"

王闻道知道这个"喝"字里面的含义,回答说:"喝!"

六

王闻道起身把徐世清扶到卧室的床上,躺平后可以睡得舒服些。趁此工夫,高德友从清炖羊肉盆里捞出一块肉大口地吃起来。王闻道回到木桌前,盛一碗热腾腾的羊肉汤喝,想让自己多出些汗,以解酒力。

两人似乎心有默契,两眼对视,各自端起酒杯一碰,又喝起来。

王闻道说:"大伯,你说不太会讲话才不想当干部,其实,干部的带头作用和破解难题的能力才是更重要的,你想法子让战士们吃顿好饭,恢复体力,有劲儿干活。而且,你一人连搬十多车粮,就是起带头、榜样的作用。身教胜于言教,从这一点讲,大伯是个很称职的干部,我猜想,不想当干部恐怕还有别的原因。"

高德友觉得眼前这人不一般,能看到人的心里。抬头看王闻道一眼,说:"还有件事,心里苦,不好说。与你罗大妈结婚后,两人的口粮尽着我吃,还不觉得是个事,后来娃娃多了,我不能与娃娃争食吃。"

高德友面有难色,不再说话,大口大口地吃菜。王闻道细心观察,知道老人还在调整、平复自己激动的心情,肯定还有话说。果然,一会儿高德友放下筷子说:"那些年,每天都有从内地赶来找工作的人,三五成群,亲戚托亲戚,团场发展快,成立新连队开荒,还调我到新成立的十连当连长。我不肯,团领导也说过你刚刚讲的话,能吃苦,起带头作用就中。可是,操心连里的事就顾不上家里的事,别人冬天可以去拾糖萝卜,挖老鼠洞找些吃食补贴家里,我当连长的就不行,四个孩子都是和尚头,半大小子吃死老子,日子过得艰难。没有办法,你罗大妈每顿饭蒸窝窝头都得依人而定,我的最大,有两个拳头那么大,大儿子小一些,到了小四只有半个拳头那么大,一人一个,谁也不能争。窝窝头定了,孩子都聪明,争着多喝玉米粥来填肚子,看着四个小子被刚出锅的热粥烫得吸溜吸溜的还是不停地大口喝粥的阵势,你真的吃不下去。"

高德友说到伤感处,泪水落了下来。

高德友用大手抹了一把泪,继续说:"小四人小吃得慢,每次看到哥哥们喝完又去盛粥,听到刮锅底的声音,知道粥没有了,嘴里还含着稀粥就失声哭起来。我吃不下去,忙把自己碗里的粥倒给老小,这才止住哭。"

高德友有些语迟,表达出对孩子的内疚。王闻道虽没经历过这样的苦日子却也心里难受,怕老人过分伤心,端起酒杯说:"大伯,苦日子过去了,好日子来了,四个孩子都很争气,上大学,找工作,自立自强,这苦没白吃,值呀!为这咱们端一个。"高德友接受提议,端起酒杯说:"还是你当领导会说话,这苦吃得值,不后悔!"说完两人碰杯一饮而尽。

酒喝到这个份上,大脑已处在兴奋状态,容易激动,话题也多。王闻道问:"大伯,当连长后就没有干出惊天动地的事?照你的性子和经历看,生活再难也会玩出花来。"

高德友说:"有啊,怎么没有!有一件事差一点把天给捅了个大窟窿。"接着讲述了下面的故事:

自打六二年起,边境地区的形势起了变化,'老修'(苏联现代修正主义)的装甲车在边境上开来跑去。一天,师长到团里检查工作,说要到边境线上看看。戈壁荒滩没有路,车子开不进去,只能骑马。周团长,就是苟有勇的老丈人,让我带一个班的值班民兵做警卫工作。

"边境线上,师长、团长都格外严肃,阴着脸,望着铁丝网那边的茫茫戈壁。师长说:'这些土地早先都是咱们中国的,清政府腐败无能给丢了,现在咱们在这里守卫国土不能再丢一寸,否则,就不是兵团人。'还说:'边防边防,万万不能有边无防啊!'"

王闻道问:"当时十连就在这里吗?"

高德友说:“不在这,离团部近,有十多里路,搬到这里是后来的事,其中还有个原因。

“待我回来后,一直琢磨师长讲的是啥意思,会不会又让咱回归到国防军去。不久,就发生大事了,‘老修’的部队在十几辆装甲车掩护下,把边境线上的铁丝网往咱们这边推了好几百米远,说是他们的土地。”

王闻道从早先的地图上看到过,在中苏边境上有些地方标的是未定国境线的标识,有的是已定国境线,但争议也很大,是双方发生争执的地方。此刻,只是静静地听着高德友讲述。

高德友说:“等咱们赶过去,‘老修’的部队已撤回,不见人影,怎么办?团长说要请示,师里又说要请示兵团。一连好些天没有消息。

“我心里憋着火,龟孙能往我这边推,我为什么不能往‘老修’那边推!我下达命令,全连白天不出工,休息,睡觉。又让炊事班杀猪,蒸白面馍。到了晚饭,全连职工美美吃一顿后集合起来,我说:‘老修侵占我国领土,咱们今晚就把它夺回来,你们怕不怕?’

“战士们早就憋着一肚子气,齐声回答:‘不怕!’

“我又说:‘咱们把推过来的铁丝网再移回去,你们敢不敢?’

“战士们又齐声回答:‘敢!’

“我一声令下,全连男女战士分乘三辆拖拉机一路向西边边境开去,怕暴露目标,还用红布把车灯给罩住。”

王闻道算了一下,从原先的十连连部到这里有六十多公里路,用拖拉机既可节省时间,又可节省体力,有利于后续的战斗,说明高德友作为连长是有智慧的。

“距边境线还有三四公里远,我让部队下车摸黑前进,谁知老天爷不给脸,刮起大风,飞沙走石,连眼睛都睁不开。好容易到铁丝网边,我让部队卧倒隐蔽,观察对面有什么动静,风沙大,看好一阵子也看不清什么情况,我就带上一排长钻过铁丝网往里面走,好侦察仔细些。走了一阵子,看‘老修’部队无影无踪,没啥情况,返回来让部队快速一字排开,把固定好的铁丝网的木桩拔出,连桩带网往前推。

“这夜黑沙狂的,没有个标识,我就数着步子走。开荒造田的,我的步数可是有准头的,再说白天早就看好,心里有数,约莫到了原来的地界,咱不吃亏，也不贪便宜，这才下令定桩，布好铁丝网。

“等我们干完往回走，爬上拖拉机这才松口气。我想这老天爷也在帮咱呢，风一刮没有了半点痕迹，等到天明谁也看不出来，这才是神不知鬼不觉，哈哈哈。”

高德友说得神采飞扬，满眼放光，不由得高兴大笑。王闻道暗暗叹服是件了不起的事情，说：“干得漂亮，团里要好好表扬你。”

高德友收住笑容，说：“团党委觉得事情重大，向师里作了汇报，师领导也认为非同小可，又向兵团作了汇报，兵团那边通知把人送到乌鲁木齐去。

“当时不知道是福是祸，两个军人挎着手枪开车来接我，我正在连部跟指导员说事呢，坐上车就走了。两个军人一路上也不说话，冷冰冰的，让人心里直发毛，别是把我拉到兵团军法处给枪毙了，走时也没跟老婆孩子打个招呼、说句话，万一……

“走了三天，到乌鲁木齐是个半下午，一位兵团首长见的我，脸上带着笑，问我吸不吸烟，我是会吸烟的，可心里怕，就说不会。兵团首长说：‘饿了吧，走，跟我到食堂吃饭去。’

“到了食堂，首长就喊：‘高班长，还有饭吗？’我一听就能记住，跟我一个姓。一个穿着白大褂的中年汉子跑出来说：‘报告首长，笼里还有十八个馍。’听口音像是山东人。首长说都拿来，再炒一公斤猪肉，放上棵大白菜。对了，再来盆蛋花汤。高班长一敬礼，说声‘是’，转身跑进厨房。

“那顿饭我吃了十五个馍，大肉炒白菜和蛋花汤吃了个底朝天，吃完后一抹嘴说：‘报告首长，我吃饱了。’

“谁知兵团首长哈哈大笑起来，说：‘高德友，真是名不虚传，能吃能干，敢作敢为，好样的。’

“就这样我又回来了，没有受批评也没有受表扬，倒自己把自己吓了一大跳。”

听罢，王闻道笑道：“这事是立了大功的，却又声张不得，兵团领导请你吃顿丰盛的饱饭算是对你的奖赏。”

高德友有些不好意思，说：“说得也是。”接下来又追问：“这事是不是把天捅了个窟窿？”王闻道哈哈大笑，竟然看到老人的童真。

高德友说：“回到团里，团长细细问兵团领导都说了些什么，我一五一十地讲了，团长乐了，在我肩上捶了一拳，说：‘行啊，老高，这事妥了。’见团长高兴，我主动请战说：‘我想把十连拉上去，在边境线上开荒种地，守住边境线那道铁丝网，咱们人在，老修就不敢再捣乱。’周团长想了一会儿说：‘行，我拨物资给你，修个结实的连部礼堂，再把渠水引过去，剩下就靠你自己啦。’这事也给我一个启发，界河边上也得上连队，守住边境线。”

王闻道赞道：“这个法子好，有战略思想，戍边的关键是实边，能够改变有边无防的格局。边境线上新建连队是新创业，条件艰苦可想而知，我想这恐怕还不是主要问题。苏军就没过来惹事、挑衅？扛膀子没有？”

高德友一拍桌子，朗声说道：“这事还真让你说着了。连队拉到边境旁，一边开荒种地，一边挖地窝子住人。我和指导员召集连、排、班干部开会，我说‘老修’在我边境上严重挑血，文教说错了；我说严重挑半，文教还说错了；我忙改口说严重挑血半，文教又说错了，我一生气，在文教肩上拍了一巴掌，说他事多。文教不服气，小声嘀咕‘那字念衅，自己说错了还打人’。你说文教会两个字就显摆得不行，会都没法开下去，哈哈。”

王闻道觉得有趣，呵呵笑起来。

“上去不到三天，‘老修’的部队开过来一队人马，三十多个人，个个持枪荷弹。”高德友说到关键处，一脸严肃，“我一瞅要出事，忙叫民兵做好战斗准备，枪都在地头上架着，不费事。我想到团长、政委说的有理有利有节，他们敢开枪老子就敢开枪还击，揍死他鳖孙。谁想到他们冲过铁丝网反把枪背起来，见人就推啊、搡啊的，赶着我们离开这个地方。

“我想你不开枪老子也不开枪，你来扛膀子老子就和你对着扛。就去找他们头头扛，那样一米九的大高个，可劲没我大。我一吃劲，扛一膀子，让他后退好几米。他又冲上来继续扛。又来了两个士兵帮他的忙。我一他三，相持一阵子后，我猛地往旁边一闪，三个‘老修’刹不住脚摔成狗啃泥，我在一旁看得哈哈大笑。

“天快黑了，全连一百多号人才把他们赶过铁丝网那边。连里的女战士身子单薄推不动他们，就用梭梭柴条子照他们脸上身上抽打，这一招挺管用的。

“这样的事还挺稠，没几天就来一趟，双方先是论理，说不过就扛膀子。当然，也有吃亏的时候，一次‘老修’冲过来一队骑兵，拿着马鞭照职工头上乱抽，一抽一个血印子，等咱回过神，他们已跑回去了。还有一次吃过大亏，铁丝网的尽头有块争议区，咱种的小麦眼见麦穗黄了，等着开镰收割，没想夜里头‘老修’开着几辆康拜因把二百多亩小麦偷割了，等天明发现情况时他们已跑回去了，你说气不气人！”

王闻道说：“守的是国土，种的是‘政治田’，这点儿损失不算什么。照这个势头你应得到提拔重用才对，徐世清他父亲已是副团长兼参谋长了。”

高德友面有难色地说：“后来，再后来就走了麦城。六五年，快要到收割麦子的时候，很多人家粮食断了顿，光靠菜糊糊度日，有的战士饿昏在地边。我想夏收是场硬仗，虎口夺粮，就安排人把粮仓的小麦、玉米拉出来磨成面粉，每人二十公斤白面、五十公斤玉米面。这可闯大祸了，团里派人调查说私自动用国库，破坏粮食政策，把我一撸到底。世清他爹还宽慰我先忍忍，过些日子再恢复官职。可没想到‘文革’开始后，团领导被打倒和靠边站，我这事没人管了。‘文革’结束后，又说我这事不属冤假错案，不在平反之列。那咱就当农工种地呗。”

王闻道惋惜地“啧”一声，随后又一声长叹，说：“那二十一袋尿素究竟是怎么一回事？凭你的素质、觉悟，无论如何不会发生这样的事情。”

高德友历尽沧桑，可问到伤心处也难免隐隐作痛，苦涩一笑，说：“想想我高德友堂堂正正做人，怎么会干这般下作的事情？他们把我关到连队办公室，让我招供。我问苟有勇：‘你表兄弟苟有智弄丢化肥，为啥自己不报案？’

“苟有勇说：‘你称王称霸惯了，怕你打击报复，自然不敢报案。’

“‘丢了化肥，连里为什么不马上追查，偏偏几个月过去后才过问此事？’

“‘早知道是你偷的，只是想给你一个悔过自新、主动坦白交代的机会，可你不知悔改。’

“‘我没偷，就不会有悔过和坦白的事儿。当时你表兄弟用小四轮拉来时就放在院子里，我动都没动。要是偷，能大模大样放在院棚里，让人人都看得到？还不着急销赃吗？’

“‘那是你过高估计自己偷盗的能力，过低估计连干部、联防队破案抓坏人的水平，你还是乖乖交代犯罪事实吧。’

“我一听知道这理是没法讲，就不再搭理苟有勇。到了夜晚，门口两个值班的联防队员说起话来我才弄明白咋回事。

“一个说：‘苟连长就是能，一出手就抓个大的。’

“另一个说：‘什么呀，真正偷的抢的不去管，你看郭小竹家不养鸡不养鸭，可天天吃鸡吃鸭，这叫不抓偷不抓抢，只抓调皮捣蛋的。’

“‘什么意思，谁调皮捣蛋？’

“‘傻了吧，包地的职工都快跑完屎了，苟连长这连长没法当了，要撤十连，说自然条件太差，不适合人类生存。你想，这紧要关头高德友跑去告状，想把这事儿给搅黄了，不是调皮捣蛋又是什么？’

“‘苟连长就是有水平，一下子说到人类生存。’

“‘他是你爹呀，看把你服气得直想去磕头。’

“‘我爹要是连长就好啦，我也搞个万元户当当，省得像狗腿子一样，抓人，守夜。’

“我听得明白，苟有勇在给我下套。当时也想得简单，刚看过日本电影《追捕》，里面不是有个杜丘吗？我就学他的样子干。趁下半夜两个值班的人打瞌睡，我悄悄走出连部，在大公路上搭车往乌鲁木齐赶，再乘上火车往苟有智家的村子赶。我要让他写个证明，化肥是我给他家承包地干活顶的换工钱。好不容易摸到村里，找到苟有智家，谁知从门里出来的是那两个联防队员，冷笑着说：这一手苟连长已经料到了，畏罪潜逃，罪加一等！唉，这和电影里的结果不一样。

“回到连队，苟有勇又找我谈，说只要肯认错，写个检讨，就可以从轻处理。我哪肯入他们的套，说你胡整，把连队搞垮了，又不守边了，才是犯罪的人。他又气又恨打我两巴掌，扬言要让我身败名裂。就这样，没多久宣布我被开除党籍，开除职工队伍。仍派人看押。”

王闻道插话：“你看到处分决定的正式文件吗？按理说应该有两份，一份是党内的，一份是行政的。”

高德友说：“没有，不久连队就撤了，人心惶惶，连干部，包地的职工纷纷去找新单位，看管我的人也跑了，再也没人搭理我。”

王闻道感叹道：“光阴如梭，一晃十多年过去。我听说高政委曾找过你，想解决这个问题，还想请你到团部的住宅小区去住，那里的生活条件好。”

“我不能去。”高德友断然说道，“兵团领导、师团领导都说过要守好边，戍好边，这话咱听到心里去了，也起过誓要为祖国站好岗，放好哨。誓言是要拿命抵的，就是命没了誓言也不能丢，等我死了，就埋在这铁丝网边上，碑上就写：守边人，高德友。我还要继续守卫这边。”

王闻道心头一震，百感交集，热泪奔流而出。他站起身恭恭敬敬地对高德友说：“大伯，你的话我记住了，誓言是要拿命抵的，就是命没了，誓言也不能丢！我向您老致敬。”说完抬手敬了一个标准的军礼。

第八章

波澜再起

一

清晨，钱小山匆匆忙忙扒了两口饭，便早早驱车来到团机关大楼门前，静静等候，以迎接苟有勇去酱厂检查指导工作。站在车前，心中思忖："以往，闻道副团长三天两头去，没人接没人送。张来顺这个马屁精想争什么表现，非要搞个架势，显示新领导的气派。"

不一会儿，一辆执法车开来，车刚停稳，赵建成从车上跳下来，热情地与钱小山招呼握手。钱小山一向瞧不上赵建成当连长时的欺男霸女的做派，群众反映大，才调换成联防队长，如今又成了"新贵"，升了新职，于是应付问道："忙什么呢？"赵建成新官上任，有些得意，说："政委去基层视察工作，我带两名联防队员跟上，确保领导安全。"

钱小山哑然失笑："到酱厂检查，有什么不安全的？退一万步讲，就是发生什么情况，还有厂里的保安呢！"

赵建成听出钱小山的不高兴，故作不知，笑道："还是你钱厂长说得好，不怕一万，就怕万一，领导第一次出行，还是谨慎一些好。我想你钱厂长也不希望出什么事吧。"

钱小山听出话中有话，还想反击，却见一辆小车飞驰而至，林晓霞笑盈盈地走下车，说："钱厂长，赵主任早，让你俩抢到前头了。"钱小山回答道："我也是刚到一会儿，带的记者呢？"林晓霞说："在车上。这是大事，我得亲自指挥，亲自把关才是。"叹口气又说："我这人就是操心的命，生怕一点点没想到就会出问题。”

赵建成早知林晓霞带团电视台记者随行，没话找话说：“怎么样，把电视台的美女记者带上了吧。”林晓霞白了一眼，说：“德行，还没工作就想着美女，心够花的。”说完咯咯笑起来。钱小山哈哈大笑，赵建成有些不好意思，干笑两声。

又等一阵，张来顺陪着荀有勇走出办公楼大门，忙向众人挥手示意上车出发。

荀有勇站在高高的台阶上，不慌不忙地环视众人，少顷问道：“不是说还有徐世清徐厂长吗，怎么没来？”

张来顺忙解释说：“原先答应要来的，后来又说酱厂、酒厂是两个不同单位，自己还是守在自己的厂里迎候您比较好。”

众人见荀有勇站在台阶上不走，说着什么，便没有上车，一起迎了过来。

荀有勇见众人迎过来，阴沉着脸，不满意地大声说道：“什么自己的别人的，都是359团的！难道挣了几个钱就要拉杆子、占山头，当山大王不成！”

张来顺急忙说：“我这就打电话，通知徐厂长马上过来。”说着拿出手机要拨号。

荀有勇摆了摆手说：“算了，大年三十打兔子，有它过年，没它也过年，咱们走。”

众人急忙上车，四辆小车鱼贯而出，颇有气势地驰出团机关。

二

两公里的路程，一会儿便到酱厂大门口，只见厂里几位副职已在门口迎候。

参观现场，钱小山当起解说员。只见传送带上被高压水枪冲洗过的西红柿密匝匝地滚动向前，两旁站着几位身穿白色制服、脸上戴着口罩的女工从中将半青不红或破损严重的西红柿挑选出来，丢弃到废品箱中，而合格的西红柿则源源不断地涌进银白的机器进口中。剩下的生产过程是全程密封的，人们只能隔着玻璃窗沿着长长的走廊观看机器设备的外形。走到尽处，见到一拨又一拨工人紧张有序地把一罐罐西红柿酱装在特制的平板车上，运出车间。

钱小山介绍说："最后一道工序是杀菌消毒，先是高温，然后急速冷却，然后再高温，反复三次，冷热相替，确保杀死所有的细菌，酱不变质。"

参观完现场，钱小山引众人走进会议室，开始汇报工作，讲到产品质量、铺路，讲到产值、利润，让众人感到振奋，像变魔术一般，进去的一个个圆圆红红的西红柿，出来的是一张张人人喜欢的人民币。真像一个小银行。

讲到未来发展，钱小山重点汇报了延长产业链，制作西红柿丁，制作辣椒酱，制作红番素，等等。对此，苟有勇已听过王闻道的讲述，自然心中有数。只是无端地心中隐隐作痛，于是打断钱小山的汇报，说："如果当时视野再开阔一些，魄力再大一些，制酱与提取红番素同步上马生产，现在的产值、利润翻上一番都不止吧。"

钱小山放下手中的材料，解释说："当时星光国际为支援南疆发展，又在塔河县投资建厂，尤其是当时生产红番素的技术还不够成熟——"

话没说完又被打断，苟有勇说："所以，我常说做事的眼光要长远，胸怀要宽，魄力要大，千万不要以为有了小小的一点成绩就沾沾自喜，居功自傲。"

钱小山一时摸不着头脑，不知如何对答心中忙乱，烦躁起来：谁沾沾自喜，居功自傲了？没有呀，真是莫名其妙。当然这只是心中自想，没有说出口。只是不知该不该继续汇报下去。

会场一阵沉默，显得有些紧张。苟有勇要的就是这种效果，过了片刻，说："你继续往下讲。"

钱小山心中忐忑不安，思绪有些混乱，拿起材料在汇报时，发现铅字一个个变得陌生，一字一句地念却不断出错，结结巴巴的，好不容易念完，已是满头大汗，赶紧拿起木桌前的小毛巾擦了又擦。

苟有勇看在眼里，温和地说："天不是很热呀，怎么出这么多汗？厂里的这些情况，数据都该长在你脑子里才对，压根就不用照本宣科地念材料。"

钱小山干笑两声，说："领导批评得对，情况是熟，或许太熟，反倒有些乱，像个不用功的小学生背课文。"

钱小山的自嘲逗乐了苟有勇，众人也跟着笑起来，见到气氛缓和，钱小山忙说："噢，对了，昨天刚收到日本一家企业的邀请函，说咱们产品质量好，想请我们去他们国家考察，商议合作事宜。"

"日本？"苟有勇问，"早先有过联系吗？"

“没有。”钱小山回答，“也不知他们是怎么知道的。再说，我们的产品全部销往欧洲，与日本国没有关系。不过去看看也好，开放搞活嘛，要是政委你带队就更好了。”

苟有勇脸上露出一丝不易察觉的笑容：“你们先拿个意见，上个请示吧。”

钱小山点了点头，说：“好的。”

会议最后一项议程，是苟有勇讲话。刚管工业情况还不太熟，王闻道所讲的发展思路固然好，但不能鹦鹉学舌，照说照搬，那太没意思了。可又不能否定，批评太多，毕竟团办工业的经验在全兵团的会议介绍过，还得到兵团领导的表扬。于是，他从无农不稳、无工不活、无商不富讲起，讲到发展，再强调要快发展，大发展，超常规、跨越式发展，要有高度、深度、力度、速度。讲话结束，自然是一片掌声。

三

车队出了酱厂大门，直往酒厂奔去。

徐世清得到信息，放下电话，快步走出办公室，见楼前花坛旁几位副职已在等候，喊道：“老于，叫一些人来欢迎领导。”

于副厂长一愣，说：“咱们几个场领导还不够吗？是让全厂工人都停工来欢迎吗？多大的排场，过去，王副团长……”

徐世清提高嗓门斥道：“哪来的废话，快去！工人都别动了，让机关干部还有后勤人员集合起来就行，排成两行，夹道欢迎。”

于副厂长说声好，转身要走，却又被徐世清喊住：“我先到厂门外等候，待会你们几个厂领导和欢迎队伍在大门口迎接就行。”

徐世清走出厂门，站在界河酒厂的大牌子下，远远地见到车队疾驰而来。待车队靠近，停好，见苟有勇下车，忙快步上前握手欢迎。紧随其后的张来顺在握手时，大声笑道：“早上没去，要狠狠地批评你，你看人家钱厂长就跟着来了。”

徐世清笑着应对：“好啊，批评是好事，说明领导重视，一个人连批评都得不到了，说明没有希望了。”握完手，徐世清忙陪在苟有勇身旁，引着众人往大门里走，趁机解释说：“团领导就像玉皇大帝，管着天下的雨水，而我呢，像个土地爷,守护着一方指甲盖大小的土地,一旦走出‘指甲盖’,法术就不灵了,也失职了。”

一番话引得众人一片笑声。林晓霞发现问题,说:“徐厂长你说自己是土地爷,那我们是什么?你这是想着法子占大伙的便宜。”

徐世清说:“哎呀,美女科长呀,你管着好大一个科室,算个土地奶奶吧。”

说者无心,听者有意。众人哄笑起来。林晓霞满脸绯红,徐世清马上意识到说的话出了漏洞,忙说:“说错了,说错了,嘴笨。”又夸张地对眼前扛着摄像机的记者说:“这一段掐掉,可别播出去。”众人又是一阵大笑。

进入工厂大门,厂领导拥上来与苟有勇握手,三十多名员工夹道欢迎,拍着巴掌。苟有勇惊喜不已,这种场面还是头一次见,一时不知是逐个握手好呢还是边走边招手致意的好,好在徐世清及时示意,他才带着微笑招手走过欢迎的人群。

走进车间,只见巨大的吊车来回运行,将发酵好的酒料从窖中挖出,运到平坦空旷的水泥地上,十多名工人穿着长筒胶鞋,赤裸着上身挥铲搅拌酒料,大汗淋漓。苟有勇见大吊车不时地从头上掠过,响声震耳,心中有些害怕,立刻想到赵建成带两名治安人员是有道理的。此刻,强作镇静地说:“这道工艺还很原始,工人们体力消耗很大。”徐世清解释说:“以前尝试过用机器搅拌,效果不理想,就像机器馒头不如手工馒头好吃一样。”

说着来到烧酒的大锅前,恰好一锅正在出酒,于副厂长上前用竹质的碗具接下半碗冒着热气的原浆酒递给徐世清,徐世清接过递给苟有勇,说:“今天出的第一锅酒,喝一口讨个好彩头。”

苟有勇面带微笑,接过轻轻抿上一口,张来顺见得多,轻轻一摆手,表示不喝。徐世清把碗递给林晓霞,笑道:“烈得很,敢喝吗?”

林晓霞本来不想喝,被这么一激,改变了主意,白了徐世清一眼,接过来喝了一大口,说:“真是上好的酒啊,听说徐厂长和王副团长经常带着这样的原浆酒一壶一壶地送人,跑关系。我们可是喝不上哟,今天是沾了苟政委的光。”

徐世清这才感到今天碰上找碴的人,不停地挖坑让你跳,只是一个刚提拔的副科长跑到这里来叫什么板?“沾了苟政委的光”,分明是亮明自己身后的靠山呗。于是打哈哈地说:“咱俩都快成一家子了,还分什么你呀我呀,今后想喝尽管放马过来，保证管够。”

似明似暗的话，逗得众人放声大笑。林晓霞又羞又气，一副娇弱模样，说：“羞不羞，小心你老婆撕你的嘴，罚你跪三天三夜搓板。”

徐世清又忙对记者说：“这段不要录，也不许播出去，再说，为了陪林科长受处罚，伤了膝盖应该算工伤吧。”一番话又逗得众人大笑。苟有勇很欣赏地看着两人斗来斗去，觉得林晓霞有心计，敢冲敢打，很是不错。相比之下，赵建成显得戆头戆脑。

随后大家又对勾兑、检测、装瓶、装箱各个环节快速巡视，然后来到库房。偌大的库房空空荡荡，只有一个小角落堆放着产品。苟有勇不解地问：“刚才看到两条生产线不停地包装，怎么这么一点产品？”徐世清指着窗外几辆大卡车说：“供不应求，车都在等候着。有一车拉走一车，在库房占不住。”苟有勇点头表示理解和赞许。

走进会议室，刚落座，服务人员立刻把刚切好的西瓜、甜瓜端上来。于副厂长说：“领导忙乎大半天，辛苦得很，吃块瓜，解解乏。”

徐世清吃着西瓜调侃钱小山说：“钱厂长是个浑身富得流油的小气鬼，一定没舍得给大家上瓜果吃。”钱小山刚想解释什么，听到苟有勇说：“我们去得早，哪有大清早吃瓜解暑的，你呀，逮着便宜就想占，一点不让人。”

林晓霞吃着西瓜说：‘怪不得徐厂长胖乎乎的，原来是占便宜太多。”

众人笑起来，徐世清两手一摊，一副很受伤的样子。

座谈、汇报开始后，大家都严肃认真起来，会议室一片静悄悄.方法如前，仍是苟有勇主持，徐世清汇报。

徐世清不紧不慢地说：“刚才现场考察时，于副厂长已陆续将酒厂的发展、经营情况作了介绍和汇报，各项数据在汇报材料里都有，材料已摆放在各位领导木桌前，我就不重复多说，详细的情况张科长比我还熟，这些年常和王副团长来指导工作。”

张来顺见点到自己名字，先是一笑，随后又吃一惊，现在他最怕别人提及他与王闻道的关系，真是哪壶不开提哪壶。好在徐世清转了话头：“我想领导来就是帮助我们找差距，找问题，解决困难的。因此，我想着重汇报一下酒厂当前和今后一个时期改革和发展中的问题。”

钱小山一听便捏了把汗，自己就是在这个节点上挨了训，不知老徐能否躲过这一劫。

只听徐世清说:“我以为酒厂存在的最大问题就是使出吃奶的力气干,而对团场的贡献还是太小太少。”

苟有勇笑道:“挺有觉悟的嘛,这话怎么讲?”

徐世清说:“咱们团,当然包括这家酒厂都属地方清水县管辖,酒厂每年缴纳一个多亿的税费,却不见返还一个子儿,同时再给团里上缴几千万的利费,剩下的我就成了穷光蛋,应付工人的福利还行,想扩大再生产可是心有余而力不足。”

钱小山不由得点头赞同,说:“是这个理。”

徐世清说:“如果359团能建镇设市,把税收拿到自己手里,转眼就能多出一个亿来,再加上酱厂的税利则会更多。而我们的厂子上缴的利润哪怕减去一半,留下来用于扩大再生产,形势就会发生很大的变化。发展得快,给团场的贡献就会不断增加,越来越大。”

“这还真是个大问题。”苟有勇心中盘算着,他知道建镇设市不是件容易的事。从一九九七年中央批准兵团建立四个市,七八年过去了,才建立三个市,北屯市一会儿说要建,一会儿又说不建,不知会折腾到什么时候,更别说团场建镇设市了。于是开口问道:“除去这一点不说,你还想过别的什么法子?”

徐世清摇摇头说:“我哪有什么好办法,全凭着领导给指条道呢。”

苟有勇思考片刻,想起王闻道所给的建议,胸有成竹地说:“师(市)经济开发区提出大开放推动大发展,大胸怀迎接大招商,新建厂家可免税三年,可否考虑把酒厂建到开发区去,进行勾兑、出品,而这个地方只作为生产基地或者生产车间。同时,准备要建的瓶盖厂、纸箱厂也建在开发区,配套生产。李书记说过,团场在开发区建厂投资其产值,利润仍计算在团场头上。咱们不吃亏,问题也迎刃而解。”

徐世清一拍木桌子连声叫好:“真是好方法,好思路,一通百通!”说完又觉得自己的动作有点儿夸张和做作。

张来顺随之叫好:“苟政委站得高,看得远,真是高屋建瓦。”

林晓霞马上纠正说:“念‘瓴’,是‘高屋建瓴’。”

张来顺脸一红,不好意思地说:“对,是‘高屋建瓴’。”

林晓霞并不在意张来顺的难为情,继续说:“你说搬梯子能到天山摘星星，这话我信，你说团场建镇建市的，压根就没有可能，打死我我也不信，苟政委一席话四两拨千斤，水平真是高。”

赵建成跟着跑多半天，没捞上说话的机会，此时见机会来了，忙说：“这样的办法，只有苟政委才能想到，就是把我打死，我也想不起来。”说罢，习惯性地嘿嘿笑起来，众人觉得好笑，也跟着笑起来。

见人人夸赞，苟有勇心里高兴，笑着对钱小山说：“酱厂新上马的工程也可考虑建到开发区里头。”钱小山忙点头答应。

四

走进酒厂食堂的小包厢，人们发现一个秘密，打开靠墙的水龙头流出的是酒不是水。于副厂长正用酒壶接酒。苟有勇来这里吃过饭，自然见过。林晓霞、赵建成头一回见，觉得新奇有趣。林晓霞说：“拎上两瓶好酒来喝多好，干吗搞得像小财主的作坊土里土气的。”于副厂长解释说：“这是上好的原浆酒，只有最尊贵的客人才在这房间里吃饭。再说酒一装瓶就有了条形码，有了身份，价格跟着上去，涉及税费问题。这样做还可以节省开支。”赵建成忙问：“若是有人灌上几壶出去怎么办？”于副厂长笑道：“厂里有制度，也有具体保障措施，不会发生这样的事情。”

众人依次落座，服务人员快速地将几碟凉菜摆上桌。林晓霞说：“下午还有好多工作要做，酒就不喝了。”徐世清心中不快，觉得林晓霞过于兴奋，不该乱说，反驳道：“那怎么行，到酒厂工作不喝酒厂的酒才是天大的新闻，再说喝不喝咱们都得听领导的是不是？”

果然，苟有勇心中不快，暗想：“你林晓霞不知自己几斤几两吗？这话轮不到你说。”于是开口说道：“刚才世清说，酒是自己酿的，猪是自己养的，菜是自己种的，还有蛋是自己下的，咱们算是走进农家，吃点儿喝点儿都不为过。”

大家听到后一句话都笑了起来，徐世清忙跟着说道：“相声大师马季说自己一会儿下鸡蛋，一会儿下鸭蛋，逗得全国人民哈哈大笑，那才是真功夫。”

在欢声笑语中开始午餐。苟有勇当仁不让说三句话，举三次酒杯。徐世清欲活跃气氛，站起身来敬酒。林晓霞表示反对，说要审新闻稿，工作忙，不能多喝。徐世清说喝酒也是工作，有益工作。林晓霞表示反对，一定要让他说出个道道来,否则一口也不喝。徐世清笑道:“这难不住我,没听人说过吗,宣传干部不喝酒,一个典型也没有。”众人拍手大笑,都说有道理。林晓霞见众人齐夸赞,拗不过,只好端起杯来喝尽。徐世清又倒一杯对赵建成说:“司法干部不喝酒,一条线索也没有。”众人又笑,赵建成也赞说得好,起身碰杯后一饮而尽。

林晓霞没能占到上风,心中自然不服,寻着机会挑事,说:“你给政委敬酒,看你怎么说。”

徐世清自然不慌,给自己倒了个满杯,说:“酒满心诚。”而后对苟有勇说:“领导干部不喝酒,一个群众也没有。”众人喊好,鼓起掌来,苟有勇乐呵呵地起身碰杯喝酒。

酒刚饮下,林晓霞发现问题,急忙喊道:“不对,不对!苟政委是领导,我们做下级的都是群众,与喝酒无关,你怎么能说一个群众也没有呢?得罚酒。”

徐世清知道林晓霞仗着自己后台硬,没把自己放在眼里,一直找机会贬低自己,于是质问道:“领导在大会上做报告,你能坐在旁边有说有笑吗?领导在办公室批改文件,你能这样大喊大叫吗?领导下班回家与家人团聚吃饭,你能去端酒碰杯吗?显然都是不行的。”

林晓霞被将了一军,一时语塞,只是心中不服,徐世清见问倒了对手,一时得意,说:“领导干部有些酒量,有时候也可以解决棘手的问题。你看人家王副团长劝阻上访群众,最后三碗酒咔咔咔,一气喝下,上访群众心服口服掉头回家。”话一出口,便觉不妥,是说漏了嘴。急忙想换个话题打个圆场,正思忖之际,林晓霞笑道:“你那么佩服王副团长,怎么不也连喝上三碗,给我们做个样子看看?”

张来顺一直寻找表现机会,忙跟着说:“老徐,你是海量,就喝上三碗。”

赵建成急忙跟进,说:“也咔咔咔一下。”

众人大笑起来。徐世清一时没想出办法,随口问:“喝三碗?”众人见他松了口,都紧催说:“必须的,必须的。”

徐世清无奈,让服务员拿三个碗来。服务员很快拿来三只小碗,是饭后吃稀面条的,虽说碗不大,但用来喝酒就有些吓人了。徐世清接过碗一一摆在木桌前。突然,厉声斥责服务员道:“就只拿三个,没长脑子是不是?再去多拿几个碗来。”那服务员吓得一哆嗦，转身又去拿碗。

众人不知徐世清何意，只是静静地观看。只见徐世清摆好九个碗，又倒上酒才缓缓说：“来顺、小霞、建成，你们知道王副团长是什么情况下连喝三碗的，肯定知道，大家各自心中有数。现在的问题是，你们三位跟着有勇政委来酒厂指导工作，是不是也想像上访群众那样，对领导有意见，不满意，也想群访？要是这样，我就挺身而出，把这酒喝了，再多我都不怕。”

张来顺紧张地喊道：“谁对苟政委有意见，不满意？你怎么能这样说话！”

林晓霞、赵建成忙说：“我们是苟政委培养提拔起来的，感谢还来不及呢，怎么可能去上访？”

徐世清笑道：“所以，这酒我不能喝，相反，你们感谢领导的培养，不能光说空话，得拿出实际行动来表示真情实意，各位喝上三碗，我就信你们。”

赵建成听到“各自心里有数”有些心虚，怕说多了节外生枝，扯出上访事件的破绽来，赶忙起身说：“徐厂长的话正合我的心意，今日借花献佛，向苟政委表达真心实意。”说完端起碗连喝三个，然后，一抹嘴笑两声坐下。

苟有勇看得明白，笑道：“建成一马当先，勇气可嘉。”

听到表扬，张来顺感到又落在了后面，忙起来就势喝了三碗。

林晓霞眼见着反胜为败，心中恼怒，只是不好发作。只剩下自己，再僵下去也不好，反正君子报仇十年不晚，于是起身很豪气地连喝三碗，放下碗故作轻松状，说：“这点儿破酒，谁怕谁啊。”

一直沉默不语的钱小山看着桌前的唇枪舌剑，只觉得话语之间含有杀气，让人心惊，心中暗暗叹服徐世清。

五

夜晚，满天的小星星眨巴着眼睛。偶尔一颗流星划过，显得格外明亮，又瞬间消失在夜空中。

张来顺躺在床上翻来覆去睡不着，回想起白天发生的事情越发地生气，更加没有困意。林晓霞、赵建成两人春风得意，争宠献媚，压根没把自己这个老科长放在眼里。徐世清逐一敬酒本该轮到自己，竟然让林晓霞一打岔晃过去，这不是一杯酒的问题，而是身份和尊严的大事。再到后来，林晓霞争强好胜，反而引火烧身，说是敬酒莫若说是罚酒，真是光着身子推磨——转着圈子丢人现眼。尽管如此，苟有勇还是喜欢他俩，满脸的笑意，放纵他俩胡来。自己原本是组织者、主持人，反而让他俩抢尽了风头，反倒成了小跟班似的。更要命的是团机关机构改革就要开始了，听说工业科、建设科、安办合为工交建商科，那几位老科长都不是省油的灯，合在一起还不斗得你死我活。若是当上科长还好，当不上，成了带括号的副科长，便再无出头之日。不行，明天一上班得去找找苟有勇，他是答应过自己的。

第二天一大早，苟有勇心情舒畅，就像办公室窗外的天，晴空万里，薄薄的几片白云飘动，衬得天更加蓝，如同大海一般。曾看过太平洋空战的电影，美军与日军对战，飞行员打红了眼，误把大海当成了蓝天，飞机直直地扎进大海里，撞击出冲天的大浪。想到这，苟有勇觉得不对劲，怎么会扯到机毁人亡上面去，太不吉利了，急忙“呸呸”两声。

回到办公桌前，泡好茶。电话铃声响起，苟有勇一见来电显示是熟知的号码，急忙拿起听筒，说：“郭师长您好！”

话筒里传来郭家仁的声音：“兵团现场会的精神学了吗？”

苟有勇忙说：“学了，我们召开党委会议进行传达学习。还有，为加强领导，加快发展，我们还调整了工作分工，我在主持全盘工作的同时还主抓工业。”

对此，郭家仁不屑一顾，说：“会场上的有些事你恐怕还不知道吧。”接着把王闻道如何发言、姚副司令如何插话评价一一道来，最后说：“希望你也能像闻道抓工作一样，能够漂漂亮亮地干几件事情出来，取得好的成效。这样话就好说喽。”

苟有勇明白“话就好说喽”的含意，表示牢记郭师长的指示，尽快全方位、立体式地抓好工作，快出成绩，多出成绩。

放下电话，苟有勇的心情有些不爽，甚至明显地感到自己心情的好坏总是与王闻道有关联。让他抓农业，来一场两虎相争，谁想二人提出要搞连队民主选举行政干部。这事以前也搞过，都是团里确定好人选，再让职工群众走个过场。可这次王闻道非要倒过来，让参选者自愿报名，发表竞选演说，由群众投票选出自己信得过的人，然后再报团党委确认，说是一定要让职工群众真正参与到管理和监督之中。这事一旦搞成，又会出尽风头，看来最好的办法是架空他，让他什么也别干，干不成。

正在恼怒之际，听到敲门声，赵建成推门而进，说："政委，有重要事情报告。"

苟有勇喜欢却又看不上赵建成卑下的模样，调侃说："慌里慌张的，碰上打狼的啦。"

赵建成先是一笑，说："前两天，王副团长去老十连好几回。"

苟有勇心里一惊，问："干什么去了？"

赵建成说："具体不清楚，老十连只有高德友一家，不像是简单的看望。"

苟有勇思考片刻才说："是个新情况，新动向。"

得到肯定，赵建成知道来对了，说："这些年，有些人总想拿高德友说事，不知道想搞什么名堂。"

苟有勇极力保持镇定，不愿下属看出自己的不安，冷笑两声，说："那么喜欢高德友，是不是也想走一走高德友的人生之路……"这时门又被推开，张来顺探进来半个身子，欲进又止，有些为难地说："政委，忙呢，我等会再来吧。"苟有勇下意识抬手看表，说："一个小时后再来吧。"等到人走门关，又问道："还有什么新情况？"

赵建成说："最近几天，王副团长忙着跑连队调研，听说去五连承包户梁英那里比较勤。"

"梁英，"苟有勇眼睛一亮，"那个傻里傻气的富婆，还是有些姿色。他们来往密切吗？"

赵建成说："有啊，每次去都直接到棉花地，拿个拾花兜就拾起棉花来。"

苟有勇开心地笑道："好嘛，同吃，同劳动，就差同住了。拾花时与谁在一起，梁英吗？"

赵建成摇摇头，说："好像不在一起，每次都和买买提，还有一个大胡子叫艾力的泡在一起。梁英反倒不常下地拾花。"

苟有勇有些失望，正想引导性地说几句，电话铃声响起。拿起听筒习惯性地喂一声，紧接着听到一阵"咯咯"的笑声，林晓霞娇滴滴的声音传来："政委，安排杜峰起草你在'十一'干部大会上的讲话材料，他竟然不干，真是快要把我气死了。"因赵建成在场，多少都能听到一些，这让苟有勇心中不快：这臭娘儿们没轻没重的，上班时间也敢来调情，于是板着脸训斥说："工作中有问题，说明能力还不够强，工作上有压力，说明水平还不够高，有困难就来找领导，说明责任没尽到，你总不能让我去给你写材料吧！"

林晓霞是个聪明人，立刻判断出那边的情况收住娇笑，严肃地说："政委批评得对，我保证全力以赴做好工作，不给领导添麻烦。"

赵建成从手提袋中取出笔记本急急忙忙地记录些什么，苟有勇不放心地望去："写什么？"赵建成忙说："刚才您讲的几句话太精彩，太有水平，我把它记下来，好激励自己努力工作，过去工作中常常遇到困难、矛盾，挺苦恼的，现在才明白自己水平不高，能力不强。"

苟有勇刚想说些什么，电话铃又响了，于是向赵建成捏捏手说："今天就到这里，今后有什么情况及时来报。"

电话是曾小奇打来的，声音不高不低，不紧不慢："政委啊，大忙人，老占线。有时间出来坐一坐？"

苟有勇知道这是套话，真正的事儿还在后面，说："小奇啊，你还真是有些奇，刚才郭师长打来电话，过不久，你跟着打来电话。"

曾小奇说："我跟他可不一样，他关心的是你的前程，而我可是有求于你。近两天搞个市场调查，发现'界河特'酒很走俏，是抢手货，中秋、十一快到了，更是脱销，我想找辆卡车弄上几吨，一定可以卖个好价钱。"说罢，又拖个广东腔说，"你做大买卖，我做小买卖，有钱大家一起赚喽。"

苟有勇一听是小事一桩，哈哈大笑，说："多大的事儿，放车过来吧。"

六

张来顺回到办公室，心中一遍又一遍盘算如何与苟有勇交谈时哪一种方法更有成效。眼见一个小时过去了，起身往三楼走。到楼梯口远远望见苟有勇办公室门前站着几名连干部，知道屋里还有人在谈事，于是反身折回办公室。等到中午快下班时再去，仍见门口有人等候，知道上午是没有希望了，心中急躁起来，暗下决心，下午上班第一个赶到。

回到家中想好好吃上一顿饭，再睡个下午觉养足精神。却见媳妇做的是揪片子汤饭，不由得怒火上升，说："有病啊！大中午的吃什么汤饭，稀里咣当的能吃饱人吗？"说着将端起的饭碗重重往饭桌上一放，洒出不少汤汤水水，田翠翠忙解释说:“见你早上没有胃口,吃得少,这才想法给你做些柔软的吃。回家路上还买了一个馕,刚烤出来的,挺香,你尝尝。”

张来顺气息稍平,问:“菜呢? 什么菜?”

田翠翠说:“有早上的咸菜,要不我再到院里摘两根黄瓜拍一下?”

张来顺火气又蹿上脑门,说:“没有肉,一点荤腥也没有,省着钱干什么? 不会又偷送给你妈你弟吧!”

田翠翠父母和弟弟都在连队承包土地,老老实实的农工,一年辛辛苦苦干下来,挣些小钱,不宽裕,所以田翠翠经常拿些烟、酒、肉、衣物等东西送过去,好让家人在左邻右舍面前有些光彩。去年春节,田翠翠把家中的床罩、窗帘全换成新的,说是图个喜庆,张来顺见说得有理并不多问。可没多久发现换下来的东西全在岳父和小舅子家出现,当时是去拜年的,不好多说什么,只是记在心上。因而才有今天这么一说。

田翠翠原本强忍住丈夫无端怒火,好言好语相劝,现被说到痛处,压不住的心火升上来,大声说道:“老娘关了店门跑回来给你做饭,忙前忙后地伺候你,还伺候出毛病了。当一个破科长连几瓶酒都弄不到,连我都跟着丢人。整天见你忙,也没见多拿两个钱回来,要什么威风? 这饭有本事别吃,拿去喂鸡,鸡还能下两个蛋,喂猪还能长二两肉,喂狗还会摇晃摇晃尾巴,像你这般白眼狼吃了只是个造粪机器……”

张来顺历来争吵不过媳妇,今又遭夹枪带棒地辱骂,怒火更盛,却又一时找不到话说,把手中的筷子狠狠往桌上一摔,喝道:“你,住口!”筷子猛烈地撞击到桌面,弹跳得老高,掉在地上。

田翠翠先是一怔,随即反应过来,端起饭碗也往地上摔去,碗破碎了,汤饭洒成一地:“老娘怕你就不是人!”

张来顺又惊又怕,站起身往卧室走,连连说道:“泼妇,典型的泼妇。”怎么也想不通,当年娇俏可人的女孩会变成如此强悍的泼妇。田翠翠不依不饶地跟着进了卧室。

午睡彻底给搅黄了。下午走出家门时已过了上班时间,张来顺愤恨交加,昏沉沉地往办公楼走去。他觉得这个状态去找苟有勇说事肯定会一塌糊涂,决定换个时间再去。当走上三楼楼梯口,忍不住往苟有勇办公室处张望,见已有人在等候了,心想:“都是天意,原本就不该去找的。”

走进工业科，觉得办公室灰暗、脏乱，无力地坐在椅子上，呆滞片刻工夫，翻看中午才到的《兴屯日报》，漫不经心地从一版看到四版。突然发现一个重大问题，忙又从一版览到四版，以确定自己的判断是正确的。这就是农业的报道稿件占比重太大，什么玉米单产又创新高，什么滴灌给中国农业一个惊喜，什么某某拾花工连续三天拾花双百斤。理论版也多是深化农场双层经营体制和加快职工致富的问题，若扣除师(市)领导活动和国内外重大新闻外，工业、商业和社会新闻所占比例不足百分之十五。张来顺心情有些激动："这算什么《兴屯日报》，我看改名叫'兴屯农业报'或者叫'兴屯农业日报'才对！得写封信臭一臭他们才好。"

说干就干，张来顺找出信笺开始奋笔疾书，一连写了七八张纸还觉得意犹未尽。写完后又从头到尾看一遍，觉得很过瘾，很解气。可写信封时却犯愁起来，邮给谁？给报社？不行，自己还能不护自己的短？邮给师(市)宣传部？也不好，宣传部管着报社，也会护短的；邮给主管宣传文化的师(市)领导？可又不知是哪位领导。正在犯愁，电话铃声响起来，张来顺抽不出手，不肯接，响过几声，对桌的曾强接听电话，立刻紧张地站起身来："张科长，在。好，好的，我马上给他讲。"张来顺听到说自己的名字，警觉起来，停下手中的活，抬头望曾强。曾强放下话筒说："苟政委打来的，让你去他办公室。"张来顺顿时觉得眼睛一亮。

苟有勇对张来顺总是客客气气，表扬多批评少，连句重话也很少说，这在科室干部中很少见。因为，每当看张来顺眼中充满渴求欲望时，就坚信这是个可收自己营垒中、为己所用之人。尽管前几年跟着王闻道抓工业，事业上如鱼得水，春风得意，但只要有欲望就有突破口，就有希望。

张来顺刚坐下，苟有勇用纸杯送上一杯热茶，张来顺受宠若惊，慌忙起身道谢。苟有勇示意不必客气，和气地说："当个主官太忙，你看看，早上泡的茶到现在没顾上喝一口，整个一上午人来人往，忙得连撒泡尿的时间都没有。你喝茶，在我这儿别客气。"

张来顺说："政委您能力强，啥事都难不住，只是别只顾忙工作，累坏了身子骨。若是累坏了，那才是咱们团的重大损失。"

苟有勇笑了，问："记得上午来过一次，啥事？"

张来顺说："领导对我这么好，我也像见了亲人一般，不藏着掖着什么。

机关合并科室的事大家议论得厉害，都担心自己的位子和去向，早先政委您曾放过活话，我想趁这个机会去酱厂或酒厂去干干，保证不给您丢脸。”

苟有勇收住笑，严肃地说：“我经常对干部们说，每个干部调不调动、提不提拔，是组织考虑的事，个人要少想，少要，都是共产党员嘛，要听组织的决定。”张来顺一听，心里凉了半截，只是机械地点头称是。苟有勇口气缓和许多说：“肥缺、好位置就那么几个，好多人都争着要去，这是一个矛盾。当然，轮轮岗、调调位也是必要的，最主要的是要看每个人的表现才行。”

“看表现？”张来顺有些蒙，自己是工业科长，搞工业熟门熟路，还要看什么表现？

苟有勇驾轻就熟，开心一笑，说：“你与闻道团长相处多年，彼此很熟，你可以找他说一说，也许能帮你一把。”

张来顺像是被烧红烙铁烫了一下，坐在沙发上的身子本能地向后一躲，忙说：“不行，我们只是工作关系，他才不会帮我说话。”说完很是委屈地低下头。

苟有勇抓住话题并不松手，说：“说说看，闻道都有哪些优点和长处。”

张来顺不知何意，思考片刻才小心翼翼地说：“学历高，大学本科，团领导中就他一个是大学本科。”见苟有勇鼓励地点头，又说：“年纪轻，任职又比较长，可能就这些吧。”

苟有勇说：“都是事实。那你再说说他有什么缺点和不足，咱们对人要一分为二嘛。”

张来顺原先对王闻道充满感谢和敬佩，当着苟有勇的面没敢多说，现在又要讲这个问题，又是以前没想过的，有些着急，额头上沁出汗水来，又想一阵子才说：“太鲁莽，他与星光国际的老总连面都没见过，急急忙忙跑过去，害得我俩受冻，大病一场。还有就是不通人情世故，我媳妇的同学想弄点酒做个小生意，他硬是不肯，害得我两口子大吵一架，我白跟他这么多年。”

苟有勇有滋有味儿地听着，品着，并不插话，知道张来顺后面还有好些话要讲。这时，门被人重重地推开，郭小竹闯进来，带着哭腔说：“政委你要救我，王闻道整我，扣我的钱，还要撤我的职。”

苟有勇一脸的不高兴，斥道：“没个规矩，没个素质，没见我正忙！”

郭小竹顾不上那些，嚷嚷着说自己的事：“那天我帮职工干农活，王闻道去了说干得不好，不称职，还说是靠你的关系上来的，要撤我的职。”

苟有勇有些不相信，说："不会吧？"

郭小竹说："那还有假？不信到连队问问。还有，把农工刚摘下的红提葡萄都说成废品、次品，不让卖，打成捆拉到连部门口展览，说是政委你管理无能的标志，是耻辱柱，让人人来参观，不信你自己看。"说着拿出手机找出果箱照片，给苟有勇看。

苟有勇心中恼怒，却不露声色，用手一摆，示意郭小竹安静下来，然后拿起话筒拨了范志刚的电话，很客气地说："志刚啊，听说闻道下连工作，要撤掉郭小竹副连长的职务，这事你知道吗？"

范志刚回答："不知道，好像没有这事。"

苟有勇没顾上细品，说："你俩共同抓农业，遇事要多沟通，多商量，一人独断专行可不好。"

范志刚回答："知道了。"

放下电话，苟有勇心中有些快意。希望自己的一席话，如一柄利剑，划出两人之间的裂痕，若真如此，即便撤掉郭小竹也是值得的。

郭小竹见并没有替自己说什么好话，仍然有气，说："我要到郭师长那里去告他，他撤我的职，我要他的命。"

苟有勇好言相劝："谁都知道你与郭师长是亲戚，郭师长有心帮你也不好说话。"

郭小竹说："那我不管，现在的干部都经不住查，一查都是王宝森，查一个倒一个。"

在一旁看了半天的张来顺忍不住插话说："苟政委的话是对的，你找郭师长不顶用，要反映干部问题，得找师（市）纪检委才对路。"

苟有勇一拍桌子，连连叫好，说："还是张科长有见识，有水平，工作起来有章法。小竹，你要多向张科长学习，虚心求教才对。今后有事就多找张科长帮忙！"

七

这一阵子，杜峰很是郁闷，当了负责人又不让负责了，就像网上流行的新语：新娘结婚了，新郎却不是我。此刻，伏在桌前，左手托着下巴，望着窗外的景色。高大的杨树、白桦树笔直挺拔，一群小鸟欢快地穿梭在茂密树林中，时而飞向空中，时而隐入枝叶之间，这与自己的心情不合。再往远望去，是家属住宅区。上班的、下地的早已离开小区，只见几位白发老人胳膊上戴着红袖标，正在巡逻查看，维护治安，模样很是悠闲，不慌不忙。这让杜峰好生羡慕，心想：还是退休了好，无江湖争斗，万般烦恼皆消。蓦然间，仿佛看到了一位身披鹤氅、头戴纶巾、道貌仙骨的长者正在林下溪旁品茶挥毫：采菊东篱下，悠然见南山。正欲上前拜见，忽听耳边有人叫："老杜，老杜。"待醒过神来，见是新上任的副科长林晓霞召集大家开会。

宣传科共计四人，赵小光、田燕萍还是电视台借调过来帮工的，不过这并不影响林晓霞兴奋的情绪。她精神焕发充满激情地传达苟有勇与她任前的谈话精神，随后安排工作："政委交给我们宣传科一个很重要而光荣的任务，充分体现领导对我们科的重视和信任。起草'十一'全团干部大会上的讲话材料，由杜峰负责。苟政委还特别强调，这既是一次机会，又是一次考验，组织上考验、培养干部是长期的，多方面的，只要经得起考验，就会有机会。"

杜峰，这只界河岸边的老麻雀，压根不想再接受这样的考验，硬生生地说："我可写不成，年龄大，眼睛花，写个字手都乱抖，我还是写退休报告吧。林科长新官上任，经受住了组织的考验，那就再接受一回考验，还是你自己动手写吧，这样的机会我可不会与年轻人争。"说完起身往外走。

林晓霞见状很生气，喝道："杜峰同志！你想干什么？"杜峰边走边说："上厕所，撒泡尿。"赵小光忍不住"扑哧"一笑，又忙收住。田燕萍是个女孩子，被羞得脸通红。

一场好好的就职演说，不欢而散，好在林晓霞长时间在连队工作，什么样的"刺头"、调皮蛋都见过，便也哈哈一笑，说："像个大孩子，顽皮。"

林晓霞走出办公室，找到没人的角落给苟有勇打电话，告杜峰一状。没想到被凶巴巴地训了一顿，虽说嘴上虚心接受批评，心中却不高兴："凶什么凶，假模假样的，滚床单的时候怎么不见你凶？"想到那幽会私情还是蛮快意的，不觉耳热心跳。林晓霞让思绪飘了一会儿，又回到工作上，决定换一种方式拿下杜峰，否则这个科长没法当。

两天后，林晓霞安排小赵、小田去连队拾棉花，一两天回不来。办公室只剩下两人，林晓霞轻移脚步，走到正伏案写新闻稿的杜峰身边，轻柔地唤道：

“杜哥,昨天又下连采访去了?”

杜峰有独特的新闻敏感性,别人眼中平平常常一件事,他都能从当下的形势、季节和人们的关注热点,找到极好的切入点,写出编辑盼望、喜欢的新闻稿件,几乎每稿必发,不断在各大媒体报道359团的新人新事。去年,团里召开政治工作会议,兑现奖励,吴政委把三万元的奖金包成红包奖给杜峰,还对众人说:“在359团,宣传是生产力,而且还是很重要的生产力。杜峰不喜欢当官,怕开会多影响写作,还说这个负责人是看吴政委的面子才答应下来的。”此刻,杜峰正奋笔直书,听到耳边柔柔的话声吓了一跳,抬头一看,林晓霞一身漂亮的连衣裙立于身旁。忙想站起来,却被林晓霞双手一按肩,没能站起来。

杜峰说:“你是领导,怎么叫我哥?”

林晓霞笑道:“你年龄比我大,不叫你哥还叫你爹不成。”

爹和哥都是亲人,而且是亲亲的亲人。杜峰不知如何对答,林晓霞顺势拉过一张椅子与杜峰并排而坐,裙子撩起摆动时露出粉白色大腿,杜峰眼睛一掠,忙向天花板看去。

空气中散发出一股淡淡的清香。杜峰知道是香水味儿。

林晓霞轻声说:“我在连队当政工干事的时候,哥就手把手教我写新闻稿。记得师报第一次用了我写的稿子,虽说只有豆腐块大小,我却兴奋得一夜未合眼,后来当到指导员,指导员你给的帮助还少吗?!宣传科长这个位置原本就是你的,可怎么鬼使神差地让我来了。从连队到团部,人生地不熟不说,还有许多人拿白眼看你,好像我摔一跤捡了个大金娃娃似的,那么招人恨,招人妒,一个女人家要承受这么大的压力,容易吗?我就你这么一个亲人,再不帮我,我死的心都有。”说着难过地伏在桌上哭泣起来。

两人坐得很近,让杜峰有些紧张,见林晓霞伏桌而泣,更是急出了汗水。若是突然有人推门进来,能说得清吗?还以为我杜峰欺负女同志呢。唉,自古就是英雄难过美人关,看来自己真斗不过这个女人,一边解释,一边很是费劲儿地说:“你别哭了,让人看到不好,我帮你就是啦,材料我写。”

八

相比之下,王闻道就没有那么好的运气。他来到二楼党委办公室找刘杰。

党办室是少有的几个特殊科室，兼有机要、档案、保密等多项职能，主任也单独一间办公室，说话办事都方便。

刘杰一见忙起身说："什么事？打个电话我过去就行。"王闻道在靠墙的沙发上坐下，开门见山地问："当年处理高德友的事情你知道吗？"

刘杰似乎早有准备，说："多少知道一些。这事当时很轰动，全团上下一时传得很厉害。"

王闻道问："你见过处理的正式文件吗？"

刘杰说："没有，当时我在连队当文教，只是听到大家议论。"

王闻道说："你当主任多年，整理资料档案就没见过正式文件？按理说这都是要存档保留的。"

刘杰说："没见到过，那时工作不像现在规范，许多资料都没有保存下来。"

王闻道还想说什么，却见赵建成提着两个小甜瓜进来，笑嘻嘻地说："咱家园子里晚熟甜瓜，我一尝挺甜，就想到刘主任平日关照我们联防队，所以摘两个送来让主任尝尝，碰巧王副团长也在，一起尝尝。"

刘杰拿起裁纸刀利索地把瓜剖成小块儿，三人吃起来，味道果然不错。刘杰并不领情，边吃边说："联防队整天走街串巷，谁家瓜甜，谁家枣酸恐怕都吃遍了吧。"赵建成笑着辩解："胡吃胡喝，可不敢胡说，让王副团长听了还以为我们联防队都是偷鸡摸狗之辈。"

王闻道笑道："乡里乡亲，谁会计较你这个。"

三人吃完瓜，又说笑一会儿，赵建成起身告辞。望着离去的背影，刘杰露出一种意味深长的微笑。听着脚步声远去，才说道："这哪里是送瓜，是看你来了。"

王闻道不解："看我，看我什么？他怎么知道我在这里？"

刘杰说："为安全起见，办公楼的走廊里都安有监控录像，什么人有个走动都能看得清清楚楚，监控室就掌握在赵建成手中。"

王闻道还是不理解："都是正常工作交往，每天人来人往的，比比皆是，他赵建成园子里有多少瓜才够送的？"

刘杰一笑："肯定是有针对性的。昨天苟有勇把我叫去交代，凡有人要查高德友的相关资料，必须报请他同意才可以，否则党纪政纪处分。今天你就来了，说明你要做的事他一清二楚，早有预防。”

王闻道恍然大悟，说：“这事没什么好隐瞒的，我原打算把事情来龙去脉搞清楚，想好办法，再与有勇同志谈，请他出面解决好高德友的事情，这样做不仅不会损害他的形象，还会大大增强他的权威和威信。再说，处理好高德友的事情，对于守界河、守边境线的职工也是一种宽慰。我会和有勇谈的。”

刘杰似乎不太赞同，说：“苟副政委这个人啊，不简单。”一副欲言又止的样子。果然，少停片刻又说：“自打他主持工作，多次批评我不懂事理，说现在的办公室太小，事太多，找他的人连坐的地方都没有，直接影响到工作。还说有问题不解决是能力问题，责任心问题。说多了，我便把他的办公室调到原来杜团长办公室，因为，只有这一套是里外间空着的。吴政委在养病，人还未返，不能动。谁想搬进去后又大会小会骂我不会办事，不懂规矩，不讲政治。还说我给他下套儿，把他放在火炉子上烤，唉，真要是错了，你再搬回来嘛，可又不搬，只是大会小会地责骂我。他这是学曹操杀粮官王垕，用人头蹚平他升职的道路。”

王闻道理解刘杰的心情，此事已与苟有勇交换过意见，恐怕还需要一段时间才会消停。见说到三国时期的历史人物，自有见解，说：“三国时期，曹操、刘备、孙权之中，应数曹操的贡献最大，扫平诸侯割据，否则东汉末年就不是三国，而是八国、十国都有可能，作者罗贯中尊刘贬曹，自然要说曹操的不好。攻打寿春时，曹操亲临一线，身先士卒，与士兵一起下马填土，激起大小将士无不奋勇当先，攻下城池，这应与杀粮官无关，只是有意被丑化而已。文学作品总要虚构些故事情节才好看。像张飞的相貌，豹头环眼，燕颔虎须，一副凶悍的模样，而真实的张飞应该是个大帅哥，很英俊的，要不他两个女儿怎么会是绝代佳人，先后都做了皇后。还有草船借箭的故事，主人公应该是鲁生而不是孔明。”

说到《三国演义》，刘杰也有了话题。说自己最喜欢孔明和赵云，女儿上小学五年级时，给他讲长坂坡赵云单骑救主的故事，女儿立刻喜欢上了，要求买书看，于是自己赶紧托人到新屯市新华书店买了一套儿童版的《三国演义》，女儿连看三遍。

两人说了一阵子话，刘杰心情平复下来。王闻道起身说：“原打算查看档案资料的，那就不为难你了。”

刘杰认为王闻道为人正直，待人真诚，是可深交的朋友，便建议道："你不妨找冯志强指导员问问，他当年与荀有勇连长搭班子。贫下中农、转业军人、共产党员是那个年代最硬气的提干条件，人称'三块钢板'，冯志强凭这个条件从一名战士直接提拔到指导员的岗位上，人老实，只是能力弱些。"

这个信息很重要，王闻道与刘杰握手告别，走出办公楼直接去找冯志强。冯志强是武汉复员军人，个子高，胆子小，和班长熟悉是朋友，见到排长就心里发抖，更别说见连长、指导员。当被任命为指导员时，竟然吓得发高烧三天。最发愁的事情是在全连开会时的讲话，会紧张得浑身冒汗，远不如一个人在大田浇水舒坦。退休后在团部买了套前有院后有圈的房子，老两口衣食无忧，自得其乐。半晌午，正在自家院子菜地里摘豆角、西红柿、茄子，为午饭做准备，见到王闻道推门进来，紧张得不知说什么好，慌忙问道："王副团长吃了吗？"

王闻道并不回答，只是笑笑，弯腰摘下一个又大又红的西红柿，用手擦一下大口吃起来，赞道："味道正，甜酸味儿也浓。"冯志强紧张情绪一下得到释然，笑道："这东西既可以当菜吃，又可以当水果吃，营养价值高。"

两人坐在院内的葡萄架下，拉扯几句闲话后进入主题。冯志强回忆道："是我在全连大会上宣布的，当时文件还没下来，荀连长说文件很快会下来，不用等，别耽误工作。当时，正动员职工包地签合同，高德友当过领导，又会种地，他不签合同其他人也不肯签。"

王闻道不解："不是说要撤连吗？怎么还动员职工包地？"

冯志强说："撤连的事荀连长在跑，因为还没见正式通知，还得动员职工包地。"

王闻道还是没听明白，说："承包土地，你们想让高德友起带头作用，却又把他关押起来，这是一个很矛盾的做法呀？"

冯志强似乎才发现这个问题，想了片刻，说："这都是贯彻荀连长的意见，他是乘龙快婿，以为都是团里的意见。"

王闻道责备道："倒算法，职工一签合同包地就等于亏损倒欠，你作为连领导就没细想过这个问题？"

冯志强有些紧张，说："也有赚上钱的，像荀有智挣了一万多。"

王闻道轻声一笑，冯志强自知缺乏说服力，解释说："当时荀连长有好多新名词，改革要有成本，改革要付出代价，我都搞不懂，只好跟着干。"

王闻道说："你是指导员、党支部书记，怎么能只是跟着干，不应该呀？"

冯志强说："搞连长承包制，连长说了算。我拿年薪与副连长是一档，再加上没有丰产攻关奖，还没有副连长钱多。我只抓'三会一课'和'工青妇'，连队的事苟有勇说了算。"

王闻道听明白了，又追问道："到后来也没见到正式文件下来吗？"

冯志强说："后来？人都乱了，苟连长说的新名词不管用，职工不听，也不肯包地。恰好团里来了通知，连队撤销，大家忙着找自己的出路，谁还顾得上那文件的事。"

走出冯家小院，王闻道决定直接找苟有勇谈一谈，希望由他主持解决好高德友的问题。当推开苟有勇门，见郭小竹正伏在桌前说什么事，见到王闻道进来，郭小竹有些不自在地立起身打个招呼，说自己已汇报完，急慌慌走出办公室。

苟有勇十分热情让座、倒茶，主动询问："五连的维吾尔族拾花工怎么样？吃住都习惯吗？听说一领到工钱后就不干活了，整天跑到馆子里喝酒，这可不行啊！"

王闻道解释说："你听到的情况有出入。承包户为方便拾花工用钱都是一星期一兑现，有两三个维吾尔族小伙子领到工钱后，很开心，说庆贺一下，拾了半天花，中午跑到集市上吃烤肉喝啤酒，时间比较长。好在巧帕汗大妈发现得早，跑过去揪着几个人的耳朵回到棉田继续干活。"

苟有勇听罢哈哈大笑："这个真有意思。"

王闻道说："还是孙连长有办法，与巧帕汗大妈商议，给每个拾花工办张银行卡，发工钱时直接打入银行卡中，而银行卡巧帕汗大妈统一掌管，既保证合理用钱又杜绝胡乱花钱。"

苟有勇赞道："老孙的花花肠子多，有些本事。"

王闻道继续说："我和志刚、蒋主席一起修改完善的《关于农民工加入工会的方案》和《关于民主推荐连队行政干部的办法》你看过了没有？还有什么意见？"

"看了，很好！"苟有勇爽快回答，"比较成熟可行，拿到常委会过一下，就可以干起来，我完全赞同。"

王闻道清清嗓子，郑重地说："有件事考虑了很久，想和你商议一下，就是老十连高德友的问题，一位生生死死都要坚守在边境线上的老同志……”

话没说完，苟有勇脸上的笑容完全消失，不顾一切地抢过话头说：“这可不行！我们不能翻历史的老账，更不能否定老团长的光荣历史和辉煌业绩。于公不行，于私也不行。这是高压线，不能碰，绝对不能碰。”

遭到如此激烈的反对，王闻道正思忖如何不激化矛盾又能说服苟有勇的办法，却听到苟有勇态度缓和的言语：“闻道啊，是不是我刚才批评你没有管好维吾尔族拾花工，你就用高德友问题来还击？咱们都是党员干部，又在一个班子共事，胸怀要宽广，可不兴来这一套啊，哈哈。”

如此严肃的问题，却被苟有勇扯到泄个人私愤上，让王闻道哭笑不得，一时无语。接二连三的碰壁，不顺利，越是让王闻道下决心弄个水落石出。于是要辆车往兴屯市医院赶去。

吴政委的病情仍无大的起色，王闻道坐在病床边简单讲述了遇到的情况，想听听吴政委的意见。

吴政委缓慢地说：“我安排人查过，不知什么原因没有找到当时的文件。我觉得老高两口子孤零零地住在边境线上，不容易，想接他们到团部来住。再说老高应是离休干部，打过仗，立过功，就是老账不算重新开始，也应给人家发离休工资的。”

王闻道点头表示赞同，说：“那为什么又停下来？您是一把手，解决起来不算困难。”

吴政委说：“有勇找过我几回，说这个马蜂窝不要去捅，捅了后患无穷。恰在这时老团长又打电话来，说很惦记团场的发展，很想回去看看，只是身体不允许，还嘱咐团场走到今天不易，大家要格外珍惜，拧成一股绳加油干。我猜想与苟有勇传话有关系，再加上高德友坚决不来团部社区住，这事就想缓缓再办，看有什么更好的法子。”

王闻道说：“我有一个直觉，而且越来越强烈，那就是团党委没有开会研究过这件事，也不会做出‘双开’的决定。偷化肥的事，高德友压根儿就不承认，连队也无法定这个案，团党委更不会匆忙做出决定。再说，当时打破铁饭碗取消工资制，职工收入全来自所承包的土地，档案工资只有到离退休后才会兑现。开不开除职工队伍根本看不出来。加之十连撤销，高德友坚持不走，组织关系、工资关系双双落空，无人顾及，恰恰应对上虚假的‘双开’，一直延续至今。”

吴政委思考片刻，说：“你分析得有道理，可也只是一个推理判断，无法作为党委研究的依据。”

王闻道不服输的劲头又上来了，说：“那我去找周团长，有勇总说是老团长亲自定的事，我想周团长一定知道事情的来龙去脉。”

吴政委仍然慢声细语地说：“恐怕难，周团长也住院了，病情还很重，我刚去看过。”

王闻道吃一惊：“那我更应该去看望。”

王闻道见到的老团长正躺在病床上，挂着输液瓶打吊针，人处在半昏迷的状态，时不时发出痛苦的呻吟，当年指挥战士们冲锋陷阵的叱咤风云的豪气已远去。女儿周小丽、儿子周小光守护在床前。经询问才知道是年龄大了，身体各种器官严重衰竭，多种疾病缠身，只好靠药物维持生命。王闻道俯在床前，紧紧握住老人的手，仔细端详，久久没有说话。

周小丽连声呼叫：“爸、爸，团领导看你来了。”周团长微微睁开眼，似看非看，又很快合上眼睛，一阵疼痛折磨，老人又痛苦地呻吟起来。王闻道心情沉痛，猛然想起一事，起身说道：“我去去就来。”匆匆离开。

约莫一个小时光景，王闻道又跑回病房，手中拿着几本书，《难忘兵团》《吹响兵团精神的冲锋号》《老兵故事》，书中都是老同志的回忆文章。王闻道也不多解释，搬过一个凳子，坐在床前，翻开书小声念道：“一九四八年四月二十六日，我西北野战军浩浩荡荡，以迅雷不及掩耳之势攻克宝鸡，全歼敌七十六师，我军缴获大批枪支弹药和军用物资。战士们个个眉开眼笑。”

“胡宗南闻宝鸡陷落，大惊，迅速从河南调回六十五师，连同陕西境内三十六师、三十八师共十一个师迎面扑来，又命马步芳部队配合，截住我军退路，企图合围西野。”

“荔镇与肖金镇之间是我军撤回关中的唯一通道。此时，左翼六旅正在肖金镇一带与马家军反复冲杀，而右翼某旅看到敌人上有飞机、下有坦克大炮，敌我力量悬殊，便擅自撤离阵地，致使战局突变，形势骤然恶化，在此千钧一发之际，张仲瀚率独立六旅赶到，主动出击，终于保住了通往边区的通道。”

“当彭总率领四野主力到达荔镇时，看到张仲瀚部正英勇抗击裴昌会的援军，保护了通道。他拉住了张仲瀚的手激动地说：‘你们主动抗击了一下，使西野部队转危为安,感谢六旅的同志们!’”

听着,听着,周小丽发现父亲被疼痛折磨的脸舒展了,呈现红润之色,甚至还挂着微微的笑容。

王闻道没有停,继续一篇接一篇地往下念,渐渐听到周团长均匀的呼吸声,知道老人已睡熟,方才停了下来。

窗外,夕阳柔和的光线照射进来,一片明亮,室内显得安静、祥和。

王闻道隐隐地听到身后周小丽的抽泣声,扭头看去,见周小丽擦泪说:“这几天我爸被病通折磨得死去活来,打杜冷丁都管不了多久。我曾想,要是让我爸安稳地睡上一觉,就是拿我的命去换都值!真不知如何谢您才好。”王闻道刚想起身,发现自己的手不知何时被周团长紧紧地握住,只得坐在原地轻声说:“这些书放在这里,你们抽空慢慢读给老人听。老团长战斗、工作一辈子,最留恋、难忘的就是那些艰苦的峥嵘岁月。”

周小丽说:“对的,昨日昏迷中还在喊,冲啊,同志们冲啊!”

天渐渐地黑下来。周团长睡醒过来,眼睛亮亮的,仍拉住王闻道的手不放,说:“闻道,你年轻优秀,有希望,很有希望。现在最让我放心不下的是有勇,他底子薄,后劲弱啊,你要多帮他一把。”

王闻道说:“有勇现在主持全团的工作,请老团长放心,工作上的事大家都会帮他的。”

夜深了,周团长又睡熟了,王闻道起身告别。周小丽、周小光送出门外。王闻道走了很远,听到周小光的声音传来:“爸生病住院,吴政委来看,王团长来看,你家那狗尿怎么不回来看看!”

第九章

意料之外

一

该是大举进攻的时候了。

苟有勇自从拒绝王闻道提出的高德友的问题,让其碰了个软钉子后,心情大好,有一种莫名的畅快。原有的自卑、胆怯心理一扫而光,心中暗暗鼓励自己:“进攻! 大举进攻!”

苟有勇想到郭家仁打来的电话,也觉得自己该办几件有模有样的事儿,好让郭副师长在上面为自己说上话。经过几天的思考,终于想出一个连自己都惊喜不已的好法子,那就是改制,把 359 团这个“四不像”彻彻底底改造成企业,以酒厂、酱厂为龙头,各生产连队为生产基地,建成一个股份制的大公司,甚至连名字都起好了,叫新绿洲股份有限责任公司。如果师(市)能批准,自己出任董事长兼总经理,不仅王闻道的威胁力一劳永逸地解除了,而且就是吴政委吴书记不退,也不会再是一把手了。

想到这里,苟有勇心中有些得意,拿起电话听筒就想找人安排工作。又一想不妥,不妨也学王闻道走科室串门,显得礼贤下士。于是放下听筒,信步走出办公室。

政策研究办公室在四楼,当苟有勇推门进去,见办公室内空荡荡、静悄悄。仔细看才见白新建一人伏在电脑前修改材料,开口问道:“怎么就你一个光杆司令,其他的人呢?”

听到话音,白新建抬起头来,又忙站起身来笑道:“领导这是深入基层呀,小杨、小孙下连拾花去了,团里下达每个机关干部一千公斤的拾花任务还没完成呢。领导有什么指示?”

荀有勇并不答话,拉过一把椅子坐在桌前,问:“忙什么呢?不会学杜峰写表扬稿吧。”

白新建呵呵一笑,说:“团场改革多年,搞家庭联产承包,搞大农场套小农场,搞奔市场、奔小康,变化挺大,我搜集一些材料,想研究探讨一下承包土地的职工怎样才能成为生产经营的主体,成为市场的主体。”

这个问题不是荀有勇感兴趣的事,按自己多年的经验,不管下级工作得对不对、好不好,先是批评、否定一通,使其恐慌、无措,随之就会乖乖地照着自己的套路走。于是板着脸说:“政研室是团党委改革、发展的参谋部,应该多想大事,想全局、谋长远,而不要净忙些鸡零狗碎的小事情,不着边,不着调。”

果然,白新建以为出了什么差错,忙回到办公桌电脑前查看材料,急急忙忙查看一遍,没有发现什么问题,这才解释说:“这个课题是李书记在全师(市)大学习、大讨论动员会上提出的六大问题之一,应该属于重大问题。当然,我水平低,能力差,想得没有那么长远,请领导多批评。再说啦,政研室马上精简、撤销了,也用不着想那么长远的事儿。”

荀有勇严肃地说:“团场机构改革是大局,势在必行,作为党员干部要服从、要拥护组织的决定,决不能发牢骚、说怪话,更不可消极怠工。”

白新建笑了笑,似乎没有把批评放在心上,说:“咱是老同志、老党员,这点儿觉悟还是有的。师(市)党校要选两名长年在基层工作同时又有一定理论基础的同志去当教员,已确定有我,过两天就发调函来,到时你可要放人哟,这也是组织决定。”

荀有勇心中恼火,竟然敢用我的话来怼我!同时也清楚了白新建不怕批评,油盐不进的原因,说:“你这条老泥鳅,溜得快,攀上高枝了。”

白新建说:“工作需要,组织安排。再说我一走,也能缓解科室合并的压力,让你少操心。”

荀有勇说:“人往高处走,水往低处流,想走不挡你,不过走之前,有件大事必须给我办好。”

见松口放人,白新建心中高兴,说:“那是,站好最后一班岗。”

荀有勇急切地说:“大学习、大讨论,有件事我苦苦思考了很久,咱们搞经济建设就要一心一意地搞，全力以赴地搞，不遗余力地搞，义无反顾地搞，把团场变成企业，变成市场主体，变成股份制公司。359团实力雄厚，手上有不少活钱，可以搞一家上市公司，发行股票用钱生钱，那就发达了，给师（市）的贡献也就会更大。"

白新建吃了一惊，忙问："团场改为企业，可是大动作，是上面的意思吗？"

苟有勇处在兴奋中，笑道："师（市）领导经常要求各团场各企业不要等，不要靠，要大胆改革创新，积极探索快发展、多发展，超常规发展的新路子。你这个主任是怎么学的？"

白新建听到批评，有些不好意思，忙说："这事关系重大，我拿本子记一下。"

"不用。"苟有勇大手一挥，显得很有气魄，"这个方案由你来拿，你给我记住两条，讲必要性、紧迫性，多从上级领导讲话和文件中找依据，这样他们好接受；讲前景、目标要多从超常规、跨越式发展来描述，这样他们也好接受。"

安排完毕，苟有勇起身出门，刚走出大门又反回身来说："你抓紧时间，这两天就拿出方案来，把拾花的人叫回来，什么事都得分个轻重缓急嘛，不要眉毛胡子一把抓。噢，对了，加强改制工作领导，成立改制领导小组，我任组长，其他团领导任副组长。"

说完关门走了，在下楼梯时，迎面遇见两位机关干部，毕恭毕敬向他打招呼问好，苟有勇大咧咧地挥一下手，以示还礼。

回到办公室，激动的思绪平静下来，想到白新建问的话也有几分道理，这么大的事，没有师（市）领导的支持恐怕办不成，不妨先打个电话问问郭副师长吧。

郭家仁在电话中听完苟有勇的汇报，一时拿不定主意，想了许久也说："这可是蝎子屁屁——毒（独）一份啊。"

苟有勇鼓动说："如果不是独一份也就不叫创新了，您和李书记不是常教导我们要敢为天下先，争当第一名吗？再说，工作上我也不能四平八稳出不了业绩吧。"

想到出业绩，郭家仁觉得有必要扶一把，不管改好改坏，先扶上去再说，坐住位子才是最重要的，果断地说："行，可以试一试，你们先拿可行性方案，我在书记、师长那里给你吹吹风。"

有了尚方宝剑，苟有勇的劲头更足了。与其他常委交流意见时，先摆出师（市）领导的指示精神，再做出虚心听取意见的姿态，众人也不好再说什么，表示同意，独问到王闻道时明确表示反对。

王闻道摆出一个大道理："一九七五年至一九八〇年，新疆生产建设兵团体制被撤，改为农垦总局，流行的说法、理由是兵团生产下滑，经营亏损。可到一九八一年为什么又要恢复兵团体制呢？说明这决不只是个经济问题。多年来，咱们教育职工群众扎根边疆、建设边疆、保卫边疆、稳定边疆，这是一个有机的整体，屯垦与戍边缺一不可。这样大的使命和任务决不是一个企业所能承担得起的。"

交谈不欢而散。王闻道走后，苟有勇又气又恨，真是茅屎坑里的石头——又臭又硬，掉进油缸的鸡蛋——又圆又滑，眼中钉肉中刺——不除不快……心中用了许多歇后语愤愤乱骂，也没能平息心中的恨。恰在这时，刘杰拿着一个文件夹进来，打开一看是师（市）要召开采棉机推进会，要求主管农业的领导参加。苟有勇大喜："真是天助我也！"马上挥笔批道："请闻道同志参会。"

二

几天后，王闻道开会归来，在办公桌上看到团党委常委会会议纪要。拿起仔细一看，早先沟通过的关于拾花工及其行业的临时工加入工会的问题，关于今冬明春开展连队行政干部进行民主选举的问题都已通过。当看到一致通过359团改制为新绿洲股份制责任有限公司的决议时，心里还是"咯噔"了一下。他想马上找苟有勇再谈一谈，重大决策不要急躁，反复权衡各种利弊之后再做决定不迟。可又一想，之所以趁自己开会外出之际讨论决定此事，恐怕就是避而为之，看来是早已谋划好的。既然组织上决定了，个人要服从组织。但是，作为一名共产党员有权力向上级反映自己的意见。想到此，王闻道觉得事不宜迟，应尽快写信给李国建书记，表明自己的想法和观点。于是打开桌前的电脑，敲击键盘，写道：

李书记：

您好！

359团党委决定改制问题已形成决议上报。对此，我个人有不同意见向您反映。

军垦老战士高德友今年七十有三，仍长年放牧巡逻在边境线上，摔坏数十个收音机，磨破许多双胶鞋，却矢志不移，初衷不改。十五连马建军夫妇长年守护界河，今年开春，山洪暴发，马建军乘皮筏子下河清理被树枝杂物堵塞的河道口，被大浪卷入水中冲出几公里远，幸亏抓住岸边一根毛柳枝才得以脱险，上岸后，喘口气又跳入激流中消除杂物。五连梁英为帮助贫困农民买买提，千里之外接维吾尔族拾花工来承包地拾花，帮助他们脱贫致富。他们都是大写的兵团人，所从事的事业是维护祖国的尊严和边疆的安宁，所体现的价值无法用金钱或经济的尺度来衡量，而这一价值恰恰又是359团存在和发展中最有价值的价值。讲屯垦戍边，不能丢弃戍边而谈屯垦，讲特殊体制与市场经济，不能丢弃特殊体制而谈市场经济。

屯垦戍边，特殊的使命决定着特殊体制，特殊体制又需要相适的特殊组织形式去承载和推进特殊使命的履行。屯垦戍边任重道远，359团切不可改制撤销。

敬礼！

359团戍边人

写完之后，王闻道又从头到尾仔细看一遍，然后输出打印，并在新戍边人后面签上自己的名字和年月日，随后去邮局用快件发出。他知道李书记没有配秘书，把收信人写为师（市）党办主任秦光明，由他转给李书记。

早在王闻道外出开会之际，苟有勇马不停蹄地往前赶，组织党办、政研室多方力量加班加点，以最快的速度把团党委关于改制的文件制作完毕，并派专人专车送往师（市），在呈报师（市）党委的同时，还特地给郭家仁也送了一份，一来体现对老领导的尊重，二来也好让郭家仁能够吹吹风，使使劲，好让方案顺利通过。

郭家仁看完材料，觉得改制方案与李书记安排的大学习、大讨论精神紧紧扣在一起，是高明之处，虽说有些冒险，但值得一试。再说扶持苟有勇尽快上位也需要搏一搏。自家有事，苟有勇总是跑前跑后、出钱出力的，那王闻道虽说年轻能干，可和自己一毛钱的关系也没有。想到这里，决定静等两天，然后直接去找李书记。

两天后，郭家仁怀着不安的心情推开李国建的办公室门，笑道："李书记，这些天师（市）机关、各团场、企业开展大学习、大讨论活动，真是如火如荼。"

李国建放下正阅读的文件，摘下老花镜说："只要能真学习、真讨论就会有收获。我最担心的是一些单位搞花架子，什么认认真真搞形式，扎扎实实走过场，或者不求甚解，假借改革之名搞些稀奇古怪的东西出来，咱们做领导的切不可盲目乐观。"

郭家仁急着切入主题，似听非听地点了点头，说："听说359团解放思想，深化改革，搞出一份大动作的方案来，不知李书记怎么看？"

李国建不慌不忙地说："你是359团起家的，这个方案你恐怕心中早有数了吧。"

这一问，郭家仁心中反倒不安起来，干笑两声说："水平低，拿不准，所以想听听书记的意见。"

李国建胸有成竹，不紧不慢地说："深化改革，扩大开放，搞活经济，迫切需要我们积极、大胆甚至是勇敢地探索加快发展的路径和办法，而这些路径和办法都必须更加有力地担当起屯垦戍边的历史使命。所以，改革和发展进程中，担负屯垦戍边的使命不能变，为各族群众多办好事的宗旨不能变，反对'三股势力'、增进民族团结，维护边疆稳定的责任不能变，老郭你说是吗？"

这一番话分量很重，针对性也强。然而，郭家仁心中有事，没能悟出话中的含意，仍沿着原有的思路说："苟有勇主持工作时间不长，想工作，挑重担已有起色，还主动把工业扛在自己的肩上。"

这话虽短，却是经过精心准备的，尽管是先斩后奏，总算把以前的事儿向主管做了汇报，书记知道也就算通过了。

果然，李国建并没有细问为何是苟有勇主持工作的问题，只是问："工业不是王闻道同志抓吗，搞得挺好啊，怎么换人了？"

郭家仁忙说："没有大动，抓全局再管工业更有利于贯彻兵团会议精神，也能协调各方力量促使龙头企业迅速腾飞起来。再说王闻道自己也想抓抓农业，多方面锻炼自己。"

李国建不再追问什么，说："凡做大事，要谨慎行事，要讲规矩。"

郭家仁说："明白了。我看苟有勇还算能干，能团结住人，这次改制大动作竟然一致赞同、通过，说明这人还是有魄力，想做事的。"

“是吗?”李国建表现出明显的不满意,从抽屉里取出王闻道的来信往桌上重重地一掷,说,“你好好看看这封来信吧。”

郭家仁快速取信,看罢大怒:“王闻道怎么会这样,会上不说,会下乱说,典型的自由主义。”

李国建露出责备的眼神,说:“先别急着做结论,责备人,为什么会出现这种现象,你调查了解过吗?再说工作中有意见分歧,原本也正常,何至于大动肝火。”

一番平静的话,却让郭家仁羞得满脸通红,怪自己太沉不住气了,笑道:“书记批评得对,这事我做一个详细的调查。”

回到自己的办公室,郭家仁又细看了王闻道的来信,只见李书记在信中许多地方画了重重的红道道,没有批示,只有圈阅,说明了李书记在认真思考。深入思考,不轻易表达,这是一个成熟的政治家所必备的素质。而让人心忧的是推荐苟有勇和改制方案没有得到肯定,反倒感受到李书记对自己的不信任、不满意,这是以前从没有过的。郭家仁心中怒火燃烧,决定到359团走一趟,收拾一下王闻道。

三

王闻道接到下午四点半开会的通知已是午饭的时间。今天是自己戒食日,没吃早饭,也没吃午饭,只喝些温开水补充体力,肚子饿得咕咕叫,心中提示自己:“想想吧,粮食太重要了。”他问会议是什么内容,刘杰说不清楚,又说郭副师长来。

下午四点一刻,王闻道从办公室往会议室走,几步路便到了。只见团领导陆续来到会议室找准自己的位子坐下。从政多年,每个人都能从空气中嗅到神秘而微妙的气息。一个个严肃紧张,有的批改文件,有的记录笔记,有的细细品茶,一改往日聊天说笑等待开会的场面。王闻道瞄了一眼身旁的范志刚,见他在笔记本练硬笔书法,一笔一画地写着:海为龙世界,云是鹤家乡。他知道志刚喜欢书法,下班后最大的乐趣是挥毫泼墨,曾在师(市)文联、工会举办的书法大赛中得过二等奖。于是侧过身去,悄声打趣地说:“再练练‘同意’二字。”范志刚知是打趣逗乐,有个笑话:某省领导参观书画展后留下墨宝,“同意"二字龙飞凤舞,很有功力。赢得一片叫好。筹委会的同志请这位领导再写幅励志抒怀的字,好为书画展增色。谁知领导谦和一笑,说:"不了,不了,一生之中就练好这两个字。"于是笑道:"什么时候了,还有心思开玩笑。"

四点五十分,郭家仁在苟有勇的陪同下走进会场。郭家仁很有领导气派,逐一与团领导握手。

苟有勇主持会议,说道:"正值三秋大忙,大学习、大讨论活动纵深发展之际,我们的老领导郭师长在百忙之中来到咱们团考察指导工作,今天上午,郭师长一到团里就深入田间地头,与职工群众谈改革、话发展,最后还挤出时间考察了酒厂、酱厂,充分说明郭师长对359团的一山一水、一草一木都充满着感情。"

随后,苟有勇代表团党委汇报当前的各项工作情况,着重讲了加快发展打好团场改制攻坚战的决心和思路。并请郭家仁讲话做指示。

郭家仁充满情感地说:"好久没来了,还真想来,连梦里都在想。"停顿片刻,又说:"今天上午赶到已是半晌午了,总觉得一头扎进庄稼地里,看看棉花,看看玉米才过瘾,于是,走了两个连队,看了两个厂子。总体感觉很好,很振奋,农业丰产丰收,工业节节攀高,机构改革也有新举措,说明苟有勇同志与大家一起抢抓机遇,奋力拼搏。这些成绩可喜可贺,越是大好的形势越要珍惜它来之不易,越要珍惜团结,团结出战斗力嘛,当然,团结也能出干部。"

接着郭家仁细细讲述上午到生产连队、车间,与干部群众交谈的情况,很接地气,赢得大家一片掌声。

郭家仁说完后,苟有勇接着发言,说:"听了郭师长的讲话很受教育,很受鼓舞。尤其强调的珍惜班子团结问题,必须高度重视,特别是改制的攻坚克难的关键时期更需要万众一心,团结一致。这就要求我们每一位常委、每一位团领导服从、拥护并能够坚决执行团党委的正确决定,而决不能表面上说拥护,暗地里搞反对,表面上说团结,暗地里搞分裂,阳奉阴违,心口不一,更不可私自写信告黑状!这是决不允许的!"

会场气氛急转而下,紧张万分,常委们不知发生了什么事情,面面相觑。

王闻道一听全然明白此次神秘会议的用意,顿时感到压力巨大,只觉得热血往脑门上直蹿,忍不住开口说道:"我说几句。团场改制企业的问题,我从一开始就表示反对。开常委会议时我不在场,无法表达自己的意见。对于做出的决议,我无权更改,但向上级组织反映意见是党章赋予每位党员的权利。行使这个权利是光明磊落,决不是阳奉阴违,我的态度始终如一。”

会场陷入僵局,一时沉默,人们都在静静地等候。

“是吗?”苟有勇似问似答地小声说了句,很是认真地翻看常委会会议记录本。人们这才发现作为常委会会议秘书的刘杰同志并没有参加会议,无人做会议记录,更感到是一次非同寻常的会议。苟有勇边看记录本边说:“党委常委会会议你没参加?这上面怎么有你出席会议的记录,白纸黑字呀。”

众人一惊,都感到出乎意料。

王闻道根本不相信,取过记录本一看,果然,出席会议人员中有自己的名字,但很快发现是有人造假做了手脚,自己的名字放在列席人员名单之后,而且墨迹的颜色也不一样,开口说:“肯定有问题,我的名字排在列席人员之后,一定是造假补上去的……”

“砰”的一声巨响,打断了王闻道的话,也把众人吓了一跳。紧张的心一下堵到嗓子眼上,原来是郭家仁把自己的公文皮包重重地摔在桌子上,声音格外响亮。

郭家仁高声怒斥:“也不看什么时间,什么场合,只顾斤斤计较自己的名字,自己的排位,追逐蝇头小利,那党的利益该放在何处?!职工群众的利益又该放在何处?!这与师(市)党委开展的大学习、大讨论活动格格不入,对,应该说背道而驰……”

王闻道感到震惊,本能地想站起申辩冤屈,据理力争,转而又想,或许本身就是个套,不知后面还有什么招数在等待自己。动,不如静,于是憋着气坐在椅子上不再说话,听着郭家仁措辞激烈地批评。猛然间,王闻道想起大学期间看到的达·芬奇创作的趣事:达·芬奇创作世界名画《最后的晚餐》时,先是在一位中年模特的脸上看到了耶稣具有的阳光、慈祥、智慧和真诚的元素,很快绘出万物之神——耶稣的形象。但不久陷入困境,原因是无法描绘出犹大的面部表情。连续九年没有再动画笔。直到在一家监狱中看到一个死囚脸上呈现的阴冷、惊恐、卑鄙和虚伪的特有表情,一下找到了灵感。当达·芬奇画完速描准备离去时,死囚犯开口说话,说认识达·芬奇,而自己就是九年前他心中的那位耶稣,达·芬奇大吃一惊,仔细辨认,果然如此。

此时此刻,郭家仁说什么,王闻道不再关注,只觉得郭家仁、苟有勇都有两副面孔。一股冷气浸入脊梁骨,不由得打了个冷战。然而,连王闻道自己也搞不明白的是额头竟沁出密密的汗珠来。

不知何时,郭家仁说完了。苟有勇带头鼓掌,众人还没有从震惊中醒过神,木木地坐在桌前连鼓掌都给忘了。苟有勇一连拍了五六下巴掌,见无人响应,只好停下来,说:"郭师长的讲话很重要,给我们鼓舞了干劲,增添了力量,指明了方向,大家一定要好好学习领会。"

四

散会了,已是下班时间。众人起身欲走,郭家仁见众人情绪不高,低头不语,也不关心自己是走是留,解嘲地说:"天晚了,大家一起吃个饭吧。"众人听闻,又收住脚步。

王闻道上前解释说:"今天是戒饭日,我不吃饭,就不参加了。"

苟有勇劝道:"能不能换一天,郭师长好不容易回来一次,难得一聚。"

王闻道说:"既然已经做了,就善始善终吧,明天早上我过来陪吃早饭。"

苟有勇笑道:"该不会受到领导的批评,闹情绪,这可不好啊!"

王闻道不再说什么,两眼盯着苟有勇的脸,有些愤怒。苟有勇心虚,忙说:"好吧,尊重你的意见。"

在团场宾馆的包厢里,依旧是苟有勇主持,先后三次感谢郭家仁的重视、关心、支持和厚爱,发动大家集体连敬三杯。三杯过后,是自由敬酒的时间,范志刚起身给郭家仁敬酒,悄声说道:"郭副师长,那天的常委会会议王闻道确实没有参加,他去师(市)开会去了,一个星期前的事,大家都记得。"

郭家仁笑道:"志刚啊,你常讲自己是搞业务出身,不懂政治,这可不对呀,作为团党委常委本身就在政治中心,怎么能以装傻充愣为荣呢,来,喝了这杯,我再说。"

两人饮罢,郭家仁似对范志刚又似对众人说:"我们党的纪律和规矩是什么?个人服从组织,下级服从上级,有勇同志现在主持团党委工作,就是你们的上级,不能不服啊!"

郭家仁声音越说越高,众人都听得清清楚楚,于是停止了相互敬酒,静悄悄地听。苟有勇激动得满脸通红,说:"感谢师(市)党委和郭师长的厚爱,我一定努力工作,团结带领大家把 359 团的工作搞好,推进团场改企工作。我提议,我们共同再敬郭师长一杯,也算是给郭师长表一个决心、亮一个态度。”众人起身响应。

范志刚原以为郭家仁误听了汇报,不了解事情真相,才好心上前解释,现在吃了批评,碰一鼻子灰,很是不自在。其他的领导见范志刚受批评,有种胆怯,不敢再抢先敬酒,只好夹菜吃饭,一时无语。苟有勇见冷了场子,心中不快,说:“别顾着吃,都给郭师长敬酒呀。”

常委、人武部长武大军是转业军人,见发了命令,抢先起身说:“首长,我是军人出身,服从命令听指挥,我给领导敬杯酒,酒满心诚,我一口闷。”

郭家仁觉得这酒是被命令出来的,不算内心自愿,心中不快,只是浅浅地抿了一口。

武大军一饮而尽后,见对方的酒喝过之后还是满的,没有真喝,觉得自己像个职场小白,傻里傻气,心中也是不快。

常委、纪委书记傅子明起身敬酒,话极少:“敬老领导一杯,话都在酒中。”说完先干为敬。

随后其他领导相继敬酒,话都不长,三言两语,多是常回团看看、多关心咱们 359 团之类的话。

规定动作和自选动作很快进行完了,场面始终没有热闹起来。苟有勇心里着急却又无奈,只好不停地催促快点上菜。郭家仁看在眼里,知道这段时间里,苟有勇并没有确立起自己的权威,班子很散。

厨房大师傅听到催促,加快进度。一时间一盘又一盘炒菜端上来,端上来的菜还没来得及品一口,又被新上的盘子压在了下面,很快堆成一个宝塔形,接着果盘也上来了,表明菜已上齐了。

宴席很快散了,从进到出,共用时 29 分钟,可以说超过“深圳速度”。

苟有勇陪着郭家仁回到宾馆房间,心里很不甘,说这是个工作餐,等会叫上几个说到一起的人再选个场子喝。郭家仁说算了,已经吃饱了。苟有勇却不肯,说老领导来,不喝痛快、舒服就不算吃饭。说完打电话通知刘杰到团部一家私营老板建的三星级宾馆要一个包厢。

当郭家仁、苟有勇走进包厢,只见华灯齐放,金碧辉煌。而张来顺、林晓霞、赵建成几位脸上流露出的敬畏、受宠若惊的神色,以及每个人急切地握住郭家仁的手传达出的尊敬与狂喜，都让郭家仁感到十分的惬意和舒坦，居高临下的威严和自信又重新回到身上。

大家刚坐好，徐世清提着一个装着散酒的塑料壶进来，嘴里还直嚷嚷："不好意思，来晚了！"通知徐世清来参加，是苟有勇考虑许久后的安排。不光是徐世清见过场面多，酒量大，会说段子，活跃气氛。更重要的是想用收服张来顺的办法将其拉进来，进而毁掉王闻道的基础。

林晓霞说："你比领导还忙，知道来晚了，自罚三杯。"

徐世清不接话茬，指着桌上摆放的茅台酒说："不能喝这个，要喝就喝咱家乡的酒。"

苟有勇解释说："我从家里拿的，不算公款消费。"

徐世清说："我不是这个意思，我是说领导回家了，就得喝自家的酒。界河酒厂发展到今天，还有老领导一份功劳呢！"

郭家仁笑道："好，咱们就喝自家的酒。这酒喝了多年，习惯了，喝得顺。美不美，家乡的酒嘛。"

徐世清得意地看了苟有勇一眼，说："再加一句，亲不亲，故乡人。"

酒杯一端，气氛急速蹿高。大家争先给郭家仁、苟有勇敬酒。

赵建成把桌前的分酒器倒满后说："平时只在电视里看到老领导，今天能见到真人，我激动得很非常。"

众人都笑起来，纷纷说："对，激动得很非常，高兴得很非常。"

赵建成故意让端酒的手抖个不停，说："这手是咋了，都不听使唤了，见到老领导咋激动成这样。"他是陕西人，学说河南话，逗得大家一片哄笑。

等酒喝完，徐世清压低嗓门，很神秘地问："在座的没有河南人吧？"其实他自己就是河南人。众人都说自己不是，苟有勇说郭师长是江苏人，但说无妨。徐世清这才放开嗓门说："好，那我就说一个河南人的段子。"众人先笑起来。

徐世清清清嗓子说：一位河南大老板来兴屯市投资做生意，晚上宴请客人，一进包厢就对服务员说："小姐，茶。"

服务员听成"查"，以为是清点人数，就数起人数来。老板见服务员站立不动，没上茶，又跟着喊一声："小姐，倒茶。"谁知服务员还是听不明白，又倒过来查人数。老板见服务员迟迟不上茶水，手上又指指点点，很生气，问道：

“小姐，你数啥呢？”服务员以为是问自己属相，就回答说：“我属猪呢。”

众人一阵笑。喝下一杯酒后，郭家仁说：“这年头，酒席宴上不说些段子，不骂骂河南人，就好像不算吃饭，这恐怕也是一种时髦的酒文化吧。”

借着酒兴，又见领导赞同，张来顺嚷着也要讲一个段子：

“古时候，有位黄小姐接到吃饭的请柬，就想在人多时显摆一下富贵。可黄家已衰败没落，家中一贫如洗。黄小姐翻箱倒柜地找，看有没有金银首饰，找到最后只发现一条丝绸短裤，于是拿出来穿上。可短裤穿在里面，别人看不到怎么办？于是找人写张纸条，上写：内有丝绸短裤一条。挂在屁股后面出门赴宴去了。谁知走在街上一阵大风把纸条给吹飞了，黄小姐焦急地满街找，心想：就是不去吃饭也不能不显示黄家昔日的富贵。找呀找，好容易在小巷巷的门旁找到一个字条，一数刚好也是八个字，以为就是那张纸，又贴在屁股后面去参加酒席。她进门后特意转个圈，许多人都看到那纸上的字：此门不通请走前门。”

这个段子有些暧昧，众人悟出都笑起来，独林晓霞一副天真的样子，问：“啥意思？有什么好笑的。”

赵建成觉得林晓霞一向瞧不起自己，常常冷言冷语说难听话，此时又在装傻，忍不住说：“你是女人，女人那些事儿自然懂的，就不要老黄瓜刷绿漆——装嫩了吧。”

众人一阵笑，林晓霞生气地喊道：“流氓犯！”举起筷子要打。赵建成急忙护头躲闪，慌乱之中，把桌前的一杯热茶碰倒，茶水顺桌子流淌，把赵建成的裤子湿了一大片，赵建成惊叫站起身，急忙抖去前裆的茶水。

郭家仁关切地问：“没烫伤吧，要不要紧？”

赵建成忙回答：“没事，还好不太烫。”接着又补一句，“这宝贝可不能烫坏了，否则，看家护院的本事就没了。”众人被逗乐了。苟有勇跟进说道：“快看看，丝绸短裤还在不在。”又引得众人大笑不止。

林晓霞恨意未消，说：“烫坏了更好，你就可以练葵花宝典，独霸武林了。”

这才是真正的大笑话，刘杰一向稳重，被逗得大笑不止。

欢乐时光总是短暂的，不知不觉四五个小时过去了。

郭家仁感到满意，看到苟有勇费神耗力地安排事情，还是有些感动，认为没看错人，真得扶他一把才好。乘坐的越野车后备厢装满野山花蜜、散装原浆酒和其他土特产，连一向来者不拒的司机也一再说“装不下了，不能再装了”。这些东西他不稀罕，看重的是一颗心。

苟有勇感到兴奋。下午会议中出现惊险的一幕，多亏郭师长关键时刻出手相助，转危为安。甚至觉得与领导一起做九十九件好事，不如一起做件坏事，更能让大家绑在一条战船上，共同经历风浪，形成坚固的同盟。当然，唱卡拉 OK 时，郭家仁与林晓霞在昏暗的灯影下跳舞，林晓霞紧紧地贴在郭家仁胸前，很是受用的样子，而郭家仁的手在林晓霞后背上上下下不定位，这让他不舒服。

五

出了办公楼，王闻道往家走。此刻，他头昏脑涨，胸闷气短，脚下的路也不似往日平坦，高一脚低一脚的。走到家门口，停下脚步，连做三个深呼吸，好让心情平静下来，不把坏情绪带回家。

餐厅里，安贞、王国庆和维吾尔族小巴郎阿迪力还在吃晚饭。勤快聪明的阿迪力见王闻道进门，起身迎上来，说声“叔叔好”，从鞋柜中找出拖鞋。

王闻道换上拖鞋，喜爱地抚摸着阿迪力的头，说：“好孩子，真乖。”又抬头对远处说：“国庆，你看，你就不如弟弟勤快。”正在吃饭的王国庆懒洋洋地回应：“知道了。”

阿迪力今年七岁，是买买提的大儿子，现在来到 359 团小学部一年级读书。这事还得往前些日子说起。

在夏巴河村，王闻道见梁英又是结亲又是帮买买提组织村民外出打工挣钱，有心想帮一把，可一时又想不出什么好办法。坐在院中拉家常时，见三个小孩子屋里屋外地跑，打闹嬉戏，随口问：“老大几岁了？”

买买提说：“阿迪力七岁多一点。”

“上学了吗？”

“对，该上学了。”

“那就送到学校读书吧。”

“是、是该上学了。”

见买买提欲言又止，很为难的样子，王闻道不再细问了。晚上，在村会议室欢聚时,王闻道说:“买买提,想请你帮我一个忙,不知你愿意不愿意?”

买买提感到了自己的价值,很高兴,拍胸脯说:“什么事情?一个麻达也没有。”

王闻道说:“我家只有一个男孩,娇惯得很,自以为是,自我为中心,缺乏应有的互助友爱的能力,缺乏责任感,我想让阿迪力过去,让他俩一起学习、一起生活,养成好的习惯。”

“我的这个巴郎子嘛调皮得很,麻达事嘛一个接一个的有,只管打好了。”

“怎么会呢?我看阿迪力聪明、开朗、善良,好好读书,将来一定会有大出息,我很喜欢这孩子。”

听到夸赞,买买提心里高兴,接着又起了疑心,忙问:“你不会要抱走我的阿迪力自己养吧?那可不行!我虽然穷,还欠下债,可我一定会通过我的双手,好好地劳动挣钱,把孩子养大。”

王闻道笑道:“怎么会呢,咱们击掌为约,一年时间,等你条件改善了,想多久接回来都可以,这么一个忙,不肯帮一下吗?”

买买提不好意思地笑了,与王闻道击了一下掌,说:“亚克西,我去团场打工时带上阿迪力,然后交给你。”

王闻道回到家里,先与安贞商议此事,随后又叫出正在写作业的儿子商议。王国庆正逐渐长大,已开始有了叛逆心理,说:“没问题,见面后先揍他一顿,打完屁股再打手心,让他哭爹喊娘。”两个大人脸一沉,十分生气和担忧,安贞严厉警告:“你敢!要是敢动阿迪力一指头,我打断你的手,信不信!”王闻道批评道:“这孩子,《弟子规》《论语》《大学》都会背了,做事还这样。”

王国庆开心地笑了,说:“哦,开个玩笑就吓成这样,你们说的话我都听见了。阿迪力来了,我去接,带他到商店买一套好看的衣服、运动鞋,再去马胖子餐厅吃烤羊肉串,用我自己的钱,可以了吧?”

两人这才松口气,王闻道责备说:“不专心学习,偷听大人说话。”

王国庆自然不服气:“什么偷听,你们说话声音大得全世界都能听到,不说干扰我学习就不错了。”说完回到自己房间。

次日,梁英、买买提一行赶到团部时已是傍晚,王国庆去接阿迪力,孩子之间有一种天然交往沟通的能力,两人见面熟,高高兴兴地跑到商场购物,再去吃烧烤,又打打闹闹回到家中。

两人住在一个屋子，每人一张床，一个书桌，简单明快。这是安贞精心安排的。

359团学校，分为小学部、初中部、高中部，近些年教学质量快速攀升，尤其高考升学率直追师（市）中学，不仅全师有名，就连附近的乡、村许多维吾尔族、哈萨克族、回族的干部和村民都想法子把孩子送到这里来读书。用孩子家长的话说，“汉语是我们的国语，应该好好学。”“我们因为自己不懂汉语，所以出去干什么都不方便，我们也想走出去，了解外面的世界，我们不希望我们的孩子像我们一样。”“我把孩子送到这里来，不管有多大困难，都会让孩子一个接一个上国语学校。”从小学到高中的各个班级都有许多少数民族学生，安贞特别规定：汉族学生与少数民族学生同桌，并且一个月交换一次，以扩大少数民族学生同汉族学生的交往交流。

王国庆把阿迪力带到一年级2班时，受到全班同学的欢迎。由此，2班学生由三十五名增加到三十六名，少数民族学生由八名增加至九名。

课堂上，孩子们的注意力不能持久，十多分钟后，开始小声说话，也有的玩手中的铅笔或纸条，老师并没有批评责怪，而是做出双臂叠放桌前、挺胸抬头、目视前方的姿势，大声问学生：“谁能像我这样做？”孩子们立刻纠正坐姿，挺胸抬头，大声呼应：“我能像您这样做！”三遍之后，孩子们精神大振，专心听讲。阿迪力感到惊奇和兴奋，跟着同学们一起大声喊。

阿迪力上学比别的同学晚，听课有些吃力，好在王国庆放学后，充当小老师给他补课。阿迪力聪明好学，很快跟上全班学习的进度。

一天放学后，王国庆和阿迪力一起回家，一路上两人嬉笑打闹，路过一家商店，阿迪力站在装着各式各样雪糕的冰柜前不肯走了，透过玻璃盖往里面看。

王国庆催促：“走呀，赶紧回家做作业。”

阿迪力不肯走：“看一会儿哈。”

王国庆说：“已经看一会儿了，这会子八会九会都有了。”

阿迪力说：“我就再看一会儿嘛。”

听到说话声，开店的大妈走出来，笑眯眯地说：“来一根吧，我这里的雪糕品种全，味道好，吃一根保你还想吃第二根。”

阿迪力没有回答，渴望的眼神仍盯着玻璃盖下面的雪糕。王国庆明白了，很是大方地说："吃吧，哥买单。"阿迪力满脸欢喜，说："我要一个草莓味的。"拿到手后撕开纸袋，急不可待地咬了一口："哇，咋这么好吃哈。"吃完后又要了根哈密瓜味的，又要了一根香蕉味的、酸奶味的、巧克力味的……直到舌头冰得发麻这才罢休。

回到家中，两人各自伏在桌前做作业，很快，阿迪力感到肚子不舒服，一阵阵地疼痛，晚饭时坐在桌前，一口饭也不肯吃。

安贞见他脸色灰白，用手摸额头，并不发烧，问原因，阿迪力一声不吭，王国庆回答："阿迪力吃雪糕了。"

安贞不以为然："吃一根雪糕不至于生病。"

王国庆说："不是一根，是八根。"

安贞一听大怒："都是你干的好事，站过去，罚站，面壁思过。"

在家中，王国庆不怕爸爸怕妈妈，听到训斥，虽说满肚子的不愿意却不敢违抗，放下碗，站到客厅罚站。安贞让阿迪力回到自己房间躺下，忙找出热水袋灌上热水让他捂在肚子上，随后拿一包银针准备针灸。这是暑假回西安时，跟一位老中医学的，一般头疼脑热的小病不出家门就能治疗。

阿迪力看到一排明晃晃的小针，心中害怕，不肯在胳膊上消毒，更不肯扎针，一着急，汉语、维吾尔语混在一起说。

客厅里的王国庆嘲笑说："胆小鬼，没出息，一点都不疼的。"

阿迪力像被点了穴位，立刻静下来，乖乖伸出左手接受治疗，几根银针下去，竟然笑了："蚂蚁咬的一样，尕尕地疼。"

十多分钟过去，阿迪力恢复了原有的快乐和调皮，高声喊道："阿姨，我好了。"

正在厨房煮姜汤的安贞说："躺着别动，再等三十分钟才能拔针。"

阿迪力哪里肯听，翻身下床，走到客厅与王国庆站到一起。安贞听到响动，从厨房出来，很是惊讶："阿迪力，你站在那里干什么？"

阿迪力说："国庆哥为我买好吃的，还要罚站，不公平，不攒劲，要罚一起罚。"

王国庆悄悄伸出大拇指，表示点赞。阿迪力受到鼓励，越发调皮，用右手指轻轻一弹左手臂上的银针，小银针快速地来回颤动，两个孩子开心地笑了。

罚站原本是严肃的事情，如今变成两个孩子的游戏，安贞又好气又好笑，说:“今天就到这里,回自己房间学习。”本想说得严厉一些,可话一出口却是带着笑意,这种情况还是第一次。

家里的读书活动是雷打不动的,每当孩子做完作业,全家人都要有半个小时以上的阅读时间。阿迪力来了以后,全家人的这一习惯仍不变。这天,一家四口各自抱一本书阅读,家里一片静悄悄。忽听王国庆大声喊:“老爸、老妈,阿迪力哭了。”两人分别从书房、客厅冲进孩子的房间,只见阿迪力伏在桌前哭泣,很伤心、悲痛。

“怎么了?”

“为什么?”

两人急切地询问。阿迪力并不回答,仍在抽泣。过了一会儿,才抬起身子指着桌前的连环画说:“这个哥哥被坏人杀死了。”

王闻道上前细看,松口气。这是一个真实的故事,发生在乌鲁木齐。一天下午,一位汉族女大学生走在街上,突然遭到两个满脸胡子的暴徒绑架,企图将她拖进一个小巷子里去。女大学生拼命挣扎呼救,可却被暴徒死死抓住,一步步被拖入小巷深处。正在这时,维吾尔族青年司马义冲上前,挡住暴徒的去路,厉声喝道:“住手,不许干坏事!”暴徒说:“她是汉族,你是维吾尔族,管什么闲事,快闪开。”司马义丝毫不让:“放开,她是我妹妹。”暴徒恼羞成怒,放下女大学生,拔出刀子走向司马义。眼见危险一步步逼近,司马义呼喊趴在地上哭泣的女大学生:“起来,快跑!”说完赤手空拳与暴徒搏斗。由于寡不敌众,被暴徒连捅数刀,倒在血泊之中。

阿迪力看到这里,忍不住悲痛地哭起来。

后来,警察赶到擒获暴徒,又快速将司马义送往医院。医院全力抢救这位见义勇为的英雄,终于把司马义从死亡线上拉回来。女大学生所在大学的领导听闻消息,专程赶往医院看望,尤其得知司马义因五分之差高考落榜,学校决定破格录取司马义为大学生。

这个故事传遍天山南北,各族群众夸赞司马义是个好巴郎。

安贞是搞教育的,自然知道该怎么引导,她抚摸着阿迪力的头说:“阿迪力真是个正直善良的好孩子,咱们一起到客厅,国庆,你把这个故事从头再读一遍。”

众人来到客厅,落座后,王国庆开始有情感地念故事。阿迪力似乎受到惊吓,寻找安全似的起身,来到王闻道跟前,王闻道把他抱入怀中,放在自己腿上让其坐好。

故事读完了,大家都为司马义的事迹所感动。

事后,安贞纳闷地问:“我管他俩吃、管他俩喝,又抓他俩学习,你甩手掌柜一个,孩子们怎么反倒与你亲近起来?”

王闻道笑着解释:“你是校长,保持一定的威严,好管理。学生都怕老师,更怕校长。”

平常生活中,王国庆喜欢老爸老妈地叫,阿迪力也跟着老爸老妈地叫。王闻道想起买买提的担忧,对阿迪力说:“你还是叫叔叔阿姨吧?”孩子答应得好好的,可过两天又老爸老妈地叫。

现在,王闻道坐在客厅,仍能闻到饭菜飘来的香味,更觉得饥饿难忍,肚子里时不时地发出咕咕的抗议声。餐厅传来王国庆的声音:“老爸,老妈做的羊肉揪片子可香了。”阿迪力跟着补一句:“老爸,老妈做的羊肉汤饭可香了。”话语里充满挑逗和诱惑。王闻道笑道:“两个小调皮。”

为转移注意力,同时缓解自己郁闷的心情,王闻道起身去找歌碟,想听一听音乐。可自己喜欢的那盘《边塞新歌》却怎么也找不到了,向餐厅问道:“歌碟呢?”

安贞回答:“电视柜下面,自己找。”

“我说的是《边塞新歌》。”

“都在,没人动呀。”

王国庆突然说:“老爸,别找了,我送人了。”

王闻道一股无名怒火直往脑门上蹿,快步走进餐厅,质问儿子:“送人了,凭什么?你凭什么送人?”声音很大,众人都吃一惊。

王国庆有些不高兴:“不就是一盘歌碟,至于吗?”

王闻道更加气愤了:“你给我站起来,说清楚!”说着用力把坐在椅子上的儿子给扯了起来,阿迪力有些害怕,放下碗筷跑回自己房间,王闻道依然愤愤不平,说:“这歌碟在商场根本买不到,你是知道的,跟你说过多少次,书和歌碟是不得随意送人的。”

突如其来的变故,让王国庆感到自尊心受到伤害,越发想对着干,倔倔地说:“我就是送人了,你又能怎样!”

“你！”王闻道气愤得连打孩子的想法都有了。

见两人僵持不下，安贞竟然笑道：“讲理、发火，教育孩子最失败的几种方法你都快用遍了，难道还真想做一个失败的家长不成？”

王闻道一听，哑然失笑，后悔自己没能克制住，把坏情绪带到家里。起身对儿子说：“是我做得不对，给你认个错，行不？”

王国庆还没回过神来，仍然生气。这时，阿迪力拿着《边塞新歌》歌碟进来，说：“叔叔，歌碟在这里，里面的歌子太好听了，是我听到的最好听的歌。我想带回去给弟弟妹妹，还有全村上的人听一听，国庆哥就说送给我了。”

这一结果太出乎意料，王闻道愣住了，随即反应过来，说：“原来咱们的儿子是有大爱之心的人，来，让老爸抱一抱。”边说边上前搂住儿子的肩。王国庆先是不愿意，想挣脱，却又很快温顺地伏在王闻道怀中，小声抽泣起来，王闻道把儿子紧紧抱住。

阿迪力是个富有情感的孩子，走上前来，于是三个人抱在一起。这让安贞心里酸酸的，笑道：“真受不了你们，老是把我忘在一旁。”

很快恢复了常态，王国庆破涕为笑。王闻道接过歌碟对阿迪力说：“我代表阿姨、国庆哥哥，把这盘歌碟送给你。”取出签字笔飞快地在歌碟盒子上写道：“送给亲爱的阿迪力小朋友。”

六

清早，王闻道如约赶往宾馆餐厅。秋收开始后，都是八点半吃早饭，见范志刚、傅子明、武大军已在餐厅门口闲谈、等候，只听范志刚说：“南瓜面条还真的好吃，昨晚回去后，原想吃一碗就够了，没想到吃完后还想吃，又去盛了多半碗。”傅子明笑道：“闷在家里吃独食，我家在隔壁也不知喊一嗓子。”王闻道有些纳闷，问：“昨晚不是陪郭副师长吃饭吗，怎么又回家吃起来？”几个人会心一笑，更让王闻道不懂了。正想追问，却见从师（市）党校培训班来的买合苏提副政委走过来。大伙好久不见，都感到亲切，拥上去握手问好。一问才知昨天下午结业，赶回团里已是小半夜了。

郭家仁、苟有勇下楼走过来，相互问好后进入餐厅。

早饭很丰盛，是精心准备的。主食有馒头、包子、花卷、煎饼、油条，还有小油馕。稀饭的品种也不少，小米粥、大米粥、绿豆粥、玉米粥，还有牛奶和咖啡，别具一格的是有烤鹅蛋、咸鸭蛋、煎鸡蛋，还有煮鸡蛋、鹌鹑蛋。小凉菜六七碟，热菜六七盘。面对美食，众人一时无语，各自进食。

苟有勇见场面冷清，开口说："闻道，昨日一天没吃饭，今天多吃些，好好补一补。"见王闻道低头喝着玉米粥并不搭话，又说："不过也得小心，饿了一天，猛地吃太多，暴饮暴食，会伤身体，反而不好。"

王闻道心里不舒服，重重把筷子放在桌子，两眼直视苟有勇说："有勇同志，你现在主持全团工作，好歹也算个主要领导，应有大胸怀，大格局，多谋划团场改革发展、职工增收致富才对。至于我吃一馒头还是一个花卷碍你什么事了？你不觉这样很无聊，与你的身份太不相符了吗?!"

受到责问，是苟有勇没有料到的，干笑两声，说："开个玩笑嘛，干吗要生气。"

王闻道不肯让步："这种低俗的玩笑为君子所不齿，我希望是最后一次。"

苟有勇被撞在南墙上，又没想出对答的话来，又是干笑两声："好，好。"

郭家仁说："有勇啊，我也有这个感觉，你说话不过脑子，屁股又像扎颗钉子坐不住，不稳重，不稳重啊。闻道讲得有道理，作为主官要有大格局、大胸怀。"

苟有勇说："虚心接受，我一向闻过则喜，请大家多多批评，多多帮助。"

见气氛缓和下来，大家都松口气笑起来，算是一种回应，一种态度。

王闻道知道见好就收，转移了话题："家仁师长，我负责农业后才知道，359团棉花小低产到高产的翻身仗是你指挥的，那时培育的矮密壮的品种，正适合将来的采棉机采收，你是早有预料吗？那又是依据什么做出判断和决策的?"

郭家仁笑道："我又不是掐指会算的神仙，全都是困难给逼得没办法。上世纪五六十年代开始种棉花，刚开始也很盲目。八师石河子市在玛纳斯流域敢想敢干，硬是打破北纬42度以上不能种棉花的禁区，并且创了高产，轰动全国。咱们向英雄学习，跟着干。可人家棉花丰产丰收，咱们这亩产一直在百斤籽棉上下打转转，亩产不高，效益不好。我当团长后带人去八师学习植棉技术，看了两天我就发现问题。咱们这儿的纬度更高，在北纬46度以上，无霜期也更短，可棉种和棉植技术却与人家一样，这不是盲从、迷信吗？我心里想，他们是早熟品种，我们必须更早熟才行，他们是宽幅地膜，我们就得特宽幅才行。再加上实施节水滴灌技术，一下子做到膜上播种，膜下滴灌，籽棉猛增到五百公斤上下，翻了几番，效益跟着上来。”

说到往日辉煌，郭家仁娓娓道来，脸上放着红光，众人听得津津有味，不时发出钦佩的赞叹。

郭家仁继续说：“增产丰收，培育出好品种才是关键。我请兵团农科院、石河子大学的专家教授立项目，做课题，一干就是好几年。一次我陪专家们在棉田里观察、取样，从满天繁星一直干到烈日当空。早晨冷，中午又暴晒，肚子空空却不想吃饭，我见不远处有片瓜地，就请专家们过去吃西瓜解暑。

“到了瓜地边，见瓜棚在地中间，太远，我喊两嗓子也不见人影，就挑一个大西瓜，坐在地边的林带里吃起来。正吃着，老远跑来一个小伙子提着铁锹，边跑边喊：‘站住，不许跑，抓贼娃子。’

“好笑，我们几个坐在大树下动也没动，他却喊不许跑。小伙子来到跟前问为什么偷瓜，我说喊了，没人，等会给你瓜钱。谁知他还不要，说偷瓜，连长说过偷一罚十，你得给十个瓜钱。

“我一听笑了，‘我是团长，比你们连长大。’小伙子不信，仔细打量半天才喊道，‘咦——哎呀，团长咋弄成这样，和电视上演的不一样，西装不穿了，领带也不见了，穿这身迷彩服，弄得像农民工似的。’专家们听得哈哈大笑，说他认衣不认人。小伙子不好意思，说瓜钱不要了，算是请领导和专家们的。我说不行，你看到那块棉花地了吗，从今天起，这几位专家下地搞试验，你就送瓜过去，要选好的，我让连长给你结账。谁知小伙子另有打算，账不用结，团长、大学教授都爱吃我种的瓜，一宣传，准能卖个好价钱，都挣回来了。”

王闻道一下想到十一连的李桂花也曾这样算过账，看来职工群众的品牌意识、品质意识、宣传意识都在增强，市场经济的力量大啊！

买合苏提插话说：“这个事情嘛，好得很，可以写一个本子，在电视上放一放。”

苟有勇说：“这个职工真是鬼精鬼精的，拿团长做广告招牌。”

郭家仁话意正浓，两眼有神，说：“今后就看你们的了，采棉机的问题，你们是怎么打算的？”

苟有勇怕王闻道抢了风头，忙说：“师（市）会议精神已在常委会上做过传达学习。这些年团里有些积累,买上几台没有问题。”

范志刚失声说道:“团里买? 谁来开,谁来保养都是问题。”

苟有勇心中不惊,说:“改革发展肯定有困难,但不能有困难就不改革,不发展,只要思想不滑坡,办法总比困难多。”

郭家仁问王闻道:“你是怎么想的?”

王闻道欲言又止,想了一阵才说:“我还没想成熟,再说有勇已经表过态,也是一种办法。”

郭家仁鼓励道:“你主管农业,肯定会有自己的想法,不妨说出来听听。”

王闻道说:“这事志刚和我商议过几回,我俩初步的想法是:团场大型农机具早已作价卖给承包户,团里已有几家农机具的专业户,再加上植棉农工已经富裕起来,手中有较多积蓄,有扩大生产、寻求多种致富途径的愿望。我们可以把这两方面的积极性调动起来,动员他们购买采棉机。国产机器一百五十万左右,国外进口的三四百万左右,若还缺些资金,可以申请银行贷款。只要团场、连队安排合理、得当,采棉机满十满载地干,三至五年就能挣回本钱,挣到大钱,职工会有这个积极性。”

郭家仁听罢点头赞同,说:“这个办法不错,符合师(市)党委的决策。今后,师、团不再搞独自出资的项目,而以优惠政策鼓励社会力量出资办实体、搞企业。当然,效益好的项目,师、团也可以以参股的方式进行投入。采棉机的购置上团场也可以适量投入,但一定要以承包职工为主体,他们本身就是市场。”

王闻道与范志刚对视一下,说:“我们按师(市)领导的要求办,尽快行动起来。”

苟有勇见郭家仁综合各方意见,实际上也算肯定了自己的说法,高兴地说:“这顿早饭吃得值,郭师长现场办公,既讲了创苦创业的光荣传统,又为我们今后工作指明了方向,真是受益多多,鼓舞人心。”

众人开心地笑起来,纷纷表示赞同。

郭家仁一看手表,惊讶地说:“都快十一点了,这顿饭吃得可真长。我得往市里赶,下午还有一个会。”

七

太阳放射出炽热的光，棉田四周的杨树叶子显出绿黄两色，相互浸润依然油亮油亮地闪着光，如一幅大气磅礴的油画。这是棉农一年中最为喜悦的时候，眼见高温酷暑中棉桃一朵朵竞相开放，白花花的一片，浩大的棉田变成一片银海。

还在摘棉花的杜峰浑身燥热，口干舌燥，真想拎起小水壶喝个痛快，但他努力地克制自己，不要喝。因为，喝下去的水很快会转化成浑身的汗水蒸发出来，口仍然会很渴。长年伏案写作，造成腰肌劳损，他不敢长时间弯腰拾花，只好搬一个小马扎，坐着拾花，待把四周棉花摘干净后，再把小马扎往前移动两步，再继续拾花。

他听到远处有人蹚着棉枝、棉叶走过来，声音越来越响，人越走越近。是林晓霞。她走近焦急地问："杜哥，材料写得怎么样了？"

杜峰边拾花边回答："还没写呢，我想完成这千斤任务后再回去写。"

林晓霞急了："那怎么行，离'十一'没几天了，这不耽误事吗？"

"误不了。"杜峰并不急，笑呵呵地说，"我这样大干苦干，也是向国庆节献礼呀！"

林晓霞问："还差多少完成任务，能不能等到国庆后再来拾？"

杜峰见她焦急、无奈的样子，有些可怜，还有几分楚楚动人，忙说道："还有三百多斤，吃吃劲儿就拾完了。要是等到国庆节后再拾，头遍、二遍花都拾完了，三茬、四茬花开得少不说，还有前面拾花时留下的羊胡子、羊尾巴也得清理，耗时多，功效差，划不来。"

林晓霞心里着急，额前沁出密密的汗珠，思考片刻，断然地说："杜哥，咱俩换换，我替你拾花完成任务，你回去赶写材料。"说罢，不分由说，从杜峰腰上解开拾花袋。

杜峰有些难为情，说："让你大科长代劳，那怎么好意思。"

林晓霞利索地系上拾花袋，又从杜峰头上摘下防"三丝"的白帽子，戴在自己头上，甜丝丝地笑道："干这活你不如我，快回去歇歇再写材料，争取这两天拿出来。"

杜峰离开棉田，骑上电动自行车离开连队，往团部赶。一阵凉风吹来，精神为之一振。别看在林晓霞面前装轻松，其实早就开始准备工作，白天下地拾花，晚上在电脑前查阅、收集各种资料，特别是其他省市领导、本师（市）领导在类似场合发表的讲话材料，同时，再结合359团近些年改革发展的情况，已拟出详细的写作提纲。噢，对了，连苟有勇喜欢用“亲自”和爱说歇后语的特点都考虑进去了。

回到团机关大楼门前，杜峰停好车，径直上楼。宣传科在五楼，杜峰拾级而上。整个办公大楼因多数人员去拾花了，显得静悄悄的。走到四楼见工业科门前走廊有片亮光，知道门是开着，有人在。刚好需要了解一下苟有勇管工业后，“亲自”抓工作有那些新办法、新思路，于是向工业科走去。

工业科办公室，张来顺正伏在电脑前写什么，听到脚步声急忙抬头看是杜峰走到跟前，心脏一阵狂跳，本能地用手捂住电脑屏，又觉不妥，快速扯过一张报纸罩在电脑上面。

杜峰面带笑意，问：“来顺科长，写什么大材料呢？怎么，你脸色不对，白白的，不舒服吗？”

张来顺没有好气地说：“你这个人像鬼一样，进来也不敲个门，吓我一跳。”

杜峰笑道：“你还给我穷讲究，这门半开着，我再敲门请示，不就像苟有勇说的是脱了裤子放屁——多此一举。”

张来顺这才缓过劲来，递烟，让座，问有什么事情。杜峰说明来意，张来顺说：“当然有变化，领导更重视了，要求更高了，发展更快了。”

杜峰说：“捞干的，能不能来些干货，在改革发展上有哪些实实在在的新东西？”

张来顺端起杯子喝茶，似在思考，突然说道：“听说了没有，郭副师长来后狠狠批评了王副团长，训得很凶，这回王副团长算完了。”

“什么事？”杜峰吃惊地问，“问题严重吗？”

“挺严重！”张来顺说，“在团场体制改革问题上产生的分歧，有勇政委坚持改革发展，王副团长反对改革发展，结果，郭副师长来后很生气。”

杜峰不理解，说：“现在还有人会反对改革？尤其闻道团长，你还不了解吗？咱们团两个工业厂子就是改革创新的成果，大家有目共睹，我不相信他会反对改革发展。”

张来顺说：“听说团党委决定把团场改制为股份制企业，都向师(市)党委上了请示，可王副团长不同意，还给李书记写信，告黑状。”

杜峰一拍自己的大腿说：“我说呢，这事我赞同闻道团长的做法。你想想，单靠办企业能解决戍边、稳定问题，中央多弄一些大型企业来新疆就成了，还加强兵团干什么？屯垦戍边是千古之策，不能变！兵团就是兵团，团场就是团场。”

张来顺有些生气，说：“这话不等于没说嘛，什么叫团场就是团场，你比师长还聪明！”

杜峰不服气地说：“我强调的是兵团的不可替代性。撤了团场，政委、师长给谁当去，不是把自己也给撤了吗，我看这是数典忘祖。”

张来顺说不过杜峰，想尽快结束争论，说道：“咱们不争了，操这份闲心干吗，天塌下来有大个子顶着。不过，这次苟有勇要当团长了，听说搬进杜团长的办公室还是郭副师长督促办的，苟政委几次都不肯搬，郭师长说是早一天晚一天的事，搬了更有利工作。”

杜峰知道自己不宜多说什么，叹口气起身离开工业办。

回到宣传科，杜峰没有心思写材料，有怨气。想到前一段时间自己主持的工作被林晓霞取代的羞辱，再想到王闻道无端遭受打压，有一种同是天涯沦落人的感觉。于是拨通王闻道的手机，说：“闻道团长，你给我的两瓶酒还没舍得喝，这两天有空没？咱俩把它干掉。”

王闻道爽朗一笑：“想喝酒了，好啊，只是这些天大伙都早出晚归地忙秋收，就咱俩蹲在饭店里喝小酒，时机不对呀，过些日子喝怎样？”

听到笑声，杜峰感到王闻道底气很足，问题没有张来顺说的那么严重，放心许多，说：“好，咱们再联系。”

杜峰走后，张来顺赶紧关上门，觉得自己很蠢。明明手提电脑，只要轻轻一合即可，干吗又是手捂，又是盖报纸的。幸亏杜峰心粗没有留意。细想想这些烦心事都是郭小竹给闹的，看来这材料不能在办公室写了，干脆回家去写。

那天，从苟有勇办公室出来，郭小竹硬拉着张来顺把十一连采摘葡萄的事情经过前前后后说一遍。张来顺冷笑道：“这么说你该写成表扬稿，而不是告状信。”郭小竹摸着自己后脑勺问：“那该怎么写？噢，我明白了，就写承包户无意间说王闻道吃饭的碗是猪槽子，王闻道大怒，勒令连干部把承包户张丽丽家三百余箱红提葡萄全部定为残次品，打包没收，造成承包户极大损失。”

在编写材料过程中，张来顺心受煎熬，内心苦苦挣扎，几次想放手不干，可架不住郭小竹三天两头追问。他知道郭小竹关系硬，后面有苟有勇，还有郭家仁。

张来顺觉得自己是个忘恩负义的小人。他在桌前看电脑，久了眼睛一黑，满屏都是飞舞的小蚊虫，觉得自己也变成个小蚊虫。接着又想到老鼠、蜘蛛、苍蝇，感到恶心和恐怖。上卫生间时，不敢看镜子，生怕自己变成牛头马面，或者脸上长出一个大瘤子。

出了卫生间，还是写不下去，干脆躺在客厅的沙发上，质问自己：到底想干什么？想要什么？

一想到几个科室合成一个，自己当一个有其名无其实的正科级副科长，受人挤对，干些擦桌子打开水打扫卫生的活儿，这日子想想都可怕。再一想，那天晚上聚餐时，苟有勇叫的几个心腹之人中，林晓霞、赵建成刚提拔为副科级，而自己则是好几年的正科，苟有勇当上团长，自己能乘势而上，当上管工业的副团长那可是一片光明。郭小竹敢三番五次催自己，不就是仗着苟有勇吗？苟有勇也让多帮帮郭小竹，这一帮或许就能帮出个张副团长……

想到此，张来顺心情豁然开朗，也有了思路，猛地从沙发上跃起：“干！自古有奶就是娘。”

八

杜峰翻看着团场这几年发展的相关材料，心里仍理不出个头绪。坐在高高的五楼，放眼向窗外望去，远处职工住宅小区高楼林立，道路宽敞、整洁。又有公园、湖水相伴，还真有些城里人的感觉。想想刚建场那会儿，地窝子、土坯房，自己在九连浇水排工作，每天都是玉米馍馍、玉米糊糊，十天才休息一次，说是大礼拜。记得一个星期天早上，约了两个人到附近的乡上吃炸油饼，改善伙食。跑到乡上时，老远闻到炸油饼的香味，赶紧跑过去排队，手里握着一元钱，准备买上十个好好过个瘾。长长的队伍慢慢向前移动，快接近油锅时就听到老乡喊：“卖完了，全都卖完了。”几个人饿得心慌，赶紧往连队跑，希望食堂还有饭。可是食堂已过吃饭时间,关门了。这下更觉得饥饿难耐,肚子不停地“咕咕”叫,喝了一大罐子井水也不管用。实在受不住了,就跑到排长家看能不能找些吃食。排长大笑,说:“馋死猫,活该!”排长的媳妇心好,忙从灶台旁的篮子里找出几根蒸红薯。三人吃得狼吞虎咽,还被噎住了。至今都难忘那又甜又沙的红薯美味。如今人们又倒回去了,鸡鸭鱼肉不想吃,争着吃粗食,吃野菜,还说什么过午不食,晚饭不肯吃,要减肥。从无农不稳、无工不富、无商不活,再到今天的农业现代化、新型工业化、信息化、城镇化,一个小小的359团就能折射出祖国的发展和强大。思绪飞到这会儿,杜峰有了灵感,开始奋笔疾书,两只手不停地敲击着键盘。

兴致高涨,忘却了时间,待全部写完,打上最后一个句号时,已是次日黎明时分。杜峰兴致不减,毫无倦意,又从头到尾看一遍,对几处不妥当的地方进行修改、调整。直到满意,这才算定稿。

当林晓霞听说讲话材料写好了,一阵心喜却又怀疑起来,这么快,不会是糊弄人吧。待赶回办公室,认真看了一遍,很是满意,认为杜峰是个鬼才,写的材料又快又好。但作为领导也不能不提些意见,否则显得自己太没水平:“工业部分有些弱,表述得还不够充分,文字也短了些,再修改修改。”

杜峰回答说:“这事我想过。工业一直是王副团长主抓,成绩巨大。虽说现在荀副政委亲自抓,一是时间短,二是没有新举措,三是没见到大成效,如果再多说也只能说过去。那我就再加个千把字?”

林晓霞一听,反觉得适得其反,忙说:“不改了,出上两份我直接报呈荀政委,看他还有什么要求和指示。”待材料装订好后,拿着材料出门走了。

荀有勇看完材料赞道:“不错,写得真不错。尤其最后提出国庆节后大干一百天,全面完成工农业各项任务,以优异的成绩迎接新的一年到来,提法不错,也有气势,符合我的性格特点。”

林晓霞开心笑道:“只要领导满意,吃再多的苦也值。这下我可以放心了。”

荀有勇又一脸严肃地说:“关于团场改制的问题就不要讲了,毕竟师(市)党委还没有批下来。”其实,郭家仁回去后就打来电话,讲了李书记三个不能的批示,让他停止运作此事,到此为止。想到自己精心策划的好事让王闻道给搅黄了,心中愤恨难平,但也只能哑巴吃黄连——有苦说不出。这笔账只有等到以后慢慢算。想到这里，继续对林晓霞说："其他方面的改革发展新措施如鼓励承包职工购买采棉机、农民工入工会、对连队行政干部进行民主选举等都是我亲自主持召开会议确定的，可以大讲特讲。"

林晓霞认真地记在笔记本上，心里暗暗松口气，因为这些要求，杜峰都已写在材料中。

电话铃声响起来，苟有勇停止讲话，拿起听筒，很热情地说："来顺科长呀，什么事？"

林晓霞隐隐听到张来顺搞了 一个什么材料，想请领导过目把关。

苟有勇笑呵呵地说："这是你的权利，我可管不了。难道你和自己老婆睡觉也要向组织请示把关吗，啊，哈哈。"

见苟有勇放下话筒，林晓霞在一旁忍不住呵呵地笑，说："政委真幽默，太有趣了。"

庆祝大会如期举行，全团干部、职工参加，坐满整个大礼堂。苟有勇口若悬河，神采飞扬，时不时地脱稿插话，讲一些团场职工中发生的小故事，引得台下听众伸长脖子往主席台上看，不时传出一阵笑声。

杜峰坐在台下，听见苟有勇按照自己所写稿子念得如此流畅，虽说插一些小故事、小笑话为稿子增色，更说明材料对路子，心中美滋滋的，脸上不时露出笑意。

苟有勇讲完了，获得一片热烈的掌声。尤其国庆节放三天假，然后大干一百天，人们很高兴。按往年惯例，进入秋收后再无节假日，真是难得的放松休息，大家一片欢呼鼓掌，激起苟有勇更高的情绪，讲完之后意犹未尽，继续说道："前不久，团党委考核、选拔了一批干部，有人说不是机构合并，干部多得用不完吗，怎么还提新干部？我想告诉大家，怎么用干部是党委根据工作需要、事业需要、改革发展需要而做出的决策。"说着举起手中的讲话材料说："就拿这份材料来讲吧，怎么样？写得好吧，这可是林晓霞同志耗心费力，用了几天几夜的时间写出来的，所以，我们要不拘一格用人才。我想这样的材料，杜峰同志是写不出来的，肯定写不出来。"

众人仍处在热烈氛围中，习惯性地鼓起掌来，并响起一片笑声。

杜峰霎时僵住了表情，像是寒冬腊月掉进冰冻的界河里，从头到脚全是冰凉。

第十章

放假三天

一

几天来，王闻道一直闷闷不乐。

干部大会结束后，王闻道回到办公室独自苦苦思考。月初，因劝阻上访职工喝酒后去见李书记，挨批受训斥，都是明面上摆着的事儿，可以分得一清二楚。而这次挨批却是没头没脑的，作为师领导为什么不把事情弄明白再开口说话，搞得自己也没有辩解的机会。

这样的批评，很快会在全团干部群众中传开，还不知会传成什么样子。

后来听范志刚说，晚饭时因替自己解释也挨了训，批得也很重，说明郭副师长此行目的是为苟有勇壮胆打气来的，谁撞上谁倒霉。

电话铃响了，刚拿起电话就听到买合苏提的嗓音："王副团长，一个问题一块儿解决一下。"

王闻道笑道："什么问题？麻达的没有。"

买合苏提说："三天大假，干部回家睡觉，拾花工怎么办？下午我想把五连的维吾尔族拾花工叫到一起，到团陈列室看一看，进行兵团精神、艰苦创业教育，然后再开上一个座谈会，听听大家的意见和感受，晚上嘛一起吃个饭，请你一起参加。"

王闻道称赞买合苏提工作想得细，抓得实，又提醒说："这样的大活动应该请苟有勇同志参加才好。"

买合苏提说："请示过了。他说嘛少数民族拾花工是你请来的，就由你继续抓下去。”

王闻道思考片刻说：“我明白了，下午参观陈列室、开座谈会我同你一起参加。晚餐嘛，我也有一个问题要解决，就不陪你了。”

买合苏提爽朗地大笑，表示赞同。

刚放下电话，铃声又响了，是范志刚打来的：“散会时我走在退场的人群中，听到几个连队干部夸奖你呢。不，应该说苟有勇的讲话中直夸你呢。”

王闻道问：“夸我什么了，我怎么没有听到。”

话筒里传来大笑，范志刚说：“几个连干部边走边议，说听了半天还是王副团长厉害，管工业亮点在工业，管农业亮点又跑到农业上。”

王闻道哑然失笑，说：“志刚，是不是刚挨过批，特渴望得到表扬？再说农业口不是一直是你在抓，要表扬也应该表扬你才对呀。”

两人一阵大笑，范志刚说：“这两天咱俩是不是找几个承包大户谈一谈，尽快把买棉机的事敲定下来，早动手早准备。”

王闻道说：“不差这几天，再说都已宣布休息三天，你再去加班加点工作会不会有不守纪律、不懂规矩的嫌疑呀？”

两人会意地开心大笑。

王闻道给买合苏提讲的“一个问题”，是给儿子过生日的事情。昨天晚饭时，儿子王国庆提出明天过生日想请几个同学到家里聚一聚。王闻道想都没想马上表示赞同：“好啊，我来操刀上阵，炒几个大菜，露上一手。”平日里早出晚归，今日竟能闲下来下厨房，让安贞和儿子都感到惊喜。阿迪力却不相信，说：“老爸是好大好大的卡德尔，怎么也会做饭呢？”

郭家仁来359团的事像插了翅膀一样，早已传到各个角落。安贞已有耳闻，只是见王闻道闷着不肯说，自己也不多问。今天见丈夫有这个闲情雅致，心中自然高兴，笑问：“准备给儿子做什么大餐？”

说做饭炒菜，王闻道并不在行，平日里能按时下班吃饭都很稀罕了，哪里下过厨房？但答应过儿子的承诺不能反悔，于是鼓起勇气说：“先买一个大蛋糕。”

王国庆拍手称赞：“就买‘私人订制’那个店里的，要大一些。”

阿迪力欢快地叫嚷：“我喜欢吃蛋糕。”

王闻道接着说：“再来个大盘鸡、炒茄子、炒土豆丝、炒豆角，再来一个西红柿炒鸡蛋。”

安贞一听乐了，儿子坚决反对，说：“机关食堂的水平，是不是怎么能搞砸你就怎么做？还是让妈妈做吧。”

安贞有些得意地看王闻道一眼，说：“怎么样，伤自尊了吧？”

谁知王国庆又补一句：“妈妈是校长，同学们见了都害怕，所以，妈妈只管做饭，不许出来，由爸爸来上菜。”

王闻道调侃说：“可以呀，待遇、规格不低，校长为你下厨房，副团长给你当跑堂。”

王国庆并不领情，说：“不愿意就算了，我们到街上的饭店里吃也一样。”

阿迪力说：“我还是喜欢老妈做的饭。”王国庆眼睛一瞪说：“悄悄！”阿迪力吓得伸了一下舌头。

叛逆期的孩子，真是翻脸比翻书还快。

当王闻道参加完座谈会后，买好蛋糕急急忙忙赶回家，走进院子就听到屋子里一片欢歌笑语。阿迪力边歌边舞，欢快地唱：“我们的祖国是花园，花园里的花朵真鲜艳……”维吾尔族舞蹈让众人大开眼界，拍着手随声而唱。歌罢，众人齐声叫好，要求再来一个，阿迪力并不推辞，说：“学校刚教会的歌，唱一下。”

> 国旗，国旗真美丽，
> 五颗金星耀大地，
> 我们从小爱祖国，
> 向着国旗敬个礼……

唱罢，众人纷纷夸赞，嚷着再唱，阿迪力说：“今天是国庆哥过生日，我得帮助老妈干活去。”有人羡慕有人嫉妒：“你敢叫校长老妈，厉害。”阿迪力扬扬得意地走了。

王闻道进门，各位小同学都客气、礼貌地说：“叔叔好。”王闻道仔细打量每一位孩子，想问些情况，儿子却等不及，说：“你先去忙你的，这里不需要你参加。”

进了厨房，见安贞正忙，说：“儿子的脾气越来越大，蛮横不讲理的。”

安贞一边收拾着食材，一边说：“到逆反期喽，对孩子要多顺导，少训斥，否则,他连一句话都不肯给你说。"

饭菜端上桌,孩子们都去餐厅吃饭,王闻道、安贞这才来到书房休息。只听餐厅传来说话声:"王童鞋,你家的饭菜好吃得不要不要的。"

"童鞋,什么意思?"王闻道不解地看着媳妇。

安贞轻声地解释:"谐音,同学。"

在孩子们嘻嘻哈哈的笑声中又传来斗嘴的声音:"你好帅,都超过蟋蟀了。"

"你去当总统吧,真够烦人的。"

王闻道又听不懂了,问:"当什么总统?"

安贞微笑着回答:"总务处的垃圾桶的简称。等会儿可要支付翻译费的哟。"王闻道说:"没问题,一定双倍支付。"

嬉笑声忽然停止了,一阵沉静。两人正纳闷,听见王国庆说:"阿迪力怎么了,为什么流眼泪?"

阿迪力触景生情,带着哭腔说:"这么多好吃的菜,要是我的弟弟妹妹在这里就好了!我过生日从来没有吃过这个样子的饭。"

安贞听到阿迪力哭了,忙站起身想过去看看,王闻道摆手示意别去:"孩子们的事,让孩子们自己处理。"安贞见说得有理,又坐下。

一个女生的声音传来:"那你过生日吃什么?"

"鸡蛋,一个鸡蛋。自从我奶奶生病后,连鸡蛋也没有了。"

一个男生的声音传来:"把老母鸡杀了,吃起来很过瘾的。"

"不行的,老母鸡下蛋换钱,要给奶奶买药,还要换盐巴、换茶叶。"

还是男生的声音:"多养几只,今天杀一只,明天杀一只,又有肉吃又有蛋吃。"

女生表示反对:"林万安,你这样说不对。"

林万安说:"怎么不对了,嘻嘻。"

女生说:"就是不对,不尊重人。"

林万安说:"刘畅,你不就是一个语文课代表嘛,训什么人,我才不吃你那一套。"

王国庆作为东道主劝道:"别吵了,阿迪力家在南疆的农村,条件没有咱们这里好,加上奶奶生了一场大病,花去很多钱,家里生活有困难,需要帮助。

林万安同学,你家有钱,但不能轻视我的弟弟阿迪力。”

刘畅提议:“我们来个爱心捐助怎样? 一人五十。”

王国庆说:“我赞成,就五十。”

其他同学也表示赞同,说每人捐出一点压岁钱不算什么,阿迪力就可以给弟弟妹妹买好吃的和学习用品。

王国庆说:“咱们说干就干,刘畅你负责收钱吧。”

刘畅说:“你自己收钱,直截了当,多好。”

王国庆说:“不行,阿迪力是我弟弟,瓜田李下。”

刘畅欢快地笑了,从衣袋里取出一张五十元的人民币,对众人说:“我第一个,其他同学把钱给我。”一阵交钱、数钱的声音过后,又听刘畅说:“林万安同学,你怎么不动?”

林万安说:“我不行,我爸爸每次给我钱的时候都交代不许乱花钱,否则一分钱也不给了。”

刘畅快人快语,寸步不让:“你平常约同学吃烤串、炸鸡腿、喝可乐,还有学校附近的五元小食品一买就是一堆,明明是垃圾食品还要吃,那才是胡花钱。你知道同学们都叫你什么? ‘林大款’‘买单王’。”

有同学表示赞同:“是呀,要是这样的话,以后就不再跟你玩了,也不吃你买的东西。”

林万安受到众人的批评,孤掌难鸣,说:“行,我捐,不就是五十元钱嘛,要不我捐五百元,怎样?”一下变得很大方,说着从钱包中取钱。

众人一愣,不知如何办才好。

王国庆表示反对:“林万安同学,我们帮助有困难的同学是发自内心的,而你先是不情愿,后又摆阔气,我和阿迪力是不能接受的,我们不吃嗟来之食。”

林万安不高兴地抱怨:“捐也不是,不捐也不是,让我怎么办?”

王国庆说:“能给予别人善良、真诚的时候,才说明我们成长了,有责任心。林万安同学,拿出你的真诚来。”

林万安说:“你爸是大官,你说起话来也一套一套的,怪不得我妈说要和你多交往,做朋友,按你说的办,好吧。”

钱收齐了,十位同学共计五百元。王国庆从家中抽屉里拿出一个红包袋递给刘畅。刘畅装好钱,很郑重地说:“阿迪力同学,这些钱是我们大家的一点心意,希望对你家、对你的弟弟妹妹有所帮助,请接受。”

阿迪力有些激动,说:“哥哥姐姐就像我的亲哥哥亲姐姐一样,对我太好了,以后我再不哭了。”说完忍不住又哭起来。

在书房躲避的两人听得真切,安贞颇有感叹:“一群小大人,真是长大了,懂事了。”王闻道说:“半大小子,思维飘忽不定,一会儿幼稚得吓人,一会儿深刻得惊人。”安贞说:“这就是成长啊。噢,手抓肉该煮好了,我端给他们吃。”王闻道忙劝:“我去,我去,你去会吓住孩子的。”起身去厨房。

一会儿,王闻道忙完回到书房,安贞不放心地问:“葱和香菜放了吗?”王闻道说:“放心,既然当了跑堂就一定会是最优秀的跑堂。”正说着孩子们的欢声笑语传来:

“我敢保证,新疆的羊肉是全国最好吃的。”

“嘻嘻,少吃点儿,别撑住‘蓝瘦’了。”

“看你的样儿,好‘香菇’,哈哈。”

这次王闻道听明白了,有些生气,说:“这些孩子,把谬误当成乐趣,把庸俗当成渊博,不像话,你作为校长就这么管学生,放任自流,不批评也不引导?”

安贞说:“班主任和思品课老师在课堂上专门进行过教育,这样的语境只有在同学聚会时才说说,在学校却不敢。所以,你要耐心地听,再去思考如何引导。”

王闻道见说得有道理,笑道:“到底是一校之长,还真有水平,点赞。”

正说着餐厅传来一声尖叫,接着是扯着嗓子一声比一声高的尖叫声,声音里充满不满和愤怒。只听儿子劝道:“不要叫了,这样很不好。”

安贞忙推了王闻道一把说:“快去看看。”

王闻道忙走进餐厅,只见一名男生脸红红的,由于用力喊叫,脖子上的青筋都暴露出来,于是尽量用平和的语气说:“小朋友,有什么事给叔叔说好吗?”

见家长出现,那孩子停住叫,低头不语。王闻道问:“怎么回事?”儿子正欲回答,旁边一位女生抢着说:“叔叔,是林万安不对,他想吃蛋糕,大家说还不到时间,再说也没有唱生日歌吹蜡烛,他不高兴就喊叫起来。”根据话音判断，她就是刘畅。

“这不是问题呀，”王闻道对儿子说，“你是东道主，请来的同学都应该高高兴兴才对。你说该怎么办？”

王国庆想了一下说：“我去拿蛋糕，早吃晚吃都一样，调整一下就是了。”

王闻道和气地对林万安说：“你看解决问题并不难，可以不用大喊大叫。”林万安恢复了平静，拘谨地点点头。

一旁的刘畅又说：“叔叔，他妈妈是林晓霞，林科长。自从他爸妈离婚后，改跟妈妈姓，也变得爱大喊大叫了。他的学习可好了，每次考试都在前五名。”

现在的孩子真聪明，几句话就把情况讲得明明白白。王闻道知道像林万安这样的孩子更需要细心的关爱和照顾，说：“你爸爸妈妈虽然分家了，可你在他们的眼中、心里是最重要、最可爱的宝贝，你说对吗？”

林万安迟疑片刻说：“不对！”

这个回答出乎意料，王闻道问：“那……你认为你是爸爸妈妈的什么？”

“小妖。”林万安回答得缓慢而坚定。

王闻道吃了一惊，说：“怎么会是这样？你是小妖，那家里的大人呢，又该是什么？”

林万安说：“是魔头，大妖怪！现在的大人都被欲望搞疯了，只认钱，我小，跑再远也会被他们一把抓回来，等我长大上大学出国去，就再也不用见他们了！”

王闻道为孩子叹息，认为不该如此贬损自己的父母，尽量以和气的语气说：“父母生你，养你，爱你，关心你，你不该这样说自己爸爸妈妈。”

林万安倔强地说：“他们根本不关心我，也不爱我，只会给我钱，再就是看考试成绩下降就是暴打！”

“暴打？”王闻道觉得不可思议，说，“这怎么行。”因为自己从没动手打过儿子，不知道孩子挨打是什么样子。

林万安有些难过，说：“爸爸是把我按到地上乱打乱踢，妈妈是拿起什么就用什么打，我跑她就追着打。”

王闻道一时语塞，决定改变交谈方式，说：“万安小同学，让叔叔抱一抱你可以吗？”

林万安站起身，迟疑片刻，投入到王闻道怀抱，王闻道感到怀中的孩子身上一阵一阵地颤抖，于是用手轻轻抚摸着林万安的头。过了一会儿，林万安哭泣着说："他们从来没有抱过我，叔叔，国庆同学真幸福，你们都爱他！"

待一切安顿好，王闻道返回客厅。安贞向王闻道伸出大拇指，表示点赞。餐厅里响起孩子们欢快的歌声："祝你生日快乐！"尽管歌词只有一句话，反复地唱，孩子们的真诚和喜悦仍很感人。王闻道说："明天是'十一'，我想带国庆到界河岸边的马建军民兵哨所去，让孩子一起巡视界河，体验戍边职工的真实生活，受受锻炼，免得无病呻吟地'蓝瘦''香菇'。"

安贞立刻回应："我也去。"

王闻道说："烈日当空，黄沙漫漫，徒步几十公里，你吃得消吗？我看算了。"

安贞娇声中带着任性和坚持："不行，我一定要去！小看人是不是?!"

王闻道急忙妥协，说："行，大家一起去。这里你照看着些，我去做个准备。"

二

王闻道再回到家中，小客人们已经散去。王国庆、阿迪力帮安贞清洗餐具，打扫卫生也将结束。王闻道提了一包衣服回来，三套民兵迷彩服、一套带有小花帽的民族童装。一家人拿着衣服比试看大小。阿迪力噘着小嘴说："不攒劲，太不攒劲了，为什么我没有军装！"丢下新童装就往自己的房间走。王闻道一把拉住阿迪力说："听叔叔说，国庆节三天假，你奶奶、爸爸决定明天休息一天，另外两天继续拾棉花，你要过去和家人一起过节，所以才给你添了新衣服。"

阿迪力仍不愿意，说："我要穿军服，穿了军服就可以像司马义哥哥一样抓坏蛋。"

安贞说："好样的！阿姨支持你。国庆，你带弟弟去商店买套儿童迷彩服，快去快回。"

王国庆满脸笑意："老爸，拿钱来。"

王闻道说："你的压岁钱呢？不是还多着吗？"

王国庆顽皮地说:“那可不行,现在为你办事,老爸得出钱。”

阿迪力跟着说:“老爸得出钱。”

王闻道无奈,取出二百元。王国庆不满足,说:“再给一张,跑路辛苦钱。”

安贞一声断喝:“胡闹,待会儿把零钱全部缴上来。”

王国庆见势头不对,忙说:“不要了,不要了。”拉着阿迪力往外跑。

王闻道追出门外,喊道:“早点儿回来,一会儿孙连长来接阿迪力去五连。”

三

次日,天刚蒙蒙亮,三人身穿民兵迷彩服,身背双肩包,搭乘通往十五连的班车出发。

到了连队,宋连长已准备好一辆三轮摩托车,由王闻道驾车开往十多公里外的马建军哨所。

界河岸边,戈壁,荒漠,一望无际,天地相连。无垠的旷野上,白墙红顶的哨所矗立在微风中,方圆几十公里之中可谓独门独户。

听到车声响,马建军、张美兰夫妇跑出屋外迎接。马建军说:“王副团长,今天是怎么个安排?”

王闻道笑道:“今天你是班长,带着我们三个新兵,按往日巡边的要求,认真、扎实地来一遍,不许马虎,不许打折扣。”

马建军一听放了心,说:“先洗把脸,抖抖身上的灰,趁太阳刚刚升起,咱们升国旗。”

哨所门前的旗杆下,五人排成一列,王闻道大声说道:“今天是国庆节,是我们伟大祖国的生日,359团戍边战士在界河边向伟大祖国敬礼!”五人庄严地致军礼。

五星红旗迎着朝阳冉冉升起,国歌响起来,众人一齐高唱:“起来,不愿做奴隶的人们,把我们的血肉,筑成我们新的长城……”歌声嘹亮,直冲云霄。

吃过早饭,众人兴致勃勃地赶着羊群出发。马建军家的羊群约五十多只,远不如高德友养的多。这大约与每天看守龙口、测量水情、沿边巡逻、检查分水闸多项任务在身有关。

王国庆赶着羊群走，很新鲜，高兴地说："老妈，叔叔阿姨家的院墙上写着：'面对蜿蜒的界河，背靠强大的祖国，我们种地就是站岗，我们放牧就是巡逻。'开始还以为是诗，现在看来全是现实生活，一点都不夸张。"

安贞赞道："有悟性！生活中有美，有诗，就看你怎么能悟出来。你看岸边一排排高大挺拔的白桦树，叶子已变黄，却通体油亮、闪光，密匝匝的，很壮观，像一幅油画。"

王国庆说："油画都是小小的一景，可没有这么大气磅礴。"

赶着羊群没走多远，来到界河龙口处，马建军说："我们夫妻俩一项最重要的任务就是看守好龙口，不让大坝被冲垮。团、连领导每次来检查时都说：'守住龙口就守住了界河，守住了界河就守住了国土。'"

王闻道说："是这个理。还应当说守住界河就守住了国家尊严，也守住了咱戍边人的尊严，对得起戍边卫士的称号。"

马建军高兴了，说："二〇〇〇年四月，气温突然升高，厚厚的雪融化得快，形成大洪峰，当时我紧张得要命，整天整夜守在龙口，眼见洪水快到警戒线了，赶紧打电话报告，团里快速派八百民兵赶到，进行抗洪固堤，坚守七天七夜，硬是保住了界河。后来，团党委开表彰会，给我俩一个三等功。"

这些情况王闻道都熟知，当时他也参加了抗洪固堤。而安贞、王国庆却听得津津有味，很是敬佩。

王闻道说："那一次你掉进激流中，被冲出几公里远，心里就没有害怕过？"

马建军说："没有，当时掉进河里，只想到赶快爬上岸，东抓西抓找不到东西。后来没劲了，心想这回怕不中了。还好，看到岸边伸下来一个毛柳枝，这才抓住上了岸。"

张美兰可不愿意，说："谁说不害怕，我顺着河水往下追，看不到人，心里想这回是天塌下来了。我头发蒙，哭着喊着往下跑。"

马建军安慰道："怕啥，活着干，死了算。"

安贞说："老马，有这么安慰人的吗？每个生命都是极为珍贵的。再说，你没见美兰是多么爱你，心疼你。"

众人都笑起来。王国庆说："叔叔阿姨都是大英雄，在学校玩'三国杀'，只知道陆逊、赵云、张飞是英雄，今天才知道叔叔阿姨才是大英雄。"

张美兰笑道:“这孩子嘴真甜,净说好听话。咱就是个普普通通的守界河农工,算不上英雄。”

安贞说:“国庆的话有道理,伟大源于平凡,年复一年,日复一日地把每件平凡的事做好,就是不平凡,就是了不起。”

大家边走边说。戈壁上稀疏的白蒿草已开始枯黄,在阵阵秋风中摇曳。羊群有序地移动,寻找啃嚼的草料。身后扬起一片尘土。

王闻道遥遥望见岸边的界碑,对安贞、王国庆说:“你们跑过去看界碑,看谁能发现一个秘密。”二人欢快地跑过去。待王闻道等人跟过去的时候,安贞满脸惊喜地说:“天下真有这样的巧事,界碑竟然是第 359 号,与咱们团的番号一致!”

王闻道说:“真聪明,一下就发现了。”

马建军、张美兰说:“是呀,我们也觉得巧,说明 359 团就该在这里屯垦戍边。”说着从背包中取出毛巾、小水桶、毛笔和红油漆。张美兰拿出小桶到河边取水,冲洗干净界碑。王闻道、安贞、王国庆拿毛巾擦干净界碑上的水渍。

马建军说:“每年国庆节我们都要对界碑护理一次,让它更鲜亮。今天赶上了,王副团长你开个头。”

王闻道有点兴奋,高兴地说:“这可是件很有意义的事情,我们大家一起来做,共同表达对祖国的忠诚。国庆同学,今天带你来是受教育的,你刚好又是国庆节这天出生的,先请你写第一个字,‘中’字。”

王国庆惊喜不已,说:“让我吗,太让人激动了!”说着拿起毛笔蘸着红油漆一笔一画地描红起来,极其认真和虔诚。

马建军说:“这孩子书法有功力,一笔一画都很劲道。”

安贞解释说:“他每天练一张毛笔字,颜、赵、欧的字帖都在学。”

张美兰疼爱地赞叹:“读书人家的孩子就是不一样,有大出息。”

安贞高兴地描了“国”字。接着张美兰、马建军、王闻道依序描写“3、5、9”三个字。护理过的界碑巍然屹立,坚如磐石,更加鲜红、醒目。

中午时分,太阳悬空高照,放射出炽热的光和热。每个人都大汗淋漓。马建军告诉大家已走了二十公里,在树林下吃午饭,然后往回返。大家在河边洗手洗脸,马建军走到河中测试水情,而张美兰则拿着本子记录着刚测的水文资料,一路上夫妇俩已测过几回了。

午饭很简单,是张美兰烷的夹着肉馅的饼子和矿泉水。大家走了半天累了饿了,所以都吃得格外香。

王国庆说:“阿姨,你做的肉夹饼真好吃,要是将来退休不守界河了,到团部开个馆子专卖肉饼子,保准能挣好多钱。”

张美兰笑了,说:“挣那么多钱干什么?”

马建军接过话头说:“就是不吃饼子,我也要守界河。还是你爸爸说得好,守住界河就守住了咱们的职责,咱们的尊严,这拿多少钱都换不来。小时候我妈常说,做人要有志向,现在才明白过来,守界河就是我的志向,我的志气。我要守一辈子。”

王国庆没想到自己随便说的一句话引出这么一个严肃的话题,一时不知如何对答。见此情,王闻道心生爱意,抚摸着儿子的头说:“听明白了吧,一个人一定要有抱负、志向,而这个抱负、志向只有与国家、与人民的利益紧紧相连才会有价值。今天把马叔叔的话记住了,就不算白来。”

安贞受到启发,说:“老张,美兰,你们说得朴实,做得真诚、感人,我想请你们到学校给孩子们上一堂艰苦奋斗、爱国爱疆的光荣传统课,用现身说法教育孩子们。”

马建军惊得跳起来,似要夺路而逃的模样,连连说道:“不行,不行,可不能行,听你这么一说,惊得我浑身直冒汗。”

张美兰也说:“方圆几十里就我两口子,对着树枝、河里的小鱼说说话还行,要是对着上百号学生说,可真吓死了。”

王闻道也认为讲传统课是个好主意,劝道:“一回生二回熟,讲多了就不怕了。”

见两人惶恐的神态,安贞很快调整思维方式,说:“我们换个方法,每年组织初三毕业生和高中毕业生到这里来,照今天的样子走一趟,或许效果更好。”

马建军、张美兰松口气,说:“这个法子还可以。”

休息过后,原路返回。返程的路显然比出来时的路难走,景物都已看过,体力消耗较多,脚步显得格外沉重,每迈出一步似乎都需要很大的力气。

安贞觉得很累,汗水直流,心中鼓励自己要坚持,再坚持。这时儿子喊道:“妈妈,太累了,我走不动了。”安贞上前给儿子擦了擦脸上的汗水,说:“大家都挺累的，这个时候是磨炼顽强、毅力、耐心的最好机会，我相信你是最棒的。”

王闻道也过来帮腔：“有两种办法你可以选择，一是跟着大家一起胜利地完成任务，另一个是你坐着不动，当个逃兵。”

王国庆又好气又好笑，说：“你是我亲爸吗？红军长征路上大家相互帮扶着走，你讲的故事自己都忘了吗？”

王闻道说：“你是个男子汉，要帮助也应该是你去帮助你妈才对，是不是呀？”

王国庆生气了，说：“不跟你说了，以后老妈再训你，我再不帮你说话了。”

一番话逗得大家哈哈大笑，安贞笑得格外开心。马建军见孩子一脸倦意，浑身是汗，后悔自己考虑不周，应该带一匹马来才对，于是提议背孩子走一段。王闻道、安贞没说话，却用责备、劝阻的眼神望着儿子。王国庆自然懂得，坚决拒绝，坚持自己走。

向前走了一阵儿，马建军一直担忧孩子走路太多，吃不消，想寻些开心事。恰好见到百米开外，有十多只红绿灰相间的鸟儿，体形比鸽子还大一些，在草丛中寻觅草籽吃，心中一喜，对王国庆说：“孩子，看叔叔给你露一手。”说着在赶羊鞭的鞭鞘缠上一块石子，在头顶绕两圈，一用劲甩出去。石头飞向高空，飞快地向鸟群击去。石头落地，受惊吓的小鸟快速振翅起飞，而地上有一只受伤的鸟扇动着翅膀，翻滚着试图飞向天空。

王国庆忘记了疲倦，高喊道：“打中了！”飞快地奔跑过去捉住那只小鸟。小鸟在王国庆的手中拼命地挣扎，发出急切的鸣叫声。

天空中，鸟群盘旋一圈，然后向远方飞去。突然，一只漂亮的鸟儿离开群体，急速地向人群飞过来，口中发出急切的鸣叫。

天上一只鸟，地上一只鸟，各自发出急切、焦急的鸣叫，相互传递信息。只见空中的小鸟快速俯冲下来，几乎贴着王国庆的头顶飞过。王国庆伸手去抓，却没能抓住。小鸟在实施营救行动，几次俯冲得很低，并不惧怕人。

人们继续往回走，小鸟在空中时前时后地飞，马建军说：“这两只鸟应该是一对。”张美兰说：“应该是，看它们有情有意的。”

不知何时，小鸟飞累了，也叫累了，强烈的鸣叫声减弱下来，变成一种哀鸣，高一声、低一声地鸣叫，而手中的小鸟似乎恢复了体力和神志，两只眼睛圆溜溜地不停转动，不停地回应着天空中小鸟的鸣叫，人们不懂鸟语，却分明感受到悲切之声。

已近黄昏，离哨所越来越近，红色的房顶已遥遥可见。空中的小鸟耗尽力量，最终放弃一切努力，它飞落到人们正前方的草地上，收住翅膀，再也不动了。大家走到跟前，王国庆快步上前，弯下腰伸手出去捉小鸟。小鸟本能地抖动起翅膀躲闪，却又很快收住，不肯再动了。王国庆快要抓住小鸟时，忽听安贞喝道："慢，不要抓。"王国庆一愣，起身回看，只见安贞眼含泪水，不由得吓了一跳。

安贞上前一步，轻轻取过儿子手中的小鸟，弯下腰放在另一只小鸟的身旁，很专注地看着一对小鸟说："自由，还给你们！爱情，还给你们！"

两只小鸟又相见了，相互用喙对碰几下，轻声发出欢快的叫声。而后，拍动翅膀飞向天空。小鸟飞向远方，又飞了回来，在人们头顶上盘旋一圈，飞得很低、很慢，随后又飞向远方。

仰望着远去的小鸟，安贞泪流不止。

四

散会后回到办公室，苟有勇仍处在亢奋状态，想找几个知心人说说话，或者喝上一顿大酒。这时，赵建成敲门进来，习惯性地笑两声，说："领导今天的讲话水平真高，有魄力。"

苟有勇说："具体说说看，怎么就有水平有魄力了？"

赵建成说："以往'十一'，城里人都放七天大假，可咱们团领导都说三秋工作忙，一天也不能休息。你一接管，让大家休息三天，这不是魄力吗？再说，大干一百天，全面完成任务，不是又追回来了吗？这一放一收，尽显领导的水平。"

苟有勇心中高兴，说："你挺能琢磨事，爱思考，是个有心人。听到群众有什么反映没有？"

赵建成笑道："散会时，大家都往门外走，听几个连队干部说，'团党委出台不少新措施，还是个想干事的班子'，这不是夸赞政委你领导好呗。"

苟有勇继续追问："还听到些什么，只管说。"

“还有……”赵建成欲言又止，似乎不想再说。

苟有勇鼓励道：“说啊，别婆婆妈妈的像个娘儿们，即便是不好的意见也可以讲，我这个人一向闻过则喜，虚怀若谷。”

赵建成说：“也有人说还是王副团长行，抓工业时团里的亮点在工业，抓农业时亮点又跑到农业上，是帅才。”

苟有勇收住笑容，问：“谁说的？哪个连？叫什么名字？”

见苟有勇生气，赵建成有些心慌，忙说：“当时跟在人群后面，隔得远，没有看清人。恰好范常委也在跟前，我就忙着和范常委打招呼，还真没看清。”

苟有勇自己也搞不明白，只要一提到王闻道，好心情立刻跑得没影了。想起前一阵子，改企的事情被他搅黄了，不由得心中隐隐作痛。又一想，上面有郭师长支持还怕什么，咱们骑驴看唱本——走着瞧，老鼠拉木锨——大头在后面。

赵建成见苟有勇半晌不说话，生闷气，小心翼翼地说：“郭师长来团里召开会议，支持你，夸奖你，大伙都说王闻道快不行了，而你当团长是早晚的事。再说全团干部大会圆满成功，操心不少，累坏了，所以，明天想请你出去散散心，放松放松。”

苟有勇心不在焉地问：“散心，怎么个散法？”

赵建成说：“四连地盘大，有几块地靠山区，这些年抓环保，黄羊多起来，经常跑到地里啃吃庄稼，咱们去打黄羊好了。”

苟有勇说：“你好大的胆子，黄羊是国家保护动物，你也敢打！再说打黄羊也得有枪才行。”

赵建成看出苟有勇心动，在犹豫，说：“原来黄羊少不让打，现在多了到处祸害庄稼，有职工下套抓了也没人管。咱们不用枪打，开着车子追，黄羊虽说跑得快，却不能持久，跑一阵子肺炸了，就跑不动了，一抓一个准。追起来还蛮刺激的。”

苟有勇补上一句：“你把林晓霞叫上，一起去。”

次日，太阳升起，气温快速回升，驱走了清晨的凉意。一辆印有“治安”标识的越野车悄无声息地出了团部，向四连方向快速驰去。

车绕过四连连部，继续向远处的群山奔去。石子路上，车子有些颠簸和摇晃。不久，车子驰出石子路，在戈壁荒滩上奔驰，车身更是颠簸得厉害。

山脚下，车子终于在几棵大榆树旁停住。赵建成跳下车说："黄羊要到黄昏才会出来，咱们来得早，就在大树下面休息，野餐。"说着和司机一起从后备厢里拿出毡子铺在树下，又取过早准备好的牛肉、香肠、黄瓜、西红柿、西瓜、甜瓜，还有面包、馕饼、啤酒、白酒等。

荀有勇下车后四下观看，欣赏远处的景色。

林晓霞却不是很满意，说："什么破地方，穷山恶水的，连个人影都没有。"

赵建成笑道："要是有人，黄羊还敢来吗，你还敢打吗？选的就是这个地方。"

林晓霞又指责道："你都拿些啥呀，冷菜冷饭的，连口热汤都没有！"

东一句，西一句，把赵建成心里搞毛了，想到自己忙了半天，竟被她一句话给否了。尤其越是荀有勇在的时候，胆子越大，话说得越泼，真是让人没办法，于是干笑两声，说："条件不好，你就忍忍吧。"

林晓霞不肯退让，说："我为什么要忍，出来玩就是玩高兴的。"

见两人要争吵起来，荀有勇劝道："忙里偷闲出来转转挺好啊，置身于大自然中，没有闹市的喧嚣、争斗、烦恼，是多么惬意的事情，咱们就坐在大树底下，看风吹草低，听鸟鸣蛙唱。"

林晓霞转怒为喜，说："经政委一说，心情就不一样了，景色果然好看起来。"

赵建成说："这里的风都特别纯，空气中有股甜丝丝的味道。"

正说着，远方传来歌声："在那遥远的地方，有位好姑娘……"是王洛宾的歌曲。

歌声像是从天上飘落下来，空灵，生动，悦耳，直入心灵。三人坐在毡子上停止了说话静静听歌。

循着歌声寻去，只见远处半山腰间，有位穿一身红裙子的青年女子赶着羊群在纵情歌唱。

白云下，山林旁，红裙少女显得格外耀眼、动人。微风中，红裙飘动，伴着起伏高低的草丛，苗条、纤巧的身段似飞似舞。

荀有勇暗暗吃惊：这世界上果真有仙女下凡吗？有句话是怎么说的，对，叫惊为天人！这正是自己日思夜想的美人啊！不由得脱口赞道："美，太美了！"

林晓霞、赵建成忙附和赞同，说："确实美，像油画一样。"

苟有勇猛然跃起，说："让司机送我上去看看，噢，你俩就待在这里看好食物，免得老鼠小鸟偷食。"说完跳上车远去。

望着车轮辗起的灰尘，林晓霞愤恨不已，刚才看到苟有勇眼中贪婪的欲火时，就知道他又动了邪念。现在又不顾一切地扬尘而去，如何不让人怒火万丈？她用力喝下半瓶矿泉水，压住心中的怒火，问赵建成："他急匆匆地去干什么？"

赵建成一副世故的样子，放肆地笑笑说："看不明白吗？领导的想法就是咱们的办法，领导的要求就是咱们的追求，领导的情人就是咱们的亲人。"

林晓霞笑道："一套一套的，挺会来事的，怪不得提拔得挺快。"

赵建成反问："你也提拔得挺快，你的一套是什么？"

林晓霞脸色微红，看着远方没再说话。赵建成看在眼里，心里发痒，移坐到林晓霞身边，说："领导上山办好事去了，咱们是不是也抓紧时间把好事办了？"林晓霞大怒，用拳头重重一击，吼道："滚开，你们没有一个好东西，都是人渣！"赵建成讨了个没趣，又移坐到别处。

车到山脚下走不动了。苟有勇下车后一脚深一脚浅地往山上爬。此刻，他满脑子都是电视上宫廷戏中后宫妃子们貌美如花、千娇百媚、楚楚动人地急盼着皇帝的驾临，浑身不由得燥热起来。

山坡上有许多鼠洞，让只顾奋力赶路的苟有勇时不时一脚踏空，反而显得越用力爬越爬不快，累得直喘粗气，心慌乏力。

大榆树下，两人有了矛盾，一时无话，默默无语，齐看半山腰。眼见苟有勇越走越接近红裙女子，林晓霞恨恨地想："真是昏了头，光天化日之下，看你如何脱裤子。"直盼着山顶上飞下一大侠，来个"葵花点穴手"定住这狗日的一天半天的。可是什么也没有发生。突然，林晓霞喊道："看，快看，山峰上有一道闪电。"

"闪电？"赵建成没有看到，说，"不可能，万里无云的怎么会有闪电？"

林晓霞固执地说："有，我真的看见了。"

赵建成揉揉眼睛，再仔细看仍没有看见什么闪电，却只见苟有勇与红裙女子相对而望，是在诉说一见倾心的情话，还是相见恨晚，眉目传情？不得而知，只感到自己的呼吸急促起来，然而，苟有勇却转身走了，脱口问道："怎么回事?”

林晓霞似乎松口气,说:“不知道。”

半山坡上,放羊的青年女子见一位男子急匆匆地爬上山来,不知何意,把手中的放羊鞭越握越紧。

距牧羊女越走越近时,苟有勇觉得自己眼花了,对方长年被紫外线照射的脸黑红黑红,很粗糙,粗壮的腰身犹如摔跤运动员,一看便知是极为普通的牧家女子。这让他大失所望,兴趣全无,甚至连上前搭讪的力气也没有了。转身回返,心里连连埋怨:“怎么会是这样!”

坐在车上,苟有勇心情沮丧,后悔自己刚才色胆包天,无所顾忌,这让两个下级怎么看自己?又埋怨老天捉弄人,纤巧的身段怎么会变得如此粗壮,美妙的歌声怎么会出自一个皮肤如此粗糙的人?

当车开到大榆树旁,苟有勇迅速调整情绪,笑呵呵地走下车,拿起一瓶矿泉水喝了两口,似自语又似对人说:“是地方的老乡,我以为咱们团的职工发展快,富起来了,没想到地方上的乡村发展也很快,她家一年挣好几万,连小轿车都买了,真是富了。”

赵建成大为吃惊,说:“政委你了不起,休息不忘工作,这么短的时间了解这么多的情况,太让人佩服。”

林晓霞抬头看两人一眼,继续啃着手中的鸡爪子。苟有勇见她满脸怨恨之气,觉得可怜动人,心里又燥热起来,笑道:“建成啊,还是小霞说得对,冷菜冷饭的,没有一口热汤喝怎么行,你去四连,烧壶热奶茶怎样?”

赵建成满口答应,乘车飞快走了。望着消失在远处的车子,苟有勇招呼林晓霞到自己身边来坐,谁知她不肯,只好自己来到林晓霞身边坐下。不料林晓霞飞快起身跑开,嘴里还说着:“找你小仙女去呀,回来干什么!”

苟有勇一听全明白了,心里骂道:“小娼妇,还治不了你。”起来追赶过去。

林晓霞跑得飞快,迅速跑进一丛高高的杂草丛中,藏起身。

苟有勇追到跟前,只见一片草丛,却看不到人影,心里焦急,身上更加难受。

草丛中,林晓霞看到苟有勇追近,一脸的焦急、无奈,嘴唇似动非动,想喊又不敢喊,表情十分可笑,忍不住“咯咯”笑起来。

苟有勇听到笑声,见人就在眼前不远的草丛中蹲着,便奋力地扑过去。

五

等到赵建成提着两大暖水瓶的奶茶过来，大家一喝是又热又香，不住地夸赵建成会办事。林晓霞来了兴致，提出喝白酒，三人边吃边喝，有说有笑。

残阳如血，枯黄的野草被染得通红，似火在燃烧。

远方出现许多小黑点在慢慢移动，渐渐变成三五成群的黄羊。它们穿过辽阔的戈壁滩，向玉米地移动。

黄羊群发现大榆树下的车和人，停住脚步警惕地观望。过了很久，见车停在原地不动，人仍在树下坐着，一切都显得平静，这才继续向玉米地方向走去。毕竟美食的诱惑力是巨大的。

见时机已到，苟有勇趁着酒兴高涨，说："咱们走，我来开车，给你们展示一个开车神技。"

车快速发动起来，苟有勇猛踩油门，车吼叫着像子弹一般飞射出去。

原本胆小的黄羊，见到横冲直撞的庞然大物飞速逼近，立刻炸了群，四处逃窜，家族生活习性，仍是三五一伙地奔逃。

苟有勇选准好目标快速追上去，越野车在坑坑洼洼的戈壁滩上颠簸跳跃着飞奔，车里的人不时被弹跳而起，脑袋撞向车顶，又重重地被跌在座位上。赵建成紧抱着前排椅子靠背，眼睛盯着前方，帮助苟有勇挑选目标。林晓霞被颠得高一声低一声尖叫着。

突然，原本在一起奔跑的大羊小羊快速地四下分开，各自逃命。林晓霞尖声喊道："追小羊，小羊肉嫩好吃。"苟有勇果然调整方向，对准小羊加大油门追去。眼见就要追上，苟有勇把油门踩到底要全力撞倒小羊。不料，小羊竟然一个急转掉头，闪躲到后面了。

苟有勇无法急刹车，也无法急转弯，待车向前跑过一段，速度减缓下来才掉头。而那只小羊已无影无踪。一股恼怒涌上来："小羊呢？"

赵建成快速寻找，发现在前方的新目标，用手指说："快看，那里还有几只。"

苟有勇定神一看，脚踩油门冲上去，很快逼近目标。受到惊吓的黄羊四处奔窜，苟有勇再次选准一只小黄羊奋力追击。眼见快追上了，谁知又发生上一回的情景,危难之时的小黄羊快速转身躲过这场灾难。苟有勇气得直拍打方向盘。

赵建成耐着性子说:“政委,咱不能把车开得太猛,跟黄羊拼的是耐力而不是速度,只要盯上一只追着不放,过上十多分钟它保准就会完命。”

听了赵建成的建议,苟有勇不再全速追击,保持着快跑的匀速,不紧不慢地跟在一只黄羊的后面。黄羊向左转,车也向左转,黄羊向右跑,车也跟着向右追,这一招还真管用,小黄羊跑一阵后感到体力不支,更感到死亡的恐惧,一边奔跑,一连发出“咩咩”的恐惧绝望的呼救声。

见猎物被牢牢锁定,林晓霞高兴地一拍赵建成的肩膀,说:“不愧是综治办主任,追捕捉拿很在行嘛。”

赵建成见她不计前嫌,和好如初,夸张地“哇”了一声,说:“拍得真舒服。”

小黄羊显然体力不够了,越跑越慢,苟有勇又一次踩下油门,想加速撞上去。突然,右侧车身被重重地撞击,发出巨大的响声,车内的人随即发出惊叫。快速行驶的车子向左倾斜,差点侧翻。苟有勇凭着多年的开车经验,轻松油门,死死握紧方向盘。还好,有惊无险,车滑行一段停下来。

“怎么回事?”

大家下车查看,车身被撞出两个深深的凹坑,不像被石头所击,可又不知道被何物所击,力量还蛮大,差点就把车撞翻了。环顾四周,暮色已重的戈壁滩上,枯草在晚风中摇曳,发出阵阵凄凉的鸣声。赵建成说:“会不会是外星人路过,不小心把咱们的车给碰了?”

林晓霞断然反对:“不可能,外星人撞你,早粉身碎骨了。我听到的声音闷闷的,不像是石头砸的。”

苟有勇放眼四处张望,发现问题所在,笑着指向远方,说:“看,外星人在那里。”

顺着手指方向望过去,草丛中一只高大健壮的黄羊正盯着他们,黄羊一动不动,只有眼睛里闪着仇视的寒光。

赵建成喊道:“好大的一只黄羊。”

林晓霞说:“它撞咱们车子干吗?这不是屎壳郎滚蛋——找死(屎)吗?”

苟有勇一挥手说:“上车,今晚就是它了,追上去,吃它的肉!”

车子发动起来,飞快地追上去。大黄羊转身就跑,黄羊跑出一道弧线,向不远的玉米地跑去。

林晓霞眼尖，喊道："快追，它跑进玉米地车子进不去，那就抓不着了。"

情况变得紧急起来，苟有勇加大油门让车子全速转动，快速逼近大黄羊。距离越来越近，相隔不过七八米远，苟有勇咬住牙，用劲把油门踩到底，全速冲上去。就在这时，黄羊向空中一跃，跳过水渠。苟有勇看到水渠知道情况不妙，急忙刹车。可已经晚了，越野车在空中低低一跃，便重重落在水渠中，发出沉闷的"咣"的一声轰响，车子卡在水渠中，发动机被憋熄火了。

巨大的惯性，让苟有勇的前胸重重地撞在方向盘上，尽管有两手撑着，仍然很疼，失口喊道"哎哟"。后排座位上的林晓霞正侧身往前方张望，一下被急刹车的惯性甩向前排的挡风玻璃上，随后又被弹回，疼得她哭爹喊娘地叫唤。还是赵建成有经验，两手紧抱着前排座椅靠背，没受到大的冲撞。

几个人急忙下车，喘着粗气，用手抚摸着伤痛处，好使自己的情绪平复下来。一直坐在副驾驶座上的司机，急忙上车打火，重新启动发动机。只是车子陷在泥水中，车轮打滑半天开不出来。

不远处，大黄羊又出现在草丛中，站在灰黑色的夜幕下，一动不动，任晚风吹过。

六

十月三日，经过昨日的休整，王闻道恢复了体力。吃过早饭，趁着凉快，拿起砍土曼到门前小院的菜地锄草松土。别看两分多地，各类蔬菜应有尽有。墙的四边还有几棵苹果和红枣树，已是果实累累，伸手可摘。

院墙外高大的杨树、白桦树上，一群小麻雀欢腾乱跳地叫个不停，像是争吵又像是唱歌。倒是远处的布谷鸟不紧不慢地"布——谷，布——谷"叫着，显得沉稳而大气。

眼前的景色让王闻道感到惬意和舒坦，感受到生活的美好。他想到古人诗词中描绘的："稻花香里说丰年，听取蛙声一片""大儿锄豆溪东，中儿正织鸡笼。最喜小儿亡赖，溪头卧剥莲蓬"，真是农家之乐，其乐融融，让人神往。

安贞从屋里走出来，端详着王闻道劳动的身影，笑道："不错，一招一式，有板有眼，像是一位有理想、有文化的新一代农工。"

王闻道说："你还别说，要说当农工，在整个 359 团咱应该是个首席农工。"

安贞问："首席，是职务还是职称？"

王闻道一边锄地一边说："别无他求，只求心安，无愧于心便好。"

安贞听罢反身回屋，一会儿戴着防晒帽和白手套，拿着锄头出来走进菜园子，与王闻道一起劳作起来。

王闻道打趣地说："'醉里吴音相媚好，白发谁家翁媪？'"

安贞笑道："辛弃疾的词，他可是豪放派诗人，我更喜欢'想当年，金戈铁马，气吞万里如虎'的豪情壮志。"

说笑一阵后，两人归于平静，埋头锄地，只听见锄草声。

安贞说："心安，真的心安吗？郭副师长走后，团里风传你犯错误了，挨训，受处分，还会被撤职。我在学校都听到了。"

王闻道不气不恼，说："知我者，谓我心忧。不知我者，谓我何求。"

安贞笑道："在师（市）机关那会儿，老听你说'天将降大任于斯人也，必先苦其心志，劳其筋骨，饿其体肤'，一副少年老成的样子，如今尝到滋味了吧。"

王闻道说："是呀，如今正是'天凉好个秋'的季节。"

安贞挥动锄头除草，说："都说基层干部经历摸爬滚打才会成熟，你现在的这种状况恐怕就是成熟过程中的历练吧。"

王闻道若有所思地说："我也是这样想。只是道理好讲，真的轮到自己头上了，心里仍不是个滋味，有想不明白的地方。哎，你不是给儿子改作文吗？怎么跑来下地干活来了？"

安贞说："咱们的儿子可真是会抓机遇的人，前天的活动竟然写成三篇作文，一篇是《守护界河的英雄》，讲的是马建军和张美兰夫妇；第二篇是《界河一日》，讲自己亲身感受；第三篇是《美丽的小鸟》，现在正在网上查小鸟的名字和有关资料呢，所有的素材都用上了。"

王闻道说："这小子悟性好，也有心，现在写了，说不定期末考试就能用上。"

安贞说："一路上我与张美兰聊了许多，她说现在是巡守界河最好的季节，要是在六七月间，蚊虫肆虐，漫天飞舞，小咬的毒性特别大，叮咬一口会奇痒无比，严重者还会引发全身性过敏反应。有时望见前方一团黑雾升起，在空中上下飞舞，就得赶紧躲开。天上的老鹰、乌鸦，地下的大狗、小鸡都有被咬死的。所以，出门巡河得把纱巾缝在帽檐下制成防蚊面罩，身上穿的长衣长裤还得紧紧扎住袖口，每天晚上回到家，衣服被汗水湿透不说，脱下外套一抖，脚下会有一堆的小蚊虫。”

安贞说得有些动情，脸上露出钦佩的表情，说：“我给他们算了一笔账，每天来回走四十公里，一年是一万四千六百公里，二十五年走了三十六万公里，相当于沿赤道绕地球走八圈之多，你说厉害不厉害？二〇〇四年，兵团成立五十周年，中央媒体报道兵团，题目就特别抓人，《献给共和国的忠诚》，还有《用理想和信念铸就的事业》，当时我看得好激动，放下报纸就给记者写了封信。前天的亲身体验让我有了更深的理解。”

王闻道似乎悟到什么，舒了一口长气，说：“你比我有智慧，我光想着带着孩子受受教育，其实，这个过程中我们也应当受到教育和启迪。想想看，马建军夫妇年复一年日复一日地巡逻护河，面对多少困难和问题，他们叫喊过吗？他们又图什么？相比之下，挨点训、受点委屈又算什么。还是你讲得好，献给共和国的忠诚，献忠诚就不能讲条件。”

安贞开心一笑，纠正道：“不是我，是那位记者说的。”说完埋头锄地。

王闻道察觉出笑声中还有别的意味，疑惑地说：“你莫不是借锄草来做我的思想工作吧？”

安贞笑得一脸灿烂，说：“刚才范常委打电话找你，我说你在园子里劳动，待会儿给你回过去，这会子恐怕等急了吧？”

王闻道放下砍土曼，回到屋子里，刚接通电话就听范志刚问：“你家地里的黄瓜、西红柿、茄子还多吧？”

王闻道回答：“多得很，大丰收，怎么，你想要些吗？”

范志刚很认真地说：“我到团贸易市场帮你租个摊位，拉过去一卖准能挣几个小钱。”

王闻道哈哈大笑，说：“在这等我呢，你这不是下套吗？”

范志刚也跟着笑起来，说：“有些场合挨批评不是你做错了什么，而是因为坚持了正确，抵制了错误。”

王闻道问：“这话怎么讲？”

范志刚说：“师（市）机关都传开了，李书记把359团撤团改企的请示和你的那封信合在一起，做了好长一段批示，否定了请示方案，重申了‘三个不动摇’，说明你的意见是对的。”

王闻道听见，心中一热，感谢志刚这种理解和支持。正想说什么，范志刚又说：“给你说件不开心的事，昨天，我找几个职工座谈商议买采棉机的事，谁知梁英坚决反对，闹得不欢而散。”

“怎么可能？”王闻道感到意外。她是植棉大户，她丈夫又是农机高手，拖拉机、康拜因样样精通，每年都挣不少钱。

范志刚在电话那头着急地说：“我以为她家能带个头，这事就好办了，谁知道她会来这么一出。早先，推广地膜、节水灌溉，还有稳棉兴果、产业调整，她都是样样带头，这回倒好，带头抵制，搞得别的承包户也没有信心。”

王闻道劝说：“别急，咱俩跑一趟五连，去摸摸具体情况。”

范志刚急不可待地说：“行，我叫车，现在就走。”

七

两人驱车赶到五连连部。车刚停稳，孙国文从办公室迎出来，范志刚问：“人呢，来了吗？”

孙国文有些为难地说：“梁英古丽说忙，没来，让咱们去地里找。”

范志刚大为不满，说：“有了些钱，架子大，脾气坏，尾巴想翘到天上去了。”

孙国文附和说：“现在连队职工变化大，不好管，要不我到地里跑一趟，捆也把她捆过来。”

王闻道说：“算了，就去棉花地，咱们是来谈工作又不是斗气的。”

三人刚上车，王闻道想起一件事，说：“先不急，既然走到这里，咱们先看看维吾尔族拾花工的住处。”

三人来到连部会议室，二十多个钢架床，分上下两层，床上的被褥整齐、干净，地面显然打扫过，撒过水，干净而潮湿。走出会议室，在林带旁有一个用树枝、葵花秆围建而成的厨房。透过缝隙望去，灶台收拾得干干净净，给人一种卫生、舒适的感觉。

范志刚称赞道：“不错啊！哪像内地来的一些汉族拾花工，被子不叠，洗脸水不倒，衣物乱堆，简直像个鸡窝狗圈。”

王闻道说：“孙连长，你抽时间组织拾花工们相互参观一下，这样可以相互促进，相互学习。现在拾花工都是工会会员，要把思想、劳动、生活各个方面都管理好，引导好。”

孙国文连忙点头答应，三人又重新上了车。

王闻道说：“少数民族拾花工来连队有一段时间，适应吗？连队有什么新变化？”

孙国文回答：“我操心少，多亏巧帕汗大妈里里外外照看着。变化嘛，大家整天起早贪黑地拾棉花，也没啥变化。”说完又觉不妥，补充说：“这群维吾尔族姑娘小伙子拾了一天花也不嫌累，吃罢晚饭，还要在篮球场上唱一阵歌，跳一阵舞，开始汉族职工不愿意，说闹得睡不成觉，可经过两天也跟着跑出来学跳舞，嗓子好的还唱两句豫剧、秦腔和花儿。”

范志刚问：“都唱些什么歌？”

孙国文说：“多了去了，有《我们新疆好地方》《边疆处处赛江南》，豫剧《花木兰》，就数买买提建疆嘴巴巧，自编自唱什么‘雄鹰在天上飞着呢，孙连长领着大伙致富呢’，哈哈，把我编到歌词里了。”

范志刚说：“你还说没变化，这不是变化又是什么？过去创业时，再累也要唱支歌，跳个舞，兵演兵，兵唱兵，现在，好传统都快丢了。当然，也不要搞得太晚，影响明天的工作。”

孙国文说：“晚上十点开始，十一点半准时结束，与巧帕汗大妈商量好的，梁英是工会副主席，管连队的音响、灯光，合作得挺好。”

也许受到领导的表扬，激活了孙国文的兴奋点，话明显地多起来：“这些天，附近的四连六连一些职工、拾花工骑着摩托、开着小四轮赶来参加。四连指导员还说要尽快培养一个梁英古丽式的人物，明年也招收一些维吾尔族拾花工。”

王闻道说：“大家看，孙连长一不小心成了先进典型。”众人都笑起来。王闻道又说：“各民族的交往、交流都是通过具体的劳动生产和细致的生活过程来实现的，是好事情。志刚，咱们应该好好总结五连的做法，争取明年每个连队都做一些这样的事。”

范志刚表示赞同：“我看行。”

车子来到梁英古丽承包的棉花地,三人下车后站到路边的林带里望去,白花花的棉田中,拾花工个个头戴白帽,弯腰俯身摘棉花,看不出谁是谁,好在孙国文熟悉情况,很快把梁英古丽和她的丈夫童建疆找来。

梁英气哼哼地来到林带下,从一堆西瓜堆中挑出一只,放在瓜板上切瓜,用力很猛,刀刃碰在瓜板上,发出“嘭嘭”的声音。

切好西瓜,梁英古丽生硬地说声:“吃瓜。”也不让人,自顾自地拿起一块吃起来。童建疆过意不去,把切好的瓜送给大伙吃。王闻道接过瓜吃起来,范志刚心中有气不肯吃,说:“不吃,别吃坏了肚子。”童建疆知道话中的含意,赔着笑脸说:“她就是犟,别跟女人计较。”梁英抬起头狠狠地瞪了丈夫一眼,童建疆忙收住笑,不再吭声。

王闻道边吃瓜边说:“梁英古丽,听说你当上团里的劳动模范以后,连你家的小毛驴也跟着当上了劳动模范。”

还在吃瓜的梁英古丽忍不住“扑哧”一声笑了,说:“早八辈子的事情。那时,农机具还在连队的手里,咱往地里运运化肥,送个饭,全靠毛驴车拉,请来的临时工收工时都争着坐在车上,说是打‘驴的’,噫,那个时候他们夸小毛驴比夸我还多。现在早不用了,咱家拖拉机、小四轮、皮卡车,连小轿车都有。”说完又收住笑脸,一脸严肃地说:“王副团长,你给评评理,这些民族兄弟姐妹还是我跟着你请来的,不能说不管就不管吧?”

王闻道说:“你都是怎么想的,具体说说看。”

梁英古丽一指棉田说:“你们自己看,这边是维尔族拾花工,那边是汉族拾花工,双方正在擂台,看谁拾得多,拾得快。我那买买提建疆兄弟每天拾花在七八十公斤左右,今天他要挑战双百斤纪录。照这样下去,他几个月下来能挣个六七千元不成问题,其他维吾尔族拾花工也能挣三千到五千不等。我听巧帕汗妈妈讲,村里穷,从来还没人一下子挣过这么多钱。照这样下去,再过几年,他们的生活就会有很大的变化,会逐步富裕起来。可现在倒好,刚看到希望,又要用采棉机拾花,这不是断了他们的致富路子吗?我当然不愿意!”

王闻道一听蛮有道理,与来前面估计的情况不一样,一时不知如何作答。

范志刚说:“农业机械化是大势所趋,是解放和发展农业生产力的必由之路。为了帮助贫困农民,你不会拔掉滴灌带,再雇一批人修毛渠、打埂子、没白没夜地浇水啊?也不会丢弃精准技术,再雇一批人粗放播种,然后定苗,松土地？倒退是没有出路的。”

一连串的设问，句句是真，梁英古丽无话可说，但仍然没有想通，赌气地说：“谁爱买谁买，反正我是不会买采棉机的。我要让我的维吾尔族弟弟在这块地上勤劳致富。”

站在一旁的孙国文劝道：“梁英古丽，我不骂你，这事团领导批评多次，你们也给我提意见，让我不骂人，我改。可你想过没有，团里、连里多久坑过你？你们挣钱多，还不都靠团里、连里的政策好，办法好。这事你怎么就想不通呢？”

梁英古丽不再争辩，只是不再说话，童建疆在一旁干着急。

王闻道见陷入僵局，一时也想不出好方法，便说：“志刚，梁英古丽说得有道理，咱们先回去研究一下再说。”

范志刚也感到无奈，就说：“好吧。”

三人乘车回到连部办公室，孙国文忙着倒水泡茶，又拿出一小盘葵花子。一时间，三人无语地嗑着瓜子。不一会儿盘子里的瓜子嗑完了，孙国文又去装了一盘子过来。范志刚问：“哪弄的？挺好吃的，香、脆不说，还略带咸味。”

孙国文说：“梁英古丽的父母炒的，说是给维吾尔族拾花工添个零食，我见好吃就用食品袋装了些回来。”

范志刚说：“小小的瓜子，从建团以来都是看电影、喝茶聊天时的小零食，人人爱吃，可就是没成大气候。现在人们都讲市场，讲产业，好口味的瓜子应该卖出个好价钱。”

王闻道想到兵团现场会上，十师北屯地区的小瓜子大产业的做法，可这会儿心烦意乱，没有心思说话，只是静静地听。

三人都在深思，停止了嗑瓜子，办公室里一片安静。不远处农工小院里的老母鸡刚产完蛋，一声接一声地“咯咯哒”叫个不停。

王闻道想了一阵说：“过河，就要解决好船与桥的问题，我们应该站在梁英古丽帮助买买提建疆和其他村民脱贫致富这个角度来考虑问题，具体来说，购买采棉机后，村民们有什么新的致富途径，同时，使各民族之间交往越来越多，越来越紧密。”

“对，换位思考。”范志刚受到启发，说，“梁英古丽是种田能手，在‘保粮稳棉兴果’的产业调整中又种植了一批果树，要是买了采棉机，棉花最后一道重体力、耗时长的工序得以解决，她就可以有精力经营即将进入盛果期的果品，这对于发展有好处。另一方面，帮扶民族兄弟致富也可以有新的途径，比如，棉花植保、田间管理时，梁英古丽可以到村上住几天，进行技术指导……”

王闻道说：“我插一句，孙连长你负责把夏巴河村的滴灌问题解决了，这样技术实施、推广可以同步。志刚，你认为呢？”

“同意！”范志刚利索地回答，“资金上团里给你补，一定要高质量、高水平。”

孙国文说：“过几天，我去一趟，保证明年开春用上滴灌技术。”

范志刚说：“我接着往下说，同时呢，买买提建疆也可以用打工的方式到他姐姐这里学习植棉和种果技术，村上的棉花、果品产量提高了，脱贫致富问题也就解决了，这不两全其美吗？”

说完之后，范志刚为自己的思路感到高兴，有些得意。

王闻道问：“说完了？”

范志刚说：“讲完了。”

王闻道说：“好像没讲完。”

范志刚笑了，说：“你又不是我肚里的蛔虫，怎么知道我没讲完？真的讲完了，我就想了这么多。”

王闻道也笑了，说：“你讲的两点我都赞同，我们还应当替梁英古丽想得更远一点。棉花一是进了国储棉，师（市）开发区又引进了浙江大纺织厂，棉花有销路不用愁。可水果就不一样了，必须找市场，找销路。上个月，我到夏巴河村看过，家家户户都有果树或果林，多是自产自食，吃不完晾晒成干果，有产品优势却无商品优势，我想可否运用互联网的科学技术，引导梁英古丽和买买提建疆联手办一个网店，把鲜果和干果销往内地和国外，进而实现共同创业、共同致富，民族间的交往，交流也会更加密切。”

范志刚一听大喜，用力一拍桌子，说：“这步棋看得远，我赞同，像这个瓜子就可以在网上销售，先蹚蹚路，打开市场。”

王闻道则担忧地说：“我担心两人都不懂网上知识和技术，严格地说不知如何通过互联网开拓市场，销售产品，这个问题能否请蒋主席让工会、团委懂行的帮一帮？”

范志刚说：“这个不成问题，回去我给老蒋说。”

孙国文忙说："不用找，她家就有现成的人才。她儿子在北京上大学，学的就是计算机与信息科学专业。毕业后，在北京漂了一年，没找到合适的工作，回到家后大门不出，二门不迈，也不跟父母说话，整天在网上聊天，成了'宅男'。一次，老童急了，冲进屋里打孩子，谁知挨了几巴掌的孩子不哭不闹，两眼怒火地盯住老童看，老童心里发毛，起身退出了屋。可两口子心里着急，刚才你没见梁英古丽嘴上都是泡，急火烧心啊。"

王闻道、范志刚一听，对视而笑，觉得瞌睡遇上了枕头。孙国文兴致不减，继续说："这孩子有股聪明劲儿，在网上给同学晒瓜子，还寄给同学吃，同学都说好吃，还说不白吃，给钱。可老童发现后坚决不让，骂儿子是不务正业，二流子，败家子。"

三人出门上车，再次到棉花地找人。下车后，看到梁英古丽和拾花工们刚吃过午饭，准备下地拾花。

王闻道板着脸说："看来五连不欢迎我们啊！连长不管饭，你梁英古丽大户人家也舍不得管饭。"

梁英古丽忙朝盛菜的桶里看，只剩下肉炒茄子的汤汤水水，馒头只剩下两个，不够分的，难为情地笑笑说："不知领导怎么又来了。"

王闻道说："我们去你巧帕汗妈妈那里看看有什么吃的。"

"他们更简单，"梁英古丽说，"一人半个西瓜一个馕就打发了。再说巧帕汗妈妈可顾不上你们，不信自己看。"说着指向远处的棉田。

众人望去，见买买提建疆双手飞快地摘花，巧帕汗大妈端着半个西瓜，往儿子嘴里喂食。原来，买买提建疆为抢夺拾花时间，连饭都不肯出来吃，巧帕汗大妈心疼儿子，就把馕泡在西瓜汁里，一口一口地喂给儿子吃。

王闻道问："能拾够双百斤吗？"

梁英古丽说："上午已经拾了六十六公斤，下午再拾个三十四公斤就可以达到双百斤了。咱们连最高纪录是二百一十六斤。买买提建疆要打破这个纪录，至少要拾够四十公斤以上。"

范志刚说："下午的花轻，叶子焦，再加上体能消耗大，难度不小。"

王闻道说："是个考验！体力、耐力都很重要。咱们说事吧，老范你来讲。"

五个人坐在树荫底下，范志刚一条一条地分析，娓娓道来。梁英古丽听完，鼻子一酸，眼睛红了，流出了泪水。众人大惑不解，以为是反复做工作让她承受的压力太大所致。

王闻道忙劝："别伤心，真不想买采棉机决不勉强，我们再想别的办法。"

梁英古丽一把拉住范志刚的手，哭着说："好领导啊，真是活菩萨啊！想着法儿让我们发展，搞民族团结。我却把好心当成驴肝肺，孩子要是废了，我们辛辛苦苦挣再多的钱有什么用？这下好了，变废为宝，真是大恩大德呀！"

因喜极而泣，说得语无伦次，哭声又大，一把鼻涕一把泪的，让人不觉得同情，反而好笑。童建疆有些不好意思，说："女人就喜欢哭，也不怕丢人。"

梁英古丽抹了一把脸上的泪水，从地上捡起一块西瓜皮对着童建疆砸去，吼道："龟儿子，就知道傻笑，还不滚回去给领导弄些吃的来！"

第十一章

暗藏隐情

一

第二天上午,王闻道再次来到五连梁英古丽的棉花地,只有童建疆在地边临时花场过秤,笑着迎过来。

王闻道向棉田远处望去,看到远离拾花人群的一位拾花工,说:“那人是艾力吧,为什么老是孤孤单单的一个人?”

童建疆说:“这事俺说不清,他们说的话听不懂,要是梁英在兴许能够明白。”

王闻道说:“是呀,你家当家人怎么不在?现在你倒成了当家人。”

童建疆说:“这女人沉不住气,昨晚兴奋得半夜不睡,一会儿说要成立一个‘姐弟情深公司’,一会儿又说要去考察采棉机,争取全团第一。天一亮,人就走了,把家里的事都撂给我。”

王闻道说:“想通了就抓紧干。今天,我是专为艾力来的,你忙你的。”说完,戴着拾花帽,拿起花兜,向着正在拾花的艾力走过去。

艾力听到“哗啦啦”蹚棉花枝叶的声音,知道有人来,抬头一看,脸上露出一丝惊喜。自从来到359团拾棉花,买买提建疆他们始终对自己不冷不热,避而远之,就连晚上球场活动时,自己唱完歌也极少有掌声,很没面子,心里不是滋味。现在看王副团长向自己走来,立刻有一种亲切感,喊道:“王副团长您好!”

王闻道回应:“你好!艾力。”说着走到艾力身边俯下身子开始摘棉花,说："前一阵忙，没有来，今天和你一起拾棉花吧。"

这么大的卡德尔与自己一道拾花，这让艾力喜出望外，高兴地说："太好了，咱俩也要搞一个比赛吗？"

王闻道说："当然可以。不过你拾花的方法不对，右手摘花递给左手再装花兜，动作太慢，耽误工夫，你看，应该像我这样。"说着做起示范，两手同时摘花，碰到棉花上沾有大叶子就用嘴巴衔出，然后飞快放进花袋里。然后又说："怎么样？这样工效可以提高，你试试。"

艾力学着王闻道的样子两手并用，同时摘花，果然快了许多。连连赞道："亚克西，亚克西。"

王闻道说："艾力，好聪明啊，一学就会，现在咱们开始比赛吧。"

两人并肩拾花，争分夺秒。王闻道毕竟是行家里手，拾花速度要快许多，一会儿就赶在前头，渐渐地把艾力丢在后面。不过，距离不远，王闻道又折回身在艾力的棉花行子里拾花，迎头接上，拾到跟前，王闻道把手中的一大团棉花放进艾力的花兜里。

艾力感到惊奇，说："王副团长，你拾的棉花怎么能放到我的花兜里？"

王闻道笑道："朋友，你棉花行子的花当然海麦斯（全部）都归你，我们八路军嘛，不拿群众一针一线。"

艾力乐得哈哈大笑。

两人又重新并肩拾花，艾力感到轻松和愉快，说："王副团长，一个问题没有搞明白。"

王闻道说："什么问题，尽管说。"

艾力说："老天爷的心啊，长偏了，喜欢团场这个地方，不喜欢我们乡村那个地方。"

王闻道笑道："这可是好大的问题，继续往下说，为什么这样看。"

艾力说："来到团场棉花地一看，外江（哎呀），这里的棉花多多的，我们村子里的棉花开得少少的；团场枣树上的果子多多的，我们村子里枣树上的果子少少的；团场的马路宽宽的，平平的，土都没有，我们村子里的马路窄窄的，坑坑洼洼的，上面都是土，车一过嘛，雾一样的哟，难道不是老天爷偏心吗？"

王闻道大笑说："国庆节前夕，买副政委请大家参观团陈列室，我怎么没见到你，你要是去了看过以后，这个问题就会明白的。"

艾力说:“那天我生病,肚子疼得厉害。”

王闻道说:“生病了？应该去医院做个检查,看看什么问题。”

艾力笑道:“你和连队卫生员说得一模一样,可肚子一阵疼一阵不疼,吃了消炎药好多了,现在就不疼,好得很。”说完,又生气地说了一句:“买买提那些人都说我懒,装病。”

王闻道关切地问:“这两天再没疼过吧?”

艾力说:“昨天还小小地疼了一会儿,不厉害。”

王闻道说:“有病就得赶快找医生看,不能拖,这样吧,咱们攒劲地拾,棉花拾得多多的,下午,我带你去团场医院做个检查,确诊一下什么情况。然后再到陈列馆参观,这一课得补上。”

艾力表示同意,很快又提出新问题,说:“一个啤酒,烤羊肉串吃一下。”

王闻道笑了,说:“没嘛达(没问题),我请客。”

中午棉花过秤的时候,王闻道把自己拾的棉花全部放到艾力的背筐里,一称共计三十六公斤半,艾力很高兴,这么多天,每天都在十七八公斤左右,是一起来拾花的人中最少的一个,今天可以算突飞猛进了。

王闻道给巧帕汗大妈打个招呼,带着艾力去团医院。经过检查会诊,确定为慢性阑尾炎,医生根据反复发作的情况,认为应尽快做手术切除,以防后患。艾力坚决不同意,说自己是来拾棉花挣钱的,钱还没挣到就住院开刀,反而欠钱,再说现在不疼了,为什么还要开刀。

医生望着满脸胡子的艾力,劝道:“老同志,放心,这是尕尕的手术,一个星期就能出院。”

艾力有些不好意思,只是坚决不肯做手术。王闻道不好勉强,分别给孙国文和巧帕汗打通电话,请他们多留意关照。

二

两人来到团场陈列馆,艾力看到把特大号的砍土曼,惊奇不已,说自己从来没有见过这么大的砍土曼。细看说明,说是老军垦战士垦荒的劳动工具。王闻道判断应是高德友一块银元打的那把砍土曼,因他现在的处境,不能标明工具的主人。

在一幅大照片前，王闻道指着棉田里几个满身是泥、满脸是汗的人说：“你知道他们是什么人吗？”

艾力细细看了一阵说：“盲道吧。”

王闻道知道他所讲的“盲道”是指四处漂泊不定的临时打工者，于是解释说：“这几位是兵团的专家和教授，这一位是当时的359团团长，现在已是副师长，我们现在拾的棉花就是当初他们费尽千辛万苦培育出来的。”

艾力听罢，盯着照片细看，仍不肯相信，说：“这样的专家，这样的卡德尔从来没见过。”

两人来到地膜、照片和实物面前，艾力心中一下解开了疑惑，高兴地说：“我知道了，这个地方的庄稼地没有埂子，没有毛渠，都是地下的管管子浇水。”

王闻道夸赞艾力聪明。两人看得很仔细，从解放军进军新疆、大生产运动、剿匪平叛，到创苦创业、建设团场，再到三化建设、维稳戍边，几个展区一一看过来。王闻道边看边说，艾力脸上时时露出钦佩之色。

当夕阳西下的时候，参观完毕。王闻道带着艾力来到马胖子烧烤店。马胖子是回族，人高壮实却并不胖。他说中国传统文化中，胖是生活殷实、富裕的意思，见面说一个人胖了，并不是那人真胖了，而是夸他家生活好、兴旺，因而，以“胖子”取了店名。

艾力端起一杯啤酒一饮而尽，立刻有一种浑身通透的舒服和快意，接着又赶紧倒满一杯，王闻道忙劝：“悠着点，别喝高了。”艾力孩子般地叫嚷着：“两瓶，就两瓶。”王闻道说：“行，就两瓶，说话算话。”艾力要了拌面，又点了凉面、凉皮。

吃饭间，王闻道问：“你喜欢一个人拾花？是你不喜欢买买提建疆，还是他们不喜欢你？”

艾力大口吃着烤串，说：“一个意思，他们不喜欢我，我也不喜欢他们。”

王闻道说：“干吗要这样？都是一个村里的，应该成为好朋友才对，俗话说‘亲不亲，故乡人’。”

艾力说：“他们给汉族人打工，和汉族人结亲戚，成了兄弟姐妹，这样嘛，就不清真了。”

王闻道哈哈大笑，说：“别指责他们，现在咱俩的情况不也一样吗，哈哈。”

艾力发现自己失言，不好意思地笑了，喝下半杯酒才说："其实，汉族人对我也挺好的。大前年我独自一人到阿克苏去，身上没有钱，没有饭吃，我想找点活挣钱，可到处找不到，最后，看到一个建筑工地需要小工，我就去了，一个头头说：'我们都是汉族人，你一个少数民族吃住都不方便，不能收你。'

"当时我饿得发慌，跟他吵架，说我没有钱，没有饭吃，你想让我饿死吗？

"那个头头想了想，从口袋里拿出两百块钱，说拿去买饭吃吧，这里还是不能要你！

"我又气又无奈，也不知这些钱要好，还是不要好。这个时候他们经理来了，说：'不要给他钱，这样的施舍并不好。我相信，他通过自己的勤劳可以挣到更多的钱，咱们兵团人走到哪，就要把民族团结工作做到哪儿。'后来我发现为了我，他们全部都不吃大肉（猪肉）了，只吃牛羊肉。"

王闻道说："这不很好嘛，我有一个明显的感觉，就是你对汉族同志有一种很深的偏见或误解，老是肚子胀，这是不应该的。尤其你接触到许许多多善良的汉族人以后，就更不应该。"

艾力想了想说："我们刚上学那会儿，老师问大家羊肉好吃不好吃，这不是废话吗，馕都吃不饱，还问羊肉好吃不好吃，自然齐声回：好吃。老师又问想不想吃，大家又说想吃。老师又说：'可是你们却都吃不上，知道为什么吗？都是汉族人把羊肉买走了，吃完了。'我们都不明白怎么回事，只能呆呆地看着老师。

"老师说，你们的妈妈生好多好多孩子，干不了活挣不了钱，你们爸爸一个人挣钱，挣得少少的。而汉族人只要一个孩子，爸爸妈妈都挣钱，挣很多很多钱，馕有了，羊肉也有了，而你们家，馕没有，羊肉也没有。

"你们穷、你们苦都是汉族人造成的，只有把汉族人赶走，赶出新疆去，你们才会有羊肉吃。"

王闻道感到震惊：怎么会有这种教育，明显是破坏民族团结，散布分裂、恐怖思想，只会在幼小的孩子心中埋下仇恨、分裂的种子。此刻，他没有说出口，想听听艾力还讲些什么。

艾力继续说："在工地干了一个多月，好是好，就是太累。早上早早出工，晚上晚晚下班。还有人来不断找我，说给'黑大爷'干活，吃大肉要洗肠子的，让我跟他去干大事情。后来我结了工钱，跟着那个人走了。

“坐车走三天，又蒙着眼睛走了一天，到一个培训基地，开始接受培训。有一个满脸胡子的人说：我们的祖先是突厥人，每个人流的血是祖先的血，跳动的心是祖先的心。先祖们在马背上东征西战，收获大片的土地和很多很多财富，拥有数也数不完的马、牛、羊和奴隶。但这我感到很新奇、很激动。”

艾力停顿一会儿又说：“大胡子又说我们要恢复先祖的荣光，像狮子、饿狼去进攻，推翻政府，杀死政府的人，杀死拥护政府的人，建立起来我们自己的国家，这就是东突厥斯坦。”

“分裂祖国绝不会有好下场！痴心妄想。”王闻道坚决地说。类似这样的情况，从上级下达的文件知道，暴恐分裂分子就是用这样的方式唆使、诱导青少年犯罪。现在的问题是艾力是怎样对待的，便问道：“你相信吗？又是怎么跑出来的？”

艾力说：“一个问题搞不懂，我们明明是维吾尔族，怎么又变成了突厥人。还有，我的爸爸、妈妈经常说帮助我们的都是党员干部，只有听党的话、听政府的话才能过上好日子。我就问：我的爸爸、妈妈都说跟着共产党走，跟政府走，难道连他们也要杀掉吗？

“大胡子生气了，瞪着眼睛指着我说：这个人和汉人一起干活，不清真，脑子坏了，要给他洗脑子、洗肠子。几个大汉把我拖出去打倒在地，灌肥皂水，拳打脚踢，然后把我关进黑房子，还不给饭吃，每天挨一顿打。当时我想逃出去，可门口有人把守，根本出不去。我感到快要死了的时候，大胡子来了，说乖乖跟他干才行，杀异教徒多的人可以进天堂。我一点力气也没有，就答应了。”

王闻道说：“这是个圈套，诱惑你们去犯罪。”

艾力说：“开始我们一群人都不相信有什么天堂，大胡子为让大家信服，施起法术来，说让大家到天堂感受一下再回来。”

王闻道反驳说：“一定是在欺骗，你们都上当受骗了。”

艾力大声辩解：“我没有，真的没有！大伙喝下一种饮料，一会儿都变得迷迷糊糊，神志不清了，这个时候来了一群穿得少少的、薄薄的衣服的漂亮女子，给大伙吃肉、喝酒，还跳舞，还在一起睡觉，完事儿又走了。等到大家睡死醒来，大胡子说人人都到天堂去了一会儿，只要凶猛地去杀人，死后就可以永远待在那个地方过这种日子。当时就有人表示要是攻打政府一定要冲在最前面，第一个死掉进天堂。”

王闻道问:“你是怎么识破的,要做到这一点还真不容易。”

艾力吃了一惊地看了王闻道一眼,暗暗佩服其敏锐的洞察力,说:“那杯饮料就是麻醉汤,毒性特别大,过量会死人的,我闯过社会,曾跟一个维吾尔族老中医弄过草药,所以一闻就知道,只少少喝了一点儿,大部分都趁人不注意倒掉了,没有真的昏迷过去。有两个人喝过量死了,被人悄悄抬走。”

王闻道恨恨地说:“作恶多端,灭绝人性!”

艾力又接着说:“没多久,大胡子组织偷袭城里的公安派出所,有人说城里防范严不好下手,不如找个乡村干,保险。大胡子说干大事就应该到城市里去,杀死一个汉人,就能吓跑一千个汉人。大胡子还说城里离天堂的路好走,容易进去。于是好几个人争着要去。我呢,说挨打的伤没好跑不动,就没有去。

“结果,公安上早有防范,还没冲进去砍人就被发现了,冲上去两个被打死,还有一个受伤,跑回来没两天也死了。大胡子说:这三个人勇敢得很,都进天堂去了,应当庆贺。旁边跟着的三五个人羡慕得不行,说下一次行动一定要冲在最前面,好早一点去天堂。

“我不相信真的能进天堂,几天后,我偷偷去扒开了受伤而死的那个人的坟,一看浑身绿毛,有毒蛇、虫子乱爬。恶心得我当时就吐了,赶紧埋好跑回去。没想到的是,这三个死者的老婆让大胡子弄来了,说她们的丈夫已升天堂享福了,该她们为东突厥斯坦效力了,其中一个漂亮的专门伺候大胡子,成了他的女人。”

说到这里,艾力眼睛里充满怒火,狠狠地骂道:“把人害死了,又睡人家的老婆,狗娘养的,还是人吗?不是人,是牲口毛驴子!所以我决定离开这个脏地方,趁半夜站岗放哨的时候,悄悄地跑了出来。”

王闻道替艾力感到庆幸,能逃出来,同时马上意识到一个重要问题:“还记得什么地方吗?我们应当立刻向公安报案,抓捕这些坏人,那个大胡子叫什么名字?”

艾力说:“在深山里面,我绕来绕去走了好多天才跑出来,记不清在什么地方。那个人叫乌斯曼,眼睛阴冷,让人害怕。”

“乌斯曼!”王闻道不由得叫了一声,“他是一个极端的暴恐团伙头子,罪大恶极。”

艾力问:“你认识他?”

王闻道说:“不认识,应该说你逃离后不久,这个暴恐窝点被公安武警剿灭了,可惜的是乌斯曼给逃了。全疆都在通缉,我是在通缉令上看到的。”

窗外,天色已黑,王闻道起身去结账,马胖子不肯收钱,王闻道再三坚持,马胖子这才收了钱。两人走出饭店,王闻道安排钟师傅用车送艾力回五连,只是心中仍有一种隐隐的感觉,突然叫住正欲上车的艾力,问:“后来,乌斯曼那伙人有没有再与你联系,或者派人找过你?”

艾力迟疑一会儿说:“跑出来半个月,有一个不认识的电话,打我的手机,说乌斯曼很想念我,让我回去跟着干,我吓得赶紧换手机号,从此就断了。”

王闻道追问:“就这些?没有了?”

艾力说:“就这些,没有了。”

“真的?”

“真的。”

“你明明知道乌斯曼是坏人,可为什么还学着样子留着大胡子,能给我一个合理的解释吗?”

艾力又迟疑起来,半晌说道:“有些事情嘛,没有搞明白,说嘛,说不清楚,干嘛,又不知道怎么干。”

王闻道把手放在艾力的肩上拍了拍,说:“暴恐分子不除,整个社会无宁日!你和你的家人也不会安全,所以,我们必须坚决地与暴恐分裂分子做斗争,直到取得胜利。以后有什么情况,你要及时给我讲。”

王闻道望着艾力远去的背影,心中暗想:“艾力一直过得很挣扎,这件事恐怕还没有结束。”他想到塔河县的唐复兴书记,拨通电话讲述了艾力的相关情况,唐复兴说已发现这伙暴徒流窜到塔河县的乡村,几次抓捕行动都落了空,目前正开展拉网行动,会把夏巴河村作为重点。

三

刘杰拿着师(市)党办发来的传真电报来到苟有勇的办公室。苟有勇看后大喜,认为是展示自己的好机会来了。原来。师(市)党委要对正在开展的大学习大讨论和三秋工作进行一次检查指导。每个检查组由一名师领导带队。

刘杰走后，苟有勇大脑飞速转动：一是要有一个好的汇报材料，把工作成绩说足讲透；二是要有几个富有特色和成就的参观点，用事实说话；三是接待要周到，饮食要丰富，这一点或许比前两点更重要。想到这里，拨通电话把林晓霞叫到办公室，安排写汇报材料的事。

林晓霞吃惊地说："怎么又要搞材料？刚写过一个又写，还活不活人了，这次是不是安排别的科室写？"

苟有勇笑道："上次写的材料就很好啊，照这个样子写就行了。你都忘了，政研室老白这支笔杆子调走了，今后还要靠你唱主角。我已让刘主任通知各科室尽快拿出各行业的材料，到时你再汇总、加工。"

林晓霞心中暗暗叫苦，不知回去后如何才能让杜峰接下这个活。

杜峰还真没有从郁闷中走出来，机关的同事开玩笑调侃不说，回到家中还要受老婆的埋怨、唠叨，让他里外都不好受。此刻，听完林晓霞的安排和要求，心中怒火再次燃起，只想破口大骂一通以泄心中闷气。转而一想，一旦骂起来，林晓霞必然好言相劝，软的硬的，哀求、哭泣，自己必中圈套答应写材料。于是强忍怒火，不露声色地学着苟有勇的腔调说："这个材料杜峰同志是写不出来的，我相信，杜峰是写不出来的。"

林晓霞早有心理准备，咯咯一笑，用撒娇的语气说："跟领导较上劲了，男子汉大丈夫的心眼比针眼还小啊。"

杜峰说："咱得听领导的不是？领导说写不出来就一定得写不出来。"

林晓霞仍满含笑意地说："谁让杜哥你材料写得太好，让领导讲兴奋，一兴奋就得意忘形，乱插话，胡乱说，这一点我也是讨厌的。"

杜峰发现自己的心理防线正在被攻破，急忙用手抱着头说："哎哟，我头疼得厉害，我要住院治病。"说完拔腿就跑。

望着夺门而出的杜峰，林晓霞恨得直咬牙，觉得机关干部仗着有些文化，有点水平，给你闹别扭、甩脸子，把你气得半死还没有办法，根本不如连队职工好收拾。记得有一年"科技之冬"给新来的打工者扫盲教认字，大学生刘媛媛兴致高涨地教大家"人口手足，日月星光"，一个字一个字地讲解含义。突然，一个青年男子站起来发言："刘政工，你讲的意思不对。"

刘媛媛很认真地问："哪个地方讲错了吗？"

青年男子说:“你刚才讲一天就是一日,一日就是一天。其实吧,一天一日可以,一日一天谁也做不到。”

话音刚落,众人一阵哄笑,而且越笑越放肆,正在琢磨字的含义的刘媛媛突然明白过来,羞得满脸通红,泪水夺眶而出,冲出教室去找指导员。

林晓霞大怒,立刻集合全连大大小小到连队礼堂,让联防队员把青年男子和他的媳妇叫到台上,怒不可遏:“不是想说脏话吗?不是想要流氓吗?现在当全连男女老少尽情地说,说个够。”

青年男子意识到事态的严重,吓得低着头,不敢说话。台下的人眼见着一台好戏开始了,开始起哄:“说呀,发什么愣。”

“说,快说。”

“光说不行,还要有动作。”

林晓霞站在一旁,双臂环抱在胸前,冷眼旁观,任凭台下的起哄。

台下的人不断地哄笑,一浪高过一浪。有人喊:“保安,上前帮一把,把他俩身上的皮扒下来,好让他俩开工干活。”“对,对,有困难找警察。”喊声越来越高,越来越整齐。青年男子的媳妇架不住这样的羞辱,上前抬手就打,骂自己的男人没出息。那男子挨了十多个巴掌,经受不住,抱头跳下台向门外窜去。

众人看得兴奋,叫喊着跟着出去看热闹。

林晓霞扬扬得意,心想:“敢在我面前胡闹,不整死你才怪!”那个时候干什么都得心应手,可现在连个杜峰都制服不了,真是变了。正想着,突然想到刘媛媛,何不让她来写这个材料?对,就让她来写,反正天下文章一大抄嘛,又有什么难的?

林晓霞走后,苟有勇开始盘算领导来后看什么样的参观点:两个厂是必须要去的,现在是自己亲自抓,又是亮点;再去植棉大连五连去看看,经济效益好,而且还引来了少数民族拾花工,增强了民族团结又是一大亮点;若有时间,再到界河的龙口看看,突出一下边境团场的戍边特色。也不知曾小奇那小子把工程搞得怎么样,该去看看……

正在思考,门被推开,闪进曾小奇,苟有勇笑道:“真邪行,正想你呢。”

曾小奇把门反锁好,来到苟有勇办公桌前,递上一个花花绿绿的编织袋,说:“这是你的。”

苟有勇接过后掂了掂，估计有十万元，随手放在桌底下，待人走后再放进保险柜中。

“固坝工程进行得怎么样？”苟有勇说，“领导很快要来检查工作，我想请他们去工地看看。”

曾小奇笑道：“好啊，快完工了，赶上师（市）领导来，咱们搞个竣工仪式，你我都露个脸子，岂不两全其美？”

苟有勇说：“你回去加把劲儿，争取这些天完工并验收，竣工仪式我做进方案里。”

曾小奇拍着胸脯说：“没问题，这两天再多上些劳力，加加班往前赶。另外，也请你给团基建方面打个招呼，验收时别横挑鼻子竖挑眼的。”

“这好办。”苟有勇希望曾小奇快点走，好把脚下的一堆钱存放起来，若再扯东扯西的不走，等会儿再来几个请示工作的不是耽误事嘛，于是催问道，“还有什么事吗？”

曾小奇一脸兴奋，说：“有啊，上回你给的一车酒特好销，一转手就被销完了，这回我又带了五辆车过来，多拉一些也就能多挣一些。”

“五辆车？”苟有勇知道酒厂货源紧张，有些困难，说，“太多了吧。”

曾小奇说：“我也是帮团场推销产品开拓市场嘛，再说你一个大政委，一把手，徐厂长还敢不买你的账？”

苟有勇一听来了豪气，说：“这几辆车还不是老鼠放屁——小意思，你只管去装车。”说完飞快地在曾小奇递过的条子上签了字。

处理完手中的事，苟有勇给赵建成打电话，让他开上车跟着自己一起到五连跑一趟，看看领导检查的路线，再做些其他安排。另一方面，耿耿于怀那群黄羊，此仇必报，绝不放过它们。

刚放下电话，铃声又响了，拿起电话问道：“哪位？”

来电话的是郭小竹，高兴地报告：“政委，检举材料今天终于寄出去啦。”

苟有勇心知肚明，却不愿沾染此事，只是嗯了一声。郭小竹说：“师（市）领导，还有好些部门都寄了一份，搞不死也要搞臭他。”

苟有勇当然知道“他”是谁，又嗯了一声。

郭小竹说：“张科长前怕狼后怕虎的，一推再推，还是我一催再催，还提供给他许多细节才完成的。”话语中明显流露出邀功请赏的意思。

苟有勇心中高兴，仍十分冷淡地说："不许乱说，要懂得保密。"说完快速放下听筒，走出办公室。

当越野车飞驰到五连办公室门前，孙国文毫无反应，仍在向远处眺望，并没在意综合办的这辆车，直到苟有勇、赵建成从车上下来，略有吃惊地上前迎接，解释道："我等半天也没见政委的车过来，原来是坐赵主任的车来的。"

赵建成与孙国文握手打着哈哈："孙大连长没把综合办放在眼里，车子都快要轧到脚尖了也不肯看一眼。"

众人大笑。

苟有勇说："时间紧，上车说话，打算怎么看，带我们走一圈。"

孙国文忙说好，三人驱车来到棉花地。一望无际的棉田，棉花桃开朵朵，竞相绽放，大地一片雪白。拾花人头戴白帽，俯在棉田中间紧张地拾棉花，只有拾花者的衣服红的、绿的、蓝的，衬得棉田更加生动好看。

"这情景不错。"苟有勇赞叹，又问，"不是有许多维吾尔族拾花工吗，怎么看不出来？"

孙国文回答说："原来是分开的，王副团长不赞同，说都是团场的建设者不要刻意区分族别，大家共同劳动，相互交流、相互学习、相互竞赛，更有利于各民族间的交流交往。"

苟有勇说："很好，你可以把工作再做细致些，检查组到田间地头时，有意识地安排少数民族拾花工到地边过秤，师领导能看得清楚，还可以进行交谈，这样会留下深刻的印象。"

孙国文拿出小本本记下来。赵建成插话说："要是让少数民族拾花工在地头上跳一阵麦西来甫，再给领导献上一顶小花帽，请领导跳跳舞，场面就会热闹起来。"孙国文看了赵建成一眼，然后又转向苟有勇，等候指示。

"这个可以考虑进来。"苟有勇说，"还有一点要做好，把宣传工作搞起来，让广播车响起来，把红旗插起来，把宣传横幅标语挂起来，形成劳动竞赛的氛围，不停地播送拾花工的最新纪录和好人好事。"

赵建成在一旁附和说："这个方法好，高明，既可以鼓舞拾花工的干劲，又能让上级领导看到热火朝天的劳动场面，做好了，比你孙连长汇报要强十倍。"

孙国文笑了，说："行，放心吧，一定搞好。"

三人又回到车上，沿着公路来到一片高粱地，硕大的果实形成火红的一片。

孙国文说："专为酒厂种植的红高粱，销路价格都有保障，一旦收割下来立刻完成农产品向工业产品的转换，得到更大的升值，是值得一看的。"

苟有勇赞道："这块地所代表的生产模式，最能体现咱们359团农工商结合的特点，是咱们的特色。"

三人一边说一边看，孙国文在地边几株瓜秧中找出一个大西瓜，拍了拍然后摘下来，用手指甲在瓜皮上掐几下，再用劲一磕，西瓜脆生生裂开，孙国文把西瓜分成几大块分别给苟有勇、赵建成吃，说："连队职工都这样，干活累了在地边吃个瓜消暑。"说罢自己也吃起来。

苟有勇边吃边说："过去团场人都说啃西瓜，不说吃西瓜，都来源于地边上磕破西瓜吃。别说，这样啃西瓜会有另一种味道。"

吃完西瓜，三人在树林旁的小水渠洗脸洗手，又继续前行。很快来到一片枣林，一米多高的枣树丛中，绿的叶，红的果，今年是大年，枣子特别多，又大又红，都快把树枝压断了。

孙国文又说："再过两天一打霜，红枣脆甜脆甜，很爽口，就可以开园采摘上市。趁着领导来，我们搞个开采仪式，请检查组的领导剪彩，摘下第一个果子。"

这个想法得到苟有勇的肯定，说："这个想法有创意，就这么定下来。"

看过参观点和路线后，苟有勇满心欢喜，三人回到连部，吃过中午饭，离开五连。车出五连后，掉转方向，向大山深处奔去。

四

坐在车上，苟有勇感到心满意足，感到这几个点一定给自己增色加分，同时，又觉得孙国文不像林晓霞说得那么低智无能，肉头肉脑，脱口说道："孙连长这人还行，不像有些人说的是个草包。"

后排座位上的赵建成不知是给自己说还是自言自语，不敢贸然搭话，车内一阵沉默。

苟有勇说："建成，你觉得林晓霞这人怎么样？"

赵建成一听，更不敢说话了。凭本能感觉到林晓霞是仗着苟有勇才骄横的，可又凭什么就能够仗着苟有勇的势呢？说明水很深。于是先笑两声才说："前一阵写材料写得好，有水平。可是林科长看不起人，别人做什么都不满意，老说我的不好，我有些怕她。"

"怕她？"苟有勇哈哈大笑，说，"为什么呀？"

手机响了，赵建成忙拿出手机看，见不是自己的手机响，忙提醒苟有勇说："政委，你的手机响了。"

电话是曾小奇打来的，他气急败坏地对苟有勇说，徐世清压根不买账，别说五车，就是半车也不给。苟有勇让曾小奇把手机给徐世清，压低嗓音，斥问："怎么回事？"

徐世清说："节前才给过曾经理一车，欠下大客户的漏洞还没补齐呢，现在又要五车，实在没有办法。"

苟有勇骂道："傻×呀你，人家帮你推售产品，开拓市场，你却推三阻四，像个干事业的人吗？"

见领导发火，生气，徐世清的口气降低许多，说："走市场就要按市场经济规律办。这些年，白酒市场竞争特别激烈，都在抢夺市场。咱们的几个大客户都是从争夺市场方向考虑精心培养的，占领市场、稳住市场都格外重要，王副团长在时就从不乱批条子。"

又是王闻道，到哪都有他的影子。苟有勇想到这点，破口大骂道："你他妈的傻×一个，也配讲市场！谁乱批条子了，你说，到底给还是不给！"

徐世清软中带硬地说："给，一定给。只是曾经理这里能不能暂缓一下，过段日子再来。"

苟有勇气得说不出话来，只好说："好吧。"便用力挂断了电话。这一刻他下决心换人，一定要换成听自己话的人。这家伙居然还惦记着王闻道，显然不是自己线上的人。

车子在公路上飞驰，两旁高大的树木倒影飞驰而过。苟有勇心中憋着一口气咽不下去，等到车子好容易到大榆树下，还没停稳，便跳下车，走出十多米远，拨通了组织科副科长张文茂的手机，说："你得抓紧时间，把张来顺和徐世清两位同志的考核材料搞一下，要快，这两天就搞出来。"

张文茂说："好，我马上就办。只是这两位吗？是不是还有别的同志？"

“别的同志?”苟有勇不明白为什么会提这种问题,不假思索地说,“别的都不动。”

张文茂心有不甘地追问:“真的?”

苟有勇心正烦,很坚决地说:“先这样吧,别的干部暂时不考虑。”

“好吧。”张文茂失望地回答。

五

当刘媛媛听说给团领导写汇报材料,吓得急忙拒绝:“我不行,真的写不出来。”林晓霞鼓励道:“别怕,大胆写,等你会写大材料我就把你调到宣传科来。”刘媛媛还是推辞:“可我不知道怎么写,团里的情况都不掌握。”

林晓霞说:“我手上有各个科室提供的各行各业的情况,拿回去加工、汇总,全团的情况不就出来了吗? 还有,苟政委讲话爱用排比句和歇后语,像有高度、有深度、有广度、有力度等等,写的时候要突出出来。”

刘媛媛见无法推托,只好勉为其难地说:“我试试吧,写不好可别怪我。”

两天后,刘媛媛忐忑不安地把材料送到了。林晓霞先看了页数,估计有七八千字,长度是够了,然后带着笑意一页一页翻着,看完后,说:“总体可以,把团里的发展变化、成绩都写出来了。但有两个方面的问题要加强,一是材料开头,要把全团的基本情况如有多少耕地、多少职工、多少人口、多少党团员、多少连队和厂矿企业等等都要写上,这对师领导和师机关领导来讲是很重要的信息。”

刘媛媛说:“我手上没有全团的资料。”

林晓霞很有气魄地说:“我这里已经准备了,等会你加进去就行。第二个方面的问题是高度不够,对大学习大讨论的思想认识、重要意义、工作步骤、问题分析和达到的预期目标几乎都没讲到,这可不行。”

刘媛媛惊恐地说:“林科长,你说的高度我站不上去,讲讲五连怎么开展的还可以,一下去讲全师、全团我可不行。”

林晓霞思考片刻才说:“是呀,有些难为你,这样吧,你从‘兴屯在线’上找一找李书记、丁师长的讲话,换个角度,用苟政委的口气来讲不就行了吗?”

刘媛媛听明白了,夸赞地说:“林科长,你的水平提高得真快。”

林晓霞笑道："到了新的工作岗位，就得有新要求呗。你回去加个班，明天早上一上班给我。"

送走刘媛媛，林晓霞高兴起来，轻轻地哼起歌，心想：哼，杜峰你撂挑子，能难住谁，死了张屠夫还真吃带毛猪啊！

第二天一早，刘媛媛果真把材料送到。林晓霞看后，又提出几个地方需要修改，两人趴在电脑旁，反反复复地修改、调整，直到中午才算定稿。下午，林晓霞拿着材料兴冲冲地来到苟有勇的办公室，苟有勇心事重重地翻着材料，一会儿盯着一页看半天，一会儿又翻过好几页，有些心不在焉。林晓霞见状，没话找话地说："前两天又去打黄羊了，这次抓上黄羊没有？"

苟有勇不置可否地嗯了一声，算是回答。

林晓霞有些生气地说："也不叫人家一声，想必是把我忘了。"

苟有勇醒过神，笑道："还惦记草棵子里的美事，好，下回一定带你去。"

林晓霞哧哧地笑个不停，说："你呀，真坏。"

苟有勇话锋一转，说："这些天我一直在琢磨，郭家仁能当上师领导不是白给的，一方面自己能干，另一方面就是制服对手，就像上次开会，不管对的错的，没人敢反对，都得服从。"

林晓霞不解，问："制服？制服谁啊？"

苟有勇说："现在有些人不知天高地厚，一开个会就七嘴八舌，说长道短，自以为懂得特别多，我就想治一治这些人。等到开常委会讨论材料时，有人提意见你就给他怼回去，让他们下不来台，自讨没趣。"

林晓霞明白"有些人"是指团领导，心中胆怯，说："都是大领导，我不敢。"

苟有勇鼓励道："别怕，有我呢。"正说着手机连连传来收到信息的声音，打开一看吃了一惊，手机视频上是自己的司机朱辉暴打一个农工，随后又看到朱辉把毛驴车拴在越野车后面猛跑，小毛驴跟车跑了一阵跌倒在地，很快流出许多血来。于是，忙对林晓霞说："这事先放放，你先回去。"随后拨通赵建成的电话，让他火速赶到现场。

六

被打的农工是一连的苏河清。一连靠近团部，约三四公里远。近些年团场小城镇发展很快，都快连成一片。然而，他家却是贫困户。

这天清晨，苏河清与妻子早早来到承包地给甜菜锄草。当太阳爬到半空时，苏河清擦了把脸上的汗水，给妻子打声招呼，便走向地头，骑着自行车往回走。

回到家中，从碗橱里取出早上吃剩下的炒茄子，往一只大碗拨出一半，剩下另一半仍放回碗橱中，等妻子回来吃。

冲上开水后，剩茄子很快变热，苏河清又泡上一个大馒头，汤汤水水地吃起来。他有糖尿病，医生嘱咐按时吃饭，也别干太重的活，可苏河清压根没把医生的话放在心上，“唉，庄稼人不干活，咋中？”苏河清老家是山东的，但因他身边的河南籍职工多，也慢慢学会了河南人的表达方式。

吃过饭后苏河清舒服了许多，觉得浑身是劲，很美气。放下碗筷，用手一抹嘴角，开始到院子里套上毛驴车，把昨晚准备好的大红枣和玫瑰香、玻璃脆葡萄放到车上。然后，急急忙忙往团部的集贸市场赶去。

苏河清学着维吾尔族商人招揽客人的样子，高声喊道：“先尝后买，不甜不要钱。”见到三个外地模样的游人漫不经心地转来转去，不愿错过机会，笑脸相迎，一边叫卖：“刚打过霜的枣子，甜得很，尝个鲜，不买没关系。”

三人驻足，看着红光鲜亮的枣子忍不住挑一枚大个的，下意识用手一抹，放进嘴里吃起来。

“哇，又甜又脆，好吃。”其中一人刚咬一口就叫起来，其他俩人也赞叹，“爽口，真棒！”

苏河清忙问：“称上两斤还是三斤？”

“来三斤。”

凡愿意品尝的客户大都有购买的欲望，一旦确定目标，就会很大方。苏河清心中高兴，拿起秤盘深深扎进红枣堆里，盛上满满一盘，但顷刻又改了主意，抽出秤盘，只在盘中放适量的红枣，一看分量不够，于是抓一把枣放上，还不够，又抓了一把，直到三斤的量足足的了，这才倒入食品袋中，随后又抓起两三枚枣放入袋中。

这一连串的动作，客户都看得真切，立刻产生了好感，说：“再给我称上两个三斤，回去后给爸妈家和岳父家各一份，让老人们都吃个鲜。”

苏河清满口答应，忙不迭地装枣称重，方法如前。

同来的伙伴见状，也要求各来三袋的红枣，同时又买了葡萄，苏河清满心欢喜地忙碌，连额头沁出的汗珠也顾不上擦一把。

这种卖货的秘诀还是王闻道教给他的。

上个月的时候，一天，苏河清得到通知，说团领导要来看望他，心里纳闷：不过年不过节的，团领导怎么会来看望慰问？

按惯例，春节前，团领导总会带一帮人慰问家庭困难的职工，提一袋米、一袋面、一桶油，笑眯眯地说些关心的话，鼓励的话，临走前再给一个二百元钱的红包。当然，纳闷归纳闷，领导来看望，给钱给物总是好事，能缓解家中的困难，所以，苏河清心中还是很期盼的。

当王副团长在连长陪同下来到家里时，苏河清就发现自己估计错了，因为，两个人什么也没带，王副团长还板着脸，没有一丝笑容。

王闻道和成绍术一同看了苏河清家中的各个房间，这才坐在客厅脏兮兮的沙发上。苏河清不知所措，不知该说些什么，也忘记了倒杯开水。

王闻道严肃地说："穷不可怕，可怕的是没有志气，可怕的是懒惰，你看看自己住的房屋，桌面一层灰，多久没有擦过？地多久没有扫过？还有厨房吃过饭的锅、碗都没有洗，这像是过日子吗？"

成绍术跟着说："这他妈是人住的房子吗？跟猪圈一样，你笨得像头猪，懒得也像头猪。"

"住口！"王闻道喝住成绍术的辱骂，"除了会骂人还会说些什么？苏河清不是你挂钩联系的贫困户吗，你又是怎样帮助的？帮好了，会是这样？"

成绍术受到批评，脸色一红，又很快恢复常态，说："我主要负责他家大田里的生产技术和管理，确保生产丰收。"

苏河清忙插话解释说："成连长可没少帮助咱家，从种到收，一年来好几趟，安排可周密。"

王闻道说："几十亩甜菜，扣除成本费用满打满算二万五六，你两个孩子在城里上大学，每人每年学杂费、伙食费，加起来超过一万，他们紧巴巴的不说，而你这边呢？几乎身无分文。"

苏河清说："家里是有些困难，生了病就硬撑着，实在撑不住了，问邻居借上十几块钱买些药吃。"

王闻道更生气了，转向成绍术说："团党委这两年提出职工多元增收战略，在这里怎么一点儿也没看到？你就没有替老苏想个法子！”

成绍术一向蛮横傲气，早先在郭家仁当团长时期，曾放出大话，郭、成两家的干部就可以把359团的党代会开了，说明亲戚相连，势力很大。此刻，受到责问有些难为情，笑了笑，说：“想是想过，只是没有想出什么好法子来，主要是缺少资金。”

王闻道不赞同：“两回事，不要搅和在一起，缺少资金可以到银行申请小额贷款，重要的是寻找一个稳定增收的新途径。早先，老苏不是喜欢赶个驴车做小生意吗，这个就挺好啊，为什么不做了？”

苏河清叹了一声，说：“架不住罚款，吃草了，啃树皮了，连驴叫唤也成了噪声污染，挣几个钱还跟不上罚的，没有钱就用实物顶。”

王闻道不说话，眼睛逼视成绍术。成绍术自然心虚，不好意思地低下头去，小声说：“联防队员有些过分，不像话。”

王闻道知道联防队员后面的背景，想起流传开的，“你是成连长吗”的笑话。但他是连队的主官，工作还要靠他去完成，这个面子还是要给的。想到这里，王闻道强忍怒火，尽量用平静的口气说：“成连长，这事你负责，先让老苏开出一个乱拿乱抢的名单，让他们加倍赔偿，还给老苏。让老苏再把生意做起来。”

成绍术见没有揭自己的短，松了一口气，高兴地表态：“行，保证十天内清算完，再向您汇报。”

三个人开始商议再买一头小毛驴，利用团场和农户家中的瓜果、蔬菜优势做小买卖的事。成绍术主动提出担保小额贷款，争取早日开业。待确定完有关事宜，王闻道松口气，心情放松下来，说：“做小本生意一是心诚，二是货优，三还要话巧。有两家新开的醪糟店相隔不远，一家很快红火起来，另一家却没有起色，平平淡淡，知道是为什么吗？”

苏河清一脸迷茫，不知如何回答。

成绍术说：“风水不一样。”

王闻道说：“风水？也算是风水吧。前一家见顾客问：吃一个荷包蛋，还是两个，有人说吃两个，有人说吃一个。而后一家则是问：要不要荷包蛋，顾客有的说要一个有的说不要。怎么样，发现其中的奥秘了吧？”

两人会心地笑起来。

王闻道接着说："还有一个细节格外重要，同样是称一斤糖果，分量不够，抓几颗添上去，不够，再抓几颗添上去，顾客看了很舒心，觉得店主心好货实，占了便宜。相反，一上去装满一盘子超重了，抓一把下来，再抓一把下来，顾客会觉得秤不准，店主小气，不愿再买。这是销售心理学，掌握好会受益的。"

两个小故事让气氛活跃起来。三人走出门，来到院子，见一群芦花鸡在鸡栅里叫个不停，下蛋的、吃食的、斗架的都有。

王闻道问："养这么多鸡准备干什么？"

苏河清说："孩子们在学校读书，手头都紧，不舍得吃肉，等放假回来好好补一补。"说完眼睛有点红，难过地低下头。

王闻道说："拿出一半卖掉，现在连队农工自家养的土鸡很受城里人欢迎，可火爆了，一只能卖到一百五十元，还到处要抢购。你可以拿出一半卖掉换成活钱，等孩子们回来可以买些牛羊肉，也好给孩子们换个花样吃。"

苏河清连连点头答应。

到半下午，苏河清筐里的枣和葡萄基本上卖完了，准备收摊回家。这时候，却又来了两名顾客，说是拉酒的司机，尝过红枣后直夸好吃，每人要五十公斤，但必须装成五公斤一箱，回去后好送朋友。苏河清觉得今天特别顺，说好回去装货，一个小时后交货。司机满口答应，苏河清怕不保险，怕运过来后找不到人，就要了一百元钱做押金。

苏河清先到商场选好装枣的礼品盒，然后赶着毛驴车一路小跑往家里赶。进了院子的库房，立刻开始称枣，五公斤的秤高高翘起，倒入盒中后，仍习惯性抓几枚枣放入盒中。

媳妇吃罢午饭，歇过又下地去了，家中的事里里外外只好一个人忙。苏河清装好二十箱后，开始往院子外的毛驴车上装，来回跑了好几趟，路不算远，却有些气喘，坐在车上就觉得有些累，头有点晕，心里有点慌，任小毛驴拉着车往前走。

自从做起小生意，手中有了活钱，每天有个七八十块，好的时候一二百块，这让他感到生活有希望、有奔头！想想大儿子每天早上一个馒头、一份咸菜的早餐，就这还不舍得把咸菜吃完，留到中午再吃两个馍就咸菜。日子过得如此艰难，没有营养怎么学习！小女儿别看人小，很有志气，提出边学习边勤工俭学挣钱。自己做家长的供孩子读书供成这样，真是对不住先人，对不住孩子呀！想到这里，苏河清有些难过，只觉得头更晕了，心更慌了。他知道身上的病又犯了，以前没钱买药，以为抗一抗就过去了，现在手上有点钱要先尽着孩子，更舍不得花了。

坐在车上的苏河清只觉得太阳的金光直直照射过来，晃得眼睛睁不开，昏沉沉的，似乎还有小星星闪过，心中安慰自己："好吧，等送完货先到医院买些药吃，总可以了吧。"得到安慰，心劲松下来，有些瞌睡。

突然，一阵尖锐、急促的汽车喇叭声惊醒了苏河清，只见一辆黑色的丰田越野车直逼毛驴车车后，不停地鸣叫，声音刺耳、响亮。苏河清本能地跳下车，急忙把毛驴车往路边上拉。过去怕日本鬼子，现在怕日本车子。苏河清知道挡了官家的车，心里一阵恐慌。

黑色车子快速超过后，在路边停住。朱辉跳下车骂骂咧咧地走过来，苏河清忙赔不是。

朱辉快步上前，一把揪住苏河清前胸衣服，另一只手左右开弓，一连抽打了好几个耳光，打得苏河清两眼冒金星，鼻子里一股热流涌出，鲜红的血淌在胸前，把衣服染红了。

苏河清急忙解释："我不是故意的，真的，不是故意的，我头晕。"

朱辉停住打，却又不依不饶地说："你就是故意的！"

苏河清头晕得厉害，觉得快要撑不住了，两手捂住头蹲在地上。朱辉只当是耍滑、躲打，更是又气又恨。

这一阵子，朱辉心情很不好。放假三天，苟有勇没回市里却又没叫他的车，心生疑惑，一打听，果然苟有勇往连队里跑用的是别人的车，心中升起无边的烦恼和惧怕。按惯例，团场主要领导用车基本上固定，而副职用车则由党办临时调配，机动性很大。专车司机与机动车司机的身份、待遇看起来一样，可暗中的好处却大不一样。这回好不容易跟上了主要领导，又发生变故，不用自己的车了，怎能不烦恼？一连好几个晚上都没睡踏实，尽做噩梦。刚才，被上小学三年级的孩子的班主任叫去训话。原想孩子调皮没好事，特意开着车子到学校，好显摆一下，谁知班主任根本不吃这一套，直言快语地批评起来，拿出孩子的作业本让他看："这是你们做家长辅导的吧？怎么这样低素质！太低俗了，我都不好意思说。"

朱辉急忙翻看作业本，脸一下红了起来，昨晚，孩子做语文作业问他：

“蛋”字怎么组词,他正心烦意乱,随口回答:“狗蛋,牛蛋。”孩子没再问,低头写在作业本上。

还有,用“大吃一惊”造句,孩子竟然写成:放学回家,见家门口有一堆牛粪,我大吃一斤。班主任在造句下面画两道红道道,并批语:“学生要认真做作业,家长应认真检查督导。”

班主任请一回家长不容易,逮住机会把孩子在课堂中乱讲话、不注意听讲、和同学打架的表现一一列出,希望家长配合学校抓好孩子教育。朱辉羞得无地自容,幸亏孩子不在跟前,否则,一定会飞起一脚踢他个仰面朝天,打得他哭爹叫娘。

憋着一肚子火走出学校,偏偏又遇上毛驴车挡在路中间,一股怒火蹿上脑门,心想:人若倒霉,喝口凉水都塞牙缝,猪猫狗都会跑到头上拉屎撒尿。

此刻,朱辉见蹲在地上的苏河清不好再打,心中的怒火无法平息,又踢了两脚,转身过去牵着毛驴车的缰绳拴到越野车后的保险杠上,然后上车一踩油门飞速地向前奔去,那小毛驴拉着车没跑几步便跟不上,跌倒在地。越野车的马力大,拖着倒地的毛驴快速前进,不一会儿鲜红的血染红柏油路。围观的人中有人高声喊:驴倒了,驴死了……朱辉这才停住车,下车解开绳子,驾车而去。

苏河清挣扎起身,见满地流血的毛驴正痛苦地抽动,心中难过,扑在驴身上放声大哭。围观的人充满同情,不停地有人劝道:

“别哭了,身子骨要紧,赶紧到医院看一看。”

“这驴怕是活不成了,赶紧找人杀了,还能挣几斤肉钱。”

“找团领导告他,让他赔,一定要讨个公道!”

苏河清遭受突如其来的打击,六神无主,只是放声大哭。

“嘟,嘟。”两声汽车鸣笛,两辆装满酒箱的卡车开过来。苏河清猛然想起两位司机买枣的事,又想到王副团长说的“心要诚”的话,用力站起身,再用衣袖擦了把脸上的血迹,仔细检查车上的货,还好,都在。放下心来,迎上两位师傅,把货交给他们。

司机把枣箱放在车上,交过钱开车走了,没走多远,又返回来,递上一千元,说:“你给我们跑货落了难,若就这样走了,心里很不安,这钱你拿着,是我们的一点心意。”

苏河清一时无措,机械地拿着钱,望着远去的卡车,心中五味杂陈,不由得又哭起来。

当赵建成把事情的经过向苟有勇汇报完毕,苟有勇若有所思,缓缓喝两口茶水,说:“挨了打,还照做生意,真是棺材里伸手——死要钱。”

赵建成不知所意,不敢开口。

苟有勇又说:“如果朱辉没占住理,群众会怎么看?会不会讲领导管教不严,管教不力,这会给团党委抹黑的,给党的形象抹黑。”

赵建成习惯性地笑两声,说:“政委的意思我明白,一定从维护团党委的形象高度处理好这件事。”

第十二章

出手反击

一

苟有勇主持召开团党委常委会议。为召开这次党委会，苟有勇可以说是绞尽脑汁，反复考虑怎么开、自己怎么讲、会遇到什么情况、应该如何应对等等，都仔细想过许多遍。

第一个议题是讨论研究干部人事问题。这个有些特别，以往都是最后一个议题。

张文茂简单介绍了徐世清、张来顺两人的工作简历、主要业绩和优缺点。前后不到五分钟。

苟有勇说："开始讨论前，我再给各位领导介绍些情况。从全师（市）的情况看，农业是强项，要科技有科技，要人才有人才。可说到工业，一直是软肋，缺资金、缺项目、缺人才，尤其是缺懂工业、会管理的人才。而咱们办了两个大厂子，规模大、效益好，那可是狗撵鸭子——呱呱叫。因此，师（市）领导希望咱们团在工业人才上能多做贡献、多培养人才、快培养人才。虽说是希望，但实质上讲是要求，是任务。因此，我考虑让世清同志与来顺同志来个轮岗交流，交流有利于他们虚心学习，有利于百尺竿头更进一步，也会使他们的工作经历更丰富，为组织上的选拔培养创造好条件。就说这些吧，大家讨论，畅所欲言嘛。"

按工作惯例，主持人讲完，由常委们排在前面的同志先讲。大家等着王闻道发言，况且他一直管工业，情况也熟。可不等片刻的过渡，苟有勇又紧接着说:“子明同志,你有什么意见?”

“没有。”

“志刚,那你讲讲。”

“没有。”

“热合麦提,你的意见呢?”

“没有。”

苟有勇有意把王闻道放在最后,即便是有反对意见,但大局已定,无法起到引导众人的作用,只能少数服从多数。

果然,王闻道说出自己的担忧:“白酒市场竞争异常激烈,稍有失误就会导致全军覆灭。七师奎屯特曲酒厂就是一个明显案例,从兴旺到破产只有半年的时间,教训惨痛啊! 因此,大战之时不宜易帅,既然有勇同志主抓工业,提出轮岗交流的意见,应该说也是深思熟虑的,我尊重主管领导的意见。”

苟有勇先是一惊,随后大喜,急忙表态:“对嘛,这两位同志都是闻道一手带出来的,都是硬碰硬的汉子,不会错的。”

第二个议题是讨论给检查组的汇报材料。张文茂出去后,林晓霞进来坐下,开始念汇报材料,材料较长,耗时五十多分钟。

范志刚说:“自己写的材料怎么念得结结巴巴的,听起来好费劲。”

林晓霞不好意思地解释:“太紧张了。”由于口干舌燥,急忙喝口水。

苟有勇环视大家,问:“现在讨论一下,大家看有什么需要修改、补充、完善的地方,尽管发表意见。”

人武部长武大军快人快语地说:“戍边、护边是咱们的使命,也是看家本领,与地方共建的军警兵民联防巡边、守护界河、参加军分区的反恐抓捕演练,做了大量的工作,怎么几句就说完了? 分量不够。”

林晓霞说:“马建军每天巡界河四十公里,两天八十公里,三天一百二十公里,很是辛苦。可写材料不是记流水账。”

苟有勇立刻表示赞同:“汇报材料要从大局上把握和体现,要讲大事、说大事,太具体的事儿不宜多说。”

傅子明发言:“推进反腐倡廉工作可是大局上的事,落实领导干部廉洁自律各项规定,清理和查处违规违纪干部八人,力度不算不小,推进和完善‘三重一大’制度,落实上级制定减轻职工负担也有大的进展,还有廉政文化进社区、进连队、进家庭，重点整治商业贿赂工作也在认真推进，再有认真落实群众来信来访及电话举报工作都有一些新东西呢，这些内容应该融入改革发展的中心工作和大学习大讨论中来把握更能体现其价值，站位也会高些，我的意见是不要孤零零地写这么一块。”

林晓霞笑道：“傅书记，提供的材料可是全用上了，如果提供材料的单位站位不高，光靠写材料的人蓄意拔高恐怕不太好吧！”话语之间把傅子明贬了一下。

范志刚看不惯林晓霞见谁顶谁的做法，更何况对材料本身很不满意，他接着说：“这个材料中套用李书记、丁师长的讲话太多，大段大段地搬过来，那怎么行？写汇报材料应该突出团场特点，做什么工作，有什么经验体会，干部是怎么受教的，职工是怎么得实惠的，都要用事实说话，用数据说话。”

林晓霞更是不买账了，说：“汇报材料又不是统计报表，怎么用数据说话。再说了，咱水平太低，要是范常委亲自动手来写，一定会很精彩。”

谁都能听出“站着说话不腰疼”的弦外之音，众人一时无语。王闻道暗暗吃惊：林晓霞哪来的胆子，如此目中无人，这还是常委会会议吗？不由抬头打量起来，只见林晓霞面带喜色，调皮地眨着眼睛，顺着目光看去，却见苟有勇也是面带喜色，用眼神表达着赞许和肯定。王闻道怀疑自己看花了眼，再睁大眼睛细看，果然如此。心中大为惊诧，一股悲凉与失望袭上心头：荒唐！太荒唐！

正在沉思中，忽听苟有勇点名说：“闻道同志，你有什么意见，你可是咱们班子中唯一的科班出身，大秀才啊！”

王闻道迅速清理了一下自己的思绪，他知道现在提什么意见、建议都意义不大了，还会成为嘲弄的对象。于是尽力压住心中的怒火，平静地说：“苟有勇同志代表团党委向检查组做汇报，是一项严肃而重要的工作，因此，有勇同志自己必须满意。刚才，许多同志提出的意见很好，应当重视并在修改中采纳。”

……室内一片沉默。

“讲完了？”苟有勇感到意外，根据王闻道一贯的做法，这有些反常。见王闻道点点头，又问大家：“还有什么意见？尽管提。”

见会场上无人响应，一阵沉默，苟有勇说：“材料总体上是好的，回去后按照各位领导的意见再做认真、扎实的修改。”

原本就两个议题，大伙准备散会。苟有勇突然想到似的说：“哎呀，还有一件事，请大家再坐一会儿，咱们一起议一议吧，刘主任，你去把赵建成叫来。”

赵建成走进会议室坐下后，开始汇报“苏河清被打事件”调查经过。情况出乎人们的意料，只听到赵建成说：“现在的有些职工真是和尚打伞——无法无天，喝醉酒的耗子逗猫——不知死活。”也不知从哪儿弄来的歇后语，好在大家还能听明白要表达的意思。

“苏河清赶着驴车占住中间的车道就是不让，朱辉想从右边绕过去，驴车就往右边偏；朱辉想从左边超过去，苏河清又把驴车赶往左边，耗了好长时间，朱辉生气跳下去追上去打起来，双方都动了手，又打又骂。苏河清骂朱辉给领导开车，狗仗人势，仗势欺人，今天逗你玩，就是逗你的领导玩，还骂什么狼狈为奸，蛇鼠一窝，一丘之貉，说了许多不中听的话。朱辉见领导也被骂了，更加气愤，无奈之下用车子拖着驴车跑了。”

说完事情经过，赵建成提出处理意见：“打架骂人造成的影响很恶劣，一定要严肃处理，建议两人所在单位加强教育、严格管理，鉴于事情是由苏河清挡道引发的，应负主要责任，造成的经济损失也要由他负主要责任。”

这个调查材料与事先人们听到的情况出入很大，有很多漏洞，可鉴于前一个议题的教训，大家都不愿再多说什么，一片沉默。苟有勇问大家有什么意见，众人不吭声，不表态。

傅子明办案多年，听到漏洞百出的汇报，还是忍不住问：“你们找过苏河清没有，他都讲了些什么？”

赵建成说：“找过，讲的情况和上面说的差不多。”

傅子明说：“把你们向苏河清了解情况的原始记录拿给我看一下。”

“这个……”赵建成有些为难，干笑两声，说，“这件事的调查责任大，时间紧，人手少，是联防队队长一人去的，他没啥文化，没搞啥记录。”

傅子明加重口气说：“这个材料就有问题了。”

苟有勇及时插话：“我看细枝末节的问题就算了，综治办就这个水平。奔市场，奔小康，我最担心的是职工素质太低，有困难的时候，跟你叫爹喊爷可以，可挣两个钱后，他妈的都不知自己姓啥了，傲得脸朝天，恨不得把鸡巴毛、蛋籽籽都放在肩上晒一晒，一副傻×样——”

王闻道劝道："有勇，咱们是开常委会会议，不要骂人，不要带话把子，文明一点。"

苟有勇开心一笑，说："闻道啊，你没在连队干过，不知道下面的情况，有些人就他妈的贱，你给他好好说理，不听，等到骂他踢他，捆起来揍一顿，反倒他妈的舒服了，让干什么就干什么，你说这是不是他妈的傻×嘛。"说到这，见王闻道狠狠地瞪着自己，觉得不惹为妙，于是话锋一转，说，"当然喽，火车跑得快全靠车头带，没有落后的群众，只有落后的干部，干部站位不高，素质不强，怎么会有他妈的高素质的职工呢？"

这一番话说出去，让傅子明、武大军都感觉在批评自己，脸色飞红，低头不语。

王闻道怒不可遏，从后两个问题分析判断，干部轮岗问题肯定暗藏了别的用心。他开始后悔为什么不坚决反对呢！苏河清挨打的事想在这个会上公道处理，显然是不可能了。苟有勇东拉西扯地放肆骂人令人不能容忍，与其好言相劝，不如以其人之道还治其人之身。于是，狠狠地说了一句："你他妈的……"

苟有勇正讲得得意，没听清楚，停顿一下继续说："这说明——"

"你他妈的！"王闻道不露声色地又补上一句。

苟有勇听清楚了，又停顿了一下，看王闻道一眼，继续说："这说明——"

"你他妈的！"又是一句紧紧跟上。

苟有勇大怒，思路全乱，猛地站起身说："会不开了，散会！"

眼前的一幕让人都感到吃惊。

当苟有勇走出七八米远，快要出会议室的时候，只听身后一声重重地拍桌子的声音，随后传来王闻道低沉而有力的声音："站住！"

见苟有勇站住了，王闻道快步上前，在他的耳边悄悄耳语几句。苟有勇听完先是一愣，随后放声大笑，转身拉住王闻道的手，很是亲热地回到原座位，说："好，继续开会。先做个保证，今后不再在大家面前说脏话，这不文明……"

众人见这戏剧性的大起大落，个个目瞪口呆。

二

三项议题全部通过，让苟有勇如释重负。虽说有些节外生枝，但总体上达到了自己预想的结果，心里很兴奋。他知道事不宜迟的道理，火速带人赶到酒厂召开干部大会。

在会上，张文茂宣布了张来顺、徐世清的任免决定。苟有勇作为主持者则发表了长时间的讲话。徐世清似乎早有预料，心情平静，面无表情地做了表态性发言。张来顺则激动得满脸通红，盼望已久的期待突如其来地到了，这令他心跳加快，热血奔流，发言语无伦次，不停地挥舞着拳头，表达着对新岗位的信心和对苟有勇的感激之情。

最让人担心的是苏河清挨打的事情，赵建成的调查材料明显地偏向朱辉，让常委们心存疑虑，幸亏自己采用强硬、粗暴的方法将大家镇住。没想到的是，王闻道也学会了骂人，像个二杆子，反将自己一军，好在大家的注意力也被分散了。而苏河清会不会不服气？又会不会上访？这些都是隐患，必须尽快清除。苟有勇让刘杰通知工会的同志带上一袋米、一袋面、一桶油，随自己前往一连苏河清家。

指导员、连长得到通知后，早已在苏河清家门口等候。

走进灰暗的房子，苏河清正躺在床上养伤。脸胖胖的、红亮红亮的，嘴角有些斜，悲伤、痛苦笼罩在脸上。

成绍术说："老苏，苟政委看望你来了。"

苏河清艰难地抬起身，想笑一笑，表示欢迎，一咧嘴却像哭的一样。

苟有勇急忙上前，握住苏河清的手说："躺下、快躺下，伤得不轻啊，还痛吗？"

苏河清只好继续躺在床上，吃力地说："他骂我，我没骂他。"

苟有勇说："组织上已经知道了，现在你最重要的事是养好伤，尽快把身体恢复起来。"

苏河清又说："他打我，我没打他。驴也死了。"说完伤心地哭起来。

苟有勇气愤地站起身来，说："朱辉这个坏㞞、王八蛋，我真想扇他几个大嘴巴子！刘主任，你回去通知小车队，一定要从严从速处理朱辉，责令他彻底改正错误。”

刘杰“哦”了一声，算是答应。心想：团里已作出处理决定，让小车队怎么从严从速处理？

苏河清见领导给自己做主，心里热乎乎的，顿时感到伤痛减轻许多。说：“有团领导做主，主持公道，我心里好受多了。”

苟有勇转身俯下身对苏河清说：“要相信组织，一定会主持正义，公平、公正地处理好这件事。你抓紧时间养伤，争取早日恢复好投入到生产劳动中，季节可不等人。”说完送上二百元钱和米、面、油，“这是领导的一片心意，收下吧。”

苏河清心情激动，一时不知说什么好，成绍术忙提醒：“快谢谢苟政委。”

苏河清吃力地说：“谢谢政委！”

从一连回到办公室，苟有勇让自己心情平静下来，开始启动另一项工作，就是回兴屯市去看望周老爷子。这事周小丽已打电话来催过几次，只是手上工作忙走不开。现在手头上要紧的事处理得差不多了，都理顺了。当然，苟有勇心中还有另一层意思：周老爷子是老红军、老八路，重病在身，住在医院，师（市）领导少不了前去看望，这是接触领导的绝佳机会。若是老爷子再向李书记、丁师长讲讲自己的事，这事就顺理成章地解决了。

苟有勇起身反锁好门，这才打开保存机密文件的保险箱，从中取出十多个大号、中号的牛皮纸信封，里面全是一沓一沓的现金。他数也没数一股脑地装进大公文包中。随后，又拿起一个装玉石的木制盒，放进办公桌上的纸箱子里。

苟有勇最喜欢的一块小孩拳头大小的羊脂玉佛像，浑白、细腻、圆润，一处糖皮上有许多细细小小的小孔，如人的皮肤一样透气。每天工作之余，他总会习惯性地拿出来把玩、打量一阵儿，会有一种特别的舒服感，劳累、疲倦也会随之减去几分。有几次走关系时都想把它送给郭家仁，可最后因舍不得没有送。此时，苟有勇再次把玉石佛像凑近眼镜片前细细地打量、欣赏、抚摸一阵后，似乎释然了，放进盒中，再放进大纸箱中，心中想道：“就算是取之于民，用之于民吧。只要上位坐稳位子，就会有更多更好的东西。这年头，逢年过节，哪个基层干部给领导拜年了，不知道，可谁没给领导拜年却一清二楚。”

想到这里，苟有勇用劲把桌面上的纸箱搬到桌下，然后又用《兴屯日报》

铺盖在上面，随手把箱盖合上。

敲门声，缓缓地三下。苟有勇判断是司机朱辉到了，走过去打开门，果然是，说："把箱子打个包，放到车上去。"朱辉点点头，径直过去用早已准备好的胶带熟练地打包。左三圈右三圈，很快收拾完毕，然后用手一拎走出办公室。

苟有勇要打个时间差，不慌不忙地品两口茶，养养神，这才拿起公文包准备出门。却见林晓霞探头进来，笑眯眯地问："准备出门？"

"是呀，去市里汇报工作。"苟有勇问，"有事？进来说。"

林晓霞轻快地闪进门，又反身把门关好，快步走到苟有勇面前，说："对我还满意吧？"

苟有勇上上下下打量着，最后定格在她略显黑色的脸上，笑道："满意不满意，你自己还不知道吗？"

林晓霞咯咯一笑，说："想哪去了，我是说常委会会议上的表现。"

"当然棒了！"苟有勇说，"你像个小朝天椒，把他们都呛得一愣一愣的。你知道吗，讨论第三个议题时，赵建成的调查材料漏洞百出，可他们都不再提什么意见了，连王闻道那么有见识的人也没说什么。"

两人开心一笑。

林晓霞扑闪着眼睛，脸上有了红晕，娇声娇气地说："得罪那么多领导，还不是舍身为了你。"说完害羞地低下头。

这是一个明显的信号，苟有勇自然明白，上前一把将林晓霞搂在怀中，一只手又快速摸入她的前胸里，抓住那富有弹性的东西搓揉起来。

林晓霞感到疼痛，低低地呻吟起来。

苟有勇说："这东西怎么摸也摸不够。"

林晓霞撒娇地说："你们男人管这个叫什么？"

苟有勇从书中、网上见过许多描述和形容，好像有一个浪漫诗人说像个坟墓，自己愿意永久地躺在里面，便说："坟墓。"

林晓霞吓得一哆嗦，失去兴趣，想挣扎开："都说些什么，怪瘆人的。"

苟有勇却紧抱住不放，说："是一个诗人写的诗，挺好的呀。"

"好什么呀。"林晓霞坚决反对，说，"什么狗屁诗人，还不如杜峰说得贴切。"

"杜峰是怎么说的？"

“他说:女人的乳房像刚出锅的馒头,又白又暄又烫手,喜欢得不行却又摸不得。”

一阵低低的笑声。

苟有勇心中有了疑惑,问:“杜峰什么时候给你说的,你们这么快就好上了?”

林晓霞有些得意,一笑,说:“吃醋了?杜峰这个话几年前就在全团传遍了,你怎么会不知道呢。”

苟有勇心中释然,坏笑着说:“谁说摸不得,我偏要摸。”

两人又紧紧地贴在一起,不再说话。

三

车子飞快驶出团部,不久又驶上去往师(市)的高等级公路。车少,路况好,朱辉开足马力飞奔,心存感激地对苟有勇说:“政委,谢谢!你真是我的大恩人。”

苟有勇平淡地说:“小事一桩,自己人嘛,总要相互帮一把。你看过去江湖上的青帮、黑帮,就连讨饭的乞丐也要搞个帮帮派派的,为什么?就是合起伙来好办事,相互有个照应。”

朱辉忙不迭地回应:“是呀,是呀,说得太好,今后你就是我的大哥,我的老大,让往东绝不往西,让杀人绝不放火……”

这时,手机铃声响了,苟有勇一看是周小丽打来的,一抬手止住朱辉没说完的话,刚“喂”一声,对方冷冰冰地问:“还在忙?”

苟有勇忙说:“忙完了,正往回赶。”

沉默片刻,传来话音:“要是忙,不回来也行。”说完挂断电话。显然,周小丽很生气。

车进入兴屯市已是傍晚,华灯初放。一阵秋风吹过,路两旁树上的黄叶纷纷落下。眼见就要到家了,苟有勇心情还是有些激动。周小丽人长得漂亮,皮肤白皙,再加上当医生,又懂得保养,越发显得年轻。而自己这么多年,从排长、连长、科长、副政委一路走来,多亏周老爷子关照,每逢过年过节,师领导前来探望慰问,老爷子总要讲讲孩子的事情,尤其是对女儿周小丽的疼爱和关心,无意间就会说到自己的前途上来。想到这里,苟有勇觉得在团场做的一些事对不住周小丽,尽管她什么也不知道。

转念又想,自己辛辛苦苦打拼还不是为了这个家?在兴屯市买的二百多平米的复式楼房,从购买到装修都用的是自己挣来的钱。还有儿子在北京上学读书,毕业后买房也不都是自己出的钱?光靠周小丽那点儿死工资,只能喝西北风。

四

成绍术打来电话报告,已按清单追缴赔偿费共计三千二百元交给了苏河清。王闻道夸赞说:"很好,干脆利落。往后你可要把好关,不能让馋嘴的干部乱罚职工的钱。"成绍术连忙表示绝不重犯。一旁的范志刚听得清楚,满脸笑意,向王闻道伸出大拇指表示点赞。

成绍术又说:"我现在正在老苏的家里,他还躺在床上,不肯下地干活。"

王闻道正与范志刚商议购买采棉机后可能发生的情况和问题,不以为然地说:"受了伤,想多休息几天就多几天呗,没啥大惊小怪的。"

成绍术说:"他心里还有气,不舒服,觉得冤屈得很。"

王闻道说:"苟副政委前去看望,听你说他当时挺受感动的,怎么现在又气不顺了?"

成绍术说:"当时是这样,可好多天过去了,老苏见打人的朱辉仍旧给领导开车,也没背什么处分,认为处理不公,还说要到师(市)上访告状。"说完,迟疑片刻又说:"苏河清可是你重点帮扶脱贫的人,领导能不能亲自来一趟?"

王闻道见说得有理,便从范志刚的办公室走出,往苏河清家赶,远远地看见成绍术在等候。

苏河清躺在床上,脸已消肿,受伤处也已结痂,见到王闻道来看望,说:"他骂我,我没骂他。"

王闻道说:"不骂是对的,这就占住理了。"

苏河清又说:"他打我,我没打他。"

成绍术忍不住说:"老苏,你见人就这几句,反反复复说过好多遍,都快成祥林嫂了。"

苏河清仍坚持自己的想法:“我要去告他,共产党的天下,我不信没有说理的地方。”

王闻道直接表态:“我不赞成你去上访告状,耗时、耗力、耗钱不说,地里的庄稼不管,小买卖不做,两个孩子的学费、生活费也不管了,一家人等着喝西北风?”

一席话说到心痛处,苏河清不再说话,面无表情地看着天花板,久久叹口气说:“受人欺辱了,没脸再见人啊。”

王闻道开导说:“要脸面,好啊,你现在就打起精神,直起腰板,用勤劳的双手去劳作、挣钱,让日子红红火火地过起来,不要让人同情,而是让人羡慕,佩服,那才算条硬汉。听说前一阵子,小买卖还挺红火,挣了些钱?”

苏河清不好意思地笑了,算是一种认可。

“那就对喽,”王闻道趁热打铁,说,“赶紧起来,再去买头驴,把生意做起来。大家都喜欢唱:今天是个好日子。可这好日子不是躺在床上躺来的,而是咬着牙、淌着汗干出来的。”

灯不拨不亮。苏河清思想一通顿感精神大振,翻身起床,坐在床边穿好鞋,说:“团长、连长,我听你们的,明天出工干活。天已晚了,我去杀只鸡,喝杯酒。”

王闻道说:“喝酒?可以啊!但一定要等到你家的小日子红火起来,我和成连长来喝庆功酒。”

成绍术说:“对,是这个理。你发家致富了,不请,我们也会来喝这杯酒。”

三人走出门,来到院子,王闻道见鸡棚里鸡少了许多,问:“这土鸡销路如何?”

苏河清说:“城里人爱吃,都是回头客。我都不敢卖了,得留给孩子们回来吃。”

王闻道说:“我给你出个主意,可以在连队的小家小户收购土鸡,只要价钱合理就行,然后再转售给城里人,这样货源就不缺了,日子久了,还可以带动养鸡业的发展。”

苏河清高兴地一拍手,一跺脚,说:“咦,我怎么没想到这个法子,保管能行。”

成绍术笑道:“看你的高兴劲儿,可算是还阳了。”

众人大笑，走出院门。

临别时，王闻道上前握住苏河清的手说："要相信团党委，相信组织，那件事一定会给你一个公平、合理的说法。"

苏河清顿感一股暖流涌上心头，鼻子一酸，捂住脸蹲在地上。

回到家中，见安贞和孩子都早回来了，饭菜也已经做好。王闻道忙洗手去端菜端饭，叹道："真是好福气啊，一回到家就能吃上热腾腾香喷喷的饭了。"

安贞嫣然一笑，说："时间掐得可真准，是踏着点子进家门的吧。"

典型的家常饭，三菜一汤，炒豆角，烧茄子，肉炖白菜，西红柿蛋花汤加米饭。三人围在饭桌前正要开饭，见徐世清大咧咧地闯进来，嘴上喊道："好香的饭菜，我是循着香味过来的，赶得早不如赶得巧，正好饿了。"

王闻道说："自己到厨房拿碗筷，别客气。"

安贞说："还真像兄弟俩，一个前脚进门，一个后脚跟上。喝酒不？我去拍个黄瓜，再炸个花生米。"

徐世清笑道："那是必须的，我去拿酒杯。"

王闻道起身拿出两瓶小包装的72度"界河特"，往桌上一放，说："一人一瓶，各喝各的，不打乱仗。"

酒、菜齐全，两人各自倒酒各自饮。

徐世清说："这些天上上下下都在传，常委会上你一招制胜，让怒气冲天的苟有勇乖乖回到桌前。"

王闻道说："这个风气不好，常委会议就那么几个人都保不住密。"

徐世清说："传得最厉害的是你在苟有勇耳边说了些什么，版本可多了去了！"

王闻道说："都传了些什么？"

徐世清一边自斟自饮，一边说："一种说法是：'你敢走出这个门，我就到李书记那里告你。'另一种说法比较低调：'你真生气了？我到李书记那里做检讨。'还有一种说法更绝：'你敢走，我就告你受贿私自把界河工程给了曾小奇。'到底哪一种准确？"

王闻道笑而不答，说："喝酒！"两个人举杯相碰，一饮而尽。安贞见孩子在一旁听得津津有味，忘了吃饭，训斥说："快吃完饭！去做作业。"

国庆赶紧吃完碗里的米饭,起身去自己房间学习。

见孩子走了,王闻道说:“说你的正事吧。”

徐世清叹口气说:“我担心酒厂会被他们胡整搞垮。”

王闻道说:“怎么讲,自己当厂长久了有感情,不放心张来顺?”

徐世清喝下一杯酒,说:“根本不是放心不放心的事。”说着把曾小奇如何要酒不成,苟有勇如何大怒讲了一遍。王闻道这才明白苟有勇高调轮岗的真正原因。徐世清接着说:“开始我想都是为了工作,领导发火训几句是常事,谁知把我换了,张来顺去后停止一切经销商的供货,只满足曾小奇的需要,拉走了五车不够,又拉走五车,冯总、程总、陈总不断给我打电话诉苦。”

王闻道一怔,说:“这怎么可以!三位老总多年苦心经营,分别占领疆内、内地和中亚市场,多不容易!一旦丢失,市场百分之九十的销量就会失去,后果不堪设想!交接的时候,没给张来顺说清楚吗?”

徐世清说:“我反复交代,张来顺满口答应做了一百个保证,可转眼就变了。我跑去质问张来顺,可张来顺说杀猪杀屁股——各有各的办法。更可气的是,张来顺又让曾小奇做酒厂总代理,让三位老总做二级代理。曾小奇出手狠,要价高,三个老板一算不挣钱,都甩手不干了,昨天给我打电话告别,好说好散。”

王闻道在思考,痛苦地思考。

徐世清接着说:“我一急,去找苟有勇,希望他能及时调整补救,可他说要相信团党委决定的正确性,要相信张来顺改进创新的精神和干劲。我一生气没好话,说酒厂垮了怎么办?那狗日的竟说:垮在自己人手里也比兴在别人手里强。”

“自己人?!”“别人?!”

王闻道感到愤怒,说:“作为主持全团工作的领导,不去调动各方面的积极因素,团结一心,奋力拼搏,把团场的工作搞上去,反而拉帮结派搞山头,真是蠢得不能再蠢了。酒厂如果垮了,你苟有勇脸上有多大光彩?真是自作孽!”

徐世清说:“这种工作环境,好人吃亏,好人遭欺负受气。”

王闻道脸红起来,倒不是酒力发作,而是徐世清的感言刺痛了自己的心。他恨自己无能,不像小说、电影中的主人公明察秋毫,大智大勇,关键时刻总能化险为夷，既能救善良的好人，又能制服敌凶，挽救败局。现在眼见酒厂危机重重，自己竟然毫无办法。又联想到高德友、苏河清，也感到好人吃亏、好人遭欺负受气的话有几分道理，但又很是无奈，一时理不出头绪来，于是拿起酒杯，大声说："来，喝酒。"

坐在一旁静静吃饭的安贞插话说："慢点儿，我和你们一起喝。"

王闻道、徐世清吃惊地看向安贞。因为平时她只喝些红酒，从不喝白酒，更别说高浓度的烈酒。安贞起身拿来一只小酒杯给自己斟上，说："好人的反义词是坏人，这连小学一年级的学生都知道。而且，所有的小学生都选择了做好人。那么，绝大多数的人都心甘情愿地选择吃亏，选择遭欺负，选择受气？肯定不是。"

安贞没有喝酒，而是端起桌前的茶杯喝了口白开水。显然，说喝酒仅是一个话题引子。安贞继续说："好人善良、厚道、诚实、守纪律、讲规矩，这些都是优点和长处。但要行走社会，这还远远不够了。"

王闻道、徐世清像学生听课一般，凝神静听。

安贞说："好人还应该勇敢、智慧、担当，面对不好的人和事，要有力量和能力去抵制、纠正，这样好人才会有好事，好人才会有好报。好人决不应该是忍气吞声、委曲求全、无可奈何的代名词。《天鹅湖》为什么会成为经典，人人爱看，久演不衰？因为，它讲述的是光明战胜黑暗、正义战胜邪恶的故事，这才是好人的职责与使命。"

徐世清惊奇地说："校长就是校长，有水平！敬你一杯。"

王闻道这些天反复思考的事，经她这一点拨更加通透，也端起酒杯说："透彻，透彻。"

五

天气渐渐凉下来，清晨和傍晚，人们都会往身上添件衣服，以御凉意。张来顺的心情也如这天气一般，短短的时间里，从火热急速降到冰冷。

上任后，张来顺按苟有勇的要求，全力满足曾小奇的要求，先装五辆车，又来五辆车再装。遇到阻力，亲自上阵协调、安排，其他客商一等再等，迟迟不见上货，心里焦急，先找徐世清要求兑现合同，要求交货，见没有成效，转而又向张来顺求情,满脸堆笑,约请吃饭,这让张来顺找到当厂长的感觉,扬扬得意起来,走起路来昂首抬头。

曾小奇在一旁看得清楚,心生一计,递上两万元钱,然后提出由自己担任酒厂的销售的总代理,让各家客商做二级代理,这样,“界河特”酒就会有很大的油水可捞。

“这不是抢权抢钱吗?!”张来顺心中不高兴,觉得曾小奇得寸进尺,心太黑太贪,没有答应,拿在手上的两万元钱还没捂热就想退还过去。

曾小奇见多识广,不达目的岂肯罢休,漫不经心地说:“要不让郭师长给你打个电话?当然,这种小事犯不上惊动大领导,要不让苟政委给你说说总可以吧,你不想也走徐世清的路子吧?”

张来顺上任没几天,自然承受不住这样的压力,退回去的两万元钱曾小奇连看也不看,只好又收回来,放进保险箱里。

当天晚上,曾小奇大摆宴席,请来几家大客商约谈,谁知刚一谈条件,三家客商愤然离席而去,尤其冯总鄙视地看着曾小奇说:“此处不留爷,自有留爷处,咱们走着瞧!”

宴席不欢而散,曾小奇早已料到,不以为然。

风云突变,没有几天时间,也没有任何征兆,“界河特”销售急速下降,到了卖不动的境地。

曾小奇慌了神,急忙到兴屯市各大商场、超市了解行情,客服经理彬彬有礼地介绍说:“我们做商业的是把客户奉为上帝,客户的消费需求变了,商场自然要跟着变,而且还要快,稍微慢一步就被淘汰了。要不我带你去商场转一转。”两人来到柜台,货架上原先摆放的“界河特”都换成了“伊犁特”系列品牌。客户经理说:“这种酒你不陌生吧,英雄本色,素有‘新疆第一酒’之称,现在婚庆宴上能摆上这种酒算是有面子。”

曾小奇问:“‘界河特’呢?原来一直很火爆,供不应求,婚庆宴席想摆都找不到。”

客服经理回答:“是,有过火爆的日子,可市场千变万化,说变就变。”说着叫来远处的工作人员问:“还有‘界河特’吗?”工作人员很客气地说:“有啊,有几箱没卖出去,在那儿。”说着指指货架下层,若不注意根本看不到。曾小奇还是从花花绿绿的酒盒子中间看了半天才看出来。

原先是搞建筑项目的，虽说才转行，但从商的本能和机敏让曾小奇感到问题的严重性，急忙赶回359团酒厂，找到张来顺讲述了所见所闻。张来顺一听紧张起来，手脚冰凉、发麻，不停地说：“怎么会这样，怎么办呀？”

曾小奇看不上张来顺手足无措的样子，果断提出建议：“快找冯总、程总、陈总，恢复他们的代理权，我只提一成就可以了。”

心慌意乱的张来顺急忙拿起电话拨冯总的手机，不料被告知已停机。再找陈总，刚接通就被挂断，被告知对方正忙请稍后再拨，连拨几次都是如此答复，知道对方有意不接电话。又赶忙拨程总的手机，还好，总算有人接电话了，张来顺、曾小奇都松口气。

程总说自己在口岸正忙，有事以后再说。

好不容易抓住一根救命稻草，怎能再等？两人决定火速调车赶往口岸。走进程总的办公室，见程总正在打电话联系业务：“按时发货了，太好了！苏厂长你真是救我一命啊，我请你喝酒。什么？不喝‘界河特’，行，咱们就喝‘伊犁特’，行，行，咱们算是就这儿说定了。”

见程总放下电话，张来顺忙挤出笑脸，上前递烟，说：“程总忙啊，来，抽支烟。”

程总一摆手拒绝了，站起身说：“我正忙，要去办出关手续，你俩也不是外人。”指着对面墙角饮水机和方便面纸箱说：“喝水，自己倒，饿了，吃碗泡面，我请客。”说完扬长而去。

望着远去的背影，张来顺愤愤不平：“什么东西，说翻脸就翻脸，属狗的。”

曾小奇紧跟着补上一句：“真是婊子无情。”

有气无力地回到家中，张来顺发现后院也起火了。原来曾小奇买拉酒的消息被田翠翠知道后，又想起中学闺蜜来车装酒不成的烦心事，现在是厂长夫人了，自然好办事，立刻打电话让同学派车过来装酒。两天后，同学果真带车来了，由田翠翠陪同前往酒厂装车，一切顺利。

放着挣钱的买卖岂肯错过？同学见有利可图，顺手往田翠翠包里塞进一万元现金，说明天再来一辆车拉货，只是手头紧，能不能先拉货后付账，等酒卖出后立马还钱。田翠翠正在厂长夫人的兴头上，一口答应：“行，我给你担保，看他们敢不给你装货。”就在这个时候，市场起了变化，同学给田翠翠打来电话：“货找不到下家，卖不出去，怎么办？”

张来顺闻之大怒,骂道:"蠢货! 蠢货!"

田翠翠自然不肯示弱,眼睛一瞪,质问:"骂谁? 再骂一句试试!"

见媳妇摆出一副大吵一架的架势,张来顺自然不敢再骂,放缓口气说:"别人做生意,你担保,有这么傻的人吗? 别人把你卖了,你还替她数钱呢。"说完自己回到卧室,外衣也不脱,直接躺在床上暗暗大骂:"真是傻×一个。"单位的事,家中的事都让他心烦,此时此刻,只有狠狠地骂才觉得心里好受一些,可又能骂谁呢?

门被"砰"的一声重重推开,田翠翠满脸怒气进来。张来顺一惊,片刻工夫镇定下来,猛然从床上跃起,抱起田翠翠并把她按倒在床上。田翠翠转怒为笑,骂道:"耍流氓。"

六

星期天,半晌午的时候,王闻道拨通了杜峰的手机,约他一起喝酒。

杜峰拎着两瓶伊犁老窖上了车,问:"到哪儿去喝,怎么还坐车去?"

小车启动,飞快驰出团场机关门前的广场,向西线连队方向驰去。

王闻道反问:"最近忙些什么?"

杜峰情绪消沉,说:"闲来无事,写写稿子,逛逛市场,买些豆腐白菜,回家做饭吃饭,打发时光。"

听这么一说,王闻道想起另一件事,问:"在集贸市场见到苏河清出摊没有?"

"见了。"杜峰说,"虽说还是满脸堆笑,可还是难掩悲伤。大家都很同情他,尽量都到他的摊位上买东西。没有货先预订,不问价钱高低。"

王闻道说:"说说你的看法。"

杜峰想了一会儿说:"我儿子小的时候,爱到大渠里洗澡、摸鱼,我怕出事,让水给淹住,不让他去。可这小子中午等我睡熟后悄悄溜出去到大渠里洗澡,下午回来,我问他去了没有,他说没有,我扯住他胳膊轻轻用指甲一划,划出一道白印子,这就是证据,还说谎话! 我一顿拳打脚踢,敢说谎,绝不轻饶! 可现在,碰到睁着眼睛说谎话的人你能打能骂吗?"

王闻道哈哈一笑,说:"老杜,鬼精鬼精的,不是变着法子骂人嘛!"

杜峰也笑起来，说："我可不敢，再说我也养不出这样的儿子。"

车在团场公路上飞驰，路两旁的白桦树、白杨树上的黄叶飞落一地，公路似披上一层金黄色地毯。穿过十五连又飞快地沿着界河的窄路上飞奔，远处已见到半山坡上的烈士碑。车停了下来。

王闻道先跳下车，捧起事先准备好的一束黄菊花，对杜峰说："下车，把酒拿上。"

杜峰一脸疑惑，又不敢多问，跟着下了车，一同向烈士碑走去。

钟师傅是有眼色的勤快人，提早赶过去用扫把将墓碑周围打扫干净。王闻道和杜峰赶到后，恭恭敬敬献上鲜花，然后三鞠躬。

王闻道拿起一瓶酒拧开瓶盖递给杜峰说："好酒献给先烈，献给英雄！"

杜峰会意，接过酒瓶，缓缓绕墓碑一周均匀洒下。

王闻道从钟师傅手中接过一面党旗，将旗杆插入大地，劲风中党旗猎猎飘扬。

王闻道严肃地对杜峰说："入党誓词还记得吧。"

杜峰回答："记得，每年'七一'搞活动都要重温入党誓词的，自然记得。"

王闻道说："好，今天咱们再重温一遍誓词。"

两人齐声宣誓：

> 我志愿加入中国共产党，拥护党的纲领，遵守党的章程，履行党员义务，执行党的决定，严守党的纪律，保守党的秘密，对党忠诚，积极工作，为共产主义奋斗终生，随时准备为党和人民牺牲一切，永不叛党。
>
> 宣誓人：王闻道
>
> 宣誓人：杜峰

宣誓完毕，两个人的内心都充满着庄严神圣感，久立不动。阳光照耀大地，山峦起伏，天高地阔，气势雄壮。

许久，王闻道说："老杜，向你请教一个问题。"

杜峰忙说："不敢，共同探讨。"

王闻道说："誓词中讲'对党忠诚，永不叛党'，你是怎样理解的？"

杜峰想了片刻说："在革命斗争中，遇到挫折，危难重重，仍然坚定理想信念，跟党走，爬雪山过草地，可谓对党忠诚，永不叛党！"

王闻道说："很好，还有呢？"

杜峰说："面对强敌不怕流血牺牲，英勇顽强，舍身炸碉堡、堵枪眼、保护同志，生的伟大，死的光荣，可谓对党忠诚，永不叛党。"

王闻道说："很好！还有呢？"

杜峰又说："深入敌后英勇机智，被捕以后面对敌人严刑拷打，威逼利诱，从不动摇，从容就义，可谓对党忠诚，永不叛党。"

王闻道说："很好，还有呢？"

杜峰被难住了，不好意思地笑笑，说："我说这些都是革命时期的，到了建设和改革开放时期还真得仔细考虑考虑。"

王闻道说："光荣传统、红色基因需要我们传承和发扬光大，老一辈军垦人从井冈山、南泥湾走来，热爱新疆，扎根新疆，把保卫边疆、建设边疆、稳定边疆、屯垦戍边作为终生追求，奋斗一生，可谓对党忠诚，永不叛党。"

杜峰听罢，用力点头，表示赞同。

王闻道抬手一指身边的墓碑说："许许多多兵团人戍守边关，紧急关头、危难时刻挺身而出，舍生忘死，捍卫祖国的尊严，人民的利益，可谓对党忠诚，永不叛党。"

杜峰再次用力点头，表示赞同。

思考片刻，王闻道放慢语速说："我去过重庆的白公馆、渣滓洞参观，感受颇多。其中一个很深的印象是投敌变节、出卖同志的叛党分子尽管形形色色，但他们都有一个共同的特点，就是贪图安逸享受，贪污腐化堕落。因此，艰苦朴素、艰苦奋斗是共产党人的本色，是对党忠诚、永不叛党的重要标志。尤其我们党成为执政党以后就显得更加突出和重要。"

杜峰赞道："精彩！我举双手赞同。"

王闻道说："仅此还远远不够，共产党员还应当敢于、善于与那些权钱交易、权色交易、权权交易的不忠、叛节行径做坚决的、富有成效的斗争，这应该成为对党忠诚、永不叛党的试金石，并接受终生考验！"

杜峰大受感触，说："醍醐灌顶，醍醐灌顶啊！这些话的价值远胜于我所写过的所有文章，不虚此行。"

王闻道说："我们要把对党对人民的忠诚写在实干中！能明白吗？"

杜峰答道："明白！写在实干中。"

王闻道转身接过钟师傅端着的两个大碗，把剩下的一瓶酒打开分别倒入碗中，然后与杜峰两碗轻轻一碰，说："干！"杜峰回应"干！"两人畅饮而尽。

七

天刚放亮。越野车飞奔在坑坑洼洼的土路上，尘土飞扬。随着车子快速行进，沙尘犹如一条长龙在空中飞舞。当车来到老十连高德友家门时，王闻道对车上的客人说："到了，这就是高德友的家。"客人拉车门把欲开门下车，王闻道劝道："待一会儿，让灰尘散去再下车不迟。"

微风中，灰尘慢慢散去，太阳冉冉升起，天空显得明媚起来。下车后，客人感受到秋的凉意，说："好冷啊！"

王闻道说："这里要比团部低上两三度，不过到了中午，气温上来，又比团部高上两三度。"

客人是一家中央媒体驻疆记者站的站长，姓于名昆仑，中等个头。据说长年跑基层，跑边防，写出过不少有影响力的大稿子，多次获中国新闻奖。不知为何，当王闻道一看到于昆仑白白净净的娃娃脸时，立刻对杜峰的介绍产生怀疑，心想，长年跑牧区、山区，风吹日晒雨淋，应该是黑红色的脸膛才对。

正相反，于昆仑却对王闻道充满好感，称赞说："不提供任何素材，让记者跟着被采访者一起劳动、生活，体验生活，捕捉真实的感受和感动，一看就是个懂新闻的领导。"

门开了，高德友捧着五星红旗走出来，身后跟着抱着手提录音机的老伴，两人走向门前高高的旗杆。

王闻道说："咱们赶上了，走，一起参加升国旗。"

于昆仑高兴地答应，还没忘记自己的职责，忙取出相机抓拍了几个镜头，又转身对钟师傅说："等会儿参加升国旗仪式时不能走动，你帮我拍几张。"

国歌声中，五星红旗徐徐升起，在金色的阳光下、蔚蓝的天空中迎风飘扬。

升起国旗，王闻道按事先商议好的对高德友说："这位是我远方的朋友，来体验边境线上的生活，想在你这儿住两天。"

高德友对王闻道充满信任，打量着于昆仑说："行啊，不嫌这里苦就住呗。"

于昆仑热情地去握手，说："就叫我小于好了。"两只手相握之时，于昆仑立刻感受到对方手上厚厚的老茧，如铁一般坚硬。

众人回到屋里，准备吃早饭。于昆仑说要参观一下住房环境，客厅、厨房、卧室几个房间看罢，又来到储物间，见有一堆型号不同的便携式收音机，还有一堆破损的胶鞋，不解地问是怎么回事。

高德友有些不好意思，解释说："一个人整天在戈壁荒滩上走，没人说话，全仗着收音机有个响声，听新闻，听歌曲，国家的事，世界上的事咱都知道。可这东西金贵得很，不经碰，不经摔，我跌倒了还没事，它倒坏了。原本想拿出去修一修，孩子们说，别修了，花的钱跟买新的差不多，买新的吧。这日子久了，就积下这么多。那鞋，整天在戈壁滩上走，破损得快，可这边境线不好乱丢，赶明儿让孩子们交到团里废品收购站去。"

王闻道说："这好办，待会儿让钟师傅用麻袋装起来，带过去就行了。"

"不要丢，千万不要丢掉。"于昆仑出手制止，说，"它们是历史的见证，见证着一位老军垦数十年如一日，矢志不移、初衷不变、赤胆忠心、屯垦戍边的真实生活，具有极高的史料价值！这鞋、收音机都应摆放到兴屯市陈列馆中，向人们展示、述说那可歌可泣的生活。"

多次来这里，也见过这两堆东西，却司空见惯，习以为常，相比之下，王闻道感到惭愧，认为于昆仑看问题敏锐、深刻，开始相信杜峰的介绍。

吃过早饭，高德友背起挎包，肩扛一圈铁丝，拿起羊鞭去赶羊上路。王闻道见于昆仑一身西装革履，以为不妥，从车上取出早已备好的民兵迷彩服和胶鞋让其换上。于昆仑换好衣服，正正军帽，说："这样我和你们一样了，都是标准的兵团戍边战士。"

沿着铁丝网边的边防线，高德友赶着羊群在前面走，王闻道、于昆仑跟在后面边走边聊。于昆仑问："老人背着一捆铁丝干什么？"

王闻道指着铁丝网说："这道边境线几十年了，需要不断地修补，加固。筑牢边防线，不仅仅是一句口号，更是许许多多像高德友老人这样的戍边人的日夜操劳。"

于昆仑若有所思地点点头，说："我参加过北京天安门广场的升旗仪式，深感震撼和神圣，今天，在边境线上参加升旗仪式，同样感到震撼和神圣。屯垦戍边，筑牢边防，稳定边疆，这是大使命，大目标，前提是兵团人用青春、热血乃至生命铸就而成,就像高德友老人日复一日、年复一年地用脚丈量国土、用忠诚捍卫国土一样。"

两人正说着看见前方高德友在铁丝网边蹲下,于是加快脚步赶上去。果然,一根生满褐色铁锈的铁丝断了,需要补换新的。于昆仑兴趣高涨,要求由他来补,高德友不肯。王闻道在一旁劝道:"你老人家都补几十年了,还是让客人补一回吧。"高德友这才把手钳、铁丝让给于昆仑,说:"当心,别扎破手。"

于昆仑兴致勃勃地干起来,只是有些手忙脚乱,不得要领,还真不小心把手指给扎破了,鲜红的血流出来。高德友在一旁心疼地说:"看吧,冒血了。"说着从挎包中取出创可贴。

于昆仑边包伤口边说:"没关系,小伤,这血为护边而流,值!"说罢又干起来。补好铁丝网,于昆仑心里高兴,站起身来说:"搞好了。"不料就在起身时,上衣被铁丝断头挂住划破一道口子,不由心疼地叫道:"我的迷彩服呀,才穿上的。"

王闻道忙劝:"没事的,只要没受伤就好。"

于昆仑还是心疼自己的新服装,怨自己不小心、不细心。

王闻道笑道:"这衣服是为筑牢边防线而破的,如同战场上被子弹穿个孔,很有纪念意义,若干年后,看到这破损的口子会让你想起这一天,也会在朋友聚会时有故事可讲。"

于昆仑释然,赞道:"你讲得有道理,具有标志性纪念意义,这套服装我得好好收藏起来。"

到了午饭时间,高德友从挎包中取出饼子、卤肉和榨菜。冷饭冷菜,好在保温杯里有热开水。

羊群卧成一堆休息,三人围在一起吃饭。烈日当空,照得大地热腾腾的,吃冷饼子还不算问题。正吃着,高德友起身向远处凝视,放眼过去,远处有三个人正往边境线走来。

高德友挥起赶羊鞭迎上去。于昆仑也想起身过去,王闻道说:"咱俩先别过去,看看高德友如何处置此事。"

待三人走近,高德友上前劝说:"这是边境地区,闲杂人员不得在这里逗留,请你们赶快回去。"

三人中有一个戴着佐罗式礼帽的人笑道:"我们是来采草药的,可不是闲杂人员。好不容易弄清楚，铁丝网那边有一大片西域乌头药，正是成熟季节，我们过去采一些就回来。”

高德友顺“佐罗”指的方向看去，跨过边境线，远处邻国的小山坡上长着一簇簇植物，看得不是很清楚，很吃惊地说：“你们想偷越国境线，出国偷采草药，那可不中。”

“佐罗”说：“大爷，别说难听话，什么偷不偷的，千里荒漠，连个人影也看不到，谁会知道？再说，这乌头药可名贵了，排中国八大毒草药之首。《三国演义》看过吧，关老爷攻打樊城时身中一支毒箭，就是乌头毒，结果，关老爷不行了，失去神力，败走麦城。最近张大导演的片子叫什么……”

同伙的人帮腔：“《青蛙王子和他爹》。”

“不是。”“佐罗”否认。

“《豌豆公主和她妈》。”

“佐罗”生气了，飞起一脚踢过去，说：“妈的，胡打岔。噢，对了，想起来了，叫《王子的婚宴》，吃饭时王后用乌头毒药毒死了国王。所以，这药材可赚钱了，价钱比冬虫夏草还高。”

高德友鄙视地望着三人说：“别胡喷瞎吹，想偷越边境线绝不可能！这是违法的，我不能让你们把人丢到国外去。”

“佐罗”上上下下打量着高德友，说：“你一个放羊的管什么闲事？这样吧，让我们过去采药，一次给你三千元，若是跑上十趟，你净得三万元，如何？比你一年放羊还挣得多。”

高德友如同受到侮辱，厉声说：“妄想！我一分钱也不要，你们一个也别想过去。”

“佐罗”真生气了，说：“一个干瘦老头敬酒不吃吃罚酒，给你放放血就知道我们的厉害。”说完一挥手，身后的同伙抽过短刀逼上前来。

见有人持刀上前，高德友后退两步，眼睛盯着持刀人。

远处的于昆仑着急了，说：“高大爷有危险，咱们上去帮一把。”

王闻道站起身细心观察，嘴里却说：“高老爷子年轻时是战斗英雄，身手不凡，这样的场面老爷子遇到的多了去了，都会化险为夷。”

约五十米开外，一只灰色肥大的野兔箭一般地向边境线跑去，高德友看见，弯腰拾起一块石子缠在羊鞭鞘上，挥臂转了两圈，一用力甩出去，那石子如子弹飞出,正中野兔头部。野兔受到重击高高跳起,又摔在地上,翻了个滚便躺地不动了。

高德友对三人说:“看到没有,打斗起来,近不了我的身就让你三人头破血流,躺倒在地。”

“佐罗”望见远处毙命的野兔,惊呆了,又见冒出两人向这里走来,感到事情不妙,悻悻地说:“认栽,咱们回。”

“野味。”“佐罗”的同伙心有不甘,赔笑道,“大爷,那只野兔给我们吧,总不能空手而回。”

高德友说:“拿去,不能再来。”

看到高德友飞鞭甩石,王闻道暗暗吃惊,心想:“边境线的职工怎么都会这一招,是马建军跟高德友学的,还是高德友跟马建军学的?”

望着走远的三人,王闻道拨通武大军的电话,让民兵沿途截住这三人,了解一下是什么背景。而这个时候,高德友也拨通了边防站韩团长的电话,报告了此事。

于昆仑目睹这一切十分兴奋,跑上前握住高德友的手说:“了不起,真的了不起,有勇有谋,智退越境者。”

高德友不以为然,说:“不算啥,守在这里时间长了,多少会遇上一些事情。”

“太好了。”于昆仑兴趣正浓,夺过羊鞭说,“现在我放羊,你多给我讲一些这样的事,我可喜欢听了。”

王闻道在一旁暗笑,心想:“于站长还真是搞新闻的高手,很会找到采访的切入点。”

太阳下山前,三人赶着羊群回到老十连。于昆仑已经和高德友交上了朋友,两人相谈甚欢,真正成了牧羊人,只是把王闻道丢在了一边。

吃过晚饭,王闻道要赶回去,不能再陪了。临走时,把车上预备的羊毛衫拿出来递给于昆仑,让他一早一晚凉的时候穿,约好两天后再来接他。

第十三章

峰回路转

一

这几天，359 团成为新闻大团，成为让社会关注的热点。

消息和视频《史上最牛的领导司机》在“兴屯在线”发出，点击率迅速攀升，一万、两万、五万、十万，还有热评如潮水般涌来。

“哪个领导？是国民党派来的吗？”

“一人得道，鸡犬升天，领导横行，司机霸道。”

“人民公路人民建，建好公路遭冤打！”

这个情况，师党办主任秦光明很快以“要情快报”分送各师（市）领导，李书记、丁师长先后做出批示，要求严查严处，决不姑息。

通讯《一生只做一件事：我为祖国守边防》由中央媒体发出通稿，很快引起社会强烈反响，各大媒体纷纷转发，《兵团日报》《兴屯日报》竟拿出一个整版予以转载，并加了评论员文章。师（市）党委书记、政委李国建阅后作出批示，“高德友同志身上所体现的扎根边疆、执着追求、拼搏向上的高尚品德，是我们屯垦戍边、维护稳定、加快发展的精神动力，值得全师（市）每一位干部群众学习！感谢中央媒体的宣传报道！”

这些情况，身在团场的王闻道无法及时知道。当他伏在桌前一口气读完长篇通讯时，觉得很过瘾，许多日常生活见惯的平凡事，经于昆仑用忠诚党、忠诚祖国的主线贯穿，很奇妙地变得不简单、不平凡。加之记者善于捕捉人物心灵深处的思想活动，很能打动人。按约定，他派钟师傅去接于昆仑回团部，好再深入交流一些情况，谁知于昆仑上车后就往兴屯市赶，说赶时间发稿子，还说友情后补，多少让王闻道有些失落和惆怅。现在看来大家还真是以事业为重。杜峰对他的好感和评价都是真实的。

正在这时，杜峰敲两下敞开的门笑嘻嘻地进来，说："可把我们的林科长急坏了，还追查责任呢！"

"追查责任？"王闻道说，"把一个默默无闻数十年的戍边人变成全师（市）、全兵团甚至全国的先进典型，这么大的功劳抢都抢不来呢！"

杜峰说："她问是谁把苏河清的事情弄到网上去的？我说，进入互联网时代，人人手中都有麦克风，人人都可以推送新信息，这是挡不住的。她又问于记者为什么来不报告，我说报告了呀，当时你说忙着修改领导的汇报材料，还要抓全团职工思想教育，抓精神文明创建，还要和工会、团委一起抓职工的文化活动，太忙，让我接待采访就可以，怎么忘了？她无话可说，又问为什么要单选高德友去采访，他可是一个反面人物、落后分子。我说为什么不呢，你看高德友的事迹多感人。她生气了，说声滚，我就滚到你这里看看。"

王闻道轻松一笑，说："问得还挺细，恐怕不是她个人的意思。这两件事一正一反都挺轰动，我估计师（市）领导会高度重视，做出批示，对我们来讲，开弓没有回头箭，认准方向就要坚持走下去，走到底，只问耕耘，不问收获。"

杜峰说："和你聊天总有一种想喝酒的冲动，我老爱讲一分耕耘、一分收获，相比较，我的要求、目标都低了。"

王闻道说："这两件事，无论哪一件都可以再奖你两瓶酒！"

与杜峰的心情变化相比，苟有勇的心情却是从喜到怒的变换，经过医院全力抢救，周文虎的病情又有好转，从重症监护室移到干部病房。这些天，不少师领导先后来看望，苟有勇照顾老人的同时不断地与师领导交谈，介绍了359团方方面面的新发展、新成绩，得到一片赞扬声，心中格外高兴和得意。这天，抽空跑到师（市）办公楼去见郭家仁。

郭家仁面无表情，听着苟有勇几天来医院里的所见所闻，一言不发，这让苟有勇感到气氛不对，便不敢再说什么。

见冷了场子，郭家仁突然开口道："你可成了新闻人物！"

苟有勇不明白是怎么回事，听口气不像是表扬，脱口问道："什么？"

郭家仁从抽屉里取出有李书记、丁师长批示的"要情快报"摔了过去。苟有勇接过一看,脸色苍白,失态地叫起来:“谁搞的,怎么会这样?”郭家仁冷冷地问:“你是在问我吗?”

“不是,不是。”苟有勇急忙解释,一时又不知说什么才好,低头细看“快报”。

郭家仁问:“朱辉是谁的司机?不会是王闻道的吧?”

苟有勇抬头看一眼郭家仁,希望能看出问话的目的,哪怕是 一种暗示也行。可是,从郭家仁冷冰冰的脸上什么也看不出来,他只好摇摇头说:“不是。”

“那就是你的喽。”郭家仁有些生气,叹口气才说,“你都看清楚了,赶快回去处理,快刀斩乱麻,挥泪斩马谡!”见苟有勇连连点头,又嘱咐道:“还有,高德友的事情也要处理好,该让一点儿就让一点儿,去看看他家生活上有什么困难,缺什么补什么。估计师里很快会派人看望。”

苟有勇又傻了,听不明白什么意思,忙问:“高德友?高德友怎么了?”

郭家仁恨得牙痒痒,恶狠狠地说:“敢情你是聋子瞎子,团里的什么事都不知道?”

苟有勇有了自信,辩解说:“天天通话呀,工作上的事都得给我请示,我不批,谁也办不成,这点儿信心还是有的。”

郭家仁不再说话,拿起印有李书记在报眉上批示的报纸复印件推了过去。纸片飞落在地。苟有勇忙拎起细看,额头上沁出汗珠来,脸涨得通红。

郭家仁见他如此狼狈,又气又恨又可怜,放缓口气说:“你管一个大团场太吃力了,情况层出不穷,这怎么行?我想政委、团长都缺位,要不让你和王闻道搭班子,你把握全局,王闻道抓具体工作,是不是会好一些。”

苟有勇心里明白自己不是王闻道的对手,一旦搭成班子,无论自己当政委还是当团长,大权都会旁落的,这种局面可不行,于是说:“王闻道学历高有能力不假,可他心计太多,手段毒辣,这两件事都应该与他有关。”

“这不能说明什么问题。”郭家仁不以为然,认为苟有勇心胸太狭窄,说,“高德友的事迹宣传出来了,你能挡得住吗?再说,团场出了一个大的先进典型,你的脸上会增加很多光彩。你是主要负责人,部下出再多的成绩只能说明你领导有方、有能力、有水平,你怎么就想不明白呢?”

苟有勇横下心要向王闻道杀一刀,一刀杀不死也得让他伤残了,于是说道："上个月，王闻道到十一连检查工作，郭小竹来晚一步，遭到破口大骂，指导员上前悄声告诉小竹与师长的关系，谁知王闻道骂得更加厉害，还说要撤掉小竹副连长的职，被我及时挡住。可王闻道又说到年底进行民主选举要把小竹选掉去承包土地，还说这叫改革。"

郭家仁脸色变得微红，随即很快又平复下来，说："不多说了。你尽快回团场去，主官离开久了会出乱子的。还有检查组马上就要下去，原来我带队去357、358、359几个团场，现在李书记也要去，这可是你挣表现的绝佳机会，一定要搞好，要有重点、有特点、有亮点，给李书记留下好印象比什么都重要。"

"太好了！"苟有勇眼睛一亮，精神大振，说，"我一定全力做好。"

出了办公大楼，苟有勇急不可待地打电话给林晓霞，令其迅速查清这两件事是什么人干的。

上车后，苟有勇决定立刻赶回团里，看到给自己带来大麻烦的朱辉，心里生起一种厌恶，想起郭家仁说的快刀斩乱麻，但现在什么都不能说，开车分了心容易出车祸的，自己反倒不安全。

车子一路狂奔，在高等级公路上，快速超过一辆又一辆车。车走到半路，天渐渐黑下来，朱辉打开远光灯。

林晓霞来电话，汇报了解的情况。因为走在下班路上，说话间带着微微气喘，让苟有勇想到另外的场面，几天不见还真有些想。

林晓霞讲述的情况，像是调查了解到的，又像是自己分析判断的，混在一起，词不达意。可是林晓霞越是说不清楚又越要说清楚，反反复复说了好多遍，而苟有勇凭着自己多年的经验，已经听明白，确信这些事与王闻道有关系。然而，这一切都不重要了，现在，要顺势而为，打出一个新局面。

二

第二天上午，苟有勇主持召开党委常委会扩大会议，议题之一，研究媒体曝光的"朱辉打人事件"，如何消除不良影响，重塑团场领导形象。苟有勇的开场白讲了许多，兴致勃勃地讲述几天来与师（市）领导见面交谈的情况，尤其讲到退休老师长快步上前，紧紧握手，语重心长地说："好好干！苟有勇同志，359团就靠你了！"讲得绘声绘色，接着又传达了李书记、丁师长的批示，请大家讨论并提出处理意见。

有上次的教训,常委们都不愿发言,列席的科长们更不敢发言,一时会场沉静下来,与刚才苟有勇激昂的话音形成明显的反差。苟有勇又一次动员,还不见有人发言,人人捧着水杯,一口接一口地喝着热茶,似乎早饭都吃了太多的咸菜。

"范常委你先带个头,说个意见。"苟有勇开始点名了。

范志刚放下水杯,却没有抬头,说:"师领导批示很明确,还有什么好讨论的。"

王闻道想:把话说明、说透,才有利于问题的解决。他决定认真发个言:"我讲一点意见,职工之间吵嘴打架,原本事情不复杂,这类事情以往发生后综治办就能处理解决。可这次的事情却上了两次常委会,说明事情的复杂性。复杂在哪里?上一次会议没有做出正确的分析判断,也就不可能做出正确的处理意见。什么原因?赵建成所提供的所谓事实调查太不符合事实了,人们不禁要问,为什么会有这样一个不符合事实的事实调查呢……"

苟有勇最担心的事情发生了,这样追根寻源,抽丝剥茧,会把根源追到自己头上。好在自己事先多个心眼没让赵建成参加会议,可也不能再这样分析下去了,于是他赶紧抢过话头说:"说得好,赵建成负有不可推卸的责任,要严肃处理他的失职,扣罚当月的综合治理奖和精神文明建设奖的奖金。还有啊,朱辉给我开车,发生这档子事,大家不好说,我就先说个意见:第一,立即停止朱辉开小车的工作,令其做深刻检查;第二,责令他当面向苏河清赔礼认错,并赔偿所造成的一切损失,包括苏河清的看病费用、养病期间的误工费;第三,车队再加上党办室要举一反三,制定有关措施办法,坚决杜绝此类现象再度发生。大家看怎样?"

王闻道看出苟有勇的慌张,但后面三条意见是认真的,负责的,所以不再说什么。

众人纷纷表示赞同,还说上次会议做出这样的决定就好了,会省去多少麻烦,团党委也有个好形象。

在讨论第二个议题,关于高德友的问题时,又陷入僵局,谁也不肯发言。王闻道料想在强大的压力下,会有变化,苟有勇甚至会做出出人意料的决定,只要耐住性子等就行。

果然，苟有勇一反常态，说："高德友是先进典型人物，不容易，咱们要把有关事情做好。我是这样考虑的，先把高德友离休工资补发下去，这件事劳资科去办，今天务必完成。"

劳资科长叫苦不迭："没有职工身份，如何补发，办职工身份还要报师（市）批，今天肯定不行。"

苟有勇口气坚定地说："怎么办是你的事，我不管，但必须办。还有，高德友的组织关系、组织生活也要正常化，组织科去办，今天务必完成。"

张文茂一向沉稳，这次也着急起来，说："历史资料找不到，现在都不知如何下手解决。"

苟有勇说："讲困难说明能力不够，怕困难说明水平不高。我不管什么困难，只要结果。还有，买副政委和蒋主席你们去往高德友家跑一趟，看家中缺少什么，如电视机、洗衣机、电冰箱有没有，没有就负责配齐。"

王闻道插话："老十连没有通电，必须设法通上电，否则，家用电器都是摆设。"

苟有勇一愣，这个情况没有想到，不由得抱怨："都什么年代了，还没有用上电。那就想法子赶快通上电，从十一连拉一根线过去。"

众人为苟有勇急剧翻转的态度和果断决策所惊呆，一时适应不过来。只有王闻道从苟有勇讲话的用词上判断，自己以往的分析是对的，此刻，趁热打铁，提出一条建议："上述三件事非常好，我都赞同。我想，李书记批示要求广大干部群众认真向高德友学习，咱们359团应先动起来才好，党委应该尽快下发两个文件，一是授予高德友同志'优秀共产党员'的称号，二是关于开展向高德友学习的通知，尽快开展学先进的活动。"

苟有勇没想到这一层，有些为难，可脑子反应快，立刻表示同意。

张文茂表示反对，说："高德友现在连党籍都没有，不是党员，怎么可以授予优秀党员的称号！违犯了组织原则。"

王闻道一笑，说："不会的，事情的来龙去脉请刘主任讲一讲，他是团场老人，活档案。"

一直忙着做会议记录的刘杰放下手中的笔，抬起头来说："高德友的职工身份和党籍都在，当年土地承包……"

苟有勇抢过话头说："这件事我熟悉，还是我来说吧。当年的确发生过许多事情，也提出要对高德友同志进行严肃处理。但十连被撤销了，人们都忙着去新单位，反倒把高德友的事丢在一旁没人管了，成了《被爱情遗忘的角落》。”

由于恰如其分地用了一个电影的名字，引起众人的笑声。

刘杰心有不甘，补充说：“多年来，高德友一直坚信自己是名共产党员，按标准把党费存到银行，现在只需要安排个党支部接收就行。”

张文茂情不自禁喊道：“这好办，太容易了。”

众人像坐过山车一般，看着事态的起伏变化，好在都听明白了：一场闹剧终于结束了！

苟有勇不想让这事成为热议话题，见好就收，立即宣布散会。

散会后，苟有勇回到办公室刚坐下，猛然发现少做一件事。原计划让每个领导讲一讲当前的工作和今后的打算，这样心中对全团工作有个把握，与李书记、郭师长交谈汇报时能够从容对答，只是看讨论的势头不对，一着急给忘了。想了一下，拨通林晓霞的电话，让她把近期团场的宣传报道稿子拿来看一下，重大事情都会有的。

团党委对两件事的决定，很快传播起来，有人说苟有勇是木匠戴枷——自作自受；有人夸苟有勇敢作敢当，有魄力；有人说王闻道是放风筝的高手，话不多却把握住全局。

王闻道回到自己办公室，换上一杯新茶。对今天会议的结果虽有预料，但仍让他感到身心愉悦，心想：苟有勇做出这些决定虽不能说完全自愿，但毕竟干脆利落，表现出领导者应有的决断能力。若是平日里能出于公心，认真地抓工作该有多好！又想，高德友的事情该给吴政委告知一声，毕竟是他挂念的事。吴政委已经出院回到家中，由于恢复得不理想，无法再坚持工作，已向师（市）党委递了报告，长期养病在家，等待退休。王闻道拿起电话正要拨号，门声响了，苟有勇推门进来。

现在，苟有勇全部心思都用在迎接李书记一行检查组到来的事情上，汇报材料、参观地点、沿路张贴的大幅标语，甚至吃饭、休息等问题都反复推敲多遍，应该是胜券在握，旗开得胜。当然，最为担心的是王闻道又会出什么幺蛾子，不能不防啊！想来想去，决定和王闻道聊一聊，虽说不能解决根本问题，但表达一种亲近的态度，或许能形成一种缓和的态势。

苟有勇说："后天李书记一行就到了，咱们班子成员一起到团场的地界去迎接如何？"

王闻道放下手中的电话，起身与苟有勇坐到沙发上，说："李书记一向轻车简从，这次来只有一辆中型面包车，咱们一起拥上去是不是太铺张了？我的意见是你带上团电视台的记者前往即可，其他团领导坚守工作岗位，积极配合检查工作。"

苟有勇听了满心喜欢，说："我一个人去太单薄了些，要不咱俩一起去。"

王闻道说："我还是去五连和巧帕汗大妈一起拾棉花，你如果觉得人少，可以让买合苏提副政委、范志刚常委陪同，遇到什么事也好照应。"

苟有勇做出一副无奈的样子，说："好吧，我尊重你的意见。"

三

乌云从天空中压下来，大团大团的云雾在头顶上飘动，几乎触手可及。雷声阵阵，似乎就在头顶炸响，震耳欲聋。苟有勇急急忙往家中赶，却见王闻道手持短刀迎面走来，挡住去路说："你杀我一刀，我还你一刀。"说完一刀捅进胸膛，苟有勇疼痛难忍，大叫一声"救命！"随之惊醒，才知做了个噩梦。只觉得胸部隐隐作痛，忙用手安抚。

室内一片漆黑，苟有勇一看手表，是凌晨五点四十四分，吃惊地想："怎么是这个数字，太不吉利了。"透过窗帘向外望去，仍是黑色的夜空，想抓紧时间再睡一会儿，好养足精神，全力迎接李书记的到来。翻过身，合上眼，可睡意跑得无影无踪，不由得想起梦里的情景，杀我一刀，为什么会杀，杀向哪个方面？说我行贿受贿？说我跑官要官？说我结党营私？一个问题一个问题提出来，又一个接一个地分析可能性。想了很久，觉得自己做事极私密，不会出问题。躺在床上翻来覆去睡不着，头脑反而越加清醒，于是更加怨恨王闻道搅得自己睡不着觉。

窗外显出麻麻亮光，又传来小鸟的叫声。苟有勇翻身起床，穿衣、洗漱、准备早餐。待一切收拾完毕，恰好刘杰的电话打来，说车已在门前等候。苟有勇拿起公文包走出屋门，来到院子，正准备打开院门，忽觉腹部疼痛，拉肚子的感觉强烈起来，急忙转身跑回卫生间。

两辆越野车飞速驶出团部，上了公路，车速加快，路两旁的树林快速闪到后面。

当车来到与358团交界的路口，停放好，苟有勇、买合苏提、范志刚、刘杰先后下车，向远处眺望。团电视台记者扛着摄像机紧随其后，做好拍摄准备。只有杜峰挎着照相机，拿着小本子坐在车里，不肯下来。

公路的远方出现一个小黑点，渐渐地看出是一辆中型面包车。苟有勇有些心慌，手心流出汗来，心中一直盘算着与李书记见面后第一句话该怎么说。

面包车驰近，刚刚停稳，师党办主任秦光明出现在车门口，他招呼苟有勇上车，又示意其他人赶快回到车上在前面带路。

不到一分钟的时间，车再次启动，向359团进发。

苟有勇上车后，安排在前排与李书记坐在一起，以便汇报工作。

苟有勇汇报“史上最牛的领导司机”事件处理结果，又讲到全团开展向高德友学习的安排，说着从公文包中拿出几份新出的团党委文件呈上。

李国建快速浏览文件，表示满意，说：“两件事处理得还挺利索。咱们先去看望高德友老人。”

苟有勇心里一惊：“临时动意，事前没有安排这项活动。”好在脑子反应快，马上拿出手机通知刘杰把车直接带到老十连。

坐在后排的郭家仁听到李国建的称赞，为苟有勇松口气。

多年的办公室工作经验，让刘杰想问题更加细致。他一方面告知司机行车方向，另一方面打电话给十一连的戴铁军指导员，让他快速赶往高德友家告知一声，以免高德友早早外出巡逻，让领导扑个空。

高德友，荣辱不惊，在自家门口与李国建、郭家仁等领导握手。李国建因看过通讯报道中的描写，特地握手后又细看了高德友满是茧子的大手。

李国建、高德友两人坐在客厅沙发上，像是多年的老朋友亲切交谈，李国建询问了许多具体情况，关切地说：“这样的干劲，这样的精神值得我们大家好好学习，你一定也要多多保重身体。”

秦光明插话说：“师宣传部准备组织报社、电视台记者集中采访报道，在全师开展一次大的宣传活动。”

李国建说：“要精心组织和协调，高德友老人经不起你来我往折腾。”抬手指了指坐在对面的于昆仑说：“要向中央媒体的昆仑同志学习，深入生活，深入实际，写出感人肺腑的好作品。”

秦光明点头答应，苟有勇这才发现陌生的于昆仑，暗中细细打量。

临走时，李国建又意犹未尽地看了高德友家的各个房间，对着一堆旧收音机、胶鞋看了许久，才对秦光明说：“通知陈列馆的许馆长，作为文物收藏、陈列，这里面有许多好故事值得挖掘。”

这一刻苟有勇感到后悔，不该拒绝王闻道提出的把这些破烂放到团史馆里，若是放进去了，师里再来要，主动权和荣誉都会握在自己手里。

郭家仁心细，看到新扯的电线，新摆出的电视机、电冰箱，认为苟有勇孺子可教，能够办成事。

出了老十连，考察线路又进行了调整。郭家仁熟悉情况，认为返回团部看西红柿酱厂再去连队太绕路了，不如走近道先看五连，然后再返团部看酱厂。李国建表示同意，又补充一句：“酒厂也去看一下。”

苟有勇心中暗暗叫苦，酒厂因曾小奇做总代理后，营销额急剧下降，库房都堆满了产品也不见有车来拉货，为此，上报参观线路时，特意将酒厂划去。现在李书记说要去又不能不去，只好打电话给张来顺让他做紧急安排，又打电话给林晓霞让她抓紧时间再挂几幅标语。

四

林晓霞见跟车陪领导的是杜峰而不是自己，心里不高兴，便支支吾吾不肯答应，说没有人手，时间又太紧，让苟有勇很不高兴，压低嗓门狠狠骂了一声，才让林晓霞不情愿地接受下任务。最后，苟有勇不放心，特别交代要亲自带头、亲自抓好！

放下电话，林晓霞马上安排赵小光办理此事，并嘱咐：“你亲自跑一趟，一定要给贾经理说清楚。”

小赵爽快答应，下楼后，骑上自行车赶往距团机关不远的几家商铺，走进一家门面不大的打字、复印、广告制作的公司，见到贾经理说明情况，提出要求。贾经理有些为难，说时间太紧怕赶不出来。小赵说：“这可不行，做生意也要讲政治。再说我们还是你的大客户呢，你多找几个人突击加班，到时给你双倍工钱。”听到给双倍的价钱，贾经理同意了，问：“内容呢？写什么字？”小赵说:“我们科长正在拟订,马上发到你们手机上。”正说着贾经理的手机来了信息,打开一看正是,见字数不多,便说:“行了,你在这里也插不上手,忙你自己的事情去吧。”小赵心细,拿起公司的电话拨通宣传科,说:“林科长吗?我正在公司,已跟贾经理说好了,保证按时按点完成任务。”得到肯定后,小赵这才离去。

贾经理一边打字放大,一边安排仅有的一名员工到街上找几个临时工帮忙干活。

五

赶到五连棉花田,苟有勇见到的不是王闻道而是傅子明,忙问缘由。傅子明说:“早上王闻道刚到地里,见一名叫艾力的拾花工肚子疼得满地打滚,判定是慢性阑尾炎转急性,需要立刻送到医院做手术,怕出意外,他陪着一起去了,去医院的路上,给我打电话让我顶替一下,我就过来了。”

李国建一行来到棉花地边。在临时花场上,人们正在给拿着满筐、满兜棉花的工人过秤,其中有不少维吾尔族拾花工。大家有说有笑,李国建对少数民族拾花工产生兴趣,上前询问:从哪里来的,生活习惯吗?一天能拾多少花?能挣多少钱?梁英古丽是个急性子,忙抢着回答,秦光明见了忙拉一把梁英古丽的衣袖,示意不要抢话说。

巧帕汗是一个快人快语的人,笑着回答:“我们在这里好得很,回到家里一个样子。”又一指梁英古丽说:“她啊,我的女儿,亲亲的女儿,一会儿送羊肉、红萝卜来了,一会儿送西瓜、葡萄来了,我像气球一个样子,一下子胖起来了。”

众人见说得风趣,都笑起来。

巧帕汗继续说:“我们开展劳动竞赛,流动红旗像小巴郎一样乱跑,一会儿到这边,一会儿又到那边,我嘛恨不得把红旗抓在手里紧紧的谁也不给。”

听到劳动竞赛,李国建来了兴趣,对身边的郭家仁说:“怎样?也来试试!”

郭家仁笑道:“当年可是咱们的看家本领,比起来,还没有输过什么人。”

众人见领导要参加拾花竞赛,一阵欢呼。

说干就干，众人呼啦啦走进棉田，各据一行展开紧张的比赛。师、团记者忙前忙后，又是拍照，又是摄像，杜峰身在其中，显得年龄特别大。

梁英古丽是拾花高手，一人拾两行，左右开工，双手齐下，很快超过拾单行的李国建、郭家仁。

买买提建疆奋力直追，同样一人拾两行，同样双手齐下，渐渐赶了上去。

秦光明边拾边算计着时间和领导的体力状况，让苟有勇在百米处插杆红旗，作为目的地。

结果很快出来了，梁英古丽、买买提建疆最先到达，其他人随后，李国建、郭家仁两人没有得第一，却乐呵呵地说："干一阵活，出一身汗，蛮痛快！"

当李国建把流动红旗颁授给梁英古丽、买买提建疆时，现场一片掌声和欢笑声，两人笑眯眯地让记者照相。

于昆仑敏锐地感到姐弟名字里有新闻故事，在采访本上记下此事，以备以后的深入采访。

见到李书记情绪高涨，笑声不断，苟有勇心里有了信心和胆量。到了酱厂主动担任解说，产品销往意大利多少、法国多少、丹麦多少，情况很熟，讲得激情四溢。人们穿过全封闭的机器长龙，走出车间，见到西红柿已装成桶，打成包，苟有勇指着钱厂长对众人说："钱厂长只认钱，不认人，我管酱厂这么长时间却从来没吃上钱厂长的一口酱，他都卖给了有钱的外国人。"轻松的笑话引来众人一阵欢快的笑声，苟有勇心中越发得意起来。

离开酱厂赶往酒厂，距离并不远，很快就到了酒厂大门口，张来顺已带着厂领导班子在门口迎候，见车停稳，急忙赶到车前与领导握手。

李国建下车后，没有按厂领导的引导往厂里走，而是停住了脚步，从衣兜里掏出香烟来抽。一脸严肃，郭家仁心里"咯噔"一下，知道李书记看到了什么问题，要发火了。果然，吸口烟后，李书记说话了："苟有勇，职工群众都制服了吗？"

处在兴奋状态的苟有勇没有发现什么异常，立刻回答："还没有完全做到，我们正在加大力度，打攻坚战。"

众人一阵哄笑，苟有勇感到笑声不对，心里发毛，可又不知问题出在哪里。

李国建指着不远处醒目的标语说："你的能耐很大呀，能把群众制服。"

苟有勇急忙顺势看，只见红色的横幅上写着："制服职工群众，加快团场发展”，霎时愣住了，脑子一片空白，“致富”怎么变成了“制服”？不会是王闻道搞的鬼吧？

李国建又指向另一条横幅，气愤地说：“要制服群众？群众能答应吗？你还能不心惊肉跳！可真是胆子不小，敢胡说扶贪！”苟有勇机械地扭过头仔细一看，吓一跳，脸色变得灰白，原来横幅又出现错字：“惊心组织，惊心实施，全力推进扶贪工作”。

苟有勇心里又急又气，最可恨的是把“贫”字写成“贪”字，想解释又不知如何解释，一时手足无措。只听秦光明的声音：“快让人把横幅撤了。”于是气急败坏地冲着张来顺喊道：“快撤，快撤，快派人去撤呀！”

李国建仍在气愤中，说：“不看了，回团部！”

人们纷纷上车，郭家仁在乱喊乱叫的苟有勇肩上狠狠掐一把，说：“镇静些，快通知食堂把酒、凉菜全撤了，只上四菜一汤。”

苟有勇没赶上中巴车，坐在团里的车上拨通在机关值班的工会蒋主席，告诉了午餐的要求。蒋主席就在宾馆，有些为难地看着已上桌的酒和菜，说：“都做好了，不吃也是浪费。”苟有勇带着哭腔说：“求求你了蒋主席，快按我说的办。”

餐桌上摆着一盆手抓肉、一盘西红柿炒鸡蛋、一盘素白菜、一盘醋熘土豆丝，还有汤面条和馒头。早已过吃饭时间，加上一上午的颠簸消耗，大家都饿了，风卷残云，光盘行动，汤面条又添了一回，保证供应。

郭家仁见如此简单可口的饭菜，众人吃得开心，有意识地安慰苟有勇说：“沉住气，总体都很好，下午座谈会就看你们的汇报了，一定要出彩。”

苟有勇心中一热，差点流出泪来。

六

下午座谈会由李国建主持。过程很简单，先由苟有勇做全面汇报，再由其他团领导补充发言，一般情况下大家都不会再讲什么，最后由李国建讲话。

对于汇报材料，苟有勇做了精心准备，上次党委会讨论的材料自己也没有看上，只是另有用意而已。会后，安排人到师（市）党校找到白新建，请他帮助修改，哪怕是推倒重写都行，同时还带了三千元的劳务费，可白新建坚辞不要。

尤其是听说是林晓霞写的材料，淡淡说了句“很好，很好”。不知道是夸人还是夸稿子。无奈之下，苟有勇只好自己动手修改，找出李国建的讲话材料，对照、引用，花了两个晚上总算修改完毕。

刚开始有些紧张，念得不够连贯，念罢一段后，苟有勇进入状态，语气、声调都变得有色彩和活力。念到一半，突然，于昆仑插话说：“不好意思，有一个问题没弄明白，想问一下。”

苟有勇停顿下来，说：“什么问题？问吧。”

于昆仑用一种虚心的语气说：“材料中讲通过大学习大讨论，全团上下干部思想认识有高度，改革措施有力度，加快发展有速度，服务群众有深度，职工增收有亮度，挺顺口的，我就想请教两个问题，干部是怎么受教育的？具体的思想变化是什么？群众是怎样得实惠的？具体的成效又是什么？”

话说得很柔和，却让苟有勇始料未及，又来不及细想，只觉得天气闷热，一下子出了一身汗，衬衣都打湿了。他心里明白现在不宜过多纠缠，说：“这些问题在材料中讲到，听到后面你就明白了。”说完又接着念起材料。

刚念不久，又被于昆仑打断了，用恳切的口气说：“苟政委，你能否不念材料，就直接讲一讲究竟抓了哪些工作，怎么抓的，取得什么样的成效？”

苟有勇忍不住发火说：“不是说过了吗？材料里都有，你仔细听一下好不好？为什么不能静下心来认真听呢！”

于昆仑正色回答：“材料里面讲的观点、工作原则、要求、目标，还有大讨论要取得的成效都非常好，这主要是搬用了师（市）领导的讲话内容，只把师（市）改成了我团，我所以静不下心来听，是因为我在思考或者说在怀疑359团委开展的大讨论活动是真实的还是……还是不真实的，是认真还是不认真的，是踏实的还是不踏实的。”

一番咄咄逼人的话，震惊全场，苟有勇不知如何对答，也不知是否再念下去，低下头无意识地翻看材料。

郭家仁心中恼火，认为一个小记者不配在这样的场合指手画脚，说东道西，若不是碍于李国建在场一定会雷霆大怒，定将其驱赶出去。再看苟有勇满脸通红，汗如雨下，不停地去扶下滑的眼镜，心生怜惜，生怕他重压之下得了脑溢血或心梗什么的。

李国建觉得于昆仑问得句句在理，不愧是大记者，喜欢捞干货。这个材料除了抄自己的讲话之外，还真没有什么自己的东西，难道359团真的是在搞形式走过场吗？再看看苟有勇手足无措、垂头丧气的样子，又觉得于昆仑问话太狠，搅乱了会场秩序。其实，这些问题自己会在最后讲话时，一一讲明，严肃批评的，怎么办？会还得进行下去。他决定跳过这一段，往下进行，开口说："其他领导做一些补充吧，王闻道讲一讲。"

王闻道上午在医院忙，直到艾力做完手术推进病房才放心离开，忙得连午饭都没有吃上，下午匆匆赶到会场，见于昆仑一句接一句发问，让苟有勇窘迫得无地自容，联想到常委会议上讨论材料的情景，便有了几分快意，心想：这样的材料，纵然于昆仑不发问，难道李书记就会不问吗？不是自作自受又是什么？直到后来听到于昆仑从汇报材料一下扯到整个团党委的工作，还包括吴政委早先花大力气抓的工作，感到不平，又感到问题的严重性。再看眼前，苟有勇想念又不敢念材料，而不念会议又进行不下去的僵局，正在思考，忽听李书记点自己的名字，于是笑了笑，又摇了摇头。

这个表现，让李国建失望，关键时候冲不上去，是很难担当大任的。

短短几秒钟，王闻道挺起胸脯说道："昆仑站长想了解359团是如何贯彻师（市）党委重大决策，如何开展工作，如何取得成效，那我们不妨直接让基层的连队干部讲一讲他们的切身感受？"说完转过身对着后排叫道："孙连长、戴指导员，你们讲讲自己的情况。"

孙国文、戴铁军突然被点名，万分紧张，忙说："又没有准备，说什么好？"

李国建认为一竿子插到底，更易于掌握第一手资料，是个聪明的办法，开口说："不用准备，怎么做的就怎么说。"

受到鼓励，孙国文开始发言：

"五连原来是个贫困、落后的单位，我上任后抓管理，抓质量，抓职工培训，一举扭亏为盈。现在大多数棉农，一年下来收入三四十万是平常事。开展大学习大讨论后，我以为群众都会说我好话，夸我是好领导，谁想到提了一大堆意见：什么军阀作风，什么喜欢打人骂人，什么简单粗暴等几十条。我想不通，从亏损几万元到净挣三四十万元还不都是打出来、骂出来的？觉得委屈，闹情绪，团里组织办班培训，学习领导讲话精神，我才明白权力来自人民，没有职工群众，我这个连长给谁当？天下哪有仆人打骂主人的，关系颠倒了个过。

"还有个事，对我教育很大。致富能手梁英古丽，就是上午领导们拾花的那户人家，为了民族兄弟拾花致富，不肯买采棉机，我又不能打不能骂，干着急没办法，还是王副团长、范常委本事大，水平高，通过网上开店的办法让她大学毕业的孩子有了工作，又拓展了经济发展的新路子，民族团结的新路子。

“李书记讲话中说的学习能力不强、发展能力不强、应对挑战能力不强的问题不都是说的我吗？我在想，李书记没到过五连呀，怎么知道我身上的缺点、毛病，难道李书记也像诸葛亮能掐会算不成？”

说得风趣、纯朴，众人都哈哈大笑起来，一向沉稳、严肃的李国建也开心一笑。

接着十一连指导员戴铁军讲了加强干部管理，改变工作作风，严于律己，热心、认真、规范地帮助农工提高葡萄质量，推进订单农业的做法。农工不仅将产品全部销售了出去，还收到了明年的订金，生产信心十足。

于昆仑大为兴奋，连声夸赞，说：“好故事、好新闻，359团真是新闻富矿。”

听完基层同志的汇报，李国建十分开心，认为越是深入基层，越是对改革发展充满力量和信心，笑问于昆仑：“真学还是假学的问题搞明白没有？”

于昆仑双手抱拳说：“李书记大人大量，胸有全局，运筹帷幄，着实令人佩服。相比之下，我太猴急了些。”

众人见于昆仑当众认错，自然欢喜，笑成一片。正在这个当口，会场中间的空地闪出一个人，快步上前，跪在李国建桌前，大声喊道：“李书记给我做主，救救我！”众人吓一跳，立刻安静下来。

那人跪在桌前，哭诉：“我上有老下有小，不让开车，没有工作，全家都会饿死。再说，驴车挡道在先，我打人在后，都有错，怎么只处理我一个，冤死人了。”

李国建明白来人是谁，朱辉的名字已深深刻在脑子里。这一回他没有吸烟，也没有发火，而是轻声说道：“苟有勇，是你的司机吧？是不是也想一起跪在这里！”

苟有勇心中一惊，犹感万钧雷霆，震得头皮直发麻。

七

晚饭后，李国建在宾馆的房间分别与359团领导谈话，了解团场的政治、经济、文化、社会发展情况，听取工作意见和建议。在这个过程中，也能对每位干部的素质、水平形成一个基本的判断。

苟有勇是第一个被叫去谈话的，后来才知道，自己与李书记谈了三十分钟，而王闻道则谈了六十多分钟，比自己长一倍还多。

从李书记房间走出，苟有勇沿楼梯下一层，来到郭家仁的房间，见他正手拿一块玉石把玩看着电视，心中暗喜。因为，这块上好的羊脂玉正是自己送给郭家仁的。

郭家仁熟悉李书记的工作方法，也不多问相关情况，只是轻声批评道："紧要关头，出这么多的漏洞，太不应该。"

苟有勇抱怨说："还不都是王闻道搞的鬼。"

郭家仁说："我看未必，横幅上的错字，朱辉闯进会场，怎么都怨不到王闻道的头上。相反，李书记点名让他发言救场子，是显露自己的好机会，可他转给了两个连领导，人家没与你争。"

苟有勇说："从哪里来的破记者，简直是胡捣乱，我怀疑是和王闻道串通好的，有意给我难看。回来才知道，采访高德友是王闻道陪着去的，说明他俩的交情不一般。"

郭家仁把玩着手中的玉石，不置可否，半天说了句："看来你不够老辣啊！"

苟有勇愤恨地说："我已经想明白了，就是把359团搞垮也不能让他再办成一件事！"

第十四章

紧急行动

一

早饭后，王闻道乘车赶往五连，出门前，一直很犹豫，因为昨天晚上刘杰通知说根据苟有勇的要求，各位团领导一律着正装、打领带，可想到自己去连队同棉农一起拾花，西装革履的实在不协调。转而又想，又不是原则问题不必太计较，还是穿好西装才出的门。

到五连与孙国文再次细细检查了检查组要走的线路和场地，看到一切准备就绪，这才拿起花兜准备下地拾花。

孙国文神色紧张，他对王闻道说："心里慌慌的，帮我看看材料行不行？"

王闻道接过汇报材料粗粗翻看，见有五页之多，说："太长了，领导们顶着烈日听你十多分钟的汇报不合适，你就用三页介绍连队的特点和参观的内容，不超过三分钟就行。"说完把材料还给孙国文，寻着艾力拾花的地方走去。

孙国文似乎还在担心什么，冲着王闻道背后说："还有件事，苟副政委说等检查组到的时候，组织大家在地边跳麦西来甫，也让领导参加跳，我觉得这事有些离谱，该怎么办？"

王闻道停下脚步，回过身笑道："耍滑头，明明知道该怎么办却来问我。"

白花花的棉花地，王闻道寻找艾力，却没有找到，心中纳闷：刚才还看到人影，怎么又不见了？加快脚步往前赶，正走着发现艾力侧身躺在棉田里，急忙快步上前问："艾力，怎么了？"

艾力没有回答，嘴里发出痛苦的呻吟，王闻道俯下身子仔细查看，只见艾力脸色蜡黄,豆大的汗珠流淌着,直叫唤肚子疼,立刻想到阑尾炎病情加重或由慢性转为急性,决定背上艾力去团医院治疗。走到地边,孙国文赶过来帮忙。

把艾力放到车上后,正要往医院赶,孙国文快步上前问:"你走了,这里怎么办?"

王闻道说:"病情严重,耽误不得,我送到医院安置好就往回赶,争取在检查组来之前赶回。"话音刚落,车已快速启动奔向团部医院。

刚到医院门口,院领导带着内外科主任已在等候,经简洁快速检查,确定为重症阑尾炎,需马上做手术。由于事先安排,挂号登记、住院手续都极快办妥,艾力很快被推到手术室。王闻道这才松了口气,惦记着李书记来检查工作的事,快步走出医院,准备赶回五连。

小车刚驶出医院大门,刘院长打来电话说有麻烦,艾力拒绝手术,挣扎着要下床出医院,嘴里说些什么也听不懂。

这让王闻道始料未及,认为有必要陪着艾力做完手术,心想:"范志刚跟着苟有勇去迎接检查组,还是让傅子明帮忙到五连顶一下。"于是拨通了傅子明的电话。

赶回医院的手术室门前,见艾力满脸的惊恐,坐在床边粗暴地推开医护人员,王闻道上前拉住艾力的手劝道:"快躺下,听医生的话。"

见到王闻道如见到救星,艾力急切地说:"我害怕,我要死了吗?"

王闻道说:"不会的,治好病你会活得好好的,身体会像牛一样壮实。"

艾力说:"你能陪我吗,像兄弟一样。"

王闻道说:"当然可以,像兄弟一样,我会拉着你的手陪在你身边。"

艾力这才放下心来,躺在床上,医护人员见状,一拥而上,把艾力就推回了手术室。

手术是局部麻醉,艾力头脑很清醒,连医生说的"纱布""止血完毕""数纱布、剪刀"都听得很清楚。有王闻道在身边,艾力心里感觉安全、踏实多了,手术很成功,艾力立刻感到那令人呕吐的疼痛没有了,身上也有了力气。

刘院长对王闻道说:"多亏送得及时,再晚一点儿就会穿孔,成为大手术,麻烦得很。"

王闻道暗暗庆幸,松口气。随行医护人员把艾力送到病房!王闻道想到下午的座谈会快开始了，赶快找点饭吃了去开会。

第二天，送走李书记一行后，王闻道听说艾力身体已通气可以进食了，便前往一连苏河清家想买两只鸡炖鸡汤给艾力补一补。

自从小车班班长带着朱辉上门赔礼、赔钱后，苏河清精神大振，相信王副团长讲的话是管用的。这回见王闻道买鸡，正是回报的机会，满鸡棚里追呀、堵呀，满身是汗抓了五只鸡，但一分钱都不要。

王闻道十分为难，讲许多道理都不管用，苏河清硬是一分钱不收。无奈之下，只好抽个空子跑出来，一只鸡也没买上。走在路上，心里后悔，埋怨自己做事不周，连只鸡都不会买，却不知道苏河清也是一肚子的悔，怨自己太笨，想报答恩人，结果没弄成，失去了机会。

王闻道找到杜峰，请他到苏家买两只鸡回来。杜峰接过钱兴冲冲去苏家，却碰上钉子，苏河清高低不卖，说剩下这几只是留给上学的孩子回来吃的。杜峰好说歹说直到说明不是自家吃，是给生病住院的少数民族兄弟补身体，还提出春节时送上一副自己写的喜庆对联，苏河清才答应给卖一只，价钱却从一百二十元调到一百五十元。杜峰不肯吃亏，说："杀好，煺毛收拾干净才行。"干活出力苏河清不怕，满口答应。当杜峰接过塑料袋时，笑道："奸商，见了麦糠也想榨出二两油。"苏河清说："你是国家干部，说不过你，等到春节把春联送来时，我白送给你一只，保证你不吃亏。"

艾力大口地喝着鸡汤、吃着鸡肉，赞不绝口："妈妈呀，太好吃了，我都吃饱了还想再吃，要是有一瓶'界河特'喝一下，就更攒劲了。"

王闻道说："调皮！现在啥都别想好好养病。你已经是359团工会的会员，交了保险的，工会与保险公司商定后，会给你支付一部分住院费用。"

艾力说："太好喽，我现在最缺的就是钱，王副团长，我爱你！嘻嘻。"

王闻道说："这鸡肉是一名团场农工留给自己上大学的孩子回来吃的，听说你生病，拿出一只来。还有，孙连长、巧帕汗大妈、梁英古丽、买买提建疆正在连队开展献爱心捐助活动，每人十元、八元、五元，虽说不多，可全连加起来也有个两三千元，大家都很关心你。"

艾力停住了吃，习惯性地用手一抹嘴巴，一向被冷落惯了，听到这么多人关心他，大为感动，不一会儿眼睛红红的，要流出泪来，半晌才说："你们对我太好了，像我们的爸爸妈妈一样，'民族团结一家亲'过去我认的字，现在我明白意思了。”

王闻道说：“男儿有泪不轻弹，等病养好，把胡子刮掉，再好好地干活挣钱。”

二

送走李书记一行，苟有勇开始追查责任。他先把赵建成叫来追问朱辉是怎么跑进去的。赵建成先是笑两声，接着赶紧承认自己大意失职，说：“朱辉师傅给领导开车，大家平日里都敬重他。这回出了事，停了工作，大家又同情他。再说，他到值班人员跟前又赔笑脸又递烟，让人放松了警惕。他瞅着点烟不注意的时候，‘嗖’的一下跑进去。责任在我，我检讨。”苟有勇骂道：“成事不足，败事有余，养你们一帮联防队还不如养一只狗管用。”赵建成满脸堆笑，不断地检讨，说自己是死罪、该死。让苟有勇反而无法再骂下去。

赵建成走后，苟有勇又叫来林晓霞，生气地说：“我亲自给你打电话安排，说明事情是极端重要的，还叮嘱过让你亲自抓，为什么会出这么大的漏洞？”

林晓霞认为自己没有错，解释说：“放下电话，我立刻把小赵叫到跟前，亲自一项一项安排，每个工作环节都讲得明明白白，清清楚楚，谁知他笨得不行，把事情搞砸了。现在的年轻人靠不住，还想进宣传科，给我送东西，哼，门都没有！”

苟有勇听得不耐烦，气愤地说：“我亲自，你亲自，小赵也亲自，最后就是这么一个结果，就像一个蠢娘儿们买了粉没抹到脸上却涂到勾子上。”

林晓霞不觉惭愧，也气愤地说：“小赵真不是个办事的人，又懒又笨，我把他退回去，不要了，免得丢人现眼。”

两人说不到一起，苟有勇见她一味推责任，怒火万丈，恶狠狠骂道：“你呢！你都干了些什么？除了会卖……”接下来骂出一连串的脏话来。

林晓霞没想到自己会挨骂，脸涨得通红，流出泪来，捂着脸跑了出去。

三

几天后，王闻道来到病房接艾力出院。他看艾力现在病好了，想再聊一聊,看能否找到那个逃窜在社会上的暴恐会子头目的线索。

艾力闷闷不乐地坐在床边,见王闻道进来说:“我要回去。”王闻道说:“走,我就是接你回连队的。”

艾力说:“不,我要回村子里去,救我哥哥。”

王闻道吃一惊问:“怎么个情况?”

艾力说:“乌斯曼,乌斯曼! 你知道吗?”

王闻道立刻警惕起来:“潜逃在你们村里?”

艾力说:“是的,是他让我来拾花挣钱给他们,现在又拉我哥哥参加圣战队,替他们卖命,我不能见死不救。”

王闻道追问:“这么说乌斯曼早就潜逃在你们村里,你是怎么知道的? 见过他人吗?”

艾力说:“我也不知道,有时候来,有时候走,像鬼一样在黑夜里飘来飘去。他们有我手机号就找到我,还说过去的事情算了,只要跟着他干就会全家平安。”

王闻道说:“是在威胁你,没有去找村支部书记? 找组织呀?”

艾力说:“村支书记忙着开会,找不到! 我去找了阿訇,阿訇说‘巴郎,不知道的不要胡说,知道的也不要胡说’。说完先做了一个刀抹脖子的动作,又做了一个刀砍脑袋的动作,吓得我不敢再讲了。”

王闻道想:“‘三股势力’在乡村的渗透远比自己想象的要复杂得多。”又想到唐复兴书记说的几次抓捕行动都扑空的情况,又问道:“他们会躲在村子里什么地方?”

艾力说:“不知道。”

“再想想,经常来,肯定有躲藏的地方。”

艾力想了一会儿说:“有两次黑夜里,我看见有人背着馕袋子往村西头的蔬菜大棚走,大棚废弃好多年不用,会不会躲在那儿?”

这个信息很重要,不管准确与否都得去试试,而且必须赶紧行动。若能尽早捕获这伙暴恐分子,对新疆各族群众的安全和社会稳定是极为重要的。王闻道带着艾力乘车来到集贸市场的告示牌前,指着半年前张贴的一份通缉令说:“是这个人吗?”

艾力瞥了一眼马上确认:“是他,就是他!”

王闻道说："看仔细一点。"

艾力说："没错的，别看他满脸大胡子，看不到脸，可他的眼睛狼一样狠，看一眼都会害怕、发抖。"

王闻道上前细看，果然，乌斯曼的眼中流露出阴冷、狠毒、凶恶的光。王闻道转过身对艾力说："我决定和你一起去，把这个坏蛋抓起来。"

艾力高兴地笑了："真的吗？太好了！你真是我的好兄弟，讲义气。"

王闻道纠正说："不是义气，是党性，我是一名共产党员，还是兵团戍边战士，决不允许这样的坏蛋逍遥法外，祸害社会，祸害人民。"

艾力点头赞同，说："就像孙连长说的，我们共同的祖国是中国，我们共同的民族是中华民族，我们共同的敌人是暴恐分裂分子。"说罢又叹口气说，"我们村要是有一个孙连长就好了。"

两人乘车来到武装部的办公楼，楼不高只有三层，武大军在这里办公。王闻道安排钟师傅去加满油，再买些路上吃的东西，自己进了办公楼。

听说要借枪支弹药，武大军面有难色，说："现在制度规定很严格，枪弹出库是由团场主要领导向上级军事部请示，再由师（市）主要领导向兵团军事部请示，这还不算完，还得向中央请示……"

王闻道不等武大军解释说："咱们现在就办，打电话给有勇同志，赶紧走程序。"

武大军拨通苟有勇办公室电话，响了一阵铃。没人接，显然办公室无人，又拨手机，响了仍无人接听，再拨，还是无人接听，于是放下电话说："要不咱们等一会儿，或许在开会。"王闻道点头同意。

半个小时过去了，一个小时、两个小时过去了，电话、手机始终无人接听。眼见夕阳西下，已是黄昏。

王闻道坐立不安，武大军递过一支香烟。王闻道从不吸烟，这时也接过烟来点着，吸一口呛得咳嗽不止，猛地把烟掐灭起身，说："不等了，借不上枪也得干。"走到门口，见有两根民兵防暴用的橡皮警棍，眼睛一亮，顺手拿起道："这两根棍总可以借吧？"

武大军说："行，你拿去。"

四

办公室里一片沉静，苟有勇正翻阅文件。检查组走后，几天来，机关、连队议论纷纷，说苟有勇能力不行，恐怕干不了。有人说酒厂快垮了，怕检查组看，苟有勇让人故意贴错标语，气得李书记看不成。还有人说苟有勇讲义气，有意让朱辉跑进去喊，把皮球踢给师里。但苟有勇明显地感到科长们、指导员、连长到这里请示汇报的一下子少了许多，有一种“门前冷落车马稀”的情景。

单从苟有勇的心情而言，这个时候也的确不愿见任何人。李书记的愤怒、呵斥，还有单独谈话时长时间的严厉批评，不由得从脑海中翻腾出来，心中被巨大的恐惧、担心、屈辱包围。他很希望一个人静一静，更希望能通过看文件转移走烦恼。

忽然感觉有一股热乎乎的东西从鼻子里流出，他急忙用纸巾擦，一看是鲜红的血，吓了一跳，无缘无故的怎么会流血？急忙连抽几张纸巾来擦，可血流不止，很快大滴大滴地淌到桌面和文件上。

苟有勇一阵忙乱，好容易止住了流血。苟有勇心中起了疑：是身体出毛病了？于是放下文件，去医院检查。

体检由刘院长陪同，还有一位年轻漂亮的姑娘做引导员。苟有勇眼睛一亮，觉得身穿白大褂的姑娘长得好看，眼睛好看，嘴巴好看，鼻子好看，说起话来还轻盈好听，浑身上下舒服了许多。

体检结果出来，大脑、心脏、血液的指数都在正常范围内，没发现什么问题。刘院长分析是忧虑过度，压力太大，急火攻心所致。苟有勇见分析得有道理，也就放心了，准备回机关。刘院长说：“领导好不容易来一回，不妨把医院看一看，听听工作汇报。”苟有勇事先无此计划，推辞说有事，工作忙，下回再来看。

却听白衣姑娘说：“领导好偏心，光知道跑连队，下工厂，就不关心我们医院！”

苟有勇一听乐了，说：“意见蛮尖锐的嘛，好吧，那就听听你们的工作汇报，看有什么困难需要团党委解决。”

刘院长高兴地说：“太好了，小冯，你去叫一下陈书记，再通知院领导到会议室来。"

白衣姑娘答应一声，转身要走，苟有勇记住了姑娘姓冯，紧跟着说："小冯，你顺带给宣传科林科长打个电话，说我在医院调研，让她通知电视台。"他知道这是个绝佳时机，晚上，电视台的团场新闻一播出自己勤劳工作的形象，那些流言也就烟消云散了。

小冯姑娘笑着答应走了，望着远去的背影，苟有勇觉得小冯走路也很好看。

上午忙了半天，下午上班时，苟有勇已无心看文件，反复琢磨刘院长的话：压力太大，急火攻心。便有了缓解、放松的想法，先想到找林晓霞，又想到开车去打黄羊，一时拿不定主意。

敲门声。声音几乎轻得听不见，不等苟有勇开口说"请进"，人已经推开虚掩的门走了进来。

来人是位年轻的女性，一袭黑色光滑柔软的皮衣，再加上半高鞫黑光油亮的皮靴，反衬得唇红脸白。

苟有勇怦然心动，问："你找谁？"

黑衣女郎没有回答，不慌不忙地脱去大衣挂在衣架上，显露出短衣、短裙的火辣身材。待在沙发上坐稳后才说："你是团领导吧，我找赵建成，他不在只好找你。"

苟有勇架不住黑衣女郎火辣辣的眼光直视，忙把目光移在她的脚下，皮靴、小腿、膝关节、匀称的双腿，再顺势沿着双腿内侧追去。或许对方有所察觉，双腿一并，什么也看不到了。苟有勇脸有些发烧，急忙掩饰笑道："你算找对人了，赵建成昨天才走，参加专业培训……"

电话铃声响了，打断苟有勇的话。看来电显示知道是武大军打来的，烦躁起来，顺手把电话线拔出，又将手机调成静音，随后又起身把门关好，这才接着说："他人不在，有什么事给我说。"

黑衣女郎起身递上一张名片，无名无姓，只有一行字：温暖你失落孤独的心。联系方式也很特别，是一串英文和数字组合成的电子邮箱。苟有勇一下明白了对方的身份，顿时有了胆量和勇气，目光放肆地在黑衣女郎的前胸、腰身、腿部扫来扫去，像是做检查的 X 光机，最后笑着说："没头没脑的，算什么名片。"

黑衣女郎不惧人，两眼直视，回答说：“文化，一种流行的文化。”

苟有勇大笑，说：“你们这行还讲文化，不怕让人笑掉大牙。”

黑衣女郎说：“一不偷，二不抢，三不为难城管办；不惹事，不胡扯，不给客户找麻烦，你说是不是？这比你们赵建成这样的干部要好得多，不是文化又是什么？”

苟有勇不知如何对答，拿起水杯喝口茶，说：“蛮有意思，你继续说。”

黑衣女郎从随身带的包中取出一本精装书晃了一下，说：“这本书看过没有？”

苟有勇望去，看到书名《文化苦旅》，说：“不会都是你们受欺负的悲惨故事吧！”

黑衣女郎轻视地一笑：“这是一个很有名的作家写的散文集，畅销书，比你官大的人都在看呢，不懂了吧。”

苟有勇受到讥笑，不好意思地笑了笑：“他还真有雅兴。说吧，找赵建成什么事？”

黑衣女郎递上一张纸条，上写：“今欠打炮费三万一千元整 赵建成。”苟有勇看了笑道：“这个狗日的，什么都敢干，什么都敢写。”他马上意识到这是掌控赵建成最有力的把柄，有这张纸条在手，不仅让他加倍偿还，还会让他干什么就干什么，于是很豪气地说：“这钱我先替他付上，免得你空跑一趟。”

“太好了，你这个领导蛮有人情味的嘛，不过三年多了，需要算利息的。”

“不会是高利贷吧！”

“那又怎样，敢作敢当。”

“你说个数，我看看。”

黑衣女郎拿出计算器算了一下说：“五万一，算了，给个整数五万。”

苟有勇没有多问，打开一个抽屉，从一个牛皮纸文件袋中取出五沓钱，往桌上一放，很大方地说：“数一数。”

黑衣女郎取过钱，见每沓都有银行的封条，知道不会少，满脸笑容地说了声谢，又伸出手来道别。苟有勇一握手感觉很特别，心中有点不舍，握住手不肯松，但心里又有几分惧怕，翻腾着不知道如何才好。黑衣女郎见多识广，抽出手回到沙发上，逐一将现金和散文集放入包中。只顾忙，两腿不经意又微微叉开，这回苟有勇看得真切，浑身燥热起来，口干，舌燥，大脑嗡嗡作响，只有眼睛仍盯着白色的腿不放。于是站起身来,径直走了过去,向前一扑,压在了黑衣女郎身上。谁知这个时候,荀有勇像触电般地抖动一下,然后再没了力气,趴在那里不动了。黑衣女郎用力推开荀有勇,说:“你早泄。”荀有勇满脸愧色,坐在一旁低头不语。黑衣女郎见状好言相劝:“没关系,没关系,可能太紧张、太冲动所致,很快就会好的。要不我陪你一会儿放松放松?”

荀有勇犹如小羊羔般地顺从,点头同意。黑衣女郎倒像屋里的主人一般,环视办公室四周,起身从书桌上取出一盒罐头装的葵花子,利索地打开倒在茶几上,俩人嗑瓜子聊天。不知过了多久,黑衣女郎起身准备走,她走到办公桌前,打开抽屉拿出刚才的牛皮纸文件袋,从一沓钱中抽出十张,在空中一挥说:“这是你应当支付的,我不会多要。”说完装进包里,走向衣架去取大衣,荀有勇心中大惊:“什么都没有干就白白丢了一千元。”想到自己吃亏上当,感到莫大的屈辱,怒火中烧,愤然而起,上前把黑衣女郎抱住放回沙发上。

完事以后,黑衣女郎真的要走,荀有勇向窗外望去,天已经完全黑下来,人们早已下班回家。于是轻声走到门前仔细听门外的动静,直到确定安全了,这才开门,让黑衣女郎走出去。

荀有勇回到办公桌前,坐回椅子,感到浑身乏力,困意大增。正欲睡去,突然,一种巨大的恐怖袭上心头,这种人不会有性病、艾滋病吧?千万不要被传染上,那可就死定了。

恐惧、后怕缠绕心头,挥之不去,荀有勇伏在桌前,用手拍打着自己脑袋,恶狠狠地骂道:“赵建成,你这个王八蛋!”

五

武大军见王闻道提着两根警棍头也不回地走了,心中忐忑不安。没有命令,又不是在团场的地界内,无法调动民兵力量,可王闻道数百公里追击通缉犯,面对一伙穷凶极恶的暴力恐怖分子,生死搏斗,而自己却束手无策,真是枉当了人武部长。想到这儿走出办公室,往武器库走去。

武器库里值班民兵见部长黑着脸走来,个个打起精神坚守岗位,等候检查。武大军像往日一样,仔细查看了武器弹药和军需物资的存放情况。随手拿起一支微式冲锋枪,只见枪身光亮洁净,一尘不染,说明小伙子们按要求认真工作，没有偷懒，这让他满意。微冲体形小，背在身后，再穿上外衣行走在街上，外人都看不出来。别看体形小，功能却很强，既可单发又可连击，射程远，杀伤力大。据说，这款新武器首配驻香港的部队，后来，中央考虑更好地发挥兵团在新疆维稳处突中的作用，快速给兵团民兵配备上。现在，犹如匣中宝剑，鸣声阵阵，只盼着出鞘斩敌立功。武大军端详许久，猛然挎在肩上，又取出五十发子弹，厉声对值班人员说："我有任务，做好登记。"

武大军正要出门，一个胆子大的值班民兵叫道："武部长。"武大军回身问："什么事？"小伙子上前一步说："有什么军事行动带上我们，别老是您一个人立战功，我们连枪响都听不到。"武大军笑了，拍了拍小伙子的肩膀，又用劲捏了一把，转身走出。

回到办公室，武大军仍想不出好办法，想到徐世清也是复转军人，为人豪气，不妨叫来商议。徐世清来后还没听完就急嚷起来："你这不是见死不救吗？"

"救，怎么救？"武大军反问说，"把民兵连拉出去，来个千里奔袭？"

徐世清知道不可能，没有上级命令谁也动不了一兵一卒，很快想出一个主意，说："把枪给我，我去救，出了事不找你麻烦，我一人担着。"

武大军白了一眼说："不是又绕回来了，要是行，我早借给闻道了。"

脑子飞转的徐世清又想出一个办法："我有一个办法。"

"什么办法？快说。"看徐世清欲言又止的样子，武大军催问。

徐世清笑了笑，说："趁你不备，打晕在地，然后捆绑起来，我把枪拿走，这样两全其美，各得其所。"

武大军又好气又好笑，说："看电视看多了，这不是胡闹么，下半辈子不想过了？"

徐世清笑嘻嘻地走到武大军跟前，猛地出手，把武大军双手扭到背后，又快速用透明胶带缠上，这才一脸严肃地说："时间不等人，为了闻道团长，更为咱们戍边人的职责，决不能让暴恐分子再猖狂犯罪，再祸害各族人民。"说着又给武大军嘴巴也贴上透明胶带，"看在咱俩都当过兵，是战友的分上，就不打晕你了，你想叫人也行，但一定等我走远以后再喊叫。"说完装好枪弹走出门去。

徐世清一出大门，直奔酱厂，向钱小山借车用，只说有特急的事情，钱小山也不细问，让司机把车钥匙交给徐世清，说："你小子有福啊，油刚加满。"徐世清有些感动，拉着钱小山的手紧紧一握说："不言谢了。"跳上越野车飞驰而去。刚出团部又想到一件事，掉转车头向五连奔去。

天已黑下来，拾棉花的人们陆续过完秤，交完花，回到连队，正吃晚饭。巧帕汗大妈正在招呼维吾尔族拾花工吃饭，听徐世清说有重大任务，让买买提建疆一起回一趟夏巴河村，便满口答应，说："你和王副团长都是一样的好人，困难的一个也没有。"扯起嗓子喊正在吃饭的儿子。

买买提建疆放下没吃完的汤饭碗，刚上车，还没来得及关车门，就见徐世清一踩油门，车子飞快向前奔去。

六

徐世清走后，武大军站起身来到门后，那里堆放着平时劳动用的坎土曼、铁锨。他蹲下身去三下两下把透明胶带割断，双手恢复了自由，活动一下发麻的双臂，又轻轻揭下嘴上的胶带，笑道："小伎俩而已。"尽管如此，他的心中还是有一种不可名状的难受：闻道、世清个个奋不顾身而去，自己却好像在当逃兵，没有堂堂正正地担起责任。他快速地理了理思绪，打通了师（市）军事部沈部长的加密电话，把情况作了简要的汇报。沈部长又问了一些具体情况后说："写份简明的汇报上来，上面的事情我来协调。"

材料传真上去后，武大军不敢离开办公室，望着窗外黑色的天空，耐心等候着批复。肚子饿得咕咕叫，他取出一包苏打饼干就着开水充饥。到了凌晨一点二十六分，传真响了，批复传过来：同意紧急行动，带枪一支，子弹五十发。

手捧批复，武大军心情有些激动，感到今天没有白过，没有玷污兵团戍边人的荣誉。

七

王闻道从人武部走出，上车后对钟师傅说了声"咱们走"，越野车启动后快速驶出团部。

车上了高等级公路后，明显地加快了速度。王闻道坐在前排望着远方，逐渐静下心来，余光扫过，觉得身后有异常，扭头向后排座位看去，果然，原先熟悉的一个大胡子艾力不见了，却是一个高鼻梁、大眼睛的帅气小伙儿。

艾力见王闻道回头看他，张开嘴笑了，露出雪白的牙齿，问："怎么样？"

听出艾力的声音，王闻道有些惊奇，说："艾力，把大胡子剃了，很帅气的嘛。"

艾力摸了一把脸，不好意思地说："刚才等车的时候，我看见旁边有个理发店，就跑进去理发，把胡子刮掉了。刮完以后，师傅吓了一跳，说：'以为是一个老大爷，怎么变成了一个小伙子。'"

车上一阵笑声。

王闻道说："早先我劝你把胡子刮掉，可中午的时候，你讲了乌斯曼暴徒的行踪，又觉得先留住也好，若是遭遇上了，还可以起到掩护作用，可以稳住或拖延他们的时间。"

艾力却不赞同，说："乌斯曼是坏蛋，他让我留下的胡子。现在我要去抓他，就必须跟他一刀两断，把大胡子刮掉。"

王闻道夸赞道："有志气！是雄鹰就要搏击长空，是骏马就要奔驰草原。"

天完全黑了下来，路上的车辆渐渐稀少。车匀速向前飞驰，显得平稳。王闻道闭目养神，脑子却没有停歇，反复思考着问题。

从艾力提供的信息看，并不能断定乌斯曼这伙暴徒就在夏巴河村，且来去无踪，飘游不定。但有一点可以肯定，这些人近期频繁在村子里活动，是捕捉歼灭的好机会。此去，若无明确发现目标，先不打草惊蛇，与艾力一起躲在艾力的家中，侦察情况，由他哥哥出面打听消息，一旦有准确消息，便可立刻出击。想到侦察，他立刻感到要是徐世清在身边就好了。徐世清当过侦察连长，可是一把好手。想到不打草惊蛇，又觉得有个问题必须弄清楚，扭过身问艾力："你在等车的时候，除了理发，有没有给家里打过电话？"

艾力不解地反问："怎么了？"

"你到底打没打？"

"打了，我给哥哥说别怕那些坏人，也不要和坏人混在一起。我和王副团长去抓那帮坏人。"

王闻道不放心地追问："打电话时，你哥身旁有没有其他人？"

"有没有人不知道，我哥只是说你好好拾棉花，他要去给客人打馕，路上吃。”

“客人？什么客人？该不会就是乌斯曼那伙人？”

“是的，我哥上回就说客人让我交钱，让他去圣战。”

这个信息极为重要，说明暴恐分子就藏在夏巴河村。王闻道越来越坚定了自己的判断，拿出手机拨通了唐复兴的手机。他明白追剿暴恐分子必须依靠当地党委和政府。手机拨通后，两次被挂断了，随后一个信息传来“正在开会”。王闻道马上回复：“有重要的紧急情况向你汇报，等候”。没过多久，唐复兴的电话回拨过来，说自己从会场出来了，已回到办公室，问什么事情。王闻道把情况简要讲了一遍，唐复兴格外兴奋，连说：“太好了，太好了！这伙暴恐分子经常作案，已经成塔河县的心腹大患，一日不除，我寝食难安，无法向全县人民交代。这次我们并肩作战，一定要让暴徒绳之以法，我马上安排布置公安武警连夜行动，赶往夏巴河村，保持联系。”

唐复兴放下电话，回到县常委会议室，宣布休会，留下卡德尔县长和政法委书记一齐商议紧急行动事宜。

放下手机，王闻道心中有了底气和力量，脑海中翻腾着一个又一个方案，推算一个又一个可能发生的意外。

手机又响了，是徐世清打过来的，说自己正赶过来，并告诉了前前后后发生的事情。王闻道听完叹口气说：“是非曲直自有公道。”徐世清知道王闻道是为自己担忧，说：“我才不怕呢，好汉做事好汉当。”

夜间开车，怕走错了路，徐世清打开高德导航，只是车子一开快，不断得到提醒“请注意，你已超速，请注意，前方有电子测速，请慢行”，气得徐世清直骂娘。

买买提建疆见状说：“这条路我走过好多趟，熟得很，我给你看着，保证错不了。”

徐世清一听高兴起来，停了导航，开心地说：“超速罚款，要多少由钱大厂长去交吧，哈哈……”踩下油门往前赶着。

天已麻麻亮，终于赶到夏巴河村的东头。村子里的人们还在沉睡，偶有一两声狗叫。王闻道让钟师傅关闭车灯，避开村子，沿着庄稼地边的小路绕向村子的西面。不一会儿，远处黑乎乎的半截墙壁的大棚已隐隐可见，三人下车悄悄地接近大棚。

大棚那边有了动静，先是出来一个青年男子，被绑着双手，紧接着出来两个看押人员各持一把长刀。艾力认出被绑的人是自己的哥哥，喊了一声一个箭步上前，飞快地用匕首割断绳子，拉着哥哥就跑。嘴里埋怨道："叫你不要和牲口在一起，叫你不要和牲口在一起。"哥哥解释说："那骗子拿走我的馕，又让我圣战，升天堂……"两人边说边飞快地跑了。

突然蹿出一个人来，让两个持刀的暴恐分子始料不及，吓得一愣神。见两人跑了，急忙追赶过来。此时，又从大棚中钻出几个人来，满脸胡子的乌斯曼从声音中分辨出来者何人，喊道："艾力，叛徒！快，杀了他们！"身边的几个暴恐分子听到命令跟着追上去。

各种方案的设想，独独没有想到会是这种情况，好在王闻道一眼认出通缉要犯，立刻拨通唐复兴的手机，告知发现匪首。此刻，已没有更多时间了，必须拼死一搏。王闻道对钟师傅大声喊道："咱们上，把艾力哥俩救出来再说。"手握警棍冲上前去。

艾力见王闻道迎上来相救，边跑边喊："王副团长快跑，他们人多，打不过。"

王闻道让过艾力哥俩，迎面与挥刀的暴恐分子格斗。在团场每年冬训都有擒拿格斗、短兵相接的科目，现在正派上用场。只见他腾挪跳跃，时进时退，并不急于与暴徒拼命，也不在乎是否能放倒一两个暴徒，只要死死地拖住暴徒，等唐书记、徐世清赶来，再一举歼灭，大获全胜。

艾力的叫喊声暴露了王闻道的身份，乌斯曼听得真切，大为欢喜，喊道："他是共产党的大卡德尔，杀死他人人立功，人人升天堂！"很快又有三名暴恐分子围上来。

王闻道并不畏惧。搏击格斗声在清晨空旷的田野显得格外响亮，村子里的大狗小狗都叫起来，显然，整个村子都被惊动了。他看到暴徒眼神中露出的凶残，还有恐惧、惊慌，这让他信心大增。而从部队复员的钟师傅表现出优秀的军事素质，紧紧与他相随。他们互相掩护，进退有度。

不远处传来惨叫声，艾力受伤倒地，挣扎着向后退，躲过一刀接一刀的攻击，情况紧急，王闻道奋力一跃，连连出击，逼退暴徒，并乘此空隙飞步上前，击倒正挥刀砍向艾力的暴徒，然而，就在这个时候，身后的暴徒也紧跟上来，挥刀刺向王闻道。

王闻道只觉得一个烧得通红的烙铁刺向体内，眼冒金星，踉跄两步，压在了艾力的身上，几名暴徒仍不死心，跟着上前挥刀再刺。

“砰”的一声枪响，暴徒们被镇住了。

徐世清远远看到搏斗的场景，敌众我寡，情况危急，把油门踩到最大冲过来，眼见王闻道受伤跌倒，仍有暴徒行凶，跳下车鸣枪警告。

片刻震惊之后，暴徒醒过来，又挥刀向王闻道身上刺去。

说时迟，那时快，徐世清一个点射，将两名暴徒击毙在地。

乌斯曼骑在一匹马上指挥暴徒：“冲上去把枪夺过来，有枪我们就可以和共产党作战了。”话音刚落，他惊愕地发现，远处公安的警车一辆接一辆地开过来，还有公安武警战士如潮水般涌来。他立刻感到世界末日到了，策马向不远处的原始胡杨森林里跑去。

听到命令的暴徒立刻向徐世清扑来，手持长刀，发出野兽般的嚎叫。

徐世清等的就是这一刻，不慌不忙抬手一枪，将冲在最前面的暴徒击毙，接着又是一枪，又击倒一名，后面暴徒见情况不妙，立刻反身逃窜。

眼睛一直盯着乌斯曼的徐世清，熟知“射人先射马，擒贼先擒王”的战术，上前紧追两步，举枪一个连发，只见乌斯曼的坐骑前蹄向空中一掀，扑倒在地。

徐世清正欲提枪奔去，不承想空中一个黑乎乎的东西飞来，身后的买买提建疆看得真切，高喊：“手雷，卧倒！”并奋力扑在了徐世清的身上。

两人刚卧倒地上，身边的手雷炸响，发出巨大的响声，压在徐世清身上的买买提建疆被强大的气浪掀翻，徐世清紧紧地把枪抱在怀中。

第十五章

生死荣辱

一

武大军睡了个好觉，早上起来精神倍增。上班后，他按原有的工作安排，召集人武部几个人开会，先听取了大干一百天中，各单位民兵在不同岗位发挥骨干带头作用的情况汇报，随后又讨论了以“弘扬兵团精神，彰显兵的作用”为主题的冬季军训方案。两个议题进行得顺利，大家严肃而活泼，让武大军感到满意。

散会后，武大军惦记着王闻道、徐世清的事情，想到许多电影、电视剧中，战斗打得再激烈、残酷，主人公却能毫发无损，最终战胜敌人凯旋，心中的担忧一扫而光。现在他觉得该给苟有勇做一个汇报，毕竟是件大事。

苟有勇听完讲述，立刻拉下脸来，一脸的严肃和气愤：“我给你们讲过多次，要讲程序，讲规矩，可你们就是不听！为什么不请示擅自行动？有没有纪律？有没有党性？”

武大军解释说：“找了你一下午，办公室没人，手机又不接，不是没有办法才这样做的吗？我也是看情况紧急，特事特办。”

想到昨天下午，苟有勇心有些虚，幸亏两人没有敲门来找，否则……瞬间，又恢复强势，说：“我在基层搞调研，抓工作，忙得水都顾不上喝一口，饭顾不上吃一口，哪像你们整天泡在办公室里。昨晚的团场新闻看了没有？”

原来，为强化形象宣传，苟有勇要求电视台就医院调研的事发一条新闻稿，再发一条特写稿。记者很犯难，就这么一个汇报会怎么可能发两条新闻呢？赶忙建议开完座谈会后，再到各科室和一些病房走一走，看望医护人员和病人。苟有勇倒也听话，果然转了一圈，与医护人员谈条件改善，质量提高；与病人谈健康，谈团场改革发展前景，很是活跃、健谈。这些新闻，苟有勇是晚上十一点半重播时才看到的。

武大军说："昨晚加班到深夜，没有看上。"

苟有勇放缓口气说："不读书不看报怎么行，辛辛苦苦犯了错误。"说完笑起来，"'文化大革命'中专门批判辛辛苦苦的走资派，你大概就属这种人，呵呵。"

见到苟有勇笑了，武大军知道没事了，跟着笑笑。

敲门声，傅子明出现在门口，见有人说事，很犹豫地站在门口，苟有勇见了说："子明书记什么事，进来说。"

傅子明走进来，身后还跟着两个人，介绍道："这两位是师（市）纪委、监察局的同志到团里来调查、核实一些事情。"

见纪委的人来找自己，苟有勇心中大恐，以为有什么事情败露，要找自己谈话，不由得连嗓音也抖起来，问："调……调查谁，什么事？"

傅子明看了武大军一眼。武大军立刻明白用意，他知道纪检方面的工作都是极保密的，都是一对一进行，忙说："我的事办完了，你们谈。"转身走出办公室。傅子明见武大军走出，又关好门，才说道："有人实名举报王闻道一些事情，师（市）派人要做一个初核，这位是主任科员江宏波同志，这位是主任科员何倩兮同志。"

苟有勇心中一块石头落地，精神大振，急忙上前热情地握手，表示欢迎和支持。他对傅子明说："我们要把这件事作为团党委党风廉政建设的重大举措，作为反腐倡廉的重要突破口，予以高度重视，抓紧抓好，切实抓出成效来。你要亲自负责，亲自把关，亲自陪同，把工作做深做透。"一连串的"亲自"，傅子明不好再推辞，只得点头答应。

江宏波说："见过主官，可以工作了，我们想先和王闻道见个面，单独谈一谈。"

苟有勇说："没有问题，全力支持。"快步回到椅子上，拨通电话说："你马上过来一趟，什么？现在下什么连队！师（市）纪委的同志找你有重要的事，快过来。"

众人都以为是打给王闻道的，不料却见武大军气喘吁吁地跑进来。

苟有勇清楚这样的事知道的人越多，传播得越快。见武大军进门，黑着脸说："师(市)纪委、监察局要调查王闻道的案子，他是你放跑的，你负责把他找回来。"

"跑了?!"众人大吃一惊。

武大军觉得这话似是而非，蛮横无理，可一时又找不到合适的话对答，心里窝着火，掏出手机拨打电话，结果语音提示是关机，再打徐世清手机，也同样是关机，分析判断了一下，说："或许正在执行军事行动，关机也是正常的。"

"什么叫或许?"苟有勇不赞同，说，"会不会王闻道事先知道消息，编了个理由跑了？这类事情在内地时有发生，甚至还有逃到国外的。"

武大军坚决表示反对，说："不可能！王闻道确实是发现暴恐分子的行踪，才连夜赶过去的。再说，要跑也应该往南方发达地区跑、国外跑，他跑到南疆贫困地区干什么?"

傅子明说："退一万步说，王闻道跑了，徐世清跟着干什么？还拿了枪，想上山打游击?"

苟有勇说："大家想想看，王闻道管工业这么多年，手上有多少大项目，他若贪污，徐世清作为厂长能没有关系吗?"

何倩兮插话说："我们这次调查，也包括徐世清在内。"

"看看，怎么样!"苟有勇更加确信自己的分析，心里一阵兴奋，大声说道，"看看你们的水平、能力，我真不知说什么好。前不久，李国建书记来调研，批评我们工作跟不上，能力差，落后了，当时我还不服气，觉得委屈。现在终于弄明白了，领导批评得太对，太及时了，现在出现这么大的问题，我应当向师(市)党委做检讨，甚至我保留辞职的权利!"

一番话说得傅子明、武大军无话可说。武大军见苟有勇分析得有道理，心里为自己的轻率感到后悔：若真是如此，这个常委、人武部的位子是坐不成了。

江宏波、何倩兮深感苟有勇见识过人，看问题深刻，分析得有道理，更凸显出事态的严重性，忙说："我们分头向上级做一个汇报，听候指示再行动。"

众人都认为有必要，表示赞同。

二

从团场调研回来，李国建一直在考虑359团班子调整配备的问题，他认为王闻道可堪大任，是团长的理想人选。当与相关领导碰头交换意见时，纪委书记讲到来信举报的问题，既有经济问题，又有作风问题。听完讲述，李国建表示绝不允许干部带病上岗，更不允许干部带病提拔，应尽快启动调查核实。

现在，纪委书记又来了，说王闻道失踪了，调查组没见到人，他们分析可能是畏罪潜逃。李国建大笑："怎么可能？王闻道去南疆塔河县追击暴恐分子，昨晚老沈就给我说了。幸亏及时赶到村里，那伙暴徒一窝端，一个也没跑掉。王闻道、徐世清都受了伤，只是王闻道受的伤很重，还在地区医院抢救。我已让沈常委赶过去，代表师（市）党委全权处理和慰问。"

纪委书记说："这可是立了一大功，应该嘉奖！"

李国建说："通过这件事情说明，王闻道是个善于捕捉机会，敢于担当、有作为的同志。"

"那，"纪委书记问，"那调查组怎么办？要不撤回来？"

李国建说："一码是一码，你们仍按程序走，认真核实清楚，要是问题属实，我也决不会轻饶。"

王闻道在反暴恐战斗中负伤，赢得了纪委书记的好感，他说："即使证明王闻道是清白的，也会错过这一波干部提拔行情，有点可惜。"

李国建若有所思，说："真金不怕火炼，就让他在'烈火'中多炼炼。"

纪委书记走后不久，郭家仁慌里慌张地进来，说："出大事了，王闻道畏罪潜逃，还带走一支枪、五十发子弹，一旦发生什么问题，后果不堪设想。"

李国建冷冷地看着郭家仁，说："哪里来的消息，是苟有勇告诉你的吧？你告诉他，好好做人，好好工作。真不像话！"电话铃声响了，李国建又忙起下一件事。

郭家仁没头没脑挨了顿训，脸红一阵白一阵地立在那里，见李国建拿起电话说事，知趣地离开了。

三

酒厂的一间办公室里，杨志强一进门就发现情况不对。自己坐在傅书记和另外两个人的对面，一张小桌子，像是被审问的样子，很纳闷，也有一点儿害怕。当工作人员送来一杯热开水，慌忙伸手去接，居然还给碰洒了，手被烫了一下。

江宏波说："不要慌，今天我们找你，主要是想核实一些事情。"

何倩兮说："杨志强同志，你能实名举报副团长王闻道的问题，说明你是一个敢说真话、不怕打击报复的同志。我们这次就是要核实你所反映问题的真实性。"

杨志强听明白了，一脸惊讶，说："什么？我实名举报王团长，你们没搞错吧！"

何倩兮举起一个信封说："你看，举报信上有你的名字。"

杨志强怒火万丈，开口骂道："狗日的写的，盗用我的名字不得好死。"

何倩兮说："有话好好说，不要骂人。"

"就骂！"杨志强倔强劲上来，仍破口大骂，"狗日的王八蛋，诬陷好人，理亏心也亏，做起缩头乌龟，暗放冷箭，这种人出门让车撞死，睡觉让房塌砸死，全家老少都不得好死，一个一个都死光。"

何倩兮很生气，一拍桌子说："杨志强同志，不许胡乱骂人，现在是上级机关找你谈话，你要端正态度，积极配合。"

杨志强仍不服气："端正什么态度！哎，你们不去追查搞诬陷的坏人，反倒把我一个受陷害的人训来训去，有没有搞错呀！"

何倩兮被堵得说不出话来，满脸通红。傅子明开口说："杨志强，找你谈话就是核实的一个过程，是你，要说清楚；不是你，也说清楚，问什么回答什么，不许骂人，也不许带话把子。"

杨志强这才静下来，小声辩解说："不是我写的。王副团长把一个小酒厂发展到今天，工人们的收入成倍增长，给团里交利润也多，谢他还来不及呢，怎么会去陷害他？你们可不要上坏人的当，整王副团长。其实，他当团长才更好。"

傅子明打断杨志强的话，说："这不是你操心的事，许多事你不懂。"

三人来到武继胜的家，房子面积不大，收拾得干干净净。见客人来，没有倒茶，而是拿出一个又粗又大的瓶子，让大家喝酒。何倩兮眼尖，看到是装剧毒敌敌畏农药的瓶子，吓了一跳，忙让傅子明去劝。武继胜见大伙不喝酒，笑道："前些日子，王闻道副团长喝三大碗后去见师（市）领导都没事，看把你们吓的。"

当听说是自己署名举报了王闻道，武继胜感到吃惊和气愤，大声说："龟孙，做这样下作的事，亏良心。"明显地比杨志强冷静得多。一经核实举报人有假，其内容也就没法再问了，可武继胜拉着众人不让走，说有话要讲：

"见你们领导来，还以为是考核提拔王副团长的呢！早该提了，再不提，酒厂垮了，我们这些老家伙拿不到工资，去喝西北风？"

三人出了门，去机关见杜峰；去十一连看堆放的葡萄；来到五连见孙国文，孙连长把十月三日那天的事讲了个透彻，傅子明又打电话给范志刚进行核实。

几件事很快弄明白了，何倩兮感到格外生气，提出到邮局查看监控录像，看谁是诬告者。江宏波劝道："上手段必须报领导批准才行，再说酒厂的账目还没查呢，那才是大头。"

晚上，苟有勇设宴招待江宏波、何倩兮二人。两人一再推辞，苟有勇说："我一个人也没地方吃饭，就算沾你们的光混口饭吃好不好？"

两人不好再推辞，由傅子明作陪。

席间，谈到工作，苟有勇不免有些失望，他耐着性子开导说："现在的干部队伍是状况百出，很复杂。像王闻道，人长得帅，职位又高，即便和梁英没有作风问题，会不会与张英、刘英、王英发生关系呢？他管着酒厂，即便没有给杜峰两大箱酒，会不会给张峰、赵峰、王峰送两大箱酒呢？视野要开阔，方法要巧妙，顺藤才可以摸到大瓜。当然，我也是胡猜，不算数，不算数的。"

江宏波是学财会出身，多年精于账目业务，听苟有勇一席话深感受到启发，说："越往基层越复杂，我们还真得开阔视野，寻找新的突破口。"

何倩兮却产生了反感，说："我们搞调查，一凭党纪党规，二凭事实，绝不搞胡乱猜想！"

四

赵建成培训回来，兴致勃勃地向苟有勇汇报学习收获。讲到岗位敬业精神，讲到专业素质提高，苟有勇耐着性子听，脸上露出一丝讥讽的笑意。等到赵建成讲完，苟有勇从抽屉里取出一张纸条，说："我给你看一样宝贝，可要认真看仔细。"

赵建成接过一看，原来因激动而涨红的脸一下变得惨白，随后以极快的速度把纸条揉成一团塞进嘴里，用劲咽到肚子里。

苟有勇似乎早有预料，并不恼怒，扭身按下身旁复印机的启动键，立刻复印出一张又一张字条来，全是 A4 纸，笑道："胃口好就多吃一些，管够。"

赵建成一见慌了神，一下跪在苟有勇跟前，抱住右腿哭起来："苟政委，你可要救我！"

苟有勇像看捕获的猎物一样看着赵建成，有一种心满意足的快感，而这个快感又浸泡着无限的仇恨，许久才说："起来吧，若不是帮你，我早交给傅子明了，党籍呀、职位呀还有吗？这可是我花重金替你买下来的。"

赵建成起身说："领导的大恩大德永世难报，我一定加倍偿还，否则，我连人都不是。"

苟有勇一抬下巴，说："这些纸都拿去吧，相信你不会忘恩负义的。"

赵建成急忙把复印机前的几张纸卷起来，放入衣兜里，又打开复印机盖取出那张复印件，赶忙离开苟有勇的办公室。

回到自己的办公室，赵建成反锁好门，找出打火机把那些纸张一一烧毁，等到全部烧完，刚舒一口气，忽然发现没有细看，自己手写的欠条好像并不在里面，不由得心中惊恐："证据还在他手里，是要整死我呀！"

两天后的一个夜晚，赵建成骑着摩托车驮着一筐子蔬菜，来到苟有勇的家里。坐在沙发上，把上面的白菜、豆角拨去，露出一沓沓人民币，共计二十万，他仍带着歉意对苟有勇说："原本想多拿些，可这两天东凑西借的才弄这么多，老底都给抽空了。"

苟有勇推辞说："这是干什么，我帮你可不是图你的钱，拿回去。"

赵建成说："报领导的恩，我恨不得把心都掏出来，这些钱只是表表心意。”

苟有勇笑道：“坐，给你泡杯茶，上好的龙井，明前的。”

赵建成提着空篮子起身说：“不了，摩托车没上锁，别让别人偷了去。”

苟有勇说：“别扯了，联防队长的车谁敢偷，再坐一会儿，说件事。”

赵建成只好又坐下，听苟有勇问：“师（市）纪检委派人立案查王闻道的事知道吗？”

“刚回来就听说了，只是不知什么问题。”

“有经济问题，也有作风问题，你没见他隔三岔五往五连梁英的承包地里跑？”

“他和那个富婆好上了，权色交易，该查，一定会是大案要案。”

五

天气很给面子，仍然艳阳高照，中午时分，拾花的人们已脱去早晨御寒的毛衣，只穿件薄薄的衬衣。童建疆把采摘成堆的棉花装上车，前往加工厂交售。

来到加工厂，已有七八辆车在排队等候。人们三五成群地聚在车旁交谈，不时爆发出笑声。童建疆停好车想凑过去闲聊，谁知众人见他过来，立刻散了，很是纳闷。晚上再来交花时，总感到人们用异样眼光看自己。走近人群时，一片安静，待他走过，又听到背后的议论声，童建疆更疑惑了。

交完棉花，回到连队停好车，天已大黑，童建疆心中有事，往连部球场走，那里经常有人相聚聊天，或许可以听到一些什么。果不其然，不远听到治安员正与几个承包户说些什么，于是借着天黑慢慢摸到近处。

治安员很兴奋，说十月三号，王副团长和梁英在棉花地里如何偷情，绘声绘色，如亲眼所见。

童建疆的头“嗡”的一声炸了，白天见到的事儿一下都明白了，十月三日那天媳妇始终和自己在一起，王副团长、范常委也是一帮子人。再说棉花秆子只有小腿肚子那么高，几百亩条田从东头可以望见西头，从南头可以望见北头，根本藏不住人。这些坏人连编谎都不会，肯定是有意糟蹋败坏自己媳妇的名声。得把这口恶气出出来！

有了主意，童建疆悄悄猫在黑暗处等待时机。那伙人说笑了一阵子各自散了。治安员哼着小调往回走，童建疆悄悄跟上，趁其不备扑了上去，摁倒在地挥拳乱打。治安员看清是谁后，急忙求饶：“不关我的事，是赵主任、赵队长说的。”

“当真？”

“真的，骗你是孙子。”

童建疆站起身，又狠狠踢了一脚，说：“滚！再敢胡说撕烂你的嘴！”

当天夜里，赵建成得到消息，警觉起来，身边总留两个人跟着，以防不测。过了几天也不见动静，心里烦躁，想找个由头把童建疆抓起来关押几天，可怕把事情闹大反而不好，毕竟自己理亏，所以迟迟没有动手。真正让他心烦的还是那张纸条，握在苟有勇的手上，不高兴了交出去，自己全玩完。若是拿着条子再诈索，那可是个无底洞，怎么办呢？……

一双粗糙的大手勒住脖子，赵建成立刻感到呼吸困难。不知何时，童建疆溜进了办公室，反锁上门。赵建成拼命挣扎，连人带椅子一起摔倒在地，而童建疆又顺势骑在身上，挥拳便打。

赵建成挨了两拳却无力反抗，想到景阳冈武松打虎，又想到好汉不吃眼前亏，急忙挥手说：“别打了，我给你说实话。”

“说，谁编的谎！”

赵建成犹豫了，不知该不该说出事情缘由，童建疆怕他耍滑头，再骗人，挥拳又打。

“我说，是苟政委给我这么说的。”

童建疆果然停了手，起身从墙边一堆十字镐中拿出一把，指着赵建成说：“躺着别动，乱动让你去见阎王。”说完提着十字镐出了门。

刚一出门，就看见苟有勇在机关大楼门口，带着几名工作人员正准备乘车外出。童建疆加快脚步飞奔上前，边跑边喊：“狗日的往哪里去？”

苟有勇见有人闹事，知道不妙，忙命令身边的机关干部说：“把他拦住，不许闹事，咱们就是搞稳定的，还能自身出事？”

童建疆见机关干部围上来，站住了，用十字镐一指众人说：“你们别管，我也不打你们，冤有头，债有主，我只找那狗日的政委算账。”

机关干部个个赤手空拳，听罢也都站住不动。童建疆越过众人，直逼苟有勇。

苟有勇见势不妙,快速上车,车子原本已发动,疾驰而去。

童建疆追着一路狂奔,苟有勇车子跑得快,很快便拉开了距离。童建疆见追不上,狠狠地将十字镐甩向小车,没有打上。十字镐落在坚硬的水泥地上。

六

“王闻道贪污公款好几百万,已从家里搜出来了,人赃俱获。”

“王闻道出事了,被师纪委‘双规’带走了。”

“王闻道作风也有问题,和团里的好几个女人有关系,最要好的是富婆梁英。”

这些传言像冬日里的雪片,飞飞扬扬地飘荡在团场的各个角落。

安贞感到愤怒和无奈。自下半年以来,这类流言蜚语似乎不歇气地一波接一波地涌来,让人应接不暇。虽说谣言止于智者,可老是不断传言也难免会引发“三人成虎”的效应,不仅伤害王闻道,也会伤害到年幼的孩子。她还想到鲁迅先生剖析阮玲玉自杀事件说的话:“人言可畏”“谣言杀人”。

与王闻道共同生活多年,对他的品性、为人太熟悉,太了解,她坚信王闻道就像相信自己一样。安贞清楚地记得,酒厂改扩建获得上级一千多万元的项目投资,王闻道让徐世清约法三章,第一,作为厂党委书记、厂长不直接抓项目,交给主管副厂长操作,方案由厂党委会集体讨论决定。第二,公开招标,严格程序,凡送礼请客者一律取消竞标资格。第三,精心组织实施,一定做成廉洁工程、高效工程、富民工程,带动团场的产业腾飞。约束住徐世清,也就保证了整个项目的质量。现在纪委的同志驻厂查账,只盼望能早日公示于众,还闻道、世清一个清白。

上班后,安贞一直在沉思当中。她劝自己静下心来,多想工作,可思绪不断,扰得无心再想学校的工作。这时,武大军带着两位女同志进来。从武大军眼神中滑过的焦急和不安,可以判断又有什么不好的消息在等着自己,于是用询问的目光注视着刚走进办公室的三个人。

武大军一笑,说:“安校长,这位是师(市)组织部的赵静同志,这位是军事部的宋娟娟同志,她们找你有紧急事情要办。”

安贞点了点头，表示同意，仍一言不发。

宋娟娟身穿军装，中校军衔，上前一步说道："我们有一项重要的工作需要你的理解和支持，我们一起去南疆的白水市，这项工作目前还在保密状态，不宜细说，车就在校园外等候。"

"王闻道！"安贞大脑中本能地跳出这三个字。她想问一问，可对方既然说是保密状态，肯定问不出什么来，片刻才问："现在就走？"

赵静说："是的，马上就走。不过安校长可以回家带上换洗衣服和必备用品。"

安贞说："好，我把手上的工作交代一下咱们就走。"

因为一时听了苟有勇的话而感到后悔，这让武大军陷入深深的内疚和自责中，此刻，力求做一些弥补，主动说道："国庆和阿迪力这俩孩子由我照料好了，吃住就在我家。"

安贞心头一热，上前握住武大军的手说："麻烦了！"

车在公路上疾驰。警车牌照，执行紧急任务是不怕超速的。

车内，赵静和宋娟娟十分热情和体贴，一会儿递根香蕉，一会儿剥个橘子，这让安贞疑心更重了。以往王闻道出差在外，三五天、七八天都是常有的事，但每天晚上都会打电话回来，聊上一阵子。这次出去却杳无音信，打手机是关机，究竟出了什么事？连续野外追击暴恐分子，手机没电了？寻找暴恐分子新线索，处于保密状态？追剿逃窜的暴恐分子时负伤、牺牲……突然一股巨大的恐怖袭来，安贞倒吸了一口冷气，不敢再想下去。

七

安贞与王闻道相识是在上大学期间，有一天，她在图书馆看书查资料。午饭时间到了，安贞随众人离开图书馆赶往餐厅，吃过饭又匆匆赶回图书馆。却见座位对面一位头发乌黑浓密的男生仍在伏案疾书，时不时地把借出的《后汉书》翻开查看或摘抄，心中纳闷，这家伙不知道吃午饭吗？

安贞中等个儿偏上，白皙的皮肤、精致的五官，还有迷人的笑容，让许多男生想尽法子表达爱慕之情，有请吃饭的，有送电影票的，有约逛公园的，还有晚自习回宿舍时暗中保护相送的。安贞觉得这些都是幼稚可笑的小把戏，从来不屑一顾，却更加心高气傲，对不知道名字的男生一律称之“家伙”。

饭点过去了，那家伙仍伏在桌上苦苦思索，一副不知饥渴的模样。安贞突然想到一些来自偏远乡村的学生，家境贫寒往往吃得很节俭，有的一天只吃两顿饭，莫不是这家伙也是如此，不舍得吃午饭？于是产生了一种怜悯之情。可到了第二天中午，却见这家伙早早起身赶往餐厅吃饭去了。安贞学的是心理学专业，喜欢琢磨人的心理，一看这家伙吃午饭去了，知道自己判断有误，越发想把这家伙作为心理学实战案例来研究，或许是自己毕业论文的好案例呢。

这天午饭过后，安贞又赶回图书馆，却见对面空无一人，只有许多书和整理出的资料堆放在那里。上班时间到了，图书馆人员又开始了一次“大扫除”工作。原来，图书馆阅览室早已人满为患，许多来图书馆查资料的同学无座位可坐，却见不少椅子上放着坐垫，占住位子，纷纷找馆长提意见，鸣不平。为此，图书馆每个月都要搞一次大扫除，把无人而又用资料和坐垫占位的统统清理掉，以让新来的学生有位子可坐。

这样的场面，安贞也碰到过，人不在，书、笔记本、论文手稿都会像垃圾一样被清送到门外，找到算幸运，找不到的自认倒霉。丢了书，安贞找管理人员评理，结果却很无奈。现在，人在书在，可以心安理得地看书学习。管理人员的清扫正在逼近，安贞灵机一动，起身把那“家伙”的书、资料放进自己的书包，把坐垫也拿过来，等到管理人员清扫过后，人已走远，又轻移脚步把坐垫放在原来的座位上，以保证那“家伙”回来能坐在原来的位子上。

两节课过后，那“家伙”匆匆赶来，见到桌面上的书和资料不见了，轻轻地“啊”了一声，环视四周，发现目标，急忙赶到门口，在堆成小山般的书和资料里翻找。

安贞远远望去，见那“家伙”越翻越焦急，一脸的愁怨，心中窃喜，便笑盈盈地拎着书包走过去，一拍那“家伙”的肩膀说：“这位同学，这是不是你要找的？”

那“家伙”接过书包一看，顿时满脸的欣喜，说：“十几万字的论文资料，差一点儿白瞎了，谢谢了！”说完疾步回到座位，从书包里取出资料翻阅查对。

安贞被丢在一边，很不高兴，回到座位后更是愤愤不平：好个无礼无知的家伙，居然抱着材料独自跑了！要是本院的男生逮住这么个机会千恩万谢不说，还会有吃大餐、听音乐会之类的后续安排，可眼前的“家伙”竟把自己当空气，看也没看一眼。越想越生气，心中产生练一练这“家伙”的念头。这样想着，一边站起身轻移脚步，又一拍那“家伙”的肩膀，轻轻说道：“这位同学，对帮助过你的人连个‘谢’字都没有吗？”

那“家伙”一抬头，只看到红红的嘴唇，雪白的牙齿，脑子“轰 ”的一下迷茫了：“刚才不是谢过了吗？”

安贞说：“十几万字的资料就‘谢谢’打发了？”

那“家伙”的脑子仍然懵懂着没有转过来，说：“我请你吃饭。”说着起身，从衣兜里掏出一沓食堂饭票递过去，说：“全给你，想吃什么自己点，食堂的饭菜挺好的。”

安贞先是惊诧和愤怒，随后又觉得好笑，禁不住爆发出清脆的笑声。

笑声惊动阅览室的众人，纷纷抬起头来观望，目光齐刷刷地聚了过来，安贞一见不妙急忙蹲下，却还是忍不住地笑，那“家伙”成了聚光的焦点，急得满脸通红，低声劝道：“不要笑了，保持安静。”

晚上回到宿舍，安贞给姐妹们一说，逗得大家前仰后合，纷纷讨伐：“不会是装傻充愣吧，我看是个地地道道的二货，姐妹们帮你修理他。”

有位室友发现新的问题，扯着嗓子喊：“肃静，肃静，本小姐有重大新闻发布。”见众人安静下来，这才带着诡异的笑容说：“你们谁见过公主帮助过哪个男生捡过一根针、扯过一丝线？今天搞这么大的动静，美女救英雄，恐怕是爱情之花要绽放了吧？”

始料未及的一阵大笑后，室友纷纷追问：“是官二代还是富二代？”“是不是高富帅型的？”

安贞羞得满脸飞红，急忙辩解：“哪个学院的都不知道，姓啥名啥不知道，这怎么可能，不过是论文中的一个案例分析罢了。”

说者无心，听者有意，虽说是玩笑话，还真让安贞上了心。第二天中午，她特意早早赶到图书馆，到那“家伙”的桌前俯身一看，首页上写着：《兴与衰——中国古代西部屯垦一代而终初探》，论文作者：王闻道。

“王闻道！”这个名字让安贞感到惊讶，年级班主任曾多次拿这家伙举例引导大家发奋读书，早日成才，说他在学报上已发表过两篇论文，还获得专家好评。去年兰州军区和兰州大学联合举办“中国西北边防巩固与社会稳定研讨会”，特邀王闻道参加，又让他名噪一时，成为热议话题。

回到自己座位，安贞佯装看书，眼光不时指向阅览室大门，想仔细看看这家伙的模样。这次判断准确，王闻道果然出现了，浓眉大眼，相貌堂堂，尤其眼神中透出的乐观、自信，更让他显得英气逼人，气宇轩昂。安贞看得耳热心跳。

真正沮丧、内疚的还是王闻道，晚自习结束后，回宿舍躺在床上苦思冥想，始终没有想明白为什么会有如此愚蠢的举动。是忙于毕业论文累晕了头？好像不是，那又是什么？当眼睛一闭，立刻浮现出安贞暖暖的笑容，这个笑容可以融化冰雪、熔化钢铁，否则，为什么会看到这笑容的一瞬间大脑一片空白，不知所云，不知所措。曾看过国外一个研究资料，说是成年男性与漂亮动人的女性交往时，智商会明显下降，说错话、办错事的概率是平常的十倍。当时看罢以为荒诞，淡淡一笑就翻过去了，如今果真降到自己头上了吗？可是再发傻也不会傻成这样啊！

"算了，不去想了，赶紧睡觉。"王闻道内心劝服自己平静下来尽快进入梦乡，一会儿，心情渐渐平稳下来，呼吸也顺畅多了，却有一种淡淡的清香飘来，深呼吸两口，果真是。这种香味原先是没有过的，于是睁开眼睛借着月光四处寻找，发现床头挂着的书包不是自己的，而是她的，起身凑近书包嗅了嗅，果然是书包散发出来的。

是花香？不是！

是香水？也不是！

是体香？

想到这，王闻道脸红起来，好在天黑，同学们已经睡熟。

清晨，王闻道起床，将挂在床头的书包取下，放进装衣物的皮箱里，心想："天意所在，得格外珍惜才对。"

八

王闻道决定挽救败局，挽回自己的形象。

星期天，王闻道约安贞到城里的五星级酒店——香格里拉大饭店进餐，一进门就有服务生鞠躬问好，问："中餐还是西餐？"王闻道回答："中餐。"又问："包厢还是散台？"王闻道回答："散台。"服务生快步引导二人乘电梯上三楼。一出电梯口，又有服务生彬彬有礼地带进餐厅，偌大的餐厅人并不多，两人选一处僻静处落座，礼貌、优雅、清静的环境，让两人感到舒畅。

王闻道拿起精致的菜单看得很认真。安贞暗中发笑："敢到这里吃饭，不想过日子了。"早先也曾随父母到过这里，包厢里金碧辉煌，真有一种到了帝王之家的感受，当然，价格也高昂得吓人，一顿饭下来，六七千元是平常事。看到王闻道从头到尾看得认真，仔细翻看，半天也不肯点菜，而女服务生倒好茶水后，站在一旁静静地候着点菜。安贞忍不住一把抢过菜单说："我来点吧。"迅速跳到菜单后面，边看边说："红烧小排骨，豆豉鲮鱼油麦菜，醋熘土豆丝，两碗米饭，一份紫菜蛋花汤。"

服务生飞快地记下所点的菜，又重复一遍，得到肯定的答复后，下单去了。

王闻道惊讶地说："你点的菜，怎么和我想的一样？"

安贞说："是吗？怎么见得？"

王闻道说："去年到兰州开会，住的也是大饭店，饭桌上听一位大校说请家人、朋友吃饭，要么到最豪华的饭店，点最便宜的菜吃，大饭店管理规范，即使最便宜的也会刀法讲究，干净卫生，色香味俱佳。要么就到有特色的小饭馆吃饭，点最贵的、有特色的菜吃，小饭馆嘛，多是五元小炒，即便点最贵的，价格也高不哪里去，但厨师会格外用心，精心制作，干净卫生，味道也好。"

安贞恍然大悟，笑道，"怪不得有底气，还挺有心计的嘛。"

饭间，两个人打开了话匣子，似乎都有说不完的话，不断地抢过话头说，服务生有节奏地过来给二人添茶续水。

在返回学校的公交车上，俩人并肩而坐，安贞笑问："书包呢？"王闻道忙答："在。"一个没说要，一个没说还，细心的王闻道又闻到书包所散发出的清香，证实了自己的判断，虽然没有喝酒，却有些醉意。

又一个星期天，俩人相约去临潼参观兵马俑。一号俑坑还没看完，王闻道似自语又似对安贞说："我怎么觉得不对劲呀。"

安贞看得专注入神，随口问："什么不对劲？哪里有问题？"

王闻道说："解说词里讲他们是秦始皇最强悍的部队，是准备出征为大秦帝国统一天下去厮杀拼搏的部队。可你看，将军也好，士兵也好，个个神态自若，表情轻松，一点儿也没有身临战场的紧张和恐惧，与解说词不符合呀。公元前二二五年，秦王灭魏国，又去攻打楚国，问众将军需要多少人马可灭楚，年轻将军李信说：'二十万就行。'而身经百战的老将军王翦却说非六十万大军不可。秦王不高兴,说王将军老了,就命李信带二十万人马出征,结果全军覆灭,李信只身而还。秦王大怒,革了李信的职,重新请回王翦老将军,调兵六十万出征,这才灭了楚国。连年战争,死伤无数,异常残酷,而眼前这些部队怎么连出征前的紧张感都没有?直觉告诉我,这支部队不是作战用的,而是长年保卫皇宫的卫戍部队,从兵俑的相貌上看,多数年龄偏大、偏老,秦王肯定不会用这后宫的卫戍部队。"

安贞望着滔滔不绝的王闻道满心喜欢,虽然不能判定这个观点是否正确,站得住,但那善于发现问题、喜欢独立思考的大脑,要比他的帅气更为重要,更能体现一个人的价值。

两人交往越来越多,越来越亲近。

周六下午,两人相约去城里看电影。到了电影院才发现尽是打打杀杀的武侠片或警匪片,很失望。偶然间,安贞发现有个小影厅是专放老电影的,刚好放的是《巴黎圣母院》。买票进去后,只有三五个观众,好像是放电影专场似的。

这部根据法国著名作家雨果的同名长篇小说改编的电影,以引人入胜的故事情节,演绎出美丽纯洁的艺人爱斯梅拉达与敲钟人卡西莫多、副主教弗罗洛、国王卫队长弗比斯等人物命运的纠结、冲突、毁灭,是一个富有传奇色彩的爱情悲剧故事。

爱斯梅拉达受弗比斯欺骗,被弗罗洛陷害而惨遭极刑。对爱斯梅拉达深怀爱慕之情的卡西莫多情愿自尽,与心爱之人永久地相拥长眠于地窖之中。

电影结束时,响起了话外音:"有人要把他搂抱的骷髅拉开,他的遗骸也就立时化作尘埃了。"

电影放完了,灯亮起来。

王闻道、安贞仍沉浸在凄美的爱情故事中,为主人公矢志不渝、生死相依的爱情所感动。两人久坐不动,两手紧紧相连,任情感的思绪飞扬。其他观众相继离去,影厅变得一片寂静,无声无息,似乎能听到彼此的心跳声。

很久,很久,两人的心绪平静下来,站起身,缓缓走出影厅。

转眼就要毕业了,校方找王闻道谈话,希望他能留校任教,被王闻道谢绝,他要兑现上大学前在 367 团欢送宴会上对父母、对团领导的承诺,回到新疆生产建设兵团,回到团场工作,以报效养育之恩。安贞的父亲为女儿在省机关联系好工作单位，被安贞拒绝了，她要跟着王闻道到边疆去。一时间父女关系闹得很僵。

乘上西去的列车，安贞心里是五味杂陈，既盼望父母赶来相送，又害怕父母出现后强行阻挠自己去新疆。她依窗而坐，忐忑不安，面色凝重。王闻道见安贞像一只受到惊吓的小鹿，心里很是不安。

两人几乎同时看到安贞的父亲从车厢挤挤搡搡的人流中冲了过来，一定是挨着车厢寻找过来的，喘着粗气，浑身是汗，满脸通红。安贞气恼地把头扭向窗外，而王闻道礼貌地站起身，小心翼翼地喊了声："叔叔。"

安贞的父亲是一位陕西大汉，官至正厅，还从来没有这般无奈过，见女儿扭头不理自己，眼神中充满着怜爱与怨愁。他喘了两口气，让自己平静下来，这才对王闻道说："安贞是我和她妈一手拉扯大的，现在人长大了，翅膀硬了，要远走高飞，也罢，也罢。真心相爱就永远地爱下去。假如，有一天你若是不爱她了，我只希望你不要背叛她，也不要打她骂她，把安贞还给我们，我们继续拉扯她。"

安贞听得真切，忍不住大叫一声："爸爸！"起身扑到父亲怀中放声大哭。

王闻道心情激动，誓言般地说："即便我死，也决不背叛。我们会生死相依，白头到老。"

安贞的母亲拎着水果、食品，跌跌撞撞地从后面赶过来，抱着女儿又哭又喊，全然不顾车厢里的人们。

回到师（市），王闻道被分配到师（市）党委统战部工作，安贞到师直中学任教。结婚后，小日子过得很幸福。

改革开放，让生活充满挑战和机遇。

《兴屯日报》刊登一则招聘公告，引起王闻道的兴趣，师直一家食品厂连年亏损，已近停产倒闭。为背水一战，师（市）党委决定向社会公开招聘厂长。或许是一个营职单位，加之受聘人不拿工资，而是按所缴利润的百分之二十提取年薪缺乏吸引力，报名的人极少，王闻道刚晋级副主任科员，决定报名一试。

上任后的第三天，召开全厂员工大会，百十号职工都以为新厂长会滔滔不绝发表就职演出，然后号召大家加班加点加油干。可是，都想错了，结果恰恰相反。

王闻道对众人说："每个人一日三餐，可我们的食品为什么卖不出去？我们生产的食品自己都不愿意吃,为什么还要卖给顾客?工厂马上要倒闭了,我们还要继续沿着这条路走下去吗?”

众人都感到一语惊人,与众不同,安静下来细听。

王闻道却宣布:“全厂停工,这些问题一日不解决一日不开工,一年不解决一年不开工!”散会。

人们还在惊愕之中,王闻道已经走了。

几天后,提建议的,提要求的,讲改革的各种意见和方案,像雪花般地飞进王闻道的办公室。王闻道一一看过,不觉大笑,因为,多数人都是从没有奖金、工资太低、工作太累的角度提出问题和建议,让王闻道哑然失笑。少数的意见和建议,引起王闻道的重视,如停止大路货的生产,生产孩子们喜欢的儿童食品、老人们喜欢的老人食品等等。

王闻道借助中学语文教研室主任安贞的关系,在不同年龄段的学生中进行“最喜欢吃的食品”味道、样式的调查。

王闻道又带着营销科长到各小区广场,找老头老太太征求意见,遭到冷遇,都说现在的食品不好吃,没有味,不像当年。营销科长不以为然,说:“当年开荒能吃上面包、饼干吗?就是铁打的一块饼干也会让你们舔化了。”王闻道怒斥营销科长不懂道理,又对老人们表示感谢。回厂后,他立刻组织力量研发,“当年开荒的味道”和“我的食品我做主”老少两个品种的系列食品,一个月后,正式开工生产。

上任第一年,收支平衡,由于没有上缴利润就无法提取年薪,等于白干一年。安贞笑道:“没关系,我养活你,无非日子紧巴一点。”

第二年上缴利润八十万元,付出的努力终于有了回报。

第三年,王闻道发了狠地调整生产结构,深化内部改革,加大新产品的研发,效益猛增,上缴利润达二百多万元,这下签合同的上级部门吃不准了。他们不敢让王闻道拿这么多钱。他们认为比政委、师长拿的钱还要多,恐怕不行。又认为国有企业,要体现劳动人民当家做主的地位,收入悬殊太大不好。也有同情支持王闻道的,让他找师(市)领导说理,或者是到法院打官司。

王闻道整整想了三天,更确切地说是看了三天的历史书。细品历史上改革人物的命运沉浮,荣辱得失,最后表示服从组织决定,只拿工资和超产奖金。这反倒让他在全师(市)名声大振,报纸、电视、广播用很大的篇幅报道他的创业事迹，称赞他为改革先锋，一个人救了一个厂；说他不为金钱所动，工作上事事争先；甚至副刊栏目也紧紧跟上，“新的一年这么干”“这个春节长假怎么过”都要把王闻道的工作、生活趣事说一番。

新年刚过，一纸任命下来，王闻道提拔到359团任党委常委、副团长。安贞坚决不过两地分居的生活，认为爱情、夫妻情感只有不断地积攒和添加，生活才有味道。跟着办了调动手续，到359团中学部任校长。

越野车一路狂奔，安贞的脑海里激烈翻腾，像过电影一样回想起往事。眼见车驰入市第一人民医院的大门，安贞的心又被揪起来。

九

走进医院，安贞来到重症监护室门口，见沈部长、唐书记、卡德尔县长等人迎了上来，被告知王闻道身受重伤，昏迷不醒，生命垂危。

其实，大家都在往轻里说，以宽慰安贞。而王闻道身体状况的严重性已远远超过了这个界限。

唐复兴率公安干警及时赶到，有两名暴徒身捆炸药迎面冲向干警企图同归于尽，被狙击手叭叭两枪击毙。落马而逃的乌斯曼刚跑到胡杨林边，被几名特警赶上擒获。战斗很快结束。

唐复兴发现伤势极为严重的王闻道，果断请求直升机支援，同时，给地委书记打电话汇报战况，并恳请协调市医院做好伤员抢救准备。一同搭乘直升机的伤员还有艾力、买买提建疆、徐世清，他们的伤势较轻，无生命危险。

市医院的贾院长是有名的一把刀，亲自上阵做手术。手术很顺利，也很成功。但王闻道始终昏迷不醒，心跳越来越弱，监护室内的心脏监测仪最终不见跳动的曲线，而变成一条直线滑过，只有血液循环设备还在工作。

贾院长坐在床边的椅子上，默默地注视王闻道，期待着生命的复苏。三个小时过去了，护士长进来问“关不关机”，贾院长如一尊雕塑，一声不吭，一动不动。没有指示，护士长转身退出。又过了三个小时，护士长再度进门说：“机器再超负荷运转会烧坏的，全市可就这么一台设备。”贾院长仍雕塑一般一动不动。

安贞脸色惨白，快步走到床前，俯身细看，见王闻道如熟睡一般。是的，多少个夜晚,安贞半夜醒来,侧身端详睡得正香的王闻道,就是这个模样。她坚信王闻道只是太劳累了,睡过去了。安贞缓缓坐在床边的小凳子上,轻轻拉住王闻道的手,把脸贴过去。她想让王闻道听到自己的心跳声,当然,更渴望听到王闻道的心跳声。

此刻的王闻道却在界河中破坚冰,疏河道,齐腰深的冰水里,奇冷无比,穿心刺骨,一块巨大的冰块从上游缓缓推进,眼见来到跟前,王闻道举起十字镐奋力击去,轰的一声,冰块破碎消失了,随之是巨浪滔天,湍急的河流,一泻千里。王闻道如同一片树叶在波涛中翻滚,手,举不起来,脚,抬不起来。

不知何时,忽地又躺在岸边的草地上。鲜花盛开,小鸟欢唱,太阳暖洋洋地照在身上。几只蝴蝶飞来,他想起身捉蝴蝶,可怎么也站不起来。蝴蝶消失了。来了一位中年汉子,高高大大,看清了,是自己的岳父。王闻道说:“我一点儿力气也没有了,站不起来,还是把安贞还给您吧。”岳父大怒,说:“年纪轻轻的,界河不去守,安贞不去管,连孩子也不要了,我端直打破你的头!”说完,抡起一根大棒狠狠地打下来。王闻道浑身疼痛,忍不住叫喊起来。

“哎哟!”

一声低低的呻吟,如游丝般细小,可房内的人都听得真切,如听到惊雷一般,不知何时,屏幕上的曲线跳动起来了。

“活了,救活了!”

两个小护士欢声叫道,两人相互拥抱、喜极而泣。

“雕塑”开始动起来,贾院长站起身来,活动一下发麻的四肢,带着笑意走出门外。

第十六章

界河溃堤

一

王闻道出院后，身体一直很虚弱，走起路来轻飘飘的，深感冬日的寒风特别地冷。武大军特地送来一件军用羊皮大衣帮他抵御风寒，直到翻过新年，身体才逐渐恢复过来。

回到家中，苟有勇率班子全体成员前来看望，传达师（市）党委和李书记的指示：在家静心养伤，别着急上班工作。之后，家中来人不断。

何倩兮、江宏波来到王闻道家中。

在王闻道门口时，两人曾与傅子明发生小小的争执，有些不愉快。原来，傅子明带二人到了王闻道家门口，却不愿意进去，说："你们进吧，我在门口等着。"二人不明白，说咱们是一个小组的，应当在一起。

傅子明说："账也查过，事也问过，明明知道是诬告，为什么还要给王闻道难堪？"

何倩兮说："咱们走的是工作程序，不能说给谁难堪，你是老纪委了，这事还能不懂。"

傅子明说："懂是懂，可真让人难为情。倒不是同一个班子抹不开情面，而是他舍生忘死地工作，却遭受不白之冤。"

江宏波一脸严肃地说："这些事没发现问题，不等于其他事情上没有问题。若发现新的问题，有新的举报，我们还会再查的。"

傅子明想起苟有勇的分析推论，心中生起一阵不快，很坚决地说："反正我不进去，你们自己去办吧。"

两人进屋后，说明来意，让王闻道把所举报的问题做一个书面说明。王闻道拿出笔和本子，想把反映的问题准确记录下来。何倩兮说："不用记，我们已整理归纳过，你只要按上面的问题逐一说明就行。"说完，递过一张 A4 纸。

王闻道接过细看一遍，问："什么时间要？"

江宏波说："越快越好，我们住在团宾馆，现在就等你的材料。"说完又补充一句："时间已经拖得很久了。"

王闻道见他们要得急，说："我往前赶，争取明天一早给你们。"

送走客人，王闻道来到书房写字台前，打开电脑准备写情况说明。说明这些问题并不难，脑子里一条一条理得很清楚，可真正要动手写的时候，一种莫名的惆怅感涌起，竟然半天没写出一个字。

又有人按门铃。是徐世清来了。

那天战斗中，多亏买买提建疆奋不顾身一扑，徐世清才得以脱险，土制手榴弹爆炸后，震得徐世清耳鸣头晕，左臂膀上还被弹片击伤。当他起身，发现买买提建疆躺在地上鲜血直流，细查看有几处流血，急忙喊人抢救。

后来，买买提建疆跟王闻道一起乘直升机往市第一人民医院救治，好在没有伤筋动骨，算不幸中的万幸，取出弹片，经过一阵儿治疗，很快出院又回到团场拾花。而艾力胳膊上被割破两道很深的伤口，一处缝八针，一处缝十七针，出院后根据他的表现和申请，被破格送往乌鲁木齐公安学校学习，成了一名公安战士。

徐世清回到团里，工业科已被撤销，合并成工交建商贸科，排在副科长的第三位，整日没多少事可做，就骑上摩托车去五连，和买买提建疆一同拾棉花。

在客厅坐下后，徐世清忍不住抱怨："太不公平了，辛辛苦苦把酒厂做大，不表扬提拔也就算了，反倒被纪委审查讯问，真是有苦没法说啊！你知道吗，最近唐书记升为市委常委、政法委书记了，你看人家地方！"

王闻道知道自己的事中也连带着徐世清，理一下思绪才说："只要两袖清风，经得起组织查，经得起考验，正说明你是位好同志。"

徐世清仍愤愤不平，说："坏人造谣就算了，可组织上也不想一想，一千二百万的改扩建项目，咱俩各自私吞七八百万，全部私吞还有几百万的缺口，这可能吗？"

王闻道起身倒两杯茶，说："喝茶。你当我就不觉得委屈？就想得那么开？可事情既然来了，你就得认真面对。有句话说得好：疾风知劲草，烈火见真金。你要是劲草、真金，就得经得起这疾风、烈火的磨砺。人生哪里有多少平坦、舒服的路可走？换个角度想，离开厂长岗位也需要离任审计不是吗？这一查，刚好还你一个清白，给你一个鉴定。"

徐世清一听笑了，端起茶杯喝口茶，说："什么事到你这里都成了好事。唉！我也知道是这个理，就是心里不舒服。等这件事情弄清后，我就要走了。"

王闻道问："去哪里？"

徐世清说："你受伤住院，差点光荣牺牲，我和唐书记整日整夜地守着，聊了许多事。塔河县有一个酒厂半死不活的，唐书记请我去当厂长，把酒业发展起来。"

王闻道表示赞同："去，应该去，南疆太缺乏你这样的人才。要是去内地，我坚决反对。要是去南疆，我一百个赞同。"

徐世清端起茶杯说："这就算送行了，咱俩端一个。"

王闻道收住笑脸，郑重地说："等你正式走的时候，酒还是要喝的，为你壮行。"

下班后，安贞和孩子们回到家中，屋子里立刻热闹起来，一片温馨和笑语。

门铃又响了，进来的是一对青年男女，男的说自己叫苏大河，女的说自己叫苏小清。王闻道一听介绍乐了，说："没猜错的话，你们是苏河清的孩子。"两人脸上露出惊喜，相视一笑。

苏大河说："您在反暴恐分子的战斗中受重伤，我们特地端一锅鸡汤送来，给您补补身体。"

"送鸡汤！"正在厨房做饭的安贞送上两杯热茶到客厅，笑道，"《沂蒙颂》中煮鸡汤，《龙江颂》中送鸡汤都格外地珍贵，现在也还算稀罕事。"

见到校长，两个年轻人忙站起身，恭恭敬敬地叫了声："安校长！"苏小清口齿伶俐，说："还是校长懂我们，我爸说团里人都知道王副团长不收礼，表达心意得想好办法。"

安贞转过身又取出两个小碟子，一碟葵花子，一碟巴旦木，放在茶几上，笑道："长大了，翅膀硬了，现在你俩是客，坐下慢慢聊。"说完又回厨房忙自己的事。

王闻道接过话头说："送鸡汤，是你们父亲的主意吧。"

苏大河说："是，但也不完全对，因为，这也包含我们兄妹对您的敬重和谢意。"

王闻道笑道："这倒是有意思，你们在外学习，刚回到家不久，要谢我什么？"

兄妹对视一下，似乎在商讨什么。苏小清开口说："这次寒假回来，我们发现父亲像变了一个人。以往家穷，常得到团、连的补助、救济。领导来多了，也程序化了，来后说几句关心的话，再说几句鼓励的话，给烟不抽，给茶不喝，临走时连手都不握一下。可父亲还是万分感激，弯腰赔笑脸，领导走远了，父亲还在门口目送。我和哥都好心酸，发誓好好读书，考上好大学，再找上好工作，把爸妈都接过去，离开这个让人抬不起头的地方。

"这次回来，完全不一样了，父亲做小买卖挣到钱不说，连长、指导员三天两头登门，一会儿说市里谁家办订婚礼，点名要苏家的土鸡和土鸡蛋，一会儿又说城里哪家宾馆要购货，一定要给个面子，保证按时供货。父亲忙得可开心了。

"家里养的鸡不够，就到全连各户收购，还跑到别的连队去收购，人家说要五十元一只，可父亲非要给八十元，还说咱一转手就能挣钱，不能让养鸡的人吃亏。特别是五连的孙连长专程过来，希望帮一把钱叔叔把鹅也带上卖出去。见父亲一口答应，孙连长握住我爸的手不肯松开，说这是做善事、好事，代表五连表示感谢，我爸听了激动得眼泪都流下来了。我爸看重的不是钱，而是生活原有的滋味和人生的尊严。"

说到激动处，苏小清的眼睛红红的，强忍住不让泪水流出来。

王闻道十分感慨，认为苏小清说得在情在理，感受到尊重，体验到尊严，是一个正在脱贫致富者心理路程的标志，值得庆贺。

苏小清又说："孙连长走后，我爸来回在房中踱步，吃晚饭时非要上酒，让我哥陪他喝，并在饭桌上宣布几件事：一、申请退出贫困户，不再要任何救济；二、找一批贫困户的哥们养鸡养鹅，扩大生产规模，共同发家致富；三、进城找公司签合同，长远发展。"

王闻道连声赞道："好，很好！你爸有经营头脑。这事还应当进一步做大,做规范。我和范常委商议一下,让老苏挑头尽快成立起绿色家禽协会,不仅在一连、五连做,还要把全团各个连队有意愿、有条件的农户都发动、组织起来,形成一个大规模的绿色有机家禽基地。”

一直默不作声的苏大河说:“我学的是新媒体专业,网络宣传、网络营销是必修课,明年就要毕业了,去山东电视台面试,他们很满意。现在听王副团长这么一说,我还真该回来。我爸搞产业,搞实体,我开网店,进行网上销售,网上网下结合,如虎添翼。再说,与其给别人打工,不如自己做老板,创新业。”

王闻道笑了:“你爸变了,你也在变。看来这鸡汤值得一喝,能长志气。去,拿碗来,咱们一人喝上一碗。”

二

王闻道并没有休息太多时间,师(市)党委组织部就通知他去党校青年干部培训班学习。青干班是后备干部的蓄水池,往往是提拔的前兆,这让苟有勇心里很不是滋味:“要去也该是我去,主持工作的是我,难道组织部不知道吗?会不会是朱顺利那家伙捣的乱?”可传真电报上明明点的是王闻道的名,知道自己也改变不了什么,于是对刘杰说:“通知王副团长按时报到。”

自从王闻道受伤住院后,自己的心理障碍和工作障碍少了许多,几件大的事情亲自操刀上阵,皆符合自己的愿望。

连队行政干部民主选举中,郭小竹不降反升,到五连接替孙国文的位置。孙国文老跟王闻道跑来跑去,那可不行,让他到十六连当个指导员。

机关科室合并是机构改革大事,也算平稳完成。只是有件事情蹊跷,那天快下班的时候,电话铃声响起来,一看熟悉的号码是郭家仁打来的,拿起电话还没来得及问好,就听到:“小霞呀,你那天回去还顺利吗?”

苟有勇本能的反应是打错电话了,忙说:“郭师长,我是有勇。”

听到声音,郭家仁怪自己太心急,怎么会拨错号码呢!随即改口说:“我找的就是你,说个事。近几次去359团,我看林晓霞同志不错,为人处世、待人接物都挺有水平,这样的干部要大胆使用。”

苟有勇说:“她提拔副科长不久,再说机构合并,党群口几个科室合为政工办,僧多粥少。”

郭家仁不喜欢下级讨价还价,说:“我只是说个想法,你看着办。”说完放下电话。

苟有勇心里不舒服,可还得按郭家仁的意见办,否则,是不想混下去了。放下电话后,他一直猜想林晓霞多久去的市里,怎么见的郭家仁。从时间上看,应该是十一月份宣传部召开座谈会那次。

宣传部要召开学习宣传高德友先进事迹座谈会,请团场主管领导参加,恰巧不在,到乌鲁木齐了,就改由林晓霞参加。

坐在去市里的班车上,林晓霞一直回味一个笑话:一个基层女干部进城找领导跑项目,身带两种礼物,若领导热情好办事就送购物卡,若领导冷淡不好说话则送土特产。见到领导后很热情,有说有笑,因此,临走时把购物卡放在了茶几上。回宾馆时房门却怎么也打不开,仔细一看手上拿的是购物卡,慌张之中把门卡错放在茶几上了,心中暗暗叫苦,不知如何是好。夜晚躺在床上翻来覆去睡不着,就在这个时候,门被打开了,领导笑呵呵地走进来。结果,这事办了,那事也办了。

林晓霞根本不信只是一个笑话,肯定有真人真事,跑关系就得办事才行。因此,到宣传部报到后,她没有去住会议统一安排的住处,而是自己找了一家高档宾馆,开好房间后,径直去机关看望郭家仁副师长。

机构合并后,林晓霞成了主持政工办工作的副主任,副主任张文茂气得差点昏过去,一气之下,到医院住了半个多月的院。对此,苟有勇大动肝火,批评张文茂说:“林晓霞上任才几天就推出高德友这么大个典型,你张文茂又干了些什么!用干部还得看实效。”

刘杰走后不久,赵建成来了。说来也怪,赵建成老是有事没事地来,让人心烦。可过一段时间不见来,心里又惦记,于是笑道:“最近不见你来,都忙些什么?”

赵建成干笑两声,说:“科技之冬,在抓联防队的学习和培训。”

苟有勇从抽屉里取出一条香烟甩过去,说:“我不怎么抽烟,可老有人送,给你一条。”

赵建成接住,高兴地说:“谢领导关怀,抽上领导的烟,精神更旺,干劲更足。”随后放慢语气,迟迟疑疑地说:“有件事,不知怎么说才好。”

苟有勇并不在意，说："老老实实，一五一十地说。"

赵建成还是不肯说，一副十分为难的样子，苟有勇认真地打量着赵建成说："有话就说，有屁就放，别跟娘儿们似的扭扭捏捏的。"

"是这样的，"赵建成说，"前些日子联防队发现半夜里有人在团领导住宅区闪动。我派人蹲坑，蹲了几晚上又不见人影。"

苟有勇不以为然，说："这有什么大惊小怪的，基层干部到团领导家汇报个工作是常有的事，干吗一惊一乍的。"

赵建成忙解释说："开始我也这样想事情，可一想又不对，现在暴恐形势严峻，上面不停地下文件要求提高警惕，严防死守，于是我安排人在几个要紧处安上监控摄像头，最后发现情况是……"

苟有勇问："是什么？"

赵建成说："要不你亲自看看？"说着把 U 盘插入桌前电脑，打开一看，苟有勇傻眼了，先是一个黑影从自己家中走出来，又清楚地看到林晓霞身穿大衣，急匆匆赶路。

苟有勇恼羞成怒，说："胆敢监控偷拍领导行踪？这是违法的，你这个官还当不当了！"

赵建成忙赔笑，说："发现情况后，我觉得有损领导形象，影响也不太好，急忙把监控都撤了，又急急忙忙把这个东西送来。这事只有我一个人知道，不会扩散。"

苟有勇又气又恨，说："拿支烟来抽。"吸了两口，一时想不出好主意，说："你先回吧，我想想。"

赵建成走后，苟有勇心绪难平。他觉得赵建成这是一种背叛、不忠，又想到手中的纸条是杀手锏，不如快速交给纪委，让他身败名裂。又一想，万一反咬一口，拼个鱼死网破，对自己也不好。过去常说：舍不得孩子逮不住狼，舍不得婆娘逮不住和尚，总觉得不值，现在看来，这逮狼、逮和尚也是出于无奈，不由得又迁怒于林晓霞："这个臭婊子做事也不谨慎些，让人抓住把柄。"

直到下午，苟有勇才想明白下一步的对策，他从文件保险箱里取出郭小竹送来的十万元的文件袋，打电话让赵建成过来："听说你父亲生病住院，本想去医院看望，可这个头不好开，不能每个人住院领导都去看是吧，这点钱你拿去，给老人治病养病。"

赵建成见出招有了成效，心中大喜，忙接过文件袋抱入怀中，又觉得太直接，太暴露，忙掩饰说："我爹就是一个普通的农工，让领导操这么大的心，真不知怎么感谢才好。"

苟有勇说："你是我亲手提拔起来的，咱们可是打断骨头连着筋的关系，一损俱损，一荣俱荣。"

赵建成忙表态："政委你放心，要讲一个忠字，不信把咱这衣服扒开，准能看到一个红艳艳的忠心。"

电话铃又响了，苟有勇一看来电显示，知道又有大事情，要在往日，会立刻赶走所有的人。但今天不同，他需要把绳子再拴得牢固一些，因而挥手示意，让正欲离开的赵建成坐下，这才拿起电话说："郭师长您好！"

传来郭家仁的声音："听见考核干部，李国建看上了王闻道，幸亏纪委收到群众举报，说他经济和作风有问题，这才打住。师（市）党委决定先派356团的聂智生政委去任党委书记、政委。外派一个过去了，剩下该看你的表现了。"

苟有勇连连点头，说："好的，好的。我一定努力，一定努力。"

这个消息不好不坏，这班车没赶上，渴望已久的心愿落空。但没让王闻道捡到便宜，还应当算张来顺、郭小竹一功。这张牌还要继续出。想到这又信心满满，抬头对赵建成说："郭师长是我的贵人，将来我起来后，一定加倍地报答这知遇之恩。"

赵建成说："政委，你也是我的贵人，将来我也会加倍地报答您的提拔重用之恩。"

见效果已经达到，苟有勇不想再说什么，拿起桌上的文件夹翻开，开始批阅文件。赵建成知道自己该走了，刚走到门口，又想起件事，转过身说："政委，有件事情我琢磨好长时间，总觉得……"

苟有勇心里一惊，失口问道："你又有什么事情？"

赵建成走到近处，说："王闻道做事情老是能逢凶化吉，转危为安，怕是有什么神灵保佑他。"

苟有勇松口气，用不屑的口气说："你入党多少年了，还信封建迷信！"

赵建成说："想想看，群访事件设多大的局，可偏巧班车刚发动发现轮胎漏气，换轮胎耗费个把小时，要不早跑到市里了，还能让王闻道半路追上？还有，李书记的脾气多厉害，听说副师长、副政委酒后都不敢去见，见了也会被轰出来。可王闻道没有被轰出来，反而相谈甚欢。”

苟有勇忍不住问：“你说是什么原因？还真挺奇怪的。”

赵建成说：“据说头一天，王闻道走界河岸边公路去十六连，专门拐到烈士碑祭拜。还有，高德友的事，吴政委一把手想解决都没有弄成，结果，王闻道轻松搞定，事前也是去烈士碑前献花祭酒，借的就是这个神力。人们不是常说头上三尺有神灵，你还别不信。”

苟有勇听得将信将疑，说：“真的有神灵庇护？那咱们也去祭拜祭拜。”

很快，调车向十六连奔去。

越野车奔驰在原野上，茫茫戈壁为厚厚的积雪所覆盖，一眼望去，白茫茫的一片，在阳光的照射下，反射出刺眼的星光。

经过一段时间的沉寂，朱辉又重新开上车。在苟有勇的后排，坐着张来顺、林晓霞、赵建成三人。

张来顺近一段时间心情不好。酒的销量呈断崖式下跌，库房堆满的酒无人问津，只好减产、限产，三位受聘的老师傅说自己年龄大了，身体不好，主动辞了职回了老家。而张来顺的身体总是不舒服，一会儿肝部疼痛，吃饭恶心，一会儿肺部难受，呼吸困难。在团医院检查后，未能确诊，又去市医院检查仍没发现问题。可隐隐的疼痛时不时地显出来，吓得自己酒不敢喝，饭也不敢多吃，人消瘦许多。好在苟有勇对他的工作给予充分肯定，大会小会夸张来顺顶住下行压力，顶住滑坡，力挽狂澜，挽救着一个即将破产倒闭的厂子，像一根坚实的柱子顶在酒厂。

多次的表扬，让张来顺坚信，也让众人相信，苟有勇正把他往副团长的位子上推。独有林晓霞明白这是不可能的事，因为她听苟有勇说过：“王闻道给他够多的了，可说背叛就背叛，这种人只可利用不可重用！”

越野车行驶在界河岸边的团场公路上，路面只有两道车轮辗出的小冰沟，中间和两旁都凸着冰雪，非常坚硬。车速慢了下来。

雪光反射，很晃眼。张来顺仗着苟有勇的偏爱有些底气，不时地提醒朱辉：“路滑，慢一点。”“小心别滑到树林里去。”

朱辉戴着墨镜挡住反光，瞪大眼睛，握紧方向盘，沿着蜿蜒的路颠簸向前。张来顺不时地提醒让他更加上心，浑身紧张起来，几次疑心车要滑到树林里，忙拨打方向盘。可就是这样，眼睛瞪得大大的，还是把车开向林带，幸亏急打方向盘，才没有与高大的白桦树相撞。

众人纳闷，好好的路怎么跑到林子里去了。

朱辉摘下墨镜，回头狠狠地瞪了张来顺一眼，说："少说两句行不行，没事也让你说出事，嘴贱！"完后，挂倒挡，踩油门将车又退回公路上。

有惊无险，车继续向前走。车上的人不再说话，生怕再拐到沟里去。一片沉寂中，只有发动机的隆隆响声。

一股臭气在暖风空调吹动下，快速弥漫整个车厢。林晓霞忍受不住，说："谁呀，太臭了，快把车窗打开。"朱辉一按钮，四个车窗玻璃同时被摇下，一股清新的寒风涌进来，林晓霞忙呼吸两口，又对窗外狠狠地"呸"了一口。

赵建成逗趣地说："林主任干什么都认真、细致，不知是去皮呢，还是吐核呢？"

这一开口说话等于认领了。林晓霞厌恶地说："缺德！没教养！太冷了，快把车窗关上。"

张来顺看出林晓霞受苟有勇赏识，有意结成同盟，开口说："把一个屁放得如此臭，不简单啊，也不知是吃了什么马料、猪食。"

众人听了哈哈大笑。

挨了骂，赵建成竟然不恼，讥笑道："吃上瘾了，要配方，自己回家做着吃，祖传的，不外传。"

众人又是一阵笑，朱辉的笑特别响亮。苟有勇暗谢赵建成替自己解了围。

进入十六连的地界，远远看到半山坡上的烈士碑。车驰到山坡下停住车。朱辉说："山上雪更大，车上不去。"众人下车往山上走，没走两步见雪埋到小腿肚子，走起来极困难。又返回车上，让车往山坡上硬冲。车开足马力爬了一阵子，速度明显地慢下来，越来越慢，几乎是原地不动。

苟有勇问："怎么回事？太慢了。"

朱辉说："雪太厚，坡度又大，用不上劲。"

张来顺又忍不住问："换的是雪地胎吗？"

朱辉急狠狠地扯上嗓子喊："换过了，你闭嘴！"话音刚落，右前轮陷入一个大坑里，车头一倾，众人随惯性朝前俯去，惊起一片叫声。

车轮打滑，走不动又退不出。众人下车查看，减轻了重量，车仍倒不出来。

厚厚的雪经过车轮反复打磨，很快呈现冰状，更显得光滑。

赵建成常开车，有经验，脱下自己的棉大衣塞到右前轮下，让车子再发动后倒，车轮有了阻力，用上劲，轰的一声出了大坑。

众人上车，继续向山坡爬去。前行几米后，车不肯走，朱辉踩着油门不松，希望供足油量，车能继续向前走。谁知车头抖动着开始偏移，在发动机的驱动下，移成个一百八十度，车头已转向下坡。

林晓霞趁势说："车都想回了，咱们也回吧，这个地方没什么好玩的。"

张来顺说："上不去，硬往上走指不定还有什么状况。"

苟有勇心有不甘，说："打电话，让孙国文指导员带人来清雪，我不信上不去。"

赵建成忙劝阻："今天这事不能惊动旁人，咱们是来干啥的？连续出了几档子事，若外人知道传出去，编成笑话，影响可就坏了。"

苟有勇一听有道理，点点头说："好吧，先回去，等到春暖花开再来不迟。"

三

转眼到了四月，天气渐暖。新政委聂智生到359团走马上任。

在党校学习的王闻道通过组织部带班老师朱顺利得知消息，又详细了解了其经历和为人，为359团的发展，也为自己有良好的工作环境，感到格外地高兴，忍不住给聂智生打电话表示欢迎。

聂智生赞道："你是反恐、反分裂斗争的大英雄，如雷贯耳，很是佩服。"

王闻道大笑说："别这样，要不咱俩没法聊了。"

聂智生说自己刚到新单位，一切从头开始，希望大家多帮助和支持，团结一心，把359团的工作搞好。两人从农业现代化发展讲到现代工业和小城镇建设，从致富职工到稳边、固边，从扎根新疆到弘扬兵团精神，无话不谈，各有见解，大有志趣相投、相见恨晚之感。

自到党校学习，王闻道心情一直很愉快。在报到处见到朱顺利，他帮自己提行李箱、领书本、认房间，王闻道很是过意不去，说："全班三十多号人要都这样，你咋能忙得过来？"

朱顺利说："见到老领导特别高兴，再说您重伤初愈，多照顾一些也是应该的。”

开学第一天，下午刚下课，朱顺利到王闻道宿舍说接到师(市)纪委通知，请您这两天有空去一趟。王闻道起身说现在就可以去，朱顺利忙联系党校领导，要了一辆车相送。

何倩兮把王闻道带到纪委副书记、监察局局长办公室，郑副书记大高个，国字脸，戴一副眼镜，显得文气和稳重，他语气平静地对王闻道说：“我经过一段时间的核实，群众来信举报你的问题已查，均属不实之词，希望你振作精神，继续为党为人民努力工作。”王闻道心头一热，尽管清楚自己是清白的，是经得起组织调查的，但此刻，仍然很激动。他感谢党组织实事求是，还自己一个清白。感动之余，说：“能否给359团党委一个信函，说明调查结果。因为调查期间，全团上下风言风语议论纷纷，需要以正视听。”

郑副书记似乎见惯此类问题，并不直接回答，笑道：“流言止于智者，再说为人处世，清者自清，浊者自浊。你对组织上还有什么要求？”

王闻道说：“没有了。刚才郑副书记一席话，我已心满意足，再说组织上让我到青干班学习，本身就是一种信任。”

返回学校的途中，王闻道一直处在兴奋当中，他感到从来没有过的轻松。车驰入党校大门，才猛然想起自己只顾高兴，忘了给郑副书记提个建议：“在党内应坚决反对和阻止恶意诬告行径，对造谣诬告者应按党纪党规追究其责任并严肃处理。”

四

聂智生的到来，加重了苟有勇的危机感，交谈后才知道，聂智生出生和成长在353团，比自己小一岁，然而已在356团任党委书记、政委三年，心里很是不平静。苟有勇想必须要咬着牙和聂智生搞好关系，将来干部考核、选拔，他的认可和推荐是极为重要的。于是，这些天全程陪着聂智生跑基层搞调研。

晚上归来，临分手时，聂智生说：“有勇，明天我想去看看高德友老人，跟着一起巡边，你就不用陪了。你说带点什么东西好？”

苟有勇立刻想到工会的米、面、油，又觉不妥，太大众化，说：“长年巡边最耗费鞋子和小型号的半导体收音机，带上这两样保证用得上。”

聂智生笑道："咱俩想到一起了，看来还蛮默契的。"

这让苟有勇感到高兴，说明是一个好的开始。

从高德友那里回来，第二天一早，刘杰送来师（市）党办下发的关于召开师（市）党委全委扩大会议的通知，要求各单位正职参会。聂智生看罢签上字，让刘杰按规定报名。随后，他走到苟有勇办公室，用商量的口气说："我走后，由你主持团党委的工作。我刚来不久，情况还不熟，你多操点心。工作上的事，等我回来咱们围绕贯彻全委扩大会议精神再做具体研究和部署。我担心的是，这几天气温异常，比往年同期要高出十几度，冰雪融化得快，最要紧的是守护好界河，防止山洪暴发冲坏大堤。"

苟有勇自信地说："放心，这条河守了几十年，经验、办法都不少，保证不出娄子。"

聂智生走后，苟有勇心中空落落的。想到自己若是正职，也该去参加全委扩大会议了，可如今，还是混成个临时主持，这种状态何年何月才能结束？想到这些，再也无心办公，端起茶杯走到窗户前看景散心。见到广场上来来往往的人群中已有不少人换上了夏季的服装，白衬衫格外地亮眼，还有一两个愣头青竟然穿着短袖衬衫出来，不由得笑骂："烧包，有你好看的。"

苟有勇判断得没有错，当天下午已是乌云密布，晚上开始下起鹅毛大雪。由于上升的水汽多，雪花中水分极重，密密匝匝的雪花砸向大地，一夜大雪不停歇。次日，又变成了雨夹雪，以更加急促的速度铺天盖地压下来，空中一片雾蒙蒙。坐在办公室的苟有勇猜想，正赶往兴屯市的聂智生的车子肯定跑不起来，半天的路程得一天才能到。

电话铃声响了，十五连宋连长汇报："山洪下来了，比往年要早许多。"苟有勇要求继续观察，尤其龙口处要格外留心。

不一会儿，十六连孙国文打来电话汇报，说界河水位上升很快，苟有勇又进行安排。这些事情对他来讲，熟门熟路，胸有成竹。

苟有勇心中焦急，始终放不下的是自己如何尽快提职上位的事："新政委来了，还有一个团长的位子，但留给自己的时间并不多。如果下一趟行情还赶不上的话，以后会很被动，甚至无法再在359团待下去。实在不行，换个团场或想法子到师（市）机关去，夫妻分居多年也是现实问题。再说这些年挣的钱也不少了，干脆过过清闲日子也好。"

左思右想，始终理不出个头绪来，想找个人来聊一聊，范志刚？傅子明？买合苏提？似乎都不行。还是把赵建成叫来吧，这家伙可是一肚子的鬼主意。

赵建成来后，苟有勇又不知从何说起。两人点上香烟抽起来，苟有勇这才漫不经心地问："聂政委来后，大家都有什么反应？都听到了些什么？"

这时，宋连长又打电话过来，说："河水在暴涨，势头很猛，需要及时动手防备，再晚会出大事。"

苟有勇下令说："全连紧急动员，车加满油，抗洪物资准备充分，随时上报洪峰情况。"

没多久，孙国文也打来电话，说："河水上涨很快，情况比较严重，而自己刚来不久，缺乏经验，是不是把部队拉上去加固堤坝？"

苟有勇想起林晓霞反映孙国文喜欢说"怎么办，怎么办呀"的特性，没好气地说："孙指导员，你只会说怎么办、怎么办吗?!"说完挂断电话。

赵建成在一旁听得明白，开口说："苟政委，我觉得老天爷在给你一个机会，一个绝好的机会。"

"什么机会？"苟有勇不解地问。

赵建成说："郭团长升为副师长后，就听说要配个年轻干部，正在这个当口，界河垮坝了，杜副团长率领抗洪队伍冲上去，还带头跳进水中打桩，腿肚子被铁丝划破，流出好多血都不肯上岸，用八九个小时堵住了缺口。结果，杜副团长虽说年龄偏大，还是提为团长。再说王副团长，纪委查处那么大的重大案子，可他反暴恐分子受了重伤，立了功，结果还是作为后备干部到青干班学习。如果这次你能抗洪堵坝有功，团长的位子肯定非你莫属。"

苟有勇眼睛一亮，一拍桌子叫好，说："你真是现代版的智多星吴用，我若能当上团长，第一件事就是把你的副主任的副字去掉。"

听到夸奖和许诺，赵建成得意扬扬。告辞后下楼回家，可又想去见见林晓霞，自从那回动了心思，被拒绝，心里总是不甘，老惦记着。于是反身上五楼，他知道机构合并后，办公室多起来，科长一间，几个副科长一间，干事们挤在一间。林晓霞虽说是副主任，但却是主持工作的副主任，独自一间。

果然，林晓霞一个人伏在桌上看报纸，于是赵建成不紧不慢地坐到对面的椅子上，说起监控录像上的事儿，还表明此事只有自己能帮上忙，当然……一副欲言又止的样子。

林晓霞见他一脸的淫意，知道不怀好意，非但没有生气反倒笑起来，说："不就是脱裤子、滚床单那些事吗，今晚我去你家怎样？"

这让赵建成料想不到，原先猜测的生气、大骂或半推半就的状况一点儿也没有出现，完全不是那么回事，急忙说："那可不行，我老婆孩子都在。"

"是吗？"林晓霞从抽屉里找出电话簿翻找起来，说："我给你老婆打个电话，让她今晚带孩子回娘家去住，或者在门口等着，等咱们办完事再进屋。"

赵建成吓得脸色大变，没有一点血色，急忙上前去夺电话簿，说："开个玩笑，你还真当真了，别生气，真的是开玩笑。"

林晓霞放下电话簿，冷冷地说："和我玩，看老娘玩不死你。"

赵建成见势不妙，转身跑出办公室，身后传来一阵快意的笑声。

当天晚上，林晓霞身穿雨衣，又顶一把大伞赶到苟有勇家，把白天的事说了。苟有勇满脑子想的是垮坝和堵坝的事，无心思顾及，只说句："到时候好好收拾那小子。"

正说着，门铃响了。两人都被吓了一跳，林晓霞惊恐地问："赵建成会不会破罐子破摔，来捉奸？"

苟有勇并不慌张，起身点开视屏，见院子门口是一个男子，却不是赵建成。苟有勇问："谁？什么事？"门外的人回答："我，马建军。政委，河水快涨到警戒线了，连长让我火速赶来问你怎么办，得赶快组织人力上坝护堤，晚了会垮坝的。"

苟有勇对着视屏说："知道了，你先回，我马上组织人力上去。回去告诉宋连长，没有命令不许乱动！"心中一阵儿窃喜：自己期盼的时刻就要到了。

天刚蒙蒙亮，睡意正浓的苟有勇被电话声惊醒，宋连长用颤抖的声音报告："龙口被冲垮了！"苟有勇立刻打起精神，说："马上带人上去堵堤，我带人支援你们。"

苟有勇拨通范志刚的电话，让他在广播上动员全团青壮劳动力赶到龙口抗洪救险，又安排刘杰立刻起草一份文件，成立抗洪救灾指挥部，由他亲自担任总指挥。

不一会儿，团场大喇叭里传来范志刚的声音："紧急通知，紧急通知，界河龙口决堤，现命令各单位立刻组织力量赶往龙口抢险堵坝！再通知一遍：紧急通知……"

当苟有勇乘车赶到龙口才发现，险情远比想象的要严重得多，十几米高的白桦树林被洪水连根拔起，冲向远方，大坝缺口正二十米、三十米、四十米……不断扩大，洪水正以每秒二百多个立方米超大流量直泻而下，宋连长指挥抗洪队伍将装满沙石泥土的麻袋一袋接一袋地投入缺口，就像一片片树叶般被卷走。

水深五到六米，人跳到水中打桩根本没有任何可能性。苟有勇望着一片汪洋和滔天巨浪，只觉得世界末日到了。

刚刚赶到的范志刚劝阻宋连长停下来无效益的消耗。苟有勇把范志刚、宋连长、孙指导员叫到一起商议对策，决定立即组织人力砍伐五六十厘米粗的大树，绑成木马放入水中，然后用树枝扎成捆和装满泥土的麻袋一同堆放在木马后面，一同投入缺口处，可几吨重的木马在急流中打几个滚，投入水中的树枝、麻袋立刻又被冲得无影无踪。

几次努力都失败了，范志刚说："有勇啊，事态严重，赶紧向聂政委和师(市)党委汇报吧！"

苟有勇脑子一片空白，不知所措，机械地点头同意。

第十七章

龙口决战

一

聂智生火速赶回359团，直接到龙口查看灾情，同车回来的还有王闻道，是聂智生专门向李书记、丁师长请示批准，让王闻道提前毕业，返回抗洪第一线。

查看完毕，立即在工地旁的帐篷里召开团常委扩大会议，吸收抗洪连队干部参加。

苟有勇做了详细的工作汇报：

“今年气温异常升高，接着又连续暴雪和暴雨，引发了百年不遇的特大洪水暴发，直接导致低洼处的龙口难以承受，决口垮坝。

“灾情发生后，已动员全团的力量赶来抗洪堵坝，可是洪水太猛，尝试过多种方法仍不见成效，而且垮坝缺口已延长五十多米，抗洪物资已出现短缺。

“洪水决堤后，沿着苏喀自然沟顺流而下，汇入大河，一下圈出去六十多平方公里的土地，有十一个连队遭洪水包围，其中八个连队已被冲毁。许多农工拖家带口在风雨之中无处安身……”

讲到职工群众受灾情况，苟有勇鼻子一酸，哭泣起来。

众人为之动容，聂智生起身为苟有勇倒了一杯热开水，说：“坚强些，讲一讲下一步的计划和打算。”

苟有勇擦去泪水，说：“从目前情况看，这边堵那边塌，缺口越来越大，再干下去徒劳无益，不如等到枯水期再行修复。目前，我们把工作重点放在救助受困受灾的职工身上,决不能让一户职工缺粮少吃,淋雨受冻,更不能因抢救不及时导致生病死亡。"

人命大如天,苟有勇的哭泣感动了许多人,众人见说得合情合理,纷纷表示赞同。范志刚表示不同意,认为必须继续抗洪堵坝。王闻道则一直沉思不语。

过了片刻,见众人不再说话,聂智生开始点将:"闻道,你是怎么想的,说说看。"

王闻道一直在思考中,他不赞同暂缓堵坝的打算,但反对之后,必须要有强有力的理由和办法,为聂智生的最后决策提供依据,否则会陷入耗时费力的争执中。而这办法呢?应该有哪些呢?正在这时,聂智生点名让他发言。他迅速理了一下思路,说:"我们都是兵团戍边人,守护界河,为界河而生,为界河而死!现在界河垮坝了,堵住它是我们必须要做的事情,所以,我赞同志刚同志的意见,要坚决地冲上去,堵住缺口,不能含糊,不能后退!如果等到枯水期,还需等五六个月时间,新的界河已经形成,那六十多平方公里的土地则属他国所有,这是对祖国、对人民的犯罪,我们谁也背不起!"

苟有勇插话:"光说大话不行,你能堵上吗?"

王闻道说:"我刚才也在想这件事,所以,提几条建议,请聂政委和各位常委考虑:第一,调整抗洪救灾指挥部名单,请求师(市)领导任总指挥,举全师之力保证抗洪堵坝人力、物力所必需。第二,洪水湍急,上百公斤的麻袋包丢下去打个水漂就卷走了,那我们就把几十个、上百个麻袋打成捆整体投入缺口,直到它冲不走、冲不动为止。第三,大坝上有四五千人,有劲使不上,可否以十五连、十六连为主体,组建抗洪堵坝突击队,五百人足矣,分东、西两个缺口同步实施堵坝工作。我愿当这个突击队的队长!剩余的人返回各自单位进行抗灾自救。东线没有受灾的连队接纳受灾连队的职工人家,一家安置一户应该问题不大,实在不行,团场的宾馆、礼堂也可以进行安置,确保受灾连队的职工群众有吃有住。我就提这么几条。"

聂智生说:"大家议一议,对这个方案有什么补充?"

范志刚闷声闷气地说:"闻道的身体还没有完全恢复过来,当突击队长的事我看算了吧,这事交给我!"

这时,在家值班的武大军冲进来,递上师(市)党办的加密电报,聂智生看罢电文，郑重地对大家说："359 团发生的事，引起中央的高度重视，国家外交部、农业部联合向中央呈送了紧急报告，中央军委下达命令，要求我们尽快恢复边境地区地物地貌，以保证在边界谈判中我方对该地区边界走向处于主动地位。"

说到这里，聂智生停顿下来，环视众人，高声说道："这可是最高司令部发出的战斗号令，作为兵团战士赴汤蹈火在所不辞！我决定：一、由我尽快向师（市）党委汇报，提请尽快组建新的抗洪指挥部，确保抗洪堵坝任务顺利完成；二、王闻道、范志刚快速组建抗洪堵坝突击队，制定新的堵坝方案并尽快投入战斗；三、苟副政委、蒋主席，负责物资保障和抗灾自救工作。闻道说的意见可行！再加一条，团场医院全力做好防疫和救治病人工作。傅书记、买副政委、武部长负责与地方县委、部队党委联系，以最大可能提供抗洪堵坝所需物资。现在散会，立刻分头行动！"

二

王闻道和范志刚来到龙口决堤处，仔细查看地势，商讨确定所需推土机、铁丝网、麻袋等物资和人力情况后，已是半下午了，两人还没吃午饭。宋连长拿来几个凉馒头和两包榨菜，有些不好意思地说："条件就这样，没有办法。"

两人坐在坝上，啃着凉馒头。

王闻道说："抗洪这几天，职工都是吃的这个？"

宋连长说："有吃的就算不错了！连队给冲毁了，米、面、油样样都缺，团里一下也拿不出这么多物资，先克服着吧，等抗洪胜利了再补。"

王闻道说："睡冷帐篷，再一天三顿冷馍馍头、榨菜，时间久了，体力会跟不上。再说不吃蔬菜缺少维生素，也会引发疾病，战斗力会大大削弱。"

宋连长见两人干吃，咽得慢，又忙去找来两瓶矿泉水。吃过饭，王闻道提议去看看抗洪职工住的帐篷是个什么情况，于是三人往搭建的临时住所走去。

帐篷少，人多，几乎是人挨人的大通铺，也就是晚上休息睡个觉。唯一醒目显眼的是，每个帐篷里堆放着界河酒厂生产的"界河王"酒。这款酒是酒厂生产的最高档次，品质优，包装华贵，价格也高，每逢重大活动才上"界河王"酒，一般情况下，师（市）机关部门来人也只上"界河特"。

宋连长见两人盯着酒箱出神，忙解释说："天气冷，苟副政委让大伙喝点儿酒暖暖身子。"

范志刚说："理是这个理，可犯不上拿这么高档次的酒来喝，酒一旦装瓶出厂就会产生税费，尤其是高档酒，价钱会成倍往上翻。"

王闻道说："我打个电话问问张来顺，看是什么情况。"说完拨通了张来顺的手机。

张来顺回答得很干脆："现在搞改革了，我只管生产酒，销售的问题由经销商负责，我们是铁路警察——各管一段。"

王闻道问："经销商是何人？"

张来顺说："曾小奇，坝上喝的酒就是他卖出的。"

"又是曾小奇，巨额投资的固坝工程瞬间被洪水冲得无影无踪，现在又来发这种财，也真是想得出。"想到此，王闻道不由得怒火上升，但这种火又不能对张来顺发，只好平静地说："我知道了，为什么不把酒厂还没装瓶的散酒拿给大家喝？这样成本会低很多。"

张来顺说："我也是拉磨的驴——听吆喝，大家都要服从抗洪指挥部的指挥。"

在一旁的范志刚听得清楚，生气地说："这不是发国难财吗？败家子，我打电话问苟有勇。"

王闻道劝道："别太冲动，先给智生同志汇报吧。"

这时，外面传来咩咩的羊叫声，还有人高喊："王副团长，王副团长。"

三人走出帐篷，见高德友赶着羊群过来，忙迎上去。

王闻道说："大伯，怎么把羊群放到大坝上了，这里正在抗洪呢。"

高德友说："我来就是为这事，这羊肉、羊汤是热补，刚好给抗洪堵坝的职工吃，吃了有劲好干活。"

范志刚笑道："你应该给苟副政委，他现在负责后勤保障工作。"

高德友说："那可不中，给他，咱不放心。"

王闻道说："羊全部都赶过来，您老也不留几只好再发展生产。"

高德友说："你这孩子糊涂了吧，羊没有了，我可以掏钱再抓几只，要是咱们的国土丢了，连联合国秘书长都解决不了。"

说得风趣，众人都笑起来。王闻道让宋连长安排人把羊群接过来，还想夸赞几句,高德友又忙说:“我家菜窖还有几百公斤白菜、土豆、青萝卜,你派人拉过来吃,我搬不动。”

王闻道大喜,说:“宋连长,安排辆拖拉机,把老人送回去,再把蔬菜拉回来,真是雪中送炭。”

高德友乐呵呵跟着宋连长走了。

师(市)党委和李国建书记很快采纳聂智生的建议,成立了以党委副书记、师长丁长明为总指挥,党委副书记、副政委孙全胜和常委、副师长郭家仁为副总指挥,宣传部、发改委、财务局等多个部门主要领导为成员的抗洪指挥部,359团的聂智生、王闻道、苟有勇也名列成员之中,孙全胜立刻驱车赶往界河龙口,进行现场指挥。

全师(市)立刻启动紧急响应,相关单位加紧铁丝网、麻袋等物资生产和筹备,并送往抗洪一线。

军分区决定派出一支由边防官兵组成的突击队,由边防团韩团长率领前来参加抗洪斗争。清河县紧急行动,通过政府采购,购买一批牛肉、羊肉、大白菜、萝卜,以支援抗洪。

消息传来,干部职工无不欢欣鼓舞,斗志高涨。

有趣的是,买买提建疆和他的伙伴们在梁英的组织协调下,竟然打了几百个馕,还有半车的伽师瓜连夜送来。王闻道看到是塔河县酒厂的卡车,知道徐世清还惦记着家乡的事。

见到买买提,王闻道让他抽空去看看阿迪力。

三

清晨,聂智生接到紧急电话,忙从大坝上赶往兴屯市,郭家仁热情地接待了他,仔细询问抗洪的情况、下一步的方案,提出自己的看法和建议,聂智生坐在沙发上,认真听,认真记。

郭有仁喝口茶,缓缓地说:“我家的那个老婆,可能你不太了解,早年间在连队、在团场跟着我吃了不少的苦,自己舍不得吃,舍不得穿,把钱全花在我身上,工作上也很要强,事事都想争先进、当第一,结果落下一身病。”

聂智生听到这些,无法再记笔记,只好合上本子,喝着茶听。

郭家仁继续说:“她这个人哪都好,就是太顾曾家,对的错的都要帮上一把,那个曾小奇跑到359团做生意,我就不同意,反对过,制止过,可又能怎样?总不能整天和老婆吵架斗气,闹得鸡犬不宁吧。”

聂智生见郭家仁盯着自己看,只得点头表示理解。

郭家仁又说:“咱们都是共产党员,党性原则还是要坚持的,对不对?对的就大力支持,不对的就要坚决抵制,决不能含糊。当然喽,儿女亲情,有时候你还真分不清哪个是对的,哪个是错的,有道是清官难断家务事嘛,你说是不是,哈哈……”

从师(市)机关大院出来,聂智生心中忧虑界河抗洪的事,驱车往团里赶。车行进在路上,让他有了更多的时间思考,仔细琢磨着郭家仁副师长所说的话。尤其临别时,郭家仁拉住自己的手不放,亲切地叮嘱:新到一个单位,班子团结很重要。要注意保护有勇同志的积极性,主持一阵子工作却又不是他,这心中的滋味不好受可想而知。要多理解,多支持,一个好汉还三个帮呢。闻道同志嘛,年轻有干劲,但要提防他搞帮帮派派的。班子里有人糊里糊涂地跟着瞎跑,这不是什么好事情。我可不希望你像有勇同志一样被架空,干不成事啊,哈哈……爽快的大笑声中,包含着许多的含意。

这些情况是自己初到359团所不掌握的,说明事情的复杂性超出自己的预料。说到拉山头、搞小圈子,倒是有人说过苟有勇手下有“四大金刚”……

就在聂智生的车刚驰出团部的同时,师(市)党委副书记、副政委孙全胜的车也驰入359团,直奔界河龙口,显然是连夜赶来的。

大坝上,王闻道透过淅淅沥沥的雨水看到远远走来的孙全胜,心中暗暗吃惊:既然孙副书记亲临一线指挥,为何抗洪指挥部又要召智生同志去师(市)汇报工作?急忙招呼范志刚一同迎上去。

“智生同志呢?”孙全胜劈头问道。

王闻道又吃一惊,尽力用平静的口气回答:“去抗洪指挥部汇报工作,是郭副师长打来的。”

“噢……”孙全胜感到意外,但很快恢复了平静,果断地说,“开始工作,我就在大坝上,直到大坝合龙,抗洪胜利!”

王闻道汇报说:“眼下最要紧的是要派人渡河到垮坝的西头,架起一条索道,把突击队员和抗洪物资运送过去,从而形成东西合击之势。”

孙全胜站在岸边往西边望去，观察片刻说："这水势凶猛，得找懂水性的人才行。另外，在西头没有做好准备工作之前，东边也不要堵坝，以免顾此失彼，东堵西垮。"

听到指示，王闻道转身向人群望去，喊道："马建军，敢不敢！"

"敢，不敢是孙子！"马建军大声回答，激动的情绪让脸涨得通红，"等的就是这时候，否则白活了。"说完快步走出人群，拿起尼龙绳往自己腰上缠绕。望着滔滔洪水，轻松一笑："老东西，别猖狂，你的性子咱熟。"

这时范志刚拿出一瓶"界河王"酒，打开后倒了一碗递给王闻道。王闻道知其用意，接过碗对正准备下河的马建军说："喝两口，暖暖身子。"

马建军先是一怔，很快说道："这酒，我不喝。"

范志刚上前一步，说："你傻呀，天上下着雨，河水中又有冰凌子，万一掉下去，不冻个半死。"

马建军不听劝，反而愤愤地说："我就是不喝，不信能冻死人！"

太出人意料了，两人一时不知如何是好。孙全胜上前拍了拍马建军的肩，又俯身扯了扯被尼龙绳缠乱的衣角，夸道："好小子，有种！我就喜欢你这样的战士，去吧，胆大心细，确保安全。"

马建军神色庄重，向三位领导敬个军礼，转身跳上由三个汽车内胎扎成的筏子。刚一离开岸边，浑浊的激流飞快地把筏子冲向远方。

马建军拼着全身力气划向西岸。到了河中间，水势平坦许多，却形成一个大的漩涡流，筏子陷在其中转了一圈又一圈，岸边的人们瞧着都暗暗着急。

又一波洪峰下来，一根粗大的树干被两米多高的水浪卷裹着砸下来，把皮筏子打翻推出好远。马建军翻身落水，淹没在洪水中。岸上的人们紧张起来，大呼小叫："老马！""马建军！"

浪头过去，马建军浮出水面，喘几口粗气，向岸边的人们挥挥手，以示无大碍。随后动手想把打翻的筏子再翻过来，翻了几下没有成功，一生气扯着筏子向西岸游去。

孙全胜见他劈波斩浪，奋力前行，赞道："是条汉子，行！"

马建军游到岸边，抓住茅草、树枝爬上岸，抹一把脸上的水珠，赶忙解开缠在腰间的尼龙绳，用尽力气向东岸扔。尼龙绳太轻，扔了几次都无法扔到东岸。

范志刚弯腰捡起一个空酒瓶，说："绳头拴一个重物就好扔了。"说着就要往西岸扔，王闻道劝道："让孙国文扔吧，他在部队可是个投弹能手。"范志刚觉得有理，把酒瓶给了孙国文。

孙国文扯着嗓子"噢——咳，噢——咳"大叫两声，以告知马建军注意。快步两步跑，又一个单腿侧身跳，用力将酒瓶扔过去。

马建军听到喊声，又见明晃晃的东西飞过来，迎上前去接。紧张、疲劳过度的他失去判断的准确性，竟让酒瓶滑过高高举起的双手砸在了头上，顿时，两眼直冒金星，腿一软，仰面倒下。

东岸的人们又紧张起来，高一声低一声地呼叫。孙国文本想露一手，谁知是个臭手，灰着个脸，听任周边的指责，想解释却又不知如何说才好。

马建军只身一人躺倒在地，无人相救，伤势如何，又无人知晓。

王闻道心里着急，忙对孙全胜说："咱们一起喊试试……"

孙全胜说："喊，一起喊！"

王闻道立刻让众人一起喊：

"马建军！"

"马建军！"

马建军确实被砸痛了，砸晕了，鲜血从头上流出来。远处的呼唤一声接一声地传来。马建军是谁？他为什么不答应？马建军是我，我为什么躺在泥水里？噢，明白了。快起来，快爬起来！于是，一咬牙，猛地翻身站立起来，抹了一把脸上的血水，朝远处焦急的人们招了招手，还咧开嘴笑起来。

对岸的人们见马建军爬起身，又笑出两排白牙，这才放下心来，又开始新的议论：

"老马命硬，猫有九条命，我看这家伙起码有十条命。"

"性子急了些，想当英雄、当烈士也得等到大坝合龙嘛，又没人跟你抢。"

"这下有料了，杜峰笔杆子一挥，准能上《兴屯日报》头条。"

尼龙绳很快扔过来，人们接住就要去绑大拇指粗的钢丝绳。王闻道上前制止，说："慢，马建军已经筋疲力尽，头上又受伤，一人架空中索道怕是很困难。孙国文，你带一个班扯着尼龙绳过河，负责架起索道。"

孙国文心中一热，知道是给自己一个"挣表现"的机会，大声说："请领导放心，一定完成好任务！"说完率众过河。

索道很快架起来。抗洪突击队兵分两路，一路在东岸，一路往西岸运动。望着索道上的人们，孙全胜皱着眉头说："麻烦。"王闻道、范志刚不知何意，没敢追问。孙全胜指身后庞大的推土机，说："这铁家伙死沉死沉，怎么过得去！"

果然是个难题，王闻道思考片刻说："离西岸最近的是十六连，我过去一趟，调辆推土机过来。"

孙全胜本能地说："起码要两辆，才能保证正常工作，紧要关头不能掉链子。"

范志刚多年管农业，熟知十六连的家底，说："十六连有三辆大马力的推土机，七八成新。"

孙全胜说："三辆全征调过来，保证抗洪堵坝！"

王闻道说："明白了。"说着就要上索道。范志刚关切地提醒："还是带个人吧，有个帮手。"王闻道会心一笑，看见站在一旁拍照的杜峰，喊道："杜峰，跟我走一趟。"

四

王闻道、杜峰、孙国文三人从西岸徒步往十六连走，边走边观察地形。雨已停，地上一片泥泞，加之小股洪水四处乱窜，必须寻找一条推土机能行走的线路。好在孙国文熟悉地形地况，带着两人东绕西绕很快赶到十六连。

十六连处于龙口下游十多公里处，受到洪水的严重冲击。洪水沿着低洼的地势和自然沟分成四五个不同方向冲向连队。自孙国文带着两个民兵排上界河堵坝后，连长季海波率领剩下的青壮劳力和退休职工开展筑坝护连工作。

几天几夜的奋战，季海波浑身泥点子，脸上、头发上都沾着泥。他一脸的憔悴，眼睛布满血丝，嘴唇干裂了几道血口子。见到团领导赶来看望，忙迎上前双手握住王闻道的手。

王闻道逐一与正在护坝的几十名职工握手，以示慰问。随后问季海波："连里情况怎么样？简单说一说。"

季海波说："洪水来势很猛，超出我们事先的预料。早先的方案是沿连队外围的树林带筑起防洪大堤，保全连队，可很快被冲垮了。我们后退一步，在内线又筑了一条坝，还是被冲垮了。现在又筑了第三道坝，保住连部和四周的住家户，还有水井。三辆推土机昼夜不停地推土固坝，这可是最后的防线了。”

王闻道又问：“职工群众的安全呢？尤其是老人和孩子。”

季海波回答：“洪水从四面八方涌来，把连队分割得七零八落，全连三分之二的职工住宅已进水，有的已泡塌或成危房。我们及时抢救人员，目前集中在连部会议室和干部办公室休息。我抽出三十人专门做看护工作，目前没有伤病员，只是食物和药品越来越少了。”

王闻道听罢，没有马上说话，而是侧身对杜峰小声安排：“打电话给蒋主席，请他尽快安排人力、车辆，务必在今晚天黑前把十六连的全部人员撤到团部安置。”

杜峰离开人群，到一个僻静的地方打电话。

王闻道这才开始说话：“同志们辛苦了！当特大洪水袭来的时候，大家奋起斗争，奋力拼搏，全力保护连队，尤其是职工群众的生命安全，在你们身上，我看到了老红军、老八路的血液在奔涌，老红军、老八路的赤胆忠心在跳动、在闪光！大家个个都是好样的！”

领导的肯定和表扬让大家激动起来，季海波带头鼓掌，眼中闪着泪花。掌声持续较长时间，这时，王闻道看到人群的规模在扩大，许多退休老职工从连部会议室出来，向这边赶来，已有一百多人。杜峰凑近身边小声报告联系的结果。

王闻道心中有了底气，继续说：“但是，情况是在变化发展的。”他有意停顿下来，环视众人。果然，人们凝神屏气地望着他，十分专注。“师(市)抗洪指挥部对抗洪工作做了新的部署和安排，具体到咱们十六连来讲，三辆推土机全部调往界河龙口，参加总体抗洪筑坝工作。”

这个决定太突然了，季海波一脸惊愕，张开大嘴不知说什么好。人群中有人提问：“十六连怎么办？丢弃不要了吗？”

王闻道镇定地回答：“全体人员主动撤离，先在连队东面的山坡上躲避，等待救援。团工会蒋主席已带车辆往这里赶，天黑之前可以把大家接往团部。”

一个“但是”急转弯，搅乱了众人的心绪，不理解、不情愿、不满意的情绪纷纷爆出：

“几十年辛辛苦苦建的连队说毁就毁了，就没人心疼！”

“还说奔小康呢，这下全完了！好好的界河怎么会垮呢？”

“我家的大彩电、洗衣机可都是新买的，被水淹了算谁的？”

众人吵吵嚷嚷之际，季海波上前一步，说：“王副团长，推土机恐怕不能征调，昨天，苟副政委打电话来问情况，说是下游几个连队全部被冲毁，泡在水里，现在抗洪自救就看你们十六连了，老天就是下刀子，你也给我护住连队，严防死守！你看这……”

王闻道说：“情况有变，要服从大局。”

季海波想不通，固执地说：“你们领导一人一个调，各吹各的号，我们下面无法执行，再说，保护职工群众生命财产安全也是大事！”

王闻道见说得有道理，认为做通连干部思想很重要，说：“我给苟副政委打个电话，沟通好了你们再行动。”说完拿出手机，不知何时手机耗尽电量已关机。于是取过杜峰的手机拨通苟有勇号码，接通后讲述了有关情况。

苟有勇听罢，态度明确而坚决地说：“推土机不能调！十七连、十八连、十九连、二十连、二十一连都毁了，房倒屋塌，变成一片汪洋大海，只有十六连顶住了，是抗洪自救的独苗苗，这个典型一定要保！这项工作智生政委也是赞同的，要不你到十七连、十八连去看看，调出几辆推土机……”话没说，手机一声怪叫，没电停机了。

王闻道焦急地喊：“谁还有手机？”孙国文从衣兜里拿出手机，也不知何时无电停机了，无奈地摇摇头，其他人纷纷表示没有。洪水袭来道路冲毁，交通阻断，供电系统也被毁坏。人们的精力都放在抗洪上，难免顾此失彼。

此时此刻，王闻道懊恼自己幼稚和无能，明知苟有勇遇事都反对自己，为何还要打这个电话，为什么不直接向智生同志汇报！这下好了，苟有勇不同意，聂政委联系不上，连干部和职工群众又想不通，该怎么办？十七连、十八连都泡在洪水中，有推土机也开不出来，根本就不行。

吵闹的人群中一位七十多岁退休老职工挤出人群，来到王闻道面前说：“我一九六二年建连时就来到这里，哪儿都没去，现在我也不走，洪水来了把我淹死好了。”他的抗议引起许多人的共鸣和响应，纷纷反对调走推土机，有人伤心地哭泣起来。

望着议论纷纷的人群，王闻道明白此刻蛮干不行，逐一做说明工作也不行，时间耽误不得。紧要关头必须果断出手，做出决策并能引导人们快速行动起来，对此他是有这个信心的。王闻道正要开口说话，却见孙国文喝道："老陈头，就你能，退回去！"随即高声喊道："大家都安静，不要哭，更不许闹。"几个月的时间，足以让孙国文建立起支部书记、指导员的威信。果不其然，众人很快安静下来。孙国文又说："家有百口，掌事一人，现在都听王副团长指令。"

王闻道心中一热，认为孙国文关键时刻挺身而出，镇得住乱局，是一位好干部。现在是看自己在关键时刻的表现了，脸上露出一种坚毅的表情，一字一顿，斩钉截铁地说："现在宣布命令：现决定，免去季海波同志359团十六连连长职务。"

众人惊呆了，季海波根本没想到几天几夜没合眼，忘我的抗洪护连竟换来了这种结果。

王闻道继续说："现决定，359团党委常委、副团长王闻道同志任十六连连长，季海波同志任十六连第一副连长。"

空中犹如掠过一阵极强的寒风，将所有人变成雕塑，一片寂静。

王闻道要的就是这个效果，手一挥指向远方，大声说："大家向远方看，几千米之外有一条新河流正在形成，如果它一旦形成新的界河，咱们十六连这片土地将不再属于中国，那个时候，十六连将无立锥之地，我们还能说建设十六连吗？我们还能说建设自己的家园吗？我们还能说守土有责吗？所以，任何有损于界河抗洪的思想都是极端错误的！任何有损于界河抗洪的行为都是决不允许的！"众人听得目瞪口呆，眼睛直直地望着王闻道。杜峰看在眼里，心中钦佩，觉得王闻道就像电影中高大、挺拔的英雄。

王闻道弯下腰捧起一捧土，深情地对众人说："咱们都是守国土的人，国土就是咱们的命。国土丢了就是命丢了，没有了命，家中的房子、电视机还有意义吗?!"话锋一转，又坚决地说："现在，我们已经没有任何选择，没有任何退路，也不能有任何犹豫，只有迎难而上，决一死战，坚决地、快速地把界河垮坝缺口堵上！堵住垮坝缺口就守住了国土，守住了国土就有了重建十六连、重建家园的希望！"

话音刚落，孙国文抢先表态："十六连党支部坚决服从上级的决定和安排，无条件执行。”

季海波思想已转过弯来，说：“王副团长，一切都听你的安排，我们怎么干？”

王闻道没有直接安排工作，而是对众人说：“是共产党员的把手举起来。”说完先举起手，杜峰、孙国文、季海波跟着举起手，职工队伍中有八九人举手，而退休职工中有二十余人举手。放下手后，王国道又喊道：“是共青团员的把手举起来！”职工队伍中有三十余人举手，多数是青年女职工。

王闻道这才对季海波说：“你立刻把党、团员分成几个小组，发挥带头作用，组织群众向东边山坡转移，注意带上防雨防晒的用具。十六连工作仍由你主持。”季海波眼泪夺眶而出，用沙哑的声音喊：“党员、团员跟我来！”招呼人们行动起来。

目视人群散去，王闻道这才走到三名推土机驾驶员跟前，严肃地说：“你们三人正式编入抗洪突击队，驾车随我去界河龙口，立刻出发！”

三人答应着就去开推土机，杜峰在一旁喊：“等等，先别急着走。”

王闻道愠怒道：“怎么回事？捣乱！”

杜峰忙解释：“来的路上，我看见有不少地方被洪水冲成小水沟、沼泽地，再加上雨水，泥泞得很，会陷车的，我们不妨带点檩条、椽子，陷车时铺个浮桥就好通过了。”

王闻道一听有道理，高兴地赞道：“不愧是界河岸边的老麻雀，见多识广，足智多谋。”

众人开心大笑，还没走远的老陈头转过身来，说：“我家牛棚是前年新建的，檩条、椽子多，我带你们去拆。”

孙国文还记得刚才的事，笑道：“老陈头，少说两句会死人呀，没人把你当哑巴卖。”

老陈头不好意思笑笑：“驴脾气，改不了。不过咱认理，服理。”

车子开出连队不远，果如杜峰所料，道路被冲毁，洪水加雨水浸泡的土地极松软，水沟、低洼处积着水。沉重的推土机辗轧上去陷入其中，履带飞快转动，向后甩出一坨一坨泥巴，却不肯向前移动。大伙忙下车搭建临时的桥板，让推土机冲过去。

搬运檩条时，王闻道觉得脚像踩在棉花上，软软地用不上劲儿，又像刚跑过二百米田径赛，直喘粗气。杜峰过来帮忙，劝道："闻道团长，你这是伤了元气，还没恢复过来，悠着点儿。"

王闻道说："这节骨眼儿，大家都在拼命干，顾不上了。"

杜峰知道劝说无益，说："咱俩一起搬，我多使些劲儿，你少耗些力气。"说完从檩条的半中腰搬起，王闻道再搬另一头轻松了许多。

推土机走一阵停一阵，人们不断地搬动檩条、椽子搭桥。行走在路上，杜峰抬抬下巴指向前面行走的孙国文背影说："五连是个大连、富连，效益连年往上蹿，现在被贬到偏远的小连、穷连，光每年奖金都少一多半。再说，郭小竹是干事的人吗？别把五连也像酒厂一样搞垮了。"

这事范志刚曾在会议上提出异议，苟有勇却说是王闻道的建议，三秋大检查的报告中，提出十六连党支部软和散，抓工作不得力，需要派个好带头人，派孙国文是经过慎重考虑的，让范志刚哑口无言。苟有勇趁势发难，说改革的阻力来自既得利益者，来自陈旧、保守思想，领导干部切不可口头赞成改革，实践中又反对改革。范志刚肚子里憋着火发不出来，连不同意郭小竹任五连连长的事也没法说出口。事后，范志刚打来电话说此事，王闻道听罢也觉得有问题，可一时又想不出什么好办法。当然，领导间的分歧和意见怎么能对下级说呢，于是正面引导说："多亏孙国文过来，几个月的时间，十六连的干部、党员精神面貌有很大变化，个顶个地带头干，否则，洪水袭来，发生什么大的状况都不好说。"

"这叫歪打正着。"杜峰不服气，说，"五连呢？怎么不叫郭小竹来考验考验？你们呀还不如马建军硬气，不喝酒，敢硬顶。"

王闻道放声大笑，说："杜峰啊杜峰，真受不了你，好吧，我是个俗人，不如你和建军洒脱。"

杜峰说："讲这话不是欺负人嘛。俗话说无欲则刚。马建军职工群众一个，得罪了领导，还能把他撤成副职工、副群众不成？在十六连你也听到老职工提出的疑问，团机关议论纷纷，说这大坝原本是不该垮的。现在倒好，你在一线拼死拼活抗洪，让坝垮了的人却跑到后方安逸去了，还唱你的反调。"

王闻道警觉起来，仔细询问其具体情况。杜峰把两个连队干部以及马建军连夜赶往团部汇报的事儿一一说出。听罢，王闻道感到震惊，心中恨恨地想：作孽都作到家了，这种行径不是叛党又是什么？不由长叹一声，说："你反映的问题很严重，这事得向聂政委汇报，一旦组织查实，决无原谅、宽恕可言！”

只是眼下不是找原因、查责任的时候，于是提高嗓门，正色说道：“当前只有一个任务，就是全力以赴夺取抗洪堵坝的胜利，守住国土！其他事情都暂缓一缓。”

杜峰自得地笑笑，说：“我有我的办法。”

夜幕降临，天色如染上墨汁一般渐渐黑下来，王闻道带着三辆推土机终于接近界河西坝，又饥又冷又累的他只想找张床，把僵硬疲惫的身躯放上去好好地歇一歇。

大坝上，宋连长率领的二百余人突击队已驻扎下来。远远听到推土机的轰鸣声，急忙安排人烧水做饭，自己带人迎了上去。

王闻道等人在帐篷里连吃了两大碗揪片子汤饭，才感到身上有了热气，也增添了许多力气。这时宋连长才说：“聂政委回到界河坝上，打电话来说让你多晚都过去。”王闻道望着门外满天繁星的夜空，若有所思地说：“等会儿你和我们一起过河，这里交给国文负责。噢，先去给我和老杜找两套干净的民兵服来，这一身都是泥不说，都湿透了。”

宋连长答应一声出去了。王闻道对孙国文说：“先把临时党支部建立起来，打硬仗得靠党员带头。”

孙国文说：“好，待会儿就办，保证明天一早打响战斗。”

王闻道又说：“照顾好三位师傅，明天筑大坝，要的就是他们。”

孙国文说：“放心，三人都是连里的民兵，一名党员，两名团员。”看来情况都很熟。

五

王闻道、范志刚来到聂智生的帐篷，室内一床一桌一马灯，极其简单。大批的抗洪人员撤走后，帐篷明显地多起来，抗洪突击队员的住宿条件大为改善，师、团领导的条件要更好些，孙全胜、聂智生各住一顶，王闻道、范志刚合住一顶，以利于工作。

太阳下山后，气温急剧地下降，加之咆哮的河水，愈加显得又湿又冷。聂智生紧裹着军大衣还嫌冷，见两人进屋，笑道："告诉你俩一个好消息，军分区组成一百八十人的抗洪突击队，由韩团长率领明天一早赶到。"

范志刚说："我们刚布置好阵势，明天一早两头同时开工，这可怎么办才好？"

聂智生按着原有的思路继续说："还有一个好消息，清河县县委、政府做出决定：359 团抗洪缺什么就给什么，缺多少就给多少。全力支援抗洪水、守国土工作。看来边境地区军、警、兵、民联防体系是富有成效的。"

两人点头赞同，等待指示。

聂智生又说："下一步工作要调整，叫你们来就是这件事，说说看怎么个干法？"

范志刚心直口快："是呀，怎么个干法？"

王闻道料想聂智生已有总体考虑，怕说多了，意见不一致反倒影响决策，说："你是一把手，你安排任务，我和志刚去抓好落实。"

聂智生看了王闻道一眼，责备道："我把你从党校叫回来，不是大坝上缺少劳动力，而是要发挥你情况熟、点子多的优势，要多想办法，多出主意才对，怎么能靠在我的肩上睡大觉呢？"

王闻道笑了，"副职干部""到位不越位"挺磨人，不好把握，刚才志刚说的话看起来不着调，其实很有城府。

范志刚不愿意了："咳咳，胡吃胡喝不可胡说。"

三人一阵笑。

聂智生说："刚磨合，彼此还都不熟。我这个人心大，喜欢讨论时七嘴八舌，决策后统一步调，假如你们都不说出自己的想法和意见，我怎么能做出合理、科学的决策？"

王闻道说："既然如此，我说个意见供你参考。西岸三辆推土机已到位，帐篷也搭建起来，可将西岸完整地交给韩团长率领的突击队。再把孙国文指导员留下来做联络员，虽说解放军吃住行自成体系，可难免会缺东少西的，咱们知道了及时补上。"

范志刚表示赞同说："从西岸撤回的人马也别在东岸待了，人多，窝工不出活，这一队我带着修桥补路去。从团部到龙口，五座桥中三座遭洪水冲击，还有一些路面被水淹过，车子还能从水面上通过，可时间长了会出问题。我带人把桥、路护好,保障运输线畅通无阻。"

王闻道想起白天在十六连发生的事,说:"把季海波调来给你当助手吧,光杆司令可不行。"

范志刚想了片刻说:"行,这人在十六连当连长,一直业绩平平,今年以来变化较大,有些干劲儿。"

聂智生听得很认真,认为两人的意见较为可行,符合实际。说明两人的心思都在工作上,而且有思路,当主官的就是要把副职的积极性调动起来,推动工作。只是觉得抽调季海波有些不妥,开口问:"十六连两个主要领导都抽出来,家里谁来主事?"

王闻道这才有机会把白天发生的事情做了汇报。范志刚听罢很解气说:"果断! 干得漂亮!"聂智生不知这话中的多重含意,却也赞同王闻道的做法:"领导干部在关键时刻要善于做出决策,快刀斩乱麻。我若在场,恐怕也会这样做!"

王闻道心中不安,有些内疚地说:"季海波连长在抗洪护连工作中表现得相当出色,这下受委屈了。"

聂智生却不以为然:"当干部哪能不受些委屈,这算轻的,等大坝堵上后,咱们去十六连走一趟,让他官复原职。"

王闻道说:"应该表彰一下才好。"

聂智生说:"抗洪斗争胜利后,对涌现出来的先进人物、先进集体都要表彰,统一考虑吧。刚才你俩的意见我都赞成,我向全胜同志做个汇报就可行动,你俩通知西岸的同志今晚连夜准备,收拾干净,做好交接,明天一早撤回。"

两人表示明白,正欲离开,又听聂智生没头没脑地问:"原先的酒厂厂长是谁?"

王闻道说:"徐世清。"

"他人呢? 我怎么始终没见过。"

"去南疆了,塔河县聘他为县酒厂厂长。"

"不会是赌气去的吧?"

王闻道摇摇头,算是回答。

范志刚指着桌上的半块馕说:"这里面还有他的一份情谊呢。"

“行，只要是高高兴兴、自觉自愿前去南疆工作，我们都支持。”停了片刻，聂智生又说，“酒的事先不说了，这事慢慢捋，让子明同志去办。咱们先集中精力打好抗洪守土这场硬仗。噢，对了，我已请示过孙副书记，下令大坝上一律不得喝酒，咱们干部带头执行。”

范志刚两手一拍，乐呵呵地说：“今天早上，马建军……”

话没说完被王闻道拉了一把衣袖：“老范，咱们去通知西岸吧。”

六

天晴了，太阳无拘无束地把光和热洒向大地给人们以光明、温暖。

一大早，苟有勇赶到龙口，钻进了孙全胜的帐篷，指挥两名职工安装铁皮炉子。他知道越是重要的时候，越要接近领导，越要有好的表现。于是安排赵建成发动联防队员到各家各户寻找早已淘汰不用的铁皮炉子。功夫不负有心人，忙乎了一天，果真找到五个带有铁皮烟筒的炉子，心中大喜，带上两个兴冲冲地赶到大坝。

孙全胜对于铁皮炉子有一种熟悉的亲切感，心中欢喜：“能生火的炉子，不错，一到晚上阴冷潮湿，还冻得人睡不好觉，是该烘一烘。”年龄大了，又患有前列腺炎，总要起一回两回夜，更让他觉得寒冷，长夜难熬。

苟有勇听到赞扬，想表一下功劳，说：“这东西太难找，小家小户早就淘汰不用了，走遍千家万户才找出这么两个，等会儿给智生政委送去。”

孙全胜一听，立刻沉下脸：“什么！突击队员怎么办？我们应当先想到职工群众的冷暖，与大家同甘共苦。拆下来，给突击队员送过去。”

苟有勇解释说：“突击队员个个年轻力壮，傻小伙子睡凉炕——全凭体格壮。再说狼多肉少也不够分的，您就不一样了，德高望重，年龄不饶人……”差一点儿说出年龄大了，快六十了，多亏脑子转得块，改成年龄不饶人，“若是受冻生了病，还怎么指挥抗洪斗争？我也是从工作考虑。”

孙全胜并不听劝，坚持自己的主张：“只要突击队员一个没用上，我就坚决不用这火炉子，同甘共苦、众志成城这个道理你不懂吗？”正说着，见聂智生挑门帘进来，就问：“智生，总共两个铁炉子，你我各一个，你看行吗？”

聂智生见是苟有勇，先招呼一声：“是有勇啊，这炉子我是不要。这样吧，把炉子送到西岸的解放军,怎么用让韩团长定。”看到苟有勇还想解释什么,忙制止:“等会儿你也随我们一起去坝口,商议一下事情。”

跟着孙全胜、聂智生和师(市)水利局的辛工程师往大坝上走,虽走在三人后面,苟有勇心里仍然美滋滋的,觉得这一趟没有白来。四个人,是什么样的结构,又是什么意味,想到这里有意识地挺了挺胸。

工地上一派紧张繁忙,王闻道正指挥突击队员往庞大的铁丝笼里装成袋沙土的麻袋,见孙全胜等人走来,便迎了上去。众人在溃坝缺口细细观察,对面的解放军战士们同样紧张有序地劳作。

缺口在缩小,激流却越凶猛,洪水湍急,时而有两三米高的大浪涌来,势如百兽齐吼,令人心惊。

看罢,众人返回坝下。行走间,一时无语,离坝口渐渐远了,水声也小了许多,辛工程师自语道:“搞水利多年,还是第一次见到如此凶的洪水。”

聂智生不安地问:“你看这样堵坝行吗?”

辛工程师说:“方法是对的,就是难度太大,说不上会有什么状况出现。唉,死马当成活马医吧。”

走在前面的孙全胜不喜欢这种丧气的话,停下脚步,转过身威严的眼光一扫众人,众人都停住脚步。

“王闻道!”孙全胜突然喊道,“你脸色苍白,是害怕吗?”

苟有勇乐了,明摆着是训斥,是对王闻道不满意,这下有好戏看了。若孙书记也像郭师长一样就太好了。

辛工程师跟领导工作多年,知道孙全胜喜欢下级干部的方式,越是训,越是骂,说明越喜欢。这种训斥极少发生在自己身上,不免有些酸酸的感觉。

王闻道被问得猝不及防,不想解释自己身体不好,又不能直接说自己害怕或不害怕,凭着本能猜想这问话另有含意,只是自己还摸不清楚罢了,于是回答:“疾风猛浪,排空联壁,身临其境,方知惊险。”

孙全胜果然说道:“光是怕不行,得想法子分流,减轻正面压力。”

王闻道说:“办法倒是有一个,只是难度太大,没敢说出来。”

聂智生鼓励道:“说,大胆说。”

王闻道说:“水往低处流,所以洪水冲破大堤,沿着更低势的自然沟流走了。我与范志刚议过一次,若能将界河河床挖低,清理一下则可以分流一部分过去。”

话音刚落,苟有勇急切地表示反对:“异想天开！几十千米长的界河,要上多少劳力？要挖多少土方？又要耗用多少天？再说这是界河,不是内河,惊动邻国引发国际纠纷怎么办?”

面对一连串的质问,王闻道知道苟有勇的战术和用意,认为不过是雕虫小技、蛇鼠之术而已,反而用平静的口气说:“是呀,这么多的问题,的确棘手得很。当初龙口固坝工程真如工作总结时所说的,‘固若金汤’‘牢不可破’怎么会产生出这些问题呢？这个办法不行,那你有什么好办法说来听听,总不能一错再错,耽误战机,让职工群众再议论、指责我们的失责和无能。”

苟有勇心里一惊,敏感地意识到王闻道好像知道了些什么,或想干些什么,知道碰在硬茬上,忙干笑两声,说:“我也是一片好心,着急工作,怕引起外事纠纷,影响两国的关系。”

王闻道看出对方的恐慌和胆怯,更加坚定了自己的想法,坚信聂智生同志的到来将从根本上改变359团工作中的乱象,而自己愿意做一个只知道前进、不知道后退的过河卒子,于是接过话头说:“怕？现在已不是怕的时候了！再说界河不需要全部清理,从龙口往下八九百米长是一段坡度较大的陡坡,过后河床明显走低且较为平坦,我们只要清理这段陡坡就可以实现分洪。”

辛工程师是搞业务出身,喜欢用数据说话,他说:“这段陡坡863米,还是我带人测量的。王副团长说的办法虽有风险,但值得一试。这段河床坡度大,再加龙口的弯道,常处在危险状态,吴政委跑龙口固坝项目,曾六闯我们水利局,我们也是按百年不遇的抗洪能力要求工程建设的,怎么不到一年时间就垮了呢?”

苟有勇急忙解释:“事情就是这么寸,刚修好就遇上百年不遇的特大洪水。”

辛工程师不赞同地说:“你说的不算数,要有这一地区包括清河县在内的历年水文资料分析,还得加上气候变化、降雨降雪量等情况的数据分析,综合判断才可以有准确的结论。”

苟有勇一时语塞,无话可说。

听着众人的讨论,聂智生的关注点全部聚在分洪的事情上,反复盘算,认为这个险值得一冒,而且必须速战速决。他脑海中猛地闪出一个大胆的念头,有些激动，大声说："分洪，我看可以干，还可以用地雷、炸药定向爆破，瞬间完成分流。武大军那里我去看过，有不少库存的反坦克地雷，该是立功的时候了。"

孙全胜受到感染，脸上露出几天来少有的笑容，说："我们的终极目标就是守卫国土，这个险值得冒，必须尽快完成分洪，尽早完成大坝合龙。不是死马当活马医，而是要驯服这匹野马。"

见到两位领导都赞同分洪方案，苟有勇态度大变抢先表态："这活我来干，只要大坝合龙，守住国土，就是引发两国纠纷，给处分、撤职，我都背，值！"说得很豪气。

孙全胜说："敢干不等于盲干，待会儿我向长明同志做个汇报，请外事部门的同志尽快进行边境会晤、协商。这边也别等，立刻启动爆破分洪准备工作。"

聂智生忙回答："好，马上办！"

苟有勇再次主动请战："我现在就去团部拉运地雷、炸药。"

聂智生似乎早有考虑，说："让武大军去办吧，向上级军事部门写请示、联系工作，路子顺。定向爆破专业技术要求很高，也需要专业人才才行，再说，你的抗洪自救、后勤供给也很重要，可马虎不得。我听国文同志讲，韩团长多次要求战士们理解团场的难处，生活上要省着点儿，少给团场找麻烦，你看，都什么时候了，还省吃俭用的，咱们可要想周全一些，主动一些，千万别亏欠了子弟兵。"像是自责，又似批评，让苟有勇无话可说。当听到垮坝的消息后，聂智生就开始对苟有勇感到失望，临走时千叮咛万嘱咐的就这一件事，可还是弄砸了，怎么能让人放心呢。

孙全胜赞同聂智生的话，说："是这个理，智生，这两天抽空过去慰问慰问咱们的子弟兵。"说完便走，刚走两步又折回身对王闻道说："你小子再有什么点子别憋在肚子里，说出来好干工作。"

众人一阵大笑。

见众人散去，苟有勇心有不甘，王闻道明里暗里说的事情都是自己的软肋，如果真追查起来，肯定没有自己的好果子吃。现在必须干上一两件漂亮的事，堵住众人的口。想到这里，鼓起勇气紧赶两步，追上聂智生再次强烈要求承担爆破分洪任务，说自己多年负责基建工程，有经验、有优势。

聂智生感到为难，苟有勇与郭家仁副师长的关系不一般，这才让事情变得复杂起来。得罪上级领导，实为官场大忌，只要苟有勇不出大格、不犯原则、不破底线都可以谅解，可事与愿违，一件接一件的事都触目惊心，连自己到359团工作都有可能成为这次垮坝的重要因素，让人忍无可忍！眼前的抗洪斗争，稍有不慎就会功亏一篑，那才是对不起党、对不起国家，自己也不能刚上任就背上丢失国土的骂名。与王闻道交谈，很是赞同他对"忠诚党的事业""永不叛党"的理解和阐述，这也是自己的誓言。想到这里，聂智生严肃地说："龙口的固坝工程是你抓的吧，还有垮坝以后职工群众的不满、指责又是怎么回事，不会是空穴来风吧？"

"啊？"

苟有勇没有提防会有这么一问，有些不知所措，本能地叫了一声。

聂智生不等回答，继续说："固坝工程和垮坝事件是连在一起的，你把这两件事情的来龙去脉分别搞个材料提交党委会，我们要严肃认真地讨论研究，给师（市）党委和全团职工群众一个满意的交代。"

"啊？"

苟有勇又叫了一声，只觉得天旋地转、五雷轰顶，两条腿似被钉子钉住一般，迈不动步子，眼睁睁地看着聂智生远去。

几辆大卡车运载着反坦克地雷和炸药浩浩荡荡开出弹药库，在武大军率队押运下开往界河龙口。

望着远去卡车扬起的尘土，苟有勇心情沮丧，心生仇恨：最好陷在半路的洪水泥潭里，或者两车相撞发生爆炸，车毁人亡。当然要是开到界河龙口再发生爆炸，炸死孙全胜、炸死聂智生、炸死王闻道就更好了，自己就可以去主持工作，收拾残局。

然而，这一切并没有发生，道路畅通无阻。洪水冲刷的道路，已被范志刚所率突击队用沙袋护住，令洪水流向别处。半道上，武大军见范志刚手拿铁锹与突击队修补道路，主动招手致谢。

边境会晤很快取得成效，邻国对洪水冲破大坝表示同情，对这次行动表示理解。

当会晤消息传来，布雷工作已全部就绪。只听一声令下，阵阵轰鸣，洪水一分为二，沿着界河向下游流去。辛工程师查看完报告，三分之一的洪水被分流，大大缓解了正面堵坝的难度和压力。

七

经过几天的激战，大坝缺口处正在缩小，从五十米到四十米、三十米、二十米……出水口越小，水流越是湍急，波浪越汹涌，咆哮声越大，传至远方。

夜深了，孙全胜坐在帐篷的马灯下思索，他的腰、腿酸痛在加重，躺在床上翻个身都很困难，这是阴冷潮湿的气候所导致的。明天就要决战了，现在战士们的体力消耗很大，而堵决口的难度却在增大，意料不到的问题随时都会发生，必须知难而进，把各种困难、问题都考虑到才行。

这时，聂智生和王闻道进来，聂智生说："孙副书记，闻道有个想法，我们觉得挺好，特来向你请示。"

帐篷里无多余的椅子，孙全胜一指折叠床说："说，坐吧。"

聂智生让王闻道讲，王闻道不肯。聂智生说："明天要决战龙口，完成大坝合龙，这是一场硬仗、恶战。闻道提出，鼓舞志气，坚定信心很重要，想组织东西坝的两支突击队员们到十六连烈士碑前举行个出征、决战仪式。"

孙全胜思考片刻，说："好，好，很好！智生你来主持，我做动员，还有……这还不够有劲，闻道，你搞个宣誓词，做个战前的宣誓。誓词要短，有力量。"

二人起身走出帐篷，去安排落实。

次日清晨，天气微白，突击队员们冒着蒙蒙细雨，向十六连的烈士碑进发。

到了碑前，由 359 团和边防团组成的两支突击队整齐列队，个个神色凝重。

在聂智生的主持下，人们齐唱国歌，接着又向烈士敬献花篮，风停了，雨停了，天地一片静寂。

孙全胜脱去身上的军大衣，迈着坚定的步子走到队伍前面的高坡处，用深厚有力的声音说道：

"同志们，战友们：抗洪斗争正在面临着最为严重的挑战和困难，界河大坝缺口越堵越小，洪水肆虐越来越猖狂，水流湍急，恶浪滔天，声如兽吼。堵不上大坝，也许可以找出一百个、一千个理由或借口，但任何理由都毫无意义，甚至是耻辱的！因为，我们必须堵住塌坝的缺口，而且，就在今天，我们必须完成大坝的合龙！

“此时此刻，我们聚集在烈士为之奉献青春和生命的神圣之地，以表达崇敬之意，同时，还要向世人宣示我们屯垦戍边的光荣使命，守卫国土的责任担当，继续完成先烈们为之奋斗终生的事业。我们必须以九死一生的决心、勇气和力量，夺取抗洪斗争的最后胜利！

“守住界河，就守住了国土；守住国土，就守住了戍边人的尊严。今天，每一位在场的同志都将为我们能够参加这场异常艰苦而又无上荣光的抗洪斗争而感到自豪和骄傲。胜利，属于勇敢的我们！光荣，属于伟大的祖国！”

孙全胜的激情动员，简短而又有力，一字一句，铿锵有力，突击队员们听得热血沸腾，斗志昂扬。

接下来，由王闻道领着众人宣誓：

我们宣誓：

誓死守护界河！

誓死守卫边疆！

誓死捍卫祖国！

众人的吼声，震撼山野，直冲云霄，气壮山河。

阳光刺破云层，放射束束霞光照耀大地，十分壮观，人人皆叹神奇，坚信此战必胜。

八

决战龙口战斗打响了，东西两个突击队憋着一口气，争分夺秒，争先恐后，飞快地用铁丝网把七八十个装满沙石的麻袋打成一个巨大的物体，随后，推土机喘着粗气，用力将其推入水中，水花四溅。

王闻道上前查看，发现激流中掀起一个漩涡，缓缓地将庞然大物冲走，大惊：“昨日用此方法顺顺当当，今天怎么就不行了？”

细看水势，发现水流比往日要汹涌得多，是自己轻敌了。急忙组织人力编织更大更重的物体，一百个不够，一百五十个还不够，一直加到两百个麻袋。推土机再次启动，加大马力，发出阵阵吼声，将庞然大物推入水中。水花散去之后，人们看见庞然大物安稳地嵌在堤口处。

人们拍手相庆，说成功了。

王闻道不放心，仔仔细细地观察，发现捆绑麻袋的铁丝网在水力的作用下渐渐绷紧，几处打结的地方正在滑动，一旦松开，沙袋会成为散乱的个体，不堪一击，正焦急，忽见一人跳了上去，飞快用铁丝加固，浪花飞溅，不时拍打着那人。

王闻道大喝一声："马建军，不要命了，快上来！"

马建军没有听命令，只顾忙着手中的活，嘴里说："国土要是丢了，要这命还有啥用？"显然心中有一种怨气，有一种负罪感。

此法可行，王闻道用手机告诉对面的韩团长，捆扎的麻袋要多，铁丝笼要双层加固，确保万无一失。

两支突击队竞赛一般，加快进度，堤坝缺口越来越小，尽管水柱喷射而出，冲力极大，但大部分河水沿着原来的界河河道顺流而下，越发增强了人们必胜的信心。

当东西两个巨大的沙石袋几乎同时落入水中，逃窜的洪水被斩断了，大坝合龙了。

两支突击队在大坝上会师，人们激动地相互拥抱，欢叫着，呼喊着，聂政委与韩团长双手紧握，几乎同时说："胜利了，我们胜利了。"

人们在纵情欢呼，有人舀一罐子河水，以水代酒祝贺，有人干脆直直地躺在大坝的泥水中喘粗气，缓解极度的劳累。突然，有人惊叫："快看，河水中有漩涡！"人们顿时静下来，紧张地看着河面。只见河水在刚筑起的坝堤旁形成一个大的漩涡，越漩越大，越漩越急。而堤外不远处"突"地冒出一股水柱，冲天而上。

有人惊慌地喊道："是管涌，要塌方了，快离开。"

果然，人们的脚下的大堤已经颤动。人群出现慌乱，纷纷往堤下转移。

王闻道立刻意识到最可怕的事情发生了，人们在欢庆胜利，神经全放松了，干劲全泄了，而险情又发生了。大坝一旦再垮，不仅前功尽弃，洪水会以更大的冲击力造成坝毁人亡，跑下河坝的人根本来不及逃生，必须立即制止这个场面。他急忙在人群中寻找孙全胜，找聂智生，希望尽快得到他们的指示。

不远处，孙全胜左手按住疼痛的腰部，一脸镇静，右手举着高音喇叭，厉声喝道："堵！王闻道，你立刻组织抢险，决不能后退！不要当逃兵！"

"是！"王闻道快速上前，接过高音喇叭，望着乱纷纷的人们，冲天一声大吼：

"啊——"

洪亮的声音，如惊雷掠过，震耳欲聋，人们都惊呆住了。

王闻道高声说道："我是359团突击队长王闻道，现在谁也不许后退！今天就是用我们的血肉之躯填也要把大坝填结实！宋连长带上队伍跟我往漩涡里投沙袋，快！"

旁边的韩团长高声喊道："边防突击队全体战士听命令，跟我一起背沙袋！"

人们迅速行动起来，孙全胜、聂智生指挥若定，调动、协调上上下下的人流。王闻道、韩团长各带着自己的突击队投入抢险中。

最初投入漩涡的沙袋很快从坝外的水柱中冲出，但随着投入的沙袋越来越多，越来越密集，漩涡越来越小，转动越来越慢，直到最后完全消失，河水再次顺着固有的河道驯服地流向下游。

胜利了，真的胜利了。

可人们都不敢相信这是真的，生怕再会出现什么意外，格外小心、仔细地盯着界河。大家你看我、我看你，似在询问，又似庆幸，泪水止不住地流出来。

王闻道觉得天突然下雨了，浑身上下都湿透了。抬头看天，晴朗无云，正纳闷，眼前一黑，天旋地转，跌倒在地。

人们急忙围上去相扶，聂智生俯身细看，说："劳累过度，虚脱了，快送医院！"

尾　声

五月，春风吹度兴屯市，柳枝发芽吐绿，桃花怒放。

办公室窗上的蝴蝶兰，经过寒冬又绽放出新的花朵，争奇斗艳，笑迎春风。

李国建正仔细地阅读关于界河岸边抗洪堵坝的工作总结。这半个多月里，中央军委的命令，兵团领导的催问，还有坝上不断出现的险情，让他忧心忡忡，寝食难安，现在总算可以缓口气了。尽管师（市）党委常委会议上，孙全胜同志已经做了情况通报，但李国建对于这份工作总结仍看得很认真、很仔细。当看到王闻道累倒住进医院，心中不由得疼爱地数落："半年时间，这小子住了两次院，真是豁出去了！得给智生同志说一声，这回让他休养好，好彻底后再工作。"

阅罢总结报告，李国建心中生起许多感慨，提笔做出批示："一、永不移动的界碑，这句话提炼得有高度，可组织媒体对抗洪斗争进行宣传报道；二、对抗洪斗争中涌现的先进集体、个人给予嘉奖，弘扬正气；三、垮坝的原因是什么？必须严查，追究其责任。"

三天前，于昆仑站长打来电话，聊了很长时间，特别是提到垮坝的事情。孙全胜回来后，单独向自己汇报，说在359团听到大坝原来不该垮的议论，只是当时忙于抗洪，无力分心。现在是查明真实原因的时候了。害群之马，决不可留！

做完批示，李国建合上文件夹，又打开下一个文件夹，里面只有一封来信，信封上写明"李书记亲启"，而秦光明已替他开封了，来信只有一页纸，是打印件，细看内容：

领导同志：

我们怀着万分气愤的心情向您汇报。

王闻道官迷心窍，在抗洪期间，竟然在大坝上高喊自己是359团的团长，他明明是副团长，为什么要冒充团长??? 还有，大坝上有师（市）领导在，有团党委书记、政委在，他却抢话筒，冒充总指挥的样子胡乱指挥大家为他干活，说明他一心往上爬，无所不用其极，令人发指，令人作呕！

最为可恶的是，抗洪紧要关头，王闻道竟动用自己的打手孙国文用酒瓶子把渡河架索道的马建军打昏在地，明目张胆地破坏了伟大的抗洪斗争，用心十分阴险！狠毒！

最为可憎的是，大坝刚合龙，他就装病，第一个跑进医院休养，那么多受灾的群众、无家可归的职工他却一点儿不管不顾，只顾自己的狗命。

王闻道的丑态丑行，不仅在359团广大职工中引起强烈不满和愤怒，也在地方各族群众、边防官兵中造成恶劣的影响。我们恳请上级领导、纪检部门严肃查处王闻道在贪污酒厂公款、男女作风问题和抗洪救灾中的种种劣迹，绳之以法！从而还359团一个风清气正的好环境！

落款是：有正直心的广大群众。

看完信，合上文件夹，李国建忍不住在文件夹上重重地拍一下，显然有些恼怒。

思考片刻，他抓起电话拨通后说："老丁啊，我这里有一封举报信，想来你也会收一封吧。"

丁长明说："已经看过了。"

李国建问："你怎么看？"

丁长明笑道："信中不是说王闻道想当团长吗？好啊，咱们就给他个团长当当又如何？我建议把王闻道提起来。"

李国建联想到孙全胜、于昆仑对王闻道的夸赞，不由得乐了，爽朗地哈哈大笑起来。